Helga Zeiner

Das Geheimnis von Lake Louise

Helga Zeiner

Das Geheimnis von Lake Louise

Roman

fredeboldundfischer
derdeutscheautorenverlag

1. Auflage Februar 2007

fredeboldundfischer
fredebold&partner gmbh
schaafenstraße 25, 50676 köln

Originalausgabe: „Das Geheimnis von Lake Louise"

Titelabbildung: Privates Archiv Helga Zeiner
Umschlaggestaltung: Roland Pecher, Köln
Satz: D.I.E. Grafikpartner, Köln
Druck und Bindearbeiten: Ebner & Spiegel, Ulm
Printed in Germany
ISBN 978-3-939674-01-6

www.fredeboldundfischer.de

1

Carola stand vor dem Abgrund ihres Lebens. Vor ihr tat sich eine bodenlose Schlucht auf, deren gegenüberliegende Seite so weit entfernt lag, dass sie keine Möglichkeit sah, diese zu erreichen. Dazwischen lag tiefe, dunkle Verzweiflung, ohne jedes Wissen, wie sie dieses Hindernis überwinden und wie es in ihrem Leben weitergehen sollte.

Ich muss mich zusammennehmen, dachte sie. Keine Zeit für Schwermut. Sie sah aus dem Fenster des kleinen Flugzeugs und konzentrierte sich auf die unter ihr liegende Landschaft. Dort war alles weiß, hell und weit. Schneebedeckte Bergkuppen reihten sich aneinander und formten, nur wenige hundert Meter unter der Maschine, geschwungene Ketten. Carola glaubte fast, die verstreut wachsenden Kiefern zählen zu können, die sich im felsigen Geröll festkrallten und den unwirtlichen Bedingungen trotzten. Weiter unten in den Tälern, die nicht so aussahen, als ob sie tief ins Gebirge geschnitten wären, weil der Schnee die Perspektive verzerrte, unterbrachen gigantische dunkelgrüne Flecken das blendende Weiß – die weiten Wälder Kanadas präsentierten sich endlos und einsam in ihrem winterlichen Muster aus Schnee und Bäumen. Schon seit über einer Stunde flogen sie nun über die Vorgebirge der Rocky Mountains hinweg, aber noch immer hatte bislang keine einzige Ortschaft oder Straße den überwältigenden Eindruck unberührter Natur zerstört.

Carola lehnte sich wieder zurück. Dunkle Wolken hatten ihr in Sekunden die Sicht genommen und ließen sie wieder an ihren privaten Kummer denken.

Nächstes Jahr würde sie ihren vierzigsten Geburtstag feiern! Das war an sich kein Grund zu verzweifeln, und vor nicht allzu langer Zeit hatte sie sogar noch über all die „dummen Weiber" gelacht, die dem Traum von ewiger Jugend verbissen hinterherjagten und diesen als wichtigsten Faktor für ihr persönliches Glück und ihre Erfüllung betrachteten. Aber seitdem sie ihren Mann Peter verlassen hatte, weil sie entdeckt hatte, dass er eine jüngere Geliebte hatte, beschäftigte sie sich auf einmal verdächtig oft mit der Anzahl ihrer gelebten Jahre.

Nachdem sie zudem herausgefunden hatte, dass es diese Geliebte bereits seit mehreren Jahren gab, war sie sich nicht nur alt, sondern auch ziemlich dumm vorgekommen. Und als sich schließlich der untreue Lebensgefährte – Carolas Gesicht verzog sich in der Erinnerung daran, als hätte sie körperliche Schmerzen – nach ihrer Trennung auch gleich noch die von ihnen gemeinsam aufgebaute Firma angeeignet hatte, war ihre Welt aus allen Fugen geraten. Seither fühlte sie sich belogen, betrogen und benutzt.

Die Maschine wurde unruhig. Bockige Stöße ließen die Sitze vibrieren und die in den Rücklehnen verankerten Serviertische klappern. Die Wolkendecke war inzwischen so dicht geworden, dass man nichts mehr sehen konnte. Carola hoffte, in kein Unwetter mehr zu geraten, bevor sie in etwa dreißig Minuten den Flughafen von Kamloops anfliegen würden. Jedenfalls rissen die

Turbulenzen sie aus ihrem Trübsinn. Sie saß auf dem vorletzten Platz der linken Sitzreihe und spürte jede Flugkorrektur des Piloten, der sich und sein Flugzeug gegen die Kräfte der Natur behaupten musste, deutlicher als die anderen fünf Passagiere, die verstreut in der sechzehnsitzigen Maschine platziert worden waren, um das Gesamtgewicht optimal zu verteilen. Links und rechts der schmalen Gangway befanden sich jeweils nur acht Einzelsitze, ein Umstand, für den Carola dankbar gewesen war, denn dadurch konnte kein direkter Sitznachbar versuchen, sie in ein Gespräch zu verwickeln. Ihre Englischkenntnisse waren zwar gut genug, um eine Unterhaltung führen zu können, aber sie verspürte keinerlei Lust dazu. Sie wollte nur noch allein sein, sich verkriechen, nicht mehr sprechen und nicht mehr denken müssen.

Plötzlich bat der Pilot über Lautsprecher um Aufmerksamkeit. Er erwartete noch stärkere Böen und forderte seine Passagiere auf, sich für den bevorstehenden Landeanflug anzuschnallen. Kaum war die Ansage beendet, bockte die Maschine auch schon so stark, dass eine Frau erschrocken aufschrie, als einer der Klapptische aus seiner Verankerung riss und mit lautem Knall zu Boden fiel. Lieber Gott, lass mich das hier überleben, betete Carola instinktiv, lachte im selben Moment aber bitter auf. So ein Schwachsinn, dachte sie, letzte Woche wollte ich noch sterben, und nun? Nun wird mich der liebe Gott da oben wohl für sehr wankelmütig halten. Allerdings war sie letzte Woche auch nicht in akuter Gefahr gewesen, ihr Leben zu verlieren, höchstens ihren Verstand – oder die Lust am Leben.

Carola überlegte ernsthaft, wie groß die Gefahr

eines Absturzes tatsächlich sein mochte. Sie spürte das Adrenalin in ihre Adern schießen, bis ihr ganz warm wurde, doch das hart federnde Aufsetzen der Räder setzte ihren Absturz-Fantasien ein jähes Ende. Die Maschine war trotz der dichten Wolkendecke, die sie noch immer umgab, in Kamloops gelandet. Grauer Nebel beeinträchtigte die Sicht bis auf wenige Meter, und Carola konnte kaum das Terminal erkennen, auf das ihr Flugzeug langsam zurollte. Dessen noch immer beachtliche Bodengeschwindigkeit ließ die auf den Fenstern aufprallenden Regentropfen zu kleinen Bächen gerinnen, die waagrecht an den Scheiben entlangflossen. Erst als die Maschine ihre endgültige Parkposition erreicht hatte, lief das Wasser senkrecht an ihnen hinunter, und Carola erkannte, dass die dicken, klatschenden Tropfen, die vom Himmel fielen, bald in Schneeflocken übergehen würden. Die Außentemperatur musste um die null Grad betragen. Ihr Lieblingswetter – nasskalt – wie in Deutschland im November. Nasskalt und grau. So ekelhaft nass, dass einem die Kälte bis in die Knochen drang.

Die Passagiere mussten warten, bis eine Rolltreppe mit sechs Stufen an das Flugzeug gefahren wurde, ehe sie aussteigen und die kurze Strecke zum Flughafengebäude laufen konnten. Carola stülpte sich die Kapuze ihres Anoraks über den Kopf und folgte ganz langsam den anderen Passagieren. Sie war als Letzte ausgestiegen und hatte keine Eile. Sie wusste, dass niemand auf sie warten würde. Der arktische Nordwind, der ihr entgegenschlug, zerrte an ihrer Kleidung und rötete ihre ungeschützte Gesichtshaut, aber nach der endlos langen Reise waren ihre Sinne abgestumpft, und sie spürte den eisigen Schneeregen kaum. Zusammen mit den vier Stunden Aufenthalt in Vancouver und dem Anflug von München nach Frankfurt war sie nun insgesamt seit fast zwanzig Stunden unterwegs und wegen des Zeitunterschiedes von neun Stunden fühlte sich ihr Körper wie zerschlagen an. Ihre Müdigkeit hatte eine neue Dimension erreicht, sie war nun nicht mehr erschöpft wie in den letzten quälenden Monaten der Schlaflosigkeit, sondern hellwach, aber gleichzeitig unfähig, zu denken oder gar Entscheidungen zu treffen.

Das Flughafengebäude war warm, sogar überhitzt. Die Ankömmlinge zogen ihre Mäntel und Jacken aus, während sie auf das Gepäck warteten, doch Carola konnte sich nicht entscheiden, ob sie ihren dick wattierten, dunkelgrünen Fit-für-die-Arktis-Superanorak, den sie sich von den mageren Überresten auf ihrem Girokonto geleistet hatte, ausziehen oder lieber anbehalten sollte. Als sich ihr Koffer schließlich durch die Plastiklaschen des Laufbandes schob, war sie immer noch unschlüssig. Sie hievte das schwere Gepäckstück vom Band und zerrte es auf seinen wackeligen Rollen zur Autovermietung. Der bestellte Leihwagen stand auf dem Parkplatz vor dem Flughafen bereit, doch der nette junge Kanadier am Schalter, bei dem sie die Papiere ausfüllen musste, hielt sie zurück.

„Das Wetter hat umgeschlagen. Sie sollten heute nicht mehr weit fahren“, warnte er und lächelte dabei so freundlich besorgt, dass Carola nicht anders konnte, als seine Bedenken ernst zu nehmen.

„Ich muss noch bis zum Horse Lake, das sind etwa hundertfünfzig Kilometer. Glauben Sie, dass das ein Problem sein könnte? Soweit ich weiß, fahre ich den größten Teil der Strecke auf dem Highway, und der müsste doch frei sein, oder etwa nicht?"

Das Lächeln des jungen Mannes verschwand, und er blickte nun sehr ernst. „Das schon, aber wenn Sie den Highway Nummer Fünf nehmen, müssen Sie bei Little Fort über den Pass. Und wenn die Vorhersage stimmt und es später noch kräftig zu schneien beginnt, wird die Fahrbahn dort nicht schnell genug geräumt werden können, und das bedeutet, dass Sie nicht mehr über den Berg kommen. Sie sollten unbedingt bis zum Morgen warten. Soll ich Ihnen nicht lieber ein Hotel besorgen?"

Carola nickte. „Das wäre wirklich sehr nett von Ihnen. Ein günstiges, wenn möglich, bitte. Vielleicht ein Motel auf dem Weg nach Little Fort?"

„Selbstverständlich." Der junge Mann wusste, dass sie den billigsten Wagen gemietet hatte, also begann er auch sofort, eine Unterkunft der untersten Preiskategorie herauszusuchen und hatte bereits nach wenigen Minuten ein Zimmer gefunden, das nicht weit vom Flughafen entfernt lag. Dankbar, dass sie nicht lange fahren musste, machte sich Carola auf den Weg. Sie würde bestimmt nicht schlafen können, nicht in ihrem übernächtigten Zustand, aber sie konnte auch beim besten Willen nicht mehr lange Auto fahren. Sie hatte sich wohl überschätzt, als sie ihren Freunden Maria und Gerd, die am Horse Lake lebten, mitgeteilt hatte, dass sie irgendwann vor Mitternacht bei ihnen ankommen würde.

Im schlichten Zimmer mit dem leicht modrigen Geruch billiger Hotels und dem summenden Verkehrslärm direkt vor dem Fenster, zog sie endlich ihren schweren Anorak aus und warf sich erschöpft auf das Doppelbett, dessen Matratze sofort so extrem nachgab, dass sie automatisch in die Mitte rollte. Mühsam kämpfte sie sich wieder zurück an den Bettrand, griff noch im Liegen zum Telefon und wählte die Nummer ihrer Freunde.

Maria hob bereits nach dem ersten Läuten ab. „Carola! Ich wusste, dass du es bist", jubelte sie, „wie war dein Flug? Wo bist du jetzt? Wie geht es dir?"

Carola erklärte ihr, dass sie eben in einem Motel in Kamloops eingetroffen wäre und aufgrund der unsicheren Wetterlage erst am nächsten Morgen weiterreisen würde, dass es ihr gut ginge, dass der Flug gut verlaufen und überhaupt alles bestens wäre. Sie versuchte dabei alle Müdigkeit und Anstrengung aus ihrer Stimme zu nehmen und sie stattdessen besonders fröhlich klingen zu lassen, aber ihre Freundin, mit der sie schon zusammen im Sandkasten gespielt hatte, kannte sie viel zu gut, um sich täuschen zu lassen.

„Mach mir bitte nichts vor, mein Schatz", wurde sie von einer äußerst gut gelaunten Maria sanft zurechtgewiesen, „ich kann mir nur zu gut vorstellen, wie kaputt du sein musst. Die Zeitverschiebung ist ein wahrer Killer, das habe ich dir doch gleich gesagt – und falls du dich erinnerst, habe ich dir deshalb dringend angeraten, eine Nacht in Vancouver zu verbringen, ehe du zu uns kommst, nicht wahr? Na, ist ja jetzt egal, es ist immer dasselbe, mir glaubt man ja nichts! Schlaf dich erst einmal aus, so lange du kannst. Durch diesen blödsinnigen Zeitunterschied wirst du bestimmt bereits vor Tagesanbruch wieder putzmunter sein und schon ganz früh am Morgen aufbrechen können. Ruf uns aber trotzdem an, bevor du losfährst, egal um welche Uhrzeit es ist. Wir geben dir dann den letzten Wetterbericht durch, denn wenn das Wetter so weiter tobt, solltest du den Highway Neunundsiebzig nehmen, sonst kommst du bei Little Fort nicht durch. In Ordnung?"

„Ja", versprach Carola matt und wiederholte dieses Wort noch mehrmals, während Maria weitere gute Ratschläge von sich gab. Maria, mit der sie schon so lange befreundet war, dass sie sich an den Beginn ihrer Beziehung gar nicht mehr erinnern konnte, hatte bereits im zarten Vorschulalter ihren angeborenen Mutterinstinkt wortgewaltig zum Ausdruck gebracht. Dieser verbalen Fürsorge konnte man sich auf Dauer nur entziehen, indem man nicht so genau hinhörte.

„Du hast mir überhaupt nicht zugehört!", beschwerte sich Maria wie auf Kommando.

„Doch, doch, ich bin nur müde."

„Carola", verabschiedete sich Maria mit etwas ernsterer Stimme, „wir freuen uns schon auf dich. Fahr vorsichtig und komm gut an."

„Natürlich." Carola legte auf, rollte sich energielos und schlapp über den Bettrand und brachte ihren erschöpften Körper langsam in eine halbwegs vertikale Position. Auf dem kurzen Weg zum Badezimmer zog sie sich aus und ließ ihre Kleidungsstücke achtlos nacheinander zu Boden fallen. Sie brauchte dringend eine Dusche! Während das heiße Wasser den Schmutz der langen Reise von ihrem Körper spülte, stellte sie vage Überlegungen an, die sie, müde wie sie war, nicht mehr richtig einordnen, geschweige denn logisch durchdenken konnte. Maria war immer gut gelaunt und hatte für alle Lebenslagen ein Patentrezept parat, das sie unaufgefordert und mit manchmal penetranter Überzeugung von sich gab. Carola war sich nicht sicher, ob sie diese wohlgemeinte, manchmal aber entnervende Eigenschaft in ihrem jetzigen Zustand über einen längeren Zeitraum hinweg ertragen könnte. Aber schließlich würde sie ja nur für ein paar Tage bei Maria wohnen, nur so lange, bis sie eine eigene Bleibe gefunden hatte. Heute Nacht würde sie in diesem Motelzimmer jedoch erst einmal ihre Ruhe haben, beziehungsweise sich zumindest etwas ausruhen können, denn an einen erholsamen Schlaf war nicht zu denken. Hatte sie denn wirklich die richtige Entscheidung getroffen? Was um Himmels willen wollte sie eigentlich hier in Kanada? In einem ihr völlig fremden Land! Wie hatte sie nur ihr ganzes bisheriges Leben derart auf den Kopf stellen können? Was hatte sie dazu getrieben, ihre Heimat zu verlassen? Der Schmerz über die Trennung von Peter? Aber musste sie deswegen gleich auf einen anderen Kontinent fliehen? Jetzt, da sie hier angekommen war, fühlte sie sich jedenfalls keinen Deut besser als zuvor! Die Reise war bestimmt ein fürchterlicher Fehler, und Carola fühlte sich auf einmal sehr allein und verlassen. Oh Gott, sie würde wahrlich kein Auge zutun.

Carola trocknete sich oberflächlich mit einem kratzigen Handtuch ab, ging zurück ins Zimmer, stieg achtlos über ihre verstreute Kleidung und fiel seufzend ins Bett. Wider Erwarten schlief sie jedoch innerhalb weniger Minuten ein und versank in einen langen, traumlosen, wunderbar erfrischenden Schlaf.

Am nächsten Morgen gegen acht Uhr wachte sie schlagartig auf, ausnahmsweise ohne als Erstes, wie in den vergangenen Monaten üblich, an ihren Mann denken zu müssen. Sie öffnete die Vorhänge und wurde von einem strahlend blau-weißen Tag begrüßt. Erfreut blinzelte sie in die Sonne, die die Eiskristalle auf den schneebedeckten Autos vor dem Motel glitzern ließ. Man konnte nicht weit sehen, nur bis zum gegenüberliegenden Gebäudekomplex, an dem eine riesige Tim-Horton-Kaffeewerbung angebracht war. Kaffee! Carola sah sich im Zimmer um, entdeckte eine kleine, billige Kaffeemaschine mit einer bereitstehenden Tasse, portioniertem Filterkaffee, Zucker und Trockenmilch und ging sofort ins Badezimmer, um die Glaskanne mit Wasser zu füllen. Fertig angezogen und mit dem frisch gebrühten, noch zu heißen Kaffee vor ihrer Nase, rief sie wieder bei Maria an.

Der Wetterbericht sei günstig für die Fahrt über den Little Fort Pass, erklärte Maria, nicht ohne sich erst einmal über Carolas späten Anruf beschwert zu haben. Sie hätte sich schon Sorgen gemacht, es sei doch nicht normal, dass man so lange schlafen würde, nach so einem Flug, und überhaupt, sie könne es doch kaum erwarten, ihre Freundin endlich wieder in die Arme zu schließen. Wo sie sich doch so viele Jahre nicht gesehen hätten!

Plötzlich freute sich Carola auf die vor ihr liegende Fahrt und auf das Wiedersehen mit ihren Freunden. Und sie nahm sich fest vor, jeden Zweifel und alle Schwermut, die sie in dieses herrliche Land mitgebracht hatte, in dem schlichten Motelzimmer zurückzulassen und sich und ihrer Zukunft eine Chance zu geben.

Während der dreistündigen Fahrt zum Horse Lake gelang ihr dies aber nur sehr bedingt und immer wieder stellten sich unerwünschte, düstere Gedanken ein. Vor allem quälte sie die Frage, wie sie nur mit solch einer grenzenlosen Naivität in die demütigende Lage hatte hineinstolpern können, in der sie sich nun befand.

Jahrelang hatte sie sich in der Steuerkanzlei ihres Mannes als eine einfache Angestellte abspeisen lassen, mit einem Gehalt, das gerade einmal die Sozialleistungen und die Renteneinzahlungen abgedeckt hatte. Aber Peter hatte ihr gegenüber immer wieder betont, dass ein Chef-Angestellten-Verhältnis für sie beide das vernünftigste Modell wäre, um ihre gemeinsame Zukunft abzusichern, wobei er selbstverständlich die Chefposition für sich selbst beansprucht hatte. Dabei war sie diejenige gewesen, die die Firma geleitet, die Mandanten betreut, den Kundenstamm erweitert und nebenher auch noch die ganze Büroorganisation überwacht hatte. Peter hatte diese Tätigkeiten stets als unwichtig abgetan, und Carola hatte schon bei ihrer Hochzeit vor zwanzig Jahren gewusst, dass sie das Ruder in die Hand nehmen musste, wenn ihre neu gegründete Firma Erfolg haben sollte. Ihren Mann durfte sie nicht mit lästigen Alltagsproblemen belasten, dazu war er viel zu sensibel. Jedes noch so kleine Hindernis, egal ob privater oder geschäftlicher Natur, stellte für ihn eine unüberschaubare Hürde dar, deren Überwindung von ihm stets zu einer komplizierten Entscheidungsfrage hochstilisiert wurde. Also hatte sie sich schon früh darauf eingestellt, ihn gar nicht erst mit Dingen zu konfrontieren, die von ihr im Handumdrehen geregelt werden konnten. Carola lachte bitter auf. Wie wenig sensibel er wirklich war, war ihr erst klar geworden, als sie durch einen dummen Zufall die Existenz seiner langjährigen Geliebten entdeckt und ihn mit seiner Lebenslüge konfrontiert hatte. Keinen Herzschlag später hatte er ihr *gekündigt* – ihr, seiner eigenen Frau, und hatte sie wie eine Hilfskraft abserviert, er hatte sogar die Büroschlösser auswechseln lassen, damit sie keinen Zugang mehr zu ihrer gemeinsamen Firma hatte. Gleichzeitig hatte er jede Kommunikation zwischen ihnen eingestellt und war nur noch über seinen Anwalt für sie zu sprechen gewesen, womit er auch einen deutlichen Schlussstrich unter ihre persönliche Beziehung gezogen hatte. Sie hatte seiner offen gezeigten Kälte fassungslos gegenübergestanden und war noch immer zutiefst gekränkt über die abrupte Beendigung ihrer langjährigen Partnerschaft, wobei sie die fristlose Kündigung am meisten getroffen hatte. Carola hatte nicht gewusst, wie sie sich dagegen zur Wehr setzen sollte, zumal die Firma bei ihrer Gründung allein auf Peters Namen eingetragen worden war und Carola das damals völlig in Ordnung gefunden hatte. Was für ein Irrtum!

Zurückblickend konnte sie nicht mehr verstehen, warum sie das alles ohne jeden Widerspruch akzeptiert hatte. Doch alles Grübeln half nun nichts mehr, und die selbstzerstörerischen Vorwürfe, mit denen sie sich seit Monaten quälte, ohne eine plausible Antwort gefunden zu haben, machten es auch nicht besser.

Um sich abzulenken, drehte Carola das Radio lauter, doch der Empfang war gestört. Wie gerne hätte sie jetzt eine CD eingelegt und sich ein schönes Konzert angehört, wie in ihrem Mercedes zu Hause in Deutschland. Aber nun gab es kein Zuhause und auch keinen Mercedes mehr.

Die Landschaft war majestätisch schön. Seit sie bei Little Fort den Highway Nummer Fünf verlassen und den bereits geräumten Pass ohne Schwierigkeiten überquert hatte, fuhr sie die einsame Vierundzwanziger entlang, auf der ihr bislang noch kein einziges Fahrzeug begegnet war. So hatte sie viel Zeit zum Nachdenken – viel zu viel Zeit –, und Carola war froh, als sie endlich die Abbiegung zum Horse Lake erreichte.

Nur eine Viertelstunde später tauchte am rechten Straßenrand ein hölzernes Eingangstor auf, an dessen Querbalken, der auf wuchtigen Pfosten ruhte, ein Schild mit der Aufschrift „Little Loon Ranch" baumelte. Carola hielt vor dem Pferdegatter an, das das gesamte Gelände umgab, stieg aus und schob dessen beide Flügel schwerfällig durch den frisch gefallenen Schnee nach außen. Eine kleine Tafel mahnte den Besucher, das Gatter wegen der auf dem Gelände freilaufenden Pferde und Hunde doch bitte sofort wieder hinter sich zu schließen. Also fuhr Carola durch das Tor und drückte das Gatter wieder zu, das nun eine Schleifspur in Form eines rechten Winkels auf dem Boden zurückließ – eine Vertiefung, die schon bald wieder vom Neuschnee bedeckt sein würde. Ihre Kapuze war bereits weiß gepudert, und sie schüttelte sich kurz, bevor sie wieder ins Auto stieg. Die Auffahrt zum Haus war frisch geräumt, und Maria schien den Wagen gehört zu haben, denn sie stand schon wartend unter dem schützenden Dach am Eingang des Hauses. Ihre rundliche Figur steckte in einer offenen überlangen Strickjacke, die sie mit beiden Händen vorne zusammenhielt. Das Kleidungsstück war nicht besonders vorteilhaft, aber darum hatte sich Maria noch nie gekümmert, und auch sonst störte sich niemand an ihrem Aufzug, denn ihre lebhafte, warmherzige Persönlichkeit, die sich in ihrem Gesicht, ihrer Mimik, ihren Gesten und ihrer ganzen Körperhaltung unverfälscht ausdrückte, machte ihren fehlenden Sinn für Mode mehr als wett. Carola stieg aus dem Wagen, und Maria stürmte ihr winkend und lachend entgegen.

„Dass du endlich da bist! Komm rein, komm rein, wie schön dich zu sehen. Wie war die Fahrt? Anstrengend, nicht wahr? Meine Güte, du musst müde sein. Und du siehst ganz verhungert aus. Du willst bestimmt gleich einen Kaffee. Ich habe einen leckeren Stollen für uns gebacken. Ja, ich weiß, es ist noch zu früh für weihnachtliches Gebäck, aber ich wollte dieses neue Rezept unbedingt ausprobieren. Du musst mir ehrlich sagen, wie er dir schmeckt.“ Maria presste sie an sich wie eine lang verloren geglaubte Tochter, und Carola vergaß augenblicklich ihre Bedenken, ob sie die Nähe ihrer Freundin wohl für mehrere Tage würde ertragen können. Marias ausgeprägter Umsorgungstick war nur eine Seite der Medaille, die andere war ihre unschätzbar wertvolle Gabe, die schlechte Laune anderer Leute einfach hinwegzaubern zu können. Sie stellte Fragen, auf die sie die Antworten gleich mitlieferte, wobei sich ihre Hauptthemen fast immer um körperliches Wohlbefinden, Essen, Trinken und Schlafen drehten und natürlich stets auch um das seelische Heil ihrer Schutzbefohlenen. Man konnte sich wohlig in Marias plappernde Fürsorglichkeit fallen lassen und sich dabei entspannt und sicher fühlen.

„Ich habe dir ein Geschenk mitgebracht.“ Carola löste sich nur mit Mühe aus der Umarmung ihrer Freundin, die zwar ein paar Zentimeter kleiner als sie, dafür aber wesentlich kräftiger gebaut und voller positiver Energie war. Carola beugte sich in den Wagen: „Schau, was ich dir mitgebracht habe, ein Kochbuch für bayerische Rezepte. Ich hoffe, du hast es noch nicht in deiner Sammlung." Sie hatte das Geschenk bereits griffbereit auf den Rücksitz gelegt und drückte es Maria nun in die Hand.

Maria warf einen flüchtigen Blick in das Kochbuch. „Wunderbar, da sind ja lauter traditionelle Gerichte drin. Nein, dieses Buch habe ich noch nicht – ich verspreche dir, dir etwas daraus zu kochen. Komm, zieh diese blöde Jacke aus. Das Ding wiegt ja bestimmt eine Tonne, dabei ist es doch noch gar nicht so kalt. Aber warte erst einmal bis Januar, wenn es so richtig eisig wird, dann wirst du sie noch gut gebrauchen können."

„Es ist die einzige Jacke, die ich mitgebracht habe", antwortete Carola, „und da ich jetzt sparen muss, dachte ich mir, besser eine gute Jacke als drei schlechte."

Maria lachte. „Ja, ich erinnere mich noch gut an deine Angewohnheit, alles gleich in dreifacher Ausführung zu kaufen."

„Aber immer in drei verschiedenen Farben", rechtfertigte sich Carola und fiel in Marias Lachen mit ein.

Da umarmte Maria sie wieder. „Wenigstens kannst du noch lachen, das ist schön. Ich hatte nämlich schon Angst um dich, nach allem, was du durchgemacht hast."

Carola nickte und erwiderte den festen Druck von Marias Armen. „Ja, ich kann noch lachen, aber nur, weil ich jetzt bei dir bin. In den letzten Monaten ist es mir allerdings ganz schön vergangen."

Maria zog Carola mit sich in die geräumige Wohnküche, in der ein gusseiserner Ofen vor sich hin bullerte und für behagliche Wärme sorgte. Wie bei jedem ihrer vorangegangenen Besuche fühlte sich Carola sofort in dem kunterbunten Durcheinander von kitschigen, aber gemütlichen Einrichtungselementen zu Hause. Maria schreckte weder vor mit Kreuzstich bestickten Kissen, die den Besucher zum Verweilen einluden, noch vor liebevoll arrangierten Plastikblumen und Tischlampen mit elektrischen Kerzen zurück. Dafür verliehen die matt glänzenden Baumstämme, aus denen die Wände gezimmert waren, und der alte, polierte Dielenboden dem Holzhaus einen einzigartigen Charme, und der Blick aus dem Küchenfenster auf eine uralte Tannengruppe, die auf einer leichten Anhöhe stand und sich gegen den weiten, strahlend blauen Himmel abzeichnete, belohnte den Betrachter mit einem Motiv vollkommener Harmonie, wie nur die Natur selbst es hervorbringen konnte.

„Setz dich endlich und erzähl mir alles, das wird dir guttun. Auspacken können wir noch den ganzen Nachmittag, denn Gerd wird erst gegen Abend wieder zurückkommen. Er lässt sich übrigens entschuldigen."

„Ist doch klar", meinte Carola verständnisvoll, „die Geschäfte haben Vorrang."

Gerd und Maria hatten vor über zehn Jahren Deutschland verlassen, und sie wussten selbst nicht mehr so recht, wie und warum sie schließlich in der Wildnis Kanadas gelandet waren. Schon kurz nach ihrer Ankunft in Montreal hatten sie das Land mit dem Zug bereist und dabei Britisch-Kolumbien für sich entdeckt. Die wilde Schönheit der Cariboo Mountains hatte sie verzaubert und in einen euphorischen Zustand versetzt. Und so waren sie bei Lone Butte entschlossen aus dem Zug ausgestiegen und hatten sich an einem der tausend Gebirgsseen, die oftmals nicht größer als ein Teich waren, ein Häuschen gemietet. Wenige Monate später hatten sie dann einen Container mit ihrem Hausrat aus Deutschland nachkommen lassen und ihr neues Leben in Kanada begonnen. Gerd hatte gleich zu Beginn eine kleine Baufirma gegründet, und Maria hatte ihrerseits versucht, die gemeinsame Haushaltskasse mit Teilzeitjobs aufzubessern, nachdem die Aufträge anfänglich äußerst spärlich eingegangen waren. Mittlerweile lief Gerds Firma jedoch besser, als es sich die beiden je erhofft hatten, und sie kannten keine materiellen Sorgen mehr.

„Was überlegst du gerade?“, fragte Maria, die mit einer Kaffeekanne und einem voll beladenen Tablett wieder zur Eckbank zurückkam.

Carola schreckte auf. „Ich habe mich gerade daran erinnert, wie ihr hier begonnen habt. Ich dachte an die schwere Zeit, die ihr anfangs durchmachen musstet, und wie sich danach alles zum Guten gewendet hat, und ich frage mich, ob es mir wohl genauso ergehen wird.“

„Keine Sorge, nur nichts überstürzen“, Maria tätschelte Carolas Hand und goss dann Kaffee in ihre beiden Tassen, „was du jetzt vor allem brauchst, ist zunächst einmal Ruhe. Du weißt, dass du hier wohnen kannst, solange du willst. Betrachte es als dein Zuhause. Du warst doch schon oft genug auf Besuch und kennst dich ganz gut aus.“

Carola wehrte ab. „Ich glaube nicht, dass ich lange bleiben werde. Man sollte sich nie bei einem verheirateten Paar einnisten.“

„Also bitte, so etwas darfst du nicht einmal denken“, widersprach Maria, „Gerd ist doch den ganzen Tag außer Haus, entweder im Büro in 100-Mile oder bei Kunden, und ich bin wirklich froh, dass du endlich da bist und ich etwas Gesellschaft habe. Es gibt hier so viel zu tun, und gemeinsam macht es einfach viel mehr Spaß, vor allem im Advent. Wir werden Plätzchen backen, Geschenke einkaufen und Freunde treffen. Weihnachten kommt schneller, als du denkst."

Der Gedanke an die Festtage war schmerzhaft für Carola. „Das kommt überhaupt nicht in Frage. Es ist erst Anfang November, und ich kann dir versichern, dass ich mich noch diesen Monat darum kümmern werde, wo ich zukünftig leben und was ich tun werde. Aber wenn ich bis dahin bei euch wohnen kann, wäre ich euch sehr dankbar."

„Das ist doch selbstverständlich. Schließlich war ich diejenige, die dir geraten hat, hierherzukommen, oder etwa nicht? In München wärst du nur versauert. Schrecklich! Der Gedanke, wie du allein in dem großen Haus sitzt und nicht mehr in dein eigenes Büro gehen darfst, hat mich ganz verrückt gemacht."

Carola zuckte zusammen. Der Morgen, an dem sie ihr Büro betreten wollte und feststellen musste, dass ihr Schlüssel nicht mehr ins Schloss passte, war ihr noch gut im Gedächtnis. „Ein Glück zumindest, dass ich das Haus so schnell verkaufen konnte. Die Lage auf dem Immobilienmarkt ist zurzeit nicht besonders rosig."

„Hast du wenigstens einen einigermaßen guten Preis dafür bekommen?"

„Es geht, ich muss zufrieden sein. Jedenfalls hat mir der Verkauf ein gewisses Sicherheitspolster verschafft. Und jetzt lass uns mal sehen, ob du überhaupt noch backen kannst." Mit diesen Worten griff Carola nach der Kuchenschaufel und lud sich ein übergroßes Stück Stollen auf ihren Teller. „Einen Vorteil hat das ganze Drama immerhin. Ich habe über fünf Kilo abgenommen."

„Ja, sichtbar, du bist so schlank wie nie zuvor", bestätigte Maria, „aber ein paar Pfund mehr auf den Rippen könnten dir nicht schaden, du siehst wirklich ein bisschen mitgenommen aus."

Carola konnte ob dieser höflichen Untertreibung nur milde lächeln. „Du meinst wohl eher fertig, ausgepowert, erledigt. Hager und verhärmt. Alt und faltig."

Maria lehnte sich vor, um Carola etwas genauer studieren zu können. Unter den dunklen Augen, die nicht wie sonst lebhaft glänzten, lagen tiefe Schatten, und es war sogar ein leichter Anflug von Tränensäcken zu erkennen. Auch die schwarzen Haare schienen stumpfer als gewöhnlich, besaßen keinen modischen Schnitt und waren nur nachlässig im Nacken zusammengebunden. Ihr Gesicht war ungeschminkt, und obwohl sich Carola nie besonders auffällig zurechtgemacht hatte, fehlten nunmehr doch die dezenten Spuren von Wimperntusche und Lippenstift, die ihren aparten Zügen sonst immer das gewisse Etwas verliehen hatten. „Ganz so schlimm ist es nicht. Aber du brauchst eindeutig liebevolle Pflege und gutes Essen, du armes Hascherl."

Carola mampfte zustimmend. „Dein Stollen übertrifft wirklich alles." Sie fühlte sich bereits nach wenigen Bissen satt, konnte aber nicht aufhören, sich die nach Rum und Vanille duftende Köstlichkeit in den Mund zu schieben. „Bisher habe ich mir immer eingebildet, dass ich Krisen ganz gut verkrafte. Nicht, dass ich sie liebe, wirklich nicht, aber früher habe ich mich immer am wohlsten gefühlt, wenn die Hektik überhandnahm und wir im Büro völlig überlastet waren."

Maria schluckte ein großes Stück Stollen hinunter und schüttelte den Kopf. „Private Krisen sind etwas ganz anderes. Vor allem so ein Beziehungsdrama, wie du es gerade erleben musstest. Mach dir nichts vor, du wirst das alles erst einmal verarbeiten müssen."

„Glaub mir, ich habe schon viel verarbeitet – das Schlimmste liegt bereits hinter mir. Was mich jetzt noch beunruhigt, ist allein meine eigene Unentschlossenheit und Hilflosigkeit. Ich weiß einfach nicht, was aus mir werden und wovon ich in Zukunft leben soll."

Maria wies auffordernd auf den Stollen. „Immerhin hast du dich schon einmal dazu entschlossen, hierherzukommen, das genügt fürs Erste. Jetzt solltest du in Ruhe abwarten, wie sich die Dinge weiterentwickeln. Hör einfach auf, mit dem Kopf zu denken."

„Wie bitte? Womit soll ich denn sonst denken? Du sagst manchmal wirklich komische Sachen."

Maria stand auf und ging zum Schrank, um eine Flasche Baileys zu holen. Der Kaffeelikör würde ihnen guttun. „Versuch es zur Abwechslung einmal mit dem Herzen", murmelte sie dabei so leise, dass Carola sie nicht hören konnte, denn Maria war sich sicher, dass ihre Freundin sie in ihrem jetzigen Zustand noch nicht verstehen würde.

Die beiden Frauen hatten den ganzen Nachmittag geredet und dabei noch längst nicht über alles gesprochen, was ihnen auf dem Herzen lag. Um vier Uhr war Maria dann endlich vom Esstisch aufgestanden, um Feuer im Kamin zu machen. Als es endlich brannte, hatten sie sich die wenigen Schritte vom Tisch hinüber zum Feuer bewegt und waren dort mit ihren Kaffeetassen und Likörgläsern in die tiefen Polster der Sitzgruppe gesunken. Eine Stunde später, draußen war es bereits stockdunkel, hörten sie die Haustür gehen, und Maria quälte sich hoch, um Gerd zu begrüßen, bedeutete Carola aber gleichzeitig, sitzen zu bleiben.

„Ich komme gleich", rief Gerd noch im Flur, „ich muss nur erst aus den nassen Klamotten raus", und an seinen Hund gewandt, „geh weg, Knuddl! Lass mich in Ruhe. Geh zu Frauchen." Der grauweiße Malamut, den Carola von ihren früheren Besuchen schon kannte, schien Gerd beim Stiefelausziehen helfen zu wollen. Es war das ewig gleiche Spiel, und der Hund, der Gerd überallhin begleitete, wusste genau, dass er die wichtigste Figur im ganzen Haushalt war. Nachdem sich Gerd seiner Stiefel entledigt hatte, kam Knuddl ins Wohnzimmer gelaufen, begrüßte Maria mit einem kurzen Schwanzwedeln, tapste zu Carola, beschnupperte sie oberflächlich und ging dann zurück in den Flur, von dem aus er seinem Herrn ins Schlafzimmer folgte.

„Lass den Hund nicht ins Bad", rief Maria den beiden nach, fügte aber sofort hinzu, „was rede ich da nur? Natürlich wird der verflixte Hund ins Bad gehen. Mir hört ja doch keiner zu."

„Wie sieht es denn mit Welpen aus?", fragte Carola, die sich wieder daran erinnerte, dass bei ihrem letzten Besuch im Sommer vergangenen Jahres die Rede davon gewesen war, Knuddl mit der bildschönen Nachbarshündin zusammenzubringen.

„Ach, ich weiß nicht, wir haben uns immer noch nicht dazu entschließen können, weil wir nur ein Junges behalten, gleichzeitig aber sicher sein wollen, dass die anderen Welpen ein gutes Zuhause finden." Maria stutzte auf einmal und meinte dann mit einem hinterlistigen Grinsen: „Für einen der Welpen hätte ich ja schon ein perfektes Heim gefunden. Wenn du in Kanada bleibst, wirst du doch sicher auch einen Hund haben wollen, oder etwa nicht?"

„Maria, bitte, lass mich damit in Ruhe, ich bin gerade erst angekommen."

„War nur so eine Idee! Vergiss es einfach wieder. Aber falls du …"

„Vergiss was?", rief Gerd, der in diesem Augenblick das Wohnzimmer betreten hatte und mit ausgebreiteten Armen auf Carola zuging. „Mein Mädchen, schön dich zu sehen. Wie war dein Flug?"

Carola verschwand fast gänzlich in Gerds herzlicher Willkommensumarmung. Sein weiches Flanellhemd roch nach Holz, Rauch und Mann, und plötzlich fühlte sich Carola einsam wie nie zuvor.

„Lang und anstrengend." Sie blieb einfach ruhig stehen und wartete so lange, bis es ihr gelungen war, ihre aufsteigenden Tränen wieder zurückzudrängen. Erst dann löste sie sich wieder von Gerd und sah ihn an. „Aber Maria hat mich bereits schon wieder ein wenig hochgepäppelt."

„Ja, das kann sie wirklich gut. Sie ist einfach eine Urmutter." In Gerds Stimme schwang Stolz mit, „ich glaube, ich muss mich jetzt auch ein bisschen von ihr verwöhnen lassen, es war ein höllisch anstrengender Tag heute. Die Fahrerei wird mich eines Tages noch kaputtmachen."

„Dass ich nicht lache", meinte Maria, „du würdest sterben, wenn du den ganzen Tag über zu Hause wärst, so wie ich."

„Und du würdest sterben, wenn du immer unterwegs wärst." Gerd, der noch immer einen Arm um Carola gelegt hatte, umfasste seine Frau nun mit dem zweiten.

Und so gingen sie gemeinsam in die Küche hinüber, um Maria bei der Zubereitung des Abendessens Gesellschaft zu leisten.

Die darauffolgenden Tage verliefen in einem stets gleichbleibenden Rhythmus. Sie frühstückten gemeinsam, und sobald Gerd das Haus verlassen hatte, kümmerten sich Carola und Maria um den Haushalt, gingen einkaufen, aßen zusammen zu Mittag, verbrachten den Nachmittag mit Kaffeetrinken und Kuchenessen und führten dabei endlose Gespräche. An den Abenden servierte Maria ihrem hart arbeitenden Gatten üppige Mahlzeiten, denen sich Carola ebenfalls nicht entziehen konnte. Danach saßen sie stets noch lange zu dritt um den Ecktisch, plauderten über Gott und die Welt und ließen den Abend gemütlich vor dem Kamin ausklingen, natürlich immer mit einem Teller kalorienreicher Knabbereien und gefüllten Weingläsern vor sich. Nach zwei Wochen war Carola vom vielen Essen und Reden körperlich und geistig vollkommen erschöpft. Der Hosenbund ihrer Jeans spannte unangenehm, und sie fühlte sich träge und schlapp.

Bis sie sich schließlich eines Nachmittags ein Herz fasste. „Maria, ich muss hier raus. Bitte sei mir nicht böse, aber ich kann so nicht weitermachen. Denke bitte nicht, dass es mir hier nicht gefällt. Es ist wunderbar gemütlich bei euch, und ihr habt so viel für mich getan. Aber ich kann nicht ewig auf meinem Hintern sitzen bleiben und einfach nichts tun. Ich habe langsam das Gefühl, in eine Art Koma zu fallen." Sie überlegte, wie sie ihre Gefühle anschaulich verdeutlichen konnte, ohne Maria dabei zu verletzen. „Was ich brauche, ist eine Aufgabe, etwas, das mich fordert, auch wenn ich gleichzeitig Angst davor habe, etwas Neues anzufangen. Ich habe einfach nicht den Mut ... ach, ich weiß auch nicht ..."

Aber Maria hatte sie verstanden und nickte. „Ich habe schon auf so etwas Ähnliches gewartet. Du läufst seit Tagen wie ein Tiger im Käfig herum. Und ich sehe auch vollkommen ein, dass du Pläne machen musst. Aber hat das nicht noch ein klein wenig Zeit? Morgen ist bereits der erste Advent und dann kommt bald Weihnachten. Was willst du denn vor Neujahr noch groß in die Wege leiten? Jeder stellt sich jetzt auf die kommenden Feiertage ein, da kannst du doch nichts mehr planen. Und du darfst Weihnachten auf keinen Fall allein verbringen, also musst du so oder so vorerst bei uns wohnen bleiben."

Carola wusste, dass ihre Freundin recht hatte, dennoch konnte es so nicht weitergehen. „Nein, so lange kann ich auf keinen Fall warten. Ich muss so schnell wie möglich damit beginnen, ein eigenes Leben zu führen. Außerdem kann ich euch doch an den Feiertagen besuchen kommen."

„Aber wohin willst du denn ziehen?"

„Ich würde gerne hier im Cariboo bleiben." Ihre spontane Aussage überraschte sie selbst, denn bislang hatte sie noch gar nicht so richtig darüber nachgedacht. Doch sie wusste schon während sie ihren Gedanken aussprach, dass sie sich auf dem richtigen Weg befand. „Ich würde gerne irgendwo hier in der Gegend ein kleines Häuschen finden, so gemütlich wie das eure, nur nicht ganz so groß. Und vielleicht etwas weiter weg von der Stadt, wo es nicht ganz so teuer ist."

Der Horse Lake lag nur fünfzehn Minuten von 100-

Mile-House entfernt, und Gerd hatte ihr erzählt, dass sich die Stadt in den letzten Jahren wirtschaftlich gut entwickelt hatte, weshalb die Miet- und Kaufpreise in der unmittelbaren Umgebung erheblich gestiegen waren. Aber im weiteren Umkreis gab es noch immer viele Seen mit kleinen Ferienhäusern und Wochenendhütten am Ufer, die man mieten konnte.

„Gute Idee. Willst du, dass wir gemeinsam auf die Suche gehen?", unterbrach Maria Carolas Überlegungen und fuhr dann voller Begeisterung fort, ihre eigenen Vorstellungen vor ihrer Freundin auszubreiten. „Wir fangen gleich morgen damit an, die Makler in 100-Mile abzuklappern und suchen dir ein hübsches Häuschen raus. Für die erste Zeit solltest du auf jeden Fall nur etwas mieten, und zwar so lange, bis du ganz sicher weißt, wo du dich einkaufen willst. Vielleicht finden wir sogar etwas Hübsches in unserer unmittelbaren Nähe?"

„Nein", sagte Carola und war ein zweites Mal von ihrer eigenen Reaktion überrascht, „besser nicht so nah bei euch! Versteh mich bitte nicht falsch, aber ich möchte in Zukunft einfach so selbstständig wie nur irgend möglich sein. Deshalb glaube ich auch, dass ich mir ganz alleine etwas Geeignetes suchen sollte. Du hast jetzt so viel zu tun mit deinen Plätzchen und all dem Weihnachtskram. Außerdem hast du schon genug für mich getan. Wirklich, ich will, kann und werde das alles ganz alleine schaffen."

Maria seufzte tief, als hätte sie großen Kummer. Aber ihr Blick sagte Carola, dass sie sie verstand und insgeheim vielleicht sogar ein wenig erleichtert war, denn sie hatte wirklich viel Arbeit vor sich. Die Weihnachtszeit war für sie die schönste im ganzen Jahr, und sie stürzte sich, wie immer, mit grenzenloser Begeisterung in die anstehenden Vorbereitungen. „Ich darf dir aber wenigstens mein Auto zur Verfügung stellen!"

„Nein, ich werde mir wieder eines mieten", lehnte Carola, die den Mietwagen vom Flughafen kurz nach ihrer Ankunft bei Maria aus Kostengründen wieder abgegeben hatte, mit Nachdruck ab.

„Kommt nicht in Frage. Entweder nimmst du meinen Wagen, oder wir haben keine Vereinbarung. Basta!"

Carola war über die Entschlossenheit ihrer Freundin verblüfft. „Und du? Was willst du denn ohne deinen Wagen machen? Gerd kann auf sein eigenes Auto während der Woche nicht verzichten, also kannst du auch nicht darauf zurückgreifen, und sei ehrlich, ohne fahrbaren Untersatz bist du hier verloren."

„Kein Problem", antwortete Maria, „ich habe genügend Freunde in der Gegend, die mir gerne aushelfen werden."

„Bei dir ist nie was ein Problem. Aber gut, ich danke dir und werde dein Angebot annehmen, allerdings nur für die nächsten Tage. Vielleicht geht es ja ganz schnell, und ich finde in Rekordzeit ein schnuckeliges, abgeschiedenes, supergünstiges Häuschen, das nur darauf wartet, endlich von mir bewohnt zu werden. Was glaubst du, wo sollte ich mit meiner Suche beginnen?"

„Warte, ich hole eine Landkarte", rief Maria begeistert. Damit würde sie zumindest in die Planung involviert sein und Carola indirekt beistehen können. Die Freundinnen begannen die Karte zu studieren und alle Vor- und Nachteile der Region gegeneinander abzuwägen. Maria erwähnte außerdem die Namen von verschiedenen Freunden und Bekannten, die Carola bei ihrer

Suche vielleicht weiterhelfen konnten und bei denen sie, wenn sie in deren Gegend sein würde, einfach anklopfen sollte. Carola notierte sich geflissentlich alle Namen und Anregungen und fühlte sich plötzlich so lebendig wie schon seit Langem nicht mehr.

2

Seit über einer Woche war Carola jeden Tag mit Marias Wagen, einem winterfesten Chrysler mit Vierradantrieb unterwegs, mit dem sie auch noch auf den schmalsten Landstraßen unbedenklich fahren konnte. Es schneite unentwegt – winzige, dichte Flocken fielen vom Himmel herab und legten einen undurchsichtigen Schleier über die ganze Landschaft. Man konnte kaum mehr die vereinzelten Baumgruppen auf den sanft geschwungenen Hügeln erkennen, die den Weg vom Wohnhaus der „Little Loon Ranch" bis zur Straße säumten, und Carol kam ihre verbissene Suche nach einer festen Bleibe an diesem Morgen plötzlich vollkommen sinnlos und maßlos übereilt vor, obwohl sie das Gelände der Ranch noch nicht einmal verlassen hatte.

„Du lieber Himmel, ich mache in letzter Zeit wohl gar nichts mehr richtig", schimpfte Carola vor sich hin, die vor Kurzem damit begonnen hatte, während ihrer einsamen Fahrten Selbstgespräche zu führen.

Trotzdem bog sie, nachdem sie pflichtbewusst das hölzerne Einfahrtstor zur Auffahrt hinter sich geschlossen hatte, von der Horse Lake Road in die McMillan Road ein und fuhr, wie von ihrer Freundin angewiesen, in südlicher Richtung weiter. Am Ende der Straße sollte sie dann wieder links abbiegen und der Richtung nach Green Lake folgen, bis sie an den Watch Lake gelangen würde, an dem ein Haus zur Miete angeboten wurde, das in ihrer Preisklasse lag. Die Besitzer verlangten nur zweihundert Dollar Miete pro Monat.

Auf Carolas Konto befanden sich noch genau dreihunderttausend Dollar, für viele Menschen eine Summe, von der sie nur träumen konnten, aber ohne festes Einkommen und ohne einen konkreten Plan für die Zukunft, noch dazu in einem Land, in dem sie fast niemanden kannte und ihren Beruf als Steuerberaterin wahrscheinlich nie wieder ausüben könnte, machte sich Carola ernsthafte Existenzsorgen.

Zum wiederholten Mal begann sie zu rechnen. Wenn ich jeden Monat nur tausend Dollar ausgebe, kann ich theoretisch von meinen Ersparnissen leben, bis ich meine kümmerliche Rente bekomme. Fein! Das bedeutet, dass ich in den nächsten fünfundzwanzig Jahren den Gürtel enger schnallen muss, weil ich sonst zu früh pleite bin. Großartig! Mit tausend Dollar im Monat auszukommen, wird nicht einfach werden. Außerdem werden die Kosten all die Jahre nicht stagnieren, ich stelle also eine Milchmädchenrechnung auf. Allerdings würde sie Zinsen bekommen, doch wie viel machte das aus? Ich muss unbedingt mit der Bank verhandeln und endlich einen Teil meines Geldes fest anlegen.

Sie war so sehr in ihre Berechnungen versunken, dass sie das langsame Fahrzeug vor sich nicht mit der gebotenen Aufmerksamkeit wahrnahm. Der Pick-up bremste plötzlich ab, setzte gleichzeitig den rechten Blinker und bog dann, kaum dass sein Hinterlicht den nachfolgenden Verkehr hatte vorwarnen können, scharf rechts in eine versteckt liegende Abfahrt ein. Carola war, wie immer, wenn sie sich während einer Autofahrt auf ein Problem konzentrierte, zu schnell gefahren. Sie begann sofort zu bremsen, aber die Fahrbahn war wegen der nächtlichen Kälte stellenweise noch immer vereist, und zusätzlich hatte der Wind Schnee vom Straßenrand auf die Fahrbahn geweht, so dass man die glatten Stellen nicht erkennen konnte. Ausgerechnet jetzt war Carola auf eine dieser Eiswehen geraten, und ihr Wagen fing unwillkürlich zu schlittern an. Sie versuchte gegenzulenken und hatte es schon fast geschafft, den Wagen wieder unter Kontrolle zu bringen, als die Räder rechts eine Spur zu weit über den Straßenrand hinausrutschten und in einem schneebedeckten Graben zum Stillstand kamen.

„Oh nein, so ein Mist! Nicht auch das noch!" Frustriert schlug Carola mit der flachen Hand auf das Lenkrad und versuchte, obwohl sie genau wusste, dass es aussichtslos war, den Wagen mit vorsichtigem Gasgeben wieder auf die befestigte Straße zu manövrieren. Dabei drehte das rechte Vorderrad durch und grub sich immer tiefer in den Schnee ein, bis der Wagen schließlich hoffnungslos feststeckte. Sie stieg aus, um den Schaden zu begutachten und stellte erleichtert fest, dass ihre Schlitterpartie wenigstens ohne Schrammen an der Karosserie abgegangen war. Die rechten Reifen waren zwar tief im Schnee versunken, doch das am Straßenrand aufgetürmte und gefrorene Weiß, das den Lack so leicht verkratzen konnte, hatte die Beifahrerseite nicht gestreift. Die Redensart vom „Glück im Unglück" schoss ihr durch den Kopf. Als sie dann jedoch sah, wie weit der Wagen noch auf die Straße hinausragte und wie wenig übersichtlich die nächste Kurve war, dachte sie nur noch daran, wie sie so schnell wie möglich einen Abschleppwagen herbeirufen konnte. Etwas weiter vorne, nicht weit von der Abbiegung entfernt, die der Pick-up genommen hatte, sah sie mehrere Gebäude. Also sperrte sie ihren Wagen sorgfältig ab, obwohl sie sich dabei ziemlich lächerlich vorkam – wer würde schon auf die Schnelle ihr festgefahrenes Auto stehlen? – und lief auf die langgezogene Reihe einstöckiger Holzhäuser zu. Wobei es sich eher um Holzhütten mit hochgezogenen Bretterfronten handelte, auf denen die Namen der Geschäfte aufgemalt waren, mit niedlichen Eingangstüren und Säulen unter überdachten Veranden. Ein typisch kanadischer Geschäftskomplex entlang einer Hauptstraße, mitten im Nirgendwo.

Wo bin ich hier eigentlich?, fragte sich Carola, als sie den ersten Laden, offensichtlich ein Büro, betrat. Ein Mann stand mit dem Rücken zu ihr an einem Faxgerät, und so konzentrierte sich Carola auf ihre Englischkenntnisse, die sie bisher noch nicht sonderlich in Anspruch hatte nehmen müssen.

„Good morning", sagte sie, weil die Uhr an der Wand zehn Minuten vor zwölf anzeigte, was in englischsprachigen Ländern bedeutete, dass es immer noch Morgen war. Schlag zwölf würde es dann Nachmittag sein, und man durfte „good day" oder einfach „hello" sagen. „Entschuldigen Sie bitte die Störung, aber ich brauche Hilfe."

Der Mann drehte sich um. Er war sehr jung, sehr blond und unverschämt attraktiv. Seine dunkelblonden Haare und das helle Flanellhemd brachten das tiefe Blau seiner Augen zum Leuchten, und seine gesunde Hautfarbe, die für Kanadier, die auf dem Land lebten und auch im Winter viel Zeit im Freien verbachten, typisch war, verlieh ihm das Strahlemannaussehen eines aufstrebenden Jungschauspielers. Eindeutig eine Spur zu schön, fand Carola, und wahrscheinlich strohdumm im Kopf. „Das hat mir gerade noch gefehlt“, murmelte sie auf Deutsch und ließ gleich eine Erklärung auf Englisch nachfolgen, „ich habe mein Auto dort hinten an der Straße in den Graben gefahren. Könnte ich vielleicht bei Ihnen telefonieren?“

Der junge Mann lächelte ein selbstbewusstes Lächeln, das sie in ihrer Annahme, einen eingebildeten Schnösel vor sich zu haben, bestärkte.

„Natürlich“, sagte er und betrachtete sie dabei so ungeniert, dass sie unbewusst die Arme vor ihrer Brust verschränkte, um sich besser gegen die allzu offensichtliche Begutachtung ihrer Person wehren zu können. Seine Augen, die prüfend über ihren Körper gewandert waren, blieben nun an ihrem Gesicht haften und hielten ihrem abweisenden Blick stand. Er lächelte noch immer, sogar noch breiter als vorher, und griff nach dem Telefon. „Hier, bitte. Wollen Sie Hilfe rufen?“

„Ja. Meine Freunde wohnen am Horse Lake. Ich hoffe, dass sie zu Hause sind.“

Der Mann hatte die Hand auf das Telefon gelegt und ließ sie dort liegen. Carola, die auf keinen Fall einen Kampf ums Telefon beginnen oder ihn berühren wollte, wartete daher schweigend ab, was er als Nächstes tun würde.

„Das ist viel zu weit weg“, meinte er schließlich nach einer längeren Pause.

„Warum? Wo bin ich eigentlich?“

„Kurz vor dem Bridge Lake.“

„Dann habe ich die Abzweigung zum Watch Lake wohl verpasst?“

Der Mann lachte laut auf. „Das kann man wohl sagen. Kein Wunder, dass Sie im Graben gelandet sind, Sie haben wohl ein wenig geträumt." Noch immer lag seine Hand beschützend auf dem Hörer.

„Ganz und gar nicht! Irgend so ein Trottel ist mit seinem Pick-up hier abgebogen und hat mich dabei ausgebremst. Wenn ich nicht so schnell reagiert hätte, wäre noch viel mehr passiert." Sie wurde ärgerlich. Bis Gerd sie abholen könnte, würde es wahrscheinlich schon dunkel und damit eindeutig zu spät sein, um das Haus am Watch Lake noch zu besichtigen. Wieder ein Tag mehr, der sie ihrem Ziel keinen Millimeter näher gebracht hatte.

„Ich heiße Jason", stellte sich der Mann vor und nahm nun endlich seine Hand vom Telefon. „Und ich bin der Trottel."

„Wie bitte?"

„Der Pick-up dort draußen, das ist meiner."

Carola drehte sich um und sah durchs Fenster. Sie musste vorher an Jasons Wagen vorbeigegangen sein, ohne ihn zu bemerken. Was war nur heute mit ihr los? „Entschuldigung. So habe ich es nicht gemeint. Also, ich meine, ich war bestimmt selbst schuld. Ich bin vielleicht etwas zu schnell gewesen ...", sie verstummte.

„Okay, dann wollen wir mal." Jason kam um den Tresen herum und griff im Vorbeigehen nach seiner Jacke. „Wie heißen Sie eigentlich?"

„Carola. Was haben Sie vor?" Es war eine alberne Frage, denn sie wusste, dass er ihr helfen wollte. Also setzte sie hinzu: „Ich will Sie wirklich nicht belästigen. Sie haben sicher zu tun."

„Sieht nicht danach aus. Ich war nur hier, um den Anrufbeantworter und die Post zu checken. Aber da heute keine Anfragen gekommen sind, gibt es auch keine Arbeit. Gehen wir, Carol?"

Es klang nett, wie er ihren Namen verkürzt ausgesprochen hatte. Jason schlüpfte in eine dickwattierte, grün-blau karierte Jacke, die wie ein Hemd geschnitten war und die ihr ganz und gar nicht so vorkam, als würde sie zum Schutz gegen die Dezemberkälte taugen, wechselte seine dünnen Halbschuhe gegen fast kniehohe Sorelstiefel, die er nachlässig oben offen ließ, und war danach aufbruchsbereit. Er hielt ihr die Tür auf, schloss sie hinter ihnen wieder ab und nahm sie dabei wie selbstverständlich am Ellbogen, um sie über die glatt geräumte und vereiste Fläche vor seinem Büro zu führen. Schweigend trottete sie bis zu ihrem Wagen neben ihm her.

Jason begutachtete den Schaden. „Das ist keine große Sache. Warten Sie hier, ich hole nur meinen Pick-up, dann werden wir die Kiste ruck, zuck wieder aus dem Graben ziehen. Sie haben wirklich Glück, dass Sie diesem Trottel nicht auch noch draufgefahren sind, sonst wäre es mit Sicherheit nicht so glimpflich abgelaufen. Sie sind bestimmt eine gute Fahrerin." Dabei schmunzelte er verschmitzt.

„Nur unter einer Bedingung", sagte Carola, der Jason auf einmal gar nicht mehr so arrogant vorkam. Eigentlich schien er sogar ein ausgesprochen netter Kerl zu sein. Zwar war er ihr noch immer viel zu attraktiv für einen Mann, aber er war, und bei diesem Gedanken wurde sie unsicher, denn vielleicht hatte sie sich die herausfordernde Musterung ihrer weiblichen Rundungen zuvor nur eingebildet, höflich und zuvorkommend ihr gegenüber. Sie überlegte kurz, ob sie ihm Geld anbieten sollte, verwarf den Gedanken jedoch wieder. „Sie müssen mir versprechen, dass ich Sie danach zumindest auf einen Kaffee einladen darf."

„Selbstverständlich. Mit Kuchen!"

„Selbstverständlich!"

Eine halbe Stunde später parkten ihre beiden Fahrzeuge bereits nebeneinander vor seinem Büro, und Carol – die sich spontan dazu entschlossen hatte, von nun an generell die englische Version ihres Namens zu benutzen, da diese für die Einheimischen einfacher auszusprechen war – Carol also, hatte vor Erleichterung Tränen in den Augen, als Jason ihr nochmals bestätigte, dass Marias Auto tatsächlich unbeschädigt geblieben war. Beim Abschleppen war Carol kurz von der panischen Vorstellung befallen worden, dass die Achse vielleicht doch gebrochen oder irgendein anderes technisches Teil, von dem sie nichts verstand, kaputtgegangen sein könnte, aber nichts davon war eingetreten.

„Sehr schön, und wohin gehen wir jetzt?", fragte sie, während Jason sein Abschleppseil im Kofferraum verstaute. „Ich kenne mich in dieser Gegend leider überhaupt nicht aus."

Er ging zu seinem Büro und schloss die Tür wieder auf. „Kommen Sie rein. Dann mache ich uns einen richtig guten Kaffee."

„Aber ich wollte Sie einladen und nicht umgekehrt! Ich muss mich doch irgendwie für Ihre Hilfe bedanken. Wir sollten also irgendwohin gehen, wo es nett und gemütlich ist und es zudem guten Kuchen gibt."

„Tut mir leid", sagte Jason, „aber Sie scheinen nicht zu wissen, dass wir uns hier mitten in der kanadischen

Wildnis befinden. Erwarten Sie denn wirklich ein Café gleich um die Ecke? Sie werden schon mit meinem Kuchen vorliebnehmen müssen, aber ich verspreche Ihnen, er ist prima, denn meine Mutter backt den besten Applepie im ganzen Cariboo."

Resigniert zog Carol ihren Anorak aus und nahm auf dem Stuhl Platz, den Jason ihr angeboten hatte. Währenddessen zog Jason einen zweiten Stuhl hinter dem Tresen hervor und ging dann nach hinten zu einer kleinen Kochnische, um dort Kaffee aufzusetzen.

„Übrigens brauchen Sie sich keine Gedanken darüber zu machen, dass Sie mich nicht einladen können. Ich bin ausgesprochen froh, wenn Sie mir Gesellschaft leisten, denn ohne Arbeit ist es einfach langweilig im Büro", rief er ihr zu.

„Was machen Sie eigentlich?", wollte Carol höflich wissen und sah sich in dem winzigen Raum um, der hauptsächlich aus dem Tresen, einem niedrigen Tisch und einem Stuhl davor bestand. Sie hätte sich die Frage sparen können. Hinter dem Tresen stand ein wandhohes Regal voller Akten, die mit Gummibändern zusammengehalten waren und aus denen einzelne Blätter hervorquollen. Die gegenüberliegende Wand war mit Landkarten bedeckt, deren Ecken von Reißnägeln daran gehindert wurden, sich wieder zusammenzurollen. Der Arbeitsplatz eines Anwalts vielleicht, oder ...

„Ich bin Immobilienmakler", antwortete ihr Jason, als er mit zwei Tassen und einer Aluminiumschale zurückkam, in der sich der Kuchen seiner Mutter befand. „Die meiste Zeit über zumindest."

„Das trifft sich ja gut", merkte Carol an.

„Was trifft sich gut?"

„Dass Sie Makler sind. Da muss ich gleich mal nachsehen, ob ich Sie auch auf meiner Liste habe. Wie heißt denn Ihre Firma?“ Carol kramte in ihrer Handtasche nach der Liste, glaubte allerdings nicht, dass Maria sie so weit geschickt hatte.

„Golden Lakes Estate Agent. Nicht, dass die Seen hier voller Gold wären, zumal sich der Goldrausch früherer Zeiten weiter nördlich abgespielt hat, das ist nur eine Anlehnung an meinen Namen. Ich heiße Jason Golden!”, erklärte er ihr.

Sie schüttelte den Kopf. „Sie stehen nicht auf meiner Liste. Sind Sie wirklich Makler?“

Jason lehnte sich provozierend an den Tresen und betrachtete sie eindringlich. „Wieso fragen Sie? Glauben Sie mir etwa nicht?“

„Oh, es ist nur ..., Sie wirken so ... so jung.“

„Tatsächlich? Sind dreißig Jahre nicht alt genug?“

Seine Stimme klang bei diesen Worten so verführerisch sanft und einschmeichelnd, dass Carol für eine Sekunde lang glaubte, dass er in Wirklichkeit meinte, alt genug für etwas ganz anderes zu sein. Aber das war sicher nur wieder ihre blühende Fantasie. Sie riss sich zusammen. „Doch, doch, selbstverständlich. Ich meine nur, die meisten Makler, die ich kenne, sehen einfach älter aus.“

„Kennen Sie denn viele?“

„In der Zwischenzeit habe ich wohl so ziemlich alle in 100-Mile und der näheren Umgebung kennengelernt. Ich suche nämlich gerade nach einem Haus.“

Sofort änderten sich Jasons Haltung und Gesichtsausdruck. Nun blickte er nicht mehr spöttisch, sondern interessiert. „Was für ein Haus suchen Sie denn? Wollen

Sie mieten oder kaufen? Vielleicht kann ich Ihnen ja weiterhelfen?"

Warum eigentlich nicht, dachte Carol. Der Bridge Lake stand als zukünftiger Zufluchtsort zwar bislang nicht auf ihrem Plan, aber je weiter sie sich von der Zivilisation wegbewegte, umso besser würde es für ihr Bankkonto und wahrscheinlich auch für ihr Seelenheil sein. Das Bild einer einsamen Blockhütte tauchte vor ihr auf, verschneit zwischen hohen Bäumen an einem romantischen See gelegen, und sie sah sich friedlich und alleine, fernab aller Probleme, und vor allem ungeheuer billig, in dieser urgemütlichen Bastion aus Holz und Glas sitzen. „Ja, warum eigentlich nicht? Ich erkläre Ihnen gerne, wonach ich suche."

Die nächste Stunde unterhielten sie sich bei Kaffee und Kuchen über Mietobjekte, Grundstücke und Häuser, während es draußen wieder zu schneien begann.

„Es hat keinen Sinn, heute noch in der Gegend herumzufahren", meinte Jason abschließend, „außerdem muss ich erst noch ein paar Telefonate führen, bevor ich Ihnen etwas zeigen kann. Wenn es Ihnen also recht ist und das Wetter mitspielt, können wir morgen früh mit unserer Suche beginnen. Ich schlage vor, wir telefonieren uns so gegen neun Uhr zusammen."

Carol war Jason dankbar – ein Gefühl, das sich während ihrer Heimfahrt noch verstärkte, je länger sie darüber nachdachte. Er hatte nicht in ihrem Privatleben herumgestochert und hatte nicht von ihr wissen wollen, wo sie herkam, was sie vorhatte oder warum sie ganz allein in dieser Wildnis eine Bleibe suchte. Außerdem schien er ein guter Geschäftsmann zu sein, denn er hatte die richtigen Fragen gestellt, um ihre Vorstellungen bezüglich des gewünschten Mietobjekts kennenzulernen, und sie bemerkte erst jetzt, dass sie ihm dabei auch einiges über sich selbst erzählt hatte, ohne jedoch in Details gegangen zu sein. Seine Zurückhaltung bezüglich ihrer privaten Lage und die Diskretion, mit der er ihre Erläuterungen zur Kenntnis genommen hatte, gefielen ihr.

„Das wäre auch noch schöner", summte sie zur Musik, die auf dem Vierundzwanziger-Highway ausnahmsweise klar und laut über den Äther kam, „die emotionale Schieflage einer in Scheidung lebenden Frau mittleren Alters, die außer einem bösen Reinfall nichts vorzuweisen hat, dürfte ihn nun wirklich nicht gerade brennend interessieren." Augenblicklich wurde ihre außergewöhnlich gute Laune durch den Gedanken an ihren Mann Peter, der sich ihr in diesem Zusammenhang aufdrängte, wieder getrübt. Er ließ Gefühle in ihr hochkommen, von denen sie wusste, dass sie eine milde Depression bei ihr hervorrufen würden, wenn sie ihnen uneingeschränkt Platz machte. Was Peter anging, reichte ihre Gefühlspalette leider nur noch von Enttäuschung, Verbitterung und Hilflosigkeit bis hin zu Resignation, Ärger und Aggression. Wobei sich die maßlose Wut auf ihn, die sie manchmal überfiel, noch immer am besten anfühlte, weil sie diese am einfachsten verarbeiten konnte. Was hatte Maria ihr nicht erst neulich, bei einem ihrer Endlosgespräche über Peter, empfohlen? „Mach dir deine Abneigung gegen ihn zunutze", hatte sie gesagt, „und visualisiere einfach, wie du im Kampf gegen diesen miesen Verräter als Sieger hervorgehen wirst. Auch wenn du dich jetzt noch nicht so fühlst, hast du doch bereits gewonnen, denn du bist diejenige, die Ballast im Leben abgeworfen hat, nicht er. Du hast deine Integrität behalten und nach deinen moralischen Grundsätzen gehandelt und hast nicht, wie er, selbstsüchtig deine Gelüste ausgelebt, ohne daran zu denken, wie tief du jemanden damit verletzt. Du darfst also ruhig ein bisschen mogeln und dir zumindest in deiner Fantasie ein kleines ‚Schmankerl' gönnen", als solches hatte Maria diese Art von Rachegedanken bezeichnet, „und diesen Abschaum von Exmann ab und zu in die Hölle schicken." Nun befolgte Carol Marias Rat und stellte sich, während sie bewusst langsam zur Ranch zurückfuhr, um eine Wiederholung ihrer unfreiwilligen Rutschpartie zu vermeiden, genüsslich vor, wie sie sich mit Peter traf und er sie anflehte, zu ihm zurückzukommen. Sein glattes Gesicht, das sie früher so anziehend gefunden hatte, war in ihrem Tagtraum elend und blass. Er litt sichtbar und zutiefst unter ihrer Trennung. Begeistert trieb sie ihren Schmankerl-Traum weiter voran. In ihm war sie erfolgreich und vermögend aus Kanada zurückgekehrt und brach ihm kaltlächelnd das Herz. Sie weigerte sich, ihn wieder bei sich aufzunehmen, selbst nachdem er ihr verzweifelt dargelegt hatte, dass die Firma inzwischen pleitegegangen war, seine Freundin ihn verlassen hatte und er – ja, genau, das war gut – an einer unheilbaren Geschlechtskrankheit litt, die seine Exfreundin ihm sozusagen als Abschiedsgeschenk hinterlassen hatte!

Mit diesem befriedigenden Abschluss krönte Carol ihre Rachefantasien und bog schließlich bestens gelaunt von der Horse Lake Road ab. Sie konnte es kaum noch erwarten, Maria von dem seltsamen Treffen mit Jason zu berichten. Maria hatte jedoch noch nie zuvor von ihm gehört und dämpfte Carols Freude mit vorsichtigen Zurechtweisungen. Der Bridge Lake wäre viel zu weit von der nächsten Stadt entfernt, dort könne Carol unmöglich allein leben. Was wäre, wenn sie krank werden würde oder einen Unfall hätte? Wenn Einbrecher kämen, ein Feuer ausbräche? Außerdem war der nächste Supermarkt eine Autostunde entfernt, es gab keine Zeitungslieferung, die Post musste postlagernd abgeholt werden, das Handy funktionierte dort nicht, der nächste Nachbar lebte mindestens zehn Autominuten entfernt! Und, so gab Maria weiter zu bedenken, sie selbst hatte diese Einsamkeit im ersten Jahr kaum ertragen können, dabei hatte sie sie mit Gerd geteilt. Wie sollte es Carol da also ganz alleine aushalten? Was würde sie den ganzen Tag über machen?

„Keine Ahnung!", unterbrach Carol Marias Redefluss. „Ich habe ja auch noch nichts gemietet, aber ich kann mich doch wenigstens darüber informieren, was es in der Gegend so gibt. Und findest du es nicht auch komisch, dass mich ausgerechnet ein Makler ausbremst und dadurch zwingt, dort Halt zu machen? Du kennst mich, ich habe noch nie an Zufälle geglaubt, und dieser verflixt gut aussehende Kerl heute ..."

„Aha", Maria verstand plötzlich, „da liegt also der Hase im Pfeffer begraben. Das hättest du mir auch gleich sagen können. Wie sieht er denn aus, der gut aussehende Kerl?"

„Ich bitte dich, an was denkst du denn schon wieder?"

„An das Offensichtliche, meine Liebe!"

„Er ist erst dreißig Jahre alt!", erklärte ihr Carol, als

ob alleine diese Tatsache jede mögliche gegenseitige Anziehung schon verhindern würde. Für Maria schien es jedoch ein zutreffendes Argument zu sein.

„Oh“, sagte sie, und man konnte ihr die Enttäuschung über dieses, in ihren Augen extreme Handicap – und gleichzeitig die Erleichterung über Carols vernünftige Einstellung dazu – deutlich ansehen, „das ist natürlich ein ziemlicher Altersunterschied. Ich habe mir schon neulich überlegt, wie es wäre, wenn du hier jemand kennenlernen würdest. Es ist nicht einfach, aber Gerd und ich forsten gerade unseren gesamten Bekanntenkreis durch. Da wäre ...“

Carol hob beschwörend die Hände. „Bitte nicht! Das ist wirklich das Letzte, was mich im Moment interessiert. Kannst du dir nicht vorstellen, dass ich für eine neue Beziehung einfach noch nicht bereit bin? Ich bin doch noch nicht einmal geschieden.“

Maria klatschte sich mit der flachen Hand theatralisch an die Stirn. „Himmel, das habe ich ganz vergessen. Für dich ist Post gekommen. Von Peter!“ Maria holte den Brief, gab ihn Carol und machte sich danach rücksichtsvoll in der Küche zu schaffen.

Carol war ihr dankbar dafür und setzte sich in den Ledersessel, der als einziges Möbelstück für Knuddl tabu war. Langsam öffnete sie den Umschlag. In seinem Schreiben informierte Peter sie in knappen, sachlichen Sätzen darüber, dass er ihr Einverständnis für einen vorgezogenen Scheidungstermin benötigte. Durch ihre überstürzte Abreise habe sie ihm und seinem Anwalt echtes Kopfzerbrechen bereitet. Der Verkauf des Hauses sei juristisch gesehen nicht korrekt abgelaufen, dennoch sei er bereit, von seiner Forderung auf die Hälfte des

Verkaufserlöses abzusehen, wenn sie im Gegenzug die beiliegenden Dokumente schnellstmöglich unterschreiben und an ihn zurücksenden würde.

Sie überflog den Anhang des Briefes, der eine Scheidungseinwilligung und eine Verzichtserklärung enthielt. Peter wollte ihr das Geld vom Hausverkauf, das Carol bereits mit nach Kanada gebracht hatte, überlassen, dafür durfte sie seinen alleinigen Besitzanspruch auf die Firma nicht anfechten und keine weiteren Forderungen mehr stellen. Eine schnelle, saubere Sache. Mit etwas Glück wäre sie bereits in vier Wochen geschieden und könnte ohne die nagende Angst leben, dass er über das Konsulat versuchen würde, ihr Konto in Kanada einzufrieren oder ihr anderweitig Schwierigkeiten zu machen. Sie kannte ihn, Peter konnte unglaublich zäh und stur sein, wenn er sich im Recht glaubte. Er würde mit allen Mitteln kämpfen, und sie hatte kein großes Vertrauen in die deutsche Justiz. Aber war er denn überhaupt im Recht?

Auch Gerd und Maria, denen Carol den Brief beim Abendessen vorlas, konnten ihr diese Frage nicht beantworten.

„Du hättest dich in Deutschland mit einem Anwalt beraten sollen“, meinte Gerd nachdenklich, während er sich eine zweite Ladung Kartoffelgratin auf seinen Teller lud.

„Das habe ich doch getan, und der hat mir gesagt, dass, da ich nicht als Miteigentümer der Firma eingetragen bin, erst einmal die gesamten Vermögensverhältnisse geklärt werden müssten. Ob die Kanzlei überhaupt etwas wert sei, ob sie mit Schulden belastet wäre, ob wir weiteren Besitz haben und so weiter und so weiter. Er war der Ansicht, dass es lange dauern könnte, zwei Jahre mindestens, bis die Sachlage geklärt und die Scheidung durch wäre, und während dieser Zeit stünde mir gar nichts zu, und Peter müsse mir auch keinen Unterhalt zahlen. Ich hätte praktisch überhaupt keinen Zugriff auf das Firmenkonto und wäre gezwungen, weiterhin mit ihm im gleichen Haus zu leben. Mein Anwalt hat mich ausführlich über die gesetzlich geltenden Regeln für Partner aufgeklärt, die sich trennen wollen, aber nicht genügend Geld für zwei getrennte Haushalte besitzen. Während dieses Zeitraums dürfe ich nicht für ihn kochen, seine Wäsche nicht waschen oder – wie der Richter höchstselbst genauestens hinterfragen würde – keine seiner anderen leiblichen Bedürfnisse erfüllen. Getrennt von Tisch und Bett, aber im gleichen Haus! Danach könnte ich dann zum Arbeitsamt rennen und erfolglos um Arbeitslosenunterstützung bitten. Die mir jedoch nicht zusteht, weil ich zu diesem Zeitpunkt immer noch verheiratet bin und Peter eigentlich für mich sorgen muss. Wozu er aber erst dann gezwungen werden kann, wenn ihn der Richter dazu verdonnert. Und der wiederum tut dies nur, wenn ich meinen Tisch-Bett-Haushalts-Test erfolgreich bestanden habe und meine finanzielle Abhängigkeit zu hundert Prozent bewiesen habe. Die kann ich aber nicht beweisen, nachdem ich das Haus meiner Eltern geerbt habe, und damit über persönlichen Besitz verfüge.

Ein wahrer, juristischer Teufelskreis, der so entwürdigend ist, dass ich seitdem mit jedem Scheidungsopfer tiefes Mitleid empfinde. Wie dem auch sei, ich hatte danach auf jeden Fall keine Lust mehr, mich auf dieses erniedrigende Spiel einzulassen, weshalb mir mein Anwalt geraten hat, schnellstens mein Haus zu verkaufen, falls ich dringend Bares brauche. Ich hatte es glücklicherweise nur auf meinen Namen im Grundbuch eintragen lassen. Der Anwalt hatte Befürchtungen, dass Peter ziemlich bald seine Rechte geltend machen könnte und mich dann, obwohl er juristisch keinen Anspruch auf mein geerbtes Vermögen hat, zumindest während der ganzen Zeit, die die Scheidung in Anspruch nimmt, am Verkauf des Hauses hindern würde. Irgend so ein Zugewinnanspruch für die Wertsteigerung der Immobilie während unserer Ehe, den er eventuell gegen Ansprüche meinerseits geltend machen könnte, und auf den er in diesem Brief ja auch tatsächlich zu sprechen kommt."

Erschöpft hielt Carol inne und für eine Weile herrschte betretenes Schweigen am Tisch. Gerd studierte noch einmal den Brief, der neben Carols Teller lag. „Da bist du ausnahmsweise an einen vernünftigen Anwalt geraten. Peter hätte dir bestimmt Ärger gemacht, auch wenn seine Ansprüche nicht gerechtfertigt sind. Es war sehr klug von dir, dein Geld so schnell beiseite zu schaffen. Jetzt kannst du Peters Angebot für die Scheidungsreglung wenigstens ohne finanziellen Verlust unterschreiben."

„Das kann doch nicht dein Ernst sein", begehrte Maria auf. „Du und dein ständiges Harmoniebedürfnis! Das Haus gehört Carola ganz alleine und die Kanzlei obendrein noch zur Hälfte, oder etwa nicht?"

„Weißt du das ganz sicher?", fragte Gerd sie leise.

„Weißt du es vielleicht? Warum sollte sie also diesen Mist unterschreiben? Das ist doch Nötigung! Wie kannst du ihr nur dazu raten?"

„Es hat auf jeden Fall nichts mit Harmoniesucht zu tun, wie du mir unfairerweise vorwirfst. Ich befürworte lediglich, dass Carola das Vermögen, das sie bereits hier hat, auch absichert. Kanada ist ihr Gastland, vergiss das nicht, und sollte es Ärger mit den deutschen Behörden geben, werden die Kanadier ihr vielleicht die Aufenthaltsgenehmigung nicht verlängern. Immerhin bietet ihr Peter eine einvernehmliche Lösung an."

„Ihr Männer haltet doch immer zusammen!"

Daraufhin riss Gerd der Geduldsfaden, und er widerlegte Marias nicht ganz unbegründeten Vorwurf, er denke immer nur pragmatisch und schlage nur allzu gerne den Weg des geringsten Widerstands ein, indem er ihr ins Wort fiel.

„Also das ist wirklich die Höhe, das hat doch mit Männerwirtschaft nichts zu tun. Du reagierst immer gleich so emotional. Aber mit dieser Art von Rechthaberei kommt Carola nicht weiter, damit kommt sie bei Peter nicht durch und hat dann nur noch mehr Scherereien am Hals. Ich denke, wir sollten lieber ernsthaft darüber nachdenken, wie ihr am besten geholfen werden kann."

Maria schmollte. „Carola, sag du etwas!"

„Ich möchte einfach nur nicht, dass ihr euch meinetwegen streitet."

„Aber wir streiten uns doch gar nicht!", kam es gleichzeitig aus beider Mund, und schon mussten sie alle drei lachen.

„Was wirst du nun tun?", fragte Maria, nachdem sie sich wieder beruhigt hatten. „Willst du diese Verzichtserklärung unterschreiben? Glaubst du, dass dir dadurch Nachteile entstehen können – oder ist es dir wichtiger, dass Peter dir in Zukunft wegen deines Hauses keinen Ärger mehr machen kann, so wie mein geliebter Göttergatte es empfiehlt?“ Den kleinen Seitenhieb konnte sie sich nicht verkneifen.

„Ich denke, Gerd hat recht, deshalb wird es wohl am besten sein, wenn ich unterschreibe“, überlegte Carol, aber es klang nicht sehr überzeugt, „dennoch möchte ich noch eine Weile darüber nachdenken. Auf ein paar Tage wird es schon nicht ankommen. Ich glaube zwar nicht, dass Peter, wie er behauptet, einen Anspruch auf die Hälfte meines ererbten Hauses hat, aber das mit der Wertsteigerung beunruhigt mich. Da ich mich noch nie mit solchen Dingen beschäftigt habe, weiß ich auch nicht, wie die bestehenden Gesetze ausgelegt werden können. Ach, ich habe das Ganze so satt. Eigentlich will ich nur noch meine Ruhe haben und nichts mehr von der ganzen Angelegenheit hören. Aber andererseits werde ich jedes Mal wütend, wenn ich mir vorstelle, wie Peter jetzt lebt. Wie die Made im Speck. Die Firma ist schließlich sehr gut gelaufen in den letzten Jahren. Soll ich sie ihm nun einfach kampflos überlassen?“

Carol erinnerte sich wieder daran, dass sie all die Jahre über beim Finanzamt nur als Halbtagskraft angemeldet gewesen war. „Wenn ich nur beweisen könnte, dass mir die Hälfte der Firma gehört!“

„Und das ganze Haus!“, warf Maria ein, „es war dein Erbe und gehört nun wirklich ganz alleine dir. Du solltest nichts überstürzen. Aber sag mal: Hast du Gerd überhaupt schon erzählt, was heute passiert ist? Berichte ihm doch einmal von deinem Abenteuer und deinem attraktiven Retter aus höchster Not, während ich mich um den Nachtisch kümmere.“

Der Themenwechsel verbesserte die Stimmung erheblich. Gerd kannte Jason zwar nicht persönlich, jedoch kannte er ihn vom Hörensagen, und es hieß allgemein, dass Jason in Ordnung und ein anständiger Kerl sei, was als sehr großes Kompliment unter der Landbevölkerung galt.

„Nur seine Mutter ist ein bisschen komisch, sagt man."

Carol fragte nach Details. „Keine Ahnung", antwortete ihr Gerd, „sie lebt sehr abgeschieden. Man bekommt sie fast nie zu Gesicht."

„Ist das nicht völlig normal in dieser Gegend?", wollte Carol wissen.

„Ich bitte dich, wir leben hier doch nicht wie die Einsiedler. Und du auch nicht. Deswegen stimme ich Maria im Prinzip zu. Das ist nichts für dich, da draußen am Bridge Lake. Dort ist es viel zu einsam für eine alleinstehende Frau."

„Ganz meine Meinung." Maria hatte einen Teller mit dampfenden Apfelküchlein und einen Krug hausgemachter Vanillesauce auf dem Tablett, ignorierte Carols flehendes Gesicht und setzte ihr unerbittlich das Dessert direkt vor die Nase. Es duftete so verführerisch, dass Carol keine Chancen sah, der Kalorienbombe auf lange Sicht zu widerstehen.

„Eine echt bayerische Köstlichkeit aus dem Kochbuch, das du mir mitgebracht hast", erklärte ihr die Köchin, „da kannst du nicht Nein sagen. Nicht als waschechte Bayerin!"

„Ich bin schon eine halbe Kanadierin, du kannst Carol zu mir sagen!" Als Maria verständnislos die Stirn runzelte, wurde Carol etwas unsicher. „Jason hat meinen

Namen anglikanisiert und mich heute so genannt. Ich finde diese Version eigentlich ganz flott.“

„Das finde ich auch“, sagte Gerd und warf Maria einen trotzigen Blick zu. Von wegen harmoniesüchtig, schien er zu sagen, widersprich mir doch, wenn du anderer Meinung bist. „Wenn du dich wirklich hier einfügen möchtest – Carol – ist es bestimmt eine gute Idee, deinen Namen dem englischen Sprachgebrauch anzupassen. Mit meinem geht das leider überhaupt nicht.“

„Deshalb nennen dich auch alle ‚Big Bird‘“, kicherte Maria.

Tatsächlich war aus Gerd schon bald nach seiner Ankunft in Kanada ‚Bird‘ geworden, einmal weil Gerd so weit ausladende Arme hatte, mit denen er seinen Kunden und Bauarbeitern seine Anweisungen gestenreich zu verdeutlichen pflegte, und zweitens, weil sich seine spärlichen rostbraunen Haare jedes Mal wie Federn aufstellten, sobald er die obligatorische Baseballmütze abnahm, die fast jeder im Baugewerbe wie ein Markenzeichen trug und die nur in extremen Ausnahmefällen ausgezogen wurde. Zuletzt war dann noch, weil er so groß gewachsen und stattlich war, ein ‚Big‘ hinzugekommen.

„Nicht wahr, mein kleiner Spatz“, neckte Maria ihn, nun wieder bester Laune. Sie konnte ihre Angriffslust nie lange aufrechterhalten.

Aber so schnell gab Big Bird nicht klein bei. „Du wirst dich bestimmt nicht umgewöhnen können. Für dich wird sie immer Carola bleiben.“

3

Es hatte aufgehört zu schneien, und eine märchenhaft schöne Vorgebirgslandschaft breitete sich bei strahlendem Sonnenschein vor ihren Augen aus. In der Ferne konnten Carol und Jason sogar die Gipfel der Rockie erkennen. Seit Tagesanbruch fuhren sie durch Täler, über schneebedeckte Hügel und entlang namenloser Seen, auf denen sich bereits eine durchsichtige hellgraue Eisschicht gebildet hatte. Am Rand der kleineren schien das Eis sogar schon zentimeterdick zu sein, während die größeren je nach Wassertiefe noch immer in verschiedenen Grautönen schimmerten. Jason erklärte ihr, dass die großen Seen erst nach Weihnachten zufrieren würden, dass man aber auch bei den kleineren vorsichtig sein müsse, die manchmal tiefer waren und stärkere Strömungen aufwiesen als die großen Seen. Erst wenn sich die Wasseroberfläche von Blau über Dunkelgrau zu Hellgrau und schließlich zu einem satten Weiß verfärbt hätte, könnte man beruhigt aufs Eis gehen.

„Am besten warten Sie so lange, bis Sie die Einheimischen auf dem See sehen, das ist das sicherste Zeichen“, riet er ihr ernsthaft.

„Wozu, um Himmels willen, sollte ich aufs Eis gehen wollen?“

Er sah sie verdutzt an. „Zum Eisfischen natürlich.“

„Oh!“ Carol überlegte. „Geht denn das? Kann man tatsächlich Fische unter dem Eis fangen?“

„Natürlich. Man drillt ein Loch hinein, gerade groß genug, um einen Fisch durchzuziehen, dann lässt man einen Köder ins Wasser, setzt sich auf einen umgestülpten Eimer und wartet.“

„So einfach ist das?“, fragte Carol. Sie hatte noch nie zuvor etwas vom Eisfischen gehört, aber die Idee, auf einem der weiten, zugefrorenen Seen zu sitzen und einfach zu warten, bis man einen Fisch durch ein Loch ziehen konnte, faszinierte sie. War es nicht üblicher, mit einem Fisch zu kämpfen, so à la Hemingway, „Der alte Mann und das Meer“? „Die alte Frau und das Eis“, murmelte sie auf Deutsch.

„Wie bitte?“

„Ach nichts. Ich sagte nur, dass ich das sehr gerne einmal ausprobieren würde, das Eisfischen, meine ich.“

Zwischen den einzelnen Objekten, die Jason für eine Besichtigung ausgewählt hatte, lagen manchmal mehr als fünfzig Kilometer, und sie legten die langen Distanzen oftmals ohne miteinander zu sprechen, aber in friedlichem Einklang zurück, ganz wie ein altes Ehepaar, das sich auch ohne Worte verstand. Jason schien ein Gespür dafür zu haben, wann Carol ihren träumerischen Betrachtungen nachhängen und wann sie hingegen unterhalten werden wollte. Im Gegenzug wusste Carol ganz genau, wann die Straßenverhältnisse seine ungeteilte Aufmerksamkeit forderten und wann er das Bedürfnis hatte, sie über Land und Leute zu informieren. Es war eine harmonische Fahrt, die viel zu schnell verging. Am späten Nachmittag, auf dem Weg zum letzten Besichtigungsobjekt des Tages, bog Jason in die nördliche Straße ein, die am Bridge Lake entlangführte.

In Kürze würden sie ein kleines Farmhaus erreichen, das nach Jasons Beschreibung zwar nicht hundertprozentig passend, aber doch recht vielversprechend klang, und sie waren beide neugierig, ob das Haus dieses Mal das Richtige sein würde. Bisher hatte Carol zwar jedes einzelne Objekt, das Jason ausgewählt hatte, gut gefallen – aber eben nicht gut genug. Die Straße stieg nun steil an, und der Pick-up hatte Mühe, seine Geschwindigkeit zu halten. Sie bogen um eine Kurve, und Carol konnte den See weit unten zu ihrer Linken in der Sonne glitzern sehen. Nicht weit von der Straße entfernt stand eine Blockhütte, winzig klein, aber mit perfekten Proportionen. Hohe Tannen standen rund ums Haus und verdeckten Teile des verschneiten Daches. Es war ein Motiv wie eine Kitschpostkarte. Carol drehte den Kopf, ihr Hals wurde länger, dann waren sie auch schon daran vorbeigefahren.

Zwanzig Minuten später verließen sie das Mietobjekt, das als Letztes für den heutigen Tag auf Jasons Liste gestanden hatte.

„Wieder nichts“, bemerkte Jason, „aber ich muss Ihnen leider recht geben. Das Haus war wirklich ziemlich unpassend. Tut mir leid, aber ich hatte es noch nie von innen gesehen. Für den morgigen Tag werde ich besser recherchieren.“

Carol winkte ab. „Ich habe nicht erwartet, dass Sie jedes Haus vorab von innen begutachtet haben. Das wäre wirklich zu viel Aufwand – ich will schließlich nur mieten, nicht kaufen. Außerdem haben Sie schon einen ganzen Tag für mich geopfert, und die Besichtigungen haben mir großen Spaß gemacht."

„In Ordnung, das heißt also, für heute ist Schluss. Fahren wir zurück."

Carol hatte das eben besichtigte Farmhaus fast schon wieder vergessen, dafür drängte sich die Blockhütte, die sie auf dem Herweg gesehen hatte, mit aller Macht wieder in ihre Gedanken. „Nehmen wir eigentlich den gleichen Weg, den wir gekommen sind, auch wieder zurück?", fragte sie nachdenklich.

„Nein, ich werde da vorne rechts abbiegen. Dadurch umfahren wir den See einmal komplett, und ich dachte mir, das würde Ihnen gefallen. Außerdem ist dies der kürzere Weg zurück zum Horse Lake." Er stieg in den Wagen und warf einen kurzen Blick in ihre Richtung. „Warum?"

„Ach nur so, ich hatte vorhin so ein hübsches Häuschen unten am Seeufer gesehen und dachte mir ..., aber es steht ja sowieso nicht auf Ihrer Liste, also macht es auch keinen Sinn ..., lassen Sie uns zurückfahren."

Jason startete den Motor und fuhr an. Doch zu ihrem Erstaunen bog er entgegen seiner Ankündigung an der Kreuzung nicht mehr nach rechts, sondern nach links ab und fuhr die gleiche Strecke, auf der sie gekommen waren, wieder zurück. Sie wollte seine Zeit nicht mit einer Extratour vergeuden und protestierte schwach, doch Jason fragte sie nur ungerührt danach, welches Haus sie zuvor gemeint hatte. Als sie dort ankamen, nickte er wissend. Er parkte den Pick-up am Straßenrand und lief danach mit ihr gemeinsam durch den hohen Schnee zu der kleinen Blockhütte hinab. Die Zufahrt zum Haus war schon länger nicht mehr geräumt worden. Carol wollte zunächst nicht weiter als bis zu den Pfählen gehen, die den Besitz markierten, doch Jason versicherte ihr, dass das Haus zurzeit unbewohnt sei und er die Genehmigung des Besitzers habe, das Gelände jederzeit zu betreten.

Als sie das Haus erreichten, bemerkte Carol, dass es deutlich größer war, als es von der Straße aus wirkte. Seine Außenwände waren aus massiven Stämmen gezimmert, die an ihren Enden jeweils eingesägt und miteinander verkeilt waren. An manchen Stellen befand sich sogar noch die Rinde am Holz.

„Es ist ein altes Haus", erklärte ihr Jason, „und zu der Zeit, als es gebaut wurde, hat man die Stämme noch nicht geschält und präpariert. Dafür ist das Haus aber unglaublich solide. Durch diese Wände dringt kein Windhauch, da drinnen bleibt es auch im tiefsten Winter warm." Anerkennend klopfte er aufs Holz. „Möchten Sie es von innen sehen?"

Carol, die gerade ums Haus laufen wollte, um es sich von allen Seiten anzusehen, blieb überrascht stehen. „Das wäre wunderbar. Aber wie wollen Sie das möglich machen?"

Jason zog einen Schlüssel aus seiner Jackentasche und ließ ihn demonstrativ an seinem Zeigefinger baumeln. „Ich kann zaubern. Da staunen Sie, was?"

Mit diesen Worten schloss er die Eingangstür auf, und beide betraten den Vorraum, den sogenannten Mudroom, den fast jedes ältere Haus in der kanadischen Wildnis besaß. Sie zogen ihre nassen Jacken und Stiefel aus, bevor sie in den dunklen Flur traten, der sie in ein ebenso dunkles Zimmer führte. Das Haus roch nach abgestandener Luft und alter Asche, die Vorhänge an den

Fenstern waren überall zugezogen. Jason ging zu einem der Fenster und fand erstaunlich schnell die Schnur, mit der er den Vorhang aufzog. Das eindringende, bereits schwächer werdende Tageslicht blendete nicht mehr, sondern betörte mit einer Weichheit, wie sie nur die Nachmittagssonne kurz vor Sonnenuntergang hervorbringen konnte. Weiter unten tauchte sie den vor ihnen liegenden See in ein mildes Licht und verzauberte das um ihn herum liegende Land, die weiß gepuderten Bäume auf den sanften Hügeln und die Bergkette der Rocky Mountains, die weit entfernt im Osten das majestätische Panorama vervollständigte.

Direkt vor ihnen, am Fuße des Hügels, auf dem die Blockhütte gebaut war, reihten sich in gerader Linie kleine Inseln im See auf. Sie waren gerade groß genug, um ein paar hundert Bäumen Platz zu bieten, und offensichtlich unbewohnt. Ihre Tannen ragten wie Pfeiler in den Abendhimmel.

„Das sind die sogenannten Brückenpfeiler", erläuterte Jason, als hätte er ihre Gedanken erraten, „von ihnen hat der Bridge Lake seinen Namen erhalten – so heißt es zumindest im Volksmund."

„Fantastisch."

Schweigend standen sie am Fenster und schauten hinaus. Das langsam schwächer werdende Licht veränderte unmerklich die Farben des Wassers und der Bäume, und plötzlich war es zu dunkel, um die einzelnen Komponenten der einzigartig schönen Landschaft noch erkennen zu können. Sie verweilten trotzdem noch eine Weile im Dämmerlicht nebeneinander am Fenster, und Carol wurde sich plötzlich bewusst, dass sie seinen Atem hören und die Wärme seines Körpers spüren konnte. Doch da drehte sich Jason auch schon von ihr weg und machte Licht an.

Das Erdgeschoss bestand aus einem einzigen großen, leeren Raum, der von einem offenen Kamin aus Ziegelsteinen dominiert wurde. Eine Hälfte des Zimmers war nach oben hin bis zum Giebel offen, in die andere Hälfte, in der sich die Kochnische befand, war hingegen eine Holzdecke eingezogen worden. Eine Treppe, deren Stufen aus halbierten Baumstämmen gezimmert worden war, führte nach oben. Es war tatsächlich ein sehr altes, kompakt entworfenes Haus, das mit einem Kamin und einem einzigen Ofen in der Küche warm gehalten werden konnte. Die Galerie bildete dabei nicht nur ein reizvolles, sondern vor allem auch ein überaus praktisches Designdetail, denn sie bot zusätzlichen Platz und wurde von der nach oben steigenden warmen Luft automatisch mit beheizt.

Dort oben könnte ich mein Schlafzimmer einrichten, dachte Carol begeistert. Sie ging in den Flur zurück, in dem die einzige Tür im gesamten Haus zur Toilette führte, die groß genug angelegt war, um im Nachhinein noch eine Dusche einbauen zu können.

„Gefällt es Ihnen?", fragte Jason.

Carol dachte nach. „Die Lage ist fantastisch."

„Aber es liegt sehr einsam. Und es ist sehr schlicht."

„Man müsste es renovieren."

„Das wäre viel Arbeit."

Carol sah sich plötzlich in alten Jeans und Sweatshirt den dunkelbraunen fleckigen Teppichboden herausreißen, die rotbraunen Ziegel am Kamin weiß streichen und die blauen Vorhänge von den Fenstern abnehmen, die mit ihren Segelschiffmotiven so gar nicht zu der übrigen Einrichtung des Hauses passten. „Man könnte es sehr hübsch machen", seufzte sie, „aber was soll's, es ist ja nicht zu mieten."

Jason nickte. „Nein, das ist es nicht." Und nach einer Pause. „Die Vorhänge müssten raus."

„Allerdings. Wie kann man nur Segelschiffe für die Vorhänge eines Blockhauses auswählen?"

Jason drehte sich von ihr weg und ging zum Kamin hinüber. „Das ist keine Frage des Geschmacks, sondern des Geldes. Sie waren damals gerade im Angebot."

Carol konnte sich kaum von dem Haus trennen und blickte noch einmal aus dem Fenster. Schweren Herzens mahnte sie dennoch zum Aufbruch, denn schon bald würde es stockdunkel sein. Plötzlich lagen Jasons Hände auf ihren Schultern. Er musste hinter sie getreten sein, ohne dass sie es bemerkt hatte, und flüsterte: „Sie haben sich verliebt?"

Carol bewegte sich nicht. Sein Atem streifte über das winzige Stück nackter Haut direkt hinter ihrem Ohr zwischen ihrem hochgesteckten, schwarzen Haar und dem Rollkragenpulli und war wie ein warmes Streicheln, das sie unwillkürlich schauern ließ. „Nicht wahr?", hörte sie ihn sagen, „Sie haben sich in das Haus verliebt."

Carol machte einen schnellen Schritt nach vorne und antwortete hastig, ohne sich dabei zu ihm umzudrehen. „Ja. Aber Sie haben mir ja schon gesagt, dass es nicht zu mieten ist."

Er ging an ihr vorbei, öffnete die Tür, und als sie ihn ansah, fragte sie sich, ob sie sich die Spannung, die sie kurz zuvor zwischen ihnen gespürt hatte, nur eingebildet hatte. Er sah freundlich und natürlich aus und lächelte wie immer.

„Es ist nicht zu mieten, aber es steht zum Verkauf", sagte er. Würden Sie es kaufen wollen?"

„Gott ja! Aber das kann ich mir bestimmt überhaupt nicht leisten."

„Das Grundstück geht bis zum Ufer."

„Eben darum!"

„Sie wissen doch noch gar nicht, was es kostet."

Carol gab auf. „Also gut, wie viel?"

„Zweihunderttausend Dollar."

„Sehen Sie", sagte sie und ging zum Eingang, „das ist zu viel."

Jason folgte ihr. „Der Besitzer wird mit sich reden lassen. Wie viel könnten Sie denn investieren?"

Carol überschlug ihre Finanzen rasch im Kopf und antwortete ihm, noch während sie rechnete. „Mit hundertfünfzig, höchstens hundertsiebzig würde ich noch hinkommen. Mehr dürfte es aber auf keinen Fall sein."

Jason schloss das Haus hinter ihnen ab, und sie machten sich wieder auf den Weg zu Jasons Büro. Nach einer langen Pause, in der jeder seinen eigenen Gedanken nachhing, bot er ihr an: „Wenn Sie wollen, werde ich für Sie verhandeln."

„Schon", bestätigte sie, „ich würde es auch sofort kaufen, wenn der Preis stimmt. Ist der Besitzer denn sehr schwierig?"

„Allerdings", meinte Jason, „der Besitzer ist meine Mutter."

Am darauffolgenden Morgen saßen Maria und Carol noch lange, nachdem Gerd das Haus verlassen hatte, am Frühstückstisch und warteten auf Jasons Anruf. Maria hatte Carol anfänglich Vorhaltungen gemacht, völlig übereilt zu handeln, aber Gerd hatte die Bedenken seiner Frau schlichtweg als egoistisch abgetan – sie wolle nur nicht, dass ihre Freundin so weit draußen in der Wildnis wohnte – und er hatte so lange an Marias Ehrlichkeit appelliert, bis diese schließlich zugab, dass Carol einen ausgezeichneten Kauf tätige, falls er denn zustande kommen würde. Gerd hatte ihr daraufhin, befriedigt über ihr Einlenken, begeistert zugestimmt und Carol weiter in ihrem Entschluss bestärkt. „Egal, in welchem Zustand das Haus ist", hatte Gerd gesagt, „wenn wirklich zwei Acres dazugehören und es sich außerdem um ein Ufergrundstück handelt, solltest du sofort zugreifen – bei diesem Kaufpreis kannst du gar nichts falsch machen."

„Na also", hatte Carol daraufhin gemeint und nur noch gefragt, wie viel Quadratmeter ein Acre seien. Sie war fast vom Stuhl gefallen, als Maria sie darüber aufklärte, dass ein Acre umgerechnet etwa viertausend Quadratmeter waren. Von dem Moment an wusste Carol, dass sie das Haus unbedingt haben musste. Sie hatte an nichts anderes mehr denken können, war mit ersten Umbauplänen im Kopf eingeschlafen und am darauffolgenden Morgen mit einem Ziehen in der Magengegend erwacht.

Um elf Uhr hatte dann endlich das Telefon geklingelt, und Jason hatte ihr mitgeteilt, dass seine Mutter nur bis auf hundertachtzigtausend heruntergehen wolle.

„Ich nehme es", schrie Carol beinahe in den Hörer, „was muss ich jetzt als Nächstes tun?"

„Ich komme zu Ihnen oder Sie zu mir ins Büro, und dann werden wir den ganzen Papierkram abwickeln."

„Wie lange wird das insgesamt dauern?"

„Wenn alles gut geht, ist die Übertragung in drei bis vier Wochen geregelt, und Sie können mit Ihrem Umbau beginnen. Wenn Sie Lust haben, können Sie aber auch schon vorher ins Haus, um alles auszumessen und vorzubereiten."

Carol war restlos begeistert: „Fantastisch! Dann werde ich vielleicht sogar noch vor Weihnachten umziehen können."

„Kommt darauf an, wie viel sie ändern wollen. Die Küche und das Badezimmer werden schon einigen Aufwand erfordern."

„Ich muss unbedingt noch einmal zum Haus. Ich komme sofort zu Ihnen. Kann ich den Schlüssel denn schon heute bekommen?"

Jason versicherte ihr dies so überschwänglich, als würde er sich aufrichtig darüber freuen, sie so bald wiederzusehen, und sie vereinbarten einen Termin für ein Uhr nachmittags.

„Gratuliere", meinte Maria und verkniff sich jeden weiteren Kommentar, denn sie war sich relativ sicher, dass es bereits zu spät war, ihre Freundin Carola, seit neuestem Carol, die Unabhängige, vor unüberlegten Handlungen, gefährlichen Einöden oder anderen Gefahren der Wildnis, die manchmal nicht nur tierische, sondern auch menschliche Züge trugen, zu warnen.

In den Wochen vor Weihnachten verbrachte Carol fast ihre gesamte Zeit mit den Entwürfen für den geplanten Umbau. Zunächst hatte sie das gesamte Haus renovieren, ein neues Bad einbauen und die Küche komplett erneuern lassen wollen. Die Teppichböden sollten herausgerissen und neue Holzböden hineingelegt werden, im Wohnzimmer sollte hingegen eine Trennwand eingebaut und der Keller, der noch nicht einmal Wandverkleidungen hatte, weiter ausgebaut werden. Nachdem sie jedoch die ersten Angebote für die Umbauten eingeholt hatte, saß sie mit dem Rotstift über ihren Plänen und änderte sie wieder ab. Schweren Herzens verschob sie die meisten Arbeiten auf einen späteren Zeitpunkt, zu dem sie wieder Geld verdienen würde. Fürs Erste musste sie sich darauf beschränken, das Bad zu renovieren sowie neue Arbeitsplatten für die Küche und einen neuen, hellen Teppichboden zu kaufen. Das Sanden der Holzwände und das Streichen des Kamins würden ebenfalls bis zum nächsten Frühjahr warten müssen, wenn der Schnee geschmolzen wäre und sie wieder Fenster und Türen öffnen könnte, um diese Arbeiten nach und nach selbst zu erledigen.

Zu Weihnachten wohnte sie noch immer auf der „Little Loon Ranch" am Horse Lake. Einen der letzten vorweihnachtlichen Tage hatte sie mit Maria in Kamloops verbracht, um dort die wichtigsten Einrichtungsgegenstände im einzigen großen Möbelhaus der Stadt zu kaufen. Ein Bett in Übergröße, ein sogenanntes Kingsize, einen ovalen Tisch mit sechs Stühlen im Landhausstil, die den Aufkleber „Made in China" allesamt wie eine Wertmarke trugen, und eine beigefarbene Sitzgruppe mit den klassischen braunen und grünen Rauten indianischer Muster. Ein Dreisitzer, ein Zweisitzer und der dazugehörige Sessel waren gerade im Angebot gewesen, und Carol hatte ihr Glück kaum fassen können, nachdem sie sich genau so ein Modell immer für ihr Wohnzimmer vorgestellt hatte.

Bereits an Heiligabend war das Wetter plötzlich umgeschlagen, und die bisher eher milden Temperaturen hatten dem eisigen kanadischen Winter weichen müssen. Die Festtage selbst verliefen ruhig. Dank Marias ausgezeichneter Küche aßen sie alle drei viel zu viel, machten kurze Spaziergänge in der eisigen Winterluft und lagen danach die meiste Zeit über auf den Sofas vor dem Fernseher.

„Siehst du", hatte Maria lamentiert, „und bei so einer Kälte wirst du in Zukunft mutterseelenallein in deinem einsamen Haus festsitzen und immer nur für kurze Zeit ins Freie gehen können, um etwas zu unternehmen. Was wirst du also den ganzen Tag lang eingesperrt in deiner Hütte machen? Wie willst du dir die Zeit vertreiben? Die Winter hier können einem endlos lang werden."

Doch Carol ließ sich nicht irritieren. Sie freute sich auf den Umzug, wollte endlich wieder in ihren eigenen vier Wänden leben und Zeit und Muße für sich selbst haben. Außerdem bewegten sie so viele Gedanken und Pläne, dass ihr die kurzen, kalten Januartage mit ihren langen, dunklen Nächten, in denen das Thermometer oft unter minus dreißig Grad fiel, keine Angst machten.

„Ich werde ein Buch schreiben", gab sie Maria spontan zur Antwort, „das wollte ich schon immer tun, habe bisher aber nie die Zeit dazu gehabt."

Kurz nach Weihnachten kam noch ein weiteres Schreiben von Peter an, in dem er Carol ein zweites Mal dazu drängte, die Scheidungspapiere rasch zu unterschreiben. Sie hatte seinen ersten Brief in ihren Koffer gelegt und ihn danach in der Hektik des Hauskaufes völlig vergessen. Gleich nach Neujahr werde ich die verdammten Papiere unterschreiben und an ihn zurückschicken, nahm sie sich fest vor, legte den zweiten Brief nach ein paar Tagen jedoch zum ersten und hatte ihn wie diesen ebenfalls bald wieder vergessen.

Langsam begann Carol ihre Zukunft wieder in etwas rosigerem Licht zu sehen, und sie verspürte Aufbruchsstimmung, sobald sie nur an ihr neues Zuhause dachte. Ihr Weg dorthin führte sie stets an Jasons Büro vorbei, und wenn kein Geschlossen-Schild an seiner Tür hing, hielt sie an und besuchte ihn, worüber er sich aufrichtig zu freuen schien. Manchmal brachte sie ihm auch einen von Maria selbstgebackenen Kuchen mit. Dann kochte er ihnen frischen Kaffee, und sie setzten sich einträchtig an den kleinen Tisch und sahen sich Carols Umbaupläne an. Carol weihte Jason sogar in ihr Vorhaben ein, ein Buch zu schreiben.

„Ich habe zwar noch keine Ahnung, wovon es handeln soll, aber ich wollte schon immer schreiben. Ich weiß, das klingt verrückt, außerdem gibt es viel zu viele Menschen, die davon träumen ein Buch zu schreiben, aber ich werde nicht nur davon träumen, sondern meinen Traum auch in die Tat umsetzen."

Er nickte zustimmend. „Jugendträume zu verwirklichen, ist nie verkehrt."

Jason stand ihr in Vielem bei, er gab ihr Tipps für den Umbau oder riet ihr zu bestimmten Handwerkern und Händlern, und so fragte sie ihn auch, wo sie am besten einen Computer kaufen konnte. Diese Ausgabe erschien ihr sinnvoll, denn schließlich hatte sie nicht vor, ihr Buch mit der Hand zu schreiben, zumal sie das Internet für ein besonders interessantes Tor zur Welt hielt. „Ist das nicht irgendwie verrückt? Da ziehe ich mich in die Wildnis zurück und will gleichzeitig unbedingt Anschluss an die Zivilisation haben. Ich werde bestimmt niemanden finden, der mir hilft, das Ding zu installieren, und ich selbst bin technisch eine völlige Niete."

„Da ist weiter nichts dabei", winkte Jason ab, „dabei kann ich Ihnen gerne behilflich sein. Es gibt einen Computershop in 100-Mile. Suchen Sie sich ein Gerät aus, und bringen Sie es gleich zu sich nach Hause. Ich komme dann zu Ihnen und ein paar Stunden später wird bereits alles installiert und betriebsbereit sein."

Das Leben schien so einfach zu sein, wenn sie mit Jason zusammen war. Unwillkürlich begann sie ihn mit ihrem Mann zu vergleichen, der dabei wahrlich nicht gut abschnitt, denn Peter war hoffnungslos unpraktisch und hatte sich immer darauf verlassen, dass sie alle anstehenden Probleme für ihn löste.

„Schade, dass mein Mann Ihnen so wenig ähnlich war", meinte sie zu Jason, nachdem er ihr den Computer angeschlossen hatte, „aber Hilfsbereitschaft zählte nicht gerade zu seinen Stärken."

Da stellte er ihr zum ersten Mal eine persönliche Frage. „Gibt es Ihren Mann denn nicht mehr? Ist er gestorben?"

Beinahe wäre Carol ein „leider nicht" herausgerutscht, stattdessen schüttelte sie nur verneinend den Kopf. „Wir leben in Scheidung", erklärte sie trocken und verabschiedete sich dann schnell von ihm. Jason stand an der Tür, die er, wie stets, für sie aufhielt, und winkte ihr nach. Sein Rollkragenpullover leuchtete in einem kräftigen Blau und betonte seine blonden Haare, die ihm, vom Wind zerzaust, in die Stirn fielen. Er sah aus wie ein großer Junge.

Carol wollte nicht in Versuchung geraten und drehte deshalb, kaum dass sie im Auto saß, den Rückspiegel so weit von sich weg, dass Jason ruckartig aus ihrem Blickfeld verschwand.

Am zehnten Januar war es endlich so weit. Die Umzugsfirma sollte gegen Mittag eintreffen. Der neue Teppich, eine cremefarbene Schlingenware, durch die das ganze Haus aufgehellt wurde, war bereits verlegt worden. Carol hatte die alten Vorhänge abgenommen und das gesamte Haus so lange von oben bis unten geputzt, bis ihre Hände trocken und rissig gewesen waren. Im nachweihnachtlichen Ausverkauf hatte sie sich neben den notwendigsten Haushaltsartikeln außerdem noch ein Auto zu einem vernünftigen Preis gekauft. Mit diesem war sie, bis unters Dach beladen, schon um neun Uhr morgens von der „Little Loon Ranch“ in Richtung Bridge Lake aufgebrochen, denn sie rechnete damit, dass die Spedition auch früher als geplant eintreffen konnte, und wollte sie nicht vor verschlossener Tür stehen lassen. Maria und Gerd, ihre ersten Gäste, hatten sich für den späten Nachmittag angesagt.

Tatsächlich wurden ihre Möbel jedoch erst um fünf Uhr abends angeliefert. Bis dahin hatte Carol viel zu viel Kaffee getrunken, war unruhig im Haus auf und ab gelaufen und von plötzlichen Zweifeln überfallen worden. Hatte sie wirklich die richtige Entscheidung getroffen? Würde sie die Einsamkeit ertragen können? Und wie würde es mit ihr weitergehen? Sie hatte sich mit dem Kauf des Hauses, dem Auto, den Möbeln und den Kosten für Umbau, Grundsteuer und Notar finanziell völlig übernommen. Jetzt blieben ihr für die Zukunft nicht einmal mehr hunderttausend Dollar zum Leben übrig. Carol spürte, wie die Schwermut nach ihr griff, als zum Glück endlich der Möbelwagen vorfuhr. Fast gleichzeitig trafen auch Gerd und Maria ein, und sie hatte keine Zeit mehr zum Grübeln. Gemeinsam stellten sie die abgeladene Sitzgruppe vor den Kamin, und Carols Stimmung wurde immer besser, als sie nun das Resultat ihrer gemeinsamen Bemühungen in Augenschein nahm. Das Bett passte zwar nur knapp auf die Galerie, ließ sich aber so stellen, dass sie beim Aufwachen direkt aus dem Fenster sehen konnte, ohne den Kopf drehen zu müssen. Sie hatte darauf verzichtet, neue Vorhänge an den Fenstern anzubringen, denn sie wollte von der Morgensonne geweckt werden. Das Haus lag zum Glück so, dass es nicht einsehbar war, außer jemand fuhr auf dem See mit seinem Boot vorbei und benutzte dabei einen Feldstecher.

Die helle Sitzgruppe passte perfekt in den Wohnraum und war so aufgestellt worden, dass Carol von jeder Sitzposition aus sowohl die Aussicht als auch das Feuer im Kamin bewundern konnte.

Kurz nachdem die Möbelpacker ihre Arbeit beendet hatten und wieder abgefahren waren, bog ein Pick-up in die Einfahrt ein. Jason stieg mit einer Flasche Wein in der Hand aus dem Auto und gratulierte ihr zu ihrem neuen Heim.

Carol stellte ihn ihren Freunden vor und lud ihn anschließend zum Abendessen ein, das von Maria fürsorglich vorbereitet und mitgebracht worden war. Als er dankend annahm, zog Maria, die hinter ihm stand, fragend ihre Augenbrauen nach oben, doch Carol war viel zu aufgeregt und glücklich, um ihre missbilligende Mimik zu bemerken. Maria zerrte Carol daraufhin unter dem Vorwand, weitere Getränke und das Büfett organisieren zu müssen, in die Küche, verbannte die Männer jedoch zuvor mit dem Wein, einem Flaschenöffner und Gläsern auf die neue Sitzgruppe. Als sich Carol mit dem voll beladenen Tablett wieder zu ihnen gesellen wollte, hielt Maria sie am Ärmel zurück.

„War das wirklich nötig?“, wollte sie von Carol wissen. „Jason hatte ursprünglich doch gar nicht vor, zum Essen zu bleiben. War diese Einladung nicht ein bisschen aufdringlich? Schließlich hast du ihm gar keine andere Wahl gelassen, als zuzusagen, sonst wäre er unhöflich gewesen. Er wird sich nicht wohlfühlen zusammen mit uns Deutschen. Die Kanadier kennen unsere Art zu feiern nicht, außerdem legen sie keinen großen Wert auf diese Art von Bewirtung. Bei ihnen geht alles viel lockerer und inoffizieller zu.“

Plötzlich fiel Maria auf, dass sie wieder einmal um den heißen Brei herumredete, und sie verstummte. Warum konnte sie nicht ein einziges Mal klar und deutlich ausdrücken, was sie eigentlich dachte? Warum sagte sie nicht einfach: „Mach dich nicht lächerlich, Carol, dieser Typ ist nichts für dich. Du hast zurzeit auch nicht die emotionale Stabilität, um dich auf ein Techtelmechtel mit so einem einzulassen. Einen weiteren Beziehungstiefschlag verkraftest du nicht, aber dazu wird es kommen, wenn du ihm dein Herz öffnest.“ Doch wenn Maria den Glanz in Carols Augen richtig interpretierte, war es für diese Art von Warnung sowieso schon zu spät.

„Du sagst es selbst“, antwortete ihr Carol leichthin, „diese Einladung war spontan – wie bei den Kanadiern üblich – und warum sollte er sich hier nicht wohlfühlen?"

Der beste Beweis dafür, wie wenig deutlich sie ihre Bedenken formuliert hatte, wurde Maria jedoch geliefert, als sie kurze Zeit später die Küche wieder verließ, um den kleinen Esstisch im Wohnzimmer zu decken. Dort sah sie Gerd, der mittlerweile seine Schuhe ausgezogen und die Füße auf den gegenüberliegenden Sessel gelegt hatte, und Jason, der auf dem Teppich vor dem Kamin saß und die Ellbogen auf den niedrigen Couchtisch gestützt hatte. Beide waren in ein angeregtes Gespräch über das unverschämte Verhalten der amerikanischen Regierung im Holzhandelsstreit vertieft. Der Kerl ist genauso frech wie diese verlogenen Regierungsbeamten, die er gerade verteufelt, dachte sie, obwohl sie noch nie so richtig verstanden hatte, worum es in besagtem Handelsstreit überhaupt ging. Mit seinem attraktiven Äußeren versucht er alle zu blenden, dabei verbirgt sich in seinem Inneren sicher ein maroder Kern. Wenn ich nur genau wüsste, was mit ihm nicht stimmt, und Carol dadurch klarmachen könnte, warum ich ihm nicht über den Weg traue, überlegte sie weiter.

In ihrem engeren Freundeskreis wusste zwar niemand etwas Genaueres, aber einige hatten ihr ein paar beunruhigende Dinge über Jason und seine Mutter erzählt, wenn auch nur unter dem Deckmantel des Hörensagens. Damit könnte sie Carol nicht davon überzeugen, dass von Jason eine gewisse Gefahr ausging. Marias Beschützerinstinkt war jedoch alarmiert, und sie würde nicht eher ruhen, bis sie Carol aus der Gefahrenzone gebracht hätte.

4

Jason schloss die Tür leise hinter sich. Er wollte seine Mutter, die sich gleich nach dem Mittagessen hingelegt hatte und auf dem Sofa eingeschlafen war, auf keinen Fall wecken. Seitdem er sich ihre Einwilligung zum Verkauf des Hauses erschwindelt hatte, plagte ihn ein schlechtes Gewissen, und er verhielt sich ihr gegenüber besonders aufmerksam. Jason ging in die Küche und begann das Mittagsgeschirr abzuwaschen, wobei er sich ebenfalls besonders vorsichtig und leise zu bewegen versuchte, damit Elsie Golden nicht durch die Geräusche aufwachen und sich verpflichtet fühlen würde, ihm die Hausarbeit abzunehmen. Sie konnte so starrköpfig sein, wenn es darum ging, ihren Sohn zu verwöhnen, dass sie lieber Streit mit ihm anfing, als seine Mithilfe im Haus oder Garten zu akzeptieren, obwohl sie es beide bewohnten. Elsie wollte einfach nicht, dass er in seiner knapp bemessenen Freizeit zusätzliche Arbeiten übernahm – zudem konnte sie es nicht ertragen, wenn er sich, wie sie ihm schon oft vorgeworfen hatte, in ihren persönlichen Einzugsbereich einmischte. Dazu zählte auch die Küche, und seine Mutter empfand es schon fast als Grenzüberschreitung, wenn er es wagte, eine Küchenschublade zu öffnen. So war sie schon immer gewesen. Auch ihr Schlafzimmer war für ihn tabu, und er konnte sich nicht daran erinnern, es als kleiner Junge jemals betreten zu haben. Selbst wenn er einen Albtraum gehabt hatte und aufgewacht war oder sich krank gefühlt hatte, war er nie zu ihr gegangen, sondern hatte stets nur nach ihr gerufen.

Gedankenverloren spülte er zusätzlich gleich noch das Frühstücksgeschirr mit ab, das seit dem Morgen auf der Ablage stand. Früher wäre das nicht passiert, da hätte seine Mutter das benutzte Geschirr keinen halben Tag lang herumstehen lassen und sich auch über Mittag nicht hingelegt, um sich kurz, wie sie ihm unwirsch erklärt hatte, für zehn Minuten auszuruhen. Dabei war sie keine zehn Sekunden später eingeschlafen und hatte nicht einmal mehr bemerkt, wie er eine Decke über sie gebreitet hatte, weil sie im Schlaf zu frösteln schien. Elsie würde nicht so bald wieder aufwachen, wenn er sich nur leise genug aus dem Haus schlich. Ob sie seine Abwesenheit überhaupt bemerken würde? Wahrscheinlich nur, wenn sie das Geschirr im Trockenkorb stehen sah, also trocknete er es auch noch ab und räumte es danach in den Schrank. Nun würde sie vermutlich glauben, dass sie es selbst gespült und verstaut hätte, würde vergessen, dass er mit ihr zu Mittag gegessen hatte, und würde auch nicht darauf warten, dass er in den nächsten Tagen vorbeikäme. Jason entfuhr ein tiefer Seufzer. Vielleicht würde seine Mutter bis zu seiner Rückkehr ja sogar vergessen haben, mit welchen Argumenten er sie zum Verkauf ihres Hauses überredet hatte. Überredet, nicht erschwindelt, bestätigte er sich selbst und versuchte damit sein schlechtes Gewissen ein wenig zu beruhigen. Tatsächlich hatte Elsie das Haus schon seit Längerem verkaufen wollen, doch Jason hatte ihr bisher immer davon abgeraten und sie in dem festen Glauben gelassen, dass er eines Tages darin leben wollte. Natürlich erst nach ihrem Tod, denn er wusste nur allzu gut, wie sehr Elsie ihr ehemaliges Haus verabscheute, und dass ihre Beteuerungen, zeitlebens keinen Fuß mehr hineinzusetzen, ernst gemeint waren.

Seine Mutter war keine flexible Frau. Warum also fühlte er sich nur so schlecht, wenn er an jenen Abend im Dezember zurückdachte, an dem er nach Hause gekommen war und ihr erklärt hatte, dass er seine Pläne bezüglich des kleinen Hauses am See nun doch geändert habe und seine Zukunft jetzt eher in Vancouver sehen würde? Ganz glücklich war sie darüber gewesen, so glücklich, wie er sie schon lange nicht mehr gesehen hatte. Mit keinem Wort hatte er ihr gegenüber seine wahren Beweggründe erwähnt, die er außerdem auch gar nicht richtig zu artikulieren wusste. Hätte er ihr etwa sagen sollen, dass es da eine Frau gab, die sich für das Haus interessierte und die ihm nicht mehr aus dem Kopf ging, obwohl er sie gerade erst kennengelernt hatte? Der gegenüber er sämtliche Regeln des Anstands vergessen und sich wie ein dummer Schuljunge benommen hatte? Jedes Mal, wenn er an seine erste Begegnung mit Carol zurückdachte und sich daran erinnerte, wie sie im Türrahmen seines Büros gestanden hatte und er seine Augen nicht von ihr und ihrem aufregenden Körper hatte lösen können, stieg ihm eine prickelnde Röte ob der Peinlichkeit dieser Situation ins Gesicht, und er spürte wieder diesen unseligen Drang, sie zu packen und zu ... Nein, nicht schon wieder. Jason riss sich von seinen Gedanken los. Carol nahm eh schon viel zu viel Raum in seinem Denken ein, dabei wollte er sich endlich wieder ganz auf sein Vorhaben konzentrieren können und seine Pläne, ohne Rücksicht auf seine Gefühle oder Wünsche, konsequent weiter vorantreiben. Also stopfte er, wie schon so oft zuvor, schnell das Nötigste für ein paar Tage in seine Reisetasche und verließ das Haus. In seinem Pick-up atmete er noch einmal tief durch, dann startete er den Motor und fuhr los.

5

Der Januar war wärmer als erwartet. Gleich nachdem Carol ihr Haus bezogen hatte, stiegen die Temperaturen an und hielten sich tagsüber meist um die null Grad. Es schneite wieder, aber nicht mehr so heftig wie vor Weihnachten. Carol war dankbar für das milde Wetter, denn sie musste sich erst langsam daran gewöhnen, mit Holz zu heizen. Zwar hatte sie an jeder Seite des großen Raumes sicherheitshalber Elektroheizungen anbringen lassen, die sich automatisch einschalteten, sobald das Feuer im Ofen ausging und die Innentemperatur zu tief absank. Aber Carol lernte schnell, vor dem Schlafengehen noch einmal genug Holz nachzulegen und auf diese Weise ihren Stromverbrauch niedrig zu halten. Stets befand sich eine kleine Menge Brennholz direkt vor dem Hauseingang gestapelt, und Jason hatte ihr im Schuppen das restliche gelagerte Holz gezeigt und ihr erklärt, dass diese Menge locker für die nächsten zehn Winter reichen würde. Trotzdem waren ihre Existenzängste sofort wieder aus der Versenkung aufgetaucht.

Carol versuchte, Routine in ihren Tagesablauf zu bringen und sich damit am Grübeln zu hindern. Jeden Morgen stand sie um sieben Uhr auf, machte Feuer im Kamin und erhitzte den Wasserkessel. Noch immer im Schlafanzug setzte sie sich mit ihrer ersten Tasse Maxwell Aufgusskaffee an den Esstisch, starrte auf den See und dachte darüber nach, was sie jeweils zu erledigen hatte. Zu ihren täglichen Aufgaben gehörte es, Holz ins Haus zu bringen, Schnee zu räumen, ein wenig Hausarbeit zu erledigen und – gewissermaßen als Krönung des Tages – zum Einkaufen zu fahren. Bis zum Einbruch der Dunkelheit gelang es ihr ohne größere Schwierigkeiten, sich zu beschäftigen, doch dann brach der lange Winterabend über sie herein. Maria hatte ihr eine eklektische Auswahl von Büchern aus ihrer eigenen umfangreichen Bibliothek geliehen, die neben den obligatorischen Kochbüchern, Liebes- und Kriminalromanen auch so literarische Seltsamkeiten wie „Der Hufschmied, dein Freund" oder „Heimatpflege im Ausland" umfasste, und Carol nahm sich jeden Abend erneut vor, sich in eines dieser Werke zu vertiefen. Doch sobald sie unter ihrer billigen Veloursdecke aus dem Discountmarkt in 100-Mile vor dem Kamin lag und ihren nicht ganz so billigen Rotwein schlürfte, den sie sich trotz all ihrer Sorgen um die Zukunft gönnte, schweiften ihre Gedanken ab. Zu Peter, zu Jason, zu ihrer Finanzlage. Sie konnte sich einfach auf kein Buch konzentrieren.

Meist war es noch nicht einmal neun Uhr, wenn sie sich, von der Wärme des Feuers und des Weins schläfrig geworden, schließlich aufraffte, um noch ein letztes Mal Holz nachzulegen und eine kurze heiße Dusche zu nehmen. Das Bad war zur Notlösung geraten, denn der Einbau einer größeren Pumpe, die das Wasser vom Brunnen zum Haus brachte, und die dafür notwendigen Sanitärarbeiten hatten bereits ihr gesamtes Budget gesprengt. Und so hatte sie sich anstelle von Fliesen und einer stabilen Duschbodenwanne aus Keramik mit einer hartweißen, fertig gegossenen Plastikkabine zufriedengeben müssen. Immerhin verfügte das Haus wenigstens über einen Wasseranschluss und eine Toilette, sonst hätte sie womöglich noch eine Außentoilette benutzen müssen. Und obwohl die Temperaturen in der Nacht bislang kaum unter minus zehn Grad fielen, war der Gedanke, bei Dunkelheit aus dem Haus zu müssen, Carol mehr als unangenehm. Das Problem war dabei nicht die Kälte, sondern die Dunkelheit selbst, in der sie nicht gut sehen konnte und sich deshalb immer etwas unsicher und unwohl fühlte. Aus diesem Grund fuhr sie nachts auch ungern Auto, vor allem, wenn die Straßen unbeleuchtet waren und der Schnee die Fahrbahn bedeckte. Und deshalb besuchte sie Maria die ganzen Januarwochen über auch nur, wenn sie vormittags oder nachmittags auf ihrem Weg vom Supermarkt in 100-Mile auf der Horse Lake Road zurückfuhr, und selbst dann nicht jedes Mal. Schließlich musste sie Maria gegenüber ja ihre Unabhängigkeit unter Beweis stellen.

Am ersten Februar fiel der Strom aus. Carol war zunächst aufgestanden, ohne es sofort zu bemerken. Das Haus schien ihr zwar etwas kälter zu sein als sonst, aber der Spülkasten in der Toilette war noch voll gewesen und aus der Wasserleitung in der Küche war noch genügend Wasser herausgekommen, um sich die Zähne putzen zu können. Und so bemerkte Carol erst als sie Kaffee aufsetzen wollte, dass der Wasserkocher und die elektrische Wasserpumpe nicht mehr funktionierten. Das Prinzip war einfach: kein Strom – kein Wasser – kein Kaffee!

Carol ging zum Telefon und wollte Jason anrufen, der sicherlich wusste, wie lange der Stromausfall noch dauern würde. Aber das Telefon funktionierte ebenso wenig wie die Elektroheizung, und die beißende Kälte im Badezimmer und Flur ließ darauf schließen, dass sich der Stromausfall bereits während der Nacht ereignet haben musste. Es konnte also nicht mehr allzu lange dauern, bis BC Hydro die Ursache des Malheurs wieder beseitigt haben würde.

Carol legte ein paar dicke Holzscheite in den offenen Kamin, zündete sie an und dachte dann nicht weiter über den Stromausfall nach.

Am Abend war das Haus zwar behaglich warm, aber immer noch dunkel. Also zündete Carol mehrere Kerzen auf, bereitete sich ein kaltes Abendbrot zu, öffnete eine Flasche Rotwein und verzehrte ihre Mahlzeit stillschweigend, während sie dem Flackern des Feuers im Kamin zusah. Plötzlich war die Flasche leer. Carol spürte, dass sie etwas mehr und etwas schneller als sonst getrunken hatte, und beschloss deshalb, früh zu Bett zu gehen, obwohl sie vorgehabt hatte, möglichst lange wach zu bleiben, um Holz nachlegen zu können. Denn für den Fall, dass der Strom noch länger wegbleiben würde, fiele auch diese Nacht die Elektroheizung wieder aus.

Am nächsten Morgen wachte sie mit leichten Kopfschmerzen auf. Es war noch nicht ganz sieben Uhr, und draußen begann es langsam hell zu werden. Hinter den Gipfeln der Rockies spitzelte die Sonne hervor und überzog die Berge und den See mit einem rosa Schimmer.

Ein kurzer, vergeblicher Druck auf den Lichtschalter ihrer Nachttischlampe bestätigte Carols Befürchtung, dass es noch immer keine Stromversorgung gab. Im Haus war es noch einmal kälter als am vorangegangenen Tag, und Carol schüttelte es unwillkürlich, als sie daran denken musste, was für eisige Temperaturen dann erst draußen vor der Tür herrschen mussten. Doch es half alles nichts. Sie musste dringend auf die Toilette. Mit nackten Füßen und noch immer im Schlafanzug schlüpfte sie schnell in ihre Stiefel, zog sich ihren Anorak über und ging danach ins Freie, wo sie sich weit genug vom Hauseingang entfernt hinter einen Busch kauerte, der nicht ganz im Tiefschnee stand. Wieder zurück im Haus, waren ihre Finger klamm, und sie brauchte länger als sonst, um das Feuer im Ofen neu zu entfachen.

Der Rotwein des vergangenen Abends hatte einen faden Geschmack in ihrem Mund hinterlassen, aber sie wollte auch nichts zu essen, zumal es auch kein Leitungswasser gab, um sich danach die Zähne zu putzen. So trank sie nur einen kleinen Schluck Orangensaft, setzte sich dann ans Fenster und wartete darauf, dass die Zeit verging. Die Sonne hatte sich hinter einer Wolkendecke versteckt, und das eintönige Grau des Himmels verhieß neuen Schneefall. Als sie schließlich aufbrach und zu Jasons Büro fuhr, war es bereits kurz vor neun, aber zu einer früheren Zeit würde sie ihn dort wohl auch kaum antreffen, und sie wollte keinesfalls vor verschlossener Tür stehen und auf ihn warten. Die Aussicht, Jason bald zu sehen, bewirkte, dass sie sich sofort viel besser fühlte, sie ahnte noch nicht, dass alles noch viel schlimmer kommen sollte.

Das Geschlossen-Schild an Jasons Büro traf sie wie ein Schlag ins Gesicht, denn sie hatte nicht damit gerechnet, ihn nicht anzutreffen, und sich deshalb viel zu sehr darauf gefreut, mit ihm sprechen zu können. Kurzentschlossen fuhr sie zum Supermarkt nach 100-Mile weiter, kaufte sich dort eine Packung Schokoladenkekse und ein paar Flaschen Trinkwasser und überlegte sich danach, was sie sonst noch so im Haus brauchen könnte. Doch in ihrem Singlehaushalt war so gut wie alles im Überfluss vorhanden, da sie sowieso viel zu oft zum Einkaufen ging und es ihr daher beinahe nie an etwas mangelte. Auf dem Rückweg hielt sie bei Maria an, stand jedoch abermals vor einer verschlossenen Tür und stellte enttäuscht fest, dass sie ihre Freundin verpasst haben musste. Ich hätte gleich auf dem Hinweg bei Maria vorbeischauen sollen, schalt sie sich, jetzt wird sie sicher für den Rest des Tages unterwegs sein – Maria hatte stets eine Menge Termine.

Wieder fuhr Carol in der Hoffnung, Jason möge mittlerweile eingetroffen sein, an seinem Büro vorbei, wurde aber zum zweiten Mal an diesem Tag nur von dem Geschlossen-Schild in Empfang genommen. Es ist erst Mittag, tröstete sie sich, also würde sie es nachmittags einfach noch einmal versuchen, und vielleicht wäre bis dahin auch der Strom wieder da.

Im Laufe des Nachmittags fuhr sie noch dreimal die Strecke zu Jasons Büro ab, wobei es beim dritten Mal bereits dunkel wurde. Schließlich schrieb sie ihm eine Nachricht, in der sie ihn darum bat, doch bitte bei ihr vorbeizuschauen, weil sie seit gestern keinen Strom mehr hatte, und klemmte diese dann im Rahmen der Tür fest. Noch immer wusste Carol nicht, dass nicht nur sie, sondern die gesamte Region vom Stromausfall betroffen war. Erst auf dem Nachhauseweg fiel ihr auf, dass die wenigen Häuser, an denen sie vorbeifuhr, allesamt nicht beleuchtet waren. Ein weiterer langer Abend bei Kerzenlicht würde demnach auf sie warten.

Am dritten Tag fühlte sie sich schmutzig, elend und verlassen. Insgeheim hatte sie den ganzen vergangenen Abend über gehofft, dass es plötzlich klopfen und Jason vor der Tür stehen würde – oder vielleicht Maria und Gerd. Doch keiner der drei war bei ihr aufgetaucht, und Carol stellte mit Bestürzung fest, dass sie außer diesen drei Menschen niemand anders kannte, der sie hätte besuchen können.

Diesmal war sie bereits um fünf Uhr morgens aufgewacht, wieder, weil sie dringend auf die Toilette musste. Vergeblich versuchte sie den Drang zu unterdrücken, als sie hörte, wie der Wind ums Haus fegte. Doch dann hielt sie es nicht länger aus und verließ ihre plötzlich so heimelig gewordenen vier Wände, um sich endlich zu erleichtern. Draußen war es noch stockfinster. Ein heftiger Wind blies vom Norden direkt auf die Eingangstür zu und trieb ihr hart gefrorene Eiskristalle ins Gesicht, die auf ihrer Haut kratzten und den dünnen Stoff ihrer Pyjamahose wie ein Sieb durchdrangen. Allein ihr Anorak hielt dem frostigen Ansturm stand, und Carol zog sich die Kapuze weit über den Kopf und tief ins Gesicht hinein, stemmte sich gegen die eisigen Böen und blieb diesmal etwas näher beim Haus als gestern.

Dennoch zitterte sie vor lauter Kälte, als sie wieder ins Haus zurückkehrte, wo sie sich eilig den feucht gewordenen Schlafanzug auszog und in ihren Bademantel schlüpfte, der sich ungewöhnlich kalt und rau anfühlte und den sie mit der wenigen ihr verbliebenen Körperwärme kaum warm bekam. Doch hier im Haus war es wenigstens windgeschützt, auch wenn die Holzwände keinerlei Wärme mehr abstrahlten, die Luft im Zimmer klirrend kalt war und Carol sich wie in einem Eiskeller fühlte. Mit klammen Fingern zündete sie erst eine Kerze und dann das Feuer im Ofen an. Nachdem sie Wasser auf den Herd gesetzt und sich mit einer Tasse abgefülltem Trinkwasser die Zähne geputzt hatte, wurde ihr klar, dass sie gestern viel zu wenig Wasser eingekauft hatte. Es würde gerade noch für das Frühstück reichen. Draußen zog ein Sturm auf, der mit jeder Minute stärker ums Haus fegte. Gleichzeitig wurde es langsam heller, aber die Sichtweite vor dem Fenster war inzwischen so gering, dass Carol nicht mehr unterscheiden konnte, ob es schneite oder ob der Sturm den schon gefallenen Schnee neu aufwirbelte.

Sie saß in der Wildnis fest – ohne Nachbarn, ohne Freunde, ohne Strom, ohne Wasser und ohne Telefon. Langsam und unaufhaltsam begannen ihr die Tränen über die Wangen zu rinnen. Der neue Tag lag endlos lang und trist vor ihr, es war noch nicht einmal acht Uhr morgens, und sie war bereits mit ihren Nerven am Ende. Die Tränen kamen heftiger, quollen dick aus ihren geröteten Augen, und schließlich brach sie voller Verzweiflung in lautes Schluchzen aus. Ihre Schultern hoben und senkten sich, wie ein hilfloses Kind schlang sie die Arme um ihren Oberkörper und wiegte sich in einem gleichförmigen Rhythmus vor und zurück. Der Tränenfluss schien kein Ende zu nehmen.

Als sie sich endlich wieder etwas beruhigt hatte, legte sie sich erschöpft aufs Sofa und fiel in eine Art Halbschlaf, in dem sie den Inhalt ihrer Träume steuern konnte. Sie sah sich wieder in Deutschland, hinter ihrem Schreibtisch, als Herrin des Büros und Retterin vieler Mandanten, die sie für ihre Umsicht und ihr Können lobten und bewunderten. In einem anderen

Traum fuhr sie dagegen auf einem Hundeschlitten über die erbarmungslosen, eisigen Ebenen Alaskas und wurde als Bezwingerin der Eiswüste gefeiert. Dann aber wachte sie auf und fühlte sich genauso elend wie zuvor. Denn in Realität beherrschte sie weder Mensch noch Hund. Gar nichts hatte sie unter Kontrolle, nicht einmal mit einem albernen Stromausfall konnte sie alleine fertig werden. Sie war nur noch ein jammerndes Häufchen Elend, eine Frau, die sich von den harten Bedingungen, wie sie in der Wildnis und in ihrem selbstgewählten Exil nun einmal herrschten, vollkommen hatte zermürben lassen.

Der Sturm tobte mit unverminderter Stärke ums Haus. Es ist schon wieder kälter geworden, dachte sie apathisch und zog die Wolldecke höher, als sie bemerkte, dass sie am ganzen Körper zitterte. Sie hatte das Feuer ausgehen lassen, eine Nachlässigkeit, die auch mit ihrem derzeitigen depressiven Zustand nicht zu entschuldigen war. Widerwillig erhob sie sich, schob Zeitungspapier in den Ofen, legte Spreißel darauf, lockerte nochmals den Papierknäuel und hoffte inständig, dass es ihr gleich beim ersten Mal gelingen möge, die Flammen zu entfachen. Ihr ständiger Kampf darum, das Feuer am Leben zu erhalten, war nur ein weiterer Beweis dafür, dass sie nicht für ein Leben in der Wildnis geschaffen war.

Doch sie hatte Glück, die Flammen begannen sich sofort in die dünnen Scheite zu fressen, und Carol legte dickere Scheite nach. Kniend wartete sie so lange vor dem Ofen, bis das Feuer auch auf diese übergriff, und schloss dann stöhnend die Luke. Ihre Knie und ihr Rücken schmerzten, sie musste während der Nacht falsch gelegen und sich verkrampft haben. Doch dann merkte sie, dass eigentlich ihr ganzer Körper wehtat. Resigniert schlüpfte sie in ihren alten Jogginganzug mit der zu weiten Hose und den ausgebeulten Knien. Sein Oberteil war vorteilhafter geschnitten, doch die violette Farbe machte sie blass und ließ sie älter erscheinen. Die ideale Bekleidung, um sich noch kränker und elender zu fühlen. Sie wartete neben dem Ofen, bis das Wasser kochte, und wärmte ihren Rücken, indem sie sich direkt an seine linke Seite setzte und sich anlehnte. Mit einer Tasse dampfendem Tee legte sie sich schließlich wieder unter die Decke. Doch jetzt zitterte sie nicht mehr nur, sondern schlotterte am ganzen Körper. Die Möglichkeit, krank zu werden, hätte ihr eigentlich Angst machen sollen, gab ihr aber Hoffnung. War die körperliche Schwäche etwa nicht ein Ausdruck ihres labilen seelischen Zustands? Vielleicht hatte sie sich aber auch einfach nur erkältet? Mit masochistischer Genugtuung registrierte sie einen dumpfen Druck hinter ihrer Stirn und spürte die einsetzenden Gliederschmerzen. Der Tee war noch zu heiß zum Trinken. Sie wollte ihn gerade wieder absetzen, als es laut an ihrer Haustür klopfte. Vor Schreck rutschte ihr die Tasse aus der Hand, verfehlte die Tischplatte und landete auf dem Boden. Das schwere Steingut hielt dem kurzen Fall zwar stand, aber der Tee ergoss sich in einer dunklen Pfütze über den Teppich.

„Verdammt“, schrie sie auf, vergaß aber gleichzeitig alle Schmerzen. Jason war gekommen!

In ihrem verknitterten Hausanzug, völlig zerzaust und mit verquollenen Augen rannte sie zur Haustür und riss die Tür auf. Vor ihr stand ein älterer, großer und stattlicher Mann im Türrahmen und lächelte sie an. Er war bereits dabei, mit den Beinen abwechselnd auf den Boden zu stampfen, um seine Stiefel dadurch vom Schnee zu befreien. „Ich bin Hermann, Ihr Nachbar", sagte er schlicht.

„Oh", war alles, was ihr dazu einfiel, wobei sie die Tür etwas weiter öffnete.

„Sie müssen Carola König sein." Hermann ging an ihr vorbei in den Vorraum, und erst jetzt sah Carol, dass die ganze Zeit über eine Frau hinter ihm gestanden hatte. Sie war viel kleiner als Hermann und reichte diesem gerade einmal bis zur Schulter. Ein Kurzhaarschnitt betonte ihr rundes Gesicht, und ihre Haut war rosig und glatt – sie war eindeutig viel jünger als Hermann.

„Ich bin Anita", stellte sie sich vor und fragte dann: „Dürfen wir reinkommen?"

Endlich hatte sich Carol wieder gefasst. „Natürlich. Entschuldigen Sie meinen Aufzug ...", beschämt strich sie ein paar Falten ihres Anzugoberteils glatt und zog den Hosenbund nach oben, „aber ich fühle mich im Moment nicht so ..."

Hermann und Anita zogen ihre Stiefel aus. Sie schienen ihr gar nicht zuzuhören. Dann drehte sich Anita um, legte wie selbstverständlich den Arm um Carols Schulter – eine Geste, bei der sie nach oben greifen musste, denn Carol war fast so groß wie Hermann – und fragte besorgt, ob denn alles mit ihr in Ordnung sei. „Wir haben gehört, dass Sie ganz alleine leben, deshalb wollten wir mal nachsehen, wie es Ihnen geht."

„Danke, mir geht es gut", versicherte Carol wenig überzeugend.

„Sieht aber nicht so aus", brummte Hermann und erntete dafür einen strafenden Blick von Anita.

„Ignorieren Sie meinen Mann einfach“, meinte Anita, „er redet öfter mal dummes Zeug.“

Die beiden waren also verheiratet, und Anita musste mindestens fünfzehn Jahre jünger sein als Hermann, wenn nicht sogar mehr, obwohl ihr Mann einen sehr robusten, energiegeladenen Eindruck machte. Doch sein Gesicht war nicht allein vom Wetter gegerbt, sondern wies eindeutig auch die Spuren gelebter Jahre auf.

„Sieh sie dir doch an, sie hat geweint“, kommentierte Hermann, als wäre Carol gar nicht anwesend, „also erzähl mir bloß nicht, dass sie in Ordnung ist.“

Sie hatten sich zu dritt vor den Kamin gesetzt, wo Carol etwas umständlich versuchte, ihren kleinen Nervenzusammenbruch zu erklären. Der Stromausfall, die Einsamkeit, ihr Unvermögen, mit den Anforderungen des Landlebens fertig zu werden, der tobende Sturm, der sie gefangen hielt, und schließlich der Anflug einer Grippe. Sie hatte die Tatsache, dass sie fast pleite war, keine Perspektive für die Zukunft sah, ihren Mann verlassen und ihre Firma verloren hatte, und die tausend anderen Gründe, die zu ihrer Misere beitrugen, noch gar nicht erwähnt, als sie auch schon erneut zu schluchzen begann. „Und jetzt habe ich zudem noch einen Teefleck auf meinen neuen Teppich gemacht.“ Wütend fuhr sie mit ihrem linken Fuß über die dunkle Stelle.

Anita tätschelte ihren Arm. „Sie Ärmste, das klingt ja fürchterlich. Seit drei Tagen hier eingesperrt, ohne Licht und Wasser. Hermann, wir müssen etwas tun.“

„Wir?“, fragte Hermann. „Wir? Was heißt hier wir? Du meinst wohl, ich muss etwas tun!“

„Ja.“ Die Antwort klang trotzig.

„Gut“, Hermann stand auf, „du bleibst hier und kümmerst dich um das Seelenheil unserer Nachbarin. Ich hole inzwischen unser Reserve-Notstromaggregat aus der Scheune. Wir brauchen es im Moment nicht, und ich kann es bestimmt hier anschließen. Damit hätten wir erst einmal den Stromausfall im Griff."

„Was ist denn eigentlich geschehen? Warum habe ich denn so lange keinen Strom?", fragte Carol.

Hermann schüttelte den Kopf. „Sie wissen es nicht? Haben Sie denn in den vergangenen Tagen mit niemandem gesprochen?"

Carol verneinte.

„Erklär es ihr, Anita. Ich fahre jetzt los. Das Wetter wird schließlich nicht besser." Hermann stand auf, winkte den beiden Frauen noch einmal zu und verschwand.

Anita setzte Carol über die Ereignisse in Kenntnis, die zu der gegenwärtigen dramatischen Lage geführt hatten, von der die ganze Region betroffen war.

„Wir haben alle keinen Strom, das ganze Cariboo nicht. Daran ist das milde Wetter schuld, so etwas haben wir hier noch nie erlebt, seitdem wir in Kanada sind." Erst in diesem Moment fiel Carol auf, dass sie sich mit Hermann und Anita auf Deutsch unterhielt. Wie lange waren die beiden wohl schon hier? Sie wollte gerade danach fragen, als Anita bereits von sich aus darauf zu sprechen kam. „Und das sind nun immerhin fast zwanzig Jahre. Meine Güte, so lange schon! Früher hatten wir im Januar nie über null Grad, bislang hat es fast immer nur im Dezember tüchtig geschneit und danach war Schluss damit. Im Januar haben zwar stets die niedrigsten Temperaturen geherrscht, und es war oft bitterkalt, aber dafür hatten wir stets einen klaren blauen Himmel und konnten herrlichen Sonnenschein genießen. Nie gab es weitere Schneefälle, zumindest nicht in diesen Mengen wie jetzt. Das hatte natürlich auch den Vorteil, dass wir ab Januar nie mehr so richtig Schnee räumen mussten. Die ganzen Schneemassen waren bereits im Dezember genau an den Stellen, an die wir sie zuvor hingeschoben und aufgehäuft haben, zu großen, harten Hügeln gefroren. Aber egal, dieses Jahr ist es eben anders. Es hat in letzter Zeit viel zu oft und viel zu lange geschneit. Der Schnee ist wegen der ungewöhnlichen Wärme, die wir derzeit haben, viel zu nass und zu schwer und hat die Äste der Bäume zu sehr belastet. In den Tagen vor dem Stromausfall sind daher viele unter ihrer Last einfach abgebrochen."

Ihre Stimme war leiser geworden, und Carol hörte gespannt zu.

„Manchmal haben sie sogar den ganzen Baum gleich mit umgerissen, und viele sind dabei auch auf Strom- und Telefonleitungen gefallen. Allein um den Bridge Lake herum sind angeblich über hundert Bäume direkt am Straßenrand entwurzelt, von den Wäldern einmal ganz zu schweigen. Der Schaden im ganzen Cariboo ist riesengroß, und jetzt ist auch noch dieser Sturm dazugekommen. Dadurch wird alles noch schlimmer." Anita schwieg bedeutsam, so als ob eine gewaltige Naturkatastrophe auf sie zukommen würde.

„Warum unternimmt denn die BC Hydro nichts dagegen? Sie muss die Leitungen doch wieder reparieren?", fragte Carol.

Anita lachte. „Das tun sie auch, die armen Kerle, sie arbeiten Tag und Nacht, bei diesem Wetter! Können Sie sich vorstellen, wie lange es dauert, bis alle Leitungen rund um den See wieder neu verlegt sind? Die Kabel liegen entweder am Boden oder sind unter dem Schnee begraben und zwischen Ästen eingekeilt. BC Hydro hat in ganz Britisch-Kolumbien Reparaturmannschaften angefordert, die Teams von Williams Lake und Cache Creek sind schon da, führen im Moment jedoch einen aussichtslosen Kampf. Sobald sie eine Leitung repariert haben, bricht an einer anderen Stelle wieder ein Ast, und die Versorgung ist erneut unterbrochen. Nein, wir werden leider nicht so bald mit Strom rechnen können. Stattdessen müssen wir uns darauf einstellen, noch eine Weile ohne Elektrizität auszukommen."

„Du lieber Himmel, wie lange denn noch?", wollte Carol wissen.

„Ich weiß es nicht. Vielleicht noch ein paar Wochen."

Carol stöhnte auf. Sie wollte nicht noch wochenlang Abend für Abend hier im Dunkeln sitzen. Ohne Toilette und ohne Dusche. Aber sie konnte es sich auch nicht leisten, einfach wegzufahren, und sich so lange in ein Hotel einzumieten, bis die Krise vorüber war. Somit war sie der Kälte und der Dunkelheit zwangsläufig ausgeliefert. Erneut füllten sich ihre Augen mit Tränen, und sie blinzelte verschämt. „So lange noch? Das ist ja kaum zu ertragen."

„Keine Sorge, ganz so schlimm wird es nicht werden", beruhigte sie Anita, „Hermann holt unseren Generator. Wenn er ihn im Keller anschließen kann, ist schon viel gewonnen. Dann werden Sie auch nicht einmal nach draußen gehen müssen, um ihn einzuschalten. Und abends können Sie Licht machen und die Elektroheizung und die Wasserpumpe bedienen. Sie müssen sich nur genügend Benzin zum Nachfüllen besorgen. Mit einer

Tankfüllung läuft der Generator so etwa acht Stunden, das dürfte genügen, nicht wahr?"

„Allerdings. Das klingt fantastisch. Viel zu gut, um wahr zu sein." Tatsächlich konnte Carol sich nicht so ganz vorstellen, wie das alles funktionierte, aber das spielte im Moment auch keine Rolle. Erleichtert über die Aussicht auf eine Lösung und dankbar für die nachbarliche Hilfe, begann sie Anita auszufragen. Über das Notstromaggregat, das Wetter und den Stromausfall, über die Wildnis und die Leute, die um den See herum lebten, und schließlich, als sich die erste Aufregung gelegt und ihr Drang zu reden nachgelassen hatte, fragte sie Anita noch danach, woher diese eigentlich wusste, dass Carol dieses Haus bezogen hatte.

„So viele Deutsche wohnen hier nicht, da hört man immer gleich, wenn Nachschub kommt", erklärte Anita, „es ist hier nicht wie am Horse Lake und in 100-Mile. Wussten Sie, dass dort etwa zwanzig Prozent der Einwohner Deutsche sind?"

Carol verneinte.

„Hier, weiter draußen in der Wildnis ist das anders. Die paar Leutchen, die ihre Farmen um den See herum haben, sind meist Kanadier, ein paar Schweizer und Amerikaner gibt es auch noch. Jasons Mutter hat uns erzählt, dass Sie hier eingezogen sind. Wir wären schon längst vorbeigekommen und hätten uns vorgestellt, aber wir wollten Ihnen erst einmal Zeit geben, sich einzuleben, und dann, ja dann kam uns leider der Stromausfall dazwischen."

Carol dachte, wie nett es gewesen wäre, wenn sie schon gleich nach ihrem Einzug ihre Nachbarn kennengelernt hätte. „Jason? Meinen Sie den Jason Golden, der vorne am Highway das Maklerbüro hat?“, fragte sie betont beiläufig. „Kennen Sie ihn denn?“

Anita nickte. „Hier kennt jeder jeden. Wir leben alle so weit voneinander entfernt, da ist es wichtig, stets miteinander in Kontakt zu sein. Jason ist fast wie ein Sohn für Hermann, zumal wir keine eigenen Kinder haben. Und Jasons Mutter, na, Sie wissen ja, wie sie ist.“

Carol erwiderte, dass sie keine Ahnung habe, wie Jasons Mutter sei, und dass sie wirklich absolut niemanden in der Gegend kenne, aber Anita wechselte das Thema, und es gab noch so viele andere Dinge, die Carol wissen wollte. So unterhielten sie sich die ganze Zeit über, bis Hermann schließlich zurückkam. Er war fast zwei Stunden unterwegs gewesen. Die Schneeverwehungen hatten die zehn Kilometer zu seiner Farm in eine abenteuerliche Reise verwandelt, und er machte sich wegen des anhaltenden schlechten Wetters ernsthafte Sorgen über ihren späteren Rückweg. „Es schneit wieder, und der Wind ist so verflucht stark, dass ich sicherheitshalber die Motorsäge eingepackt habe, falls uns ein umgestürzter Baum den Weg abschneidet. Wo befindet sich denn der Elektrokasten in Ihrem Haus?“

Zu dritt stiegen sie die steile Treppe neben dem Mudroom ins unbeheizte Untergeschoss hinab.

Noch ahnte Carol nicht, dass dort in dem kahlen Raum, der seit ewigen Zeiten nicht mehr benutzt und seit dem Bau des Hauses unverändert geblieben war, eine Überraschung auf sie wartete, die ihr Leben von Grund auf verändern würde.

Carol zeigte Hermann den Schaltkasten, der mit seinen alten, verstaubten Schraubsicherungen wenig vertrauenerweckend wirkte. Ein weiteres Objekt für zukünftige Renovierungen.

„Mhm", brummte Hermann, während er die Leitungen untersuchte, die aus dem Kasten herausführten, „könnte klappen. Aber ich werde die Holzpaneele, die hinter dem Kasten liegen, aufbrechen müssen, denn ich muss wissen, wohin diese Leitung führt. Die untere Reihe der Sicherungen scheint überhaupt nicht angeschlossen zu sein, das heißt, dass wir sie in jedem Fall schon einmal benutzen und mit dem Generator verbinden könnten."

Carol sah kein Problem darin, die alte und aus grob gesägten Brettern gezimmerte Holzverkleidung von der Wand zu entfernen, sie würde eines Tages, wenn sie den Keller ausbaute, sowieso erneuert werden müssen.

„Ich brauche meinen Werkzeugkasten. Oder haben Sie vielleicht ein Stemmeisen hier?" Carol verneinte. Darauf murmelte Hermann etwas vor sich hin, das einem Fluch sehr nahe kam.

„Tut mir leid", entschuldigte sich Carol, „aber ich wollte mir erst im Frühjahr Werkzeug besorgen, wenn ich mit den Verschönerungsarbeiten beginne."

Doch Hermann war bereits verschwunden, und Anita erklärte begütigend: „Er ärgert sich nur über sich selbst, weil er nicht gleich daran gedacht hat, seinen Werkzeugkasten mitzubringen. Wir haben nämlich ganz vorne an der Straße geparkt, die noch einigermaßen frei ist, während der Weg zu Ihrem Haus bei diesem hohen Schnee zu Fuß ziemlich anstrengend ist."

Die Frauen warteten im Untergeschoss. Carol fühlte sich schuldig. „Ich hätte den Weg gleich gestern räumen sollen, aber da konnte ich noch in meine Fußstapfen vom

Tag zuvor treten, um ins Haus zurückzukommen, und heute, na, Sie können sich vorstellen, heute war ich einfach nicht mehr dazu in der Lage."

„Ich bitte Sie, Sie haben doch gar keinen Besuch erwartet. Außerdem fühlen Sie sich nicht gut. Überhaupt, wie geht es Ihnen denn jetzt? Sie sollten eigentlich gar nicht hier unten sein, es ist viel zu kalt für Sie in diesem Keller."

Erstaunlicherweise waren Carols Gliederschmerzen aber so gut wie komplett verschwunden, und sie fühlte sich daher wieder ziemlich fit. „Es geht schon sehr viel besser, danke."

Hermann kam zurück. Er trug das Notstromaggregat mit beiden Händen vor sich her und balancierte gleichzeitig den Werkzeugkasten obenauf, während er jede der für ihn unsichtbaren Kellerstufen mit seinen klobigen Stiefeln ertastete. Schnaufend setzte er seine Last ab. „Sag jetzt bloß nichts", warnte er Anita, die missbilligend seine Stiefel anstarrte, an denen eisige Schneeklumpen hingen. Eine weiße Spur markierte seinen Weg zum Schaltkasten. „Ich kann schließlich nicht den verdammten Generator schleppen und zudem noch die verdammten Stiefel ausziehen!"

„Der Gute ist überfordert", meinte Anita grinsend, „er ist halt nicht mehr der Jüngste."

„Zeig mir einen anderen Siebzigjährigen, der das schwere Ding überhaupt noch hochkriegt!" Hermann sah seine Frau streng an.

„Hochkriegt?", wiederholte Anita gedehnt, und plötzlich fingen beide wie zwei alberne Teenager an zu kichern. Carol verstand zunächst gar nicht, worüber sie lachten, konnte dann aber, als ihr die Doppeldeutigkeit des Wortes klar wurde, nicht anders, als ebenfalls in das Gelächter mit einzufallen.

„Genug", winkte Hermann endlich ab, „jetzt aber an die Arbeit."

„Kann ich helfen?" Carol wollte etwas tun und öffnete die Werkzeugkiste.

„Ja, geben Sie mir das kleine Stemmeisen, wir versuchen es erst einmal mit sanfter Gewalt."

Auch Anita beteiligte sich an der Arbeit, und so hatten sie bereits nach kurzer Zeit und ohne große Anstrengung die meisten Paneele entfernt. Hermann lockerte die Nägel mit dem Hammer, Carol riss die losen Bretter aus der Verankerung, und Anita stapelte sie sorgfältig unter der Treppe auf. Schließlich musste nur noch ein langes waagrechtes Brett, das den Verlauf der Leitung verdeckte, entfernt werden. Allerdings war dieses etwas länger als die vorangegangenen Bretter, und seine beiden Enden verschwanden hinter senkrechten Holzpfosten. Dadurch waren die Nägel schwieriger zu erreichen als zuvor, was wiederum die Hebelwirkung des Werkzeugs beeinträchtigte, so dass Hermann zuletzt versuchte, das Brett mit Gewalt aus seiner Verankerung zu reißen.

„Verflixt, es ist immer das Letzte, das Schwierigkeiten macht", keuchte er und bog mit aller Kraft das Stemmeisen durch. Doch das Brett bewegte sich nicht. Hermann versuchte daher, das Stemmeisen mit dem Hammer in eine tiefere Position zu bringen, glitt aber immer wieder ab, wobei es jedes Mal so klang, als ob das Eisen auf Metall stoßen würde. „Das gibt es doch gar nicht. Was ist denn hier los?" Hermann gab seine Bemühungen auf, nahm seine Taschenlampe aus dem Werkzeugkasten, kniete sich vor dem Brett auf den Boden und leuchtete hinter die Verschalung. „Da klemmt doch was."

Er beugte sich weiter vor, um besser sehen zu können. „Tatsächlich, da steckt irgendetwas hinter dem Paneel fest. Sieht aus wie ein Kasten. Hm, ich muss das Brett wenigstens noch ein kleines bisschen lockern, sonst kriege ich den Kasten nicht raus. Wissen Sie denn, was das ist?", wandte er sich an Carol.

„Nein, keine Ahnung. Kann es vielleicht etwas mit den Leitungen zu tun haben?"

„Sieht nicht so aus. Ich glaube eher, dass hier etwas versteckt wurde. Seltsam."

Anita klatschte in die Hände. „Wie aufregend! Versuch doch bitte, es herauszuziehen, ich möchte unbedingt wissen, was es ist. Vielleicht ist es ja etwas Wertvolles."

Carol, die sich von Anitas Begeisterung anstecken ließ, trat nun ebenfalls näher, um hinter die Verschalung zu sehen. Und als es Hermann endlich gelungen war, das Brett an einem Ende mühevoll zu lockern, fasste sie selbst mit an, griff in den Zwischenraum und zerrte und rüttelte so lange, bis der Abstand zur Wand etwas größer geworden war. Zuletzt rissen sie alle drei an dem Brett, das seinen Widerstand schließlich mit einem letzten Quietschen aufgab und jeweils an den beiden Querstreben, an denen es verankert war, abbrach.

Jetzt konnten sie sehen, dass an der Rückwand, genau zwischen den Streben und dem Querbalken, hochkant ein grauer Metallkasten eingepasst worden war. Hermann nahm ihn vorsichtig vom Balken und fuhr mit seinem Ärmel über seinen Deckel, um ihn vom Staub und den Splittern, die seine Arbeit aufgewirbelt hatte, zu säubern. Danach reichte er ihn Carol. „Hier, machen Sie ihn auf. Sehen wir nach, was in der Mini-Schatztruhe versteckt ist."

Carol legte das Kästchen auf den Boden, kniete sich davor und untersuchte zunächst den Verschluss, der aus einer einfachen Lasche bestand, die über einen Bügel gezogen und mit einem metallenen Stift verschlossen worden war. Langsam zog sie den Stift heraus, hob die Lasche an und öffnete den Deckel. Anita und Hermann beugten sich vor, um besser sehen zu können.

„Oh", meinte Anita, „wohl doch kein Schatz."

Die Schatulle war vollgestopft mit alten Papierbögen, die vergilbt und zerknittert waren. Sie sahen nicht wie wertvolle Dokumente aus, sondern eher wie eine Sammlung von einzelnen Notizen, die einst lose gebündelt in den Kasten gestopft worden waren. Carol nahm ein einzelnes Blatt heraus und hielt es hoch. Es war mit einer steilen, akkuraten Handschrift eng beschrieben. Der Text selber wies keine Überschrift auf, aber unten rechts war eine Seitenzahl angebracht worden. Die Seite trug die Nummer neununddreißig.

„Es ist vielleicht ein Tagebuch", vermutete Carol.

„Oder Kochrezepte", maulte Anita voller Enttäuschung. „Wie schade, ich dachte schon, wir hätten etwas Aufregendes gefunden."

„Das haben wir womöglich auch, ich muss es mir nur noch genauer ansehen. Ich kann es doch behalten, oder? Ich meine, wenn es tatsächlich ein Schatz gewesen wäre, würde er nicht mir gehören, sondern müsste seinem vorherigen Besitzer zurückgegeben werden. Das wäre dann wohl Jasons Mutter? Aber ich denke, dass nichts dagegen spricht, mir diese Notizen einmal genauer anzusehen. Oder was meinen Sie, sollte ich sie besser gleich abgeben?"

„Unsinn", Hermann begann sein Werkzeug zusammenzuräumen und schob den Generator in Position. „Natürlich gehört der alte Krempel jetzt Ihnen. Jasons Mutter hat bestimmt nicht einmal gewusst, dass dieser Kasten in Ihrem Haus versteckt ist, so alt, wie der aussieht. Und jetzt geht ihr beide bitte nach oben! Trinkt Tee oder Kaffee oder was auch sonst immer und lasst mich hier fertig machen, wenn ihr heute noch Strom haben wollt, bevor es dunkel wird." Mit diesen Worten legte Hermann die Taschenlampe so hin, dass sie den Schaltkasten beleuchtete, und wählte einen Schraubenzieher aus seiner Sammlung aus.

„Gehen wir!" Anita kannte ihren Mann gut genug. Er hasste es, wenn man ihm bei der Arbeit zusah. Gemeinsam stiegen sie die Treppe wieder nach oben, Carol mit dem Metallkasten in den Händen. Die Dämmerung war bereits hereingebrochen, und es würde nicht mehr lange dauern, bis sich die Nacht über das Land gesenkt hatte. Carol zündete mehrere Kerzen an, legte Holz nach und setzte den Wasserkessel auf den Herd, um Tee zu bereiten. Der Sturm schien schwächer geworden zu sein.

„Hoffentlich hört er bald auf. Wir brauchen unbedingt ein paar Tage ruhiges Wetter, damit die Teams vorankommen", sagte Anita, „mir graut jetzt schon vor der Heimfahrt. Ich wette, wir werden uns den Weg freischaufeln müssen."

Carol sah nach dem Wasser, es kochte noch nicht. „Sie haben so viel Mühe meinetwegen. Wie kann ich das nur jemals wiedergutmachen?"

„Da wird sich schon irgendetwas ergeben, nur keine

Sorge. Außerdem helfen wir gerne, denn jeder braucht hier irgendwann einmal die Hilfe seiner Nachbarn, und so ist es ganz selbstverständlich, dass man füreinander da ist."

Carol nickte. „Das mag schon sein, aber ich bin diese Einstellung nicht gewohnt. In München kannte ich noch nicht einmal die Familie neben uns."

„Tja, wenn in Rom ..." Anita dachte kurz nach, „ein kleiner Tipp am Rande: Es ist hier einfach wichtig, seine Nachbarn kennenzulernen. Vielleicht sollten Sie die Farmen in Ihrer direkten Nachbarschaft einfach mal besuchen. Die Kanadier gehen unter ihresgleichen normalerweise aufeinander zu, aber bei Fremden warten sie immer erst ab, bis sie sich Ihnen vorgestellt haben. Sie wollen sich nicht aufdrängen. Außerdem gibt es sehr viele Ausländer hier, die nicht einmal zehn Sätze englisch sprechen können, und dann ist die Verständigung ein wahrer Horror. Wie gut ist eigentlich Ihr Englisch?"

„Ausreichend", meinte Carol, „aber was, um Himmels willen, machen die Leute hier, wenn sie die Sprache nicht sprechen? Wie kommen sie zurecht?"

„Sie bleiben unter sich. Sehr pally-pally."

Carol bemerkte, dass Anitas Wortwahl plötzlich nicht mehr rein deutsch war. Sie schien sich so lange auf ihre Muttersprache konzentriert zu haben, bis sie wusste, dass Carol sie verstehen würde. „Viele sind nur als Touries hier und haben die ‚Immigration' nie beantragt. Sie fliegen jedes halbe Jahr nach Deutschland und kommen dann mit ihrem neuen gültigen Touristenvisum für die nächsten sechs Monate wieder zurück. Wie ist es bei Ihnen, haben Sie die ‚Immigration' schon durch?"

„Nein. Ich wusste noch nicht, ob ich überhaupt hierbleiben würde. Jetzt, mit dem Hauskauf, hat sich die Situation grundlegend geändert. Aber ich habe, ehrlich gesagt, überhaupt noch nicht darüber nachgedacht."

„No hurry", winkte Anita ab.

„Doch. Denn ich habe nicht genug Geld, um zweimal im Jahr nach Deutschland zu fliegen!"

„Im schlimmsten Fall fahren Sie über die amerikanische Grenze. Die ist nur eine Tagesreise weit entfernt."

„Ja geht denn das?"

„Klar, das haben wir in den ersten Jahren auch so gemacht, bis wir endlich unseren Farmerstatus erhalten haben."

„Was pflanzt ihr denn an?", fragte Carol, als sie mit der vollen Teekanne zurückkam.

„Gar nichts. Wir haben eine große Herde. Die Tiere machen viel weniger Arbeit als das Bestellen von Feldern. Sie sind Sommer wie Winter auf der Weide und brauchen keinen Stall. Nur im Winter müssen wir zufüttern, aber das macht großen Spaß und gibt uns außerdem etwas zu tun. Der Winter wäre sonst viel zu lang und langweilig. Meistens zumindest", korrigierte sie sich, „außer, man fungiert als Retter für schneesturmgeschädigte Nachbarn."

„Allerdings", stimmte Carol zu, die beides, die Einsamkeit und die Aufregungen des kanadischen Winters, in der kurzen Zeit nach ihrer Ankunft schon zur Genüge kennengelernt hatte.

„Wenn Sie wollen, können Sie gerne einmal mitkommen und beim Füttern zusehen."

Carol nickte begeistert. „Unbedingt – sobald der Sturm nachgelassen hat."

So kamen sie vom Hundertsten ins Tausendste, während die Dunkelheit immer mehr zunahm und sie darauf warteten, dass Hermann den Generator zum Laufen brachte.

„Übrigens“, wechselte Anita das Thema und deutete dabei auf den Metallkasten, der zwischen ihnen auf dem Tisch lag, „soweit ich weiß, hat das Haus hier nicht immer Jasons Familie gehört. Deshalb ist es äußerst fraglich, ob jemand Anspruch auf das Kästchen erheben kann. Ich würde die Papiere an Ihrer Stelle einfach einmal durchsehen, um zu sehen, um was es sich überhaupt handelt. Vielleicht liefert ihr Inhalt ja sogar einen Hinweis auf den ursprünglichen Eigentümer.“

„Gute Idee. Dann habe ich ja genug zu tun, sobald der Strom wieder da ist.“

In diesem Moment flackerte die Glühbirne, wie aufs Stichwort und von einem Siegesruf aus dem Keller begleitet, einige Male kurz auf und erhellte dann den gesamten Raum. Die Frauen jubelten auf. Carol sprang vom Sofa hoch und rannte zur Treppe. „Gratuliere“, rief sie nach unten, „es hat geklappt! Wir haben Licht!“

„Natürlich“, schrie Hermann zurück, als hätte er nie an seinen Fähigkeiten als Elektrofachmann gezweifelt. Carol ging die nun hell erleuchtete Treppe nach unten und ließ sich von ihm die Bedienung des Notstromaggregats erklären. Es war relativ einfach. Hermann hatte alle wichtigen Anschlüsse mit dem Aggregat verbunden, dadurch konnte Carol jeden einzelnen Anschluss unabhängig an- oder ausschalten und auf diese Weise fast alle Geräte benutzen. Sie musste in nächster Zeit lediglich darauf achten, die stromintensiven Geräte nicht alle gleichzeitig anzuschalten, weil sie enorm viel Benzin verbrauchten.

Kurz danach brachen Anita und Hermann auf. Sie wollten so schnell wie möglich zu ihrer Ranch zurück, um dort nach dem Rechten zu sehen, versprachen aber, morgen wieder bei ihr vorbeizuschauen.

Carol dankte ihnen und begleitete sie zur Tür. Sie beobachtete, wie die beiden im Schein der Taschenlampe durch den tiefen Schnee die kleine Anhöhe zur Straße hinaufstapften und in der Dunkelheit verschwanden. Als sie den Motor anspringen hörte und kurz darauf die Scheinwerfer aufleuchten sah, nahm sie sich vor, gleich morgen die Einfahrt zu räumen, damit ihre Besucher bis zum Hauseingang vorfahren konnten.

Als sie wieder ins Haus trat, spürte sie auf einmal, wie hungrig sie war, und bereitete sich eine dicke Suppe aus Nudeln, Hühnerfleisch und Gemüse zu. Das Essen schmeckte wunderbar, und der Rotwein, den sie sich dazu eingeschenkt hatte, mundete besser als jemals zuvor. Sie fühlte sich auch nicht mehr krank. Morgen hatte sie endlich wieder eine sinnvolle Aufgabe vor sich, und sie freute sich richtiggehend darauf, die lange Einfahrt zu räumen. Diesen Abend wollte sie jedoch die so lange entbehrte Gemütlichkeit ihres Heims voll auskosten und nahm sich vor, den Inhalt des geheimnisvollen Metallkastens im hellen Schein der Deckenlampe zu inspizieren.

Als sie fertig gegessen hatte, nahm sie den Papierstapel aus dem Kasten und untersuchte ihn genauer. Schon bald stellte sie fest, dass es sich eindeutig um einen zusammenhängenden Schriftsatz handelte, denn alle Seiten waren nummeriert. Sie streifte die einzelnen Seiten glatt und ordnete sie nach ihrer Reihenfolge. Ein Deckblatt existierte nicht, gleich die erste Seite war dicht beschrieben worden und wies die gleiche akkurate Handschrift auf wie alle anderen.

Carol las den ersten Satz und erschrak, denn der Text begann mit den Worten: *„Ich nehme mein Geheimnis mit ins Grab. Wer dies hier findet, soll selbst entscheiden, ob er mein schreckliches Geheimnis, das ich vor der Welt verborgen habe, kundtun wird oder ob mir die ewige Ruhe vergönnt sei."*

Aufgeregt legte sie das Blatt zur Seite, schob zwei weitere große Holzscheite in den offenen Kamin und zog dann die Rotweinflasche und das Glas näher an sich heran. Es würde eine lange Nacht werden.

6

Heute ist der erste Mai 1964. Ich, John McLure vom Bridge Lake, werde nächsten Monat neunzig Jahre alt, und es drängt mich, die Ereignisse meines Lebens so niederzuschreiben, wie sie sich abgespielt haben. Ich erwarte nicht, dass die schwere Last, die auf meiner Seele ruht, leichter wird, wenn ich die Wahrheit hier zu Papier bringe. Zu meinen Lebzeiten wird niemand die Geschichte lesen, und was danach damit geschieht, überlasse ich dem Schicksal.

Alles begann am ersten Juni 1906, vor fast genau achtundfünfzig Jahren. Meine Söhne, die Zwillinge Dan und Bill sowie der kleine Tom und ich waren auf dem Weg von Alberta nach Britisch-Kolumbien.

Davor hatten meine Frau Jane und ich gleich nach unserer Hochzeit versucht, uns südlich von Calgary anzusiedeln. Aber wir waren jung und unerfahren und hatten uns außerdem ein schlechtes Land und eine schlechte Zeit ausgesucht, um eine Weizenfarm aufzubauen. Zehn lange Jahre waren die Sommer verregnet und die Winter ungewöhnlich lang und hart gewesen. Der Frost hielt jedes Jahr bis in den Mai hinein an und vernichtete die Aussicht auf eine gute Ernte noch bevor der darauf folgende Regen ein Übriges tat. Nein, wir verstanden nicht, warum Gott uns so strafte. Die Zwillinge wurden mitten in unseren Überlebenskampf hineingeboren. Wir verkauften ein Stück unseres Landes, um Geld für unser Essen zu haben, verringerten durch diese Verzweiflungstat aber unsere Zukunfts-

aussichten noch mehr. Obwohl wir ohne Unterlass schufteten, mussten wir froh darüber sein, abends genug Brot auf dem Tisch zu haben. Sechs Jahre später, als noch ein Kind zur Welt kam, war Jane bereits so sehr geschwächt, dass sie den Kampf einfach aufgab.

Ich blieb mit drei Kindern allein auf einer Farm zurück, die gerade genug abwarf, um die Bank zu bezahlen und uns mehr schlecht als recht zu ernähren. Ich war so wütend auf meine Frau, dass ich sie, ohne eine einzige Träne zu vergießen, wie einen wertlosen Kadaver, der die wilden Tiere anlockt, verscharrte. Und ich kümmerte mich auch nicht mehr um die Kinder. Heute weiß ich, dass das falsch war, aber damals hatte ich ganz andere Sorgen. Ich überließ meine Söhne ihrem Schicksal, ging meiner Arbeit nach und hoffte jeden Abend, wenn ich nach Hause kam, dass sie verschwunden sein würden.

Dan und Bill waren damals noch sehr klein, aber sie hatten bereits sechs entbehrungsreiche Jahre hinter sich und kannten daher jeden Überlebenstrick. Tom, so hatten wir das Neugeborene genannt, wurde von ihnen mit dem Nötigsten versorgt. Sie mochten den Kleinen, er war ihr erstes Spielzeug. Sie stahlen eine Ziege, ich weiß nicht mehr von wem, um ihm Milch zu geben, und später teilten sie das bisschen Brot, das sie hatten, mit ihm. Irgendwie überlebte Tom. Als die Zwillinge kräftiger wurden, konnte ich sie auf die Farm mitnehmen, während Tom im Haus blieb und schon mit vier Jahren in die Verrichtung einfacher Hausarbeiten eingewiesen wurde. Aber er war schwächlich und längst nicht so stattlich und robust wie die Zwillinge. Tom taugte wirklich nur für die leichten Arbeiten in der Küche und als Zeitvertreib für meine großen Jungs. Mit den Jahren wurden deren harmlose Spiele jedoch immer grausamer, und je weniger Tom ihnen entgegenzusetzen hatte, um so mehr Spaß fanden sie daran, ihn zu quälen. Als Klein-

kind musste er sie unterhalten, indem er mit seinen kurzen Beinchen in unserer Hütte hin- und herrannte und immer wieder umfiel. Sie piesackten ihn so lange mit langen Stöcken, bis er wieder aufstand und heulend weitertorkelte. Später musste er ihr Diener sein, und sie hatten Freude daran, ihn zu schlagen, wenn er nicht schnell genug gehorchte.

Ich wusste das alles, aber ich unternahm nichts dagegen, denn ich hatte weiß Gott Wichtigeres zu tun, als die Bälger zurechtzuweisen. Ihre Arbeitskraft war für unser Überleben dringend erforderlich, welches Recht hätte ich also gehabt, ihnen das bisschen Freude, das sie hatten, auch noch wegzunehmen? Tom war wohl dafür geboren worden. Ich glaubte damals wirklich, dass Gott selbst alles so geplant hatte.

Der Winter des Jahres 1905 auf 1906 war schlimmer als jeder andere davor. In den Januarnächten sank die Temperatur unter minus fünfzig Grad, Woche für Woche. Als es schließlich März wurde, waren wir am Ende. Die Ziege, unsere Hühner, die Schweine, alles, was wir zum Weiterleben brauchten, war im Laufe des Winters erfroren. Wir hatten die toten Tiere geschlachtet und verzehrt. Auch unser kümmerlicher Vorrat an Mehl und Reis war fast aufgebraucht, das Gemüse war hart gefroren und ungenießbar. Wir besaßen keinen Cent mehr, und dennoch verlangte die Bank von uns, die drei rückständigen Monatsraten in der nächsten Woche zu zahlen.

Ich saß mit den Kindern an unserem selbstgezimmerten, wackeligen Küchentisch – neben den paar Stühlen das einzige Möbelstück, das wir besaßen – und zog Bilanz. Wir konnten nur noch wenige Tage durchhalten, danach würden wir erbärmlich hungern und frieren müssen. Verhungern und erfrieren war wohl treffender. „Wir packen“, sagte ich, „es gibt nichts, was uns noch in dieser verfluchten, gottverlassenen Gegend halten könnte.“

„Wohin sollen wir denn gehen?", fragte Dan, der schon immer schneller von Begriff gewesen war als sein Bruder, „wird die Bank uns denn nicht finden?"

Da erzählte ich ihnen von meinem Plan. Der Bankmanager Mister Peters hatte mir erst vergangene Woche vorgejammert, dass die Verwaltung in der Provinz Alberta leider nicht die Möglichkeit hätte, den vom Schicksal so hart getroffenen Farmern, die schuldlos ihre Existenz verloren hatten, zu helfen. Nicht so wie in Britisch-Kolumbien, wo die Regierung kostenlos Land an alle vergab, die das Cariboo urbar machen wollten. Ich sagte daraufhin noch zu ihm: „Ja, ja, damit versuchen sie halt ein paar Dumme zu finden, die für sie die Drecksarbeit erledigen, und wenn sich dann herausstellt, dass das Wetter alles zunichte macht, jagen sie die Farmer wieder davon." Mister Peters widersprach mir aber, im Cariboo sei das Wetter ganz anders als hier, darum wolle die dortige Regierung die Menschen ja auch in dieses unbesiedelte Gebiet locken. Es gäbe auch zinslose Darlehen für die ersten fünf Jahre für alle, die das Wagnis auf sich nehmen wollten. Mister Peters war kein schlechter Kerl, und ich verstand sehr gut, dass er mir damit einen wertvollen Tipp geben wollte, mit dem er eigentlich gegen die Interessen seines Arbeitgebers verstieß. Er wusste, dass unsere Lage aussichtslos war. Also fragte ich ihn weiter aus und wollte von ihm wissen, wie man sich denn anmelden könne für dieses Regierungsgeschenk, und er erklärte mir, dass es ganz einfach sei. „Das ganze Cariboo ist nur sehr schwach besiedelt", sagte er, „weil die Leute immer nur in der Nähe der Städte wohnen oder sich entlang der neuen Railway ansiedeln wollen." Die Ost-West-Verbindung Kanadas war damals schon fast fertiggestellt, und die meisten Leute wollten nur dort leben, wo sie auch ihre Waren schnell und günstig transportieren konnten. Das Cariboo lag zu weit nördlich dieser Zugstrecke, das Land

fröhlich, als wir am fünfzehnten März aufbrachen und die Stätte meiner Niederlage endgültig verließen.

Tom wurde auf den Esel gesetzt, nicht aus Rücksicht auf sein Alter, sondern weil er zu langsam war und einfach nicht mit der Geschwindigkeit von uns Großen mithalten konnte.

Wochenlang marschierten wir über die verschneite Hochebene, an deren östlichem Horizont uns die Gipfel der Rockies verheißungsvoll lockten. Hinter ihnen lag unsere neue Heimat, unsere Zukunft, unser Glück. Sie stellten die letzte sichtbare Hürde dar, die es zu überwinden galt. Und so trieben wir uns und das Packtier ungeduldig voran. Manchmal jedoch – vor allem wenn wir sehr erschöpft waren – kam es uns so vor, als ob die Berge nicht näher kommen und wir unser Ziel niemals erreichen würden. Bei schlechtem Wetter verschwanden sie sogar ganz aus unserem Blickfeld, dann machten unsere Ängste einer tiefen Hoffnungslosigkeit Platz. Ich weiß nicht mehr viel von diesen Wochen, denn ein Tag reihte sich gleichförmig an den anderen. Wir trafen nie jemanden, machten nur nachts halt, suchten unter Büschen oder in verlassenen Hütten Unterschlupf, saßen erschöpft um unser kleines Lagerfeuer herum und warteten, bis der Schlaf uns von der Kälte der Nacht erlösen und der neue Tag uns den Bergen und dem kommenden Frühling näher bringen würde.

Endlich, Anfang Mai, waren wir den Gipfeln schließlich so nah, dass wir die einzelnen Täler zwischen ihnen deutlich erkennen konnten. Wir wählten den Weg, der uns nördlich in die Berge und nach Laggan bringen sollte. Von dort aus war der Kicking Horse ganz einfach zu erreichen, indem man den Schienen der Canadian Pacific Railway folgte. Obwohl wir nun in höher gelegene Gebirgsregionen aufstiegen, wurde es wärmer. Der lang ersehnte Frühling verwandelte den Schnee vor unseren Augen in Sturzbäche, die mit irrsinniger Geschwindigkeit über die Hänge herabschossen und eine riesige Menge Geröll mit sich nahmen.

Wir überquerten die eisigen blauen Gletscherbäche, die meist nur knöcheltief waren, zu Fuß und wanderten an ihren Ufern entlang, wo das Gestrüpp niedrig war und wir schneller vorankamen. Wir waren noch immer nicht müde, unser Ziel hielt uns aufrecht, und jedes Mal, wenn wir darüber sprachen, verband uns der gemeinsame Wunsch, den Kicking Horse Pass so schnell wie möglich, vor allem aber rechtzeitig zu erreichen. Wir glaubten schnell genug zu sein, um noch im September, also vor Wintereinbruch, das Cariboo erreichen und uns dort einen Unterschlupf erbauen zu können.

Einen Tag vor dem ersten Juni hatten wir Laggan erreicht. Weit vor der Stadt, die die wichtigste Station südlich von Jasper war, schlugen wir uns in die Berge. Da unser Vorrat erschöpft war, wollten wir oberhalb der Stadt, auf einem der einsamen Berghänge, unser Lager aufschlagen und von dort aus für einige Tage auf die Jagd gehen, um danach das Fleisch der erlegten Tiere zu verarbeiten und für den späteren Verzehr zu trocknen. Dort oben war der Schnee bereits einer üppigen Bergvegetation gewichen, und so würden wir auch die wildwachsenden Pflanzen, die genießbar waren, sammeln können. Es sollte eine kurze Rast werden, während der wir neue Kräfte schöpfen wollten, um uns auf den schwierigen Abstieg über den Kicking Horse Pass vorzubereiten.

Am Abend des einunddreißigsten Mai saß ich mit meinen Söhnen am Lagerfeuer, hoch oben, auf einem der umliegenden Gipfel Laggans und wusste, dass wir die erste Hälfte unserer Reise hinter uns hatten. Jetzt würden wir auch noch den Rest überstehen. Ich erklärte ihnen, dass ich bei Morgengrauen allein losziehen würde, um mein Glück bei der Jagd zu versuchen. Allein war ich beweglicher, und es bestand weniger Gefahr, die scheuen Bergtiere vorzeitig zu warnen. Die Jungs sollten währenddessen die nähere Umgebung erkunden, sammeln, was sie an Essbarem finden konnten und den Wasservorrat auffüllen. Die Zwillinge waren zu müde, um mir zu widersprechen. Ich wusste, dass sie sich auf die Jagd gefreut hatten, aber es würde noch genügend andere Gelegenheiten für sie geben. Und von Tom erwartete ich sowieso nie einen Kommentar. Es war eine bitterkalte Nacht, nahe am Gefrierpunkt, und als ich am nächsten Morgen im ersten Dämmerlicht aufbrach, dampfte mein Atem in der feuchtkalten Luft. Ich zog in südlicher Linie einen steinigen Bergkamm entlang, der in ein Gletscherfeld mündete. Als das Morgenlicht endgültig die Nacht vertrieben hatte und einen weiteren warmen Frühsommertag ankündigte, hatte ich das Gletscherfeld bereits überquert und befand mich weit vom Lager entfernt. Noch hatte ich kein Wild gesehen, also entschloss ich mich, einen steilen Abhang hinunterzusteigen, da ich in den tieferen Regionen mehr Rehe oder Bergziegen vermutete. Dort hatte ich am frühen Nachmittag endlich Glück und erlegte einen Hirsch mit einem ausgezeichneten Blattschuss. Er war bereits tot, noch ehe sein mächtiger Körper auf den weichen Waldboden aufschlug. Ich nahm ihn an Ort und Stelle aus und schulterte dann die Fleischteile, die ich ins Lager bringen wollte. Es blieb noch eine ganze Menge brauchbares Fleisch an den Knochen hängen, und ich bedauerte, es zurücklassen zu müssen, aber ich konnte beim besten Willen nicht mehr tragen. Morgen würde ich die Zwillinge mitnehmen, nahm ich mir vor, sie könnten das Fleisch transportieren, während ich weiterjagte.

Um ins Lager zurückzukehren, wählte ich eine andere Route, denn es schien mir einfacher zu sein, auf der Höhe, auf der ich mich gerade befand, zu bleiben und erst kurz vor dem Lager wieder anzusteigen.

Plötzlich zerriss ein Schrei die Stille, und ich konnte das

Klatschen einer Peitsche und die ratternden Laute sich drehender Räder hören. Der unerwartete Lärm erschreckte mich zutiefst. Obwohl ich nichts Verbotenes getan hatte, sprang ich dennoch hinter einen mannshohen Busch und versteckte mich. Unterhalb meines Verstecks sah ich eine Kutsche auf einem schmalen Pfad an mir vorbeirasen. Der Kutscher stand auf seinem Bock und schrie und hieb auf die durchgegangenen Pferde ein, die die Kutsche gefährlich zum Schlingern brachten. Ich ließ das Fleisch von meinen Schultern rutschen, stand einfach nur da und verfolgte fassungslos das Schauspiel, das sich mir bot. Die Kutsche schwankte immer heftiger, so dass der Kutscher schließlich vom Bock geschleudert wurde und der Wagen sich zusammen mit den acht davor gespannten Pferden und einem gewaltigen Krachen überschlug. Zwei der Tiere konnten sich dabei wie durch ein Wunder von ihrem Geschirr befreien und galoppierten in wilder Panik davon. Die anderen schlugen hilflos mit den Hufen um sich, waren unter der Deichsel oder dem Wagen begraben und wieherten schmerzvoll. Kurz zuvor war ein Mensch wie ein Bündel Lumpen aus der Kutsche herausgeschleudert worden, ich glaubte sogar noch gesehen zu haben, wie die Tür aufgeflogen war, als sich die Kutsche das erste Mal überschlagen hatte, aber alles war so schnell gegangen, dass ich mir nicht mehr sicher war.

Ich eilte zur Unglücksstelle hinab und am Kutscher vorbei, der mit gebrochenem Genick und offenen Augen auf der anderen Seite des Pfades lag. Ihm war nicht mehr zu helfen. Ich hatte zunächst die Pferde befreien wollen, dann aber kam mir das Bündel Mensch wieder in den Sinn.

Hätte ich heute noch einmal die Wahl, ich würde die unverletzten Pferde befreien, die anderen erschießen und dann auf und davon reiten, als sei der Teufel hinter mir her!

Damals aber rannte ich an den Tieren vorbei und zu dem

Menschen hinüber, der fast zehn Meter von der Kutsche entfernt am Boden lag. Es war eine Frau. Eine schöne, blonde Frau in einem rosafarbenen Kleid, das allerdings nur noch als blutgetränkter Fetzen an ihrem Körper hing. Ihr Gesicht war nahezu unverletzt, es hatte nur ein paar Schrammen an der Stirn und den Wangen abbekommen. Aber ihr Körper lag in einer so verdrehten Position, dass sowohl ihre Beine als auch ihr Rückgrat gebrochen sein mussten. Sie umklammerte ein winziges Kind, das sie krampfhaft nach oben hielt, als ob sie es noch immer vor dem Aufprall schützen müsste. Sie flüsterte so leise, dass ich mich vorbeugen musste, um zu verstehen, was sie sagte. „Nimm es“, keuchte sie unter großer Anstrengung, „rette sie.“

Ich konnte nicht anders, als ihr das leblose Kind abnehmen. Da griff sie überraschend schnell nach meinem Arm, umklammerte ihn mit aller Kraft und zog mich ein Stück zu sich hinunter. Mit der anderen Hand zeigte sie auf die Knöpfe ihrer Bluse, machte Bewegungen, als wolle sie diese öffnen, und ich hörte, wie sie wieder sagte: „Nimm!“

Ich wusste sofort, was sie meinte. Als ihr Kopf schließlich leblos zur Seite fiel, legte ich das Kind neben ihrem Körper ab und öffnete die obersten Knöpfe ihrer Bluse. Mit spitzen Fingern zog ich so lange an der Kette, die sie umhängen hatte, bis ich einen Beutel herausziehen und auf ihr Oberteil legen konnte. Ich wollte auf keinen Fall ihre Haut berühren. Dann nahm ich den Beutel in die Hand und streifte ihn zusammen mit der Kette vorsichtig über ihren Kopf. Er war schwer und enthielt zwanzig Goldstücke. Mein Herz schlug so laut, dass es in meinen Ohren dröhnte. Beinahe hätte ich sogar das Wimmern des Kindes überhört. Wäre es doch tot gewesen! Schon wollte ich das Gold nehmen und zurück in den schützenden Wald rennen. Die Frau und der Kutscher waren tot, ihnen war nicht mehr zu helfen. Aber konnte ich das Kind einfach liegen lassen? Wann würde es gefunden werden? Es war bereits Spätnachmittag, und die Dunkelheit musste bald einsetzen. Das Kind würde die Nacht nicht überleben. Es schien noch zu atmen, aber wer wusste schon, wie schwer es verletzt war? Vermutlich würde es sowieso sterben. Ich beschloss, das Kind seinem Schicksal zu überlassen und nach den Pferden zu sehen. Der Beutel um meinem Hals, der mir ein einfaches, sorgenfreies Leben versprach, trieb mich zur Eile an. Ich durfte unter keinen Umständen entdeckt werden, denn dann wäre das Gold verloren. Es waren noch drei Pferde am Leben, zwei weiteren gab ich den Gnadenschuss. Vorsichtig befreite ich die leicht verletzten, aufgeregten Tiere und beruhigte sie erst einmal. Eines der Pferde stand unter Schock; ich musste es laufen lassen. Bei den anderen beiden schnitt ich die Zügel kürzer, so dass ich sie führen konnte, und kerbte die Schnittstellen ein. Es sollte so aussehen, als hätten sich die Tiere selbst losgerissen.

Ich dachte sogar an das Hirschfleisch, das ich weiter oben am Hügel abgelegt hatte. Wenn der Suchtrupp die Unglücksstelle untersuchte, durfte es nicht gefunden werden. Ich packte das Fleisch auf den Rücken eines der Pferde, dann führte ich mit jeder Hand ein Tier und lief zurück zu dem Kind. Vielleicht wollte ich mich nur vergewissern, dass es schon tot war. Aber es lebte. Und es sah mich mit großen, wachen Augen an. Die Augen waren wie die der Frau und hatten den gleichen flehenden Ausdruck. Ohne zu zögern, als würde ich einer inneren Stimme folgen, der man bedingungslos gehorchen muss – und vielleicht war es ja auch der stumme Befehl der toten Frau, der mich tun ließ, was ich dann tat – hob ich das Kind vorsichtig hoch, wickelte es in eine Decke, die ich unter den weit verstreuten Gepäckstücken gefunden hatte, und band es mir mit dem schmutzigen Schal der Frau vor die Brust. Das Kind gab keinen Ton von sich. Ich schwang mich auf eines der Pferde und führte das zweite neben mir den Hügel hinauf. Nach einigen Metern hielt ich wieder an, riss das Kleid des Kindes in Fetzen von seinem Körper und warf sie beim Weiterreiten in unregelmäßigen Abständen auf den Boden. Wenn sie das Kind suchten, würden sie glauben, ein Tier habe es verschleppt und getötet. Ich war überzeugt, damit alle Spuren beseitigt zu haben, die zu mir führen konnten. Nur um das Verschwinden des Goldes plausibel zu erklären, fiel mir nichts ein, aber ich hoffte darauf, dass vielleicht niemand davon wusste, dass die Frau es bei sich getragen hatte. Vielleicht würde man aber auch denken, ein Totenschänder habe es geraubt. Ich ritt, so schnell ich konnte, den Berg hoch, bis ich die Geröllebene erreicht hatte. Dort würden sich die Hufspuren nicht mehr verfolgen lassen. Zu meinem Glück begann es nun auch noch, in Strömen zu regnen. Ich war mir sicher, alles richtig gemacht zu haben. Wie falsch und selbstgefällig meine Annahme war, sollte sich jedoch erst sehr viel später herausstellen …

Das Licht flackerte und Carol war sofort klar, dass sich das Benzin im Generator dem Ende zuneigte. Hermann hatte ihr zwar gesagt, dass der Tank nur mäßig gefüllt war, aber Carol hatte nichtsdestotrotz, gleich nachdem ihre freundlichen Nachbarn gegangen waren, die Wasserpumpe laufen lassen, um den Wassertank aufzufüllen und das Wasser aufzuwärmen, und dadurch eine Menge kostbares Benzin verbraucht. Dafür würde sie jetzt jedoch warm duschen können. Was für ein Luxus! Allerdings stellte der Generator gerade jetzt, nach wenigen kurzen Aussetzern, seine Arbeit endgültig ein, und Carol zündete schnell eine Kerze an. Sie stapelte die gelesenen Seiten säuberlich neben sich und überlegte, ob sie bei Kerzenschein weiterlesen sollte. Ihr war etwas schwindlig. Die Geschichte hatte sie so sehr in ihren Bann gezogen, dass sie über einen längeren Zeitraum hinweg zu flach geatmet haben musste. Carol holte tief Luft und schloss die Augen. John McLure tauchte vor ihrem inneren Auge auf, wie er mit dem Kind über die Berge ritt. Was hatte er wohl als Nächstes getan?

Trotz ihrer Neugierde beschloss sie, erst zu duschen und danach gleich ins Bett zu gehen. Es war schon nach neun Uhr, und sie wollte bereits beim ersten Licht des neuen Tages wieder aufstehen. Das Wetter hatte sich so weit wieder beruhigt, und wenn der Wind nachließ, würde sie morgen viel zu tun haben.

7

Carol war gerade beim Schneeräumen, als Hermann und Anita mit ihrem Wagen auf der Straße zu ihrer Einfahrt anhielten und ihr von dort aus Grüße zuriefen. „Wie geht es Ihnen denn heute? Brauchen Sie vielleicht etwas, wir sind nämlich gerade zum Einkaufen nach 100-Mile unterwegs?", fragten sie. „Wenn Sie möchten, können wir Ihnen etwas mitbringen."

„Nein, danke", rief Carol zurück, die sich großartig fühlte, obwohl sie wegen der ungewohnten Arbeit schweißgebadet war. „Ich werde später selbst noch in die Stadt fahren. Das Wetter ist ja wie ausgewechselt!" Sie zeigte zum wolkenlosen Himmel, der ihr heute Morgen nach dem gestrigen Sturm wie ein Wunder vorgekommen war.

„Wie lief der Generator?"

„Einwandfrei, bis neun Uhr abends. Ich habe gerade eben ..." Carol hatte schon angesetzt, um ihren neuen Freunden von der spannenden Geschichte zu erzählen, die sie gestern gelesen hatte, entschied sich dann aber dagegen, denn es war einfach unmöglich, kurzerhand etwas über die fesselnde Lektüre, die sie anschließend sogar in ihre Träume hinein verfolgt hatte, über den Hof zu rufen. Es wäre besser, damit zu warten, bis sie mehr Zeit und Muße hatte.

Anita beugte sich über Hermann hinweg zum Fahrerfenster und rief ihr zu: „Vergessen Sie nicht, Benzin zu kaufen!“

„Keine Sorge! Sobald ich hier fertig bin, fahre ich los.“ Carol winkte dem anfahrenden Auto nach und ruhte sich, auf ihre Schaufel gelehnt, einen Augenblick lang aus. Ihr war heiß, der Schweiß lief ihr in dünnen Rinnsalen unter den Armen und zwischen den Brüsten herab und sammelte sich im Bund ihres alten Skianzuges. Sie hatte sich viel zu warm angezogen. Unter ihrem Anzug trug sie außerdem noch zwei T-Shirts und ihr geliebtes lila Sweatshirt übereinander. Ihre Beine steckten in einer wollenen Strumpfhose, und ihr Kopf wurde von der Strickmütze, die Maria ihr zu Weihnachten geschenkt hatte, warmgehalten. Auch der Strickbund der Mütze war schweißgetränkt.

Gegen Mittag war sie immer noch nicht fertig. Es war unmöglich, die ganze Einfahrt an einem Tag freizuschaufeln, und so beschloss sie, für diesen Tag mit der Arbeit aufzuhören und sich nach einem herzhaften Mittagessen auf den Weg zur Tankstelle aufzumachen. Dort angekommen, kaufte sie drei leere 50-Liter-Kanister, die sie randvoll mit Benzin füllte. Damit würde sie die nächsten drei Tage und Nächte auskommen, selbst wenn tagsüber die Wasserpumpe zugeschaltet und mehrfach Wasser erhitzt würde. Sie würde jederzeit, ganz wie es ihr beliebte, duschen, Zähne putzen, Haare waschen und kochen können – das alles natürlich unter extrem sparsamer Handhabung, aber immerhin! Ohne es zu bemerken, begann Carol vor sich hin zu pfeifen, als sie in der Tankstelle bezahlte.

„Gut gelaunt, trotz allem Übel?“, hörte sie plötzlich eine bekannte Stimme hinter sich sagen. Jason. Ihr erster

Impuls war, sich nicht einmal zu ihm umzudrehen, so groß war ihre Enttäuschung über sein Verhalten. Warum hatte er sich bloß nicht mehr bei ihr gemeldet und ihr nicht geholfen, als sie ihn so dringend gebraucht hatte?

Stattdessen entschied sie sich, ihm kurz und knapp mit einem kühlen „Warum nicht?“ zu antworten. Es wäre zu unhöflich gewesen, ihn gänzlich zu ignorieren.

„Alles in Ordnung?“, fragte er.

„Ja, bestens!“ Sie bezahlte. „Ich muss los. Bis bald.“

Jason sah ihr nach, und Carol, die seinen Blick in ihrem Rücken spürte, straffte ihre Schultern. Bevor sie losfuhr, drehte sie sich noch einmal kurz nach ihm um, doch er war bereits verschwunden.

Carol fuhr mit den vollen Kanistern zurück zum Haus, wo sie den Generator auffüllte und vor lauter Begeisterung in die Hände klatschte, als er sofort ansprang. Sie ließ ihn eine Weile laufen. Was für ein Glück, dass Hermann das Gerät direkt im Haus angeschlossen hatte, ansonsten hätte sie es im Freien mit einem Kabelzug zum Laufen bringen müssen, und das war bei Weitem schwieriger, als einfach nur einen Schalter umzulegen. Dafür zog jetzt zwar ein leichter Benzingeruch durchs ganze Haus, aber das war eine durchaus akzeptable Nebenwirkung.

Kurze Zeit später fuhr sie ein zweites Mal zum Supermarkt nach 100-Mile und anschließend zu Maria. Dieses Mal traf sie ihre Freundin zu Hause an und wurde von ihr mit einer innigen Umarmung begrüßt.

Maria hatte sich Sorgen gemacht und war nun nicht wenig erleichtert, Carol zu sehen. „Endlich hat das Wetter umgeschlagen, und ich habe schon auf dich gewartet. Erst heute Morgen hat Gerd noch gesagt: „Wenn sie jetzt nicht bald auftaucht, fahren wir zu ihr raus!“ Aber bisher war das ja unmöglich, bei so einem Sturm. Außerdem hatten wir hier alle Hände voll zu tun, nachdem das Dach der Scheune eingestürzt war, stell dir das einmal vor! Der viele Schnee war einfach zu schwer. Hast du denn auch noch keinen Strom? Wir haben gehört, dass es noch Tage dauern kann, keiner weiß genau, wie lange. Wie ist es dir denn ergangen? Ich habe dauernd an dich denken müssen, dich aber immer vor so einer Situation gewarnt! Dass du in der Wildnis festsitzt und keiner zu dir rauskommt. Schrecklich. Aber na ja, jetzt bist du ja da ...“ Maria plapperte unentwegt weiter, während sie ihre Freundin mit sich ins Haus zerrte und ihr mehr oder minder befahl, zum Abendbrot zu bleiben. Carol hörte sich die hoch dramatische Einsturzgeschichte, bei der der arme Knuddl beinahe ums Leben gekommen wäre, und weitere durch die Kälte bedingte Aufregungen schweigend an und nahm sich vor, die deprimierenden Ereignisse der letzten Tage, die sie selbst erlebt hatte, lieber für sich zu behalten. Denn damit hätte sie Maria sowieso nur neue Munition geliefert. Außerdem fühlte sie sich heute schon wieder stark und zuversichtlich genug, um der Wildnis zu trotzen, und die Erinnerung an die Verzweiflung, die sie die letzten Tage über befallen hatte, verblasste bereits. Dafür erzählte sie Maria von ihren netten Nachbarn, die ihr großzügig einen Generator geliehen hatten, und von ihrem Kellerfund. Den Inhalt von John McLures Aufzeichnungen wollte sie allerdings erst preisgeben, wenn sie die Geschichte zu Ende gelesen hätte.

„Spannend“, meinte Maria denn auch nur, ohne allzu großes Interesse.

„Ja, das ist es wirklich. Man spürt die Wahrheit und die Verzweiflung hinter den Worten dieses alten Mannes, der davon überzeugt ist, einen schrecklichen Fehler begangen zu haben. Ich bin unglaublich neugierig, wie es weitergeht.“ Carol hatte sich für diesen Abend eigentlich fest vorgenommen, weiterzulesen, glaubte aber, Marias Einladung nicht ausschlagen zu können.

„Wirst du die Geschichte verwenden?“, fragte Maria.

„Wie meinst du das?“

„Na, für das Buch, das du schreiben willst! Oder hast du dafür schon ein anderes Thema?“

Carol legte ihre Beine auf die Eckbank und entspannte sich.

„Darüber habe ich bisher noch gar nicht nachgedacht, aber du hast recht, vielleicht lässt sich McLures Geschichte ja für mein Vorhaben verwenden. Lass sie mich jedoch erst einmal zu Ende lesen, damit ich entscheiden kann, ob sie dafür taugt. Zudem weiß ich noch nicht einmal, ob ich überhaupt schreiben kann.“

Worauf Maria ihr in bestimmtem Ton widersprach. „Sei nicht albern, mein Schatz. Du hast als Kind schon immer geschrieben! Weißt du nicht mehr? In der Schule waren deine Aufsätze immer so lang, dass jeder gestöhnt hat, wenn dich die Lehrerin aufgerufen hat und du sie vorlesen musstest.“

„Durftest!“

„Stimmt. Du hast dich immer vorgedrängt, weil du gar so überzeugt warst von deinen Schöpfungen ...“ Maria lachte laut auf, und Carol, die in ihr Lachen mit einstimmte, vollendete den Satz schließlich mit den

Worten: „... die manchmal ziemlich grauenhaft, schwülstig und überdreht waren."

Carol, die sich nur zu gut an ihre frühen schriftstellerischen Ergüsse erinnerte, verspürte plötzlich eine unbändige Lust, wieder mit dem Schreiben zu beginnen.

„Okay, ich werde wohl nie erfahren, ob ich es kann, solange ich es nicht versuche", meinte sie abschließend, „sobald sich mein Leben also wieder normalisiert hat, fange ich mit meinem Buch an."

In diesem Moment kam Gerd aus dem Schuppen zurück, an dem er die notwendigsten Reparaturen vorgenommen hatte, und begrüßte Carol genauso hocherfreut und besorgt, wie seine Frau es zuvor schon getan hatte. Er wirkte müde, nickte aber zufrieden, als er von Carols Rettung durch Anita und Hermann erfuhr. Für ihn bedeutete das in den Tagen nach dem Sturm, in denen es mehr als genug zu erledigen gab, ein Problem und eine Herausforderung weniger. Die Schäden auf seiner Ranch waren groß, und nebenbei gab es noch so viele andere Dinge, die seine Aufmerksamkeit verlangten und dringend erledigt werden mussten. Gerd stöhnte. Er hatte eben auch nur zwei Hände und keine Helfer zur Verfügung, denn jeder seiner Angestellten war zurzeit ebenfalls vollauf damit beschäftigt, das eigene Anwesen gegen die extreme Kälte zu schützen und seine Familie mit dem Nötigsten zu versorgen. Aus diesem Grund konstatierte er Carols positive Einstellung auch mehr als zufrieden und holte ihnen eine gute Flasche Wein aus dem Keller. Maria, die wie Gerd etwas übermüdet aussah, nachdem sie den gesamten Morgen im Tierheim verbracht und mitgeholfen hatte, dort die Tiere zu versorgen und besser gegen die Kälte zu schützen, wärmte derweil einen Rindfleisch-Gemüseeintopf auf, den sie für Notfälle dieser Art immer in ihrer Gefriertruhe bereithielt.

Das warme Essen und der Wein entspannte alle drei in kürzester Zeit, so dass der Abend noch richtig fröhlich wurde und Carol sich erst um elf Uhr nachts mit einem schlechten Gewissen von ihren Gastgebern verabschiedete. Erschöpft von der anstrengenden Rückfahrt und immer noch leicht beschwipst, kam sie weit nach Mitternacht bei sich zu Hause an. Die Heimfahrt hatte sich schwieriger gestaltet als angenommen, und Carol war zuletzt heilfroh, gut angekommen zu sein. Im Schein der Taschenlampe bahnte sie sich ihren Weg zum Haus, wo sie beim Aufsperren der Tür einen kleinen, weißen Zettel vorfand, der im Rahmen festgeklemmt war. Sie steckte ihn ein und ging dann, ohne ihn zu lesen, sofort ins Haus und die Treppe nach unten, um den Generator einzuschalten. Die elektrischen Heizkörper würden das Haus schnell aufwärmen, und die Helligkeit der Glühbirnen würde ein Übriges tun, um die Beklemmung zu vertreiben, die sie unmittelbar befallen hatte, gleich nachdem sie allein und im Dunkeln aus dem Auto gestiegen war. Tatsächlich vertrieb das Licht die Schatten der letzten Tage und die Dämonen der Einsamkeit augenblicklich. Carol machte Feuer im Kamin, holte sich noch ein letztes Glas Wein und setzte sich damit aufs Sofa, auf dem sie die letzten Stunden des Tages genießen und den unterhaltsamen Abend ausklingen lassen wollte.

Erst jetzt zog sie den eingesteckten Zettel wieder hervor. Er war von Jason, der im Laufe des Abends bei ihr vorbeigekommen sein musste. Er habe nur einmal nach ihr sehen wollen, und sie solle sich doch bitte morgen bei ihm melden, stand darauf.

Carol grinste vergnügt, knüllte den Zettel dann zu einem kleinen, weißen Ball zusammen und warf ihn ins Feuer. Jason hatte also ein schlechtes Gewissen!

Sie träumte noch eine Weile mit offenen Augen vor sich hin und lauschte dem Knistern des Feuers. Vor ihr auf dem niedrigen Couchtisch lag der Metallkasten mit John McLures geschriebenen Seiten. Seine seltsame Geschichte wartete darauf, von ihr gelesen zu werden, und Carol nahm sich ihre Lektüre fest für den morgigen Abend vor. Heute war sie einfach zu müde dafür – und zu glücklich.

8

Als Carol am nächsten Nachmittag wieder zurück ins Haus ging, war die Einfahrt freigeschaufelt und Carol nach getaner Arbeit so durstig wie an einem heißen Sommertag. Gierig trank sie eine ganze Flasche Mineralwasser und verzehrte dazu ein Sandwich. Danach überprüfte sie die Wassertemperatur im Boiler, stellte erleichtert fest, dass noch genügend Benzin im Tank war, und gönnte sich, nachdem ihre Prüfung zufriedenstellend ausgefallen war, eine lange, heiße Dusche. Sie wusch sich die Haare, wickelte sich zum Trocknen ein Handtuch um den Kopf und schlüpfte anschließend in ihren alten, ausgeleierten Jogginganzug, der zwar hässlich, dafür aber äußerst bequem war. Außerdem erwartete sie keinen Besuch, und so spielte es auch keine große Rolle, wie sie aussah. Mit Blick auf den zugefrorenen See setzte sich Carol an ihren Esstisch. Sonnenstrahlen durchfluteten den vorderen Teil des Hauses und blendeten sie, so dass sie ihre Augen für einen Augenblick schließen musste, dann aber entspannte sie sich zusehends. Die körperliche Anstrengung des Vormittags erfüllte sie mit wohliger, müder Zufriedenheit.

Plötzlich begann das Telefon zu klingeln, und Carol fuhr erschreckt auf. Das grelle Schrillen des Apparates war ihr nach der langen Stille, die der Stromausfall verursacht hatte, so fremd geworden, dass sie sich erst wieder daran gewöhnen musste. Vorsichtig nahm sie den Hörer ab und meldete sich mit Namen.

„Hallo“, hörte sie Anitas Stimme fragen, „wie geht es Ihnen heute?“

„Danke, gut.“ Carol war noch immer viel zu überrascht, um einfach drauflos zu plaudern.

„Unser Telefon geht seit heute Mittag wieder. Und Ihres, wie ich feststelle, ebenfalls. Das ist doch eine gute Nachricht.“

„Allerdings“, meinte Carol, „ich bin nur gerade heftig erschrocken, als es so unverhofft geläutet hat. Aber es ist wirklich großartig, dass wir jetzt wieder an die Außenwelt angeschlossen sind. Ich kann es noch gar nicht richtig fassen.“ Tatsächlich war Carol darüber so erleichtert, dass es ihr fast die Tränen in die Augen trieb. Noch vor wenigen Tagen hätte sie niemals geglaubt, dass die einfache, selbstverständliche Tatsache, ein funktionierendes Telefon zu besitzen, solch ein Glücksgefühl in ihr erzeugen könnte.

Anita verstand sie jedoch sehr gut. „Ja, mir ist es genauso gegangen. Wir haben zwar noch immer keinen Strom, aber das Telefon funktioniert immerhin schon einmal. Ein wunderbares Gefühl – da fühlt man sich doch gleich wieder in der Zivilisation angekommen, nicht wahr? Jedenfalls wollte ich die Gelegenheit nutzen, schließlich weiß man ja nie, wie lange die Leitung stehen bleibt, und Sie zum Abendessen einladen. Haben Sie denn heute Zeit?“

Carol musste lachen. „Ob ich Zeit habe? Augenblick mal, da muss ich zuerst in meinen Terminkalender sehen. Ach ja, heute Abend bin ich zufällig noch frei.

Nein, Spaß beiseite, ich komme gerne. Bis wann soll ich denn da sein?"

„Was habe ich für ein Glück", griff nun Anita Carols scherzenden Tonfall auf, „wo ich doch weiß, wie beschäftigt Sie immer sind. Um halb sechs, wenn es Ihnen recht ist. Wir haben uns an die kanadischen Zeiten gewöhnt und essen daher stets sehr zeitig."

„Wunderbar. Vielen Dank. Ich freue mich darauf."

Die beiden Frauen unterhielten sich noch eine Weile mit einer Ungezwungenheit, die für eine so kurze Bekanntschaft ungewöhnlich war. Anita erzählte Carol von ihren zwei Pferden, und dass sie im Frühjahr noch ein drittes kaufen wollte – und von Hermann, der den ganzen Tag über draußen im Freien war und die Zäune reparierte, die vom Sturm geknickt worden waren, während Carol ihrerseits von ihrer Freiluftaktivität, dem Extremsport Schneeschaufeln, berichtete. Anita lobte sie für ihren Fleiß und war schon dabei, das Gespräch zu beenden, als ihr noch etwas einfiel. „Übrigens werden wir heute Abend zu fünft sein. Ich habe außer Ihnen noch Jason und seine Mutter eingeladen – das ist Ihnen doch recht, oder?"

„Aber natürlich. Ich ...", Carol zögerte kurz, da sie sich nicht ganz sicher war, ob sie danach fragen sollte, entschloss sich dann aber doch dazu. „Ich habe seine Mutter noch gar nicht kennengelernt. Wie ist sie denn so?"

„Das weiß man bei ihr nie so genau. Lassen Sie sich überraschen. Also, bis später."

Carol legte den Hörer auf und hoffte inständig, dass es zu keinem weiteren Wettereinbruch mehr kommen würde. Solange es nicht wieder schneite, würden die Leitungen funktionieren und sie jederzeit telefonieren können. Und so rief sie gleich als Nächstes bei Maria an und plauderte auch mit ihr eine Weile. Danach wählte sie Jasons Büronummer, legte aber auf, bevor er abheben konnte. Sie würde ihn ja sowieso heute Abend treffen. Außerdem empfand sie durchaus ein klein wenig Genugtuung bei dem Gedanken, nicht auf seine letzte Nachricht reagiert zu haben.

Mittlerweile war es bereits halb fünf geworden, und Carol verspürte das Bedürfnis, sich hübsch zu machen – ganz so wie früher, in ihrem anderen Leben. Sie ging zum Schrank, um sich von ihren Pullovern den hübschesten auszusuchen. Danach zog sie ihren Jogginganzug aus, ging ins Bad und machte sich ihre Haare, die inzwischen wieder unter ihrem Turban getrocknet waren, erneut nass. Weiter ging es in den Keller, wo sie bis auf eine Steckdose, die sie für den Fön brauchte, alle Stromanschlüsse vom Generator nahm. Heute musste sie ihre Haare einfach stylen! Mit trockenen, glänzenden Haaren, die ihr locker auf die Schultern fielen, schlüpfte sie schließlich in ihren tiefblauen Spitzenbody, den sie seit ihrer Ankunft in Kanada nicht mehr getragen hatte. Er war ein Relikt aus vergangenen Tagen und passte nicht zu der Art Leben, das sie jetzt führte. Sie wusste nicht einmal mehr, wieso sie ihn miteingepackt hatte, denn all ihre anderen teuren Kleidungsstücke, die ihr nicht „wildnistauglich“ erschienen waren, hatte sie vor ihrer Abreise rigoros verschenkt. Nur auf den Body und ein paar Kaschmirschals hatte sie nicht verzichten wollen. Sie streifte ihre Jeans über, die vom vielen Waschen hellblau geworden waren, und bemerkte zum ersten Mal, dass der Hosenbund viel zu locker saß. Demnach musste sie nochmals an Gewicht verloren haben.

Ihr Körper hatte immer zu Rundungen geneigt, die schnell aus der Form gerieten. Schon als Teenager hatte sie ihre Proportionen stets nur mit eiserner Disziplin und viel Sport unter Kontrolle halten können, aber in den letzten Jahren war sie für jede Art von sportlicher Betätigung einfach zu müde, energielos und schlapp gewesen. Vielleicht hatte sie ihre Unzufriedenheit aber auch nur mit übermäßigem Essen kompensiert und ihre Verwundungen unter einer Schicht Körperfett versteckt. Und schließlich arbeitete auch die Zeit gegen sie – im Alter nahm man schlechter ab, das konnte man in allen Frauenzeitschriften lesen! Carol hatte immer neue Ausreden dafür gefunden, dass es ihr zunehmend schwergefallen war, rank und schlank zu bleiben. Bis Peter aus ihrem Leben verschwunden war. Von da an waren die Pfunde gepurzelt – nur war ihr dieser Zusammenhang bislang nicht bewusst gewesen.

Stolz betrachtete sie sich im Innenspiegel der Schranktür und drehte sich zur Seite. So gut hatte ihr Körper seit Jahren nicht mehr ausgesehen. „Und ich dachte, mit vierzig sei das Leben vorbei", sagte sie laut zu sich selber. Spontan entschloss sie sich, ihren dünnen Rollkragenpulli aus hellblauem Strick nicht lose zu tragen, sondern in die Jeans zu stecken. Ein breiter schwarzer Gürtel rundete ihr Outfit ab und verlieh ihm einen eleganten Ausdruck. Jetzt mussten nur noch die Haare aufgesteckt werden. Noch waren ihre ersten vereinzelten grauen Strähnen am Ansatz nicht sichtbar, denn sie hatte sich erst kurz vor dem Stromausfall noch die Haare gefärbt. Ihre dunkle Mähne war ihr ganzer Stolz, die sie jetzt mit unzähligen Spangen und Klammern nach hinten zu einem losen, lockeren Schopf zusammensteckte, der ihr in den Nacken fiel. Zuletzt schminkte sie sich sorgfältig ihre Augen und Lippen und überprüfte das Ergebnis mit kritischem Blick. Zu viel für die Wildnis? Nein, sie hatte schon seit Langem nicht mehr so gut ausgesehen wie heute. Selbst mit all den teuren Kleidern, dem Schmuck und den Besuchen bei Friseur und Kosmetikerin, hatte sie nicht diese Ausstrahlung besessen. Ihre Haut war rosig durchblutet, ihre Augen klar, die Fältchen wirkten fröhlich und kein bisschen traurig.

Ihr Schmuck fiel ihr ein. Sie hatte ihn bei ihrer Abreise schnell zusammengesucht und im Koffer verstaut. Nächste Woche würde sie nach Kamloops fahren, um ihn zu verkaufen. Aber heute würde sie ihn noch ein letztes Mal tragen. Carol wählte eine kurze Goldkette mit einem Aquamarinanhänger und dazu passende Ohrringe. Der Glanz der Vergangenheit! Automatisch kamen ihr bei diesem Gedanken die Aufzeichnungen John McLures wieder in den Sinn, und sie bedauerte, dass ein weiterer Tag vorüberging, an dem sie nicht in ihnen weiterlesen konnte. Aber sie nahm sich fest vor, Jasons Mutter danach zu fragen, ob sie von einem Mann dieses Namens gehört oder ihn vielleicht sogar gekannt hatte.

9

Jasons Pick-up stand bereits vor dem Farmhaus, das Carol dank Anitas telefonischer Wegbeschreibung mühelos gefunden hatte, zumal es auch nur eine Hauptstraße um den See gab, der sie in östlicher Richtung hatte folgen können und von der sie eine Abzweigung direkt zur Ranch gebracht hatte. Der sauber geräumte Weg war links und rechts von Zäunen begrenzt, deren Spitzen gerade noch über die riesigen Schneemassen hinausragten.

Kaum angekommen drückte sie Hermann auch schon die mitgebrachte Flasche Rotwein in die Hand, die dieser aber wieder zur Seite stellte, um Carol erst einmal in die Arme zu nehmen. „Immer langsam, mein Kind", sagte er und küsste sie auf beide Wangen, „zuerst der Spaß und dann die Arbeit."

Anita tauchte auf und bewunderte neidlos Carols fabelhaftes Aussehen: „Donnerwetter, Sie sehen heute aber fantastisch aus. Wow, great!"

„Thanks!", bedankte sich Carol und reagierte damit sofort auf Anitas Sprachwechsel. Es war selbstverständlich für sie, für den Rest des Abends ins Englische zu wechseln, da zwei der Gäste, Jason und seine Mutter, kein Wort deutsch verstanden.

Das Farmhaus war ein langgezogener sogenannter „Rancher", ebenerdig und aus Baumstämmen gezimmert, von denen ein jeder etwa an die dreißig Zentimeter Durchmesser hatte. Inzwischen wusste Carol bereits, dass diese Art von Häusern innen immer deutlich größer war, als es von außen den Anschein hatte, doch die Ausmaße von Hermanns und Anitas Heim überraschten sie dennoch. Schon der Eingangsbereich war riesig und wirkte, obwohl sie zu dritt in der Diele standen und noch zwei Berner-Sennenhund-Mischlinge aufgeregt um sie herum sprangen, noch immer großzügig. Anita öffnete die Schiebetür zum Wohnzimmer, vor dem noch ein weiterer Raum lag, der nur dazu diente, die von außen eindringende Kälte nicht ins Wohnzimmer kommen zu lassen. Hermann winkte Carol durch, worauf sie ihm und Anita in den nächsten Raum folgte. Dieser war Küche, Ess- und Wohnzimmer in einem, ein einziger, endlos langer Schlauch, der die ganze Breite des Hauses einnahm und an dessen anderem Ende sie zwei Türen bemerkte, die wahrscheinlich in den Privatbereich des Hauses führten.

Jason war aufgestanden und blickte Carol entgegen. Wie jedes Mal, wenn er sie sah, begann sein Gesicht zu strahlen – oder kam ihr das nur so vor, weil sie selbst Mühe hatte, die Erregung zu verbergen, die sie stets in seiner Anwesenheit befiel? Wie von einem Magneten angezogen, kam er auf sie zu. Seine Mutter blieb dagegen in ihrem Sessel neben dem Kamin sitzen und blickte nicht einmal auf.

„Hallo“, begrüßte Jason sie, und Carol erwiderte seinen Gruß mit einem freundlichen Lächeln. „Darf ich Ihnen meine Mutter vorstellen?“

Er führte sie zum Sessel. Carol registrierte erstaunt die alte Frau, die darin Platz genommen hatte. Ihr dünnes

Haar war offensichtlich ohne jedes Bemühen, etwas Ähnliches wie eine Frisur zustande zu bringen, halblang geschnitten und fiel ihr in feinen hellen Strähnen über die Ohren. Die gleiche Nachlässigkeit spiegelte sich auch in der Wahl ihrer Kleidung wider. Eine dunkelgraue Strickjacke, an der ein loser Knopf an einem langen Faden baumelte, hing wie ein formloser Sack an ihrem zerbrechlichen Körper. Das Gleiche galt für ihre braune Stoffhose. Alles an ihr war faltig, nicht nur die Kleidung, sondern auch die Haut, die so wettergegerbt und ausgetrocknet war, dass Carol Elsie Golden weit über siebzig schätzte. Jason musste demnach ein Nachzügler sein, rechnete Carol, denn er war, wie sie wusste, erst um die dreißig. Oder sah die Frau nur viel älter aus, als sie war?

Jason stellte sie einander vor. „Meine Mutter, Elsie Golden. Carol König. Das bedeutet King, nicht wahr, vorausgesetzt, ich habe es richtig im Lexikon nachgeschlagen."

Die alte, winzige Frau, die mit gebeugtem Rücken und eng aneinandergepressten Beinen direkt auf dem Sesselrand hockte, blieb sitzen und reichte Carol mit einer langsamen und fast abweisenden Bewegung die Hand. Sie sagte nichts und blickte auch nur einmal kurz auf. Carol hatte das Gefühl, überhaupt nicht von ihr beachtet zu werden.

„So wie sie heute aussieht, ist sie wahrlich eine Königin", rief Anita in die Runde, und Hermann fragte, was er denn an Getränken servieren dürfe. Ein Aperitif vor dem Essen sei angebracht.

Niemand schien die unfreundliche Geste bemerkt zu haben, mit der Elsie Golden Carol begrüßt hatte, nur

Jason hatte seine Mutter etwas befremdet angesehen. Jetzt nahm er Carols Arm und führte sie zu der großen Sitzgruppe am Fenster. „Meine Mutter ist ganz gern ein wenig alleine, kommen Sie, setzen wir uns derweil dort drüben hin."

„Jason, sei doch so gut und unterhalte Carol eine Weile", bat Anita, „ich muss in die Küche, und Hermann serviert in der Zwischenzeit die Drinks."

Als alle anderen außer Hörweite waren, fragte Jason Carol, warum sie ihn nicht angerufen habe. „Ich habe mir Sorgen gemacht", sagte er, „ich war für ein paar Tage in Vancouver und habe Ihre Nachricht deshalb erst gestern Abend gefunden. Es tut mir leid, dass Sie dem Sturm und dem Stromausfall ganz allein trotzen mussten, aber ich bin sofort zurückgefahren, als ich in den Nachrichten von dem Desaster hörte. Dieser plötzliche und heftige Schneefall hat hier überall in der Provinz ein absolutes Verkehrschaos verursacht, weshalb der Pass über den Coquihalla bis auf Weiteres gesperrt worden ist und ich neben allen anderen Widrigkeiten auch noch meine Route für die Rückreise ändern musste. Ich bin dann einen Tag später über Cache Creek gefahren, musste mich nach meiner Ankunft aber erst noch um meine Mutter und das Büro kümmern."

Jason sah tatsächlich müde und abgespannt aus, und Carol glaubte ihm sofort. Wie hatte sie nur so kleinlich und egoistisch reagieren können. Doch das konnte sie ihm wohl kaum sagen, und so entschied sie sich blitzschnell für eine kleine Lüge. „Ich wollte mich heute schon den ganzen Tag bei Ihnen melden, bin aber einfach nicht dazu gekommen. Und nachdem ich dann mein Auto und die Einfahrt freigeschaufelt hatte, kam auch schon die Einladung für heute Abend, und somit wusste ich ja, dass ich Sie hier treffen würde. Vielen Dank aber, dass Sie nach mir sehen wollten, das ist wirklich nett." Der letzte Teil entsprach zumindest der Wahrheit. Doch Jason schien ihr nicht ganz zu glauben, denn er blickte sie weiterhin forschend an. „Wirklich, es geht mir gut", beteuerte Carol, „sehr gut sogar."

Er nickte. „So sehen Sie auch aus."

Über seine Schulter hinweg, bemerkte sie, wie Elsie Golden sich langsam zu ihnen umdrehte und sie anstarrte. Ihre Augenbrauen waren missbilligend zusammengezogen und ihre Augen zu solch engen Schlitzen verengt, dass ihr Ausdruck hasserfüllt wirkte. Carol zuckte zusammen. Der Hass galt eindeutig ihr, das war ganz unverkennbar, sie konnte ihn geradezu körperlich spüren.

In diesem Moment kehrte Hermann mit einem Tablett und den Drinks zurück. Mit einem Sherryglas ging er zu Elsie Golden hinüber, die mittlerweile ihren Blick wieder von Carol abgewandt hatte und wie ein gebrechlicher Vogel mit hängenden Schultern in ihren Sessel zurückgesunken war. Mit ein paar aufmunternden Worten stellte er das Glas vor ihr ab und trug die anderen Getränke zur Sitzgruppe hinüber. Er selbst trank Bier, Jason hatte ebenso wie Carol einen Weißwein gewählt. Niemand schien es seltsam zu finden, dass Elsie ganz für sich alleine saß.

Das Gespräch kam nur stockend wieder in Gang, bis Anita endlich mit dem Essen auftauchte und sie zu Tisch bat. Dieser war von ihr liebevoll eingedeckt worden. Brennende Kerzen leuchteten ihnen entgegen, und in Ermangelung frischer Blumen hatte Anita winzige Tannenzapfen und grüne Zweige zwischen die Teller gelegt. Jason half seiner Mutter aus dem Sessel und führte sie zu ihrem Platz.

Als alle saßen, nahm Hermann als Letzter wie ein Patriarch am Tischende Platz, und Anita begann das Essen zu servieren. Es gab Büffelgulasch mit Reis, und Carol, die noch nie zuvor Büffel gegessen hatte, fand, dass es wie mageres, aber besonders würziges Rindfleisch schmeckte. Sie lobte Anitas Kochkünste und fragte, wo man das Büffelfleisch denn kaufen könne, denn beim Metzger in 100-Mile war ihr noch nie welches angeboten worden. Worauf die Tischrunde in helles Gelächter ausbrach, sogar Jasons Mutter, die noch immer kein einziges Wort gesprochen hatte, verzog ihren Mund zu einem kleinen Lächeln.

„Am besten bei uns", sagte Hermann, „das Fleisch ist von einem Tier unserer Herde."

„Ihr habt Büffel?" Carol, die bislang immer davon ausgegangen war, dass Hermann und Anita Rinder züchteten, war vollkommen überrascht.

„Ja, auf Jasons Rat hin", antwortete Hermann, „denn dieser clevere junge Mann hier hat schon vor Jahren erkannt, was für ein Marktpotenzial in der Büffelzucht steckt. Und dass die verrückten Deutschen, die nach Kanada auswandern und mit zum Teil recht ordentlichen Ersparnissen hier ankommen, gut ein paar Jahre in der neuen Heimat überstehen können, ohne sofort Geld verdienen zu müssen. Dazu muss man wissen, dass die ersten Jahre der Büffelaufzucht wirtschaftlich gesehen vollkommen uninteressant sind, weil man so lange, bis die Herde eine bestimmte Größe hat, nur investiert und nichts verdient. Aus diesem Grund gibt es auch so wenige Büffelzüchter hier, obwohl das Land und das Klima mehr als geeignet dafür sind. Aber die meisten Farmer können es sich schlicht und einfach nicht leisten, einen so langen Zeitraum ohne Einkommen zu überbrücken."

Jason hob sein Glas und prostete Hermann zu. „Du hast die richtige Entscheidung getroffen, und ich wünschte, ich könnte das Gleiche tun."

Woraufhin Carol sofort nachhakte und sich eine lebhafte Diskussion entwickelte. Hermann schwärmte von seinen Büffeln, von ihrer Schönheit und ihrer Kraft, mit der sie ihren einzigen natürlichen Feind, den Menschen, auf Abstand hielten. Er erklärte Carol, dass die Bezeichnung Büffel eigentlich falsch und Bison korrekt sei, sie davon einmal abgesehen aber einfach herrliche und ungezähmte Tiere wären, die sich nicht domestizieren ließen. Er berichtete von ihrer Freiheitsliebe, die so ausgeprägt war, dass sie sich, sobald sie in Gefangenschaft gerieten, nicht mehr reproduzierten. Eine Bisonherde musste genügend Platz haben und sich ungehindert bewegen können, sonst war die Geburtenrate gleich null. Moderne Massentierhaltung in all ihrer Grausamkeit war daher unmöglich, und ihr Fleisch besaß schon allein aus diesem Grund eine andere Qualität als das von geplagten Stalltieren. Auch Jason erzählte Carol von seiner Liebe zu den Tieren, und dass er Hermann bei seiner Arbeit half, wann immer er konnte. Nicht aus nachbarlicher Selbstlosigkeit, sondern aus reinem Egoismus, wie er betonte. „Wenn ich bei den Büffeln bin", erklärte er schlicht, „bin ich glücklich."

Da sagte seine Mutter ganz leise etwas so Seltsames, dass Carol glaubte, nicht richtig gehört zu haben. „In deinem Herzen bist du eben ein Bauer", murmelte sie, und es klang nicht so, als wäre das in ihren Augen etwas Gutes. In Carols Ohren klang es sogar eher nach einer Anschuldigung. Sie sah Elsie Golden an und fasste sich dann kurzentschlossen ein Herz. „Finden Sie es denn so schlimm, ein Bauer zu sein?"

Doch Elsie Golden antwortete ihr nicht, so dass Jason für sie einsprang. „Meine Mutter glaubt nur, dass uns meine Immobiliengeschäfte den Weg in die Großstadt bei Weitem schneller ermöglichen werden. Sie lebt nicht gerne auf dem Land."

Carol versuchte es daraufhin noch einmal und wandte sich ein zweites Mal an Elsie. „Dann kommen Sie also ursprünglich gar nicht aus dieser Gegend?"

Doch Jasons Mutter zeigte auch auf Carols zweite Frage keine Reaktion, und wieder überbrückte Jason die peinliche Situation. „Meine Mutter hat früher in Vancouver gelebt. Sie ist erst kurz vor meiner Geburt hierher gezogen. Oder kurz nach meiner Geburt, das weiß ich nicht so ganz genau. Auf jeden Fall kannte ich als Kind nur das Landleben, die Stadt hat mir nie gefehlt, und sie wird mir wohl auch nie fehlen. Außerdem führen mich meine Wege oft genug nach Vancouver, nämlich immer dann, wenn ein reicher Städter wieder einmal ein Ferienhaus im Cariboo kaufen will, und jedes Mal weiß ich nach meiner Rückkehr die Vorzüge unserer ruhigen, abgeschiedenen Heimat erneut zu schätzen. Nein, es zieht mich wirklich nicht in die Großstadt. Für mich ist sie mit all ihren Shops, Kinos, Bars und Restaurants nichts weiter als ein hektisches, überlautes Pseudokulturzentrum. Ich könnte dort auf Dauer nicht leben."

Wieder entwickelte sich ein intensives Gespräch, dieses Mal über die Vor- und Nachteile des Landlebens.

Carol war sich nun ganz sicher, dass es vollkommen zwecklos war, Elsie Golden nach John McLure zu fragen. Von ihr würde sie keine Antwort erhalten, obwohl Elsie sich mittlerweile sogar am Gespräch beteiligte und mit einigen Kommentaren klarmachte, dass sie, obwohl es ihr prinzipiell egal war, wo sie lebte, die Anonymität der Stadt dem Land vorzog. Die angebliche Herzlichkeit der ländlichen Einwohner war für sie nichts anderes als eine unnötige Einmischung in ihre Privatsphäre. Danach stand sie abrupt auf und verabschiedete sich. Jason konnte kaum verbergen, dass es ihm gar nicht recht war, bedeutete es doch, dass er sich ebenfalls verabschieden musste, um seine Mutter nach Hause zu bringen.

In der allgemeinen Aufbruchstimmung wollte sich auch Carol verabschieden, doch Anita bat sie, noch zu bleiben.

„Ich helfe Ihnen in der Küche", bot Carol an, und Anita nickte geistesabwesend. Jason, der Anita zum Abschied gerade einen Kuss auf die Wange gegeben hatte, überlegte kurz, dann zog er Carol kurzentschlossen zu sich heran und küsste sie ebenfalls. Aber es war nicht die gleiche Art von Kuss, den er Anita zuvor gegeben hatte. Er hielt Carol dabei eng an seinen Körper gedrückt, und seine Lippen verweilten für eine kleine Ewigkeit so zärtlich auf ihrer Wange, dass Carol für einen Moment sogar versucht war, ihren Arm um seine Taille zu legen und ihn ihrerseits noch näher an sich heranzuziehen. Jason nutzte die Situation, denn Anita und Hermann waren noch immer mit Elsies Garderobe beschäftigt. „Rufen Sie mich morgen an?", flüsterte er ihr ins Ohr. Sie nickte schweigend, drehte sich dann aber schnell um und reichte seiner Mutter die Hand: „Auf Wiedersehen!"

„Leben Sie wohl“, erwiderte diese, als wäre es ein Abschied für immer. Ihre feingliedrige Hand lag kalt und schlaff in der von Carol, ihr Blick war hellwach und schien ihr Gegenüber durchbohren zu wollen. Wieder war Carol von der Abneigung, die Elsie ihr gegenüber so unverhohlen zeigte, überrascht und erschrocken.

Betroffen verließ sie die Garderobe und ging ins Esszimmer zurück, wo sie nachdenklich damit begann, Geschirr und Gläser abzuräumen. Als Hermann und Anita die Eingangstür hinter ihren Gästen geschlossen hatte und Hermann ebenfalls ins Esszimmer zurückkam, schickte er Carol umgehend in die Küche. „Gehen Sie ruhig, ihr Frauen wollt doch gewiss noch eine Zeit lang unter euch sein und tratschen. Unterhalten Sie Anita beim Abspülen. Ich räume währenddessen hier auf, und wenn wir fertig sind, machen wir es uns gemütlich. Ich habe noch ein feines Verdauungswässerchen für unsere verwöhnten Gaumen.“

In der Küche hatte sich Anita schon die Küchenschürze umgebunden. Sie befahl Carol, sich zu setzen, und kam sofort zur Sache. „Sie wundern sich sicher über Elsie ...“

Carol bestätigte die Vermutung zuerst mit einem Nicken, brachte ihre Irritation dann aber auch mit Worten, wenn auch vorsichtig, zum Ausdruck. „Allerdings, was für eine seltsame Frau!“

„Ich hätte Sie vorwarnen sollen. Elsie ist ein bisschen verschroben, sie wirkt sehr distanziert und ist geistig oft völlig abwesend, aber sie kommt gerne zu unseren Einladungen, und ich weiß, dass sie zuhört und alles versteht. Wenn sie mit mir alleine ist, redet sie oft mit mir.

Wir kennen uns allerdings auch schon sehr lange. Ich glaube, sie vertraut uns."

Aber Carol konnte den abweisenden Blick aus den kalten Vogelaugen nicht so schnell vergessen. „Sie lehnt mich ab! Haben Sie gesehen, wie sie mich gemustert hat?"

„Nun ja", meinte Anita bedächtig, „ich muss zugeben, sie war heute außergewöhnlich ruhig und hat sich Ihnen gegenüber richtig unhöflich verhalten ..."

„Unhöflich? Sie hat mir ihre Abneigung offen gezeigt. Sie kann mich nicht leiden, ich habe nur keine Ahnung, warum."

Anita drehte sich mit einem schelmischen Blick vom Spülbecken zu ihr um. „Dafür kann Sie ihr Sohn um so besser leiden!"

„Unsinn!"

„Ich frage mich, ob das nicht vielleicht sogar der Grund für Elsies Antipathie ist? Mütterliche Eifersucht, so was soll's doch geben. Vielleicht spürt Elsie einfach, dass ihr Sohn verrückt nach Ihnen ist und ihr entgleitet. Bisher war Jason ja immer nur der beste und aufmerksamste Sohn, den man sich nur vorstellen kann. Fast schon verdächtig."

Carol brannte darauf zu erfahren, warum Anita der Ansicht war, dass Jason an ihr interessiert sei, aber es war ihr peinlich, danach zu fragen. „Sie ist ziemlich alt für einen so jungen Sohn", merkte sie stattdessen an.

„Elsie war Ende dreißig, oder sogar schon vierzig, als Jason zur Welt kam. Die genauen Umstände kenne ich nicht, Elsie spricht auch nicht darüber. Ich weiß nur, dass Jason ihr einziges Kind ist, es gibt sozusagen keinen Vater, und sie hat ihn alleine und unter schwierigsten

Bedingungen großgezogen. Ich glaube, sie ist nur ins Cariboo gezogen, weil sie sich das Leben in Vancouver nicht mehr leisten konnte. Oder aber weil sie sich geschämt hat, damals, als alleinerziehende Mutter und noch dazu in ihrem Alter. Wie auch immer, sie kam hierher und hat das Haus gekauft, das nun Ihnen gehört. Jason hat seine ersten Lebensjahre dort verbracht, wussten Sie das?“

Es war so weit, Anita beim Abtrocknen zu helfen. Carol nahm ein Tuch zur Hand und begann mit der Arbeit. „Nein, so gut kenne ich ihn schließlich auch noch nicht. Wie lange haben die beiden denn in *meinem* Haus gewohnt?“

„Ich glaube, nur die ersten paar Jahre nach Jasons Geburt, danach hat Elsie das Grundstück und das Haus gekauft, in dem sie und Jason noch heute wohnen.“

„Und warum hat sie mein Haus dann nicht schon früher verkauft?“, wunderte sich Carol. „Soweit ich das vorher richtig verstanden habe, besitzen Jason und seine Mutter nur wenig Geld. Wie konnte sie sich da zwei Häuser und das ganze Land leisten?“

Anita versuchte Carol die Gründe dafür zu erklären und gab ihr einen kurzen Überblick über die Zeit vor dreißig Jahren, während sie ihr einen Teller nach dem anderen reichte: „Früher war das Land hier nicht mehr wert als ein Butterbrot. Von seinem Verkauf hätte Elsie nicht lange leben können. Deshalb hat sie das alte Haus vermietet und sich mit den Mieteinnahmen mehrere Jahre lang über Wasser gehalten. Das war die einzig richtige Lösung. Mit einem kleinen Kind und ohne die Erfahrung, die man für ein Leben auf dem Lande braucht, hätte Elsie ansonsten kaum überleben können.

So wurde sie praktisch von unserer Nachbarin zur linken Seite zu unserer Nachbarin auf der rechten Seite. Nochmals ein paar Jahrzehnte zuvor hat das ganze Land sogar nur einem einzigen Farmer gehört, können Sie sich das vorstellen? Der hat es dann in drei Teile aufgeteilt und verkauft. Wir haben Elsie über Jason kennengelernt, der sich als ganz junger Bursche sehr oft bei uns auf der Farm aufgehalten hat. Hermann hat ihm stets kleinere Aushilfsarbeiten übertragen; Jason benötigte das Geld dringend für seine Schulausbildung, und so haben wir uns langsam mit den beiden angefreundet."

Ein Punkt war Carol allerdings immer noch nicht klar geworden. „Wie hat Elsie denn so viel Land kaufen können, wenn sie doch gar kein Geld besaß?"

„Sie können sich nicht vorstellen, wie billig das Land damals war! Ich werde Ihnen irgendwann einmal erzählen, wie viel wir für unser Land bezahlt haben, aber nicht heute, denn ich will Ihnen nicht den Abend verderben. Die Preise sind mittlerweile einfach ...", sie suchte nach einem passenden deutschen Wort, „disgusting! Widerlich! Astronomical!"

Carol vergaß ihre vorangegangene Frage. „Sie glauben, dass ich für mein Häuschen zu viel bezahlt habe?"

„Ja, im Vergleich zu früher, viel zu viel! Aber wenn Sie nach dem heutigen Marktwert gehen, ist es eindeutig ein Schnäppchen!"

Carol atmete beruhigt auf. „Das haben mir Gerd und Maria auch gesagt!"

„Jedenfalls glaube ich, dass Elsie damals eine Erbschaft gemacht hat. Es war 1969 oder 1970, ich weiß es nicht mehr genau, als sie plötzlich zu uns kam und uns bat, ihr beim Umzug zu helfen. Jason war damals praktisch noch ein Baby."

„Dann ist er ja doch schon weit über dreißig", warf Carol ein und ärgerte sich, weil sie das „weit" so freudig betont hatte.

„Ja, warum?"

„Nun, er hat mir gegenüber erwähnt, dass er dreißig sei. Zumindest habe ich ihn so verstanden."

„Ein paar Jahre mehr oder weniger spielen doch keine Rolle." Anita hatte den Abwasch beendet und trocknete sich die Hände, „sehen Sie Hermann und mich an! Zwischen uns liegen mehr als nur ein paar Jahre. Macht Ihnen Ihr Alter etwa Sorgen? Glauben Sie zu alt für Jason zu sein?" Obwohl Anita grinste, schwang in ihrer Stimme echte Anteilnahme mit.

Carol wollte ehrlich sein. „Na ja, ich werde dieses Jahr vierzig. Eigentlich habe ich kein Problem damit. Aber ich habe gerade eine langjährige Beziehung hinter mir, bin sozusagen eine gescheiterte Existenz, und Jason ist so ... so voller Elan."

„Womit wir wieder beim Thema wären!" Anita begann, das abgetrocknete Geschirr in den herrlich altmodischen Landhausschrank zu räumen, dessen Ausmaße die ganze Küche dominierten. „Sie wollen von mir wissen, ob Jason tatsächlich an Ihnen interessiert ist?"

Carol sah sie schweigend an.

„Okay! Natürlich ist er interessiert, das ist nur allzu offensichtlich. Mehr sage ich nicht dazu, aber ich empfehle Ihnen, dem Altersunterschied zwischen Ihnen nicht allzu viel Bedeutung beizumessen. Das Leben ist zu kurz, um sich mit solchen Nebensächlichkeiten ein mögliches Glück zu verbauen."

Carol legte ihr Trockentuch zur Seite, die Arbeit war getan. „Dann also auf ihn mit Gebrüll?“, fragte sie scherzhaft.

„Selbstverständlich!“, lachte Anita, „aber ich warne Sie, ich habe bisher, was Jason angeht, noch niemals von irgendwelchen Frauengeschichten hier oder im weiteren Umkreis gehört. Entweder fährt er deshalb so oft nach Vancouver, oder etwas anderes stimmt nicht mit ihm. An Ihrer Stelle würde ich daher erst einmal etwas vorsichtiger sein und ein paar Erkundigungen über ihn einholen.“

Carol erwiderte, sie könne sich beim besten Willen nicht vorstellen, dass Jason nicht an Frauen interessiert sei, und mit einem „Sie müssen es ja wissen“ war das Thema für Anita beendet. Sie gingen zu Hermann ins Wohnzimmer hinüber, der bereits einen gemütlichen Schlummertrunk für sie vorbereitet hatte und Carol den Vorschlag machte, sich zukünftig zu duzen, die förmliche deutsche Anrede sei nun doch etwas lästig geworden. Nachdem sie darauf angestoßen hatten, berichtete Carol ihren neuen Freunden endlich über den Inhalt ihres gemeinsamen Fundes. Hermann und Anita war der Name John McLure vollkommen unbekannt. Sie haben diesen Namen vorher noch nicht gehört, doch Hermann versprach, sich in nächster Zeit einmal bei den Einheimischen umzuhorchen. Irgendjemand musste schließlich von ihm gehört haben, zumal in dieser Gegend jeder jeden kannte.

„Aber lass mich zuvor noch ein wenig weiterlesen“, meinte Carol, der das Du bereits locker über die Lippen ging. „Schließlich bin ich noch nicht sehr weit gekommen, und vielleicht finden sich im Text ja noch ein paar wichtige Anhaltspunkte, die Aufschluss darüber geben, wer dieser John wirklich war."

Hermann stimmte ihr zu und konzentrierte sich dann auf seinen ausgezeichneten Schnaps, dessen Aroma sich erst auf der warmen Zunge entfaltete und nach reifen Äpfeln schmeckte. Der Alkohol wärmte sie von innen und trug so sehr zu ihrer Entspannung bei, dass sie eine ganze Weile und ohne ein Wort zu sprechen nur dasaßen und ihren Gedanken nachhingen. So klang der Abend ruhig und friedvoll aus, und es war weit nach Mitternacht, als Carol in ihr stilles, leeres Haus zurückkehrte.

10

In den ersten zehn Minuten fiel kein Wort zwischen ihnen, und Jason verspürte auch nicht die geringste Lust darauf, das Gespräch, das er unzweifelhaft führen musste, schon während der Fahrt zu beginnen, zumal er nur zu gut wusste, dass seine Mutter alles abstreiten und gekränkt reagieren würde. Wie immer würde es sinnlos sein, ihr wegen ihres Benehmens Vorhaltungen zu machen oder sie darum zu bitten, seinen Freunden gegenüber höflicher und zuvorkommender zu sein. Mit Freunden sind wohl eher deine Freundinnen gemeint, pflegte sie dann stets verächtlich zu sagen – womit das Thema für sie erledigt war und sie sich, wenn er es wagte, auf seinem Standpunkt zu beharren, schmollend in sich selbst zurückzog. Meist war ihm das sonderbare Verhalten seiner Mutter auch nicht wichtig genug, um es deshalb zu einer offenen Konfrontation zwischen ihnen kommen zu lassen, denn seine Mutter war eine alte Frau, die sich bestimmt nicht mehr ändern würde. Warum sollte sie auch?

Diesmal war es jedoch anders, und der Groll, den er gegen sie hegte, ließ sich nicht so einfach hinunterschlucken. Was Carol jetzt wohl von ihm dachte? Was würde sie von ihm halten? Sah sie nun das verwöhnte Einzelkind oder vielleicht sogar das Muttersöhnchen in ihm, das für eine partnerschaftliche Beziehung untauglich war? Wie würde er nur in den Augen dieser Frau, die so viel mehr Lebenserfahrung und Reife ausstrahlte, als alle anderen Frauen, die es bislang in seinem Leben gegeben hatte, bestehen können? Wie sollte er dieser attraktiven und intelligenten Frau auf gleicher Augenhöhe begegnen, wo er sich doch sicher war, dass sie sein Interesse an ihr und seine mehr oder minder missglückten Annäherungsversuche schon längst durchschaut hatte. Obwohl, auch die klügste Frau war nach einer längeren Leidensphase emotional labil und dadurch für primitive Schmeicheleien empfänglich! Aber traf das auch auf Carol zu? Würde sie wirklich – und Jason quälte sich absichtlich mit dieser Bezeichnung – würde sie tatsächlich auf den *Erstbesten* hereinfallen? Dienten die Signale, die er von ihr zu empfangen geglaubt hatte, nur dazu, ihr angeschlagenes Selbstbewusstsein wieder aufzubauen? Und wenn schon? Was wäre dabei, wenn er sich die Situation zunutze machte und sie von ihrem Kummer ablenkte und wieder etwas Freude und Glück in ihr Leben brächte! Dabei hatte es so vielversprechend begonnen. Er erinnerte sich noch gut an ihre erste Begegnung, als sie plötzlich in seinem Büro gestanden und ihn um Hilfe gebeten hatte. Sie war ihm wie ein Geschenk des Himmels erschienen, das er, ohne zu zögern, angenommen hatte. Dann aber hatten sich die Dinge anders entwickelt, als er es erwartet hatte. Wenn ihm nur dieser ärgerliche Schneefall nicht so einen Rückschlag versetzt hätte. Schlimm genug, dass sie sich von ihm verlassen und verraten gefühlt hatte, kam er nun auch noch mit einer Mutter im Schlepptau an, deren Abneigung gegen Carol so offenkundig war, dass Carol regelrecht vor ihr zurückgeschreckt war. Er hatte ihre Reaktion genau beobachten können.

Jason nahm die letzte Kurve vor der Einfahrt so rasant, dass sich Elsie am Griff der Beifahrertür festklammern musste, um nicht gegen ihn geschleudert zu werden. „Bist du verrückt geworden“, begehrte sie auf. „Fahr nicht so schnell, du bringst uns ja um.“

Ihre Worte brachten den Damm, hinter dem er seinen ganzen Frust und Ärger zurückgehalten hatte, endgültig zum Einsturz. „Dann mach doch endlich den Führerschein, wenn dir mein Fahrstil nicht passt!“

„Was soll das?“, fauchte sie zurück. „In meinem Alter ...“

„Dein Alter hält dich auch von sonst nichts ab! Solange du es dir leisten kannst, dich so unmöglich zu benehmen wie heute Abend, musst du auch damit rechnen, alle Menschen in deinem Umfeld zu vergällen und langsam daran denken, wie du allein zu Rande kommst. Ich werde schließlich nicht ewig in deiner Nähe sein, um dich herumzukutschieren. Ich werde bald überhaupt nicht mehr in deiner Nähe sein, wenn du so weitermachst.“ Er hielt mit quietschenden Bremsen direkt vor ihrem Haus, stieg aber nicht aus. Elsie sagte nichts, genau wie er es erwartet hatte. Nach einer Weile, in der nichts anderes zu hören war als die langsam auslaufende Heizung, atmete er tief durch und versuchte seine Stimmlage wieder zu normalisieren. Schreien war sinnlos – wenn er zu seiner Mutter durchdringen wollte, musste er es mit Logik und konsequenter Argumentation versuchen. „Mach dir keine Hoffnungen, dass ich mich bis morgen früh beruhigt habe und dann alles wieder in Ordnung ist. Dieses Mal nicht! Dieses Mal wirst du mir nicht so einfach davonkommen, sondern dich nach meinen Regeln richten. Carol ist mir wichtig. Du wirst dich also bemühen, nett und freundlich zu ihr zu sein, wenn du willst, dass ich mich weiterhin wie dein Sohn verhalte. Und du benimmst dich von jetzt an gefälligst, wie sich eine Mutter normalerweise benimmt und hörst auf, gegen mich zu arbeiten. Ist das klar?"

Elsie starrte geradeaus durch die Windschutzscheibe und nickte. Vielleicht hatte sie verstanden, was er gesagt hatte, vielleicht auch nicht. Vielleicht war es aber auch gar nicht nötig, denn Jason wollte Elsie in Zukunft so weit wie möglich von Carol fernhalten. Zumindest so lange, bis er sein Ziel erreicht hatte.

11

Carol war erst um zehn Uhr morgens aufgewacht und hatte sich widerwillig aus ihrem kuschelig warmen Bett gequält, um Feuer zu machen. Es war kalt im Haus, und Carol überlegte kurz, ob sie die elektrischen Heizkörper so lange einschalten sollte, wie der Holzofen brauchen würde, um den großen Raum zu erwärmen. Dann aber entschied sie sich dafür, das restliche Benzin im Generator lieber für ihre Morgentoilette aufzusparen. Bis der Wassertank genügend Warmwasser zum Duschen gespeichert hätte, würde mindestens eine Stunde vergehen. Also machte sich Carol rasch einen Kaffee und schlüpfte dann, mit ihrer randvoll gefüllten Tasse und ein paar Keksen mit Schokoladenchips, unter ihre warme Bettdecke zurück. Wie in den letzten Tagen schien auch heute wieder die Sonne, so dass Carol auf das künstliche Licht der Nachttischlampe verzichten und bei Tageslicht in John McLures Geschichte weiterlesen konnte.

Auf dem Rückweg zum Lager musste ich absteigen, um die Pferde über eine steinige, abfallende Geröllebene und nochmals höher über einen Gletscher hinwegführen zu können. Ich hoffte darauf, den schützenden Wald mit seinen sicheren Pfaden noch vor der Dämmerung zu erreichen, denn die Pferde waren zu kostbar, um sie im Dunkeln abrutschen zu lassen. Das Kind lag sicher in der Ausbuchtung meiner Jacke verborgen und schlief.

Mein Herz hatte aufgehört, wie wild zu schlagen, und ich versuchte meine Gedanken zu ordnen. Wir hatten zwar zwei Pferde und einen Esel, doch wir waren zu viert, das Kleinkind nicht miteingerechnet. Wenn wir nur noch zwei weitere Pferde hätten, dachte ich bei mir, dann könnten das Kind und der Proviant auf den Esel geschnallt werden und wir auf dem Rücken der Pferde schneller vorwärtskommen. Aber woher nehmen, wenn nicht stehlen?

Ich erreichte die höchste Stelle des Bergkammes und verweilte einen Augenblick, um Luft zu holen. Der Anstieg war steiler gewesen, als ich ihn vom Hinweg in Erinnerung hatte, doch da war der Weg ja auch stetig abgefallen. Links unter mir lag ein See, den ich in meinem morgendlichen Jagdeifer übersehen hatte. Sein Grün wies in der Mitte, wo die Schatten der umliegenden Berge nicht aufs Wasser fielen, eine milchige, immer heller werdende Eintrübung auf. Sie war nahezu kreisrund und hatte eine smaragdgrüne Farbe. Der See war an drei Seiten von hohen Bergen umschlossen, und ich selbst stand auf dem Kamm, der seiner offenen Seite gegenüberlag. Dort drüben konnte ich ein Haus am Ufer des Sees liegen sehen. Unwillkürlich duckte ich mich, als ob ich von jemandem entdeckt werden könnte, obwohl ich genau wusste, dass die Pferde und ich für jedes noch so geschulte Auge nur als winziger Punkt auf dem fleckigen Eisfeld zu erkennen waren. Es gab hier weit und breit keinen einzigen Baum, hinter dem ich mich verstecken konnte, dennoch fühlte ich mich sicher. Der Wind pfiff eisig und war mir Warnung genug, mich zu beeilen, doch während der kurzen Rast war mir eine Idee gekommen. Kurz nach Einbruch der Dunkelheit erreichte ich unser Lager ohne weitere Zwischenfälle. Auf den letzten Metern war ich dem Knistern des Lagerfeuers und dem heimeligen Geruch des brennenden Holzes gefolgt, noch ehe ich dessen schwachen Schein zwischen den Bäumen hatte wahrnehmen können. Meine Söhne hatten mich schon lange erwartet. Sie waren aufgeregt, hungrig und vielleicht sogar ein wenig ängstlich. Jedenfalls wurde ich von ihnen mit freudigen Ausrufen begrüßt, auf die aber gleich die ersten Fragen folgten, als sie die Pferde sahen. Ich hätte ihnen nur zu gerne von meinem Erlebnis erzählt, hatte aber bereits entschieden, es für mich zu behalten. Sollte jemals ans Tageslicht kommen, dass ich das Gold und die Pferde gestohlen hatte, würde es für meine Jungs besser sein, nichts darüber zu wissen. Ich hatte mir keine Erklärungen zurechtgelegt, also verbot ich mir jede weitere Frage. Damals waren die Zeiten noch anders, und ein Vater hatte das Recht dazu, ohne jede Begründung Verbote auszusprechen. Die drei gehorchten selbst noch, als ich das winzige Kind aus der Jacke nahm und immer noch in den Schal gewickelt neben dem Feuer auf den Boden legte. Sie traten näher und starrten das Bündel verwundert an. Das Kind war wach geworden und begann zu schreien. Nicht besonders laut, aber sein Gebrüll hallte in der Stille des Waldes wider, so dass wir alle zusammenzuckten. Da hob Tom, der doch selbst noch so klein war, das Kind auf und sagte: „Es hat Hunger.“

Wir überlegten, was wir dem Kind wohl am besten füttern könnten, und versuchten es schließlich mit Haferbrei, den Bill mit Wasser verdünnte. Tom setzte sich ans Feuer, nahm das Kind in seinen Arm und fütterte es mit einer Geduld, die sonst keiner von uns aufgebracht hätte. Nach dem ersten Schluck hörte es auf zu schreien und schlief bald danach ein, aber Tom hielt es weiterhin auf eigentümliche Weise an sich gepresst. Ich hätte mich damals schon wundern sollen.

Am folgenden Morgen befahl ich Tom, das Kind zu versorgen und erlaubte Dan und Bill, mich nach Laggan zu beglei-

ten. Es war ein Risiko, so nah an den Unfallort zurückzukehren, um Pferde zu kaufen. Aber ich musste es auf mich nehmen, denn ich hatte mich entschieden, unsere Reiseroute zu ändern.

Der Abstieg ins Tal dauerte den halben Tag. Noch bevor wir Laggan erreicht hatten, sahen wir, wie ein Zug der Canadian Pacific Railway in die Stadt einfuhr und sich im Schritttempo dem Bahnhof näherte. Die schwarze Lok stieß eine meterhohe Dampfwolke aus und schnaufte dabei wie ein Ungeheuer. Die Zwillinge, die noch nie zuvor eines dieser metallenen Ungetüme gesehen hatten, jubelten vor Vergnügen. Vor dem Bahnhofsgebäude standen bereits Dutzende Kutschen und einzelne Pferde. Eine Pferdetränke gleich neben der Zugstation schien der Treffpunkt der Kutscher und Bediensteten zu sein, die auf die Ankommenden warteten. Die reiterlosen Pferde waren angebunden und unbewacht.

„Womit sollen wir Pferde kaufen?“, fragte Dan leise, „wir haben doch gar kein Geld.“ Es war seine Art, Information zu erfragen. Dan war der klügste meiner Söhne.

„Ich habe Geld, und wenn du dich noch einmal in meine Angelegenheiten mischst, ziehe ich dir das Fell über die Ohren“, antwortete ich, ebenfalls flüsternd, und ohne ihn dabei anzusehen. Dann befahl ich ihm etwas lauter, sozusagen als Strafe, „du wartest hier, bis ich zurück bin. Bill, du kommst mit mir.“

Als wir am Bahnhof ankamen, stand der Zug bereits still. In der allgemeinen Hektik fielen wir nicht weiter auf. Ich fragte einen der Kutscher, wo ich ein oder zwei Pferde kaufen könnte und hatte auf Anhieb Glück. „Wenn du Geld hast, bei mir“, meinte er stolz, „ich habe einen ganzen Stall davon zu Hause stehen. Mir gehört die Kutschstation oben beim Chateau.“ Er war hier, um die Herrschaften, die er abholte, zum Chateau zu bringen und bot uns an, auf dem Kutschbock mitzufahren. Auf dem Weg dorthin erzählte er uns, dass sein Ge-

schäft florierte, seitdem das „Chateau Lake Louise" ausgebaut worden sei und die Touristen von Banff aus täglich zum Nachmittagskaffee kämen. Ihm gehörten drei Kutschen, die alle im Einsatz waren, sobald ein Zug ankam. Die Leute, die hierherkamen, seien verrückt geworden, meinte er, manche würden sogar im Chateau übernachten, und das nur, um auf die umliegenden Berge klettern zu können. Man stelle sich das einmal vor, die ganze Anstrengung, und wozu? Um nach unten ins Tal zu blicken und später, in ihren gemauerten Stadthäusern, davon erzählen zu können, dass sie einen Gipfel bestiegen hatten. Und dafür bezahlten sie noch eine Menge Geld! Die Bergführer, die Hotelangestellten und er, nein, sie alle, könnten nicht klagen. Die Reichen warfen ihr Geld zum Fenster hinaus! Dennoch schütze sie auch ihr ganzer Reichtum nicht vor Unheil. Erst gestern, erzählte er, sei eine Kutsche aus Banff beim Lake Lorraine verunglückt, die Pferde wären durchgegangen. Hätten sich wohl vor einem wilden Tier erschreckt. Bill hörte aufmerksam zu, und ich fragte den Kutscher nach den wilden Tieren, um ihn vom Thema abzulenken. Bären gäbe es jede Menge in den Wäldern, und sie wären jetzt, nach dem langen Winterschlaf, besonders hungrig und gefährlich. Aber auch die Elche könnten den Unfall verursacht haben, meinte er, oder ein Kojote oder Puma, wer wisse das schon. Er plapperte weiter und war so sehr darüber erfreut, mit seinesgleichen reden zu können und Zustimmung zu finden, dass er kaum zuhörte, als wir ihm sagten, dass wir von Banff kämen und noch zwei Freunde erwarteten, für die wir Pferde kaufen wollten. „Eure Pferde stehen gut da unten an der Tränke, keine Sorge", beruhigte er uns und ersparte mir damit eine weitere Lüge unseren Fußmarsch betreffend. Nachdem er die zahlende Kundschaft am Chateau abgesetzt hatte, das auf der bergfreien Seite des grünen Sees lag, wie ich jetzt unschwer erkennen konnte, nahmen wir seine

Pferde, die für den schweren Kutschendienst unbrauchbar geworden waren, in Augenschein. Es waren nicht mehr gerade die allerbesten, und ich konnte nur hoffen, dass sie den Treck überstehen würden, dafür wurden wir uns jedoch schnell einig. Weil ich keine weitere Zeit mehr verlieren wollte, bezahlte ich mit einem Goldstück, was den Kutscher aber nicht weiter zu verwundern schien, denn er zählte anstandslos das Wechselgeld in meine Hand und erbot sich, uns mit der Kutsche zurückzufahren, um uns einen sattellosen Ritt zu ersparen. Doch wir lehnten dankend ab.

Mir wurde erst wieder leichter ums Herz, als wir den gewundenen Weg hinter uns gebracht hatten, der vom Chateau und an der Kutschstation vorbei nach Laggan führte. In der Stadt kauften wir vier Sättel, Zaumzeug und so viel Proviant, wie wir auf den Pferden unterbringen konnten. Außerdem dachte ich an das Kind und erstand hauptsächlich Nahrungsmittel, die sich gut zu Brei verarbeiten ließen, wie Kartoffeln, Karotten und Grieß.

Dan war wütend, als wir zu ihm stießen, und ich konnte seine Verbitterung darüber, keinen Fuß in die Stadt gesetzt zu haben, deutlich spüren, aber es hatte geholfen. Er stellte keine weiteren Fragen. Überhaupt stellte keiner mehr Fragen. Wir verbrachten die Nacht noch einmal an der gleichen Stelle wie am Abend zuvor, obwohl mir die Erzählungen des Kutschers einen unruhigen Schlaf bescherten. Die Nächte waren zwar noch eiskalt, aber wenn die Touristen wirklich so verrückt waren und größere Wanderungen in den Bergen unternahmen, würden sie ebenfalls im Freien übernachten. Wir waren viel zu nahe am Chateau, und mir war, als könne man weiter unten sogar den seltsam grünen See durch die Bäume schimmern sehen. Das war gefährlich, denn wenn das Kind schrie, würde es verräterisch durch die Wälder hallen. Aber Tom versorgte das winzige Ding so hingebungsvoll, dass es glücklicherweise kein einziges Mal schrie. Nur einmal wimmerte es in der Nacht, und ich wollte gerade aufstehen und nach ihm schauen, als ich sah, dass sich Tom schon um es kümmerte und es summend wieder in den Schlaf wiegte.

Am nächsten Morgen packten wir unsere Sachen zusammen, so wie wir es in den nächsten zwei Monaten jeden Morgen machen würden. Als alles verstaut und zum Aufbruch bereit war, teilte ich jedem sein Pferd zu. Ich wollte gerade das Kind hochheben und in meiner Jacke verstauen, als mich Tom zum ersten Mal in seinem Leben verblüffte. Er zeigte auf eine Art Bahre, die er am vorherigen Tag aus Ästen und Weidenruten gebastelt haben musste. Dieses ungewöhnliche Gebilde, ein länglicher Korb mit einer Schlaufe zum Umhängen, war groß genug, um das Kind darin zu betten. Tom setzte sich auf sein Pferd, schnallte sich den Korb um und streckte die Arme aus. Er wollte mit dem Kind reiten. Ich fand es in Ordnung, und von diesem Moment an war das Kind in seiner Verantwortung. Wir kümmerten uns nicht mehr darum.

Weil meine Söhne immer noch annahmen, dass wir uns südlich halten würden, um an Laggan vorbei zum Kicking Horse Pass zu kommen, setzte ich ihnen meinen neuen Plan auseinander. „Wir haben jetzt Pferde und sind dadurch viel schneller", erklärte ich ihnen, „deshalb nehmen wir die sicherere Route über den Yellow Head Pass. Wir reiten nach Norden, über den Rücken der Rockies nach Jasper und suchen uns von dort aus einen Weg ins Tal. Es ist fast Sommer und die Hochebene, die sich an den Gipfeln entlangschlängelt, ist schneefrei und passierbar. Wir werden so schnell reiten, wie es die Pferde zulassen, denn wer weiß, was uns ab Jasper erwarten wird. Wir haben zwar genügend Proviant für die nächsten Wochen, dennoch, sollte ich einen erwischen, der mehr als seine Ration verschlingt, werde ich ihn windelweich prügeln. Und wenn einer sein Pferd schindet oder einen Sturz verursacht, kann er den Rest des Weges zu Fuß gehen, und wer zu langsam ist, bleibt zurück." Jeder hatte verstanden, dass meine Warnung ernst gemeint war, und so brachen wir auf.

Die nächsten zwei Wochen ritten wir jeden Tag in stetem Tempo durch eine Landschaft, die wohl mit zu den schönsten auf Gottes weitem Erdboden zählt. Wir durchquerten sie schweigend von der Morgen- bis zur Abenddämmerung und hielten nur an, um den Tieren eine kurze Rast zu gönnen. Uns selbst gewährte ich keine Ruhepausen, und es gab kein einziges Gespräch zwischen uns. Zu unserer linken und rechten Seite ragten die schneebedeckten Gipfel der Rockies empor, gigantische Felsbrocken mit scharfen, steinigen Kanten und baumfreien Abhängen. Das Tal, durch das wir zogen, war hingegen mit spindeldürren, hohen Kiefern und üppigem, windgedrücktem Gestrüpp bewachsen. Überall blühten die Sträucher, und zwischen dem Gestein und dem Geröll wuchsen Wildblumen. Aber ich hatte keinen Blick für die Schönheit dieser kargen Landschaft. Die Angst, entdeckt zu werden, trieb mich vorwärts. Ich malte mir aus, was sie mit einem Dieb, noch dazu einem Pferdedieb, tun würden, sollten sie seiner habhaft werden. Keinen einzigen Gedanken verschwendete ich jedoch an die Menschen, die gerade ihr Kind verloren hatten. Mir war damals nicht bewusst, wie schmerzhaft solch ein Verlust sein kann. Das Gold, ja, das Gold mochte sicher ein harter Schlag für den früheren Eigentümer sein, und die Pferde stellten ebenfalls einen wertvollen Besitz dar. Und so ging mir immer wieder die Frage durch den Kopf, ob sie mich deswegen wohl suchen würden.

Aber mit jedem Tag, der verging, entfernten wir uns weiter von Laggan, und langsam ließ die Beklemmung, die sich wie ein eiserner Ring um meine Brust gelegt hatte, nach. In all den gleichförmigen Tagen und Nächten, in denen wir die Strecke bis kurz vor Jasper bewältigten, wich meine Angst mehr und mehr und machte stattdessen einem Gefühl Platz, das ich nur schwer beschreiben kann. Ein Gefühl von tiefer Zufriedenheit erfüllte mich. Ja, ich war stolz darauf, dass ich in meinem Leben endlich etwas geleistet hatte, was nicht jeder schaffen würde. Sie hatten mich bis jetzt nicht erwischt, und sie würden mich auch in Zukunft nicht erwischen. Ich war zu schlau für sie gewesen und hatte keinen Fehler gemacht. Schon allein aufgrund dieser Leistung stand mir das Gold zu. Es würde mir und meiner Familie eine Zukunft ermöglichen, von der ich bislang nicht einmal zu träumen gewagt hatte, die ich mir aber nunmehr in den schönsten Farben auszumalen begann. Wir würden ins Cariboo ziehen und dort die größte Farm aufbauen, die man sich nur vorstellen konnte. Eine reiche, satte Farm, mit so vielen Rindern und Pferden und so viel Land, dass man es innerhalb eines Tages nicht umreiten konnte. Ich begann zu träumen. In meinem Traum spielte das Kind keine Rolle. Es gehörte nicht zur Familie, war aber da, und ich akzeptierte es als den Preis, den ich dem Schicksal zu entrichten hatte. Und noch immer dachte ich, dass es sowieso nicht lange leben würde.

Kurz vor Jasper, und damit weit genug von Laggan und Banff entfernt, befahl ich unsere erste längere Rast. Die Pferde waren erschöpft, und wir waren es auch. Wir bauten ein Lager auf, in dem wir einige Tage verbringen wollten, um uns für den Abstieg über den Yellow Head zu rüsten. In Jasper würde ich dann unseren Proviant auffrischen und diesmal Dan mit in die Stadt nehmen, während Bill die Pferde versorgen, ihre Hufe überprüfen und ihr schmutziges Fell ausbürsten musste. Tom war noch zu jung für diese Arbeiten. Außerdem war er den ganzen Tag über mit der Kleinen beschäftigt. Einmal, als wir nach einem üppigen Abendessen, das aus frischem Schweinefleisch und gebratenen Kartoffeln bestanden hatte, ums Feuer herumsaßen, fragte ich ihn, wie es ihr denn so ginge. Sie war der Tribut, den ich dem Schicksal gezollt hatte, und ich bildete mir plötzlich ein, dass wir es nur dann ins Cariboo schaffen würden, wenn sie ebenfalls lebend dort ankam.

„Sie ist okay", sagte Tom, „sie heißt Rose."

Er hatte ihr also einen Namen gegeben, aber da er ihr Hüter war, fand ich das auch ganz in Ordnung, zumal von uns bislang keiner daran gedacht hatte. „Rose", nickte ich zustimmend, „Rose McLure", und fand, dass der Name gar nicht schlecht klang.

Carol senkte die losen Seiten und starrte ins Leere. „Rose McLure", flüsterte sie und sinnierte weiter laut vor sich hin, „Rose, du armer Wurm, wie mag es dir wohl mit einem Mann und drei Jungs allein in der Wildnis ergangen sein?" Ob John McLure sie noch zu ihrer wahren Familie zurückgebracht hatte? Nach dem, was sie bisher gelesen hatte, wohl eher nicht, und Carol vermutete, dass dieses grobe Vergehen die Schuld darstellte, von der er gesprochen hatte und von der er sich mit seinem Schreiben zu befreien suchte.

Sie überlegte noch eine Weile vor sich hin, ohne dass sie dabei die herrliche Aussicht, die sich ihr von ihrem Schlafzimmerfenster aus bot, auch nur im Ansatz wahrnahm. Schließlich trieb sie gegen elf Uhr der Hunger aus dem Bett. Von unten stieg bereits eine angenehme Wärme zu ihr nach oben, so dass ihr das Aufstehen nicht mehr allzu schwerfiel. Außerdem wurde es langsam höchste Zeit, unter die Dusche zu kommen. Nach dem Frühstück wollte sie zur Tankstelle fahren, denn ihr Benzin ging zur Neige, und sie musste ihre Vorräte neu auffüllen. Auf dem Rückweg würde sie dann bei Jason vorbeisehen – wenn sie ihm schon versprochen hatte, ihn anzurufen, konnte sie ihn schließlich genauso gut gleich besuchen.

Sie hatte Glück, denn Jason hatte gerade losfahren wollen, als sie bei ihm ankam.

„Ich muss nach 100-Mile. Stellen Sie sich vor, ein Kunde will sich doch tatsächlich jetzt, mitten im Winter, ein Objekt ansehen", erklärte er ihr, nachdem er sie zuvor etwas verlegen mit einem kurzen Kuss auf die Wange begrüßt hatte. „Möchten Sie vielleicht mitkommen? Wir können mit meinem Auto fahren."

„Das würde ich liebend gern tun, aber heute kann ich leider nicht. Ich will das Haus, solange wir noch keinen Strom haben, einfach nicht zu lange allein lassen. Gestern Nacht ist es wieder verflixt kalt geworden, und ich werde ab jetzt versuchen, das Feuer im Ofen am Brennen zu halten. Ich weiß zwar noch nicht, wie ich das schaffen soll, muss aber auf jeden Fall so bald wie möglich zurück, um das Benzin im Generator nachzufüllen, wenn ich heute Abend nicht im Dunkeln sitzen will."

„Dann eben ein anderes Mal", erwiderte er, „ich komme außerdem schon früh zurück, weil ich heute noch raus auf die Weide muss. Hermann und Anita sind nach Kamloops gefahren und haben mich deshalb gebeten, die Bisonherde zu füttern. Wenn Sie Lust haben mitzugehen, hole ich Sie auf dem Rückweg ab."

Carols Herz begann einen Takt schneller zu schlagen. „Ja, das wäre wunderbar! Bis dahin werde ich auch sicher mit meinen überlebenswichtigen Aufgaben fertig sein.

Die Büffel! Wie aufregend. Darf ich Ihnen denn beim Füttern helfen, oder sind die Tiere etwa gefährlich?“

Aber Jason war in Eile und meinte nur noch kurz, dass sie sich bald selbst ein Bild machen könne und dass er spätestens gegen vier Uhr bei ihr auftauchen würde, denn er wollte auf der Weide sein, bevor es dunkel wurde. Dann war er auch schon verschwunden, und Carol stieg wieder in ihr Auto, um sich auf den Nachhauseweg zu machen. Sie summte ein albernes Lied vor sich hin und überlegte dabei fieberhaft, welchen ihrer Pullis sie heute Abend anziehen sollte. Sie wollte gut aussehen, denn vielleicht würde Jason nach der Fütterung ja noch auf einen Drink mit zu ihr kommen.

12

Sie hatten Jasons Pick-up in der Nähe des Farmhauses abgestellt und waren danach zu einem Heuschober gelaufen, der nicht weit entfernt vom Haus auf einer kleinen Anhöhe stand. Der Schober, eine einfache Holzkonstruktion mit drei Seitenwänden und vorne offen, war riesengroß und bis unter sein rotes Blechdach mit runden Heuballen gefüllt. Die Ballen hatten einen Durchmesser von mehr als zwei Metern und waren von Hermann nach dem Mähen maschinell gerollt worden. Carol stapfte unruhig im knöcheltiefen Schnee vor dem Schober hin und her, sie konnte es kaum noch erwarten, endlich zu den Büffeln zu kommen.

Jason fuhr den Gabelstapler aus dem Geräteschuppen heraus und rangierte hin und her, wobei sich die wuchtigen, fast mannshohen Reifen tief in den Schnee fraßen und eine deutliche Reliefspur hinterließen. Endlich hatte er die richtige Position erreicht, um einen der Heuballen auf die lange Gabel zu nehmen und oben auf dem Stahlträger zu sichern.

„Steigen Sie ein", rief er ihr zu, „es kann losgehen!"

Carol zwängte sich neben ihn in die enge Fahrerkapsel, und Jason fuhr zuerst einige Meter rückwärts, um zu wenden. Danach ging es im Schritttempo den Hügel hinab, über den Farmhof und die Zufahrtsstraße hinweg in Richtung Wald, bis sie schließlich an eine weite Umzäunung gelangten. Vor dem Zugangstor hielt Jason an und zog die Handbremse.

„Ich mach das schon", rief Carol und war auch schon von ihrem Sitz ins Freie gesprungen, denn die Fahrerkapsel besaß keine Türen. Schnell lief sie zum Gatter und versuchte, das Schloss aufzubekommen, was jedoch schwieriger war, als sie gedacht hatte.

„Sie müssen den Hebel erst zweimal drehen und danach fallen lassen", erklärte ihr Jason, der sich aus der Kabine lehnte und nicht einmal schreien musste, damit Carol ihn verstand, denn der Motor des Staplers lief ausgesprochen leise.

„Der Motor ist ja kaum zu hören", meinte sie ganz erstaunt, nachdem sie das Gatter auf der anderen Seite wieder hinter ihnen geschlossen hatte.

„Für die Büffel schon. Sie haben uns bestimmt schon gehört und sind auf dem Weg zur Futterstelle. Außerdem wissen sie ganz genau, wann das Abendessen geliefert wird!", erklärte er.

„Wo fahren wir hin?"

„Wir fahren bis zu der großen Lichtung hinter dem Waldstück dort hinten. Sie werden sehen, dass die Tiere da sein werden, wenn wir ankommen. Die Herde kennt ihren Futterplatz ganz genau, und wir sind später dran als sonst."

Obwohl es nicht vorwurfsvoll klang, hatte Carol dennoch ein schlechtes Gewissen, denn sie war nicht fertig gewesen, als Jason gekommen war, um sie abzuholen. Zuvor war aber auch wirklich alles schiefgegangen. Zuerst war der Generator nicht angesprungen, und als es Carol dann nach mehreren Stunden endlich geschafft hatte, ihn wieder in Gang zu setzen, hatte Maria sie angerufen, und Carol war wieder nicht dazu gekommen, sich umzuziehen. Zu Beginn des Gesprächs hatte Maria besorgt geklungen und Carol dafür gescholten, sich so lange nicht bei ihr gemeldet zu haben, während sie selbst mehrfach versucht hatte, Carol in den letzten vierundzwanzig Stunden zu erreichen.

„Das kann kaum sein, denn gerade heute Morgen war ich mit Sicherheit bis zehn Uhr zu Hause“, hatte sich Carol zu rechtfertigen versucht.

„Aber ich nicht“, war Marias Antwort gewesen, „schließlich musste ich dringend zur Apotheke, weil Gerd sich eine Erkältung geholt und mich die ganze Nacht verrückt gemacht hat. Männer! Sobald sie krank sind, sind sie einfach fürchterlich!“

Aha, daher rührte also Marias schlechte Laune, weshalb Carol das Gespräch auch abzukürzen versuchte und Maria nach dem wahren Grund ihres Anrufes fragte. „Also, was gibt es denn so Dringendes?“

„Peter hat bei uns angerufen, er will dich unbedingt sprechen!“

„Und das ist alles?“

Worauf Maria etwas nicht sehr Damenhaftes vor sich hingemurmelt und damit die mehr als unhöfliche Art umschrieben hatte, mit der Peter nach seiner Frau gefragt hatte. „Nun wird er heute Abend ein zweites Mal bei uns anrufen. Komm also bitte zum Essen, wenn du nicht willst, dass ich ihm deine Nummer doch noch gebe.“

„Auf gar keinen Fall, und vorbeikommen kann ich heute Abend auch nicht!“ Damit war Carol nichts anderes übrig geblieben, als Maria zu gestehen, dass sie Jason erwartete, was bei Maria wiederum sämtliche Alarmglocken zum Läuten gebracht hatte. Nachdem Maria dann auch noch gehört hatte, dass Carol schon den letzten Abend mit Jason verbracht hatte, war sie nicht mehr zu bremsen gewesen. Vergeblich hatte Carol versucht, sie wieder zu besänftigen, doch was sie auch immer zu ihrer Verteidigung vorgebracht hatte, hatte nicht sehr überzeugend geklungen. Jason wolle ihr doch nur die Büffel zeigen, da sei doch wirklich nichts dabei – und der gestrige Abend wäre ein rein nachbarschaftliches Treffen gewesen! Insgeheim waren vor Carols geistigem Auge jedoch ein paar Bilder vorbeigezogen, die ganz und gar nicht zu dem passten, was sie Maria gerade weiszumachen versuchte. Dabei war ihr siedend heiß eingefallen, dass sie, wollte sie Jason für heute Abend noch zum Essen einladen, erst noch ein paar Steaks auftauen und marinieren musste. Daraufhin hatte sie das Gespräch mit Maria kurzentschlossen beendet, nicht jedoch ohne ihrer Freundin vorher versprochen zu haben, am nächsten Tag ganz sicher zum Abendessen zu kommen und mit Peter zu sprechen. Sie hatte kaum aufgelegt, als sie auch noch feststellen musste, dass sie in all der Hektik vergessen hatte, den Wassertank aufzuwärmen, und deshalb nicht einmal mehr duschen konnte. Das war der Tropfen gewesen, der das Fass zum Überlaufen gebracht hatte, und sie war auf einmal furchtbar wütend auf Peter geworden. Hätte er Maria nicht so unter Druck gesetzt, hätte auch das Telefonat zwischen ihnen nicht so lange gedauert, und sie wäre rechtzeitig fertig geworden. Überhaupt! Was dachte Peter sich nur dabei, sie so mit seinen Anrufen zu belagern? Und musste sie sich denn immer so verhalten, wie er sich das gerade vorstellte? In dieser Stimmung hatte Jason sie angetroffen und geduldig seinen Kaffee getrunken, bis sie schließlich fertig zum Gehen gewesen war.

„Aber es ist auch kein Problem, wenn die Büffel einmal etwas länger warten müssen. Es macht ihnen nichts aus", holte Jason Carol nunmehr wieder in die Gegenwart zurück, „die Tiere besitzen sowieso nicht unser Zeit- oder Raumgefühl."

Hatte er etwa geahnt, dass sie sich wegen der Verspätung schuldig fühlte? „Dann werden sie uns also nicht vor lauter Hunger überrennen?", scherzte sie erleichtert.

„Hier, da kommen sie!" Jason zeigte auf einen dunklen Fleck am Waldrand. Es war einer der Bullen. Noch konnte man seine Größe schlecht einschätzen, dazu war er noch zu weit entfernt, doch da tauchte schon ein zweiter auf und dann ein dritter. Die Bullen setzten sich langsam in Bewegung und kamen näher.

„Schnell", meinte Jason und sprang aus dem Fahrzeug, nachdem er mitten auf der Lichtung haltgemacht und die Gabel des Staplers etwas tiefer gefahren hatte. „Kommen Sie, ich brauche Ihre Hilfe, damit es schneller geht." Er lockerte das obere Ende der Rolle und zeigte ihr, wie sie das Heu nach und nach lösen konnte, während er den Stapler fuhr. „Bleiben Sie immer in meiner Nähe", schärfte er ihr ein, als er wieder einstieg, „ich fahre auch ganz langsam, dafür müssen Sie aber auch die ganze Zeit über darauf achten, sich nicht zu weit von mir zu entfernen, denn die Kerle kennen Sie noch nicht."

Carol sah sich um. Die Bullen waren mittlerweile schon so nahe herangekommen, dass Carol ihre wuchtigen Schädel und Hörner erkennen konnte. Der Gabelstapler fuhr an, und Carol begann in fieberhafter Eile das

Futter vom Ballen abzuwickeln, um nur ja nicht zu viel Abstand zwischen sich und dem Fahrzeug entstehen zu lassen. Die Bullen waren indessen nur noch etwa zwanzig Meter von ihr entfernt. Und während sie eifrig hinter dem Fahrzeug herlief und das getrocknete Gras abrollte, kamen sie näher und näher. Aus den Augenwinkeln konnte Carol hinter ihnen plötzlich noch weitere dunkle Punkte ausmachen, traute sich aber nicht, ihre Arbeit zu unterbrechen, um genauer hinzusehen.

Endlich hatte sie das ganze Heu in einer breiten Spur ausgelegt, und der leere Gabelstapler stand still.

„Gut gemacht", rief Jason ihr zu, doch Carol wagte kaum noch zu atmen und blieb wie angewurzelt stehen. Jason nahm einen großen Eimer aus dem Fahrzeug, ging damit, ohne die geringste Spur von Angst zu zeigen, an ihr vorbei und begann eine zusätzliche Bahn aus Getreidekörner neben das Heu zu streuen. „Achten Sie auf die Herde", wies er sie an, „die Bullen fressen immer zuerst, deshalb muss ich auch stets den ganzen Weg streuen, sonst würden die Kühe nichts abbekommen, und das wäre ein Jammer, schließlich wollen wir doch, dass im Mai viele gesunde kleine Kälber zur Welt kommen. Wir müssen die Damen also ein bisschen verwöhnen."

Es waren an die hundert Tiere, die nun in gebührendem Abstand von den Bullen darauf warteten, bis diese genügend gefressen hatten und sie selbst gefahrlos näherkommen und am Mahl teilhaben durften. Einer der Bullen war nur noch wenige Meter von Carol entfernt und ein überaus mächtiges Tier. Beinahe genauso breit wie hoch, senkte sich sein Nacken immer wieder zum Futter hinab, und Carol konnte dabei sehen, dass er genau zwischen seinen beiden Hörnern einen hellen

Fleck auf seiner Stirn hatte. Bedächtig hob er seinen schweren Kopf und sah Carol mit seinen dunkel glänzenden Augen so ruhig und friedlich an, dass ihre anfängliche Angst vor den Tieren augenblicklich verflog. Carol hielt seinem Blick stand und war völlig von diesem Augenblick gefangen, in dem es ihr so schien, als ob sie mehr über das Wesen der Natur erfahren würde, als sie jemals aus Büchern lernen konnte. Für Carol war dieser Moment ein Moment der Wahrheit, der sie tief berührte und erfüllte. Automatisch streckte sie ihren Arm nach dem Büffel aus.

„Nicht berühren", zischte ihr Jason, der sie beobachtet haben musste, von hinten zu, „nehmen Sie Ihren Arm wieder herunter. Aber langsam, und dann treten Sie ebenso langsam einen Schritt zurück und bleiben kurz stehen. Schauen Sie dabei immer zu Boden."

Seine Worte irritierten sie und machten ihr klar, dass sie einen Fehler gemacht haben musste.

Doch da war Jason auch schon neben ihr und führte sie rückwärts zum Fahrzeug zurück. „Es ist alles in Ordnung", beruhigte er sie, „aber Sie dürfen niemals vergessen, dass die Büffel zwar nicht aggressiv, aber noch immer wilde Tiere sind, die sich verteidigen, sobald sie sich bedrängt fühlen. Das hier ist kein Streichelzoo."

Carol nickte beschämt, denn sie hatte den Bullen tatsächlich anfassen wollen, weil er ihr so vertraut erschienen war. „Er ist so schön!", murmelte sie nun entschuldigend.

„Ja, das ist er. Und jetzt ist auch die gesamte Herde hier. Mit den drei Bullen, sind es genau neunzig Stück."

„All die anderen Tiere sind Kühe?"

Daraufhin erklärte ihr Jason, dass jeder Bulle im

Schnitt einen Harem von zehn bis zwanzig Kühen hatte und dass drei weitere Bullen bereits kurz nach der letzten Paarungszeit ausgesondert und verkauft worden waren. Die drei übrig gebliebenen durften dagegen noch ein Jahr lang bei der Herde bleiben, dann würden auch sie durch neu hinzugekaufte Bullen ersetzt werden.

„Das muss Hermann tun, solange er die Herde wachsen lassen und Inzucht vermeiden will, was nichts anderes bedeutet, als dass er die Tiere immer wieder voneinander trennen, die weiblichen behalten und die männlichen verkaufen muss. Das ist mehr Arbeit, als man sich gemeinhin vorstellt. Nächsten Mai ist es wieder so weit, dann werden die Jungbullen erneut aussortiert. Wenn Sie Lust haben, können Sie sicher dabei zusehen, das ist immer ein großer Spaß, weil die Kerle zu dem Zeitpunkt genau einmal ein Jahr alt sind und nicht von der Herde wegwollen. Ich kann Ihnen versichern, da geht es ganz schön zur Sache."

Das würde sie sich auf keinen Fall entgehen lassen, meinte Carol und drehte sich noch einmal nach der Herde um. Die Büffel grasten nun friedlich in der gelbgrünen Spur im Schnee, und Carol sah nun deutlicher als zuvor, dass die Kühe wesentlich kleiner und von Statur längst nicht so imposant waren wie die männlichen Tiere. Dafür würden sie jedoch bei der Herde bleiben und ihr Leben auf der gewohnten Weide in vollen Zügen genießen dürfen.

Es wurde dunkel, und so machten sie sich, nachdem sie den Gabelstapler wieder in den Schuppen zurückgebracht hatten, auf den Weg nach Hause. „Wollen Sie noch mit reinkommen", fragte sie Jason, als sie vor Carols Haus angekommen waren, worauf Jason ihr Angebot, ohne auch nur eine Sekunde lang zu zögern, mit einem einfachen „gerne“ annahm.

Es war das erste Mal seit dem Stromausfall, dass sie ihren Elektroherd wieder in Betrieb nahm. Die letzten Tage hatte sie sich lediglich von belegten Broten und kurz aufgebrühten Fertignudeln ernährt, weil der Herd zu viel Strom verbrauchte. Doch heute war ihr die Mahlzeit eine Extraportion Benzin wert. Die Steaks, die sie zubereitete, gelangen perfekt, und auch der Kartoffelbrei aus Fertigpulver, den sie dazu servierte, schmeckte nicht übel.

Während des Essens unterhielten sie sich weiterhin über die Büffelherde, und Carol stellte sehr schnell fest, dass Jason alles über die Tiere wusste.

„Warum fangen Sie denn nicht selbst zu züchten an?“, fragte ihn Carol schließlich.

„Weil allein schon ein trächtiges, gesundes Muttertier bereits über dreitausend Dollar kostet. Ein guter Bulle kostet sogar über fünftausend. Und das bedeutet, dass ich, selbst wenn ich ganz klein anfangen würde, sagen wir einmal mit zehn Tieren und einem Bullen, mindestens fünfunddreißigtausend Dollar bräuchte. Dazu kämen dann noch die Ausgaben für das Futter im Winter. Nach einem Jahr wäre die Herde dann bestenfalls um zehn Kälber größer, denn jede Kuh kann pro Jahr nur jeweils ein Kalb austragen. Und wenn ich Glück hätte, wären diese Kälber sogar überwiegend weiblich.“

Carol überschlug die Zahlen kurz im Kopf. „Ja, aber selbst wenn nur fünf Kälber weiblich sind, stellt das im Hinblick auf die Herde einen Zuwachs von fünfzig Prozent dar. Und die männlichen Tiere könnten verkauft werden und dadurch Geld bringen. Das heißt, dass Sie nach fünf Jahren, ungefähr fünfundsiebzig weibliche Tiere haben müssten, richtig?"

Jason rechnete kurz nach. „Könnte stimmen."

„Und die Anzahl der männlichen Tiere, die verkauft werden können, steigt im gleichen Zeitraum ebenfalls proportional an."

„Ja, aber gleichzeitig steigen auch die Ausgaben für Futter, Zaunreparaturen und Transport. Ganz zu schweigen von den Kosten für die Anschaffung weiterer Bullen, die für eine wachsende Herde unabdingbar sind."

„Würde der Verkauf der männlichen Jungtiere diese Kosten denn nicht decken?", fragte Carol.

„Mit viel Glück, ja. Doch normalerweise ist die Zucht in den ersten Jahren ein reiner Zuschussbetrieb, genau wie Hermann gestern gesagt hat."

Carol nahm die Weinflasche und schenkte nach. „Das trifft auf die meisten Betriebe in den ersten Jahren nach ihrer Gründung zu, damit kenne ich mich aus. Deshalb ist es auch so unglaublich wichtig, gleich zu Beginn einen vernünftigen Finanzplan zu entwickeln und die Kosten abzusichern."

Jason seufzte schwer. „Das spielt in meinem Fall keine Rolle, denn ich habe nicht einmal die fünfunddreißigtausend Startkapital. Mein Immobiliengeschäft wirft gerade einmal genug ab, um mir und meiner Mutter ein halbwegs vernünftiges Leben zu sichern. Das liegt daran, dass das Cariboo im Vergleich zu anderen Feriengegenden Kanadas, wie zum Beispiel dem Okanagan, noch immer ein Geheimtipp ist. Zwar sind die Preise für Grund und Boden in den letzten Jahren dramatisch gestiegen, aber im Vergleich noch immer sehr erschwinglich. Es gibt einfach nach wie vor zu wenige Interessenten für dieses Gebiet. Deshalb bin ich auch froh darüber, einige Kunden in der Großstadt zu haben, die mich weiterempfehlen, ansonsten wäre es ein wahres Trauerspiel. Aber das wird sich bald ändern."

„Glauben Sie wirklich?"

Jason prostete ihr zu. „Ganz sicher sogar. Warten Sie nur ab! Spätestens in ein paar Jahren werden Sie die Gegend hier kaum wiedererkennen. Jahr für Jahr entdecken immer mehr Menschen, wie schön es hier ist. Und deshalb stoße ich jetzt mit Ihnen auf die Zukunft und auf den Zeitpunkt an, zu dem die Landpreise so hoch sind, dass Sie, meine Mutter und ich reiche Grundbesitzer sein werden."

„Darauf trinke ich gerne", meinte Carol und hob ihr Glas, „besitzen Sie denn viel Land?"

„Jedenfalls genug, um eine gute Farm zu führen."

„Ist es auch groß genug, um eine Büffelherde zu ernähren?" Ein völlig abwegiger Gedanke war ihr gerade durch den Kopf geschossen. Jasons Antwort ließ nicht lange auf sich warten, denn er hatte sich diese Frage selbst schon öfter gestellt. „Für eine Herde bis zu fünfzig Tieren, ja. Für alles, was darüber hinausgeht, müsste ich allerdings Land dazupachten."

„Oder kaufen?"

Jason musste lachen. „Ja, das wäre natürlich am allerbesten, selbstverständlich noch ehe die Preise steigen."

Ohne lange zu überlegen oder über die Konsequenzen nachzudenken, schlug Carol ihm daraufhin eine geschäftliche Partnerschaft vor. Er besaß das Land, sie verfügte über das für die Büffelzucht notwendige Geld.

Und selbst wenn sie runde fünfzigtausend investieren würde, bliebe von ihren Ersparnissen immer noch genug übrig, um über die Runden zu kommen, bis sich ihr eine weitere Möglichkeit zum Geldverdienen eröffnen würde – oder das Büffelgeschäft sich rentierte.

„Ich weiß ganz einfach, dass es eine gute Idee ist", wehrte sie alle seine Einwände ab, „denn, und jetzt lachen Sie bitte nicht, seit der Begegnung mit dem Büffel habe ich keine Angst mehr. Und damit meine ich nicht die Angst vor den Tieren. Meine ganze Angst vor der Zukunft, vor mir selbst und vor allem anderen, was mir die letzten Jahre über Angst gemacht hat, ist auf einen Schlag verschwunden. Stattdessen fühle ich mich so lebendig wie schon lange nicht mehr. Noch nie zuvor habe ich mich so stark gefühlt."

Jason nickte verständnisvoll, dennoch waren ihm seine Vorbehalte deutlich anzusehen. „Aber wir sprechen hier von einer ganzen Menge Geld, und ich kann einfach nicht akzeptieren, dass Sie so viel Risiko für mich eingehen wollen."

Carol musste lachen. „Wer sagt denn, dass ich das für Sie tue. Ich tue das allein für mich! Stellen Sie sich das einmal vor, ich, das Stadtweib, werde Mitbesitzerin einer Büffelherde und außerdem Großgrundbesitzerin!" Vergnügt klatschte sie in die Hände, und Jason konnte nicht anders, als in ihr Lachen mit einzustimmen.

„Was werden Ihre Freunde dazu sagen?"

Die anfängliche Anspannung zwischen ihnen hatte sich nun völlig gelockert, und sie begannen über die Vor- und Nachteile von Carols Vorschlag zu diskutieren.

„Machen Sie uns doch bitte ein Feuer im Wohnzimmer", bat Carol nach dem Essen, „dort drüben sitzt es sich viel gemütlicher, und dann können wir alle Einzelheiten genau durchsprechen."

Als Carol den Tisch abgeräumt hatte, züngelten bereits die ersten Flammen im Kamin, außerdem hatte Jason ihre Rotweingläser nachgefüllt. Sie setzte sich zu ihm aufs Sofa, richtete sich ihre Ecke aber so ein, dass sie ihn gut ansehen konnte. Der Schein der Flammen ließ Jasons Gesichtszüge einmal härter, dann wieder weicher erscheinen, und Carol konnte ihre Augen nicht von ihm abwenden. Wie schön er doch ist, dachte sie bei sich und ließ ihren Blick abwechselnd über seine halb geschlossenen stahlblauen Augen, die gerade, nicht besonders große Nase und seine leicht geschwungenen Lippen gleiten, die sie nur allzu gerne geküsst hätte. In diesem Moment erinnerte er sie an einen Schauspieler, dessen Name ihr nicht mehr einfiel, der aber für sein außergewöhnlich gutes Aussehen berühmt war, obwohl er ständig gegen sein Image als Sexidol anzukämpfen versuchte. Die Lässigkeit, mit der Jason auf ihrem Sofa saß, ließ Carol vermuten, dass er entweder keine Vorstellung davon hatte, wie attraktiv er war, oder aber, dass er keinen großen Wert darauf legte. Was hatte er gerade zu ihr gesagt? Carol musste ihn bitten, es zu wiederholen, denn sie war so in seinen Anblick versunken gewesen, dass sie seine letzten Worte nicht mehr gehört hatte.

„Ich sagte, Sie sind ...", begann er gerade, als das Telefon klingelte und Jason abrupt verstummte. Carol stand auf und ging zum Telefon hinüber. Ihr war die Unterbrechung gar nicht so unrecht, auch wenn er ihr vielleicht gerade ein Kompliment hatte machen wollen. Sie musste sich etwas mehr zusammenreißen, bestimmt war ihm schon aufgefallen, dass sie ihn die ganze Zeit über angestarrt hatte.

„Hallo, hier Carol König“, meldete sie sich und hoffte gleichzeitig, dass es nicht Peter wäre, dem Maria zu guter Letzt doch noch ihre Nummer verraten hatte.

Aber es war nicht Peter.

„Ist Jason bei Ihnen?“ Die Anruferin hatte weder freundlich gegrüßt noch ihren Namen genannt, doch Carol hatte sofort Elsie Goldens Stimme erkannt und war einmal mehr über deren Unhöflichkeit schockiert. Dementsprechend eisig fiel auch ihre Antwort aus. „Ja, einen Augenblick bitte.“ Sie holte Jason zum Telefon und ging dann an den Kamin zurück, damit er ungestört mit seiner Mutter sprechen konnte. Trotzdem konnte sie hören, wie er erstaunt fragte: „Wie? Jetzt? Was ist denn um Himmels willen passiert?“

Kurz darauf war das Gespräch auch schon beendet, und Jason kam zurück. „Es tut mir leid, aber ich muss gehen. Es ist meine Mutter. Sie braucht meine Hilfe.“

Mit leicht gesenktem Kopf stand er vor ihr, eine Geste, die sowohl Hilflosigkeit als auch Resignation ausdrückte.

Carol schüttelte leicht den Kopf. „Da kann man nichts machen. Aber wir können unser Gespräch ja ein anderes Mal weiter fortsetzen.“ Sie fragte Jason nicht danach, was passiert war und welche Art von Hilfe seine Mutter benötigte, denn sie war sich sicher, dass der Anruf lediglich ein Vorwand gewesen war. Elsie Golden mischte sich in das Leben ihres Sohnes ein, und ihr Sohn schien das leider ohne Weiteres zuzulassen.

„Vielleicht morgen Abend?“, schlug Jason vor.

„Nein, das geht nicht“, meinte Carol, die sofort an

Maria denken musste, die es ihr nie verzeihen würde, wenn sie bei Peters nächstem Anruf wieder nicht da wäre. „Morgen habe ich schon etwas vor." Sie begleitete Jason zur Tür, wohl wissend, dass er ihre Ablehnung falsch interpretieren musste, weshalb sie noch hinzusetzte: „Aber rufen Sie mich doch bitte übermorgen an, in Ordnung?"

Daraufhin drehte er sich nochmal zu ihr um, nickte und fasste sie dann mit einem schnellen, festen Griff, der keine Abwehr zuließ, an beiden Schultern. Er zog sie an sich, hielt aber kurz, bevor sich ihre Lippen berührten, inne. Er wartete und gab ihr eine Chance, sich zurückzuziehen. Doch Carol wehrte sich nicht, sondern schloss ihre Augen. Da legten sich Jasons Lippen so bedächtig auf ihren Mund, dass Carol ihm unwillkürlich ein Stück entgegenkam. Weich und warm waren sie, und Carol wünschte sich nichts anderes mehr, als in ihnen zu versinken. Noch nie zuvor hatte sie einen Kuss so intensiv empfunden, und es dauerte lange, bevor sie sich wieder voneinander lösten.

Jason verließ das Haus, ohne ein weiteres Wort zu sagen, und Carol stand noch unter der Eingangstür, als die Rücklichter seines Wagens schon längst in der Dunkelheit verschwunden waren. Schließlich ging sie ins Wohnzimmer zurück, wo sie sich seufzend auf dem Sofa ausstreckte. „Verflixte Elsie!", murmelte sie vor sich hin, beruhigte sich dann aber wieder und rief sich Jasons Kuss ins Gedächtnis zurück. Wahrscheinlich war es sogar besser, dass er so schnell gegangen war, denn sie hätte nur alles überstürzt und ihn nach solch einem Kuss nie mehr gehen lassen, wenn Elsie nicht dazwischen gekommen wäre. Dafür hatte sie einfach eine viel zu lange

Zeit ohne Sex auskommen müssen. Vielleicht hätte sie Jason sogar noch verschreckt. Nein, das war nun wirklich Unsinn, immerhin war er ein erwachsener Mann und kein kleiner Junge mehr. Andererseits war es um sein Sexualleben sicher besser bestellt als um ihres, er kam gerade erst aus Vancouver zurück, und wenn es stimmte, was Anita vermutete ... Tausend Gedanken schwirrten gleichzeitig in ihrem Kopf herum, aber wichtig war nur das eine: Jason hatte sie geküsst, er interessierte sich für sie, und sie hatte sich nicht getäuscht. Die Anziehungskraft, die er auf sie ausübte, seitdem sie sich das erste Mal gesehen hatten, war beidseitig vorhanden.

Plötzlich begann das Licht unruhig zu flackern, und Carol sprang auf, um das Dieselaggregat für den Generator frisch zu betanken. Schließlich war es noch nicht einmal neun Uhr, und sie wollte heute noch nicht so früh zu Bett gehen.

Nachdem sie das Benzin eingefüllt hatte, war ihre romantische Stimmung von vorhin bereits wieder verflogen und hatte einer stillen Vorfreude auf das nächste Treffen mit Jason Platz gemacht. Es war richtig, wie sich die Dinge entwickelten. Und so beschloss Carol, noch etwas zu lesen. Sie holte John McLures Geschichte aus dem Kasten und teilte sie entsprechend den gelesenen und ungelesenen Seiten in zwei Stapel auf. Vielleicht würde sie ja heute Abend noch mit der Geschichte zu Ende kommen, und so lehnte sie sich bequem in die Polster zurück und begann zu lesen.

13

Wir hatten unseren Proviant in Jasper so reichlich aufgestockt, dass der Rest unserer Reise in relativer Bequemlichkeit verlief. Es gab zu essen, warme Decken, Kochgeschirr, Munition und von all diesen Dingen mehr, als wir zum Überleben brauchten. Man hätte fast sagen können, wir waren verwöhnt.

Jeder von uns tat sein Möglichstes, um unseren Treck sicher über den Pass und den Thompson River entlang nach Little Fort zu bringen. Es war kein reines Vergnügen, aber wir waren eine eingespielte Mannschaft, und die Entbehrungen der Vergangenheit hatten uns zäh und ausdauernd gemacht. Die Überquerung des Flusses hätte manch einen aufgeben lassen, denn er war durch das Gletscherwasser der Rockies, das nach der Schneeschmelze zu Tal donnerte, zu einem mächtigen Ungeheuer angeschwollen. Der Thompson River war das letzte große Hindernis, das uns vom Cariboo, unserem gelobten Land, trennte. Wir waren ungeduldig und versuchten, den Fluss schon an seiner ersten Biegung zu überqueren. Womöglich waren wir zu übermütig geworden. Der Pass hatte uns keine Probleme bereitet, wir waren zur richtigen Zeit angekommen und hatten den Abstieg von Jasper geschafft, ohne die Pferde oder den Esel übermäßig zu strapazieren. Ich überquerte als Erster den Fluss auf einem selbstgezimmerten Floß, um eine kräftige Leine am anderen Ufer zu befestigen. Wir wussten, dass wir mehrmals die reißenden Fluten besiegen mussten, um all unser Hab und Gut ans andere Ufer zu bringen. Um der Strömung ein

Schnippchen zu schlagen, wollte ich ein Seil über den Fluss spannen, an dem wir das Floß wie einen Wagen hin- und herziehen konnten. Auf dem Rückweg, dachte ich, würde es leer und führerlos der Kraft der Stromschnellen standhalten. Ich hatte falsch kalkuliert. Dreimal ging es gut, und drei der Pferde und die meisten Vorräte waren schon sicher am anderen Ufer. Schließlich waren Tom und Rose, zusammen mit dem vierten Pferd und dem Esel an der Reihe. Als Letzte sollten Dan und Bill mit den übrigen Satteltaschen und dem Proviant übersetzen.

Das Floß war noch nicht ganz in der Mitte des Flusses, als es von einer besonders starken Strömung erfasst wurde. Es schaukelte so sehr auf den Wellen, dass das Pferd scheute. Tom war zu klein, um das Tier beruhigen zu können. Es war mein Fehler gewesen, ihn und das Kleinkind alleine auf dem Floß den Fluss überqueren zu lassen. Ich hätte einen der Größeren mitschicken sollen. Durch die heftigen Bewegungen des Tieres schwankte das Floß immer stärker, und es lastete zu viel Druck auf dem Seil. Es riss. Ich konnte gerade noch sehen, wie Tom und die Tiere vom kippenden Floß rutschten, danach waren sie auch schon in den Fluten verschwunden. Etwas weiter unten tauchte sein Kopf noch einmal kurz aus dem Wasser auf wie ein Ball, der sich dreht und willenlos umhergewirbelt wird. Dann verschwand Tom um eine Biegung. Ich nahm eines der Pferde und preschte am Ufer entlang. Ich weiß nicht mehr, ob ich ihn lebend zu finden hoffte oder bereits nach seiner Leiche Ausschau hielt.

Ein gutes Stück flussabwärts entdeckte ich einen treibenden Baum, der sich am Ufer verkeilt hatte. Toms Körper hing in dessen Ästen und berührte das Wasser nicht mehr. Die Wucht der Wellen musste so groß gewesen sein, dass sie ihn fast einen

Meter über die Wasseroberfläche hinausgeschleudert hatte. Ich war sicher, dass er tot war.

Als ich über die dickeren Äste kletterte, um ihn ans Ufer zu bringen, muss ich wohl ein Gebet gemurmelt haben, denn meine Hände hatten ihn noch nicht einmal berührt, als ich ihn auch schon husten hörte. Er spuckte Wasser und hustete wieder, und ich griff schnell nach ihm, denn ich fürchtete, dass er sich bewegen und wieder ins Wasser zurückfallen könnte. Erst in diesem Moment sah ich das Bündel in seinen Armen. Der kleine Junge hatte tatsächlich die ganze Zeit über Rose festgehalten. Ich zerrte beide über den Baum hinweg und trug sie den kurzen Weg, bis ich selbst wieder festen Boden unter den Füßen hatte.

Ohne mich anzusehen und immer noch hustend, nahm er das für ihn so kostbare Bündel wieder an sich und schaute vorsichtig nach dem Kind. Ich bot ihm an, Rose zu nehmen, aber er wollte nicht. Er schüttelte sie, klopfte ihr auf den Rücken und begann, laut auf sie einzureden. Plötzlich öffnete sie den Mund und schrie. Da lachte er, hörte auf zu klopfen und strich ihr mit beruhigenden Worten über den Rücken.

„Mein Gott, du lebst“, sagte ich endlich, „es ist ein echtes Wunder.“

„Sie lebt auch! Du dachtest, dass sie tot ist! Du wolltest es!“, erwiderte er nur.

Ich war zu erleichtert, um ihn zurechtzuweisen. Schon damals begann er zu glauben, dass ich Rose tot haben wollte, vielleicht hatte er sogar recht damit.

Das Floß war verloren, und mit ihm ein Pferd und der Esel. Mich kümmerte es nicht allzu sehr, ich wusste ja, dass genug Geld vorhanden war, um die Tiere zu ersetzen, aber Dan und Bill waren fürchterlich wütend auf Tom. Denn jetzt mussten sie nicht nur ein neues Floß – die Arbeit eines ganzen Tages – bauen, sondern auch noch, ohne das Seil als Hilfsmittel, mit ei-

gener Kraft und Geschicklichkeit übersetzen. Ihre Wut hatte sich auch am folgenden Tag, als sie endlich unser Ufer erreichten, noch nicht gelegt, und sie verprügelten Tom wie noch nie zuvor. Ich wollte mich nicht einmischen, für mich war das eine Sache, die meine Söhne gefälligst unter sich austragen sollten. Tom hatte die Prügel zwar nicht verdient, aber ich musste den Großen schließlich die Möglichkeit geben, ihrem Ärger irgendwie Luft zu machen. Tom würde die paar Schläge schon aushalten können.

Wenn er nur geschrieen hätte, wäre ich früher dazwischen gegangen. So aber lag er schon bewusstlos und halb tot am Boden, als ich von dem wütenden Geschrei der Zwillinge endlich genug hatte. Auf meinen Zuruf hin hörten sie auf, seinen leblosen Körper weiterhin mit ihren Stiefeln und dem Gurt zu traktieren. Ich befahl ihnen, Tom ans Feuer zu bringen. Sein Gesicht war so geschwollen, dass seine Augen zwischen hellroten Wulsten verschwunden und seine Lippen aufgeplatzt waren – alles war voller Blut. Ich ohrfeigte Dan und Bill und verbot ihnen, ihren Bruder in Zukunft nochmals so zu misshandeln. Aber das Verbot war nur halbherzig ausgesprochen, und Tom war zugegebenermaßen ein seltsamer Junge. Er war mir einfach nicht so vertraut wie die Zwillinge. Außerdem lebten wir damals noch in einer Zeit, in der die Naturgewalten weit mehr als heute unser Leben regierten. Der Stärkere hatte immer recht, und Tom war schwach, was sollte ich machen.

Jedenfalls kamen wir auch ohne die fehlenden Tiere bis Little Fort. Tom musste auf einem der Pferde reiten, denn er konnte immer noch nicht richtig sehen und gehen, wahrscheinlich waren ein Bein und mehrere Rippen gebrochen. Deshalb hatten wir die Lasten auf den Rücken der anderen Pferde verteilt und die kurze Strecke zum Dorf in zwei Tagen zu Fuß zurückgelegt. In Little Fort ersetzte ich die verlorenen Tiere, indem ich zwei neue kaufte, sowie alle anderen Dinge, die wir für die Gründung eines Hausstandes brauchten. Wir blieben einige Tage in der kleinen Ortschaft, die sich zu einer geschäftigen Handelsstation für die Hudson Bay Company entwickelt hatte, in der man alles bekommen konnte und in der alle Trapper aus dem Umland ihre Felle verkauften. Tom wurde dort vom Pferdedoktor untersucht und behandelt, es war nichts Schlimmes, meinte der, nur sein Bein würde auch in Zukunft lahmen.

Little Fort ist in das Tal des Thompson gebettet und wird westlich von den Bergen des Cariboo eingegrenzt. Wir ließen uns den Pfad zeigen, der über die steil ansteigenden Berghänge führte. Es war unser letzter Aufstieg vor dem ersehnten Ziel. Es ging auf dreizehnhundert Meter hoch und war schwieriger als sie uns gesagt hatten, vor allem, weil der Pfad so schmal war, dass er kaum Platz für ein Pferd bot, und es auf ihm keine Stelle gab, an der man rasten konnte. Tom konnte sein Pferd nicht führen, also mussten wir ihn so darauf festbinden, dass er nicht abrutschen konnte. Immer wieder schrie er vor Schmerzen auf, wenn der Weg so steil wurde, dass die Seile ihm in die Verletzungen schnitten. Dan fluchte über sein Geschrei und drohte Tom weitere Prügel an. Leider musste ich ihm zustimmen, denn das jämmerliche Geplärr beunruhigte die Tiere.

Es war eine elende Schinderei, doch wie alles im Leben war sie irgendwann zu Ende. Der steile Bergpfad öffnete sich zu einer weiten Lichtung, die in einer leichten Steigung auf den Gipfel des Berges zuführte. Wir waren froh, keines der Pferde verloren zu haben und liefen ohne aufzusitzen dem Gipfel entgegen. Keiner von uns war auf den grandiosen Anblick vorbereitet, der uns dort erwartete. Sogar Tom, der noch halb bewusstlos auf seinem Pferd hing, hob den Kopf und starrte wortlos in die Tiefe. Vor uns fielen grüne Abhänge in sanften Wellen zu den Ufern eines langgezogenen Sees ab. Überwälti-

gend natürliche satte Weiden, unterbrochen von unzähligen Baumgruppen und gesprenkelt mit den roten Blüten der Indian Paint Brush, der langstieligen Blume, die in diesen Höhen so gut gedeiht, breiteten sich, so weit das Auge sehen konnte, aus. Der See war in ein enges Tal geklemmt und wand sich wie eine silberne Schlange um die am Ufer steil ansteigenden Hügel. Seine uns direkt gegenüberliegende Seite war dicht bewaldet mit dunklen Zedern, Kiefern und Tannen, die sich auf der stillen Wasseroberfläche spiegelten. Der Gipfel, auf dem wir uns befanden, war der höchste im ganzen umliegenden Gebiet, und so konnten wir weit über die angrenzenden Berge ins Land blicken. Unsere neue Heimat lag endlich vor unseren Füßen.

Wir schlugen ein Lager auf und verbrachten die halbe Nacht mit der Frage, ob wir gleich die ersten grünen Hügel, die so satt und fruchtbar aussahen, in Besitz nehmen, oder lieber weiterziehen sollten. Ich musste Dan recht geben, als er sagte, dass wir das Land lieber erst erkunden sollten, dies hier sei erst der Anfang, und wer wisse schon, um wie viel besser es noch werden würde. Die Neugier trieb uns bereits am nächsten Tag weiter, eine Entscheidung, die ich auch in den folgenden Jahren nie bereut habe. Schließlich erreichten wir den Bridge Lake, der unsere Endstation wurde.

Kurz nach uns erreichte, wie wir später erfahren haben, eine weitere Gruppe denselben verheißungsvollen Aussichtsgipfel und wurde von dem majestätischen Anblick zum Bleiben verleitet. Es waren die MacDonalds, die für die nächsten Jahrzehnte die Hügel recht erfolgreich bewirtschaften und dem Gipfel ihren Namen geben sollten.

Aber wir konnten uns ebenfalls nicht beklagen. Das Land nördlich des Bridge Lake schien uns bestens dafür geeignet, eine Farm aufzubauen. Es war September geworden und höchste Zeit, eine Bleibe für die kalte Jahreszeit zu bauen. Wir über-

lebten unseren ersten Winter in einer windigen Holzhütte, einem Provisorium, das wir später zum Geräteschuppen umfunktionierten. Im Frühjahr, nach der Schneeschmelze, begannen wir dann die Farm aufzubauen. Als Erstes mussten wir einiges Land roden, damit die natürlichen Weideflächen für unsere erste Rinderherde ausreichten. Ich hatte die Tiere einem alten Bauern, der aufhören und zu seinen Kindern ziehen wollte, recht günstig abgekauft. Sie bildeten den Grundstock unseres späteren Reichtums.

Was kann ich noch groß über unsere Anfänge berichten? Die Jahreszeiten flossen ineinander über, und wir nutzten eine jede auf ihre Weise. Wir arbeiteten so hart wie schon zuvor in Alberta, nur diesmal brachten unsere Bemühungen auch die erhofften Ergebnisse. Natürlich wären wir lange nicht so erfolgreich gewesen, hätte ich nicht das Gold gehabt, mit dem ich zweimal im Jahr unsere Viehbestände aufstockte und Saatgut kaufen ging. Dafür ritt ich jedes Mal mit Dan oder Bill zur Handelsstation bei 70-Mile-House. Es gab so unendlich viel Arbeit, dass immer einer von ihnen auf der Farm bleiben musste. Meine Begleitung war stets hart umkämpft, bedeutete sie doch eine Unterbrechung im eintönigen Alltag der Zwillinge. Für mich war das Leben, wie wir es am Bridge Lake führten, in Ordnung, aber ich hatte auch bereits genug gesehen und erlebt, um die Sicherheit unseres jetzigen Lebens ausreichend würdigen zu können und den Überfluss der Güter, die uns täglich zur Verfügung standen, voll auszukosten. Für Dan und Bill aber war es schon bald selbstverständlich geworden, jeden Tag genug zu essen, einen warmen Schlafplatz und Tiere zu haben, die uns die Schwerstarbeit auf den Feldern abnahmen, sowie die vielen anderen Dinge, die unser Leben im Vergleich zu früher so bequem machten. Mit der ganzen Unbekümmertheit ihrer Jugend wollten sie von allem mehr und immer öfter. Ich konnte ihnen nicht verdenken, dass sie unzufrieden waren, obwohl ich es ihnen nicht zeigte und mit harter Hand Zurechtweisungen verteilte, wenn sie undankbar waren. Tom hingegen musste ich nie schlagen, er wurde von den Zwillingen erzogen, wobei sie ihn nie mehr so streng bestraften wie damals, als er das Floß verloren hatte. Oft sah ich ihn humpelnd und mit einem neuen blauen Flecken im Gesicht seiner Arbeit nachgehen. Er war für die Küche und den Haushalt zuständig, und mit den Jahren wurde er zu einem akzeptablen Koch. Außerdem kümmerte er sich um Rose, die stets in seiner Nähe war und unauffällig an unserem Leben teilnahm. Tagsüber war Tom mit ihr allein zu Haus. Ich weiß nicht, was Rose den ganzen Tag über machte, es interessierte mich auch nicht. Die Zwillinge und ich waren viel zu sehr damit beschäftigt, die Farm zu erhalten und zu vergrößern. Sogar den Winter verbrachten wir meist nicht im Haus, denn in den Schuppen und Schobern gab es immer dringende Reparaturen, und die Geräte und Tiere mussten gepflegt und versorgt werden. Oft waren wir auch tagelang unterwegs in den Wäldern, um unseren Fleischvorrat aufzufüllen und Felle zu erjagen, die wir in 70-Mile-House an die „Hudson Bay Company" verkauften. In diesen Jahren hat wohl das Schicksal sein endgültiges Muster gewebt, diese grausame Mischung aus Schuld und Strafe, von der ich noch heute nicht weiß, ob ich sie verdient habe. Doch es wird wohl so sein, denn mich hat es am härtesten getroffen, und es lässt mich anscheinend so lange leben, bis ich verstehe, was ich falsch gemacht habe.

Erschüttert ließ Carol die Seiten sinken. Die letzten Sätze hatten sie zutiefst bewegt. Welch grausames Schicksal meinte John McLure? Ihr war mittlerweile klar, dass seine unglückselige Familie in ihrem Haus und auf diesem Grundstück gelebt haben musste, und vielleicht war das ja auch mit ein Grund, warum sie sich der armen, kleinen Rose so sehr verbunden fühlte.

Langsam legte sie die Seiten in den Kasten zurück, und obwohl nun nicht mehr viele ungelesene übrig blieben, konnte und wollte sie die aufwühlende Geschichte an diesem Abend nicht mehr zu Ende lesen. Ihre anfänglich frohe Stimmung war einer tiefen Melancholie gewichen, und Jasons Kuss schien ihr unendlich lange zurückzuliegen. Doch gerade jetzt wollte sie an nichts anderes als an seine Liebkosung denken. Also ging sie zu Bett, wo sie sich die angenehme Wärme von Jasons Lippen wieder ins Gedächtnis zurückrief und so lange auskostete, bis sie lächelnd einschlief. Während der Nacht verwoben sich ihre Gedanken und Gefühle, die sie beim Einschlafen so erfolgreich verdrängt hatte, jedoch zu einem Traum, in dem eine furchterregende dunkle Gestalt auftauchte, die niemand anderer als John McLure war, der sich über sie beugte und Anstalten machte, sie zu küssen. Ihr eigener Körper konnte sich im Traum nicht bewegen, und sie war dem ekelerregenden Schattengesicht, das sich auf das ihre legte, und dem Mund, der sich auf den ihren presste, hilflos ausgeliefert. Es war ein trockener Kuss fordernder, schmaler Lippen. Die Lippen des alten Mannes öffneten sich dabei und verwandelten sich zu einer zahnlosen Höhle, die sie aufzusaugen begann. Sie wehrte sich verzweifelt, versuchte sich aus dem dunklen Schlund zu befreien und sich von der schleimigen Schicht, mit der er sie umhüllte, zu lösen, doch der Sog seines fauligen Atems war zu stark. Ihr Gesicht wurde mit langsamer, aber gleichmäßiger Geschwindigkeit in die finstere Höhle gesaugt, bis ihr ganzer Kopf und schließlich auch ihr gesamter Körper im Rachen des Mannes, der nun wie eine Riesenechse aussah, verschwunden waren.

14

Maria hatte sich mit dem Essen geradezu selbst übertroffen. Die mit Käse und Gewürzen überbackenen Lachsfilets lagen auf einem bunten Gemüsebett, dazu servierte sie Röstkartoffeln und trockenen Weißwein.

„Da merkt man einfach, dass ihr wieder Strom habt", meinte Carol und schloss mit diesen Worten ihre Lobeshymne auf das Essen ab.

„Ja", antwortete Gerd, „es war aber auch höchste Zeit, dass es endlich wieder vernünftige Mahlzeiten gibt. Bei euch am Bridge Lake wird es sicher auch nicht mehr lange dauern. Wie kommst du dort draußen denn eigentlich so zurecht?"

Carol, die sich mittlerweile fast schon an ihren Tagesablauf gewöhnt hatte, konnte sich nicht beklagen. Die Einsamkeit, die sie anfänglich noch als drückend empfunden hatte, störte sie längst nicht mehr.

„Auf Dauer wird dir schon noch langweilig werden", unkte Maria.

„Niemals!", wehrte Carol ab, „dafür gibt es jetzt viel zu viel zu überlegen und zu organisieren. Ich habe nämlich zusammen mit Jason einen hochinteressanten geschäftlichen Plan entwickelt. Sobald der Frühling kommt, möchte ich mich um den Kauf einer kleinen Büffelherde kümmern. Ich werde Bäuerin, stellt euch das einmal vor!"

Worauf Maria spontan ein überraschtes Nein ausstieß, dem eine Tirade von Vorwürfen folgte. „Was soll das heißen, du hast Pläne mit Jason? Bist du nun vollkommen verrückt geworden? Wie kannst du nur so dumm sein? Willst du dich etwa, kaum dass du aus der einen Beziehung raus bist, schon wieder von einem Mann abhängig machen? Hast du vielleicht noch nicht genug durchgemacht?"

„Moment mal", warf Gerd ein, „bislang hat Carol nur von gemeinsamen Geschäftsplänen gesprochen, oder habe ich da etwas falsch verstanden?" Und als Carol zustimmend nickte, schalt er seine Frau: „Was du gleich immer denkst! Es ist doch nur gut, wenn Carol Pläne hat. Allzu lange hätte es sowieso nicht mehr gedauert – bei ihrer Energie. Und bei deinem ausgeprägten Sinn für Geschäfte", wandte er sich nun wieder an Carol, „bin ich mir sicher, dass alles, was du anpackst, auch ein Erfolg werden wird."

„Deine hohe Meinung von Carol in Ehren ...", widersprach Maria, „und ich stimme vollkommen mit dir überein, dass sie eine tolle Geschäftsfrau ist, aber dieses Mal liegst du falsch. Büffel züchten? So ein Blödsinn! Was versteht Carol denn von einer Zucht? Und von Büffeln? Oder von der Landwirtschaft und dem Landleben? Ich bitte dich! Carol, schau mir tief in die Augen ...", wobei sich Maria so weit vorlehnte, dass sie mit ihrer Nase fast Carols Gesicht berührte, „... sieh mich an und schwöre mir, dass du bei dieser Sache keinerlei weitere Hintergedanken hast und Jason nicht in dein Bett kriegen willst!"

Carol hielt der intensiven Musterung stand. „Ich schwöre, dass ich ohne jeden Hintergedanken Büffel züchten will und dass ich, unabhängig davon, Jason unbedingt vernaschen will!"

„Au weia!" Maria hob beschwörend die Hände. „Meine Worte! Das kann nicht gut gehen. Merkst du denn nicht, dass du gegen das oberste Geschäftsprinzip verstößt?"

„Und das wäre?", fragte Carol, die ganz genau wusste, worauf Maria anspielte.

„Vermische niemals das rein Geschäftliche mit dem rein Privaten!"

„Du meinst also, ich muss mich entscheiden?"

Maria nickte. „Entweder für die Büffel oder für Jason."

„Das ist eine überaus schwere Entscheidung", Carol tat so, als ob sie ernsthaft überlegen müsste. „Aber dann werde ich wohl doch eher auf die schönen Büffel verzichten müssen!"

„Dir ist nicht zu helfen!" Maria stand auf, als das Telefon klingelte, „und hier kommt garantiert der ersehnte Anruf deines Göttergatten, gerade rechtzeitig, um dich möglicherweise noch zur Besinnung zu bringen."

Tatsächlich befand sich Peter am anderen Ende der Leitung, und Maria legte, obwohl sie vor Neugierde platzte, das Gespräch in ihr Schlafzimmer, damit Carol dort ungestört mit Peter sprechen konnte.

„Was willst du?", fragte Carol ohne irgendeine einleitende Floskel.

Die Stimme ihres Mannes klang vertraut und beschwichtigend und löste sofort ein leichtes Gefühl von Panik in ihr aus. Schon früher war es ihm nur allzu oft gelungen, sie zu überreden, gegen ihren Willen zu agieren. Seine Argumente hatten stets so überzeugend geklungen, dass sie sich oft wie eine Idiotin vorgekommen war, wenn sie ihre eigene, von der seinen abweichende Meinung zu einem Thema oder einer Entscheidung kundgetan hatte.

„Wie geht es dir?“, fragte er jetzt mit besorgtem Unterton, „man hört ja gar nichts von dir. Ich mache mir Sorgen um dich ...“

„Wirklich?“, warf sie ein.

„... du bist so überstürzt abgereist, und auf meine beiden Briefe hast du auch nicht geantwortet.“

„Ach, du meinst die beiden Anwaltsschreiben, aus denen deine ehrliche Besorgnis um mein Wohlergehen so deutlich hervorgegangen ist?“

Peter räusperte sich, und Carol hatte nahezu bildlich vor Augen, wie er nervös an seinem Kragen herumzupfte und schnell nach einer unverfänglichen Antwort suchte.

„Du warst so abweisend, da wollte ich dich nicht weiter bedrängen, zumal dich meine Fürsorge in dieser ersten empfindlichen Phase kurz nach unserer Trennung und deiner überstürzten Abreise nur ärgerlich gemacht hätte.“

Peter hatte einfach immer auf alles eine Antwort. „Und weshalb glaubst du, dass ich dich jetzt nicht mehr ablehne?“

„Weil man nach einer Trennung stets mehrere unterschiedliche Phasen durchlebt, das ist ganz normal“, erklärte er. „Deine ursprüngliche Wut, gekoppelt mit Ablehnung und Verneinung mir und unserer Beziehung gegenüber, müsste inzwischen aber einer realistischeren Einschätzung der Situation gewichen sein. Ich gehe davon aus, dass du mittlerweile begonnen hast, die Trennung zu akzeptieren und bereit bist, eine vernünftige Lösung zu finden."

„Wofür?"

„Wie wir unser Leben von nun an gestalten können. Jeder für sich. Dabei spreche ich von einer einvernehmlichen Regelung, verstehst du? Dir muss doch klar sein, dass alles in der Schwebe hängt."

Carol, die genau wusste, was er meinte, hakte nach. „Was hängt denn in der Schwebe?"

„Aber ich bitte dich!" Seine Stimme wurde eine Spur schärfer. „Das steht doch alles in meinen Schreiben. Unsere finanzielle Situation ist immer noch nicht geklärt, und das hat weitreichende Folgen für mich. Du verstehst anscheinend nicht, wie lähmend es ist, nicht frei über sein Eigentum entscheiden zu können. In so einem Zustand degradiert man zur Marionette der Banken, und das ist schlichtweg nicht akzeptabel für mich. Außerdem fehlt auch noch deine Einwilligung zu einem schnellen Scheidungstermin. Es wäre also schön, wenn du einfach die Papiere unterschreiben würdest, die ich dir habe zukommen lassen, dann kann alles ohne großen Aufwand geregelt werden. Das kann doch nicht so schwer sein! Überhaupt wäre alles so einfach, wenn du nicht immer solche Umstände machen würdest ..."

Peter wusste nicht, dass er in diesem Moment einen entscheidenden Fehler gemacht hatte. Bislang war Carol in dem Glauben gewesen, dass ihre finanzielle Situation bereits geklärt wäre, nachdem ihr Peter schriftlich gekündigt, sie aus dem Büro gesperrt und sie damit von ihrer einzigen Einnahmequelle abgeschnitten hatte. Unmissverständlich hatte er ihr außerdem klargemacht, dass es in der Kanzlei für sie nichts mehr zu holen gab, weil er angeblich ein hohes Darlehen aufgenommen und noch nicht abbezahlt hatte. Gleichzeitig hatte er mit fadenscheinigen, aber juristisch vertretbaren Gründen ihr gemeinsames Privatkonto leer geräumt. Bei ihrer Abreise aus Deutschland war sie noch fest davon überzeugt gewesen, mit dem Erlös aus dem Verkauf ihres Elternhauses die einzigen Finanzmittel für ihre Zukunft gerettet zu haben. Sie war sogar erleichtert darüber gewesen.

Jetzt aber war Carols Misstrauen durch seine unüberlegten Äußerungen neu erwacht, und sie überlegte krampfhaft, wie sie ihn aus der Reserve locken konnte. Am besten mit einem direkten Angriff und indem sie sich so naiv und unbedarft gab, wie er sie noch immer einschätzte. Es war zumindest einen Versuch wert, zumal sie nichts zu verlieren hatte.

„Du willst also, dass ich auf meine Rechte verzichte?"

„Ja, das habe ich dir doch schon x-mal erklärt. Du willst doch sicher nicht, dass ich dir wegen des Hausverkaufs Ärger mache!"

„Das Haus war mein Erbe und hat mir allein gehört!"

„Himmel nochmal, du weißt ganz genau, dass mir durch die Zugewinngemeinschaft ein Teil davon zusteht. Als wir geheiratet haben, war das Haus längst nicht so viel wert wie heute. Wir haben es während unserer Ehe renoviert, das ist eine Wertsteigerung, und damit habe ich ein Recht darauf ..."

„Das stimmt. Ich verstehe!", gab sie gespielt kleinlaut zu. Tatsächlich hatte sie nun endlich verstanden, worum es ihm eigentlich ging, und fragte sich, wie sie die ganze Zeit über nur so blind hatte sein können? Ein gewisser, wenn auch recht kleiner Anteil am Verkauf des Hauses stand ihm gewiss zu, da hatte er wohl recht. Aber dafür stand ihr im Gegenzug nicht nur ein kleiner Teil, sondern genau die Hälfte des Firmenwertes zu, denn sie hatten ihre Firma eindeutig erst nach ihrer Eheschließung gegründet. Dank der von Peter angesprochenen Zugewinngemeinschaft, die für beide Partner galt, war es dem Recht nach völlig gleichgültig, ob sie als Besitzer der Kanzlei miteingetragen war oder nicht. Auch ohne Eintragung hatte sie einen Anspruch auf die Hälfte der Firma, und sie verstand nun, warum sich Peter so hartnäckig um ihre Unterschrift bemühte. „Na endlich“, stöhnte Peter erleichtert auf, „dann unterschreibe bitte die Formulare ...“

Carol war plötzlich sehr wütend, aber nicht mehr auf Peter, sondern nur noch auf sich selbst. Sie erkannte auf einmal, dass ihre Schuldzuweisungen, die sich bislang immer nur auf ihn konzentriert hatten, sie schlicht und einfach von der Tatsache abgelenkt hatten, dass sie selbst zu schwach gewesen war, um sich gegen seine Manipulationen zu wehren. Ihr Selbstwertgefühl hatte durch die jahrelangen ungerechten Angriffe, die er gegen sie geführt hatte, um seine eigene Schwäche zu vertuschen, so sehr gelitten, dass sie sich immer mehr zurückgenommen und sich nicht mehr gegen ihn aufgelehnt hatte. Damit hatte ausschließlich sie selbst ihre gegenwärtige Lage zu verantworten. Dabei hielt sie alle Trümpfe in der Hand – und wenn sie sich jetzt nicht noch zu einer Kurzschlusshandlung verleiten ließ, würde er ihren Sinneswandel nicht rechtzeitig bemerken und sie ihn sozusagen mit seinen eigenen Waffen schlagen. Auf keinen Fall durfte er durch ihren wieder erwachten Kampfgeist zu früh gewarnt werden, Carol wusste nur zu gut, wie niederträchtig und hinterlistig er sein konnte. Um Beherrschung ringend, versuchte sie daher mit ihrer Antwort wertvolle Zeit zu gewinnen. „Ich finde die Papiere leider nicht mehr. Ich glaube, ich habe sie versehentlich weggeworfen."

„Meine Güte, Carola! Jetzt müssen sie neu ausgedruckt werden. Gut, ich schicke sie dir noch einmal zu. Aber unterschreibe sie dieses Mal bitte sofort, und schicke sie an mich zurück, damit alles geklärt ist. Es gibt doch gar keinen Grund, sich gegenseitig zu bekriegen. Wir können doch Freunde bleiben ..."

Und mit diesem Mann war sie also seit fast zwanzig Jahren verheiratet! Dabei kam er ihr nun, nur wenige Monate nach der Trennung, bereits wie ein Fremder vor. Auch wenn sie sich an sein Gesicht und seine Stimme noch gut erinnern konnte, wusste sie plötzlich nicht mehr, was sie früher an ihm gemocht, ja sogar geliebt hatte. Oder wie oft sie mit ihm geschlafen hatte. Stattdessen musste sie sich fragen, wie sie die Intimität mit diesem Menschen nur so lange ertragen hatte?

„Also gut, schicke die Papiere noch einmal zu Maria, dann werde ich sie unterzeichnen", antwortete sie mit nur schlecht unterdrückter Aggression in der Stimme und verabschiedete sich mit einem knappen Gruß. Ihre Hand zitterte, als sie den Hörer auflegte, und alle Farbe war aus ihrem Gesicht gewichen.

Während ihrer Heimfahrt zum Bridge Lake kamen Carols lang unterdrückte Gefühle mit voller Wucht wieder zum Vorschein und steigerten ihren Wunsch nach Rache ins Grenzenlose. Obendrein hatten sie Maria und Gerd, nachdem sie sich wieder zu ihnen gesellt hatte, auch noch in ihrer berechtigten Wut auf Peter bestärkt, denn sie waren von seinem Versuch, die eigene Frau so schamlos zu hintergehen, genauso überrascht und enttäuscht gewesen wie Carol selbst.

„Nach allem, was du für ihn getan hast“, hatte Maria lamentiert, „ohne dich wäre Peter mit der Firma doch nur halb so erfolgreich gewesen!“

Gerd hatte ihr sofort geraten, vorläufig gar nichts zu unterschreiben und stattdessen ihren alten Anwalt in Deutschland, der sie bereits im Vorfeld beraten hatte, mit der Vertretung ihrer Interessen zu beauftragen. „Jetzt wissen wir wenigstens, dass du einen Anspruch auf die Firma hast“, hatte Gerd sie trösten wollen, doch Carol war viel zu enttäuscht gewesen, um dem Ganzen etwas Positives abgewinnen zu können.

Sie war mit diesem Mann verheiratet gewesen! Jahrelang hatte sie sich um ihn gesorgt, ihn verwöhnt und ein gemeinsames Leben mit ihm aufgebaut. Wo war das alles nur geblieben? Dachte er nie daran zurück, und bedeutete sie ihm so wenig, dass er sie nun so einfach abschieben und betrügen konnte? Da fiel ihr ein, dass er sie ja schon Jahre vor ihrer Trennung hintergangen hatte, als er seine Affäre begonnen hatte, die vielleicht nicht einmal seine erste gewesen war. Wieso kam sie also auf den Gedanken, dass er sie bei der Scheidungsregelung nicht hintergehen würde?

Carol war wütend und machte sich Luft, indem sie Peter lauthals beschimpfte und sich selbst anklagte. Was war sie doch für eine naive, treuselige Kuh! Und er, er war eine Ratte, eine egoistische, berechnende, gierige, geizige, kleinliche, widerliche Ratte! Ein elender Wadenbeißer, der sich wie ein Pitbull schmerzhaft in ein Körperteil verbiss und nicht mehr losließ. Unwillkürlich musste sie lachen, aber es war ein bitteres Lachen, das ihr im Halse stecken blieb. Wadenbeißer, die Vorstellung war tatsächlich nicht schlecht – reduzierte sie doch die Tatsache, dass es in Wirklichkeit ihr Herz gewesen war, in das er sich verbissen hatte, auf eine eher lächerliche und dadurch annehmbare Ebene. Sie stellte sich vor, wie Peter auf allen vieren krabbelnd hinter ihr herwuselte, um ihr in die Wade zu beißen. Wie sie ihn daraufhin mit der Ferse wegkickte und mit harten Tritten endgültig verjagte. Ein lästiger, kleiner Wadenbeißer, genau das war er. Aber sie würde ihm seine Grenzen schon noch zeigen!

Ihre bitteren Rachegedanken hielten sie auch die halbe Nacht hindurch noch wach. Sie entwickelte tausend verschiedene Szenarien, wie sie ihn am besten strafen konnte, verwarf sie aber alle wieder, bis sie gegen Morgen endlich in einen erschöpften Schlaf fiel. Am nächsten und den darauffolgenden Tagen steigerte und erweiterte sich das Ausmaß ihrer Wut so sehr, dass sie zuletzt sogar Jason mit darin einbezog, der sich entgegen seiner Ankündigung seit mehreren Tagen nicht bei ihr gemeldet hatte, und ebenso den grausamen John McLure, dessen schreckliche Geschichte sie nicht mehr weiterlesen wollte. Als sich ihre Enttäuschung schließlich auf das gesamte männliche Geschlecht ausgedehnt hatte – sie waren alle gleich schlecht und wertlos – hielt sie jedoch inne. Denn sie war sich im Grunde durchaus bewusst, dass sie nur auf sich selbst wütend war und ihren Zorn nur deshalb nach außen richtete, um nicht allzu schmerzhaft mit ihren eigenen Fehlern konfrontiert zu werden. Dennoch sollte Peter eine Lektion erhalten, die ihn lehren würde, seine Manipulationen ihr gegenüber zukünftig zu unterlassen – dabei spielte es auch keine Rolle, dass sie sich hatte manipulieren lassen!

In den nächsten drei Tagen ging Carol nicht mehr aus dem Haus, nicht einmal, als der letzte Kanister Benzin und ihre frischen Nahrungsmittel aufgebraucht waren. Am dritten Tag hoffte sie auch nicht mehr auf Jasons Anruf, sondern lag nur noch apathisch vor dem Kamin. Sie fühlte sich ausgelaugt und viel zu erschöpft, um noch länger nachdenken zu können.

Ihr ganzes Leben war nach einer Reihe von Fehlentscheidungen zu einem einzigen Chaos geworden. Sie sah sich im Zimmer um und fragte sich einmal mehr, was sie eigentlich ganz allein in diesem fremden Land wollte? Ohne eine konkrete Aufgabe und ohne ein realistisches Ziel vor Augen. Die Verzweiflung, die sie daraufhin befiel, war noch stärker als die, die sie vor Monaten überkommen hatte, als sie Peter und Deutschland hinter sich gelassen hatte.

Was war in der Zwischenzeit geschehen? Sie hatte sich in einem Anflug von Wahnsinn ein Haus gekauft, das wahrscheinlich schon jahrelang leer gestanden war, weil es keiner haben wollte. In einem gottverlassenen Landstrich, in dem man nie wusste, ob es am nächsten Morgen Strom geben würde und in dem ewiger Winter herrschte. Seit Monaten hatte sie keine Blume mehr gesehen oder irgendeinen anderen Farbtupfer, der ihre Seele erhellt hätte. Alles war trist, einsam und fremd.

Sie versuchte, sich zusammenzunehmen und erinnerte sich an ihren letzten mentalen und emotionalen Zusammenbruch, als Anita und Hermann zu ihrer Rettung herbeigeeilt waren. Damals war ihre Lage noch aussichtsloser gewesen als jetzt. Immerhin wusste sie nun, dass ihr weiteres Geld zustand. „Wenn ich das Haus hier verkaufe“, überlegte sie, „und nach Deutschland zurückgehe, kann ich um den Anteil kämpfen, der mir zusteht.“ Diese Überlegung kam einem Plan schon ziemlich nahe, und sofort fühlte sie sich etwas besser. Ganz allmählich begann sich ihr Verstand wieder zu regen und ihre emotionale Schieflage wieder zurechtzurücken. Zwar war sie immer noch zu schwach, um konkretere Ziele ins Auge fassen zu können, aber Carol nahm sich zumindest vor, gleich morgen ernsthaft darüber nachzudenken, und zwang sich aufzustehen.

Zum ersten Mal seit Tagen wurde sie sich ihrer Umgebung wieder bewusst und bemerkte die kolossale Unordnung, die während ihres Dahinvegetierens entstanden war und die wohl ihren Seelenzustand reflektierte. Carol schüttelte sich angewidert. Als Erstes musste sie in ihrem Haus wieder Ordnung schaffen, und sie entschloss sich, augenblicklich damit zu beginnen. In diesem Moment ging wie ein Signal, als wolle das Schicksal sie in ihrem Entschluss bestärken und sie beim Hausputz unterstützen, das Licht in der Küche an. Die Glühbirne flackerte zunächst kurz auf und verbreitete dann mit konstanter Helligkeit den schon fast vergessenen Luxus alltäglicher Elektrizität.

Mit neu erwachter Energie lief Carol zum Wasserhahn in der Küche und hörte, wie sich die Pumpe von selbst einschaltete. Sie rannte zu jedem Lichtschalter und spielte damit wie ein kleines Kind. An, aus, an, aus. Zuletzt drehte sie den Knopf am Elektroherd auf maximale Hitze und plante ihr Abendessen. Sie würde einen Hackbraten machen, mit gekochtem Gemüse und Bratkartoffeln. Doch dafür musste sie zunächst das Haus verlassen und einkaufen gehen. Welche Wonne! Peter und seine Machenschaften standen durch die Wiederkehr so lang entbehrter Erleichterungen wie Helligkeit, Wärme und Heimeligkeit plötzlich nicht mehr auf Platz eins von Carols Prioritätenliste. Mit nahezu überschäumender Begeisterung rief sie bei Maria und Anita an, um den beiden die frohe Botschaft von Licht und ihrem neu erwachten Lebenswillen zu überbringen, und fühlte sich danach beinahe wieder wie ein ganz normal funktionierender Mensch. Irgendwie würde alles wieder ins rechte Lot kommen.

Als der Braten seinen Duft im ganzen Haus verbreitete, reduzierte sie die Festbeleuchtung, die sie während des Kochens eingeschaltet hatte, wieder auf ein Normalmaß und schaltete die Elektroheizung aus. Das Holzfeuer verbreitete mehr als ausreichend Wärme, aber sie war so glücklich gewesen, nicht mehr länger davon abhängig zu sein, dass sie, bevor sie einkaufen gegangen war, auch noch die Elektroheizung eingeschaltet hatte. Bei ihrer Rückkehr war das Haus unangenehm überhitzt gewesen. Carol war gerade dabei, den Tisch mit Serviette und Kerzen zu decken und sich, wenn auch nur mit einem T-Shirt und Jeans bekleidet, zu ihrem Festmahl zu setzen, als es an der Haustür klopfte. Sie erschrak über den ungewohnten Laut so sehr, dass ihr Herz einen Schlag lang aussetzte. Langsam ging sie zur Tür und öffnete sie vorsichtig einen Spalt.

„Hallo, darf ich reinkommen?“ Jason begrüßte sie so selbstverständlich, als ob seit ihrem letzten Treffen keine drei endlos langen Tage und Nächte vergangen wären. „Seit wann haben Sie denn wieder Strom?“

Carol stand in der Tür, öffnete sie aber um keinen weiteren Millimeter. „Seit heute Nachmittag."

„Ist irgendetwas?", fragte er.

„Nein, warum?"

Jason trat einen Schritt zurück. „Weil ich nicht hereinkommen darf. Weil Sie so verärgert wirken und weil Sie sich gar nicht darüber freuen, wieder Licht zu haben." Oder mich zu sehen, schienen seine traurigen Augen zu sagen.

„Oh, ich freue mich über das Licht. Ich bin nur gerade beim Essen."

Jason schwieg. Der angegebene Grund klang sogar in Carols eigenen Ohren vollkommen belanglos, wenn nicht sogar ausgesprochen lächerlich – niemand verweigerte in der Wildnis einem Besucher Eintritt, weil er gerade zu Tisch saß.

Es war wirklich zu kindisch. „Kommen Sie herein", bat sie deshalb resigniert und öffnete die Tür weit. Er trat ein und ging direkt in die Küche, wo er am Braten schnupperte. „Mmh, das riecht ausgesprochen verlockend. Wollen Sie das etwa alles alleine aufessen?" Als sie nicht antwortete, wurde er wieder ernst und fragte noch einmal, was denn los sei.

„Sie haben sich seit drei Tagen nicht gemeldet und erwarten jetzt von mir, dass ich Sie begeistert zum Essen einlade?", antwortete Carol ehrlich, der die Kindereien allmählich zu dumm wurden.

„Aber ich war doch in Vancouver!"

„Und woher bitte, soll ich das wissen? Sie hätten mich wenigstens anrufen können! Sie wussten doch, dass mein Telefon wieder funktioniert."

Er ging auf sie zu und sah dabei nicht so aus, als ob

ihn ihre offene Anklage peinlich berühren würde. „Hat Sie meine Mutter denn nicht angerufen?"

Überrascht schüttelte Carol den Kopf.

„Das tut mir leid", meinte er nach einer Weile und schien selbst überrascht zu sein. „Ich hatte Elsie gebeten, Ihnen Bescheid zu geben. Ich musste nach unserem letzten Treffen gleich sehr früh am nächsten Morgen los und wollte Sie um diese Zeit nicht mit meinem Anruf wecken. Ein Geschäftsfreund, der mich um elf Uhr in Vancouver treffen wollte, hatte bei meiner Mutter eine Nachricht für mich hinterlassen. Ich bin davon ausgegangen, dass sie Ihnen ausgerichtet hat, dass ich einige Tage dort bleiben und mich erst nach meiner Rückkehr wieder bei Ihnen melden würde. Ansonsten hätte ich Sie selbstverständlich von Vancouver aus angerufen. Hm – sonderbar – es ist sonst nicht ihre Art, so etwas zu vergessen. Tut mir wirklich leid." Er schüttelte verwundert den Kopf.

„Wann sind Sie denn zurückgekommen?" Sofort lenkte Carol das Gespräch in eine andere Richtung. Ihre Stimmung hatte sich schlagartig gebessert. „Möchten Sie zum Essen bleiben?", lud sie ihn ein.

„Ich war noch gar nicht daheim", erwiderte er erfreut, „aber wenn Sie den Braten eine Weile warmstellen können, würde ich wahnsinnig gerne mit Ihnen essen. Ich habe einen Bärenhunger, doch zuvor sollte ich erst nach Hause fahren und mich frisch machen. Die Fahrt war höllisch anstrengend heute, auf dem Coquihalla hat es schon wieder zu schneien begonnen."

„Wenn Sie wollen, können Sie auch hier duschen", bot Carol an. Sie würde ihn nicht wieder einer Laune seiner Mutter ausliefern. Das Wasser würde dank des

Stroms hoffentlich schon warm genug sein. Jason nahm dankbar an, und sie gab ihm ein frisches Handtuch mit ins Bad. Während er duschte, deckte sie schnell für eine zweite Person ein und dekantierte ihren besten Rotwein.

„Ich habe auch Wein mitgebracht", sagte Jason, als er mit nassen Haaren zurückkam, „wenn Sie mir bitte noch kurz Ihren Fön leihen würden, dann hole ich die Flasche aus dem Auto."

Carol überlegte kurz, warum er die Flasche nicht gleich mitgebracht hatte. Er wusste doch, dass sie zu Hause war und dass bei ihr Licht brannte, musste schon von der Straße aus zu sehen gewesen sein. Oder war er sich etwa nicht sicher gewesen, wie sie ihn empfangen würde? Hatte er abwarten wollen, ob es sich lohnte, mit einer Flasche Wein aufzutauchen? Oder war er einfach zu schüchtern und hatte sie nicht überrumpeln wollen? Wusste er überhaupt, wie sehr sie die ganze Zeit über auf seinen Anruf gewartet hatte? Und was konnte so wichtig sein, dass er so plötzlich abreisen und drei Tage in Vancouver hatte verbringen müssen? Carol schob das Misstrauen, das sich hinter all ihren Fragen verbarg, einfach zur Seite. Egal was in Vancouver passiert war, jetzt war sie an der Reihe!

„Kommen Sie, ich zeige Ihnen, wo der Fön liegt." Sie wollte an ihm vorbeigehen, aber er machte gleichzeitig einen Schritt auf sie zu. Er hatte seinen dicken Pullover noch nicht wieder angezogen, sondern war, nur mit einem weißen, kurzärmeligen Unterhemd und seinen Jeans bekleidet, barfuß aus dem Bad gekommen.

„Es ist heiß hier drinnen", erklärte er und hielt sie mit beiden Händen an der Taille fest.

Sie wusste nicht, ob es die Wärme des Raumes oder

die Hitze seines Körpers war, die sie so intensiv spürte. Ihre Gesichtshaut glühte, ihr Blut pulsierte, es klopfte in ihrem Hals, und ihr Herz raste. Dennoch bewegte sie sich nicht, sondern sah nur zu Boden, damit er ihr verräterisch gerötetes Gesicht nicht bemerken würde. Doch seine Hand nahm ihr Kinn und hob es an, bis er ihr in die Augen blicken konnte.

In dem Moment, in dem sich ihre Augen trafen, sagten sie sich mit einem kurzen Blick all das, was sie voneinander wissen mussten, und mit einer Bewegung, die in ihrer Gleichzeitigkeit auch die Einigkeit ausdrückte, die sie fühlten, trafen sich ihre Lippen, ihre Arme, ihre Körper. Die Umarmung ließ keinen Raum zwischen ihnen, sie pressten sich so eng aneinander, dass sie den Stoff ihrer Kleidung als störend empfanden und sich gegenseitig mit selbstverständlicher Heftigkeit zu entkleiden begannen.

Sie zogen sich ihre T-Shirts aus und bewegten sich langsam, zwischen atemlosen Küssen, zur Sitzgruppe. Carol wusste, dass sie es niemals bis nach oben auf die Galerie schaffen würden, also knöpfte sie sich bereits im Wohnzimmer ihre Jeans auf und schlüpfte aus der beengenden Kleidung. Seine Hände halfen ihr dabei und streichelten jeden freigelegten Zentimeter Haut mit schnellen, besitzergreifenden Bewegungen. Sie legte sich aufs Sofa, während auch er sich seiner Kleidung entledigte, bevor er sich schwer atmend vor sie kniete und seinen Blick, in dem unverhohlene Bewunderung lag und den sie wie eine Liebkosung auf ihrer Haut spürte, über ihre Rundungen gleiten ließ.

Der Raum ist so warm, dachte sie noch, wir werden keine Decke brauchen, um uns warmzuhalten. Mit ungewohntem Selbstbewusstsein präsentierte sie ihm ihren nackten Körper, etwas, das sie früher nie gewagt hätte. Doch Jason sollte sie ansehen, sie genau betrachten und ihre neu gewonnenen weiblichen Formen bewundern. Sie wollte sich nicht mehr verschämt mit einem flüchtigen Vorspiel zufriedengeben, wie schon so oft zuvor in ihrer Ehe, sondern sich bedingungslos ihrer atemlosen, fiebrigen Erregung hingeben. Da begannen Jasons Hände die Reise seiner Augen nachzuvollziehen.

Jason konnte sich kaum noch beherrschen, aber er hielt sich mühsam zurück. Endlich war er da angekommen, wo er bereits vor Monaten hingewollt hatte. Jetzt durfte er nichts zerstören. Er wusste, dass Carol bereit für ihn war, aber er wusste auch, dass die Erfüllung ihrer romantischen Vorstellungen und ihr Verlangen nach Anerkennung und Respekt, das sie an eine neue Partnerschaft stellte, noch wichtiger waren als die Befriedigung ihres Körpers. Wenn es ihm gelang, auch diese Sehnsüchte zu stillen und ihr Vertrauen zu gewinnen, würde sie ihm für länger als nur diese eine Nacht gehören. Er musste sie einfach besitzen, jetzt ... und später!

„Du bist so schön“, flüsterte er heiser. „Ich möchte deine Haut auf meiner spüren, sie fühlt sich so zart und warm an. Ich begehre dich so sehr, schon vom ersten Augenblick an, seit dem ich dich gesehen habe.“ Dabei glitten seine Finger über ihre Hüften, die sie ihm gierig entgegenstreckte, umrundeten genüsslich die sanften Wölbungen ihrer Hüftknochen und landeten, nach einer kleinen Ewigkeit, in der er ihre Sinne mit seinen streichelnden, zärtlichen Bewegungen bis zur Schmerzgrenze gereizt hatte, endlich an dem Ort, an dem sie ihre Reise beenden sollten. Fast grob fuhr er mit seinem Zeigefinger zwischen ihre Beine, und sie stöhnte auf, schloss ihre Augen und gab sich ihren lang ersehnten Gefühlen hin. Jasons andere Hand fuhr derweil nach oben, und seine Fingerspitzen zeichneten mit sanftem Druck abwechselnd Kreise auf ihre vollen Brüste, bis ihn zwei dunkle harte Spitzen dazu aufforderten, härter und schneller zu werden. Erst jetzt gab er seine Beherrschung auf und warf sich auf sie, verlor sich in dem zuckenden, keuchenden Rhythmus, in dem sie ihre Beine öffnete und schloss und gierig nach ihm griff, und spürte endlich, endlich, die Hitze ihrer Haut, nach der ihn so sehr verlangt hatte. Für einen kurzen Augenblick waren sie in eine vertraute Umarmung gepresst und fühlten sich wie zwei Hälften, deren Formen perfekt zusammenpassten, ehe sie beschlossen, ein Ganzes zu werden.

Obwohl der Raum noch immer zu warm war, holte Carol eine Decke und zog sie über ihre beiden Körper. Sie kuschelten sich aneinander und sprachen nur sehr wenig. Das Einzige, was sie einander sagten, waren geflüsterte Liebkosungen.

Irgendwann, als sich ihre fast feierliche Stimmung gelegt und sie albern über Unsinniges zu kichern begonnen hatten, verspürten sie Hunger. Sie standen auf, zogen sich ihre T-Shirts und Jeans über und wärmten den Hackbraten auf. Jason holte die Weinflasche aus seinem Auto, während Carol Essen und Gläser auf ein Tablett lud und es auf dem Teppich vor dem Kamin abstellte. Halb liegend und auf Kissen gestützt, aßen sie wie die alten Römer genussvoll und mit dekadenter Freude. Dazu tranken sie eine Flasche Rotwein aus. Ihre

Leidenschaft flackerte erneut auf, aber diesmal ließen sie sich die Zeit, um es bis ins Bett auf der Galerie zu schaffen. Dort fielen sie mehrere Stunden später in einen traumlosen, tiefen Schlaf, ohne sich aus ihrer Umarmung zu lösen.

15

Als Jason am nächsten Morgen das Haus verlassen hatte, brühte sich Carol noch einmal frischen Kaffee auf, setzte sich an ihren Fensterplatz, der für sie inzwischen zu einer Art Zufluchtsort geworden war, und dachte nach. Jason würde am Abend wiederkommen. Heute wäre er fürs Abendessen zuständig, hatte er gesagt, und es hatte sich für beide ganz selbstverständlich angehört. Bis dahin wollte sie, so weit als möglich, Ordnung in ihre Gedanken und ihr Leben gebracht haben.

Zusammen mit der Elektrizität schien gleichsam auch ihre Energie zurückgekehrt zu sein, und die Liebesnacht mit Jason hatte sie in ein Hochgefühl versetzt, das ihren ganzen Körper durchströmte. Die wiedererwachte Lebensfreude ließ sich nicht unterdrücken und war ihr so willkommen und angenehm, dass sie leise vor sich hinzusummen begann. „Ich brauche Musik", erkannte sie plötzlich, „meine Güte, habe ich hier wirklich die ganze Zeit über ohne Stereoanlage und Fernseher gelebt?"

Heute war der erste März, der Winter würde bald vorüber sein, und sie hatte schon fast zwei Monate in ihrem selbstgewählten Exil verbracht. Wie eine Gefangene, die nichts mehr vom Leben zu erwarten hatte. „Von wegen, mein lieber Peter", sagte sie laut zu sich selbst, „ich weiß jetzt, was mir zusteht, und ich werde es mir holen, darauf kannst du dich verlassen!" Die Firma war ihrer Einschätzung nach weit über eine Million Euro wert, da konnte sie getrost ein wenig einkaufen gehen.

Nachdem sie ihre Einkaufsliste zusammengestellt hatte, rief sie bei Anita an und fragte sie, ob sie mit ihr zusammen nach Kamloops fahren wollte. Dagegen vermied sie es bewusst, bei Maria anzurufen, denn sie wusste genau, dass ihr diese aufgrund der neuesten Entwicklungen mit Jason nur heftige Vorwürfe machen würde. Allein Jasons Name wirkte auf Maria schon wie ein rotes Tuch, und bei dem kleinsten Verdacht, dass Jason und sie ..., würde sich Maria wahrscheinlich sofort ins Auto setzen, an den Bridge Lake fahren und ihr keine ruhige Minute mehr gönnen. Am besten wäre es, erst einige Zeit verstreichen zu lassen, bis sie sich sicher wäre, wohin ihre Beziehung zu Jason führte, und Maria dann vor vollendete Tatsachen zu stellen.

Bei Anita hatte sie jedoch den Eindruck, dass sich diese über sie und Jason freuen würde. Anita hatte sich auch sofort als Reisebegleitung nach Kamloops angeboten und gefragt, ob Carol sie abholen würde. Fünf Minuten später war Carol reisebereit.

Anita war ihr bereits entgegengegangen, weil sie zuvor noch schnell ihre Pferde hatte streicheln wollen, die auf der Koppel vor dem Tor standen. Sie wartete bereits am großen Tor, stieg in Carols Auto ein und begrüßte sie mit einem Kuss auf die Wange.

„Eure Pferde sind so hübsch. Vor allem der gefleckte Was-auch-immer-es-ist“, meinte Carol, als sie losfuhr.

„Das ist ein Appaloosa. Im Frühjahr, sobald der Schnee geschmolzen ist, werde ich dir das Reiten beibringen“, versprach Anita, „wenn du hier leben willst, musst du es sowieso können.“

„Gerne“, sagte Carol und nahm mit flottem Schwung die Kurve zur Vierundzwanziger. „Vielleicht kaufe ich mir ja sogar ein eigenes Pferd, falls mir das Reiten Spaß macht.“

„Donnerwetter, was ist denn in dich gefahren? Du klingst ja so fröhlich.“

Carol grinste nur.

„Ach, lass mich raten! Hast du gestern Abend möglicherweise Besuch gehabt?“ Anita entnahm die Antwort auf ihre Frage dem Ausdruck in Carols Augen, als diese ihr einen schnellen seitlichen Blick zuwarf. „Wow! Erzähl, ich möchte alles wissen!“

„Keine Chance. Eine Dame genießt und schweigt. Ich sage nur so viel: Du hast recht, Jason hat mich besucht. Das ist aber nicht der einzige Grund für meine ausgezeichnete Stimmung. Zusätzlich habe ich nämlich noch entdeckt, dass ich gar nicht so arm bin, wie ich dachte. Ich muss mir meinen Besitz nur erst wieder zurückerobern.“ Sie erzählte Anita ausführlich, was in den letzten Tagen geschehen war. Dabei hätte sie beinahe das Schild am Straßenrand übersehen. Mitten im Satz stockte sie, um dann überrascht auszurufen: „Wir fahren ja gerade über den Gipfel des MacDonald!“

„Klar, was ist daran so Besonderes?“

„Dieser John McLure und seine Söhne und die arme Rose sind vor über neunzig Jahren auf dem Weg zum Bridge Lake genau an dieser Stelle über den Berg gekommen. Ich hätte aber wirklich nicht gedacht, dass er so nah ist, wir fahren doch erst eine halbe Stunde.“

Anita deutete auf die Schneeberge, die sich zu beiden Seiten der Straße auftürmten. „Und das nur, weil du langsam fahren musst. Im Frühjahr wären wir nach dreißig Minuten bereits in Little Fort."

Carol war schon früher, wenn sie zu Maria und Gerd gefahren war, durch Little Fort gekommen, hatte sich aber nie die Mühe gemacht, sich das winzige Dorf genauer anzusehen. Gab es die Handelsstation für die „Hudson Bay Company" eventuell auch noch heute? Während der Abfahrt ins Tal berichtete sie Anita, was sie bisher aus John McLures Aufzeichnungen erfahren hatte.

Der Berg besaß ein so steiles Gefälle, dass Warnschilder auf zahlreiche Notausfahrten hinwiesen und die Trucks auf einer separaten Spur im ersten Gang fahren mussten. Dafür belohnte er die Reisenden mit einem spektakulären Ausblick. Tief unten in den Schluchten wand sich der Thompson River in südliche Richtung. Durch das Tal zu ihren Füßen wirkten die Rocky Mountains am Horizont nochmal weitaus mächtiger und höher als von den Plateaus der Cariboos aus gesehen. Ihre weißen Gipfel ragten weit in den strahlend blauen Himmel hinein. Auch die Serpentinen ins Tal ermöglichten Carol und Anita einen außergewöhnlichen Weitblick, bis sie schließlich in die tief hängende Wolkendecke hineinfahren mussten. An einem klaren Tag musste der Blick jedoch geradezu atemberaubend sein. Da Carol nicht sicher sein konnte, ob die dünne Schneeschicht auf der Straße gefroren war oder nicht, reihte sie sich in die Kriechspur hinter einem langen Logging-Truck ein, der schwer mit Baumstämmen beladen war.

„Dass die im Winter hier überhaupt fahren dürfen?", wunderte sich Carol, „dazu sind die Straßenverhältnisse doch viel zu gefährlich."

„Das kann man wohl sagen“, bestätigte Anita, „aber ich würde mich an deiner Stelle keinesfalls hinter den Truck setzen. Überhol ihn lieber, denn wenn er plötzlich bremsen muss, können wir nicht ausweichen. Ich habe diese wahnsinnigen Logger immer lieber hinter mir. Sie fahren wie die Teufel, haben es immer eilig und jedes Jahr passieren schreckliche Unfälle. Gleichzeitig tun sie mir jedoch leid, denn es ist äußerst schwer für sie, Gewinn zu machen, solange sie sich an die Verkehrsregeln halten.“

„Bekommen sie denn kein festes Gehalt?“

„Die meisten von ihnen sind selbstständig, der Truck gehört ihnen, und sie fahren auf Bestellung. Leider bekommen sie für eine Fuhre viel zu wenig Geld. Die ganze Holzindustrie ist im Eimer, und wenn die Fahrer nicht ununterbrochen unterwegs sind, ist es für die armen Kerle einfach nicht rentabel.“

Carol hatte von den Problemen der holzverarbeitenden Industrie in Britisch-Kolumbien gehört und wusste, dass es sich um eine politisch verursachte Krise handelte. Das Land besaß zwar Unmengen von Holz, doch dessen Abbau, Transport und Export unterlag so vielen unsinnigen bürokratischen Restriktionen, dass das Holz dadurch übermäßig teuer und wirtschaftlich uninteressant wurde. Sogar die Einwohner der Provinz mussten viel zu viel für den natürlichen Bau- und Brennstoff bezahlen. Ganze Wirtschaftszweige wie die Bauindustrie und die davon abhängigen Dienstleistungsbetriebe litten unter diesen Zuständen, und die davon betroffenen Arbeiter wanderten in Scharen in andere kanadische Provinzen ab, allen voran Alberta, wo die Gesetze und Steuerabgaben für die unternehmerisch denkenden Kanadier wesentlich günstiger waren.

Als die Frauen in Little Fort ankamen, beschlossen sie, sich die Station aus John McClures Geschichte etwas genauer anzusehen. Sie gaben der netten jungen Frau an der Tankstelle, an der sie hielten, den Auftrag, vollzutanken und die Scheiben zu wischen. Unterdessen holten sich Carol und Anita einen Kaffee aus dem Automaten. Der Verkehr auf dem Highway raste mit ungebremster Geschwindigkeit durch die Ortschaft, die lediglich aus einer Reihe von Geschäften direkt an der Hauptstraße und einigen dahinter liegenden Wohnhäusern bestand. Ein vergessenes Nest, das nur durch seine Lage am Highway seine Daseinsberechtigung hatte und trotzdem trostlos und verlassen wirkte. Ein Eindruck, der vielleicht auch durch das trübe Winterwetter verstärkt wurde.

„Ist das alles?", fragte Carol.

„Little Fort ist nicht groß", bestätigte Anita, „die Tankstelle, der Minimarkt, das Café dort drüben und ein Geschäft für Saatgut und Farmbedarf. Ich schätze, es wohnen nicht einmal hundert Leute hier."

„Glaubst du, dass es die alte Trading Post für Hudson Bay noch gibt?"

Anita schüttelte den Kopf und schlürfte ihren heißen Kaffee. „Ich wüsste nicht, wo."

„Ich werde einfach mal fragen", meinte Carol. Sie ging zum Auto zurück und begann sich dort mit der jungen Frau zu unterhalten, die wie alle Landbewohner, die Carol bisher kennengelernt hatte, bereitwillig Auskunft gab und den Eindruck vermittelte, an ihrem Gesprächspartner ehrlich interessiert zu sein. Die Leute auf dem Land hatten noch Zeit oder nahmen sie sich vielleicht nur, weil es ihnen Spaß machte und sie sich nicht dem Stress und der Hektik unterwarfen, der in den Städten als selbstverständlich akzeptiert wurde.

„Schade", berichtete Carol Anita nur wenig später, als sie nach dem kurzen Gespräch wieder zurückkam und ihren leeren Becher in den Abfallkorb warf, „die ‚Hudson Bay Company' gibt es hier schon lange nicht mehr. Die Frau wusste nicht einmal, dass es hier früher eine Handelsstation gegeben hat. Dafür hat sie mich darüber aufgeklärt, dass der Name ‚Hudson Bay' heute für eine Kaufhauskette steht und wir in Kamloops ein schönes Hudson-Bay-Geschäft finden werden."

„Na, dann mal los." Anita und Carol stiegen wieder ins Auto und fuhren die knapp hundert Kilometer bis Kamloops auf dem geräumten Highway und bei gleichbleibender Geschwindigkeit in etwas über einer Stunde. Der Thompson River schlängelte sich den halben Weg lang zur Linken der Straße durch sein Flussbett, ehe er bei Barrier unter der Brücke auf die rechte Seite wechselte. Sein Wasserstand war bereits ziemlich hoch. Doch erst nach der Schneeschmelze würde der Fluss über seine Ufer treten und das flache Land auf beiden Seiten überschwemmen. Die Straße und die Farmen im Tal lagen zwar etwas höher als jener gefährdete, breite und fruchtbare Uferstreifen, aber trotzdem war der Thompson in manchen Jahren schon so angeschwollen, dass die Farmer ihr Vieh auf noch höhere Lagen hatten treiben müssen und sogar ihre Farmhäuser evakuiert hatten. Der Fluss war unberechenbar, und Carol erinnerte sich an die von John McLure beschriebene Überquerung, bei der Tom und Rose fast ihr Leben gelassen hatten. Anita war der Meinung, dass sich das damalige Drama noch weit vor Little Fort abgespielt haben musste, wahrscheinlich sogar noch vor Clearwater, wo sich der Fluss im Schatten des Mount Robson seinen Weg ins Tal bahnte und die Stromschnellen am Ende des Gefälles besonders wild und tosend waren.

Es war bereits elf Uhr, als sie in Kamloops ankamen. Anita dirigierte Carol zu den Geschäften, die für ihre Einkäufe relevant waren, und Carol erstand in kurzer Zeit ein Faxgerät und einen Computer, Ordner, Schreibpapier, ein Fernsehgerät und eine Stereoanlage. Mit großer Genugtuung gab sie das nötige Geld dafür aus. Danach suchten die beiden das Hudson-Bay-Kaufhaus auf und bummelten durch die Abteilungen. Die Frühjahrsware lag bereits in den Auslagen und Carol kaufte sich mehrere dünne Pullover, Unterwäsche und eine sündhaft teure Bluse. Dabei achtete sie darauf, dass alle Oberteile auch gut zu Jeans aussahen, denn sie hatte in der Zwischenzeit gelernt, dass man diese in Kanada zu allen Anlässen trug. Zu guter Letzt erstand sie noch eine Flasche ihres exklusiven Lieblingsparfüms, wofür sie von Anita freundschaftlich aufgezogen wurde. Auch Anita hatte einige Kleidungsstücke erstanden, die, wie sie sagte, völlig unnötig und deshalb besonders begehrenswert waren. Zur Belohnung für ihre harte Shopping-Arbeit besuchten sie anschließend noch das beste Starbucks-Café der Stadt und gönnten sich dort einige amerikanische Krapfen, die mit ihrem grünen und rosa Zuckerguss und den silbernen Streuseln zwar künstlich, dafür aber ungemein farbenprächtig aussahen und nicht einmal schlecht schmeckten.

Dann ging es zurück zum Bridge Lake. Bevor Anita mit ihren rot-weißen Plastiktüten endgültig im Haus verschwand, versprach sie noch, Carol umgehend anzurufen, sobald sie ihren nächsten Einkaufstrip plante. Zu zweit machte es einfach viel mehr Spaß.

16

Carol hatte noch Zeit. Es war erst sechs Uhr, und da sie Jason nicht vor sieben erwartete, brachte sie zunächst in aller Ruhe ihre gesamten Einkäufe ins Haus und verstaute die Elektroartikel, bis auf Stereoanlage und Faxgerät, in den Keller. Mit dem Computeranschluss wollte sie sich in den nächsten Tagen beschäftigen, und für die Installation des Fernsehers benötigte sie erst noch eine Satellitenanlage. Anita hatte ihr geraten, letztere in 100-Mile zu kaufen, weil sie dort – sollte ein Schaden auftreten – schneller einen Handwerker bekommen würde und sich dadurch den Weg nach Kamloops sparen konnte. Die Stereoanlage schloss Carol jedoch sofort an; sie suchte, bis sie einen Sender mit angenehmer Hintergrundmusik gefunden hatte, und begann sich dann vor sich hin summend zu den weichen und schmelzenden Klängen zu wiegen. Das Haus wirkte wärmer und heimeliger als je zuvor. Zufrieden zog sie sich noch einen ihrer neuen, flauschigen Pullover an, sah auf die Uhr und beschloss, noch für eine halbe Stunde zu lesen. Heute würde nicht einmal John McLures Bericht ihre gute Laune dämpfen können.

An einem Januartag im Winter 1912 oder 1913, ich weiß es nicht mehr genau, aber Rose war damals sechs oder sieben Jahre alt, waren wir alle gezwungen, schon früh am Nachmittag ins

Haus zu gehen. Ein eisiger Wind war aufgekommen und machte die Kälte unerträglich. Die ganze Woche schon hatte es minus vierzig Grad gehabt, es war ein ungewöhnlich langer Kälteeinbruch, und bei dem Wind, der die Luft nochmals um gute minus zwanzig Grad abkühlte, war es lebensgefährlich, im Freien zu sein.

Wir versuchten uns zu beschäftigen, doch im Haus selbst gab es wenig zu tun. Dem Vieh hatten wir bereits am Vormittag genügend Heu in den Kreis geworfen, in dem sie nun schon tagelang standen, um sich gegenseitig zu wärmen. Die äußeren Tiere würden wohl erfrieren, wenn die Kälte nicht bald brach, sie hatten bereits eine dicke Eisschicht an ihrer ungeschützten Körperflanke.

Den Zwillingen war langweilig, sie wussten nicht, wie sie die Zeit totschlagen sollten. Tom stand am Herd und bereitete das Abendessen für uns vor. Er war inzwischen über zwölf Jahre alt, doch seine schmächtigen Schultern hingen nach vorne wie die eines alten Mannes, und er hatte nur ein paar spärliche Haarbüschel auf dem Kopf. Ich saß auf der Eckbank und wunderte mich einmal mehr, wie unterschiedlich meine Jungs sich entwickelt hatten. Dan und Bill waren eine wahre Augenweide: Mit ihren achtzehn Jahren strahlten sie eine Kraft und Energie aus, die den ganzen Raum füllte, ihn klein erscheinen ließ und jeden von uns unruhig machte. Tom war gerade dabei, einen Eimer Äpfel für unsere Nachspeise zu schälen und war wohl so in seine Aufgabe versunken, dass er nicht weiter auf Rose achtete. Das Kind saß meist still im Eck neben dem Herd und spielte mit der Puppe, die ihr Tom aus ein paar Lumpen gebastelt hatte. Meist ignorierten die Zwillinge das Mädchen, doch an diesem Tag begannen sie, mit Holzspänen auf es zu zielen. Es war ein unschuldiges Vergnügen, geboren aus reiner Langeweile, weshalb ich auch keinen Grund sah einzuschreiten.

Rose wischte sich immer wieder die Späne aus Haar und Gesicht und wagte es nicht, Dan oder Bill anzusehen. Sie drehte sich zur Wand, stand dann aber plötzlich auf, um zu Tom zu laufen. Er war wie immer ihr Schutzschild. Dan erhob sich ebenfalls, was ihr wohl Angst machte. Sie flüsterte „Tom, darf ich nach draußen?“, aber er hatte sie wohl nicht richtig verstanden, denn er briet gerade die Apfelschnitten im Fett an. Er nickte jedenfalls, ohne sich nach ihr umzudrehen, und sie lief mit ihrer Puppe unter dem Arm zur Tür. Ich wollte sie aufhalten, aber als ich Dan sah, der mir ein Zeichen gab, sie gehen zu lassen, hielt ich mich zurück. Rose würde schnell wieder aus der Kälte ins warme Haus zurückflüchten, es war ein Spiel, nichts weiter. Wir beobachteten, wie sie die Tür zum Gang öffnete und wieder schloss, und liefen daraufhin zum Fenster, um zu sehen, wie sie aus der Haustür treten und erschrecken würde. Sie hielt sich fast immer im Haus bei Tom auf und hatte die Gewalt und Kraft der Elemente noch nie kennengelernt.

Rose schloss die Eingangstür, drehte sich in den Wind und lief langsam in Richtung Schober. Sie lächelte und begann ihre Puppe nach vorne zu halten. Der Wind riss an den Fetzen der Puppe und blies Roses Rocksaum nach hinten, bis sich ihre dünnen Beine unter dem Stoff abzeichneten. Wir sahen, wie sie sich zu drehen begann, sie spielte mit dem Wind und der Puppe, tanzte in der eisigen Kälte, als würde sie sie nicht spüren. Es war verblüffend, wie glücklich sie wirkte, ich hatte sie noch nie richtig lachen sehen. Wir schauten zu, wie sie sang und lachte, obwohl der Wind mit solcher Lautstärke pfiff, dass er sogar im Haus zu hören war und alle anderen Geräusche übertönte.

Sie war fast am Schober angelangt, als sie ausrutschte. Das Eis unter der dünnen Schneeschicht auf dem Weg, den wir am Morgen frei geschaufelt hatten, war durch den Wind stellenweise glatt poliert. Sie musste auf eine dieser spiegelglatten Flä-

chen geraten sein. Ihr Körper kippte nach hinten, wobei sich eines ihrer Beine im Rocksaum verfing, und sie fiel komisch verdreht auf den hartgefrorenen Boden.

Dan und Bill lachten laut auf, wodurch Tom auf uns aufmerksam wurde. Er rief nach Rose und bemerkte, dass sie nicht im Raum war. Als er zu uns ans Fenster kam und seine kleine Rose am Boden liegen sah, verkrümmt und hilflos, wollte er zur Tür, nach draußen, und sie holen. Aber Dan packte ihn mit einer Hand am Kragen und hielt ihn fest. „Warte", sagte er lachend, „mal sehen, was sie macht!"

Wir standen am Fenster und beobachteten Rose, während Tom zu schreien anfing und verzweifelt um sich schlug. Dan hielt ihn weiterhin auf Abstand wie ein lästiges Jungtier und ließ ihn einfach zappeln. Bill lachte, und ich muss zugeben, ich lachte auch, denn ich fand das Ganze unterhaltsam. Grausam in seiner Art, aber so ist der Mensch eben. Wir wussten, dass Rose bei dieser Kälte nicht lange überleben würde. Ihr regloser Körper würde zu schnell seine lebenserhaltende Wärme verlieren und sie selbst aus ihrer Ohnmacht in einen ewigen Schlaf sinken. Wenn ich jetzt darüber nachdenke, kann ich nicht sagen, ob wir wirklich vorhatten, sie sterben zu lassen. Wir wussten nur, dass wir Tom aufhalten wollten, ihr zu Hilfe zu kommen. Ihr großes Vorbild, auf das sie so fixiert war, konnte nichts für sie tun, und darum ging es uns wohl. Tom war immer unsere Hausmagd gewesen, und vielleicht ärgerten wir uns auch über den besonderen Status, den er bei ihr hatte. Aber es ist müßig, darüber nachzudenken, was geschehen wäre, wenn. Denn Rose regte sich plötzlich, und wir sahen voller Erstaunen, dass sie in Richtung Haus kroch. Dabei stützte sie sich auf ihre Ellbogen und zog ihren Körper und ihre verdrehten Beine nach. Dichte Atemwolken strömten aus ihrem Mund und stiegen seitlich an ihrem Kopf nach oben, denn sie hielt ihr Gesicht zum Schutz gegen den Wind so nah am Boden, dass sie ihn fast streifte. Ihr Rock wurde hochgeblasen, bauschte sich wie ein Ballon auf und wurde teilweise weit über ihren Oberkörper hinaufgeweht. Die nackten Beine schleiften über das Eis, und als ihre Unterwäsche entblößt wurde, wies ich die Zwillinge an, vom Fenster wegzutreten. Sie maulten und hörten auch nicht auf zu lachen, gehorchten aber sofort. Dan ließ auf meinen Befehl Tom los, und ich griff ihn bei den Schultern und wies ihn an, im Haus zu bleiben. Ich würde Rose holen gehen. Er schrie mich an und wollte mit mir gehen, da schlug Dan ihn mit der Faust in den Magen, und Tom sackte zu Boden. Ich hörte, wie er keuchte: „Du willst, dass sie tot ist. Du wolltest schon immer, dass sie stirbt." Immer wieder schrie er diese Worte, es war eine wahre Litanei, die mir noch heute in den Ohren klingt.

Rose war schon fast beim Haus angelangt, als ich die Türe öffnete. Ich musste nur noch ein paar Schritte gehen, hob sie hoch und brachte sie in die warme Stube. Sie sah mich nicht an, ihre Augen suchten Tom, der sofort bei ihr war. Ich trug sie nach hinten zu ihrer Schlafstelle, und Tom untersuchte wortlos ihre Beine. Es war offensichtlich, dass ein Knöchel gebrochen war. Wenn sie Pech hätte, würde sie später humpeln wie Tom. Er versorgte sie, kam dann schweigend zurück zum Herd und kochte weiter. Er machte mir nie wieder einen Vorwurf, aber ich glaube, für ihn war von diesem Tag an klar, dass er Rose vor uns allen beschützen musste.

Nach diesem Zwischenfall veränderte sich jedoch auch etwas im Verhalten der Zwillinge. Bisher hatten sie Rose nie Beachtung geschenkt, sie war ein unwichtiges und uninteressantes Anhängsel von Tom gewesen. Nun hatten sie entdeckt, dass es Freude machte, sie zu hänseln und dadurch Toms Beschützerinstinkt zu wecken. Leider änderte sich in den folgenden Jahren die Art ihrer Hänseleien. Die Aufmerksamkeit, mit der sie Rose bedachten, wurde mit jedem Jahr, in dem sie vom Kind zur jungen Frau heranwuchs, weniger harmlos. Ich bemerkte ihren Interessenswandel nicht sofort oder wollte ihn nicht bemerken. Wenn drei Männer und ein Junge im gleichen Haus mit einem jungen Mädchen leben, kann das nicht ohne Komplikationen vor sich gehen. Ich glaubte einfach, die Zwillinge hätten keine Ahnung, was hinter ihrem Drang, Rose zu erniedrigen und in ihrer Nähe zu halten, steckte, und warum sie sie immer wieder berührten. Solange nichts Schlimmes passierte, war das nur verständlich, und ich vertraute auf die Schranken der Moral, obwohl ich mit meinen Söhnen nie darüber gesprochen hatte. Rose war außerdem nicht besonders attraktiv. Ihr Knöchel war zwar wieder gut verheilt, und sie hinkte nicht, aber sie war schmal und blass und hatte nur wenig Weibliches an sich. Ihr Gesicht war flach und ausdruckslos, ich kann es nicht beschreiben, sie besaß einfach nichts, das sich hervorzuheben lohnte. Außer ihren roten Haaren vielleicht, die so gar nicht wie die unseren waren. Sie war zu dünn, zu farblos, zu unscheinbar. Trotzdem war die Versuchung offensichtlich zu groß für Dan und Bill. Irgendwann muss es passiert sein. Ich kann zumindest zu meiner Entschuldigung sagen, dass ich nie etwas gesehen oder gehört habe.

Rose war vierzehn, als sie zum ersten Mal schwanger wurde. Und sie verlor das Kind schon so früh, dass wir kaum verstanden, was überhaupt mit ihr los war und uns fragten, was nun zu tun sei. Natürlich nahm ich mir die Zwillinge vor, aber was konnte ich tun? Sie waren weit über zwanzig, zwei gestandene Männer, und ich bin sicher, sie hätten zurückgeschlagen, wenn ich sie körperlich gezüchtigt hätte. Ich warnte sie eindringlicher, aber sie winkten nur müde lächelnd ab, und zwei Jahre später war es wieder passiert.

Diesmal verstand auch Tom, was geschehen war, und er bemühte sich, Rose von uns fern zu halten. Es war eine seltsame Situation. Tom begann im Schober für Rose ein eigenes Zimmer zu bauen, und Dan und Bill halfen ihm ungefragt dabei. Sie konnten den Anblick des Mädchens wohl nicht ertragen. Rose schlurfte mit leerem Gesichtsausdruck und matten Bewegungen durch das Haus, reagierte nur auf Toms Anweisungen und wirkte wie eine leere, geisterhafte Hülle, die einem Menschen immer unähnlicher wurde. Die letzten Monate ihrer Schwangerschaft verbrachte sie in ihrer neuen Bleibe, wir sahen sie kaum, und das war uns recht so.

Als das Kind kam, flohen wir vor ihren Schreien aufs Feld und überließen es Tom, zu entscheiden, was zu tun war. Wir haben das Kind nie zu Gesicht bekommen, es war eine Totgeburt gewesen, und Tom hatte es bereits verscharrt, als wir am Abend wieder zurückkamen. Er sagte nur, dass es tot sei, und damit war für uns das Problem vom Tisch.

Wir hatten so viel Arbeit in diesem trockenen Sommer. Ich weiß noch gut, wie üppig das Gras war – wir konnten dreimal mähen –, und dass wir die besten Preise für unser Vieh im Herbst bekamen. Wir planten, noch mehr Land zu bewirtschaften und noch mehr Tiere zu kaufen, aber wir waren an die Grenzen unserer Möglichkeiten gestoßen, zumindest ohne zusätzliche Arbeitskräfte. Doch ich scheute mich davor, Fremde auf unser Land zu lassen und für eine Arbeit zu bezahlen, die wir auch selbst erledigen konnten. Dan rechnete mir vor, dass wir Leute brauchen würden, um die guten Jahre für uns nutzen zu können, und wir debattierten lange. So verging die Zeit, ohne dass sich viel veränderte. Vielleicht war die Arbeit, die uns vollkommen erschöpfte, ein Grund oder die Tatsache, dass Rose nicht mehr im Haus wohnte, auf jeden Fall dauerte es diesmal zwei Jahre, bis Rose wieder schwanger wurde. Alles lief so gut, die Farm war mein Ein und Alles, und die Zwillinge waren mein ganzer Stolz. Niemals hätte ich gedacht, dass das Unheil so nahe war.

Carol hörte Jasons Wagen in die Einfahrt biegen und legte die Aufzeichnungen John McLures zögernd zur Seite. Sie war so aufgewühlt, dass sie Jason unbedingt sofort von der dramatischen Wendung, die die Geschichte genommen hatte, erzählen musste und zur Tür rannte, wo ihr Jason auch schon mit einer riesigen, voll beladenen braunen Safeway-Einkaufstüte entgegenkam. Sie wollte ihm die Tüte abnehmen, doch er schüttelte nur den Kopf und ging geradewegs in die Küche, wo er seine Einkäufe absetzte. „Abendessen! Alles, was wir brauchen, ist hier drin!“, erklärte er ihr, während er sie mit seinen nun wieder frei gewordenen Armen an sich zog und mit einem langen Kuss begrüßte.

„Du glaubst nicht, was ich gerade gelesen habe“, erzählte sie, als er begann, die Tüte auszupacken. Sie setzte sich auf die Anrichte, baumelte mit den Beinen nervös hin und her und berichtete in kurzen Sätzen vom Leidensweg der armen Rose. „Glaubst du, dass die grässlichen Taten in diesem Haus verübt worden sind?“, fragte sie ihn.

„Wie kommst du denn darauf?“

„Weil der Kasten mit der Geschichte hier im Keller versteckt war. Und alle Ortsbeschreibungen eindeutig darauf hinweisen. John McLure muss hier gelebt haben, ich weiß nur nicht, ob während der Zeit, in der dies alles geschehen ist, oder erst später, zu seinem Lebensende. Wann habt ihr das Haus eigentlich gekauft?“

Jason hatte das mitgebrachte Essen, während sie miteinander geredet hatten, neben dem Herd aufgebaut und war nun auf der Suche nach einem geeigneten Topf, Schneidebrett und Messer. Er hielt kurz inne. „Warte mal, ich glaube, Mutter ist kurz vor meiner Geburt hier eingezogen. Das muss dann so vor fünfunddreißig Jahren gewesen sein."

„Warum hast du mich belogen?"

Jason sah sie verblüfft an. „Wie bitte?"

„Du hast gesagt, dass du erst dreißig wärst!"

Er lachte laut auf. Es klang erleichtert. „Weil ich Angst hatte, dass ich zu alt für dich bin. Du hast so jung und hilflos ausgesehen."

„Also genau so, wie Männer es mögen", neckte sie ihn, kam aber schnell wieder zur Sache.

„Wem hat das Haus vorher gehört? Hat Elsie es direkt von John McLure gekauft? Die Geschichte wurde ab 1964 aufgezeichnet, und er wird die Aufzeichnungen wohl persönlich hier versteckt haben. Da liegt es doch nahe, anzunehmen, dass deine Mutter das Haus direkt von ihm übernommen hat. Vielleicht hat sie ihn persönlich kennengelernt und erinnert sich sogar noch an ihn."

„Kann sein", meinte Jason wenig enthusiastisch, „sieh mal, was ich mitgebracht habe. Magst du Sherry?"

Carols Lippen formten einen Kuss. „Ich liebe Sherry! Also, was glaubst du? Hat deine Mutter John McLure nun gekannt oder nicht?"

Jason öffnete die Sherryflasche. „Da musst du sie schon selber fragen."

„Oh Gott, nein", entfuhr es Carol, „ich meine, ich glaube ... ich denke, sie wird aber nicht mit mir reden wollen."

„Ich meine, ich glaube, ich denke?", wiederholte er

grinsend, „was ist denn das? Findet die zukünftige, weltberühmte Schriftstellerin etwa nicht die richtigen Worte?"

„Ich glaube, ... ach herrje, jetzt sage ich es ja schon wieder, also, ich meine, glaube, denke, dass mich deine Mutter nicht besonders mag."

„Unsinn. Sie mag manchmal etwas schrullig sein, das gebe ich zu, aber du kennst sie einfach noch nicht richtig. Sie ist eine nette Frau, mit der man prima klarkommen kann."

Seltsam, wie falsch die meisten Söhne ihre Mütter einschätzen, dachte Carol, der nicht zum ersten Mal auffiel, wie anhänglich und wie blind viele Söhne gegenüber den Fehlern ihrer Mütter waren. Hoffentlich zählte Jason nicht zu einem dieser Extremfälle, die ihre Frau Mama auf ein Podest stellten und vergötterten. In diesem Moment hütete sie sich jedoch davor, Elsie zu kritisieren, denn sie verspürte keine Lust, sich einen weiteren Abend wegen Jasons Mutter verderben zu lassen. Insgeheim nahm sie sich jedoch vor, bei gegebenem Anlass wieder auf diesen Punkt zu sprechen zu kommen.

„Was soll es denn Feines geben?", lenkte sie ab, „kann ich helfen?"

„Um Himmels willen, nein! Ich bin der beste Koch im Cariboo und lasse mir nicht in den Topf schauen. Also raus aus der Küche!" Er hob sie hoch und trug sie zum Sofa. Dann ging er zurück, brachte ihr ein volles Sherryglas und meinte: „Entspann dich und lass dich verwöhnen. Wir haben noch viel Zeit heute Abend, ich werde erst später kochen. Soll ich uns Musik auflegen?"

Jason sah kurz durch ihre CD-Sammlung, legte die digitale Wiederaufbereitung einer alten Elvis-Presley-

Platte auf und zog sich dann, zu den sehnsüchtigen Klängen von „Its now or never“ hastig seinen dicken Pullover über den Kopf. Mit nacktem Oberkörper stand er vor ihr. Jeder einzelne Muskelstrang unter seiner goldfarbenen Haut war angespannt und schien zu beben. Sein blondes, dichtes Haar war völlig zerzaust, nachdem er sich seinen Pulli achtlos über den Kopf gezogen hatte, und in seinen Augen lauerte ein fremdartiger, fast animalischer Ausdruck, während gleichzeitig die Andeutung eines fast überheblichen, jungenhaften Lächelns um seinen Mund spielte. Diese explosive Mischung aus Bewunderung und Dominanz erzeugte bei Carol eine kribbelnde Vorfreude.

Sie lehnte sich zurück. „Ich kann mich nicht einfach so entspannen. Du wirst mir schon helfen müssen.“

Jason zog den Rest seiner Kleidung aus. „Zu Diensten, Madame!“

„Du lässt dich ja nicht lange bitten!“

„Nicht von dir!“, sagte er, tauchte seine Finger in das Sherryglas und fuhr mit den feuchten Kuppen an ihrem Hals entlang. Schnell knöpfte sie ihre Baumwollbluse auf, doch als sie sich aufrichten wollte, um sich vollständig zu entkleiden, hielt er sie an den Schultern fest und streifte ihr selbst die Bluse über die Arme herab. Allerdings nur bis auf halbe Höhe, so dass sie in ihrer Bewegungsfreiheit eingeschränkt und ihr Oberkörper beinahe wie gefesselt war. Schon schlüpften seine warmen Hände in ihren Büstenhalter, hoben ihre Brüste heraus und drückten dann das Oberteil unter ihnen so fest zusammen, dass sie dadurch nach oben gepresst wurden. Er beugte sich über die hervorstehenden entblößten Hügel und goss den Rest des Sherrys darüber. Die Flüssigkeit rann in dicken kalten Tropfen über die warme Haut, und Jason begann sie mit seiner Zunge aufzulecken. Carol glaubte den Verstand zu verlieren, so sehr konzentrierten sich plötzlich alle ihre Sensoren auf einen einzigen Körperteil. Sie bog ihr Rückgrat durch und drehte ihren Kopf zur Seite, damit er auch noch die Stelle an ihrem Hals, die er zuerst berührt hatte, ablecken konnte. Er tat ihr den Gefallen und sein Mund arbeitete sich über ihre nackten Schultern und den Nacken zu ihrem Mund hoch. Dabei schoben seine Hände ihre Bluse weiter nach unten, so dass ihre Arme wieder frei wurden und sie sich endlich ihrer Jeans entledigen konnte. Ohne ihren Kuss zu unterbrechen, liebten sie sich wilder, schneller und heftiger, aber genauso intensiv wie beim ersten Mal. Als sie schließlich schwer atmend und mit schweißnassen Körpern wieder zur Ruhe kamen, sang Elvis noch immer, diesmal von „Suspicious Minds". Jason schnupperte wie ein Tier, das eine Fährte aufgenommen hat, an ihrem Hals und murmelte, während er genüsslich an ihrem Ohr knabberte, dass sie so gut wie ein frischgebackenes Weihnachtsplätzchen rieche. Das ist der Sherry, lachte sie, und überlegte laut, nach was sie das nächste Mal gerne riechen würde. Vielleicht nach Milch und Honig?

Nicht ohne jede Ironie meinte Jason daraufhin, er habe Hunger – richtigen Hunger – und stand auf, um in seine Kleidung zu schlüpfen.

Die CD war zu Ende, und Carols Magen knurrte wie auf Kommando. „Na gut, dann lass uns jetzt in der Küche etwas Leckeres zaubern."

„Nein, es war mein Ernst, als ich sagte, dass ich mich um das Abendessen kümmern werde. Lass dich einfach von meinen Kochkünsten überraschen“, schlug Jason vor, „du kannst währenddessen in deiner Geschichte weiterlesen und mir dann beim Essen davon erzählen.“

Obwohl Carol mit Jason gerne gemeinsam in der Küche das Essen zubereitet hätte, war die Versuchung weiterzulesen doch stärker. Schließlich würde es noch viele Abende geben, an denen sie gemeinsam kochen konnten. „Okay, es sind sowieso nur noch ein paar Seiten“, antwortete sie, während sie sich anzog.

„Dann viel Spaß“, wünschte Jason, küsste sie auf die Stelle an ihrem Hals, die nach duftenden Plätzchen roch, und setzte abschließend noch hinzu: „Cookie!“

Carol musste lachen, ihr neuer Spitzname gefiel ihr auf Anhieb. „Ab in die Küche mit dir“, sagte sie, lehnte sich gemütlich zurück und vertiefte sich wieder in die Aufzeichungen, die John McLure vor vielen Jahren hier in ihrem Haus geschrieben haben musste.

Sobald Tom entdeckt hatte, dass Rose zum dritten Mal schwanger war, veränderte sich sein Verhalten uns gegenüber. Er weigerte sich, für uns zu kochen. Und auch die ganzen Prügel, die er dafür bezog, halfen nichts. Jeden Tag versuchten wir aufs Neue, ihm seine Verantwortung einzubläuen, aber ohne Erfolg. Manchmal war er verschwunden. Wir nahmen an, dass er bei Rose im Schober war, aber keiner von uns wollte dort nach ihm suchen gehen.

Wir versorgten uns selbst, so gut es ging. Doch da wir die Kocherfahrung und die Zeit, die Tom dafür verwendet hatte, nicht aufbringen konnten, waren wir schon sehr bald schlecht genährt und dementsprechend schlecht gelaunt. Das Haus verkam täglich mehr, unsere Kleidung war schmutzig und unsere Wut auf Tom wuchs.

Es war Ende Oktober 1926, diesmal weiß ich das Jahr genau, als Dan und Bill endgültig genug hatten. Ich war noch auf dem Feld, also zu weit weg, um einzugreifen. Und ich weiß ebenfalls ganz genau, dass ich sie nicht zum Schober hätte gehen lassen! Sie hatten dort nichts verloren. Es war schlimm genug, was sie getan hatten. Der Schober war tabu, solange Rose dort in anderen Umständen daniederlag. Sie war jetzt zwar erwachsen, aber ihr Gemüt war zurückgeblieben, und es war besser, sie mit Tom alleine zu lassen, der genau wusste, wie er sie versorgen musste. Die Zwillinge hätten einsehen müssen, dass sie sich für eine Weile selbst verpflegen mussten. Aber sie waren wütend auf Tom. Ich kann mir leider nur allzu gut vorstellen, wie die beiden muskelbepackten Männer mit furchteinflößenden Mienen zum Schober eilten, um Tom und Rose eine Abreibung zu verpassen. Und wie Tom durch den Spalt an der Tür seine aggressiv aufgeladenen Brüder auf sich zukommen sah. Wie er die Angst spürte, die vor einem Angriff durch die Glieder fährt und sie lähmt und die einem die Luft abschnürt, die aus der Lunge entweichen will. Ich kann die Angst nachvollziehen, ich stelle mir vor, es war für Tom wie damals für mich, als ich auf einer Jagd einen Bären kommen sah und wusste, dass nur noch wenige Sekunden bis zu seinem Angriff verstreichen würden. Ich habe den Bären mit einem Schuss erlegt, er ist nicht einmal zwei Meter vor mir auf dem Boden zusammengebrochen. Der Schuss war meine einzige Chance zu überleben!

Tom muss sich damals genau so gefühlt haben. Aber die Angst um sein eigenes Leben ist es bestimmt nicht allein gewesen, sonst hätte er es schon viel früher getan. Nein, ich bin überzeugt, es war vor allen Dingen seine Angst um Rose. So wie ich einstmals beim Bären, so muss auch er sein Gewehr genommen und, ohne lange nachzudenken, Rose und sich selbst verteidigt haben. Bill traf es auf dem Weg zum Schober. Als ich ihn fand, lag er auf dem Rücken, mit geschlossenen Augen, ganz als würde er schlafen. Seine linke Hand berührte die Wunde in seiner Brust, zwischen den gespreizten Fingern waren dünne, rote Rinnsale zu sehen. Er hatte das Blut stoppen wollen, aber nur für einen Augenblick, denn er muss tot gewesen sein, noch bevor das Blut versickerte. Wäre er ein Tier gewesen, hätte ich Tom zu diesem Schuss beglückwünscht. Doch sogar bis heute hat sich der abgrundtiefe Hass auf Tom noch nicht gemildert, der mich überkam, als ich Bill fand. Er war kein Tier, er war mein Sohn! So wie Dan, den ich nur wenig später im Schober fand. Die Tür war offen, sie schwang leise knarrend im Wind, und Dan lag mit dem Gesicht nach unten im Heustaub. Tom muss ihn auf dem Weg zu Roses Zimmer erwischt haben. Es waren drei Schüsse nötig gewesen, um ihn aufzuhalten, einer davon hatte ihn im Rücken getroffen. Ich nehme an, Tom hat den dritten Schuss über ihm stehend abgefeuert, um ganz sicher zu sein. Dan war ein zäher Kerl, er wird nicht so einfach gestorben sein.

Ich warf mich über Dan und wollte ihn mit meinem Geschrei und meinem Flehen wieder zum Leben erwecken, aber er rührte sich nicht mehr. Die Zwillinge lagen nicht weit voneinander entfernt, und so rannte ich zwischen ihnen hin und her. Ich muss wohl von Sinnen gewesen sein. Für einen Vater ist es das Schlimmste, einen Sohn zu verlieren. Ich hatte zwei verlorene Söhne, die aus meinem Holz geschnitzt waren, die ich brauchte, zum Leben, für die Farm, für die Zukunft. Alles was ich erarbeitet, erhofft, erträumt hatte, war mit den Zwillingen gestorben. Noch war mir nicht bewusst, dass ich auch den dritten Sohn verloren hatte. Ich weinte und jammerte um Dan und Bill, bis der Abend in die Nacht überging und ich die Jungs nicht länger im Dunkeln liegen lassen wollte. Ich trug sie ins Haus und legte sie auf ihre Betten.

Erst viel später in der Nacht, als die Schnapsflasche, die ich gegen Morgengrauen leer trinken würde, um meinen Schmerz zu betäuben, noch unberührt vor mir stand, begann ich mich zu fragen, was nach den Schüssen wohl geschehen war. Tom und Rose waren nicht mehr im Schober, ich musste annehmen, dass sie von der Farm geflohen waren. Es war nicht schwierig, die Ereignisse nachzuvollziehen, und in all den bitteren Anklagen, die ich wortlos an Tom richtete, war auch ein Funken Verständnis mitenthalten, denn mir war schmerzlich bewusst, dass sein Morden in Notwehr geschehen sein musste. Dennoch hätte ich ihn umgehend erschossen, wäre er auf der Farm geblieben und von mir gefunden worden. Was war sein Leben denn wert, im Vergleich zu den beiden Leben, die er ausgelöscht hatte? Selbst heute noch beklage ich den Verlust der Zwillinge und bedauere, dass ich Tom und Rose nicht der ausgleichenden Gerechtigkeit wegen habe töten können. Ihre Namen haben mich lange genug bedrückt, in schlaflosen Nächten voller blutrünstiger Rachegedanken und in den ihnen nachfolgenden Alpträumen.

In den Tagen nach der Tragödie musste ich meine Söhne ganz alleine begraben. Ich wollte Tom jagen und ihn stellen, aber was hätte es gebracht? Schon damals wurde mir bewusst, dass die Schande allzu groß gewesen wäre. Niemand durfte erfahren, dass die Farm zur Stätte zweier Brudermorde geworden war. Ich konnte nur hoffen, dass die beiden Flüchtigen irgendein Unglück ereilen würde. Ein schwacher junger Mann mit einer Behinderung, die ihn zum Außenseiter machte, und eine junge, schwangere Frau, wohin sollten sie sich wenden? Wie weit würden sie kommen?

Tagelang formte ich in meinem Kopf eine Geschichte, die den Nachbarn glaubwürdig erscheinen würde. Aber ich machte mir zu viele Gedanken. Die Bevölkerung um den Bridge Lake war zwar drastisch angestiegen, seit wir damals, vor siebzehn Jahren, den Weg über die Rockies gefunden hatten. Es gab jetzt sogar eine Ortschaft, die sich der Einfachheit halber ebenfalls Bridge Lake nannte und in der ein Geschäft, eine Schule und eine Gemeindehalle zu finden waren. Auch eine wöchentliche Postlieferung gab es in der Zwischenzeit, so dass alle Farmer aus den umliegenden Höfen mindestens einmal in der Woche zum Einkaufen und Schwatzen in die kleine Siedlung kamen. Doch kaum einer von ihnen kannte uns näher, und auch wir hatten uns nie in das Leben anderer eingemischt. Wir hatten dies immer vermieden, zu viel Gerede lag uns nicht.

Unsere Farm war mittlerweile zweitausend Acres groß geworden, alles ausgezeichnetes Weideland, das auf unsere Namen eingetragen war, und als meine Zwillinge starben, hatte ich noch immer keine Hilfskräfte für die Bewirtschaftung angeheuert. Also begrub ich meine Söhne und fuhr zum Ort, um ein paar Tagelöhner einzustellen. Meine Söhne seien nach Kamloops vorausgereist, um einen Teil der Farm zu verkaufen, und ich wollte nachkommen, behauptete ich. Die Tagelöhner sollten bis zu unserer Rückkehr Vieh und Land versorgen. Näheres erklärte ich nicht, das wurde auch nicht erwartet, und als ich von meiner Reise zurückkam, hatte ich schon viel von unserem Land und fast unsere ganze Herde verkauft. Was sage ich, verkauft? Verschleudert hatte ich alles, so eilig hatte ich es, die Verantwortung loszuwerden. Was sollte ich auch ohne die Hilfe meiner Jungs tun? Mit dem Erlös aus dem Verkauf und den restlichen Tieren, die ich selbst versorgen konnte, habe ich bis zum heutigen Tag auf meiner Farm ohne wirtschaftliche Sorgen leben können. Aber es war nie mehr das Gleiche. An manchen Tagen hat mich die Trauer um den Verlust der Zwillinge fast zu Boden gedrückt, und ich lag apathisch im Haus, an anderen Tagen stand mir das verfluchte Bild von Rose dagegen so deutlich vor den Augen, dass ich schon die Hand ausstrecken wollte, um sie zu erwürgen. Oder Tom quälte mich mit seiner

Anwesenheit und seinen Anklagen. Mit der Zeit nahmen meine Schuldgefühle eine grauenvolle Gestalt an. Je älter ich wurde, und je länger die Tragödie zurücklag, um so öfter tauchte die Kutsche vor meinem geistigen Auge auf, und ich erforschte die Tragweite meiner damaligen Entscheidung. Jetzt weiß ich, dass ich einem anderen Mann sein Kind gestohlen habe und dass der Geist dieses Vaters die Rache, die Tom schließlich an mir genommen hat, verlangt hat. All meine Fehler sind mir jetzt klar. Auch die Nachlässigkeit, mit der ich die Zwillinge treiben ließ, was sie treiben wollten, und sie damit in ihr Verderben schickte, ist mir im Nachhinein unverständlich. Meine Schuld wird täglich größer, denn es gibt nichts, was ich tun könnte, um meine Fehler wiedergutzumachen. Nichts, außer die Geschichte aufzuschreiben, doch auch dies wird nichts mehr ändern. Ich bin müde geworden und hoffe, dass es bald zu Ende geht. Aber noch bleibt mir vom letzten Teil meines Lebens, dem bittersten, zu berichten.

Ich habe Rose wiedergesehen. Nachdem ich viele einsame Jahre auf der Farm dahingelebt hatte und die Geister der Vergangenheit zumindest tagsüber genug in Schach hatte halten können, um den Schein, ein normales Leben zu führen, aufrechtzuerhalten, kam Rose in mein Leben zurück, um mich endgültig zu zerstören. Es war im März dieses Jahres. Ich saß alleine im Haus wie jeden Morgen, als es klopfte und sie vor der Tür stand. Sie sah aus wie damals, so dünn und jung und unscheinbar. Ihr Gesicht zeigte keinerlei Ausdruck, und die rötlichen Haare hingen ihr in dünnen Strähnen in die Stirn. Ich glaubte, ihren Geist zu sehen, und griff mir unwillkürlich ans Herz. Sie war gekommen, um mich zu vernichten. Doch natürlich war es kein Geist, es war Rose, und ich erkannte sie sofort, obgleich sie behauptete, jemand anderer zu sein. Ich weiß nicht mehr, welchen Namen sie sich gab, aber sie war Rose. Sie kannte mich, kannte den Ablauf der Tragödie und erzählte ihn mir wieder und immer wieder. Sie blieb einfach da, hier, bei mir im Haus, so dass ich sie jeden Tag ansehen musste. Auch jetzt ist sie noch da. Ich sitze hier und versuche mein Schreiben vor ihr zu verheimlichen, denn sie weiß ja nichts von dem, was am Lake Louise geschehen ist. Beständig quält sie mich mit ihren Fragen, die ich nicht beantworten kann. Nicht beantworten will. Sie klagt mich an, und sie wartet. Jeden Tag muss ich neu mit meiner Schuld leben, und sie will mich zwingen, ihr die Wahrheit zu sagen. Sie sagt, nur die Wahrheit könne mich retten. Aber wenn mich Rose an die Hand nimmt und in den Tod begleitet, dann ist es besser, sie weiß nicht alles. Ich erzähle ihr nicht die ganze Wahrheit, so wie ich sie hier aufschreibe. Ich verstecke die Geschichte jeden Tag neu vor ihr, damit sie nicht weiß, wann ich zu Ende geschrieben habe, und sie nicht herausfindet, was in Wahrheit geschehen ist. Sie darf die Wahrheit nicht herausfinden. Ich spüre es ganz genau, das Ende der Geschichte ist mein Ende. Ich fürchte mich vor ihrem Geist, denn sie ist böse geworden. Früher hat sie nie einen Ton von sich gegeben, nun sitzt sie mir den ganzen Abend gegenüber und verlangt von mir mit schrillen Worten, dass ich mich bei Tom entschuldige und bei ihr. Als hätte ich sie schwanger gemacht! Sie ist mir immer noch verhasst, obwohl ich es nicht zugeben werde. Ihre Macht ist zu groß geworden. Sie allein wird entscheiden, ob mir vergeben wird. Ich muss sie besänftigen. Noch habe ich ihr nicht von der Kutsche erzählt. Nicht von der Kutsche und nicht von dem Blutgeld. Sie glaubt noch immer, mit mir verwandt zu sein. Vielleicht entdeckt sie die Wahrheit nicht, dann kann sie das zumindest nicht auch noch auf ihre Seite der Waagschale werfen. Ich habe so wenig zu meiner Verteidigung. Vielleicht hilft es, wenn sie glaubt, meine Tochter zu sein. Vielleicht verdammt sie mich dann nicht so sehr.

Oh, mein Gott, warum hast du mir die Tochter gelassen, die ich nicht wollte, und mir die Söhne genommen?

Rose wird schon misstrauisch, sie hat mich wieder schreiben sehen. Ich werde meine Geschichte morgen zu Ende bringen, heute ist es zu gefährlich.

Carol konnte es nicht fassen. Sie war bei der letzten Seite angelangt, die Aufzeichnungen waren beendet, aber die Geschichte war noch nicht fertig erzählt! Der letzte Satz deutete an, dass John vorgehabt hatte, am nächsten Tag weiterzuschreiben. Aber wo waren die fehlenden Seiten? Gab es keine mehr, weil ihn Rose am Schreiben gehindert hatte? Oder war er über Nacht krank geworden und hatte nicht mehr weiterschreiben können? Vielleicht war er auch gestorben?

Ja, so musste es gewesen sein. John McLure hatte die geschriebenen Seiten versteckt und war dann aus irgendeinem Grund nicht mehr dazu gekommen, seine Beichte zu beenden. Rose konnte die Geschichte unter keinen Umständen entdeckt haben, denn sie war lediglich ein Geist, die Erfindung eines schuldbeladenen, alten Mannes. Es konnte nicht Rose gewesen sein, überlegte Carol und rechnete sicherheitshalber nach. In dem Jahr, als John McLure die Geschichte niedergeschrieben hatte, wäre Rose ungefähr sechzig Jahre alt gewesen, falls sie damals überhaupt noch gelebt hatte. Aber John hatte geschrieben, dass sie sich überhaupt nicht verändert habe und ihn Tag und Nacht belauere. In seiner Einbildung musste sich die Schuld, die er hatte verarbeiten wollen, wohl in Roses Erscheinung personifiziert haben, und diese fleischgewordene Anklage hatte ihn wie ein böser Geist verfolgt und schlussendlich auch vernichtet. Carol zweifelte nicht daran, dass sie Johns Beichte in ihrem ursprünglichen Versteck gefunden hatte, in das er sie auch eigenhändig hineingelegt hatte. Aber wie ging es nun weiter? Das Ende von John McLure war schließlich nicht das Ende der Geschichte! Was war aus Rose und Tom geworden? Aufgeregt stand sie auf und legte die losen Seiten zurück in den Kasten.

„Schon fertig?", fragte Jason, als sie in die Küche kam, „ich bin leider noch nicht so weit."

„Macht nichts", meinte Carol und setzte sich wieder an ihren alten Platz auf der Anrichte, „es war furchtbar! Einfach grauenhaft. Tom hat seine beiden Brüder, die Zwillinge, ermordet und ist danach mit der schwangeren Rose geflohen. Und die letzten Monate seines Lebens wurde John McLure von seiner Schuld so sehr gepeinigt, dass ihm Rose als Racheengel erschienen ist, und dann endet die Geschichte auf einmal. Fürchterlich! Ich muss unbedingt wissen, wie es weitergeht, auch wenn die Aufzeichnungen zu Ende sind!" Sie seufzte tief. „Das darf doch einfach nicht wahr sein!"

„Ich muss zugeben, das klingt alles ziemlich aufregend, aber gleichzeitig auch ziemlich unwirklich. Wie in einem Film. Man kann gar nicht glauben, dass so etwas hier in dieser Gegend passiert sein soll."

Carol wusste plötzlich ganz genau, was sie zu tun hatte. „Du sagst es! Es ist einfach unglaublich. Eine wahnsinnig spannende Geschichte, und ich werde sie weiter recherchieren und dann ein dickes Buch darüber schreiben."

„Habe ich das gerade gesagt?" Jason lächelte sie an.

„Es war Schicksal, dass ich das Haus gekauft und den

Kasten gefunden habe", fuhr Carol unbeirrt fort, „und es ist meine Aufgabe, das Ende der Geschichte aufzudecken."

Jason sah, wie aufgeregt sie war. Ihre Wangen glühten, und in ihren Augen leuchtete ein inneres Feuer, ein Interesse, das er schon einige Male zuvor bei Menschen entdeckt hatte, die mit sich selbst im Reinen und zufrieden waren, weil sie ihre Lebensaufgabe gefunden hatten und diese überzeugt und unbeirrbar in die Tat umsetzten. Carol war von ihrer Idee wie berauscht, die Sätze sprudelten nur so aus ihr heraus, und sie sortierte in Windeseile, noch während sie sprach, ihre Überlegungen. Wie sie ihre Recherche angehen, die Geschichte aufbauen und Roses Leben dokumentieren würde. Jason unterbrach sie nur, wenn sie den Faden verlor, und brachte sie mit gezielten Fragen wieder an ihren Ausgangspunkt zurück. Er hatte Büffelsteaks mit Gemüse und Nudeln serviert. Doch Carol lobte seine Kochkünste eher beiläufig, obwohl das Essen ausgezeichnet schmeckte. Ihre Gedanken waren viel zu sehr mit der Zukunft und ihrem Buchprojekt beschäftigt, auf das sie im Laufe des Abends immer wieder zurückkam und das sie mit Jason Punkt für Punkt durchging.

Als Erstes sollte ihr Jason den neu erstandenen Computer anschließen und die Schreibprogramme installieren. Anschließend wollte sie alle ihre Nachbarn besuchen, um herauszufinden, ob noch irgendeiner von ihnen etwas über John McLure und seine Familie wusste. Wieder bot Jason an, seine Mutter danach zu fragen, und dieses Mal lehnte Carol nicht ab. Im dritten Schritt wollte Carol dann in 100-Mile und Kamloops die Registereintragungen für ihr Grundstück und das der Nachbargrundstücke einsehen. Wie es allerdings danach weitergehen sollte, wusste sie noch nicht genau. Sie war so aufgeregt, dass sie sogar vergaß, auf ihr gemeinsam geplantes Geschäft mit den Büffeln zurückzukommen, und Jason erwähnte es ebenfalls nicht.

17

Der März bemühte sich nach Kräften, die Mühsal des Winters aus dem Gedächtnis zu vertreiben. Jeder Tag brachte die warme Jahreszeit näher, man spürte es an der Mittagssonne, die schon so stark war, dass Carol ihren Kaffee nach dem Essen auf der großen Terrasse trinken konnte. Der See war zwar noch immer gefroren, doch der Schnee am Ufer begann bereits zu schmelzen, und das stete Rinnen des Wassers, das in dicken, schweren Tropfen vom Dach auf den Boden klatschte, verhieß einen baldigen Frühling. Die Sonne bräunte gefährlich schnell, trotzdem gönnte sich Carol die nach so langer Zeit ungewohnte Wärme in den kurzen Ruhepausen, die sie sich genehmigte. Es gab so viel zu tun.

Jason hatte ihr geholfen, den Computer zu installieren und ans Netz anzuschließen, und Carol hatte übers Internet sofort ihren Anwalt mit der Vertretung ihrer Rechte anlässlich der bevorstehenden Scheidung beauftragt. Die eingehenden Kommentare des Anwalts waren verhalten, aber positiv, und Carol wusste seine vorsichtige Beratung, die immer sachlich war und weder übermäßige Hoffnungen weckte, noch desillusionierte, zu schätzen. Ihr Anwalt hatte sie darauf vorbereitet, dass es lange dauern konnte, bis die Scheidung mit allen Konsequenzen durchgekämpft war. Doch verlieren konnte sie nicht, ihr stand auf jeden Fall ein Teil der Firma zu. Die Höhe der Abfindung blieb jedoch offen und würde, falls der Richter den geschätzten und angegebenen Wert der Firma nicht anerkannte, möglicherweise zum großen Teil vom Anwaltshonorar aufgefressen werden. Carol hatte gerade Peters letztes Schreiben durchgelesen und warf es nun nachlässig auf die Holzplanken der Terrasse. Er wollte vor Gericht gehen, lehnte jede vernünftige Einigung ab und bezichtigte sie des Betrugs und des Diebstahls. Es würde ein langer, schmutziger Kampf werden.

Aber sie wollte sich das Leben nicht durch Peters Kleinkrieg vergiften lassen. Jeder Tag war ein neues Abenteuer, und sie hatte Wichtigeres zu tun. Sie schrieb John McLures Geschichte ab, speicherte sie auf der Festplatte ihres Computers und lagerte eine Sicherheitskopie davon im Handschuhfach ihres Autos. Seit sie beschlossen hatte, ein Buch über Roses Leben zu schreiben, befürchtete sie ständig, dass der Kasten samt Aufzeichnungen verloren gehen, ihr Haus abbrennen oder Diebe in ihr Haus einbrechen und die wertvollen Schriftstücke entwenden könnten. Sie war zu allen unmittelbaren wie auch entfernteren Nachbarn gefahren, hatte sich vorgestellt und sich mit ihnen unterhalten, allerdings ohne großen Erfolg. Zwar kannten alle den Namen McLure, und einige der Älteren erinnerten sich auch noch vage an John und seine Söhne, doch niemand wusste, was aus ihnen geworden war. Manche behaupteten mit absoluter Gewissheit, dass die Söhne, auf der Suche nach einem leichteren, besseren Leben, nach Amerika ausgewandert seien, andere dagegen waren sich sicher, dass sie im Gefängnis gelandet waren, weil sie den eigenen Vater betrogen hatten. John war hingegen einmal vor Kummer gestorben oder ebenfalls ausgewandert, ein anderes Mal hieß es, er habe in hohem Alter wieder geheiratet und seine Frau hätte alles durchgebracht ... Carol hatte einige Tage gebraucht, ehe sie begriff, dass niemand wirklich etwas wusste. Nach den ersten Interviews war sie noch jedes Mal hoffnungsfroh und überzeugt, auf der richtigen Spur zu sein, nach Hause gefahren, doch dann war ihre Euphorie rasch der Erkenntnis gewichen, dass sie mit ihrer Recherche so nicht weiterkam.

Also änderte sie ihren Tagesablauf und fuhr jeden Morgen nach dem Frühstück los, um die Ämter in 100-Mile, Williams Lake und Kamloops aufzusuchen. Die darauf folgende Niederschrift der zusammengetragenen Informationen und ihre Hausarbeiten verschob sie dagegen auf den Nachmittag, wenn sie wieder zu Hause war.

Jason kam fast jeden Abend zu ihr, blieb über Nacht und fuhr dann am nächsten Morgen schnell zum Haus seiner Mutter, um nach ihr zu sehen und seine Kleidung zu wechseln. Carol dachte darüber nach, ihm vorzuschlagen, ganz zu ihr zu ziehen, sagte vorläufig aber nichts, und auch er verlor kein Wort über diese Möglichkeit. Es war, als wollten beide so lange damit warten, bis der Vorschlag zeitlich angebracht war. Dafür sprachen sie mehrfach wieder über ihre ursprüngliche Idee, eine Büffelherde zu kaufen. Jason wollte das Projekt mit der schlichten Begründung, er könne jetzt kein Geld mehr von ihr annehmen, weil es sonst so aussehen würde, als wollte er von ihrer Beziehung profitieren, nicht mehr realisieren. Carol hingegen erläuterte ihm mit der gleichen Beharrlichkeit, dass sie ihm nichts schenken, sondern nur in ein gemeinsames Unternehmen investieren wollte, weil sie für die Zukunft dringend eine Einnahmequelle benötigte. Letztere Überlegung war aber auch der Knackpunkt des gesamten Projekts: Es würde zu lange dauern, bis sie mit den Büffeln genug Geld verdienten, um davon leben zu können.

Carol konzentrierte sich daher vorerst auf die Arbeit an ihrem Buch und wurde darin von allen ihren Freunden bestärkt. Anita und Hermann luden sie und Jason oft zum Essen ein. Ihre Gespräche drehten sich dann meist um Carols Nachforschungen und die Fortschritte, die sie dabei machte, denn Jason weigerte sich standhaft, über die Büffelzucht zu sprechen, und Carol nahm an, dass ihm seine mittellose Lage peinlich war. Maria und Gerd sah sie hingegen in letzter Zeit nur noch selten, doch sie telefonierten häufig miteinander, denn Maria wollte über jede noch so kleine Neuigkeit informiert werden. Noch immer hatte ihr Carol nicht gestanden, wie eng ihre Beziehung zu Jason mittlerweile war, zum Ausgleich dafür berichtete sie Maria deshalb umso ausführlicher über die Entwicklung ihres Buchprojekts.

Das Interesse ihrer Freunde bestätigte Carol, auf dem richtigen Weg zu sein. Das Schreiben war keine sinnlose Beschäftigungstherapie, die sie aus Langeweile heraus betrieb, sondern eine ernsthafte Aufgabe, die viel Zeit in Anspruch nahm, ohne dass sie sicher sein konnte, dass überhaupt etwas dabei herauskommen würde.

Doch Carol fühlte sich in ihrem Tun beflügelt, denn noch war nichts entschieden und alles möglich.

Die Sonne stand bereits tief, und die dicht am Haus stehenden Bäume warfen lange Schatten auf die Terrasse. Sofort begann es kühl zu werden, und Carol beschloss, wieder ins Haus zu gehen. Dort zog sie sich ein Sweatshirt über, setzte sich an den Computer und gab die neuesten Daten ein, die heute mit der Post gekommen waren.

Jason hatte ihr einige Tipps gegeben, wie sie die Historie der Landübertragungen besser recherchieren konnte. Es war schwierig gewesen, überhaupt an irgendwelche Daten heranzukommen, denn viele Unterlagen über die Besiedelung des Landes zu Pionierzeiten waren verloren gegangen. Zwischenzeitlich hatte sie jedoch alle noch vorhandenen Dokumente einsehen und die meisten Verkäufe nachvollziehen können.

John McLures Land musste einst fast das gesamte Nordufer des Sees eingenommen haben. Im Jahr 1907 hatte er eine Quartersection, also hundertsechzig Acres auf seinen Namen eintragen lassen. Das entsprach 650.000 Quadratmetern. Gutes Farmland, das er als Erstes bearbeitet hatte, weil es fruchtbar war und seine Bewirtschaftung am wenigsten Arbeit erforderte. Die daran angrenzenden Quartersections musste er mit seinen Söhnen in den darauffolgenden Jahren gerodet und nach und nach eintragen haben lassen, bis ihm schließlich mehr als zwölf Quartersections gehört hatten. Erstaunlicherweise hatte er das Land schon damals aufgeteilt und zur Linken der ursprünglichen Quartersection jeweils vier Quartersections auf Dan und Bills Namen eintragen lassen. Zu ihrer Rechten lag eine Quartersection, die auf Rose geschrieben war, daneben eine für Tom. Allein das Land dazwischen blieb auf Johns eigenen Namen eingetragen, doch dabei handelte es sich immer noch um ein riesiges Gebiet. Er musste geplant haben, in späteren Jahren zwischen seinen Kindern zu leben, mit der hilflosen Rose zwischen ihm und Tom, die beide genug Land zum Leben haben würden, und den Zwillingen, die doppelt so viel besaßen, vermutlich, um ihre zukünftigen Familien ernähren zu können. Carol war erstaunt über die Weitsicht Johns. Sie kannte jetzt auch die Lotnummer ihres Besitzes, und – wie erwartet – lag ihr Haus auf dem Stück Land, das John McLure für sich reserviert hatte. Ihr Haus war demnach sein Haus gewesen. Er musste es irgendwann in den ersten Jahren nach seiner Ankunft im Cariboo gebaut haben. Danach war das Land 1965 direkt von John McClure auf Elsie Golden übergegangen, die es im gleichen Jahr nochmals aufgeteilt und es, bis auf die zwei Acres Seegrundstück ums Haus herum, wieder verkauft hatte. Ihre Umbaupläne für das Wohngebäude waren im folgenden Jahr, dem Jahr vor Jasons Geburt, genehmigt worden.

Das Land zur Linken war bis 1970 auf Dan und Bills Namen eingetragen gewesen, danach war es an die Regierung zurückgefallen, weil die Grundstückssteuern für längere Zeit nicht bezahlt worden waren. Es lag auch heute noch brach, niemand schien sich darum zu kümmern. Doch was mit dem Land zur Rechten, das Rose und Tom gehört hatte, geschehen war, verblüffte Carol so sehr, dass sie ihre Schreibarbeit unterbrach und im Grundbuchamt anrief, um zu erfahren, wie es dazu hatte kommen können. Aus Datenschutzgründen wurde ihr jedoch jede Auskunft verweigert. Auch konnte ihr niemand von der Behörde sagen, wie viel für das Land bezahlt worden oder woher das Geld dafür gekommen war. Nun ließ es sich nicht länger vermeiden. Carol musste unbedingt mit Elsie sprechen.

Sie ging zum Telefon, atmete tief durch und wählte Elsies Nummer. Doch es war Jason, der abhob und überrascht war, ihre Stimme zu hören, denn sie hatte ihn noch nie zuvor im Haus seiner Mutter angerufen.

„Ich möchte bitte deine Mutter sprechen", erklärte sie zögernd.

„Na endlich", war sein einziger Kommentar, „warte eine Sekunde, ich hole sie ans Telefon."

„Danke!"

Ohne die üblichen Hintergrundgeräusche, die einen Gesprächspartner normalerweise ankündigen, hörte sie nach einer längeren Wartezeit plötzlich Elsie Goldens Stimme. Hatte die Frau mit dem Hörer in der Hand eventuell eine Weile gewartet und ihrem Atem gelauscht?

„Was wollen Sie von mir?"

Einmal mehr fühlte sich Carol durch den außergewöhnlich kalten Ton dieser unfreundlichen Frau abgewiesen. Sie begann zu stottern: „Äh, guten Tag, Frau Golden ... Ich wollte Sie bitten, mich zu treffen ... Können Sie, ich meine, würden Sie ... ich würde gern mit Ihnen sprechen."

„Worüber?"

Carol setzte gerade zu einer ausführlichen Erklärung an, als sie Jason im Hintergrund kurz mit seiner Mutter sprechen hörte. Diese antwortete ihm, und dann war Jason auch schon wieder am Apparat: „Es geht in Ordnung. Du kannst heute Nachmittag gegen drei Uhr vorbeikommen. Passt dir das?"

„Natürlich!", antwortete sie. „Da hast du sie aber schnell überredet. Ich sage jetzt nicht, dass ich mich darauf freue, deine Mutter zu treffen, denn ich fürchte, dass sie nur wenig begeistert sein wird, mich zu sehen, aber ich werde da sein."

„Sei nicht albern, sie freut sich immer über Besuch!"

Wieder war Carol über Jasons unrealistische Einschätzung bezüglich seiner Mutter überrascht und ihre Unruhe wuchs. „Jason, weißt du eigentlich, wem die zwei Quartersections neben meinem Haus gehören?"

„Natürlich, Cookie. Sie gehören meiner Mutter. Ich bin Makler, vergiss das nicht."

Im gleichen Moment ertönte im Hintergrund auch schon Elsie Goldens vorwurfsvolle Stimme, mit der sie Jason zurechtwies, weil sie anscheinend nicht wollte, dass er private Informationen an Fremde preisgab.

„Also gut", beendete Carol das Gespräch. „Ich komme um drei Uhr. Wirst du auch da sein?"

„Nein, ich sehe dich heute Abend. Ich muss noch ins Büro und ein paar Anfragen beantworten. Der Frühling bringt neue Kunden, wie immer. Du wirst dich noch wundern, wie beschäftigt ich erst im Sommer sein werde."

„Das wünsche ich dir", verabschiedete sie sich, „viel Erfolg und dann bis heute Abend."

„Ja, bis dann."

Sie legte auf. Natürlich wusste Jason, wie viel Land seine Mutter besaß, aber woher hatte sie damals das Geld für den Kauf genommen? Hatte sich Jason diese Frage niemals selbst gestellt? Von Anita wusste sie, dass das Land früher fast nichts wert gewesen war, also konnte der Verkauf der abgetrennten Grundstücke Elsie nicht genug Kapital eingebracht haben. Außerdem hatte sie über kein weiteres Einkommen für sich und ihr Baby verfügt und demnach sicher eine Weile von der Verkaufssumme leben müssen. Und hatte Jason nicht auch erzählt, dass seine Mutter während seiner Kindheit sehr arm gewesen sei? Das alles ergab einfach keinen Sinn. Wer hatte Elsie das Land, das zuvor Rose und Tom gehört hatte, verkauft? Carol hatte zwar die dazugehörige Grundbucheintragung gesehen, nicht jedoch den Nachweis des Verkaufs. Sie wusste auch nicht, was mit dem Land zwischen 1914, als es auf Rose und Tom eingetragen worden war, und 1969, als es in den Besitz einer fast mittellosen Frau namens Elsie Golden übergegangen war, geschehen war, hoffte aber, es am Nachmittag von Jasons Mutter zu erfahren.

Die unbewaldeten Hänge entlang des Bridge Lakes wiesen, wo die Sonne das alte Gras des Vorjahres freigelegt hatte, bereits erste braune Stellen auf. Vereinzelt schossen auch schon winzige frische Halme hervor, und die schneefreien Flecken wurden immer größer. Carol rechnete damit, dass die ganze weiße Pracht spätestens in einer Woche geschmolzen sein würde. Der See besaß noch immer eine geschlossene Eisdecke, doch auch hier kündigten Farbveränderungen ein baldiges Tauen an. Bis dahin würden jedoch noch drei bis vier Wochen vergehen. Dann aber würden die Eisschollen mit furchterregendem Knarren und Knacken brechen und in die Tiefe des Sees tauchen. Carol freute sich auf das Naturschauspiel, von dem ihr schon so viel berichtet worden war, das sie aber noch nie gesehen hatte.

Sie fuhr mit dem Wagen langsam die Straße zu Elsie Goldens Haus entlang und nahm die Veränderungen der frühlingshaften Landschaft bewusst in sich auf. Bald würde sich ihr ihre neue Heimat in einem neuen Gewand präsentieren. Es würde ihr erster Frühling in Kanada sein, sie war verliebt und schwelgte in hoffnungsfrohen Träumen über die Zukunft. Da konnte nicht einmal die Tatsache, dass sie auf dem Weg zu Jasons Mutter war, ihre Hochstimmung trüben.

Carol klopfte an, und Elsie öffnete ihr fast gleichzeitig die Tür. „Kommen Sie herein, ich habe Sie erwartet", sagte sie, während sie sich umdrehte und Carol ins Haus voranging. Ihr Rücken war gebeugt und ihre ganze Haltung drückte ungemeine Schwermut aus. Eine Stimmung, die im ganzen Haus zu spüren war. Es war ein unspektakuläres Blockhaus mit mehreren kleinen Räumen im Erdgeschoss, und Carol folgte Elsie durch die Diele, an der offenen Küchentür vorbei und in den Wohnraum, wo Elsie sie förmlich bat, Platz zu nehmen, ihr aber nichts anbot.

Elsie kam sofort zur Sache. „Sie wollten mich sprechen. Worum geht es?"

Carol bemerkte, dass Jasons Mutter rotgeschwollene Augen hatte und ihre linke Hand ein Stofftaschentuch umklammert hielt. Sie musste geweint haben und augenblicklich empfand Carol Mitleid mit ihr. „Ich hoffe, ich störe Sie nicht", begann sie, „ich weiß auch nicht, wie viel Jason Ihnen bereits erzählt hat ..."

„Mein Sohn muss mir nichts erzählen!" Elsie sah auf und blickte Carol direkt in die Augen. Es war keine Rechtfertigung, sondern eine Zurechtweisung.

„Dann darf ich Ihnen vielleicht erklären, worum es geht", fuhr Carol unbeirrt fort, in deren Augen Elsie momentan nichts anderes war, als eine arme, offensichtlich etwas gestörte, alte Frau, die sehr besitzergreifend sein konnte, wenn es um ihren Sohn ging. Aber sie war auch ein Teil der Vergangenheit, für die sich Carol interessierte, und deshalb möglicherweise eine wertvolle Quelle. Doch Carol kam erst gar nicht zu Wort.

„Er muss mir nichts erzählen, weil ich bereits weiß, worum es geht! Sie sind eine Touristin mittleren Alters, eine frustrierte, gelangweilte Frau, die sich in ein Abenteuer stürzen will. Sie besitzen Geld und glauben, damit mehr als nur ein Haus kaufen zu können. Für Ihr Abenteuer brauchen Sie einen jungen Liebhaber und haben sich meinen Sohn dafür ausgesucht."

Elsies Attacke war so plötzlich gekommen, dass Carol sich fühlte, als ob ihr jemand mit der geballten Faust in die Rippen geschlagen hätte.

„Wie können Sie es wagen", schnappte sie nach Luft.

„Ganz einfach", setzte Elsie nach, „glauben Sie vielleicht, ich wüsste nicht, was vorgeht im Leben? Denken Sie, ich kenne meinen Sohn nicht? Sie tun mir leid. Sie sind so naiv, Sie bilden sich ein, die Einzige zu sein."

Carol glaubte, nicht richtig gehört zu haben. „Was soll das ...?"

„Sie denken, er liebt Sie? Was für ein Unsinn! Ich kann Ihnen nur raten, schnellstmöglich wieder zu Sinnen zu kommen. Ich will gar nicht bestreiten, dass mein Sohn verrückt nach Ihnen ist, aber er ist verrückt nach vielen Frauen ..."

„Das ist nicht wahr!", verteidigte ihn Carol. Elsies Worte taten ihr weh, doch sie hörte auch die Verleumdung, mit der Elsie sie treffen wollte, aus ihnen heraus und wehrte sich dagegen. „Das ist eine Lüge. Er ist jeden Abend bei mir, er kann gar keine anderen Frauen treffen! Sie lügen, weil Sie eifersüchtig sind und Ihren Sohn nicht verlieren wollen. Aber ich weiß, dass er noch nie jemanden so geliebt hat, wie er mich liebt, und Sie wissen es auch. Genau das passt Ihnen nicht, deshalb intrigieren Sie gegen mich. Aber ich nehme es Ihnen nicht übel, denn Sie haben einfach nur Angst davor, allein zu bleiben. Jason wird über kurz oder lang zu mir ziehen, und das wollen Sie um jeden Preis verhindern." Carol hatte schneller als sonst gesprochen und war dabei aufgestanden. Sie wusste, dass es keinen Sinn hatte, noch länger zu diskutieren.

Elsie lachte bitter auf. „Setzen Sie sich. Vielleicht zieht Jason zu Ihnen, vielleicht auch nicht. Es ist mir vollkommen gleichgültig. Auf jeden Fall wird er nicht lange bei Ihnen wohnen, sondern nach einer Weile wieder verschwinden."

„Was soll das heißen?"

„Er wird immer wieder nach Vancouver fahren. Verstehen Sie denn nicht? Er hat eine Familie dort."

Carol musste sich setzen, denn ihre Knie gaben unter ihr nach, und ihr Körper sackte automatisch in den Sessel zurück. „Was für eine Familie?", fragte sie. Und dann wiederholte sie, wie ein kleines Kind, das versucht, ein ihm unbekanntes Konzept zu begreifen, ihre Fragen immer wieder: „Wie bitte? Was soll das heißen? Wieso Familie?"

Elsie winkte schroff ab. „Hören Sie auf, und fragen Sie ihn doch selbst. Er wird es natürlich abstreiten, aber wenn Sie klug sind, warten Sie, bis er das nächste Mal nach Vancouver fährt und beobachten ihn. Dann werden Sie die Wahrheit schon erfahren." Plötzlich schlang sie die Arme um ihren nach vorne wippenden Oberkörper und hielt ihn fest, als müsse sie ihn schützen. Sie wiegte sich sanft vor und zurück und sagte dabei mit milderer

Stimme: „Ich will Ihnen nichts Böses, Sie interessieren mich nicht. Ich will nur meinen Sohn davor schützen, eine Dummheit zu begehen, die er später bereuen wird. Momentan ist er von Ihnen geblendet und sieht nicht, was er riskiert. Sie werden keine Kinder mehr von ihm bekommen können, dafür sind Sie zu alt. Soll er denn wirklich seine Familie für eine Frau aufgeben, die ihm keine normale Zukunft bieten kann? Halten Sie das etwa für richtig?"

„Ich bin noch nicht einmal vierzig", erwiderte Carol schwach. „Und Sie waren genauso alt wie ich, als Jason geboren wurde ..."

Elsie hörte abrupt auf zu wippen. „Halten Sie den Mund, das geht Sie nichts an!"

Doch diesmal ließ sich Carol nicht beirren. „Als Sie hierher gezogen sind und das Haus gekauft haben, das jetzt mir gehört, müssen Sie in meinem Alter gewesen sein, und Jason war noch nicht geboren. Sind Sie deshalb so wütend, weil ich Sie an ihre eigene damalige Situation erinnere? Jedenfalls glaube ich Ihnen kein Wort, und ich werde mit Jason darüber sprechen, darauf können Sie sich verlassen. Ich werde außerdem nicht hinter ihm herspionieren, das wird auch gar nicht nötig sein, denn er wird mir die Wahrheit sagen. Eine Wahrheit, die ich bereits kenne! Sie lügen, weil Sie mich nicht leiden können und mir aus irgendeinem Grund mein Glück nicht gönnen. Vielleicht weil Sie damals schwanger waren und der Mann des Kindes Sie nicht geheiratet hat!" Natürlich, das musste es sein. Carol fühlte sich sofort besser. „Er kam aus der hiesigen Gegend, nicht wahr, und hat Sie enttäuscht. War er verheiratet und hat Ihnen Geld gegeben, damit Sie schweigen? Nicht einmal Jason weiß, wer sein Vater ist, das hat er mir erzählt. Und haben Sie mit seinem Geld das Land gekauft, das zuvor Tom und Rose gehört hat?"

Elsie wurde blass im Gesicht, ihr Teint verlor seinen üblichen matten Roséton, der ihre Sommersprossen und Altersflecken normalerweise abschwächte, und ließ diese nun deutlich hervortreten. Sie begann zu zittern. „Woher wissen Sie von Tom und Rose ...?", hauchte sie so leise, dass Carol sich vorbeugen musste, um ihre Worte zu verstehen.

Volltreffer! Carol ließ nicht locker: „Was ist damals geschehen? Wie sind Sie zu dem Land gekommen? Was ist aus Rose geworden? Das und nichts anderes wollte ich mit Ihnen besprechen. Also sagen Sie mir bitte, was mit Rose passiert ist."

„Woher wissen Sie ...?", wiederholte Elsie.

Carol begann ihr zu erklären, wie sie an ihr Wissen gelangt war, doch in dem Moment, in dem John McLures Name fiel, schien Elsie fast ohnmächtig zu werden. Sie griff sich mit einer Hand an die Brust, stöhnte leise und ihre Lider flatterten unkontrolliert. Carol schob jeden Gedanken an Jason und seine angebliche Familie in Vancouver zur Seite, denn sie fürchtete plötzlich, dass die Frau einen Herzanfall oder Kreislaufkollaps erleiden könnte. Schnell holte sie ein Glas Wasser aus der Küche und half Elsie dabei, es in kleinen Schlucken zu trinken. „Wollen Sie mir Ihre Geschichte denn nicht erzählen?", fragte sie Elsie schließlich sanft.

Elsie Golden hatte ihre Augen geschlossen und sich in ihren Sessel zurückgelehnt. Eine Weile herrschte Schweigen, das nur von den schweren Atemzügen der gebrechlichen Frau unterbrochen wurde. Dann aber richtete sie sich mühsam auf, öffnete die Augen und sah Carol an. „Ich kannte weder John McLure noch Rose oder Tom. Ich habe von ihnen gehört, wie viele andere auch, denn sie haben hier gelebt. Aber Sie täuschen sich, ich kannte sie nicht, keinen von ihnen."

„Aber Sie haben das Land von John McLure gekauft."

Mit einer letzten Kraftanstrengung richtete sich Elsie noch weiter auf. Dabei krallten sich ihre Hände so fest in die Sessellehnen, dass ihre Knöchel weiß hervortraten. „Das alles geht Sie gar nichts an. Weder wer Jasons Vater ist, noch von wem ich etwas gekauft habe, oder woher ich das Geld dafür hatte. Hören Sie auf, sich in Dinge einzumischen, die Sie nichts angehen. Verschwinden Sie aus meinem Leben. Und verschwinden Sie aus Jasons Leben. Sie bringen nichts Gutes. Wer gibt Ihnen überhaupt das Recht, in meiner Vergangenheit herumzustöbern? Gehen Sie!" Elsie blieb sitzen, wies jedoch mit ihrer rechten Hand eindeutig und mehrfach zur Tür. Ihre Stimme wurde schriller. „Gehen Sie!", schrie sie, „verschwinden Sie endlich aus meinem Haus! Und lassen Sie sich hier nie wieder blicken! Nie wieder! Los! Raus hier!"

Carol verließ daraufhin schweigend, und ohne sich zu verabschieden, das Haus. Es hatte keinen Sinn, weiterhin zu versuchen, mit Elsie zu sprechen. Die Frau war in ein hysterisches Geschrei ausgebrochen, das Carol sogar noch hören konnte, als sie längst im Auto saß. Am ganzen Körper zitternd schob sie den Zündschlüssel ins Schloss. So hatte sie sich das Treffen mit Elsie nicht vorgestellt. Carol war so aufgewühlt und durcheinander, dass sie unbedingt sofort mit Jason sprechen musste. Also fuhr sie die North Bridge Lake

Road entlang, an ihrem eigenen Haus vorbei und direkt zu Jasons Büro.

Schon von Weitem sah sie mit großer Erleichterung das Offen-Schild an seiner Bürotür baumeln. Sie parkte ihren Wagen und stürmte ins Büro, ohne die Tür hinter sich zu schließen.

Jason saß an seinem Schreibtisch und sortierte mit eifrigen Handbewegungen irgendwelche Papiere. Der eindringende Nachmittagswind fegte einige lose Blätter vom Tisch.

„Was ist passiert?“, fragte er überrascht, als die Tür mit einem lauten Knall ins Schloss fiel und Carol sich fast gleichzeitig in seine Arme warf.

„Es war fürchterlich!“, jammerte sie, „ich hatte recht, deine Mutter hasst mich und will nicht, dass wir zusammen sind.“ Sie löste sich aus seiner Umarmung und ging auf Abstand, um ihm in die Augen sehen zu können. „Ich muss dich jetzt etwas äußerst Wichtiges fragen und bitte dich, mir die Wahrheit zu sagen. Bitte, versprich mir, mich nicht zu belügen.“

Jason lachte. „Lass mich raten, ... ich glaube, ich weiß bereits, was passiert ist.“

„Nur zu“, meinte Carol und betete insgeheim darum, dass seine Antwort ihre geheimsten Befürchtungen nicht wahr werden ließen.

„Meine Mutter hat dir erzählt, dass ich gebunden bin!“

„Richtig!“, bestätigte sie verwundert, und gleichzeitig durchflutete sie Hoffnung und Erleichterung. Er stritt nichts ab, sondern würde ihr sicher gleich alles restlos aufklären und damit ihr Urteil über seine verrückte Mutter bestätigen.

Jason grinste noch immer.

„Hör sofort auf zu grinsen, oder ich bringe dich um", warnte sie ihn, „glaube mir, ich bin dazu imstande."

„Oh, davon bin ich überzeugt! Trotzdem interessiert mich zunächst, ob du meiner Mutter glaubst."

Carol überlegte kurz. „Nein, eigentlich nicht. Aber ich bin mir nicht sicher, ob es sich dabei um Wunschdenken oder echtes Vertrauen handelt."

Jason nahm Carol wieder in den Arm und zog sie an sich. „Das spielt keine Rolle, Hauptsache, du glaubst es nicht. Selbst wenn du mir noch nicht hundertprozentig vertraust, hast du zumindest den Wunsch, und das genügt mir."

„Was ist denn das für eine Aussage?", Carol ging körperlich sofort wieder auf Abstand und löste sich aus Jasons Umarmung. „Ich will jetzt klipp und klar von dir wissen, ob es stimmt, was deine Mutter gesagt hat. Kein Drumherumreden, bitte!"

Jason nickte. „Ich verstehe. Gut, wenn du es wirklich wissen willst ...", er begann zu lächeln, „... gestehe ich dir hiermit, dass ich in eine Frau verliebt bin, schon seit einiger Zeit. Sie ist eine wunderbare Person, und selbstverständlich habe ich mich in eine familiäre Abhängigkeit ihr gegenüber begeben ...", er unterbrach sich, als er sah, wie Carols Gesicht von einer Sekunde zur anderen kreidebleich wurde. „Ich meine dich, Carol!", erklärte er schnell.

„Wie bitte?"

„Ich rede von dir. Du bist die Frau, in die ich verliebt bin! Das weißt du doch. Es gibt nur dich, und wir leben doch auch schon fast zusammen, oder etwa nicht?"

„Aber, deine Mutter ...?"

„Meine Mutter erzählt jedem, der es hören will oder auch nicht, dass ich eine Frau oder eine Familie in Vancouver habe. Sie glaubt es wahrscheinlich selbst. Ich bin nun mal öfter in der Stadt, weshalb sie sich irgendwann einmal eingeredet haben muss, dass nur eine Frau dahinter stecken kann."

Carol sah ihn prüfend an. „Aber das ist nicht der Fall?"

„Nein, ist es nicht!" Diesmal blieb er ernst, „und ich hoffe, du glaubst mir. Ich lüge dich nicht an. Doch versuche bitte auch, meine Mutter zu verstehen. Da ich ihr nie etwas von meinem Privatleben erzähle, hat sie sich eben selbst etwas zusammengereimt. Den Unsinn von meiner Familie in Vancouver erzählt sie schon lange. Es stört mich nicht. Ich habe nur nie bedacht, dass es wichtig für dich sein könnte. Aber ich werde mit meiner Mutter darüber sprechen und sie bitten, sich bei dir zu entschuldigen und die Angelegenheit bei eurem nächsten Treffen richtigzustellen."

Carol überlegte kurz. Ihr Gefühl sagte ihr, dass Jason die Wahrheit sprach, aber immer noch davon ausging, dass sie mit seiner Mutter irgendwann klarkommen würde. „Ich bin mir nicht sicher, ob ein weiteres Treffen eine Lösung bringt", wandte sie ein, „zumindest vorerst nicht. Deine Mutter hat etwas gegen mich. Vielleicht, weil sie eifersüchtig auf mich ist. In jedem Fall denke ich, dass es besser ist, die Dinge erst einmal auf sich beruhen zu lassen."

„Wie du willst, es wird sich schon ein Weg finden. Dennoch solltest du das Ganze nicht so ernst nehmen. Konnte meine Mutter dir wenigstens ein wenig bei deiner Recherche weiterhelfen?"

Carol schüttelte den Kopf. „Nicht so richtig. Sie hat geleugnet, Rose und Tom gekannt zu haben und sich außerdem geweigert, mir zu erzählen, woher sie das Geld für den Landkauf hatte."

Als Jason sie auf ihre letzten Worte hin nur verwundert ansah, fiel Carol ein, dass er von den Unterlagen, die diesen Morgen mit der Post gekommen waren, bislang noch gar nichts wusste und klärte ihn über den neuesten Stand der Dinge auf.

„Das ist einfach nachzuvollziehen", erwiderte Jason, „da hättest du gleich mich fragen können. Mutter hat kurz vor meiner Geburt eine Erbschaft gemacht, mit der sie das Land und das Haus gekauft hat, das jetzt dir gehört. Kurz nach meiner Geburt hat sie dann noch einmal geerbt, dieses Mal sogar noch etwas mehr."

„Von wem denn?", fragte Carol.

„Von irgendwelchen letzten engeren Verwandten, die sie noch hatte. Du weißt, dass meine Mutter nicht mehr die Jüngste war, als ich geboren wurde. Es gab noch ein paar entfernte Onkel und Tanten irgendwo in B. C. oder Alberta, die ich aber niemals kennengelernt habe, weil Elsie den Kontakt zu ihnen schon vor langer Zeit abgebrochen hatte."

„Was ist mit der Familie deines Vaters?", fühlte sich Carol berechtigt zu fragen.

„Du lieber Himmel, keine Ahnung."

„Weißt du wirklich nicht, wer dein Vater ist?"

„Nein!"

„Und du willst es auch nicht wissen?"

Jason wandte sich ab und blickte zu Boden. Auf seiner Stirn tauchte eine Falte auf, die Carol noch nie zuvor gesehen hatte und die ihn betrübt und nachdenklich wirken ließ. Sofort bereute sie ihre Frage, doch Jason überraschte sie mit seiner Antwort. „Eigentlich nicht. Als Kind habe ich ein paar Mal versucht, meine Mutter danach zu fragen, habe aber immer bemerkt, wie sehr sie meine Frage verletzte. Ich denke, für ein Kind ist allein der Elternteil wichtig, der es umsorgt. Mein Vater war nie da, also war er auch nicht wichtig für mich. Ich war schon manchmal neugierig, wer er ist und wie er war, aber nie so sehr, um auf einer Antwort meiner Mutter zu bestehen und ihr damit Kummer zu bereiten. Sie hat für mich getan, was sie konnte, warum sollte ich ihr wehtun?"

Elsie hatte also ihre Macht als Mutter genutzt, um seine natürliche Neugierde im Keim zu ersticken. Und sie hatte es gründlich getan, betrachtete man das Ergebnis. Jason mochte sich noch so sehr um eine sachliche Erklärung bemühen, sein Gesicht spiegelte auch heute noch den inneren Aufruhr wider, den er als Kind empfunden haben musste.

Noch einmal wagte Carol einen Versuch. „Ich sehe ein, dass es für ein Kind sehr schwer ist, aber mittlerweile bist du erwachsen. Willst du nicht endlich wissen, wer dein Vater ist, und von wem du abstammst?"

Er schüttelte den Kopf. „Das ist nicht mehr wichtig. Was soll es außerdem noch bringen? Ich würde nur in einer Wunde rühren, die schon damals schmerzhaft war, für sie und wahrscheinlich auch für ihn, falls es ihn noch gibt. Wer weiß, vielleicht hat er sogar eine andere Familie, die von mir keine Ahnung hat. Unschuldige würden plötzlich leiden. Und der Mann bliebe trotzdem ein Fremder für mich. Was habe ich schon von ihm, bis auf ein paar Gene? Möglicherweise, oder sogar sehr wahrscheinlich, ist er inzwischen verstorben, und ich kann nicht einmal mehr mit ihm sprechen oder ihn sehen."

„Offensichtlich hast du bereits darüber nachgedacht."

Jasons Gesichtszüge entspannten sich allmählich wieder. „Allerdings. Und es deshalb abgehakt. Also, lass uns über etwas Erfreulicheres sprechen. Was wollen wir heute Abend unternehmen? Sollen wir uns im ‚Rangeland' einen Film ansehen? Es muss gerade irgend so ein Katastrophenfilm über ein Schiff in Seenot laufen."

Das einzige Kino im Umkreis von einhundertfünfzig Kilometern befand sich in 100-Mile-House. Carol hatte es noch nie besucht, aber schon oft davon gehört. Es musste eines dieser modernen Kinos mit überlautem Dolby-Surround-System und extremen Temperaturreglern sein – eisgekühlt im Sommer und mit tropischer Hitze im Winter. Vielleicht würden sie vor der Vorstellung sogar noch eine Kleinigkeit in einem Restaurant essen können. Die Idee, mit Jason auszugehen, war jedenfalls verlockend und hob Carols Stimmung deutlich.

„Ja, prima", stimmte sie Jasons Vorschlag zu, „hoffentlich geht das Schiff unter – das wird mir guttun und die Probleme, die ich habe, wieder auf ein vernünftiges Maß reduzieren."

„Du hast Probleme? Was denn für welche?"

Carol schnippte nach ihm. „Mit meinem Lover zum Beispiel. Der hat in jedem Hafen eine andere Frau."

Jason ergriff ihre Hand, führte sie an seinen Mund und küsste sie sanft. „Kaum denkt sie an Schiffe, fallen ihr auch schon die Traditionen der Seeleute ein. Aber ich bin kein Seemann. Wirklich nicht."

„Das weiß ich doch. Ich glaube dir auch, und damit ist das Thema für mich beendet, ein für alle Mal!", sagte sie laut, während sie bei sich dachte: „Von deiner Mutter werde ich mir mein Glück auf jeden Fall nicht zerstören lassen.“

„Gut. Dann sollten wir jetzt los. Der Film hat mit drei Stunden nämlich Überlänge, wie ich gehört habe, und ich würde dich vorher gerne noch auf einen Hamburger einladen, wenn ich darf.“

Carol nahm dankend an. Sie beschlossen kurzerhand, den Pick-up beim Büro stehen zu lassen und mit Carols Wagen nach 100-Mile zu fahren. Jason setzte sich hinters Steuer, und so hatte sie Zeit, ihren Gedanken freien Lauf zu lassen, während sie schweigend durch die Nacht fuhren. Sie nahm sich nochmals vor, Elsie Goldens böse Worte für immer aus ihrem Gedächtnis zu streichen und überlegte danach, wenn auch ohne großen Erfolg, wie sie an weitere Informationen für ihr Buch gelangen konnte.

Rose McLure schien damals jedenfalls spurlos vom Erdboden verschwunden zu sein. Es war, als hätten sie, Tom und die Zwillinge nie gelebt. Das Einzige, was Carol über Rose wusste, war, dass deren Mutter bei einem Unfall am Lake Louise aus einer Kutsche herausgeschleudert worden war und sie selbst bei John McLure aufgewachsen war. Dabei waren Johns Aufzeichnungen, was Rose betraf, bis auf die Beschreibung der Kindesentführung äußerst dürftig ausgefallen. Er hatte das Mädchen als farblos und zurückgeblieben geschildert, mehr nicht. Wie sollte sie mit so wenigen Details in der Hand nur herausfinden, was später mit Rose geschehen war? Plötzlich fiel ihr etwas ein, und sie murmelte, ohne es zu bemerken: „Ich weiß nicht, wo sie hingegangen ist, aber ich weiß, wo sie herkam!“

„Wie bitte?", fragte Jason irritiert, der gerade in die Einfahrt des „Iron Horse Pub" einbog.

Carol hatte sich aufgesetzt. Sie machte keinerlei Anstalten auszusteigen, und Jason kannte sie mittlerweile gut genug, um zu wissen, dass sie aufgeregt war und ihre Gedanken zu Ende spinnen musste. „Was bin ich doch nur schwer von Begriff – ich habe bislang an der falschen Stelle nach Antworten gesucht! Ich bin die ganze Zeit davon ausgegangen, des Rätsels Lösung nur im Cariboo finden zu können, und habe dabei ganz vergessen, dass die Geschichte am Lake Louise begonnen hat."

„Wie meinst du das?"

„Erinnerst du dich daran, dass ich dir erzählt habe, wo und wie John die kleine Rose gefunden hat? Der Unfall und das Verschwinden des kleinen Kindes muss doch schon damals eine Sensation gewesen sein. Garantiert gibt es Unterlagen darüber. Bei der Polizei, in Pressearchiven, vielleicht sogar in dem Hotel, zu dem die Kutsche unterwegs war."

Jason überprüfte ihren Gedanken auf seine Plausibilität, war sich aber nicht sicher. „Möglich, aber es wird nach so langer Zeit in jedem Fall sehr schwer sein, noch etwas herauszufinden. Das Ganze liegt jetzt doch schon über neunzig Jahre zurück?"

„Ja. Dennoch ist es eine Chance. Hast du vielleicht eine Idee, wie ich an die alten Berichte herankommen kann?"

Jason beobachtete im Rückspiegel, wie vier neu angekommene Gäste aus einem Wagen stiegen und fröhlich lachend über den Parkplatz zum Pub gingen. Das „Iron Horse" war ein beliebter Treffpunkt, der Pub füllte sich schnell, und Jason hoffte sehr, noch einen Tisch zu bekommen. „Wollen wir nicht reingehen, uns etwas zu essen bestellen und die Sache drinnen weiterbesprechen?“, schlug er vor.

„Es gibt nichts weiter zu besprechen! Ich habe gerade entschieden, dass ich im Zuge meiner Recherche zum Lake Louise fahren muss. Von hier aus komme ich keinen Schritt weiter.“

„Na klasse“, stöhnte Jason, „weißt du eigentlich, wie weit der See von uns entfernt ist? Das ist nicht gerade ein Tagestrip.“

„Natürlich weiß ich das! John hat schließlich drei Monate für die Reise dorthin gebraucht. Aber ich verfüge über mehr als eine Pferdestärke, außerdem kann ich unterwegs übernachten. Wie dem auch sei, ich werde so lange bleiben, bis ich alles herausgefunden habe oder zumindest weiß, dass es nichts herauszufinden gibt.“ Sie öffnete die Beifahrertür und meinte dann: „Ich habe Hunger. Was ist los, willst du etwa warten, bis die Küche geschlossen hat?“

Jason verdrehte nur die Augen und seufzte entsagungsvoll.

„Was hast du gesagt?“, fragte Carol, die um den Wagen herumkam und sich ungeniert bei ihm einhängte.

„Ich sagte, dass ich einige Termine umarrangieren muss, aber ein langes Wochenende wird schon drin sein.“

„Wofür?“ Carol blieb ruckartig stehen.

„Für unsere Fahrt zum Lake Louise! Ich denke, wir werden kommenden Freitag losfahren können!“

Sie jubelte auf und fiel ihm um den Hals. „Wirklich? Heißt das, du kommst mit?“

Er nickte bestätigend. „Ich kann dich doch nicht alleine fahren lassen? Und jetzt komm endlich, ich habe Hunger."

Sie gingen in den Pub, und Carol war sich nun ganz sicher, dass Jason es ehrlich mit ihr meinte. Warum hätte er sonst so reagiert? Nein, seiner Mutter würde mit ihren Bemühungen, sie zu entzweien, kein Erfolg beschieden sein.

18

Die Fahrt zum Lake Louise führte Carol und Jason zunächst von Little Fort über Kamloops nach Revelstoke. Sie hatten eine kleine Rundreise zusammengestellt, bei der sie über den früheren Kicking Horse Pass relativ rasch an den See gelangen würden. Von dort aus wollten sie dann durch das Hochtal der Rocky Mountains nach Jasper – auf dem gleichen Weg, den John McLure gewählt hatte – und von Jasper aus wieder über den Yellow Head Pass zurück nach Little Fort und Bridge Lake reisen. Insgesamt würden sie zwar über zweitausend Kilometer zurücklegen müssen, aber gleichzeitig hätte Carol dadurch auch die Gelegenheit, das schönste Gebiet der kanadischen Rockies kennenzulernen.

In Kamloops hielten sie für eine kurze Rast an dem gleichen „Starbucks Coffeshop" an, den Carol mit Anita nur wenige Tage zuvor besucht hatte. Sie setzten sich mit ihren übergroßen Pappbechern voll duftenden Kaffees auf die wackeligen Gartenstühle vor dem Geschäft und genossen die kräftige Vormittagssonne. Das ganze Thompsontal, das sie gerade durchquert hatten, war bereits schneefrei, und Carol glaubte, in den Frühling zu fahren.

Doch Jason holte sie auf den Boden der Tatsachen zurück. „Keine Chance", meinte er. „Ab Revelstoke geht es wieder bergauf, und du wirst sehen, dass die Rockies noch voller Schnee sind. Überhaupt werden wir Glück brauchen, um bis nach Jasper zu kommen. Zurzeit sind die Pässe noch befahrbar, aber sobald es wieder schneit, werden sie für den Verkehr geschlossen, und wir werden möglicherweise dort oben festsitzen."

„Unsinn", winkte Carol ab und schlürfte etwas zu laut an ihrem heißen French-Vanilla-Kaffee. „Wir werden sicher problemlos durchkommen. Es ist doch schon März und wunderbar warm. Gibt es in dieser Stadt eigentlich einen Buchladen?"

Jason wusste es nicht, und so fragten sie die junge Frau hinter der Theke danach. Im Shopping-Komplex gleich neben dem Supermarkt gäbe es eine große Buchhandlung, meinte die Frau und gab ihnen eine ausführliche Wegbeschreibung, während hinter ihnen die Kunden standen und warteten. Doch keiner von ihnen schien sich daran zu stören, dass die beiden mit ihrer Frage den Kaffeeausschank aufhielten. Die Freundlichkeit und die Geduld der Kanadier verblüffte Carol immer wieder von Neuem, in Deutschland hätte sich bestimmt schon längst jemand beschwert.

In der Buchhandlung kaufte sich Carol kurzentschlossen sämtliche Reiseführer und Geschichtsbücher über die Gegend um Lake Louise, die kanadische Railway, die Rockies und die Cariboo Mountains, die sie finden konnte. Danach schleppten sie ihre Schätze gemeinsam zum Auto zurück, und Jason setzte sich wieder hinters Steuer. Während Jason fuhr, begann Carol zu lesen. Nur ab und zu, wenn Jason sie auf eine Sehenswürdigkeit hinwies, sah sie aus dem Fenster, was allerdings nicht allzu oft vorkam, denn die annähernd zweihundert Kilometer von Kamloops bis nach Revelstoke fuhren sie durch eine nahezu vollkommen flache Landschaft, und der herrliche Shuswap Lake mit all seinen verzweigten Ausläufern, die in der Sonne glitzerten, war vom Highway aus nur selten zu sehen.

Carol war so sehr in ihre Studien vertieft, dass sie weder die Einsamkeit der kargen Hügel links und rechts der Straße noch die vereinzelt auftauchenden Farmen wahrnahm. Wie gebannt studierte sie Seite für Seite die Geschichte über den Bau der Canadian Pacific Railway, deren Schienen meist direkt neben dem Highway verliefen und die Straße manchmal querten.

„Hör dir das an", rief sie überrascht, „die Hotels in Banff und Lake Louise sind von der Railwaygesellschaft gebaut worden. Das damalige Hotel bei Laggan, von dem John McLure erzählt hat, muss das heutige Hotel am Lake Louise sein."

„Wie kommst du darauf?", fragte Jason.

„Weil der Ort am See, der heute schlicht Lake Louise heißt, früher Laggan genannt wurde, und es wird wohl nur ein Hotel direkt am See gegeben haben. Wir müssen unbedingt dorthin. Willst du noch ein paar andere Details hören?"

Jason nickte und ließ dann noch ein zustimmendes „Mhm" folgen.

„Also", Carol blätterte in dem Buch über die historische Verbindung von Kanadas Ost- und Westküste, las noch einmal die dort beschriebenen Fakten und gab sie Jason danach mit ihren eigenen Worten wieder. „Es war ein verdammt hochfliegendes Projekt, das der damalige Premier Sir John A. MacDonald plante." Sie sah kurz auf und fragte: „Sag mal, hießen damals eigentlich alle Leute MacDonald, McLure, oder Mac*Wie-auch-immer*?"

„Viele sind aus Schottland eingewandert“, erklärte Jason.

„Ach so – also, wie gesagt, dieser Sir John A. MacDonald hatte den Einwohnern von Britisch-Kolumbien versprochen, den Westen mit einer Eisenbahn zu erschließen, und sie so dazu gebracht, der Konföderation beizutreten. So geschehen im Jahr 1871! Der Gute hatte jedoch keine Ahnung, wie schwierig es sein würde, einen Weg über die Rockies zu finden. Erst nach jahrelangem Zögern und einem handfesten Schmiergeldskandal, der ihn sein Amt kostete, konnte er 1881, nach seiner erneuten Wiederwahl, den Bau vorantreiben, um nicht vollkommen unglaubwürdig zu werden und seine Wähler nicht gänzlich zu verärgern. Sein Kabinett wählte überstürzt den Kicking Horse Pass als Route für die Eisenbahn. Zuvor hatten sie den Yellow Head Pass abgelehnt, weil er zu weit im Norden lag, obwohl er vernünftiger gewesen wäre als der Kicking Horse Pass, der viel steiler war. Durch diese Wahl waren sie gezwungen, achtförmige Spiraltunnel anzulegen, um so den Höhenunterschied zwischen der höchsten Stelle des Kicking Horse Passes und der im Tal liegenden Ortschaft Fields von fünfundvierzig Meter auf zweiundzwanzig Meter pro Kilometer zu reduzieren. Erst als die Strecke, die übrigens noch heute als ein Wunderwerk der Streckenkonstruktion gilt, fast fertig war, wurde ihnen bewusst, dass die Züge selbst für diesen Höhenunterschied noch immer zu schwer waren, was nichts anderes bedeutete, als dass sie auf der Talfahrt entgleisen oder den Berg nicht hochkommen würden. Aber es gab kein Zurück mehr, weshalb sie nur noch die Möglichkeit hatten, die Züge leichter zu machen. Die CPR, also die Eisenbahngesellschaft, beschloss daraufhin, die schweren Speisewagen abzuhängen. Aber damit hatten sie ein neues Problem am Hals!“

„Ehe du mir dieses neue Problem erläuterst“, wurde sie von Jason unterbrochen, „möchte ich dich nur kurz darauf hinweisen, dass wir auf unserer Route an den Spiraltunneln vorbeikommen und wir sie besichtigen können, falls du Lust dazu hast.“

„Das heißt, du weißt das schon alles und meine Geschichtsstunde war ganz umsonst?“, fragte sie enttäuscht.

„Ich bin Kanadier. Und als solcher habe ich auf der Schule ein wenig über unsere Geschichte gelernt“, grinste er. „Natürlich habe ich vom Bau der Ost-West-Verbindung gehört. Aber erzähl ruhig weiter, denn ich finde es interessant, wie du die Dinge zusammenfasst, und welche Details für dich bedeutsam sind. Also, welches neue Problem warfen die fehlenden Speisewagen auf?“

Carol, die bislang noch nie von dem gigantischen Unternehmen „Ost-West-Verbindung“ gehört hatte, fand es unheimlich spannend, über die Schwierigkeiten des Eisenbahnbaus zu lesen, während sie genau auf die Gegend zufuhren, die den Konstrukteuren damals so viel Kopfzerbrechen bereitet hatte. Sie räusperte sich und spielte wieder die Lehrerin. „Es war ein ausgesprochen schwieriges Problem, denn die Passagiere, die zu jenen Zeiten die teure Zugfahrt antraten, waren nicht nur allesamt reich, sondern auch sehr verwöhnt und erwarteten nicht nur jede Art von Komfort, sondern ausgesprochenen Luxus. Du solltest mal sehen, wie die Abteile ausgestattet waren. Hier, sieh mal“, sie deutete auf ein Bild in ihrem Buch, und Jason warf einen flüchtigen Blick auf die schwarz-weiße Fotografie, „das Abteil hier verfügt nicht nur über ein üppiges Doppelbett, sondern auch noch über ein breites Plüschsofa und ein eigenes Bad mit Badewanne! Und der Speisewagen hier. Unglaublich! Das sind Kristalllüster, die von der Decke hängen. Was sage ich ... Decke? Das ist eine Holztäfelung, geschnitzt und glänzend poliert. Die Tische haben schneeweiße Damasttischtücher und sind mit feinstem Porzellan, Kristall und Silber gedeckt. Sehr edel! Alles nur vom Feinsten!"

Jason lachte. „Wo liegt denn das Problem? Ich glaube, dir würde eine Zugfahrt in solch einem Rahmen doch auch gefallen."

„Allerdings! Aber zurück zum Problem. Erinnere dich bitte, dass die schweren Speisewagen wegmussten, damit die überlastete Lokomotive die Steigung bewältigen konnte. Die Zuggäste wollten aber dennoch nicht darauf verzichten, ihre Mahlzeiten in gewohntem Stil einzunehmen. Außerdem dauerte eine Zugfahrt damals noch sehr lange. Also baute die CPR ihre Bahnhöfe um und verwandelte sie in elegante Hotels mit Restaurants, in denen sich die müden Reisenden verköstigen und entspannen konnten. Manche dieser Luxus-Herbergen wurden sogar so populär, dass sie für einen mehrtägigen Kurzurlaub genutzt wurden. Zum Beispiel wurde aus der Station Banff das riesige, elegante ‚Banff Springs Hotel'. Durch seine landschaftlich reizvolle Lage und die ganzen Annehmlichkeiten, die es bieten konnte, gehörte es schon bald zum guten Stil, seine Reise in Banff zu unterbrechen und von dort aus Tagestouren nach Laggan zu unternehmen ..., wie du siehst, sind wir damit also schon mitten in Johns Geschichte! Die Mutter von Rose hat bestimmt eine Kutsche gemietet und wollte zum Lake Louise. Dort konnten die Tagesreisenden im ‚Chateau Lake Louise' ihren Nachmittagstee einnehmen, wie es damals so schön hieß. Es hat sich bestimmt so zugetragen! Sie wollte mit ihrer Tochter zum Chateau, aber unterwegs gingen die Pferde durch."

Mit einem Knall schloss Carol das Buch auf ihrem Schoß. Danach starrte sie durch die Windschutzscheibe, ohne wirklich etwas wahrzunehmen und überließ sich der angenehmen Gewissheit, auf dem richtigen Weg zu sein. Erst als Jason kurze Zeit später vom Highway abbog, schenkte sie ihrer Umgebung wieder einen Blick. Die leichten Hügel waren inzwischen zu Bergen geworden, und im Vorbeifahren konnte sie gerade noch ein Hinweisschild auf die nächstfolgende Ortschaft erkennen. Sie hieß „Golden".

„Wie schön", rief sie aus, „Golden! Deine Stadt!"

„Ja, nur leider gehört sie mir nicht. Und jetzt brauche ich unbedingt etwas zu essen", erwiderte er und bog vom Highway ab. Nur wenig später hielten sie beim nächsten Subway-Schnellimbiss an, um sich ein frisches, dick mit Thunfisch und Salat belegtes Sandwich zu bestellen und sich nach acht Stunden Fahrt endlich wieder einmal die Beine vertreten zu können. Jason schlug vor, im nahegelegenen Nationalpark, der für seine heißen Quellen berühmt war, zu übernachten. Dort würden sie im Freien schwimmen gehen können.

Es war noch Vorsaison, und so fanden sie ohne großen Schwierigkeiten ein einfaches Motel in der Nähe der Quellen, die sie mit einem bequemen Fußmarsch erreichen konnten. Die Außentemperatur lag nur knapp über null Grad, und sie konnten den Dampf aus dem unterirdisch gespeisten Heißwasserbad schon von Weitem aufsteigen sehen. Er roch leicht nach Schwefel, und Jason erklärte ihr, dass das Wasser radiumhaltig und für alle möglichen Arten von Muskelerkrankungen gut war. Tatsächlich spürte Carol sofort, wie angenehm entspannend das warme Wasser wirkte, denn die lange Fahrt hatte ihren Rücken belastet. Sie planschten eine halbe Stunde lang im Wasser herum, danach schlenderten sie wohlig müde zum Motel zurück.

„Hoffentlich hat noch irgendein Restaurant geöffnet", sagte Jason, „oder sollen wir gar nicht mehr erst lange nach einem suchen, und ich gehe uns stattdessen gleich ein paar Sandwichs und ein paar Dosen Bier holen?"

„Gute Idee", stimmte Carol zu, „machen wir es uns auf unserem Zimmer gemütlich."

Sie hatten Glück mit dem Fernsehprogramm. Auf dem leicht durchhängenden Doppelbett ausgestreckt, sahen sie sich einen spannenden Actionfilm an, tranken Bier aus der Dose und knabberten Kartoffelchips, danach fielen sie, ohne sich erst noch zu lieben, aber mit ineinander verschlungenen Händen in einen tiefen Schlaf. Es war ein schöner erster Reisetag, resümierte Carol kurz vor dem Einschlafen, und es würde noch viel besser werden.

Am nächsten Morgen brachen sie schon in aller Frühe, und ohne gefrühstückt zu haben, auf. Carol war nervös, und ihre Neugierde hatte sich in eine Art fieberhafte Anspannung verwandelt, denn sie war sich sicher, in Lake Louise, beziehungsweise Laggan, Antworten auf ihre Fragen zu finden. Als sie die Spiraltunnel erreichten, hielten sie an einem Aussichtspunkt an, um dort auf den nächsten Zug zu warten und sich das berühmte Schauspiel aus nächster Nähe anzusehen. Der Zug würde im Tunnel verschwinden und innerhalb des Berges eine Achterfigur ausfahren, bevor er dann an einer ganz anderen und unverhofften Stelle wieder aus dem Berg auftauchen würde. Doch obwohl die Strecke täglich von mehr als dreißig Zügen befahren wurde, hatten sie an diesem Tag kein Glück. Weit und breit war kein Zug in Sicht, und Carol wollte schließlich nicht mehr länger warten. An einem Kiosk kauften sie sich noch Getränke und Kekse, danach setzten sie ihre Fahrt weiter fort.

Je näher sie den um die Ortschaft Lake Louise gelegenen Berggipfeln kamen, desto fester und höher wurde die Schneedecke. Als sie den Ort endlich erreicht hatten, war der Straßenrand bereits von meterhohen Schneehügeln gesäumt. Lake Louise erwies sich als ein hübsches, nicht besonders großes Dorf, das vom zentral gelegenen Bahnhof dominiert wurde, um den sich wiederum Fremdenpensionen, Geschäfte, Restaurants und alle anderen, für die Touristenindustrie wichtigen Gebäude gruppiert hatten. Es war Carol schon öfter aufgefallen, dass die kanadischen Dörfer meist nur aus einigen Häuserreihen bestanden, die links und rechts der Hauptstraße lagen. Das galt auch für Lake Louise, in dessen wenigen Seitenstraßen man sich kaum verfahren konnte. Der Weg zum See war zwar nicht beschildert, aber es gab auch nur eine Kreuzung, von der aus sie entweder zurück zum Highway, in eine Seitenstraße oder auf eine Anhöhe hinter dem Dorf fahren konnten.

„Ich nehme an, hier geht es zum ‚Chateau Lake Louise'", meinte Jason, der vergeblich nach einem Hinweisschild gesucht hatte, und zeigte in Richtung Anhöhe.

„Ja, wahrscheinlich“, stimmte Carol zu, die dafür dankbar war, dass Jason gar nicht erst den Versuch machte, im Ort anzuhalten, sondern sofort weiterfuhr, weil er für ihre Eile Verständnis hatte. Die Straße wand sich nun noch einige Kilometer bergauf und durch eine Winterlandschaft hindurch, wie sie in den Bergen nicht schöner sein konnte. Auch das Wetter förderte den Eindruck einer fast kitschigen Postkartenidylle. Die Sonne schien von einem wolkenlosen Himmel und wärmte Carol durch die Autoscheibe so sehr, dass sie schon glaubte, zu warm angezogen zu sein und die falsche Kleidung mit auf die Reise genommen zu haben. Dann fuhren sie um eine langgezogene Kurve, und plötzlich lag das Chateau vor ihnen. Es war ein gigantischer, heller Steinbau mit grünen Dächern, dessen gesamte Ausmaße von der Auffahrtsstraße aus gesehen jedoch nicht voll erkennbar waren. Sie parkten den Wagen und stiegen aus. Sofort war Carol wieder für ihre dicke Jacke auf dem Rücksitz dankbar, denn die Märzsonne besaß noch lange nicht die Kraft, die Carol noch kurz zuvor hinter der vor dem Wind geschützten Autoscheibe vermutet hatte. Jason reichte ihr das wattierte Kleidungsstück und zog selbst eine etwas dünnere Windjacke über, dann marschierten sie zügig den gewundenen Weg zum Eingang des Chateaus hinauf. Noch immer konnten sie den See, der hinter dem Hotel lag, nicht sehen.

„Meine Güte, das Hotel ist ja riesig“, rief Carol erstaunt aus, „wie um Himmels willen sollen wir hier jemanden finden, der uns Informationen geben kann?“ Sie war sich plötzlich gar nicht mehr sicher, auf dem richtigen Weg zu sein.

„Keine Ahnung", meinte Jason, der dagegen kein bisschen unsicher wirkte. Er nahm sie beim Arm, führte sie in die Lobby und direkt zur Rezeption. „Lass uns einfach fragen."

Die Hotelhalle spiegelte den Glanz früherer Zeiten so nachhaltig, dass sie vor Ehrfurcht automatisch leiser geworden waren. Von der hohen Decke hing ein runder Messinglüster von beeindruckendem, fast beängstigendem Ausmaß herab. Er dominierte den Raum mit seinen ausgewogenen Proportionen und dem raffinierten Licht seiner vielen Glühbirnen, die wie Kerzen geformt waren. Carol sah nach oben und bewunderte dieses Meisterwerk alter Schmiedekunst, das, von schweren Ketten gehalten, über ihren Köpfen baumelte. „Hoffentlich ist er gut verankert", flüsterte sie anerkennend und sah noch immer nach oben, während Jason sie wie ein kleines Kind am Ellbogen führte und mit ihr den Leuchter umrundete. „Was meinst du, wie alt er ist?", fragte sie ihn.

„So alt wie das Hotel. Komm, wir suchen einen netten Angestellten, dem du dann ein Loch in den Bauch fragen kannst."

„Okay, okay!" Carol sah wieder geradeaus und blickte direkt in die Augen einer lächelnden Empfangsdame. „Guten Tag", stellte sie sich vor, „ich heiße Carol König und habe eine Frage."

„Gerne", antwortete ihr die lächelnde Person, „wie kann ich Ihnen helfen?"

Carol zögerte kurz, erklärte ihr dann aber mit leichtem Stolz in der Stimme, dass sie Schriftstellerin sei und Informationen über Hotelgäste aus dem Jahr 1907 recherchiere. Die Frau blieb währenddessen unverändert freundlich und wirkte auch kein bisschen verwundert. Vielleicht ist sie es ja gewohnt, öfter Fragen dieser Art gestellt zu bekommen, fuhr es Carol durch den Kopf.

„In diesem Fall darf ich Sie an unsere Public-Relations-Managerin Janet verweisen“, sagte die Rezeptionistin, „hier ist ihre Karte. Sie wird Ihnen sicher helfen können. Wenn Sie möchten, rufe ich sie gleich an und vereinbare einen Termin für Sie. „Gerne“, nickte Carol begeistert, die noch gar nicht fassen konnte, wie glatt bisher alles gelaufen war. Das Glück blieb auch weiterhin auf ihrer Seite, denn Janet ließ ausrichten, dass sie genau in diesem Augenblick etwas Zeit habe und die Gäste gleich zu ihr ins Büro kommen könnten.

Carol bedankte sich überschwänglich bei der lächelnden Empfangsdame, die sich mit der gleichen Freundlichkeit auch schon dem nächsten Gast zuwandte.

„Es ist unfassbar, wie nett die Leute hier sind“, bemerkte Carol, „ist in diesem Land denn niemals jemand schlecht gelaunt?“

Aber Jason antwortete ihr nicht. „Hier geht es lang“, meinte er nur und zeigte zur Treppe. Janets Büro befand sich im ersten Stock, und sie stiegen die breite, elegant geschwungene Treppe rechts neben der Lobby hoch. Der dicke Teppich schluckte dabei jedes Geräusch, und Carol fiel auf, wie ruhig die Lobby wirkte. Einige Reisende waren angekommen, Portiers und Kofferträger gingen ein und aus, Gäste wanderten auf dem Weg von der Lifthalle zu den Restaurants durch die Empfangshalle und doch war außer der leisen, beruhigenden Hintergrundmusik fast kein Laut zu hören. Die Akustik der Halle war fantastisch.

Als Carol keine zwei Minuten später an Janets Bürotüre klopfte, war sie schon wieder nervös. Doch Janet war ein weiteres Beispiel ungezwungener kanadischer Freundlichkeit. Nachdem ihr Carol ihr Anliegen vorgetragen hatte, gab Janet ihnen auf unkomplizierte Weise zu verstehen, dass sie ihnen selbstverständlich helfen würde, soweit sie es konnte – dass es aber sicher nicht einfach werden würde.

„1924 wurde das ganze Hotel von einem Feuer zerstört", erklärte sie, „ich kann Ihnen gerne die Unterlagen über die Geschichte des Hotels mitgeben, die von verschiedenen Leuten zusammengetragen wurden. Wir haben auch historische Zeichnungen und Bilder gesammelt, die Ihnen zeigen, wie das Hotel vor dem Brand ausgesehen hat. Von der ersten kleinen Holzhütte am See, den Anbauten und all den Ausbauten, die nötig waren, um den Ansturm der Eisenbahngäste zu verkraften, bis hin zu den Originalplänen für den jetzigen Hotelkomplex, das „Chateau Lake Louise". Es gibt trotz des unseligen Brandes noch eine Menge Informationen über das Gebäude, aber ich weiß nicht, ob und inwieweit diese Ihnen weiterhelfen können. Was Sie suchen, sind Unterlagen über unsere ehemaligen Gäste, nicht wahr?"

Carol nickte. „Ich hatte gehofft, etwas über einen Unfall herausfinden zu können, der sich vor über hundert Jahren in der Nähe des Chateaus ereignet haben muss." Sie erzählte Janet alles, was sie von der Kutschfahrt wusste, und diese hörte ihr interessiert zu.

„Leider besitzen wir keine historischen Unterlagen mehr aus diesen Jahren", bedauerte sie, „ich selbst habe auch noch nie von solch einem Unfall gehört. Aber ich mache die Öffentlichkeitsarbeit für das Chateau auch erst seit zwei Jahren. Ich wurde von Montreal hierher versetzt, kenne also die lokalen Ereignisse nicht so gut. Lassen Sie mich überlegen, ob Ihnen jemand anders weiterhelfen kann."

„Ich danke Ihnen. Das ist sehr nett von Ihnen." Carol konnte ihre Enttäuschung kaum verbergen.

„Wohnen Sie vielleicht im Hotel?" Janet erhob sich und reichte ihnen die Hand.

„Nein, das können wir uns nicht leisten", antwortete Jason.

„Dann rufen Sie mich doch bitte in ein paar Tagen wieder an", beendete Janet das Gespräch und öffnete ihnen die Tür. „Vielleicht fällt mir bis dahin ja noch irgendein Hinweis dazu ein."

„Vielen Dank", verabschiedete sich Carol und schloss leise die Tür hinter sich zu. „Ein Feuer! Ausgerechnet! Warum muss ich nur so viel Pech haben?"

Jason nahm sie bei der Hand und führte sie die Treppe wieder nach unten. „Komm, lass uns wenigstens einen Kaffee hier trinken, den werden wir uns hoffentlich leisten können."

Sie gingen durch die Lobby und unter den geschwungenen Bögen einer Säulenhalle bis zum Ende der öffentlichen Hotelanlage. Das Restaurant lag mit Blick zum See. Riesige Fenster boten eine grandiose Aussicht auf den Lake Louise, den sie von der Straße aus nicht hatten sehen können. Umrahmt von hohen Bergketten und beleuchtet von der Sonne, lag er wie ein Gemälde, reglos und geheimnisvoll, vor ihnen.

Ohne sich zu bewegen, standen sie am Eingang des

Restaurants und betrachteten schweigend den zugefrorenen See, bis schließlich einer der Kellner auf sie aufmerksam wurde und sie zu einem Tisch am Fenster dirigierte. Die Mittagszeit war vorüber, und das Lokal war fast leer. Die Kellner deckten bereits leise für den Nachmittagskaffee ein.

Carol nahm die Speisekarte zur Hand und starrte auf das Foto auf dem Glanzumschlag, das den See zur Sommerzeit zeigte. Als Jason bestellte, nickte sie nur zustimmend, sie hatte nicht richtig zugehört und betrachtete noch immer fasziniert die Fotografie des Sees. Sein Wasser wies die ungewöhnlichste Farbe auf, die sie jemals gesehen hatte; sein schimmerndes Grün war in der Mitte am hellsten, am Rand spiegelten sich dagegen die Berge darin und verdunkelten seine Farbe so sehr, dass der See wie ein Edelstein wirkte, dessen glänzender Mittelpunkt sich sanft nach oben hob und nach außen hin abfiel. Sie erinnerte sich an John McLures Beschreibung des Sees. Er musste ihn damals ebenso wahrgenommen haben. Seit Generationen lag der grüne Lake Louise in seine Bergwelt eingebettet und verblüffte die Menschen mit seiner mysteriösen Farbe.

„Wirklich erstaunlich“, sagte Carol endlich, „ich habe bisher nicht geglaubt, dass Wasser so grün sein kann wie auf diesem Foto. Ich glaube es eigentlich immer noch nicht!“

Jason deutete auf ihre Kaffeetasse. Der Kellner hatte ihr eingeschenkt, ohne dass sie es bemerkt hatte. „Lass den Kaffee nicht kalt werden. Der Lake Louise ist berühmt für sein erstaunliches Grün. Ich habe oft davon gehört, die Farbe aber noch nie in natura gesehen. Sie soll wirklich unvorstellbar schön sein. Der See wurde

1882 von Thomas Wilson, einem Angestellten der CPR, und seinen Kollegen entdeckt, als sie nach einer Route über den Kicking Horse Pass gesucht haben. Wilson wollte ihn ursprünglich Lake Emerald nennen."

„Und ...?"

„Der Name wurde nie registriert, und der See bekam später offiziell zu Ehren von Prinzessin Louise, der vierten Tochter von Königin Victoria, seinen jetzigen Namen. Aber wenn ich mir die Aufnahme hier ansehe, finde ich, Lake Emerald wäre passender gewesen."

Carol nickte. „Wieso ist er denn so unglaublich grün?"

„Weil er von Gletschern gespeist wird und sehr tief ist. Die chemischen und physikalischen Zusammenhänge kann ich dir nicht genau erläutern, ich weiß nur, dass das Gletschereis über Millionen Jahre hinweg eine tiefe Mulde geformt hat, in die das Wasser fließen kann, und dass irgendwelche Mineralien auf dem Grund des Sees seine seltsame Farbe reflektieren. Zudem hat es auch noch etwas mit den umliegenden Bergen zu tun."

Sie schwiegen wieder und ließen die Natur auf sich wirken. Selbst in seinem jetzigen, gefrorenen Zustand verfügte der See und seine umliegende Landschaft über eine besondere Qualität. Die Berge warfen ihre mächtigen Schatten auf die glatte Eisdecke, und diese nahmen je nach Lauf und Stand der Sonne beständig neue Formen an. Carol und Jason hätten noch länger in stiller Ehrfurcht und Betrachtung dieses majestätischen Anblicks verweilen können, doch plötzlich kam eine Frau auf ihren Tisch zu und brach den faszinierenden Zauber des Augenblicks.

Es war Janet, die erleichtert ausrief: „Gott sei Dank,

Sie sind noch da! Aber ich habe mir fast schon gedacht, dass Sie sich noch im Hotel aufhalten, denn so einfach kann man sich von einem Ort wie diesem nicht lösen, nicht wahr?“

Jason erhob sich und bot Janet an, doch an ihrem Tisch Platz zu nehmen.

„Ich habe etwas herausgefunden, das vielleicht für Sie von Interesse sein könnte!“ Janet winkte einen der Kellner zu sich heran und bedeutete ihm mit einer Handbewegung, noch eine dritte Tasse zu bringen. Als sie eine weitere Tasse und eine volle Kaffeekanne für sie alle vor sich auf dem Tisch stehen hatte, begann sie mit ihrem Bericht. „Ich habe mich mit dem Historiker der Canadian Pacific Railway in Verbindung gesetzt. Er heißt Tim Gordon, ist Professor in Banff und hat ein Büro im ‚Banff Springs Hotel‘. Eigentlich hatte ich anfangs keine große Hoffnung, dass er helfen kann, aber stellen Sie sich vor, Tim wusste von einem Unfall mit einer Kutsche.“

Carol unterdrückte einen begeisterten Ausruf und beugte sich nach vorn. Unbewusst legte sie ihre Hand auf Janets Arm. „Wirklich? Oh, mein Gott, erzählen Sie! Was hat er Ihnen denn genau erzählt?“

Janet lächelte vergnügt. „Er hat von einem solchen Unfall, wie sie ihn beschrieben haben, gelesen. Er wusste allerdings nicht mehr genau, ob in den Unterlagen des ‚Banff Springs Hotels‘ oder in denen der Eisenbahngesellschaft, aber er sagt, die Sache hätte damals eine Menge Staub aufgewirbelt. Die Ehefrau und die Tochter eines berühmten Mannes sind bei dem damaligen Unglück auf schreckliche Art und Weise ums Leben gekommen.“

„Oh mein Gott, das müssen Rose und ihre Mutter gewesen sein. Einfach unglaublich, fantastisch! Und nun? Wie geht es jetzt weiter?" Carols Griff hatte sich verstärkt, und Janet tätschelte sie vorsichtig, um sie darauf aufmerksam zu machen. „Entschuldigung", sagte Carol schnell und nahm ihre Hand wieder von Janets Arm, „ich bin nur so aufgeregt."

„Keine Ursache. Hier ist Tim Gordons Karte. Ich schlage vor, Sie setzen sich direkt mit ihm in Verbindung. Er hat mir versprochen, in seinen Unterlagen nachzusehen und nach dem alten Artikel zu suchen, der für Sie so wichtig ist."

„Oh, Sie sind ein Schatz!", rief Carol aus, „wie kann ich Ihnen jemals für Ihre Hilfe danken?"

„Wenn Sie tatsächlich etwas herausfinden und ein Buch darüber schreiben, möchte ich später eine signierte Ausgabe haben", lächelte Janet.

„Versprochen!", bekräftigte Carol und war sich ganz sicher, dieses Versprechen auch einlösen zu können.

Vom „Chateau Lake Louise" waren sie direkt ins Dorf zurückgefahren und von dort in Richtung Calgary auf den Highway Nummer Eins abgebogen, der sie in einer knappen Stunde nach Banff gebracht hatte. Jason, der die Umsicht besessen hatte, Professor Gordon bereits schon zuvor vom Hotel aus anzurufen, hatte von diesem glücklicherweise noch einen Termin für denselben Nachmittag um fünf Uhr erhalten. Sie waren zu früh im „Banff Springs Hotel" eingetroffen und schlenderten nun in aller Ruhe um die großen Steinmauern des alten Gebäudes. Die Luft war frisch und klar, und die Bewegung beruhigte Carols Nerven. Auf gepflasterten Wegen und durch mehrere gemauerte Torbögen hindurch bewunderten sie die vielen Ecken und Winkel, um die das Hotel über die Jahre hinweg gewachsen war. Es war ein gigantischer Bau, der noch größer war als das „Chateau Lake Louise“, aber viel ernster und erhabener wirkte als dieses. Das gesamte Gebäude war offensichtlich nur entstanden, um den Glanz und die Glorie der Canadian Pacific Railway widerzuspiegeln und deren Gäste gebührend zu umwerben. Man konnte den Reichtum vergangener Tage noch immer an den aufwändigen architektonischen Details erkennen, die liebevoll gepflegt und instandgehalten wurden. Carol und Jason verliefen sich fast in den weitläufigen Fluchten des Hotels und mussten, als es Zeit für ihren Termin wurde, sogar nach dem Haupteingang fragen.

Professor Gordons Büro lag im dritten Stock eines Nebengebäudes, und auf dem Weg dorthin stellte Carol fest, wie niedrig die Decken in den Gängen, verglichen mit denen des „Chateaus Lake Louise“, waren. Das ganze Hotel schien dunkler und weniger fröhlich zu sein. Doch das tat ihrer guten Laune keinerlei Abbruch. Auf der Fahrt hierher hatte Carol kein Wort gesprochen, aber sie hatte das Radio aufgedreht und leise mitgesummt, wenn sie eine Melodie kannte. Jason hatte manchmal nach ihrer Hand gegriffen und sie sanft gedrückt, so als wollte er ihr damit sagen, dass er sie verstehen und ihre stille Erregung teilen würde.

Die Tür war angelehnt, und so traten sie, nachdem sie zuvor angeklopft hatten und ihnen ein lautes Herein entgegengeschallt war, in Tim Gordons Büro. Der Professor ignorierte Jason und steuerte sofort zielsicher auf Carol zu, die er mit einem kräftigen Händedruck begrüßte. Sein hellhäutiges Gesicht zeigte eine unnatürliche Rötung, wie sie nur von Wind und Wetter und einigen guten Brandys erzeugt werden konnte, und war übersät mit Sommersprossen. Sein blondes Haar war so spärlich, dass seine ebenfalls rötlich leuchtende Kopfhaut durch sie hindurchschien. Er trug einen knallgelben Pullover und sein gesamter Anblick ließ Carol unwillkürlich an ein übergroßes Streichholz denken. Ein langes gelbes Stück Holz mit einem ovalen roten Brennkopf daran. Als ihre Fantasie schließlich gänzlich mit ihr durchging und sie sich den Professor auch noch bildlich beim Liebesspiel vorstellte, musste sie unwillkürlich schmunzeln.

„Wie schön, Sie kennenzulernen", sagte Tim Gordon und schüttelte noch immer Carols Hand.

Die riss sich von ihren respektlosen Gedanken los und erwiderte seinen Gruß freundlich. „Es ist ganz wunderbar, dass Sie so schnell Zeit für uns gefunden haben.

„Ach was! Ich bin um jede Abwechslung in dieser Einöde hier froh. Sie haben ja keine Ahnung, wie langweilig es in diesem wunderschönen Hotel und in dieser wunderschönen Gegend sein kann, bevor die Saison beginnt und Leben in die Bude bringt."

Tim Gordon entsprach so gar nicht dem Klischee, das man sich von einem gelehrten Historiker machte. Sogar sein Alter, er konnte höchstens vierzig sein, passte nicht in dieses Bild.

„Und außerdem", fuhr er fort, „ist es mir immer eine Ehre, ein Mitglied meines eigenen Berufsstandes kennenzulernen. Sie wissen vermutlich nicht, dass auch ich Autor eines Buches bin?"

Carol überlegte kurz, ob sie ihm nicht besser sagen

sollte, dass sie bisher noch kein Einziges geschrieben hatte, entschied sich dann aber schließlich dafür, diesen Punkt so lange wie möglich offenzulassen. „Nein, das wusste ich nicht. Über welches Thema haben Sie denn geschrieben?“

An dieser Stelle unterbrach Jason, der vom Professor noch immer mit keinem einzigen Wort bedacht worden war, das nun beginnende Gespräch und stellte sich vor.

„Entschuldigung, wie unhöflich“, drehte sich daraufhin der Professor etwas geistesabwesend zu Jason um, schüttelte dessen Hand aber deutlich kürzer als Carols wenige Minuten zuvor. „Sie müssen mir verzeihen, aber eine schöne Frau lässt mich meine Umgebung immer ganz vergessen. Vor allem eine schöne Schriftstellerin!“

Jason lachte gezwungen. „Ich verstehe. Und ich sehe ein, dass Sie beide einiges zu besprechen haben. Vielleicht lasse ich Sie daher besser alleine und komme, sagen wir in einer Stunde, wieder zurück?“

Eine ausgezeichnete Idee, fand Tim Gordon, hatte sich dabei aber schon wieder zu Carol umgedreht.

„Aber was willst du in der Zwischenzeit tun?“, wandte Carol ein.

„Ich suche uns eine Bleibe für die Nacht. Es wird gewiss spät werden, so dass wir heute nicht mehr weiterfahren werden.“

„Oh, das dürfen Sie auf keinen Fall“, sagte der Professor, „aber warum wohnen Sie denn nicht hier im Hotel?“

„Weil es sicherlich zu teuer für uns ist“, gestand Jason zum zweiten Mal an diesem Tag ein, „und es gibt doch sicher ein paar günstige Motels in der Ortschaft?“

„Sicher, sicher“, bestätigte Tim Gordon, „aber dann müssen Sie wenigstens hier im Hotel zu Abend essen.

Darf ich Sie dazu einladen, auf Kosten des Hauses selbstverständlich?“

Jason bedankte sich für die Einladung, lehnte aber umgehend ab, worauf ihm der Professor fast nachsichtig erklärte: „Ihre Bescheidenheit in allen Ehren, aber es geht wirklich auf Kosten des Hauses, machen Sie sich also keine weiteren Gedanken. Schließlich bin ich höchstpersönlich für die korrekte Wiedergabe der geschichtlichen Entwicklung der Canadian Pacific Railway und ihrer Hotels verantwortlich. Sie können außerdem doch nicht ernsthaft wollen, dass ich Ihrer Frau die für ihre Recherche so wichtigen Daten hier im Büro und noch dazu in einer knappen Stunde erkläre? Nein, nein, keine Widerrede. Wir werden gemeinsam essen, und ich werde Sie, während wir speisen, mit meinem Wissen zu Tode langweilen, das dann in irgendeiner Form im nächsten Buch Ihrer Frau Gemahlin wieder auftauchen wird. Glauben Sie mir, ich kenne Schriftsteller, sie können der Versuchung, mit den Erkenntnissen anderer zu glänzen, einfach nicht widerstehen. Nicht wahr, meine Liebe, Sie werden mir zuhören und mich später zitieren?“

„Wenn es möglich ist ...“, hob Carol an und wollte ihm nun eigentlich erläutern, dass sie nicht gekommen war, um Informationen über die Eisenbahngesellschaft, sondern Fakten über Rose zusammenzutragen. Doch der Professor ließ sie gar nicht erst ausreden.

„Abgemacht! Mein lieber Jason, Sie gehen jetzt eine geeignete Unterkunft suchen, und danach holen Sie Ihre Frau wieder hier ab, damit sie sich noch für unser Essen frisch machen kann.“ Mit diesen Worten schob er Jason praktisch aus der Tür hinaus. Carol befürchtete schon, dass der Professor nun als Nächstes den Türschlüssel umdrehen und sich auf sie stürzen würde, wurde jedoch eines Besseren belehrt, denn Tim Gordon ging um seinen Schreibtisch herum, nahm Platz, setzte eine dünn gerandete Goldbrille auf und rieb sich enthusiastisch die Hände. „Ich habe ihn gefunden. Den Artikel über den Unfall! Deshalb sind Sie doch hier, nicht wahr?“

Carol setzte sich ebenfalls und rutschte unwillkürlich mit ihrem Stuhl näher an den Schreibtisch heran. „Wunderbar! Sie sind ein Engel! Was genau haben Sie gefunden? Ich bin schon so gespannt!“

Doch Tim Gordon wollte seinen Erfolg noch ein wenig länger auskosten, und Carol gönnte ihm den kleinen Moment des Triumphes gerne. „Ich bin ein Genie“, begann er schließlich mit bescheidener Stimme, „glauben Sie mir. Niemand hätte sich auch nur annähernd noch an den Artikel erinnert, zumindest nicht anhand der vagen Hinweise, die die gute Janet mir gegeben hat. Sie müssen Ihrer Freundin einmal erklären, dass sie etwas sorgfältiger recherchieren soll, bevor sie eine Anfrage an mich richtet. Meine Zeit ist kostbar.“

Carol erschrak. „Ich werde Ihnen nicht viel bezahlen können ...“

„Unsinn, Sie müssen mir doch nichts bezahlen! Sie sind Schriftstellerin! Sie wollen die Wahrheit herausfinden, das ist ein edles Unterfangen, das ganz im Einklang mit meiner eigenen Arbeit steht. Aber Sie müssen mir unbedingt erzählen, worum es genau geht. Wie gesagt, Janet hat mir nur wenige schwammige Informationen zukommen lassen.“

Carol erläuterte ihm den Hintergrund ihrer Anfrage in einigen Stichworten und bat ihn um Verständnis, dass sie ihm erst später beim Abendessen ausführlicher über alles berichten würde. Jetzt müsse sie aber zuerst einmal wissen, was der Professor entdeckt habe, sie hätte ihm im Gegenzug dafür eine Kopie von John McLures Geschichte mitgebracht, die sie ihm auch überlassen wolle.

„Einverstanden“, sagte dieser, „fangen wir also an. Ich habe hier einen Zeitungsbericht der Banff News aus dem Jahr 1907, datiert auf den dritten Juni. Sehen Sie hier, die Überschrift „Tragischer Unfall am Lake Morraine“. Diese Überschrift hätte mich die Sache beinahe übersehen lassen, denn Janet hat immer nur vom Chateau gesprochen. Es gab aber keinen Kutschenunfall am Lake Louise, sondern nur am Lake Morraine ...“

Carol nickte. „Der Lake Morraine liegt in der Nähe des Chateaus, soweit ich weiß, wir haben auf der Herfahrt einen entsprechenden Wegweiser dorthin gesehen. Ja, das muss der Unfall gewesen sein, der Zeitpunkt ist identisch mit dem meiner Aufzeichnungen. Es passierte am ersten Juni ...“

„Genau! Hier lesen Sie.“ Der Professor reichte ihr eine Kopie des Zeitungsartikels, dessen Schrift noch relativ gut zu entziffern war, obwohl der Hintergrund bereits vergilbt und manche Buchstaben nur noch schwach erkennbar waren. Sie nahm den kostbaren Artikel vorsichtig entgegen und begann zu lesen. Wie erwartet, berichtete er von der tragischen Kutschfahrt eines Hotelgastes, auf der die Pferde gescheut und die Kutsche sich überschlagen hatte. Mit anteilnehmenden Worten wurde dem hinterbliebenen Gatten, einem gewissen Lawrence Chattwell, der sowohl seine Frau wie auch seine Tochter bei dem Unfall verloren hatte, tiefstes Mitgefühl ausgesprochen. Der Kutscher sei ebenfalls verstorben, hieß es, man ginge aber davon aus, dass ihn keine Schuld an dem Unglück treffe. Eine Untersuchung des Hergangs durch die Polizei und die Leitung der Canadian Pacific Railway würde höchstwahrscheinlich kein Fremdverschulden nachweisen können, wurde anschließend noch vermutet. Offensichtlich hatte die Kutsche aber nicht den üblichen, leicht zu befahrenden Weg zum Chateau Lake Louise genommen, sondern war von diesem abgekommen und auf den Geröllpfad zum Lake Morraine geraten.

Carol war überrascht. „Ist das alles?", fragte sie den Professor, „bis auf den Namen Lawrence Chattwell wusste ich das schon alles."

Tim Gordon nickte verständnisvoll. „Ja, meine Liebe, viel ist es nicht, das gebe ich zu ..."

Sofort entschuldigte sie sich. „Oh nein, so habe ich es nicht gemeint. Der Artikel ist ungemein wichtig für mich, denn er bestätigt die Geschichte, an der ich zurzeit arbeite. Und er hat mir endlich den wahren Namen der kleinen Rose verraten. Das ist das Mädchen, um das es mir geht. Rose!" Sie schloss kurz ihre Augen und murmelte vor sich hin: „Rose Chattwell ..."

„Aber nein, sie hieß nicht Rose", berichtigte sie der Professor. „Sie hieß Elisabeth Chattwell!"

Carol öffnete erstaunt ihre Augen.

„Ja, meine Liebe, ein wenig mehr müssen Sie mir schon zutrauen. Oder haben Sie wirklich geglaubt, dass ich hinter Janets Anfrage nicht sofort mehr vermutet habe, als dass nur ein paar geschichtliche Daten benötigt werden? Mir war natürlich vollkommen klar, dass dem Kutschenunfall der Familie Chattwell eine tiefere Bedeutung zukommt. Und dachten Sie wirklich, ich würde Sie mit einem einzigen kleinen Artikel abspeisen?" Er zog ein weiteres Blatt Papier aus seiner Schreibtischschublade hervor und wedelte damit vergnügt vor Carols Gesicht herum.

„Was haben Sie zudem noch?“, fragte sie begeistert.

„Ich habe als Erstes in den Unterlagen des ‚Banff Springs Hotels‘ nachgesehen. Lawrence Chattwell hatte vom achtundzwanzigsten Mai bis zehnten Juni hier eine Suite für sich, seine Frau Sophia und seine Tochter Elisabeth gebucht. Er selbst fuhr am Morgen des neunundzwanzigsten Mai mit einigen Geschäftsfreunden zum Chateau Lake Louise, um dort eine Bergtour zu unternehmen. Das war damals große Mode bei der feinen Gesellschaft. Wussten Sie, dass das Chateau sogar Schweizer Bergführer importiert hat, die die Herrschaften sicher über die Hänge geleiten sollten? Die berühmten Schweizer Bergführer, die Swiss Mountain Guides of Canada, deren Vereinigung übrigens kürzlich ihr hundertjähriges Bestehen im ‚Chateau Lake Louise‘ gefeiert hat ...“

„Ich flehe Sie an, spannen Sie mich bitte nicht länger auf die Folter!“, stöhnte Carol.

„Na gut, diese Geschichte erzähle ich Ihnen dann beim Dinner weiter. Es wird wohl ein langer Abend werden. Also, wie gesagt, Lawrence Chattwell war am Lake Louise, und seine Frau wollte ihn dort wohl besuchen. Die Kutsche gehörte zum Chateau, es gibt dort leider keine Unterlagen mehr darüber ..., ein Feuer ...“, er sah Carol an und hob beschwichtigend die Hand, „schon gut, Sie wissen darüber offensichtlich schon Bescheid! Aber hier im Hotel gab es noch die Unterlagen zu den einzelnen Kutschenbuchungen, und ich habe entdeckt, dass Lawrence am sechsten Juni abgereist ist. Er hat keine Hotelrechnung bezahlt, ich nehme an, dass das

Hotelmanagement genug Feingefühl besessen hat, um ihm die Rechnung nach dem schrecklichen Vorfall zu erlassen. Obwohl es für ihn sicherlich kein Problem gewesen wäre, sie zu bezahlen."

Tim Gordon legte eine Kunstpause ein und genoss die Spannung, die er damit erzeugte, sichtbar. Doch Carol schwieg und wartete, bis er von sich aus den Faden wieder aufnahm.

„Lawrence Chatwells Adresse weist ihn als Oberhaupt der Firma Chattwell-Tidewater in Vancouver aus. Ich habe mir erlaubt, in unserem Firmenregister nachzusehen; die Firma bucht noch bis heute Konferenzen in unseren Hotels. Ist Ihnen Chattwell-Tidewater denn ein Begriff?"

Carol schüttelte den Kopf. Der Professor war sensationell. „Ich könnte Sie umarmen", lobte sie ihn überschwänglich, „erzählen Sie mir alles."

Daraufhin berichtete er ihr stolz, was er in der kurzen Zeit zusammengetragen hatte. Lawrence Chattwell war zu seiner Zeit ein Finanzier allerhöchsten Ranges gewesen. Seine Firma hatte sich schon zu Ende des letzten Jahrhunderts mit finanzkräftigen amerikanischen Unternehmern zusammengetan und das Haus Chattwell-Tidewater gegründet, dessen Hauptsitze sich in Vancouver und San Francisco befanden. Die Firma war dem verzweifelten Aufruf des kanadischen Premiers gefolgt und hatte zu dem Zeitpunkt Anteile an der maroden Canadian Pacific Railway erworben, als die Regierung für die Ost-West-Verbindung dringend Geld benötigt hatte. Für diese Anteile sollte sie gigantische Ländereien neben den Eisenbahnstrecken erhalten, eine Zusage, die die Regierung machen musste, um den kanadischen Staat vor dem Bankrott zu retten. Als die Eisenbahn das Land aufblühen ließ, war Chattwell-Tidewater eines der einflussreichsten Unternehmen des amerikanisch-kanadischen Kontinents geworden und Lawrence Chattwell unvorstellbar reich. Jedes Jahr traf er sich mit den wichtigsten Mitgliedern seines Syndikats im „Banff Springs Hotel" zu einem Kurzurlaub, in dem er seiner Leidenschaft, dem Bergsteigen, frönte. Er war vierzig Jahre alt, als er Sophia, eine junge New Yorkerin, kennenlernte und heiratete. Im Januar 1906 hatten sie eine Tochter bekommen. Die Reise nach Banff im Mai des darauffolgenden Jahres war ihre erste gemeinsame Reise nach der Geburt gewesen.

„Das war es, mehr oder weniger", schloss Tim Gordon seinen Bericht, „eine kurze Reise, die eine ganze Familie zerstört hat. Danach gibt es nicht mehr viel zu berichten. Lawrence Chatwell hat anscheinend nie wieder geheiratet."

„Wieso glauben Sic das?", fragtc Carol.

„Weil er bis 1950 jedes Jahr in dieses Hotel hier gekommen ist. Bei seinem letzten Besuch war er dreiundachtzig Jahre alt. Und er kam jedes Jahr alleine!"

„Wie schrecklich. Er muss sehr einsam gewesen sein."

„Allerdings. Er hat den grausamen Tod seiner Frau und seiner Tochter wohl nie verkraftet", stimmte Tim Gordon ihr zu.

„Und kam immer wieder an den Unglücksort zurück, um die Erinnerung an sie aufrechtzuerhalten. Wenn er nur gewusst hätte, wie nahe sie ihm dabei in Wirklichkeit war", murmelte Carol.

„Wer?"

Carol sah den Professor an und sagte laut: „Seine

Tochter! Rose! Elisabeth. Sie ist nicht gestorben; sie hat den Unfall überlebt."

„Unmöglich. Ich bitte Sie! Wie soll denn das geschehen sein?"

„Genau darum geht es mir. Ich werde Ihnen beweisen, dass Lawrence Chattwells Tochter überlebt hat ..."

Der Professor stand bei diesen Worten auf. Er war begierig, mehr zu hören, ging um den Schreibtisch herum und setzte sich direkt vor Carol auf die Schreibtischkante. Noch immer ungläubig, begann er sie mit aufgeregter Stimme auszufragen. „Himmel, das wäre ja eine Sensation! Sind Sie sich dessen sicher? Haben Sie dafür auch Beweise? Ich hatte ja keine Ahnung ..." In diesem Moment wurde er von einem Klopfen an der Tür unterbrochen. Die Stunde war vorüber, und Jason trat ins Zimmer.

„Ist es schon so spät?", fragte Tim Gordon unverkennbar enttäuscht.

„Tut mir leid, wenn ich unterbreche", meinte Jason und sah den Professor, der so nahe an Carol herangerückt war, dabei leicht befremdet an. „Soll ich vielleicht später wiederkommen?"

Carol erhob sich, und der Professor legte mit kollegialer Geste seinen Arm um ihre Schulter. „Nein, nein, sonst werden wir Schriftsteller nie fertig. Man darf uns nicht zu viel Zeit zugestehen, sonst verplaudern wir uns bis zum Jüngsten Tag, wenn man uns nicht unterbricht, nicht wahr, meine Liebe. Ich schlage vor, dass wir uns in einer Stunde wieder treffen und dann noch einmal ganz von vorne anfangen. Es gibt noch so viel zu besprechen. Haben Sie in der Zwischenzeit denn ein nettes Motel für Sie beide gefunden?"

Jason nickte nur, und sie verabschiedeten sich. An der Tür erinnerte der Professor Carol daran, nicht zu vergessen, die ihm versprochenen Unterlagen zum Essen mitzubringen.

„Keine Sorge", beruhigte sie ihn.

Kaum hatten sie das Büro verlassen, als Carol Jason auch schon um den Hals fiel. „Das Ganze entwickelt sich zu einer irrsinnig spannenden Geschichte, die immer besser wird. Ich werde dir gleich alles erzählen."

Auf dem Weg zum Motel redete Carol ununterbrochen und ließ Jason in ihrer Begeisterung auch wissen, wie sehr sie sich darüber gefreut hatte, dass er den Professor in seiner Annahme, dass sie verheiratet wären, nicht berichtigt hatte. Es sei bestimmt besser so. Instinktiv spürte Carol, dass Tim Gordons Interesse an der Sache, beziehungsweise an ihr, nicht nur rein beruflicher Natur war. Dennoch freute sie sich auf den kommenden Abend. Der Professor hatte ihr zwar alle wichtigen Informationen bereits mitgeteilt, aber es war sicher hilfreich, diese noch einmal am Stück durchsprechen zu können.

Während Carol erzählte und erzählte, war Jason mit seinen Gedanken jedoch ganz woanders. Dieser studierte Angeber, wütete Jason innerlich, sollte besser nicht versuchen, mir in die Quere zu kommen. Ich lasse mich doch von solch einem aufgeblasenen Laffen, in dem nichts anderes als heiße Luft steckt, nicht wie ein kleiner Junge behandeln. Diese gönnerhafte, aufgesetzte Behandlung muss ich mir wirklich nicht gefallen lassen. Wie er sich sofort an Carol herangemacht und sie mit seiner Wir-sind-doch-beide-Autoren-Masche umgarnt hat! Dass es Gordon offensichtlich auch noch gelungen war, Carol damit zu beeindrucken und sie dieses Geschwätz für bare Münze genommen hatte, ärgerte ihn nicht nur, sondern beunruhigte ihn zutiefst. Was wäre, wenn sie sich auf einmal von ihm abwenden würde, weil sie von diesem Mann so fasziniert war? Was, wenn sein ganzer, sorgfältig ausgeklügelter Eroberungsplan dadurch ins Wanken käme? Nein, das durfte er unter keinen Umständen zulassen. Ich muss mich zusammenreißen, ich darf mir unter keinen Umständen etwas anmerken lassen, nahm er sich vor, doch er wusste schon jetzt, dass ihm das nicht leichtfallen würde.

Und so war es auch. Die Aufregung, mit der der Professor John McLures Geschichte lauschte, stand Carols eigener in nichts nach und schloss Jason praktisch vom Gespräch aus, weshalb sich der Abend für ihn, trotz des ausgezeichneten Essens, das der Hotelküche alle Ehre machte, endlos in die Länge zog. Carol jedoch amüsierte sich köstlich. Tim Gordon hatte einen hervorragenden Wein ausgewählt, trank später tatsächlich Brandy zum Dessert und unterhielt Carol mit einer Unmenge von Anekdoten, die er in seiner Eigenschaft als Historiker zusammengetragen hatte. Jason, an den die beiden während des gesamten Dinners kaum ein Wort gerichtet hatten, fühlte sich absolut ausgeschlossen, doch sowohl Carol als auch der Professor waren beide viel zu sehr in ihr Gespräch vertieft, um diese Tatsache zu bemerken.

19

Elsie Golden hatte eine unruhige Nacht hinter sich. Sie wusste, dass Jason mit Carol unterwegs war. Ihr Sohn hatte ihr von einem harmlosen Kurzurlaub, den er mit Carol unternehmen würde, erzählt, doch sie wusste es besser. Diese Frau war gefährlich und würde nicht eher ruhen, als bis sie Jason mit ihren egoistischen Plänen ruiniert hätte. Sie würde ihn vergiften und sein ganzes persönliches Umfeld zerstören, vielleicht sogar ohne böse Absicht oder sich dessen bewusst zu sein, was die Sache an sich aber nicht änderte oder besser machte.

Als das Morgengrauen endlich ihren sorgenvollen Halbschlaf beendete, traf sie eine Entscheidung. Elsie ging zum Telefon, rief bei Anita an und bat sie, kurz bei ihr vorbeizukommen. Als Grund gab sie an, einige Dinge aus dem Bridge Lake Store zu brauchen und bat Anita, dort für sie vorbeizufahren und ihr die Einkäufe danach zu bringen. Sollte sich Anita über Elsies Bitte gewundert haben, hatte sie sich jedenfalls nichts anmerken lassen. Elsie Golden besaß kein Auto, sie hatte nicht einmal einen Führerschein, aber Jason fuhr sie einmal pro Woche zum Supermarkt in 100-Mile und versorgte sie auch zwischendurch mit allem, was sie benötigte. Bislang hatte Elsie jedenfalls noch nie jemanden darum bitten müssen, etwas für sie zu besorgen.

Anita versprach ihr, so gegen elf Uhr vorbeizukommen, und Elsie gab am Telefon eine kleine, nicht existierende Liste der fehlenden Nahrungsmittel auf. Sie überlegte nicht lange und zählte einfach ein paar Sachen auf, die seit dem Frühstück noch auf ihrem Esstisch standen, Brot, Tee, Zucker, Marmelade, Milch.

Als Anita dann eine Stunde später als angekündigt eintraf, bat Elsie sie in die Küche, setzte Teewasser auf und bot ihr Platz an.

„Ich habe nicht mehr viel Zeit", meinte Anita, „es ist leider später geworden, als ich dachte. Entschuldige, Elsie, aber manchmal rennt man den ganzen Tag lang hinter der Zeit her."

„Das macht nichts", sagte Elsie Golden, nahm zwei Tassen aus dem Schrank und setzte sich zu Anita, „ich danke dir für den Einkauf. Gibt es denn etwas, das ich im Gegenzug für dich tun kann?"

„Im Moment nicht, danke. Aber ich werde es dich wissen lassen, wenn ich einmal etwas brauche."

Elsie nickte. So war es richtig. Elsie wusste, dass Anita viel zu wohlerzogen war, um ihr eine direkte Frage zu stellen, und dass sie geduldig warten würde, bis Elsie ihr von sich aus den Grund für ihre fadenscheinige Bestellaktion erklären würde. „Du hast dich sicher gewundert, warum ich dich zum Einkaufen geschickt habe, wo doch jeder weiß, dass Jason diese Aufgabe immer äußerst zuverlässig ausführt. Aber ich werde auf meine alten Tage wohl vergesslich, die wichtigsten Dinge fallen mir nicht mehr ein. Gestern vergesse ich, wo meine Brille liegt, heute, was ich zum Kochen brauche, und morgen werde ich wohl nicht einmal mehr wissen, wie ich heiße."

„So schlimm wird es schon nicht sein", antwortete

Anita zögernd. Sie konnte noch nicht absehen, in welche Richtung das Gespräch ging, aber Elsie führte etwas im Schilde, so viel war ihr klar.

Elsie trommelte mit den Fingern abwesend auf die Tischplatte. „Ja, das mag sein. Aber es wäre schließlich kein Wunder, wenn Jason langsam die Geduld mit mir verlieren würde. Letztendlich ist das ja auch kein richtiges Leben für einen jungen Mann, so allein in der Einsamkeit und mit einer alten Mutter, die er beständig versorgen muss."

„Ich glaube nicht, dass er das so sieht", tröstete Anita. „Außerdem hat er doch ein eigenes Leben und gewiss nicht das Gefühl, etwas zu versäumen."

„Oh nein, das nicht. Dennoch ich bin ihm nur ein Klotz am Bein. Wenn ich nicht wäre, würde er sein Leben ganz anders gestalten und sicher schon längst nicht mehr hier wohnen."

Anita konnte nicht glauben, was sie da hörte. „Jason und nicht mehr am Bridge Lake wohnen? Niemals! Er lebt doch gerne hier und gehört auch hierher. Wie kommst du nur auf solche Ideen?"

„Weil ich ihn besser kenne als ihr alle! Er würde sofort nach Vancouver ziehen, glaube mir. Aber er fühlt sich verpflichtet, bei mir zu bleiben und mich zu versorgen. Ohne diese Verpflichtung würde er sein eigenes Leben leben, wie er es schon seit Langem gerne täte."

„Und wie würde das aussehen?", fragte Anita, noch immer nicht überzeugt.

„Ich sage dir doch, er würde in Vancouver leben."

„Aber ich dachte immer, du wärst die treibende Kraft, die in die Stadt zurückkehren will, nicht er. Du wolltest doch immer zurück in die Stadt. Und wenn er das nach deinen eigenen Worten auch will, warum geht ihr dann nicht beide dorthin?"

Elsie Golden trank einen kleinen Schluck Tee und sagte dann leise: „Ich werde niemals mehr zurück in die Stadt gehen. Ihr habt das alle immer nur geglaubt, weil Jason und ich es euch so vorgegaukelt haben. Ich habe euch belogen, um ihn zu unterstützen, denn er würde euch gegenüber nie zugeben, wie unzufrieden er am Bridge Lake ist."

„Aber wieso denn nicht?"

„Weil er dann zugeben müsste, dass ich diejenige bin, die nicht zurückwill. Also tut er so, als wäre es sein Wunsch zu bleiben. Ich weiß, dass das eine verzwickte Situation ist, in der der eine dem anderen etwas vormacht, nur weil er ihn nicht verletzen will. Ich wünschte, Jason würde etwas egoistischer sein und einfach in die Stadt ziehen, aber solange ich hier bin, wird er nicht gehen. Du weißt doch, wie hilflos ich ohne ihn sein würde."

Anita überlegte. „Bist du dir, was Jasons Beweggründe angeht, wirklich ganz sicher? Du überraschst mich, denn so hilflos bist du nun auch wieder nicht. Gut, du kannst nicht Auto fahren, aber ansonsten bist du doch recht selbstständig, und wir alle könnten von Zeit zu Zeit kommen, um nach dir zu sehen und um dich zu versorgen. Nein, wenn Jason wirklich wollte, würde er in die Stadt ziehen, davon bin ich überzeugt."

„Oh, täusch dich nicht, er will schon. Er würde zu gerne bei seiner Familie leben."

Anita glitt fast die Tasse aus der Hand. „Wie bitte? Welche Familie?"

Die alte Frau schwieg eine Weile und flüsterte dann

so leise, dass Anita sich anstrengen musste, um sie verstehen zu können. „Bitte, ich flehe dich an, erzähle niemandem davon. Aber ich kann einfach nicht länger schweigen – ich habe keine Ahnung, was ich tun soll. Jason hat seit Langem eine Freundin in Vancouver, mit der er eine kleine Tochter hat. Er sollte bei ihnen leben, pendelt wegen mir aber beständig hin und her. Du hast doch mitbekommen, wie oft er in Vancouver ist – jetzt weißt du auch, warum."

„Du lieber Himmel!" Anita war fassungslos. Tausend Gedanken gingen ihr durch den Kopf, doch vor allem der an Carol machte ihr schwer zu schaffen. „Ist das wirklich wahr?"

Elsie Golden bestätigte mit einem schweigenden Kopfnicken.

„Wie kann er nur? Das gibt es doch nicht. Was soll denn dann die Sache mit Carol – die beiden sind doch gerade zusammen unterwegs."

Elsie seufzte nur.

„Du hast wirklich ein Enkelchen in Vancouver?"

Elsie nickte.

„Warum gehst du nicht mit ihm zurück? Das wäre nur naheliegend und auch am vernünftigsten?" Anita zweifelte noch immer, denn sie erinnerte sich nur noch allzu gut an Elsies letzte, abschätzige Kommentare über das Landleben und ihre angebliche Sehnsucht nach der Stadt.

„Ich sage dir doch, ich kann nicht. Es würde mich umbringen, wenn ich nach Vancouver zurückmüsste. Jason kennt die Gründe und hat Verständnis dafür, ja, ich glaube, er fühlt sich deswegen sogar ein wenig schuldig. Es hat etwas mit seiner Geburt zu tun."

Anita hatte schon immer den Verdacht gehabt, dass Jasons Geburt für Elsie ein traumatisches Erlebnis gewesen sein musste, denn sie hatte es zeitlebens immer tunlichst vermieden, darüber zu sprechen. Elsie musste damals etwas Furchtbares erlebt haben, aber Anita wollte nicht indiskret sein und weiter in Elsies Privatsphäre dringen.

Die Frauen saßen noch eine Weile stumm am Tisch und tranken ihren Tee. Dann stand Anita unvermittelt auf. „Ich muss gehen. Elsie, sei mir bitte nicht böse, aber ich bin mir nicht sicher, ob ich die Tatsache, dass Jason eine Familie hat, vor Carol verschweigen kann. Sie ist meine Freundin und verdient, die Wahrheit zu erfahren. Und was dich betrifft, wenn dich das alles so sehr belastet, solltest du dir wirklich Gedanken machen, wie du dich schnellstmöglich von deinem Sohn lösen kannst. Denn du bist diejenige, die ihn in Abhängigkeit hält, und deshalb kannst auch nur du ihn wieder aus ihr entlassen. Wenn du dagegen weiter mit seinen Schuldgefühlen spielst, trifft dich selbst eine große Schuld. Aber das geht mich nichts an. Du musst selber wissen, was du zu tun hast."

Jetzt erhob sich auch Elsie Golden und brachte Anita zur Tür. „Ich werde darüber nachdenken", sagte sie, „so kann ich jedenfalls nicht weitermachen. Ich werde ihn wohl fortschicken müssen, damit er endlich sein eigenes Leben führen kann. Was Carol betrifft, werde ich es dir gewiss nicht übelnehmen, wenn du es ihr erzählst. Wenn ich ehrlich bin, habe ich es sogar selbst schon einmal versucht."

„Wirklich?"

Elsie nahm Anitas Arm und hielt ihn fest. „Ja, aber

sie glaubt mir nicht. Sie denkt, ich wäre ein eifersüchtiges altes Weib, denn sie ist in Jason verliebt und vertraut ihm. Und Jason ist ebenfalls in sie verliebt. Deswegen belügt er sie auch. Dafür habe ich sogar Verständnis, er kann einfach nicht anders. Er führt zurzeit zwei Leben, und dabei kommt ihm auch die Tatsache zugute, dass ich ihn brauche. Damit kann er seiner Familie gegenüber den Umstand rechtfertigen, dass er so oft hier ist. Zumindest rechtfertigt er es so vor sich selbst. Hinzu kommt noch, dass Carol nicht unvermögend ist, und der arme Jason das erste Mal in seinem Leben die Aussicht hat, nicht mehr ganz so hart arbeiten zu müssen. Aber das ist unfair Carol gegenüber. Du bist, wie gesagt, mit ihr befreundet, vielleicht wird sie dir ja glauben. So kann es doch nicht weitergehen. Das hat niemand verdient. Wirst du mir also helfen?"

Anita nahm Elsies Hand in die ihre. „Wie meinst du das?"

„Wenn ich allein bin."

„Aber natürlich. Wir alle werden dir helfen. Gib mir Bescheid, wenn du wieder etwas brauchst." Damit verabschiedete sie sich von Elsie und fuhr los. Auf dem ganzen Rückweg zu ihrer Farm konnte sie an nichts anderes mehr denken, als daran, was Hermann wohl zu der ganzen Geschichte sagen würde. Sie selbst war schon so verwirrt von dem Gehörten, dass sie den Schmerz, den Carol empfunden haben musste, als sie von Jasons Familie erfahren hatte, annähernd erahnen konnte. Aber weshalb war sie dann trotzdem noch mit ihm weggefahren? Anita war irritiert. Sie hatte mit allen Mitleid und war gleichzeitig oder gerade deshalb entsetzlich frustriert. Sie wollte das alles nicht. Sie wollte von all dem nichts wissen. Sie wollte sich nicht einmischen und Teil dieser für alle Beteiligten unglücklichen Situation werden, wusste aber, dass sie bereits in dem unsichtbaren Netz, in dem sie das Schicksal der anderen mitentscheiden würde, gefangen war. Wie auch immer sie sich entschied, ob sie nun Carol davon überzeugen würde, dass Elsie die Wahrheit sprach, und ihr damit Leid zufügte, oder ob sie sich zurückhielt und nichts verriet und damit später vielleicht noch größeres Leid verursachte – es war eine Situation, in der niemand gewinnen konnte. Es war einfach eine furchtbare Lage, in der sich alle, sogar die arme Unbekannte und ihr Kind in Vancouver, befanden, und Anita war plötzlich ungeheuer wütend auf Jason.

Allein Elsie Golden stand noch an der Tür, als das Fahrzeug schon längst verschwunden war, und um ihre Lippen spielte ein winziges, aber hoffnungsvolles Lächeln.

20

Wie Jason es vorhergesagt hatte, war das Wetter über Nacht umgeschlagen, und die Leitung des Motels, in dem Carol und Jason abgestiegen waren, hatte vorsorglich gleich am nächsten Morgen den neuesten Straßenbericht am Schwarzen Brett ausgehängt. Der Highway von Lake Louise bis Jasper war bis auf Weiteres für den Verkehr gesperrt worden, nachdem der nächtliche Schneefall die Straßen im Hochtal unpassierbar gemacht hatte. Jason, der früh aufgestanden war und Carol die Neuigkeiten überraschend kurz angebunden mitgeteilt hatte, meinte, dass sie froh sein könnten, wenn sie heute noch heil aus Banff heraus und auf den Highway zurück in Richtung Revelstoke kommen würden. Carol wäre gerne noch eine Weile in Banff geblieben, um auf einen weiteren Wetterumschwung zu warten, doch Jason wollte sofort losfahren.

Er deutete auf das dichte Schneetreiben vor dem Fenster. „Wir müssen schnellstens zurück nach Lake Louise“, bestimmte er, „von dort aus geht es immer bergab, und wir können schon heute Nachmittag wieder im Tal sein.“

„Aber dann fahren wir ja die gleiche Route zurück, die wir auf der Herfahrt genommen haben“, beschwerte sie sich. „Ich wollte doch so gerne über die Rockies weiter nach Norden fahren.“

„Du kannst dir Jasper ein anderes Mal ansehen!“, war alles, was er dagegensetzte. Und als ihn Carol fragte, ob denn wenigstens noch genug Zeit wäre, um sich ein zweites Mal mit Tim Gordon zu treffen, verriet ihr Jasons Miene überdeutlich, dass er nicht das geringste Interesse hatte, den Professor noch einmal zu sehen. Also stellte Carol sich darauf ein, die weitere Kommunikation mit ihrem Recherchepartner über Telefonate und E-Mails zu führen, sobald sie wieder zu Hause sein würde. Sie hatten ihre Adressen ausgetauscht und sich gegenseitig versprochen, in Verbindung zu bleiben.

Noch nicht ganz ausgeschlafen, nahmen sie mit einer unerklärlichen Spannung, die sich seit gestern Abend zwischen ihnen aufgebaut hatte, hastig ihr Frühstück ein und brachen unmittelbar danach auf. Carol machte es sich auf dem Beifahrersitz bequem und überprüfte während der Fahrt immer wieder die Notizen des Professors, bis sie sie fast auswendig konnte. Jason schien sowieso nicht mit ihr sprechen zu wollen, weshalb Carol ebenfalls schwieg und die Rückfahrt sich zu einer langwierigen, langweiligen Angelegenheit entwickelte. Carols Hochstimmung vom Vorabend war endgültig verflogen, und insgeheim gab sie Jason die Schuld daran. Er war plötzlich so abwesend und distanziert ihr gegenüber.

„Sollen wir durchfahren?“, fragte er mitten in ihre düsteren Gedanken hinein, und machte ihr dadurch bewusst, dass sie bereits in Salmon Arm, und somit ohne Pause zu machen, die letzten sechs Stunden durchgefahren waren.

„Dann könnten wir bereits heute Abend am Bridge Lake sein.“

„Das wäre fantastisch“, antwortete sie, bemüht, ihrer

Stimme einen ganz normalen Klang zu verleihen, „aber da du anscheinend die ganze Strecke selbst fahren willst, entscheide bitte du, je nachdem wie du dich fühlst."

Er sagte nichts dazu, sondern fuhr weiter bis nach Kamloops, wo er an einer Tankstelle anhielt und sie in einem Schnellimbiss einen erstaunlich guten Hamburger mit frischem Salat und nicht zu fettigen Pommes zu sich nahmen. Danach fuhr Jason, der behauptete, kein bisschen müde zu sein, weiter.

Um acht Uhr abends hielt er vor ihrem Haus an.

„Kommst du nicht mehr mit rein?", fragte sie ihn.

„Nein, sei mir nicht böse, aber ich muss noch nach meiner Mutter sehen", antwortete er, ohne sie dabei anzusehen.

„Ja, sicher", sagte sie nur.

Daraufhin lud er ihre Tasche aus, küsste sie flüchtig auf die Wange, stieg wieder in seinen Pick-up und fuhr los. Carol trug ihre Reisetasche ins Haus, machte Licht und schaltete die elektrische Heizung an. Irgendetwas war schiefgelaufen, irgendetwas stand auf einmal zwischen ihnen, aber sie hatte keine Ahnung, was es war. Etwa Eifersucht auf den Professor? Jasons Stimmung war gestern Abend so abrupt umgeschlagen, dass es höchstwahrscheinlich etwas mit Tim Gordon zu tun haben musste. Und vorher hatte er nicht einmal mehr ein Wort darüber verloren, ob er später noch einmal zurückkommen würde, und Carol vermutete, dass er sie damit bestrafen wollte.

Enttäuscht ging sie ins Bad und duschte ausgiebig. Danach wickelte sie sich in ihren flauschigen Frotteemantel und setzte sich mit einem Glas Rotwein vor den Kamin. Sollte sie sich so spät noch ein Feuer machen?

Sie zögerte nicht lange. Wenn sie den Rest des Abends schon alleine verbringen musste, wollte sie wenigstens das Beste daraus machen. Sie könnte Musik hören oder sich einen Film ansehen, das Haus bot ihr seit ihrem Großeinkauf in Kamloops alle Annehmlichkeiten und war zu einem echten Zuhause geworden. Carol entschied sich für das Radio, und sogleich hallten angenehme Klänge durch den Raum. Im Kamin züngelten Flammen, und sie reduzierte die Zimmerbeleuchtung auf das Licht einer kleinen Stehlampe, um den flackernden Schein des Feuers besser genießen zu können. Erschöpft lehnte sie sich zurück und schloss die Augen. Sie musste nachdenken.

Rose, oder besser Elisabeth, war also die Tochter eines wohlhabenden, einflussreichen Mannes gewesen. Sie und Tom waren von John McLures Farm verschwunden. Soweit die Fakten. Was aber war danach geschehen? Hatte Tom ihr möglicherweise erzählt, dass sie gar nicht Johns leibliche Tochter war? Hatten sie nach ihrer gemeinsamen Flucht versucht, Roses richtigen Vater zu finden?

Die Antworten darauf standen noch aus, aber Tim Gordons Arbeit hatte sie immerhin ein gewaltiges Stück vorangebracht. Jetzt musste sie sich nur noch überlegen, wie sie weiter vorgehen wollte. Morgen würde sie zunächst einmal ihre Notizen um die neuesten Informationen erweitern und danach einen Plan ausarbeiten. Eigentlich war der nächste Schritt, den sie machen musste, ganz einfach. Ihre weitere Recherche würde sie unweigerlich nach Vancouver führen, denn nur dort konnte sie mehr über Lawrence Chattwell erfahren. Sie hatte zwar noch keine Ahnung, wie sie die Dinge im Einzelnen angehen sollte, wollte heute Abend aber auch nicht mehr länger darüber nachdenken. Sie trank noch einen Schluck Rotwein und wurde ein bisschen melancholisch, weil sie Jason nicht danach fragen konnte, wann er mit ihr nach Vancouver fahren würde. Sie trank noch weiteres Glas und wurde immer bedrückter, als ihr in den Sinn kam, dass Jason vielleicht gar keine Lust mehr hätte, gemeinsam mit ihr nach Vancouver zu fahren. Elsie Goldens Worte fielen ihr wieder ein, und alle ihre Ängste, die sie bislang so erfolgreich zurückgedrängt hatte, schoben sich mächtiger als je zuvor wieder in den Vordergrund. Sie konnte sich einfach nicht erklären, warum Jason auf der Rückfahrt so verändert und abweisend gewesen war.

Mit tiefen, langsamen Schlucken trank sie die ganze Flasche leer. Den unvermeidlichen Kater am nächsten Morgen nahm sie dabei billigend in Kauf, wenn sie nur für den Rest des Abends die ganze Misere vergessen könnte und nicht schon wieder ihr ganzes Leben in Zweifel ziehen müsste. Sie wollte nicht mehr an Jason denken, also konzentrierte sie sich wieder auf Rose und Tom und entwickelte, müde und vom Alkohol benebelt, sogar noch ein paar Ideen, wie sie mehr über die beiden herausfinden könnte. Mit diesen durch den Rotwein etwas konfusen Gedanken im Kopf, die ihr in diesem Moment jedoch vollkommen logisch und nachvollziehbar erschienen, schlief sie schließlich auf dem Sofa ein und wachte erst weit nach Mitternacht mit einem schalen Geschmack im Mund und dem Ansatz eines leise pochenden Kopfschmerzes wieder auf. Sie zog ihre Kleider aus und nahm zwei Aspirin. Danach ging sie zu Bett und schwor sich, in ihrem ganzen Leben nie wieder eine ganze Flasche Rotwein zu trinken.

Am nächsten Morgen war es Carol wie befürchtet schrecklich übel, und ihr Kopf brummte. Zur Strafe für ihr kindisches Verhalten vom Vorabend quälte sie sich bis zur Mittagszeit mit dem Sortieren ihrer Notizen und einer ausführlichen Mail an ihren Anwalt in Deutschland, den sie mit allen Informationen versorgte, die er für den bevorstehenden Rechtsstreit mit Peter benötigte. Vor allem aber bestrafte sie sich mit dem sich selbst auferlegten Vebot, Jason unter keinen Umständen anzurufen. Um ein Uhr mittags war ihr Kater jedoch verschwunden und sie nun doch so weit geläutert, dass sie Jason gerade anrufen wollte, als das Telefon zu klingeln begann. Erleichtert atmete sie auf. Aber nicht Jason, sondern Maria war am Apparat.

„Na, wie geht es dir?“, wollte ihre Freundin wissen.

„Danke, im Moment ziemlich bescheiden, aber es wird schon wieder.“

Maria war neugierig. „Was gibt es denn?“

Carol erzählte ihr, dass sie mit Jason unterwegs gewesen war, nun aber anscheinend ihren ersten Konflikt mit ihm austrug, dessen Ursprung sie nicht einmal nachvollziehen konnte.

„Du klingst deprimiert, nimmt dich die Sache denn wirklich so sehr mit?“, fragte Maria besorgt.

„Wenn ich ehrlich bin, ja“, seufzte Carol und setzte sich hin. Das Gespräch würde länger dauern. Sie erzählte Maria ausführlich, was sich alles ereignet hatte, seitdem sie sich zuletzt gesehen und gesprochen hatten. Dabei legte sie den Schwerpunkt ihrer Erläuterungen vor allem auf den Grund für ihre Reise. Als sie bei Tim Gordons unerwarteten Forschungsergebnissen angekommen war, wurde ihre Stimme wieder fester, und sie begann sich endlich etwas besser zu fühlen. Doch Maria hakte nach und ließ sich den Ablauf des gemeinsam in Banff verbrachten Abends nochmals im Detail erzählen.

„Wahrscheinlich war Jason eifersüchtig, obwohl er dazu überhaupt keinen Grund hatte", vermutete Carol abschließend.

Maria ging auf diesen Punkt jedoch nicht weiter ein, sondern meinte nur, dass sie das nicht glaube, und kam danach wieder auf Carols Recherche zu sprechen. „Du hast also das Gefühl, dass du mit deiner Geschichte gut vorangekommen bist? Wirst du nun mit dem Schreiben beginnen?"

„Ganz so einfach ist es nicht. Erst muss ich noch herausfinden, was mit Rose und Tom geschehen ist, und dazu muss ich zunächst wohl einmal recherchieren, was aus dem echten Vater von Rose, diesem Lawrence Chattwell, geworden ist. Vielleicht ergibt sich daraus ja eine neue Spur, zumal ich immer noch die Hoffnung habe, dass Tom seine Rose zu ihrem leiblichen Vater zurückgebracht hat, selbst wenn diese Möglichkeit nicht sehr wahrscheinlich ist." Carol war zwar klar, dass Maria die letztgenannten Zusammenhänge im Einzelnen nicht mehr nachvollziehen konnte, redete aber dennoch immer weiter. „Folglich werde ich nach Vancouver fahren und mich ein wenig bei Chattwell-Tidewater umsehen. Vielleicht finde ich ja dort weitere Anhaltspunkte. Bis gestern hatte ich noch gehofft, gemeinsam mit Jason dorthin fahren zu können, wenn er das nächste Mal in die Stadt muss, aber so wie es aussieht, wird daraus wohl kaum etwas werden."

„Vergiss Jason", sagte Maria geradeheraus, „und mach dir bitte nicht länger etwas vor, es ist oder war eine Affäre, nichts weiter. Der Kerl ist außerdem viel zu jung für dich, du darfst dir keine Hoffnungen mehr machen."

„Sei nicht immer so negativ! Wenn ich ein Mann wäre und er eine Frau, würde niemand auch nur ein Wort über den Altersunterschied zwischen uns verlieren! Du bist einfach zu konservativ."

„Nein, nur realistisch."

„Ich habe keine Lust, noch länger mit dir über diesen Punkt zu diskutieren", blockte Carol ab.

Für einen kurzen Moment herrschte angespanntes Schweigen. Plötzlich machte Maria einen unerwarteten Vorschlag: „Was hältst du denn davon, mit mir nach Vancouver zu fahren? Ich will sowieso schon seit Langem mal wieder hin, aber du kennst ja Gerd, er kommt nie von hier weg."

Carol atmete auf, zum einen, weil sie wirklich keinen Streit mit ihrer Freundin vom Zaune brechen wollte und zum anderen, weil Maria ihr eine wunderbare Lösung für die von ihr geplante Fahrt nach Vancouver anbot. „Ich weiß aber nicht, wie lange ich in Vancouver brauchen werde."

„Was schätzt du denn?"

Carol überlegte. „Ein paar Tage bestimmt!"

„Dann ist es also abgemacht. Nur ein paar Tage, ich bitte dich. Wenn ich Gerd genügend Essbares in den Kühlschrank stelle, wird er nicht einmal merken, dass ich nicht da bin."

Sie lachten und begannen ihre Reise zu planen. Zuerst setzten sie den Abreisetag für die nächste Woche fest, fanden dann aber keinen plausiblen Grund, warum sie noch so lange warten sollten.

„Von mir aus können wir bereits morgen losfahren“, willigte Carol ein.

„Pass auf“, meinte Maria, „dann bespreche ich heute Abend alles mit Gerd und rufe dich danach noch einmal an. Du kannst dich aber schon einmal darauf einstellen, dass es morgen früh losgeht, denn ich kann mir beim besten Willen nicht vorstellen, dass Gerd etwas dagegen oder für die nächsten Tage etwas Weltbewegendes geplant hat.“

Nach dem Telefonat ging es Carol geradezu erstaunlich gut. Voller Energie kehrte sie an ihren Computer zurück und gab den Namen Chattwell-Tidewater ins Internet ein. Gleich mit ihrer ersten Suche hatte sie Erfolg. Die im Netz aufgeführte Adresse wies Vancouver auch als Hauptsitz der Aktiengesellschaft aus. Damit konnte sich Carol zumindest sicher sein, mit ihrer Suche vom richtigen Punkt aus zu starten. Stolz auf ihre Initiative rief sie daraufhin auch noch bei der Auskunft an und ließ sich die Telefonnummer der Firma geben, die sie, kaum dass sie aufgelegt hatte, auch schon anwählte. Sie fragte die zuckersüße Stimme am anderen Ende der Leitung nach dem Namen des Public-Relations-Managers und hoffte inständig darauf, dass er oder sie sich genauso entgegenkommend zeigen würde wie Janet vom „Chateau Lake Louise“.

Nur wenige Sekunden später wurde sie auch schon mit der Public-Relations-Abteilung verbunden und begann stockend ihr Anliegen vorzutragen. Jetzt bedauerte sie, sich nicht besser vorbereitet zu haben. Wie sollte sie auch auf die Schnelle erklären, dass sie einem Gespenst nachjagte? Tatsächlich verstand ihr weibliches Gegenüber am anderen Ende nicht genau, worum es ging, und war schon dabei sie abzuwimmeln, als Carol die rettende Idee kam.

„Ich habe Informationen über den Gründer der Firma, Mister Lawrence Chattwell, gesammelt und möchte nun jemanden sprechen, der mir diese Informationen bestätigen kann."

„Oh, Sie sind von der Presse?", fragte die Stimme.

„Ja, ich schreibe über Herrn Chattwell", antwortete Carol vage.

„Augenblick bitte, ich verbinde!"

Von da an lief alles ganz einfach. Der Pressechef der Firma, ein gewisser Malcolm Meier, war sehr zuvorkommend, er gab ihr bereitwillig Auskunft über Lawrence Chattwell und bot ihr sogar an, ihr die Kopien mehrerer Presseartikel zu schicken. Sie erwähnte daraufhin, dass sie selbst bald nach Vancouver kommen würde und im Laufe des Gesprächs, in dem sie zugab, nicht von der Presse zu sein, sondern an einem Buch zu arbeiten, bemerkte er ihren Akzent und war begeistert, sich mit einer Deutschen zu unterhalten. „Meine Eltern kommen aus Heidelberg", erklärte er ihr freudig, „sie leben seit vierzig Jahren hier. Leider spreche ich kein deutsch mehr. Als Kind konnte ich es ganz gut, denn wir mussten zu Hause oft deutsch sprechen, später wurde es dann aber immer schwieriger. Ich habe keine Geschwister, und alle meine Schulfreunde sprachen nur englisch, Sie verstehen ..."

Natürlich verstand sie. Malcolm Meier vereinbarte für den kommenden Donnerstagnachmittag einen Termin mit ihr, und Carol betete leise darum, dass Maria tatsächlich schon morgen mit ihr nach Vancouver fahren könnte. Morgen war bereits Mittwoch, und sie wollte die weite Strecke keinesfalls alleine fahren – den gerade geschlossenenTermin aber auch unter keinen Umständen platzen lassen. Malcolm Meier würde ihr weiterhelfen, das spürte sie ganz deutlich. Es war sicher kein Zufall, dass er deutsche Vorfahren hatte!

Der Nachmittag verging schneller als erwartet, denn Carol wusste sich mit Nötigem und Unnötigem zu beschäftigen. Sie packte für die Reise, putzte das Haus, obwohl es kaum staubig war, und saugte länger als erforderlich. Danach kochte sie sich ein leichtes Abendessen, war jedoch immer mit einem Ohr am Telefon. Schließlich gab sie klein bei und wählte Jasons Nummer im Büro, aber niemand hob ab. Carol versuchte es bei ihm zu Hause und hatte sofort Elsie Golden am anderen Ende der Leitung.

„Kann ich Jason bitte sprechen?“, fragte Carol.

„Er ist nicht da!“

Aber Carol, die ihr nicht glaubte, wollte nicht so schnell aufgeben. „Wissen Sie vielleicht, wann er zurückkommt und ob ich ihn später noch erreichen kann?“

Jasons Mutter sprach mit erstaunlich klarer Stimme. „Das wird wohl nicht möglich sein! Er ist nach Vancouver gefahren.“

„Wie bitte?“

„Ich habe keine Ahnung, wann er zurückkommt. Möglicherweise in ein paar Tagen. Kann ich ihm etwas ausrichten, wenn er mich anruft?“

Die letzten Worte trafen sie am härtesten. Er würde seine Mutter anrufen und mit ihr sprechen, aber bei ihr hatte er sich nicht gemeldet. „Wann ist er denn gefahren?“, fragte sie kleinlaut.

„Heute Morgen. Hat er Ihnen das nicht gesagt?“

Weiteres Salz auf ihre Wunden! Doch Carol war ehrlich genug, um Elsies Frage zu verneinen, bedankte sich danach allerdings hastig und verabschiedete sich.

Kaum hatte sie aufgelegt, rief, wie auf Kommando, Maria an. „Alles klar, morgen früh kann es losgehen!“, rief sie in den Hörer und plapperte noch eine ganze Weile weiter, ohne Carols Teilnahmslosigkeit zu bemerken. Es gab soviel zu erzählen. Peter habe wieder angerufen und dringend Carols Telefonnummer verlangt, aber keine Sorge, sie sei standhaft geblieben und habe ihm keinerlei Auskunft erteilt. Dagegen habe sie, Maria, ihn äußerst erfolgreich ausgefragt. „Stell dir vor“, berichtete sie munter, „er klang total verzweifelt. Er sagte, er braucht deine Einwilligung für die Regelung – welche genau wollte er mir nicht sagen, aber ich weiß ja, dass er dich austricksen will, was ich ihm natürlich nicht gesagt habe. Im Gegenteil, klug wie ich bin, habe ich so getan, als ob ich auf seiner Seite stehen würde und ihn in seiner Meinung bestätigt, dass du eine unzuverlässige, nachtragende und verletzte Frau bist, die nicht versteht, wie wichtig diese Unterschrift für ihn ist. Ich habe sogar angeboten, ihm zu helfen!“ Maria lachte laut auf. „Diesem kleinen Miesepeter! Er wollte auch sofort, dass ich dich dazu überrede, die Dokumente zu unterschreiben. Er hat gesagt, es soll mein Schaden nicht sein. Also, was bezahlst du mir? Ich bin für jedes Angebot offen.“

Carol hatte Maria nur mit halbem Ohr zugehört, denn Peter stand auf ihrer Prioritätenliste ganz unten. „Mein Anwalt soll sich um die Sache kümmern. Irgendwie werden sie sich schon einigen.“

„Anscheinend ist das nicht so einfach, zumindest

nicht nach Peters Meinung. Er meint, dass nur die Anwälte daran verdienen würden, euch dagegen alles verloren ginge. Das wolle er verhindern, und dies sei sein letzter Versuch zu einer gütlichen Einigung, sagt er. Und um zu beweisen, wie ernst es ihm damit ist, sei er sogar dazu bereit, nach Kanada zu kommen."

„Um Gottes willen, du hast ihm doch hoffentlich nicht meine Adresse gegeben", Carol war nun ganz Ohr, „er ist imstande und nimmt mir das Haus weg."

Maria beruhigte sie. „Was denkst du denn – natürlich nicht! Ich hatte eine viel bessere Idee. Schließlich kann es nicht schaden, sich mit ihm zu treffen. Wenn er sich wirklich mit dir einigen will, kann das doch zu deinem Vorteil sein. Also habe ich ihm gesagt, dass wir ihn in Vancouver treffen werden!"

„Du hast was?" Carol glaubte, nicht richtig gehört zu haben.

„Du musst ja nicht hingehen. Aber ich habe ihm gesagt, dass wir ab morgen in Vancouver sind. Er wird mich später noch einmal zurückrufen, sobald er einen Flug gebucht hat. Na, was sagst du dazu? Vancouver ist ein unverfänglicher Ort, neutraler Boden sozusagen. Wenn wir ihn dort sehen und dir irgendetwas nicht passt, kannst du immer noch aufstehen und auf der Stelle gehen. Und ich bin bei dir, bitteschön! Ich werde dein Händchen halten und auf dich aufpassen, während du mit ihm redest."

„Ich habe Peter aber nichts zu sagen", jammerte Carol.

„Ach was", antwortete Maria und erklärte ihr noch einmal alles. „Es könnte für dich von Vorteil sein. Was soll schon passieren, und im schlimmsten Fall wird Peter die lange Reise ganz umsonst unternommen haben, das ist doch ein netter Gedanke. Wir fahren also hin, nicht wahr?“

Carol musste ihrer Freundin recht geben. Es war ein langer Flug von neun Stunden ab Frankfurt, und sie erinnerte sich noch gut daran, wie müde und durcheinander sie selbst nach ihrer Landung vor ein paar Monaten gewesen war. Es konnte Peter nicht schaden, ein paar Strapazen auf sich zu nehmen.

„Also gut“, willigte sie ein, „wenn er wieder anruft, vereinbarst du ein Treffen mit ihm. Er hat dann bestimmt auch schon ein Hotel ausgewählt und gebucht, und du kannst ihm ausrichten, dass wir dort hinkommen werden. Du musst aber ganz sicher mitkommen! Ohne dich will ich ihn nicht sehen.“

„Versprochen!“

Carol meinte, dass es am besten wäre, wenn sie am nächsten Tag schon sehr früh losfahren würden, und sie vereinbarten, dass sie Maria bereits um sechs Uhr morgens abholen käme. Dann legte sie auf und stöberte in ihrer Hausapotheke nach dem vergessenen Röhrchen Schlaftabletten, das noch aus der Zeit ihrer Trennung von Peter übrig sein musste. Die Fahrt nach Vancouver entwickelte sich langsam zum Albtraum, doch sie würde fahren – aber vorher wollte sie unbedingt noch ein paar Stunden schlafen, anstatt sich die halbe Nacht hellwach im Bett herumzuwälzen und auf einen Anruf zu warten, der nicht kommen würde.

21

Vancouver im Frühling war eine Stadt der krassen Gegensätze. Die kanadische Mentalität des „Winter-Sommer-Denkens", geboren aus den kurzen Übergangszeiten, die in den meisten Provinzen des Landes herrschten, trieb in Vancouver sonderbare Blüten. Die „Winterdenker" liefen noch mit Mänteln, Stiefeln und Mützen bekleidet durch die Straßen und wurden dabei von den „Sommerdenkern" auf Rollerblades in Shorts und T-Shirt überholt. Die Straßencafés hatten bereits jeden Zentimeter Freifläche bestuhlt, obwohl noch kalte Meeresluft durch die breiten Hauptstraßen zog und die Sonne nur zur Mittagszeit auf den Grund der Häuserschluchten schien. Dennoch war fast jeder Platz belegt, und auch hier konnte man wieder Menschen in dick wattierten Jacken neben Gästen sitzen sehen, deren nackte Füße in Sandalen steckten und die ihre Gesichter mit geschlossenen Augen hoffnungsvoll dem Himmel entgegenstreckten.

Carol und Maria waren die gesamten fünfhundert Kilometer in einem Stück durchgefahren, abgesehen von einer kurzen Rast in einem Städtchen mit dem hübschen Namen Hope, in dem sie sich eine Riesenportion Pfannkuchen mit Sahne und Blaubeeren gegönnt hatten. Als sie gegen zwei Uhr nachmittags Vancouver erreicht hatten, war der Zuckerschock aber schon wieder so weit abgeebbt, dass sie sich erneut hungrig fühlten. Sie fuhren direkt in die Innenstadt zum „Empire Landmark Hotel“, in dem Gerd ihnen telefonisch ein Zimmer reserviert hatte. Es war einfach zu finden, sie mussten nur den Wegweisern ins Zentrum folgen, das auf einer inselartigen Landzunge lag, und dann die Robson Street entlangfahren. Das Hotel bot zwar nur Mittelklasse-Standard, aber seine Lage war ideal für Touristen, denn es lag im Herzen der Stadt und war von all den Cafés, Bars, Kneipen und Restaurants, Shops, Boutiquen und Galerien umringt, für die Vancouver so berühmt ist.

Ihre Anmeldung lag bereits vor, und sie bestätigten, bis einschließlich Samstag bleiben zu wollen. Da Peter erst am Freitag eintreffen würde, beschlossen sie nun, umzudisponieren und vielleicht sogar erst am Sonntag wieder zurückzufahren. Die freundliche, asiatische Rezeptionistin beruhigte sie und versicherte ihnen, dass es kein Problem sein würde, ihren Aufenhalt kurzfristig um einen Tag zu verlängern, da in der Vorsaison noch viele Zimmer frei wären.

Maria war aufgeregt wie ein Schulmädchen. Die ganze Fahrt über hatte sie Carol unterhalten, indem sie ihr aus sämtlichen Führern der Stadt, die sie zu Hause gefunden hatte, vorgelesen und anschließend noch die fast identischen Angaben aus Carols eigenen Broschüren zitiert hatte. Carol beschlich das Gefühl, ein Instant-Vancouver-Experte zu werden.

„Also, was machen wir jetzt?“, fragte Maria, nachdem sie ihre Koffer im Doppelzimmer deponiert hatten.

„Ich dachte, wir haben Hunger“, erinnerte Carol sie.

„Und wie! Sollen wir im Hotel oder auswärts essen, was schlägst du vor?“

Schließlich beschlossen sie, die Robson Street entlangzubummeln und fanden dort sehr schnell ein Café mit einer interessanten Speisekarte. Mit ihren Allwetterjacken war ihnen bei den fünfzehn Grad Außentemperatur, die an diesem Märztag herrschten, außerdem warm genug, um an einem der Aluminiumtische vor dem Café Platz zu nehmen. Bunt gekleidete und bunt zusammengewürfelte Menschenmassen flanierten an ihnen vorbei, meist eilig und mit zielgerichtetem Blick. Es waren Menschen aus allen Nationen unter ihnen, darunter aber wiederum auffällig viele Asiaten, und fast alle waren jung, attraktiv und äußerst trendy angezogen.

„Kaum zu fassen!“, sagte Carol, als der erste Rollerblader an ihnen vorbeifuhr und dabei geschickt den Passanten auf dem Gehsteig auswich. Immer wieder sausten neue Rollerblader an ihnen vorbei, die meisten sportlich gekleidet, einige aber auch im Anzug und mit Aktenkoffer. Anscheinend war es wohl gerade in Mode, sich auf diese Weise schnell durch die Stadt zu bewegen.

Nach dem Essen tranken Maria und Carol noch einen Cappuccino und beobachteten weiterhin die Leute, und Carol wurde sich plötzlich bewusst, wie sehr sie es genoss, hier zu sitzen und die vielen verschiedenen Eindrücke in sich aufzunehmen. Alles war bunt, alles war in Bewegung, laut und hektisch. Als sie dies zu ihrer Freundin gewandt bemerkte, fragte diese: „Heißt das, dass du glaubst, dass wir am Bridge Lake versauern?“

„Nein, ich finde es einfach nur herrlich, all diese Verrückten hier zu beobachten. Ich könnte ihnen stundenlang zusehen. Andererseits, stell dir einmal vor, wir würden jeden Tag hier sitzen ...“

„Was für ein schrecklicher Gedanke. Und der Lärm,

der hier herrscht! Den könnte ich auf die Dauer ganz bestimmt nicht ertragen."

Tatsächlich hatte sie der herrschende Verkehr bereits dazu gezwungen, lauter zu reden, als sie es gewohnt waren. Dabei hatte noch nicht einmal die nachmittägliche Rush-Hour eingesetzt, und die Robson Street war nur zwei- und nicht vierspurig, weshalb die Autos auch nur äußerst langsam vorankamen. Der Krach hier war also harmlos im Vergleich zu dem, was sie erwarten würde, wenn sie wieder ins Hotel zurückkamen.

Sie hatten den ganzen Nachmittag verbummelt und den Abend in einer der vielen Stadtkneipen verbracht, und so war es schließlich elf Uhr geworden, als sie erschöpft auf ihr Zimmer gingen. Es lag im zwanzigsten Stockwerk, und der Lärm aus den vielen umliegenden Hauptstraßen stieg ungefiltert zu ihnen nach oben. Es hupte, quietschte, kreischte und dröhnte aus jedem Winkel der Stadt, und sämtliche Geräusche kamen genau vor ihrem offenen Fenster an. So schien es ihnen zumindest. Sie schlossen die Fenster, konnten den Lärm dadurch jedoch nicht völlig aussperren.

„Wie sollen wir da bloß schlafen?", jammerte Maria.

Carol musste ihr beipflichten. „Völlig unmöglich! Früher hätte ich nie gedacht, dass ich mich so schnell an unsere himmlische Cariboo-Ruhe gewöhnen würde und hätte den Krach nicht einmal wahrgenommen, aber jetzt schmerzt er mir in den Ohren. Es ist die Hölle."

„Mach den Fernseher an, vielleicht hilft es."

Das Zimmer verfügte über zwei überdimensionierte Einzelbetten, auf denen sie es sich, nachdem sie sich ausgezogen hatten, bequem machten und die Kanäle so lange rauf- und runterschalteten, bis sie ein Programm gefunden hatten, das sie interessierte. Es war ein Naturfilm über Eisbären in der Antarktis, doch sie mussten den Regler fast auf höchste Lautstärke stellen, um den Sprecher überhaupt verstehen zu können.

„Wir werden taub sein, wenn wir am Samstag zurückfahren", klagte Carol.

„Aber wir werden alles über Eisbären wissen", erwiderte Maria und kuschelte sich unter ihre Decke. Die unberührte gletscherblaue Landschaft auf dem Bildschirm sah so eisig aus, dass es Maria allein schon bei ihrem Anblick leicht zu frösteln begann.

„Da wäre es mir allerdings bei Weitem lieber, etwas über Büffel zu erfahren", erwiderte Carol mit lauter Stimme.

„Hast du diesen Blödsinn denn noch immer nicht aufgegeben?"

Carol hob mahnend ihren Zeigefinger. „Vorsicht, Maria – misch dich da bitte nicht ein – das ist mein Leben."

„Ist ja gut, ist ja gut!"

„Ich würde liebend gerne Büffel züchten, deswegen brauchst du dir aber noch lange keine Sorgen zu machen. Außerdem hat Jason eine diesbezügliche Partnerschaft bereits abgelehnt", lenkte Carol ein. „Er will keine Herde aufziehen, zumindest nicht mit mir, und allein ist ein solches Projekt für mich nicht machbar. Dazu kenne ich mich einfach zu wenig aus – aber ehrlich, toll wäre es schon, allein wenn ich mir vorstelle, dass ich jeden Tag auf die Weide gehen und diese wunderbaren Tiere beobachten könnte. Und jedes Jahr die Aufregung, wie viele Kälber wohl geworfen und welches Geschlecht sie haben werden und um wie viele Tiere die Herde dadurch wachsen wird. Die Arbeit in der freien Natur, und … ach, ich weiß nicht, es ist einfach ein schöner Gedanke. Schade drum! Es ist ein Jammer …"

Ihre Stimme war leiser geworden und verstummte dann ganz. Carol hing noch eine ganze Weile ihren Gedanken nach. Als sie nach geraumer Zeit wieder zu Maria hinübersah, war sie erstaunt, ihre Freundin bereits in tiefem Schlaf zu finden. Carol schaltete den Fernseher aus und versuchte, den Straßenlärm zu ignorieren, glaubte ihn aber immer stärker zu hören. Wie konnte Maria bei diesem himmelschreienden Getöse nur schlafen? Sie selbst würde bestimmt die ganze Nacht über kein Auge zutun.

Maria weckte sie um acht Uhr. „Guten Morgen. Hast du gut geschlafen?"

„Bestens, danke", antwortete Carol und wunderte sich gleichzeitig darüber. Sie musste tatsächlich tief und fest geschlafen haben und fühlte sich erstaunlich fit. Der Lärm vor dem Fenster war einem leisen Summen gewichen. Die Stadt schien erst spät zu erwachen, und auch sie ließen sich bis weit nach neun Uhr mit dem Frühstücken Zeit. Das Hotel besaß ein rotierendes Restaurant im obersten Stockwerk des Gebäudes, wo sie sich ein üppiges Frühstück vom Büffet gönnten, während sie den Rundblick über die Stadt genossen. Vancouver war ein Juwel. Trotz der hohen Wolkendecke, die den Tag eintrübte, war die Aussicht faszinierend. Unter ihnen lagen die unendlich vielen kleinen Buchten und Hügel, die der Hafenstadt ihre tausend Gesichter verliehen. Betongraue Industriegebiete mit hohen Schornsteinen wucherten wie Unkraut an den Ufern des vielarmigen

Fraser Rivers und nutzten die Kraft des Wassers für ihre Zwecke. Schiffe aller Größen ruhten verankert vor den Fabrikhallen und Ladeplätzen und schaukelten auf den Wellen, während der Fluss an manchen Stellen so viele dicht aneinanderschwimmende Baumstämme transportierte, dass man die Wasseroberfläche kaum noch ausmachen konnte. Wohngebiete bedeckten das umliegende Hügelland bis zum offenen Meer. Vom Hotel aus konnte man sogar erkennen, dass sich die besseren Wohngegenden fast ausschließlich die nordwestlichen Hügel hinaufzogen. Weiße Häuser schimmerten zwischen viel Grün, die Villen protzten inmitten großzügig geschnittener Gartengrundstücke. Der Süden der Stadt war dagegen mit deutlich kleineren Häusern und vielen verzweigten Seitenstraßen dichter bebaut. Aber bis auf die Innenstadt, in der sich die Wolkenkratzer konzentrierten, waren die Gebäude niedrig, wodurch Vancouver weiträumig und wohnlich gebaut wirkte. Das Hotel war eines der höchsten Gebäude Vancouvers, und so konnten sie die Stadt bis weit aufs Meer hinaus überblicken, auf dem die großen Ozeanriesen in weiten Fahrrinnen ihre Fracht vom kanadischen Festland in alle Länder der Welt beförderten.

Den Vormittag verbrachten die Frauen im Museum für kanadisch-indianische Kunst. Ursprünglich hatten sie zwar geplant, mit der Seilbahn auf den Grouse Mountain zu fahren, ihr Vorhaben dann aber auf Samstag verschoben, weil die Wettervorhersage für diesen Tag besser ausgefallen war. Außerdem hatten sie die City schon zum Frühstück ausgiebig von oben betrachten können.

Carols Termin mit Malcolm Meier war erst auf vier

Uhr nachmittags angesetzt, und so gingen sie nach einem leichten Mittagessen noch in das Haupthaus der Hudson-Bay-Kaufhauskette, wo sie in einen wahren Kaufrausch fielen. Als sie endlich bemerkten, dass es schon halb vier war, mussten sie schwer bepackt den kurzen Weg zum Hotel zurückhetzen, wo sich Carol eilig umzog. Danach nahm sie sich ein Taxi zur West Hasting Street, denn sie wusste, dass sie die Strecke zu Fuß nicht mehr rechtzeitig schaffen würde. Doch obwohl das Chattwell-Tidewater-Bürogebäude nur ein paar Blocks weit vom Hotel entfernt lag, brauchte der Taxifahrer eine ganze Viertelstunde, um sich durch den Nachmittagsverkehr zu kämpfen. Als Carol schließlich Punkt vier die Eingangshalle betrat und sich anmeldete, war sie schweißgebadet und mit ihren Nerven am Ende. Aber sie hatte es geschafft. Malcolm Meier ließ ausrichten, dass er sie im achtzehnten Stock erwartete.

Der Pressechef war klein, untersetzt und älter, als Carol aufgrund seiner jugendlichen Stimme zunächst angenommen hatte. Ein rundes Bäuchlein spannte sich unter seiner grauen Anzugsjacke, die er schnell zuknöpfte, als er aufstand, um sie zu begrüßen. Carol schätzte ihn auf Mitte vierzig, ein Eindruck, der sicher auch durch seine Halbglatze mit hervorgerufen wurde. Aber er wirkte offen und herzlich, und Carol entspannte sich ein wenig.

„Tut mir leid, wenn ich zu spät komme“, entschuldigte sie sich, denn sie hatte noch eine Weile auf den Lift warten müssen.

Malcolm Meier schüttelte ihre Hand und schien sich aufrichtig über ihren Besuch zu freuen. „Wie reizend! So typisch deutsch! Da kommen Sie gerade einmal fünf Minuten zu spät und entschuldigen sich. So kenne ich es von meinen Eltern. Aber wissen Sie, in Kanada ticken die Uhren etwas anders. Fünf Minuten sind noch lange keine Bemerkung wert. Wirklich, typisch deutsch."

Er sagte es mit aufrichtigem Entzücken, aber Carol nahm sich fest vor, in Zukunft nicht mehr ganz so „deutsch" aufzutreten. Obwohl sie gerne pünktlich war. „Ich hasse es, zu spät zu kommen", sagte sie wahrheitsgemäß. Also doch typisch deutsch.

„Wie recht Sie haben", meinte Malcolm Meier, „das ist nur höflich, und meine Mutter sagte immer, Höflichkeit wäre die Tugend der Könige, die sich auch jeder Bettler leisten könne."

Hoffentlich hört er bald auf, von seinen Vorfahren zu schwärmen, dachte Carol, musste aber zugeben, dass er sie neugierig gemacht hatte. „Sie haben mir erzählt, dass Ihre Eltern schon sehr lange hier sind."

„Oh ja, bereits seit über vierzig Jahren."

„Damals war die Auswanderung sicher noch ein großes Abenteuer?"

„Allerdings", pflichtete ihr Malcolm bei und begann zu erzählen, „meine Eltern gehörten damals einer Sekte an, stellen Sie sich das einmal vor. Irgend so ein Ableger der Zeugen Jehovas. Der Sektenführer hatte einen Traum und daher beschlossen, seine Gruppe in sein gelobtes Land, nach Kanada, zu führen. Meine Eltern stammen aus dem Schwarzwald, kennen Sie vielleicht die Gegend?"

Carol nickte, doch Malcolm fuhr bereits weiter fort: „Damals waren sie gerade frisch verheiratet, und ich war schon unterwegs. Aber sie hörten auf ihren Führer, heute würde man Guru sagen, verkauften ihren Bauernhof, so wie alle anderen Mitglieder der Sekte auch, und wanderten gemeinsam aus. Zu dieser Zeit wurden Einwanderer noch äußerst bereitwillig aufgenommen, man musste vor der Abreise noch nicht einmal einen Antrag stellen. Als sie dann an der Ostküste ankamen, bekam die ganze Gruppe eine Aufenthaltsgenehmigung, und ihr Oberster beantragte auch gleich die kanadische Staatsbürgerschaft für sie. Wissen Sie, meine Eltern konnten bei ihrer Ankunft kein einziges Wort Englisch und haben daher ohne zu zögern alles unterschrieben, was ihnen von ihrem Meister vorgelegt wurde. Sie wurden Kanadier, ohne es zu wissen."

„Ganz so einfach ist das heute nun wirklich nicht mehr", lächelte Carol, „aber eine interessante Geschichte ist das allemal. Was haben Ihre Eltern danach gemacht? In einem fremden Land, ohne sich irgendwie verständigen zu können?"

„Die Gruppe ging zusammen auf Reisen. Ihr Anführer hat mit dem gemeinsamen Geld eine große Ranch in den Bergen gekauft, und dort lebten sie für ein paar Jahre und bewirtschafteten zusammen das Land. Sie waren ja alle Bauern, die etwas von der Landwirtschaft verstanden. Keine so elenden Städter, wie ich einer bin."

Carol konnte es ihm nachfühlen. „Ja, ich hätte auch gerne eine Ranch, aber ich fürchte, dass mich meine mangelnden landwirtschaftlichen Kenntnisse in den Ruin treiben würden."

„So ging es meinen Eltern auch. Stellen Sie sich vor, der Sektenführer hatte die Ranch zwar mit dem Geld aller Mitglieder gekauft, sie aber allein auf seinen Namen eintragen lassen. Nach ein paar Jahren hat er sie wieder verkauft, wahrscheinlich sogar mit einem mehr als guten Gewinn, und ist verschwunden. Die neuen Besitzer haben die Mitglieder der Gruppe dann vertrieben, sozusagen vom Hof gejagt. Sie haben alles verloren, die armen Leute."

„Das ist ja schrecklich", rief Carol aus, „wie furchtbar für die armen Menschen! Und was ist danach aus Ihren Eltern geworden?"

Malcolm Meier hatte ihr gegenüber Platz genommen. Neben seinem Schreibtisch befand sich noch eine kleine Sitzgruppe in seinem Büro, die allerdings nur aus zwei schmalen Sesseln und einem kleinen Tischchen bestand. An dieser saßen sie nun, und obwohl Carol sich schon mehr als beengt fühlte, lehnte sich ihr Malcolm Meier noch einmal weiter entgegen, so dass sie die Begeisterung in seinen dunkelbraunen Augen aufblitzen sah, als er ihr von dem zähen Überlebenskampf seiner Eltern berichtete, denen es mittlerweile sehr gut ging.

„Sie haben jetzt eine eigene Farm im Okanagan. Es ist schön dort, warm, mit herrlichen Sommern und milden Wintern, und sie sind sehr glücklich. Kanada hat Leute, die etwas wagen und Unternehmergeist zeigen, schon immer belohnt. Das ist jedenfalls die Meinung meines Vaters. Auf alle Fälle waren meine Eltern von der Sekte kuriert, das ist doch ein großer Vorteil, nicht wahr? Ich erinnere mich nicht mehr an diese Zeit, aber denken Sie nur, wie meine Kindheit verlaufen wäre, wenn diese Sekte weiter bestanden hätte? Sicherlich hätte ich nie in die Stadt und auf eine Universität gehen dürfen. Nein, nein, grauenhaft. Ich wäre ein verklemmter Hinterwäldler geworden", er lachte laut, „allerdings ein sehr reicher Hinterwäldler. Die Ranch muss heute wahrlich ein Vermögen wert sein."

„Kann man den damaligen Betrug nicht noch nachträglich ahnden?“, wollte Carol wissen.

„Oh nein, das ist nicht möglich, dazu ist es viel zu spät. Einige aus der Gruppe haben es sogar versucht, aber sie hatten keine Chance, dafür war der Anführer einfach viel zu clever, der wusste schon, wie er es anstellen musste, damit ihn niemand belangen konnte.“ Malcolm Meier machte eine längere Kunstpause und kam dann endlich zur Sache. „Aber was rede ich da stundenlang von meinen Eltern, anstatt Sie zu fragen, was ich für Sie tun kann?“

Anders als in ihrem ersten Gespräch mit dem Professor, nahm sich Carol diesmal die Zeit, ihm ihr Anliegen ganz genau zu erklären, denn sie hatte das Gefühl, dass Malcolm Meier nicht nur gerne Geschichten erzählte, sondern den Geschichten anderer Leute auch gerne zuhörte, und so begann sie mit dem Fund der Aufzeichnungen in ihrem Keller und legte ihm danach alle Daten vor, die sie inzwischen gesammelt und fein säuberlich geordnet hatte. Es war bereits nach fünf Uhr, als sie mit ihrem ausführlichen Bericht endete.

„Das ist ja eine sonderbare Geschichte“, meinte Malcolm Meier ehrlich erstaunt, „und ich verstehe sehr gut, dass Sie mehr wissen wollen.“ Er kratzte sich unbewusst an der Stirn und schien unschlüssig, was er als Nächstes sagen sollte. „Ich weiß nicht, ich weiß nicht. Wie kann ich Ihnen da nur weiterhelfen? Ich glaube kaum, dass es einen Teil von Lawrence Chattwells Leben gibt, der noch nicht dokumentiert wurde und in unseren Archiven liegt. Dass seine junge Frau und seine Tochter verunglückt sind, ist mir bekannt und ein fester Bestandteil seines Lebenslaufes. Bislang gab es aber absolut keinen

Hinweis darauf, dass seine Tochter damals überlebt haben könnte."

„Hat er jemals wieder geheiratet?"

„Nein, er ist in hohem Alter, mit weit über neunzig, gestorben, ohne einen leiblichen Erben hinterlassen zu haben."

Carol hakte nach. „Und wer hat sein Vermögen geerbt? Sein Tod liegt doch noch gar nicht so lange zurück."

„Da sprechen Sie etwas sehr Seltsames an, das auch schon viele andere Leute überrascht hat. Lawrence Chattwell hat kein Testament gemacht. Auf jeden Fall hat man keines gefunden. So ein zielgerichteter Mann wie er, wissen Sie, er besaß ein unglaubliches Organisationstalent, und dann das. Kein Testament."

„Was geschah danach?"

„Die Firma wurde in einen Trustfond mit Aufsichtsräten umgewandelt, die über alles entscheiden. Sie haben auch das Chaos, das nach Lawrence Chattwells Tod entstanden war, geregelt und die Aktien wieder nach oben gebracht."

Carol verstand das alles nicht so ganz. „Aber wem gehört die Firma denn nun eigentlich?"

Malcolm Meier seufzte. „Es sind viele Firmen daraus geworden. Ehrlich gesagt, ich habe keine Ahnung, wem was gehört. Aber das ist ja auch nicht meine Aufgabe."

Carol nickte. „So kommen wir aber nicht weiter. Das sieht nach der befürchteten Sackgasse aus."

„Tja, ich kann Ihnen eigentlich nur vorschlagen, selbst im Archiv nachzuforschen, falls Sie Lust dazu haben", bot Malcolm Meier an.

„Das wäre prima. Wer weiß, vielleicht entdecke ich ja tatsächlich noch etwas, das bislang übersehen wurde."

Sie erhoben sich gleichzeitig, und Malcolm Meier führte sie über den Gang in ein langes, schmales Büro, dessen eine Wand komplett von einem deckenhohen Regal dominiert wurde, das mit lauter Akten und Dokumenten vollgestopft war. Ansonsten war der Raum bis auf einen Schreibtisch, der unter einem hohen Fenster stand, und einer Computeranlage leer. Malcolm Meier führte Carol zum Arbeitsplatz hinüber.

„Wir haben so ziemlich alles, was Sie hier in den Regalen sehen, katalogisiert und auf Microchips kopiert", erklärte er stolz, „diese papierenen Staubfänger sind eigentlich überflüssig, trotzdem werden wir sie aus nostalgischen Gründen noch so lange behalten, bis sie irgendwann zerfallen. Hier, ich zeige Ihnen, wie Sie vorgehen müssen, um die Akten einzusehen."

„Geht das denn noch? Es ist schon nach fünf!"

„Aber sicher. Wenn Sie tatsächlich jetzt noch arbeiten wollen, gebe ich der Rezeption Bescheid, Sie können dann bis Mitternacht im Gebäude bleiben. Wir machen hier oft Überstunden, deshalb ist die Rezeption auch stets bis 24 Uhr besetzt."

Carol nahm am Schreibtisch Platz. „So spät wird es sicher nicht werden. Aber falls ich heute nichts mehr finde, darf ich dann morgen wiederkommen?"

„Ich bitte sogar darum. Sie müssen mich unbedingt auf dem Laufenden halten. Kommen Sie morgen um neun Uhr wieder in mein Büro, vor allem dann, wenn Sie etwas gefunden haben und das Archiv nicht mehr brauchen! Ich bin ein neugieriger Mensch, wissen Sie."

Carol verabschiedete sich von ihm und versprach, ihn am nächsten Tag wieder aufzusuchen. Sie machte sich sofort an die Arbeit und klickte sich Seite um Seite durch die Unterlagen, genau wie Malcolm es ihr erklärt hatte. Doch da sie nicht wusste, wonach sie suchte, hatte sie ständig das unangenehme Gefühl, etwas zu übersehen. Sie las und las, bis sie schließlich gegen acht Uhr immer öfter zurückklicken musste, weil sie nichts mehr richtig aufnehmen konnte. Erschöpft lehnte sich Carol in ihrem Stuhl zurück, wobei ihr Blick eine Schachtel im Regal streifte, die die handgeschriebene Aufschrift „L. Chattwell, div. 1867 – 1958" trug. Sollte sie sich diese zum Abschluss vielleicht noch vornehmen? Nein, heute nicht mehr, dazu war sie einfach viel zu müde.

Morgen war schließlich auch noch ein Tag, außerdem wartete Maria bestimmt schon seit längerer Zeit im Hotel auf sie. Bei dem Gedanken an ihre Freundin und die Aussicht auf ein gemeinsames Essen in einem der ausgezeichneten Restaurants von Vancouver, kehrten ihre Lebensgeister augenblicklich zurück. Das war ein Luxus, den sie sich schon lange nicht mehr gegönnt hatte, und so fuhr sie den Computer herunter, nahm ihre Handtasche und ging zur Rezeption hinunter, wo sie sich rasch abmeldete, um dann einem schönen Abend entgegenzueilen.

Am folgenden Tag, dem Freitag, meldete sich Carol, wie versprochen, kurz nach neun Uhr bei Malcolm Meier und berichtete ihm von ihrer gestrigen, enttäuschenden Suche. Eine Tatsache, die ihn sichtlich ungerührt ließ. Er sei Optimist, meinte er nur, klopfte ihr aufmunternd auf die Schulter und wünschte ihr weiterhin viel Glück.

Als sie wieder ins Archiv trat, nahm sie sich als Erstes voller Neugier die braune Schachtel vor, die sie gestern noch kurz vor dem Gehen gesehen hatte und die ihr seitdem nicht mehr aus dem Kopf gegangen war. Der Karton war seitlich mit einem Aktenzeichen versehen, über das sie die Auflistung seines Inhalts auch im Computer hätte finden können, doch Carol folgte ihrem Instinkt und öffnete die Schachtel, in der sich zwei Ordner, weitere kleine Schachteln und einzelne Dokumentenbündel befanden. Carol nahm die oberste der Schachteln heraus und öffnete sie. Ganz obenauf lag ein vergilbtes Blatt Papier, das mit einer eleganten Handschrift beschrieben war. Es handelte sich offensichtlich um eine private Notiz, möglicherweise sogar von Lawrence Chattwell selbst, aus der hervorging, dass das Haus an der Oak Street verschiedene Reparaturen benötigte, und welche die dringlichsten waren. Carol entdeckte noch andere handschriftliche Notizen, sowie Rechnungsbelege und ein paar eng beschriebene Seiten mit geschäftlichen Formulierungen, die sie nicht alle verstand. Es schienen Konzepte und Prognosen über die zukünftige wirtschaftliche Entwicklung der Firma zu sein. Das alles war kein besonders aufregender Fund, doch sie wollte gründlich sein und schaltete den Computer an, um herauszufinden, ob auch die losen Blätter katalogisiert waren. Zu ihrer Überraschung fand sie tatsächlich jedes einzelne Blatt, das sie aus der Schachtel herausnahm, auch auf dem Bildschirm wieder. Jede Notiz war sorgfältig eingescannt worden. Carol stapelte die einzelnen Blätter wieder in ihrer ursprünglichen Reihenfolge und hatte sie schon in die Schachtel zurückgelegt, als einer der Ordner umkippte und den gesamten Inhalt der Kiste durcheinanderbrachte. Ihr ausgeprägter Ordnungssinn verlangte, dass sie alle Teile wieder herausnahm, um sie in ihre ursprüngliche Anordnung zurückzubringen.

Dabei entdeckte sie auf dem Boden der Schachtel, unter den Ordnern, ein Fotoalbum. Neugierig öffnete sie das Album und betrachtete die unscharfen Schwarz-Weiß-Bilder, die auf jeder Seite eingeklebt waren. Es waren Fotodokumente aus Lawrence Chattwells Leben, manche im Studio, andere in freier Natur aufgenommen, aber alle so künstlich steif arrangiert, wie es die früheren technischen Voraussetzungen erfordert hatten. Chattwell selbst schien auf vielen, aber nicht auf allen Bildern, der Mittelpunkt der Aufnahme zu sein. Ein zweites Mal überprüfte Carol am Computer, ob die Bilder ebenfalls mit abgespeichert worden waren und verglich sie, nachdem sie sie gefunden hatte, mit den Originalen. Fasziniert erkannte sie bei genauerem Hinsehen einen gravierenden Unterschied: Auf dem Bildschirm wirkten die Abgebildeten nochmals unschärfer als auf den Originalbildern, jetzt konnte man ihre Mimik und ihre Gesichtszüge überhaupt nicht mehr erkennen. Auf der letzten Seite des Albums blickte ihr ein junges Paar entgegen. Carol stutzte und sah es sich genauer an. Die Frau kam ihr bekannt vor, sie hatte ein breites Gesicht, das wegen der langen Belichtungszeit, die man damals gebraucht hatte, fast versteinert wirkte, dennoch spiegelte sich in ihrer Miene die Andeutung eines Lächelns, das Carol vertraut vorkam. Sie sah noch einmal genauer hin. Das Bild war bestimmt über fünfzig Jahre alt, und es war eigentlich unmöglich, aber die Frau, oder besser gesagt, ihr Lächeln, kam ihr trotzdem bekannt vor. Die Frau trug ein geblümtes Kleid mit einem hohen hellen Kragen, an dem eine dunkle Schleife befestigt war. Ihre hellen Haare hingen ihr in kurzen Fransen in die Stirn. Seitlich verschwand das Haar in einer Wollstola, die sich die Unbekannte über ihre Schultern gelegt hatte, so dass nicht zu erkennen war, ob ihre Haare lang oder kurz geschnitten waren. Der Mann neben ihr war wohl genau so groß wie sie, schien aber weniger schmächtig, weil er etwas näher an der Kamera stand und seine linke Schulter außerdem beschützend vor die ihre geschoben hatte. Sein Gesicht war ebenso ausdruckslos und flach wie ihres, und beide starrten geradewegs in die Kamera. Er trug einen dunklen Anzug mit einem weißen Hemd und einen Hut mit flacher Krempe, weshalb Carol fast nichts von seinem Gesicht erkennen konnte. Doch die Frau erzeugte eindeutig ein Déjà-vu-Gefühl in Carol, das sie beunruhigte. Vorsichtig löste sie die Aufnahme aus den winzigen Fotoecken, trat damit ans Fenster und hielt das Bild ans einfallende Tageslicht, doch sie konnte beim besten Willen keine weiteren Einzelheiten erkennen. Automatisch drehte sie das Foto um und erschrak zutiefst. Auf der Rückseite standen zwei Worte, die sie bis ins Mark trafen. In hohen einzelnen Buchstaben war dort zu lesen: *Rose und Tom*.

Carol atmete tief durch, drehte das Bild wieder um und studierte erneut die beiden Gesichter. Die zwei Menschen, die ihr entgegenblickten, waren also Rose und Tom, und was sie hier in Händen hielt, war mehr als nur eine alte Fotografie. Die Figuren aus John McLures Geschichte hatten nun endlich Gestalt angenommen, hatten Gesichter und Körper erhalten und waren dadurch unverwechselbar geworden. Rose mit ihren hellen Haaren, ihrem blassen Gesicht und dem üppigen Mund, der sympathisch lächelte, und diesen Augen, die müde und schwach ins Nichts blickten. Und neben ihr Tom, der sie, leicht versteckt von den Falten ihres Rocks, an der Hand hielt. Er hatte einen wachen Ausdruck in den Augen, soweit man das im Schatten seiner Hutkrempe erahnen konnte, und seine ganze Haltung, die Art, wie er seine Schulter künstlich nach oben gezogen und gleichzeitig Rose zugeneigt hatte, war voller Stolz und Beschützergebaren. Es waren Rose und Tom – und sie hielt den eindeutigen Beweis dafür in Händen, dass es eine Verbindung zwischen Rose, Tom und Lawrence Chattwell gegeben haben musste.

Glücklich hauchte Carol einen Kuss auf das Bild, ohne es mit den Lippen zu berühren, und legte es dann wieder vorsichtig ins Album zurück. Nachdem sie alle Dokumente erneut im Karton verstaut hatte, nahm sie ihn unter den Arm und machte sich auf den Weg zu Malcolm Meiers Büro. Er war beschäftigt, legte aber sofort die Schriftstücke, an denen er gerade arbeitete, zur Seite und bat sie einzutreten.

„Ich habe etwas entdeckt“, begann sie aufgeregt, „das Sie sich unbedingt ansehen müssen! Ich habe gleich den ganzen Karton mitgebracht, damit sie sehen, wie gut versteckt und wie leicht es dadurch zu übersehen war. Beinahe hätte ich es selbst nicht gefunden.“ Mit diesen Worten leerte sie wieder die ganze Schachtel, entnahm ihr als Letztes das Album und zeigte ihm die Fotografie mit der Inschrift. Er schien die Bedeutung dieses sensationellen Fundes jedoch nicht richtig zu erfassen und gratulierte Carol so halbherzig, dass sie nochmals versuchte, ihm die Tragweite ihrer Entdeckung begreiflich zu machen. „Das ist es! Das ist der Beweis dafür, dass Lawrence Chattwells Tochter den Unfall am Lake Louise überlebt hat. Vor Ihnen liegt ein Foto von ihr aus späteren Jahren, sehen Sie, da war sie bereits erwachsen. Und das neben ihr ist Tom, der Junge aus John McLures Bericht. Er hat Rose aufgezogen. Verstehen Sie, was das bedeutet?"

Aber Malcolm Meier schien noch immer nicht überzeugt zu sein. „Vorsichtiger Optimismus ist angesagt, meine Liebe. Ein Bild und zwei passende Namen beweisen noch lange nicht, dass es sich tatsächlich um die Tochter von Lawrence Chattwell handelt." Er sah sich das Bild genauer an und fragte dann: „Wie kommt das Bild in den Karton?"

„Genau das ist die Frage", warf Carol ein, „weshalb ich Sie auch bitten möchte, mir die Unterlagen mitzugeben. Ich verspreche Ihnen, gut auf sie aufzupassen und sie unversehrt zurückzubringen. Aber ich muss sie exakt studieren. Denn obwohl im Computer alles gespeichert ist, hätte ich die beiden Namen beinahe übersehen. Und damit ändert sich alles. Das Bild allein bedeutet gar nichts, die Namen sind es, die der Geschichte ihre Bedeutung verleihen."

Malcolm Meier wiegte unschlüssig seinen Kopf hin und her. „Also ich weiß nicht, können Sie den Inhalt des Kartons nicht auch hier untersuchen? Er ist doch nicht besonders groß."

„Schon, aber ich möchte seinen Inhalt sorgfältig durchgehen und jede Notiz so lange lesen können, bis ich sie verstanden habe. Dies scheint der einzige Karton mit privaten Unterlagen von Lawrence Chattwell zu sein, sehen Sie hier, die Aufschrift sagt 1867 bis 1958. Das waren seine Lebensdaten, nicht wahr? Er ist 1958 gestorben. Div. steht für Diverses und bedeutet bestimmt, dass man seine privaten Unterlagen, die man dem Unternehmen in keiner Weise zuordnen konnte, nach seinem Tod einfach in diese Schachtel gestopft hat. Man wollte sie nicht wegwerfen, nur weil sie für die Firma nicht wichtig waren. Aber sie sind äußerst wichtig für mich. Was ich in ihnen entdecke, wird für die Firma wohl kaum von Bedeutung sein ..."

„Wahrscheinlich nicht ..."

„... dafür aber unvorstellbar wertvoll für meine Geschichte! Daher bitte ich Sie, geben Sie mir die Schachtel mit. Ich unterschreibe, was Sie wollen, und ich verspreche Ihnen hoch und heilig, Sie bekommen alles unbeschädigt zurück!"

„Muss das denn wirklich sein?"

„Ja, denn ich brauche Ruhe und Zeit dazu. Das Material in der Schachtel ist zwar nicht sehr umfangreich, aber ich habe das Wenigste davon verstanden und werde viel im Lexikon nachschlagen müssen. Die Schriften sind schwer lesbar, und Sie wissen, ich bin Deutsche, meine Englischkenntnisse sind nicht so ..."

Damit hatte sie ihn. „Also gut", willigte er schließlich ein, „nehmen Sie diesen Karton meinetwegen mit, aber unterschreiben Sie lieber nichts. Wo nichts geschrieben steht, kann auch nichts beanstandet werden. Ich vertraue einfach darauf, dass Sie mir die Unterlagen vollständig und in bestem Zustand wieder zurückbringen werden."

Carol dankte ihm überschwänglich und nahm sich fest vor, ihm die Schachtel zusammen mit einem Geschenk zurückzugeben. In einem Monat würde sie wieder nach Vancouver kommen – diese Frist hatte Malcolm Meier ihr gesetzt, und sie war sich sicher, dass vier Wochen ausreichen würden, um alles genauestens zu überprüfen. Mit ihrem Fund in einer harmlosen, anonymen Plastiktüte verstaut, die Malcolm Meier aufgetrieben hatte, damit sie deren kostbaren Inhalt ungesehen am Empfang vorbeischleusen konnte, eilte sie bereits um elf Uhr vormittags zum Hotel zurück. Schade, dass Maria schon auf ihrer Shopping-Tour sein würde. Obwohl Carol liebend gerne sofort mit der Untersuchung des Materials begonnen hätte, verschob sie dies auf ihre Rückkehr nach Hause, wo sie die Zeit haben würde, jede Zeile, jedes Wort und jeden Buchstaben akribisch unter die Lupe zu nehmen. Für den Augenblick musste es genug sein, dass sie Rose nicht nur gefunden, sondern auch noch den Beweis dafür erbracht hatte, dass Lawrence seine Tochter gekannt haben musste. Rose und Tom mussten damals, nach ihrer Flucht von der Farm, zusammen nach Vancouver gegangen sein und Roses Vater aufgespürt haben – genau wie Carol es von Anfang an vermutet hatte. So schwer durfte es zu jener Zeit auch nicht gewesen sein, eine bekannte Persönlichkeit ausfindig zu machen, und Tom konnte durchaus gewusst haben, dass sein Vater das kleine Mädchen bei einem Kutschenunfall am Lake Louise gefunden hatte. Er konnte nachgeforscht und den wahren Namen der Beteiligten, und damit der Kleinen, herausgefunden haben. Vielleicht hatte er ihn auch von John selbst erfahren – wie auch immer, irgendwie musste er Lawrence Chattwell gefunden und ihn mit seiner Tochter bekannt gemacht haben. Aber warum wusste dann niemand in der Firma Chattwell-Tidewater über Rose Bescheid, weshalb wurde sie in keiner einzigen Aufzeichnung im Archiv erwähnt? Und warum hatte Lawrence kein Testament hinterlassen und seine Tochter darin als Erbin eingesetzt?

Carol legte sich aufs Bett und dachte nach. Die ganze Angelegenheit wurde immer verworrener, gleichzeitig aber auch immer spannender. Rose hätte eine reiche Erbin sein können. Nach all den schrecklichen Ereignissen in ihrem Leben, der grausamen Kindheit, den Vergewaltigungen durch ihre Stiefbrüder, den Fehlgeburten und ihrer Flucht, sollte sie da nicht so etwas wie ein bisschen Glück verdient haben? Carol verlangte es nach Gerechtigkeit für Rose – ohne die die Geschichte, die sie schreiben wollte, auch kein gutes Ende nehmen würde. Sollte sie in diesem Fall etwa ein Happyend erfinden? Nein, wenn sie die Tatsachen über das Schicksal der kleinen Rose herausfinden und wahrheitsgetreu wiedergeben wollte, durfte sie keinesfalls dem Wunschdenken romantischer Schriftstellerinnen verfallen. Doch was war die Wahrheit? Noch kenne ich sie nicht, beruhigte sich Carol, aber ich werde sie herausfinden.

Sie stand auf, und weil sie nicht wusste, was sie als Nächstes tun sollte, nahm sie ihre Handtasche, zog ihre Jacke über und ging in den Coffeeshop des Hotels, um eine Tasse Kaffee zu trinken. Dort traf sie auf Maria, die an einem der Tische saß und so lange winkte, bis Carol endlich auf sie aufmerksam wurde und sie erkannte.

„Mein Gott", stöhnte Maria, „bist du auch ganz sicher, dass du keine Brille brauchst?"

„Ich war in Gedanken. Was machst du denn hier?" Carol setzte sich zu ihr an den Tisch.

„Ach, ich war nach dem Frühstück erst ein bisschen im Stanley Park spazieren. Er ist ausgesprochen schön. Schön groß vor allem! Deshalb tun mir jetzt auch die Füße so weh, dass ich sie erst ein wenig beruhigen und verwöhnen muss, bevor ich sie weiteren Strapazen aussetze, schließlich werden sie mich später noch durch einige Geschäfte tragen müssen. Und warum bist du schon so früh zurück?"

Carol berichtete von ihrem Erfolg und sonnte sich in Marias überschäumender Bewunderung. „Ja, ich weiß, ich bin zäh, wenn ich etwas will. Aber mit solch einem Ergebnis habe selbst ich nicht gerechnet. Dafür habe ich mir doch eigentlich eine kleine Belohnung verdient, was meinst du?"

Maria tat so, als ob sie ernsthaft darüber nachdenken müsste. „Vielleicht solltest du mit mir shoppen gehen?"

„Ja, das ist eine hervorragende Idee, obwohl ich kein Geld mehr für irgendeinen Unsinn habe. Aber eine winzige Kleinigkeit wird schon noch drin sein."

„Was heißt, du hast kein Geld? Hast du etwa vergessen, dass wir später Peter treffen werden und uns dein Geld von ihm zurückholen wollen?"

Carol verzog das Gesicht. „Erinnere mich bitte nicht daran, noch bin ich gut gelaunt. Aber es stimmt schon, irgendwie geht es immer weiter. Also, worauf warten wir?"

„Auf den Kaffee, den du vor zwei Minuten bestellt hast."

„Ach ja", meinte Carol zerstreut, „na gut. Müssen wir Peter denn wirklich treffen? Wo ich doch nur noch nach Hause fahren und an meiner Recherche weiterarbeiten will."

Aber Maria erinnerte sie daran, dass sie am Samstag noch auf den Grouse Mountain wollten.

„Wie du willst, dann fahren wir eben erst am Nachmittag zurück zum Bridge Lake."

„Genau", freute sich Maria. „Es spielt sowieso keine

Rolle, wie spät wir Samstagabend zu Hause ankommen werden."

„Allerdings, auf mich wartet eh niemand." Carol musste unwillkürlich an Jason denken, und sie fragte sich, wo er in diesem Moment wohl war. Die Chance, ihm zufällig in Vancouver zu begegnen, war gleich null – dafür war die Stadt einfach zu groß –, und so verbannte sie den Gedanken an ihn gleich wieder. Es war schon unangenehm genug, an das Treffen mit Peter erinnert zu werden, da musste sie nicht auch noch über Jason nachgrübeln.

22

Peter stand mit dem Rücken zu ihnen in der Hotelhalle, und Carol erkannte ihn sofort an der ihm eigenen geraden Körperhaltung, die ihm schon immer ein korrektes, unbeugsames Image verliehen hatte. In Wirklichkeit beruhte seine aufrechte Haltung jedoch auf chronischen Rückenschmerzen, unter denen er litt, seitdem er sich vor vielen Jahren einen Wirbel ausgerenkt, sich aber geweigert hatte, zum Arzt zu gehen. Wie oft hatte Carol deswegen mit ihm diskutiert, denn sie hatte seine Einstellung, dass es vollkommen sinnlos sei, sich behandeln zu lassen, nie verstehen können. Aber mittlerweile interessierte sie das alles nicht mehr. Trotzdem war es eine kleine Genugtuung, ihm zur Begrüßung von hinten auf den Rücken klopfen zu können. „Na, sitzt dir der lange Flug noch in den Knochen?“

Er wirbelte herum und begrüßte die beiden Frauen, ging aber mit keinem Wort auf Carols Bemerkung ein. „Da drüben ist eine Bar“, meinte er nur und fragte sie, ob sie dort gemeinsam etwas trinken gehen wollten.

In der Bar nahmen sie an einem Tisch vor einer der hohen Fensterfronten Platz, die einen atemberaubenden Ausblick auf die Meeresbucht bot. Nicht umsonst hieß das Hotel „Waterfront“.

„Schönes Hotel, das du dir da leistest“, bemerkte Carol mehrmals bissig.

„Ich bekomme einen Sonderpreis. Von American Express, du weißt schon. Die vielen Meilen, die man so sammelt."

„Ja, ich weiß schon. Ich sammle gerade Rabattmarken bei Safeway. Du weißt schon, dem Supermarkt! In Kanada gibt es immer noch das Rabattmarken-System."

Peter sah sie ungläubig an. „Ich bitte dich, mach mir doch bitte nicht vor, dass du jetzt bei Safeway einkaufen gehst, wo doch früher nur die feinsten Gourmetgeschäfte für dich in Frage gekommen sind."

Carol wandte sich an Maria. „Ich glaube, wir gehen besser wieder. Wozu sollte ich auch mit einem Mann reden, der solch einen Blödsinn von sich gibt? Wenn er nur ein wenig nachdenken würde, wüsste er, dass ich früher im Gegensatz zu heute genügend Geld für Hummer und Kaviar hatte. Aber er scheint sich tatsächlich einzubilden, dass ich mit den lumpigen paar Dollars, über die ich derzeit verfüge, noch ein Luxusleben führen kann! Was geht in seinem Kopf eigentlich vor?" Sie war aufgestanden, wobei sie es tunlichst vermied, Peter auch nur ein einziges Mal anzusehen, dabei war sie gar nicht so wütend, wie sie tat. Peter war schon immer unrealistisch gewesen, sein Kommentar war also nichts Ungewöhnliches für sie, aber sie hatte einfach keine Lust mehr, sich mit ihm auseinanderzusetzen. Seine oberflächlichen und gedankenlosen Bemerkungen hatten sie wieder an all die fruchtlosen Gespräche zwischen ihnen erinnert und an all seine egoistischen Argumente, auf die sie immer hereingefallen war.

„Bitte, setz dich wieder hin", lenkte er überraschend schnell ein, „und vergiss, was ich gesagt habe. Lass uns noch einmal von vorne beginnen, ich wollte dich wirklich nicht kränken. Natürlich weiß ich, dass es auch für dich nicht leicht ist."

„Auch für dich nicht ...?", wiederholte sie spöttisch, „du Armer, es muss ja so schwer für dich sein, mit zwanzigtausend netto im Monat!"

„Ich bitte dich!" Peter warf einen schnellen Seitenblick auf Maria.

„Ist dir das etwa peinlich? Dass ich weiß, wie viel du dir selbst ausbezahlt hast? Und noch immer ausbezahlst? Oder ist es dir peinlich, deine Frau mit keinem einzigen Cent in der Tasche aus ihrem eigenen Büro ausgesperrt zu haben? Oder ist es dir nicht recht, dass Maria jetzt weiß, wie viel du verdienst, das heißt – besser ausgedrückt – wie sehr du dich an meinem Anteil bereichert hast?"

Maria winkte ab. „Hört auf, ihr zwei! So kommen wir doch nicht weiter. Könnt ihr euch denn nicht vernünftig miteinander unterhalten? Wie war denn dein Flug, Peter?" Sie spielte ihre Rolle gut, denn Peter rutschte sofort näher an seine vermeintliche Verbündete heran.

„Danke, es ging so. Ich glaube aber nicht, dass ich heute Abend lange aufbleiben werde."

„Wie lange wirst du in Vancouver bleiben?"

„Ich fliege bereits Montagnachmittag zurück. Samstag und Sonntag werden hoffentlich genügen, um mit Carol alles zu besprechen."

Carol lachte auf. Sie dachte nicht im Traum daran, Peter morgen oder übermorgen noch einmal zu treffen. Sollte er sich ruhig das ganze Wochenende über langweilen. Er war nicht der Typ, der sich auch alleine in einer fremden Stadt vergnügen konnte. „Aber sicher, das Wochenende wird genügen. Im Prinzip ist es ganz einfach – du willst, dass ich die Papiere unterschreibe, die dich endlich zum alleinigen Eigentümer der Firma machen und für die ich im Gegenzug nichts bekomme. Richtig?“

„Du musst die Papiere unterschreiben, damit wir unseren Rechtsstreit nicht länger als nötig vorantreiben. Überlege dir doch mal, was die Anwälte bis jetzt schon kosten. Das hätten wir uns sparen können. Ich will einfach nur eine saubere Lösung.“

Der Kellner kam und nahm ihre Bestellung entgegen. Carol entschied sich für ein Glas Weißwein, und Maria schloss sich ihr an. Peter bestellte einen Gin Tonic. Sobald der Kellner wieder verschwunden war, fuhr Peter fort. „Ich verstehe nicht, warum du dich so dagegen sperrst. Was willst du damit eigentlich erreichen?“

Ja, was wollte sie eigentlich? Einmal mehr in ihrem Leben wurde Carol bewusst, dass sie sich keinen Plan zurechtgelegt hatte und unvorbereitet in eine Verhandlung hineingegangen war. Wenn Peter nun merkte, dass sie keine Vorstellung davon hatte, was sie eigentlich wollte, würde er dies gnadenlos ausnutzen und ihr seinen Willen aufdrängen.

Sie trat die Flucht nach vorne an. „Ich hoffe, du hast Verständnis dafür, dass ich in diesem Stadium der Verhandlung meine Karten nicht offen auf den Tisch lege. Aber ich verrate dir zumindest, dass auch ich an einer Einigung interessiert bin, die einen weiteren Rechtsstreit überflüssig macht. Allerdings wirst du mir schon ein dem entsprechendes Angebot machen müssen, wenn du dich mit mir einigen willst.“

Peter verzog sein Gesicht, als habe er Schmerzen. „Mein Angebot kennst du bereits. Ich werde keine Ansprüche an unser gemeinsames Haus stellen. Es soll dir gehören."

„Und die Firma?"

„Welche Firma?"

Maria, die bemerkte, dass Carol schon wieder aufstehen wollte, legte ihr unter dem Tisch beschwichtigend die Hand aufs Knie. „Warte!", sagte sie und wandte sich an Peter. „Es geht um eure Firma. Carol glaubt, dass ihr ein Teil davon zusteht, das haben ihr jedenfalls ihre Anwälte bestätigt. Weißt du, Peter, Anwälte reden immer viel, aber es ist doch wesentlich vernünftiger, wenn ihr beide das unter euch regelt. Welchen Anteil am Wert der Firma bist du denn bereit an Carol abzutreten? Du bist doch ein großzügiger Mensch und möchtest sicherlich nicht, dass deine Frau in Zukunft ohne jede finanzielle Basis dasteht. Sie muss schließlich ihr Leben neu aufbauen. Wenn ihr euch dagegen friedlich einigt, ist danach jeder frei, und du kannst dein Leben ohne Gewissensbisse neu gestalten. Ich weiß doch, dass du im Grunde ein fairer und herzensguter Mensch bist."

Carol bewunderte Marias diplomatisches Geschick. Mit Peter konnte man normalerweise kein vernünftiges Gespräch führen, bei dem logische Erwägungen zum Tragen kamen, aber wenn man es schaffte, an sein überzogenes Ego zu appellieren, konnte man ihn möglicherweise dazu verleiten, die Rolle des Helden zu spielen, eine Rolle, in der er sich selbst nur allzu gerne sah.

Peter schwieg eine Weile, wurde dann aber, gerade als er etwas sagen wollte, vom Kellner unterbrochen, der ihre Getränke brachte. Umständlich stellte dieser die Gläser und eine Schale mit Knabbereien vor ihnen auf den Tisch, doch niemandem wollte ein Trinkspruch einfallen, also nahm nur jeder sein Glas in die Hand und nippte abwesend an seinem Getränk.

Endlich waren sie wieder unter sich, und Peter nahm das Gespräch wieder auf. „Ich bin bei Gott kein Unmensch. Wenn du also darauf bestehst, noch mehr Geld zu erhalten, obwohl du dir schon meinen Anteil an unserem Haus angeeignet hast, können wir gern darüber reden. An mir soll es nicht liegen. Wie Maria schon gesagt hat, schließlich sind wir hier, um eine Einigung zu erzielen. Ich schlage also vor, dass jeder von uns noch einmal über die Höhe der Auszahlung nachdenkt, und wir uns später am Abend noch einmal treffen. Ich lade euch zum Essen ein, hier im Grillroom, was haltet ihr davon?"

Carol wollte schon sagen, dass sie hier und jetzt zu einer Einigung kommen wollte, als sie spürte, wie sich Marias Hand unter dem Tisch erneut mit sanftem Druck auf ihr Knie legte.

Maria drehte sich zu Peter und lächelte ihn verständnisvoll an. „Gerne, wir kommen um acht Uhr. Und jetzt lass uns erst einmal unsere Drinks genießen! Erzähl mal was aus der alten Heimat, Peter. Was tut sich denn so in Deutschland?"

Peter begann sofort, über die letzten politischen und wirtschaftlichen Entwicklungen zu dozieren, die Carol aber bereits über die „Deutsche Welle" bekannt waren. Entweder hörte Maria nie Radio, oder es gelang ihr so gut, die Interessierte zu spielen, dass Peter schon bald davon überzeugt war, dass man im Hinterland Kanadas völlig von der zivilisierten Welt abgeschnitten wäre. Carol schwieg währenddessen und dachte nach.

Um halb sechs zog sich Peter zurück, er wollte sich

vor dem Essen noch kurz ausruhen. Maria bot ihm an, ihn in zwei Stunden telefonisch zu wecken, doch Peter lehnte mit der Begründung, dass er nicht schlafen, sondern nur dösen würde, ab. Als er schließlich auf sein Zimmer verschwunden war, bestellten sich die beiden Frauen noch ein Glas Weißwein und rechneten.

„Wenn er mir eine halbe Million gibt, unterschreibe ich sofort", überlegte Carol.

„Das glaubst du doch selbst nicht", meinte Maria, „der alte Geizkragen bringt sich lieber um, bevor er dir freiwillig so viel Geld gibt. Wir müssen realistisch sein."

„Realistisch ist, eine halbe Million einzuklagen. Mein Anwalt hat mir bestätigt, dass mir die Hälfte des Firmenwerts zusteht."

„Aber du hast auch gesagt, dass das Gericht die Firma nicht ganz so hoch einschätzen wird."

„Wenn ich Pech habe, werden sie sie auf achthunderttausend veranschlagen."

Maria trank einen Schluck, rechnete wieder und fragte dann, was die Anwälte kosten würden. Carol wusste es nicht, schätzte die Kosten aber auf etwa fünfzigtausend, womit ihr genau noch dreihundertfünfzigtausend bleiben würden.

„Und wie lange wird es im Fall eines Prozesses dauern, bis du dein Geld bekommst?"

„Ein bis zwei Jahre mindestens", gab Carol deprimiert zu.

„Dann würde ich mich an deiner Stelle lieber mit dreihunderttausend zufriedengeben, wenn ich sie gleich bekäme und der Fall damit erledigt wäre. Überleg mal, was du an möglichen Zinsen oder Einnahmen verlierst, wenn du jahrelang auf dein Geld warten musst."

„Mensch Maria", lachte Carol, „ich wusste gar nicht, was für ein Finanzgenie du bist. In Deutschland bekomme ich an die drei Prozent Zinsen, das bedeutet, dass es sich für mich durchaus lohnt, noch zwei Jahre zu warten, um fünfzigtausend mehr zu bekommen. Andererseits könnte ich das Geld in Kanada gut gebrauchen."

„Und du könntest endlich mit der Vergangenheit abschließen."

Maria hatte Carol richtig eingeschätzt. Peter war Vergangenheit für sie und mit dem Geld, das sie bekommen würde, könnte sie in Kanada sorgenfrei leben und sich auf ihr Buch konzentrieren. Alles Weitere würde sich ergeben. „Einverstanden! Wir werden ihm den Vorschlag machen."

Sie beschlossen, vor dem Abendessen noch spazieren zu gehen, waren aber pünktlich um acht Uhr wieder im Hotel und gingen direkt in den Grillroom. Peter hatte einen Tisch reserviert, tauchte aber erst zwanzig Minuten später auf, verschlafen und schlecht gelaunt.

„Ich habe dich vor dem Jetlag gewarnt", frotzelte Maria. „Auf dem Flug hierher ist die Zeitverschiebung besonders schlimm. Dein Körper hat in den ersten Tagen, bis er sich umgestellt hat, jeden Abend das Gefühl, als hätte er die Nacht durchgefeiert und will eigentlich nur schlafen. Bestimmt hast du auch keinen großen Hunger?"

Peter schüttelte den Kopf. Er sah aus, als ob er gleich hier am Tisch wieder einschlafen wollte.

„Da kann man nichts machen. Da muss man durch!" Carol nahm die Speisekarte und begann laut zu übersetzen. Da Peter schlecht Englisch sprach, machte es ihr Freude, ihn ein wenig zu quälen.

„Hör auf, mir wird schlecht“, meinte er ärgerlich, „bestellt uns einfach irgendetwas, ich werde sowieso kaum einen Bissen runterkriegen, ihr könnt daher auswählen, was ihr möchtet.“

Die Unterhaltung wollte nicht so recht in Schwung kommen, denn keiner wagte es, als Erster mit der Verhandlung zu beginnen. Jede Partei wartete lauernd darauf, dass die andere ihre Deckung zuerst aufgeben würde. Erst bei der Nachspeise, die Carol mit besonderem Vergnügen bestellt hatte, da sie wusste, wie verhasst ihrem Mann jede Art von Süßspeise war, verlor Peter die Geduld.

„Also, hast du dir nun etwas überlegt? Wie viel Geld willst du?“

Seine Körperhaltung brachte bereits die innere Abwehr gegen den kommenden Vorschlag zum Ausdruck, gleichgültig wie er lauten würde. Er hatte seinen Stuhl ein Stück zurückgeschoben und saß, seine Beine überschlagen und beide Arme vor der Brust gekreuzt am Tisch, und starrte sie überheblich und böse an. Carol blieb nichts anderes mehr übrig, als ihm ihre Forderung zu nennen. „Ich will dreihunderttausend, sofort – dann unterschreibe ich.“

Er sah sie ungläubig an. „Bist du völlig wahnsinnig geworden?“

„Ganz und gar nicht. Die Firma ist eine Million wert, also machst du immer noch ein wirklich ausgezeichnetes Geschäft.“

Peter lachte hämisch auf. „Warum um Himmels willen sollte ich dir so viel Geld bezahlen? Es ist meine Firma.“

„Ist sie nicht, sie gehört mir zur Hälfte, sieh das doch

endlich ein." Carol wollte sich nicht rechtfertigen, konnte aber nicht anders. „Rechtlich gesehen ist es *unsere* Firma, nicht deine allein! Sollte es also zu einer Verhandlung kommen, wird der Richter irgendwann entscheiden, dass du mir die Hälfte an ihr abgeben musst, das weißt du genauso gut wie ich. Folglich kommt es dich sehr viel günstiger, mich jetzt und ohne langwierigen Gerichtsbeschluss abzufinden."

„Aber doch nicht mit dreihunderttausend!"

„Doch!" Ihr fiel nichts anderes ein.

„Niemals!"

Maria, die zunächst nur verblüfft zugehört hatte, mischte sich nun in das Gespräch ein. „Welche Summe stellst du dir denn vor? Wir hatten doch abgemacht, dass wir alle darüber nachdenken."

Peter machte eine Handbewegung, als wolle er ihr den Mund verbieten. „Wenn Carol so unrealistisch ist, brauchen wir über das Thema gar nicht mehr weiter zu sprechen."

„Ich bitte dich, Peter, sei vernünftig und nenne deinen Preis."

„Ich dachte eher an fünfzigtausend – und das ist schon ein äußerst großzügiges Angebot."

„Na prima", höhnte Carol, „dann trennen uns ja nur noch ein paar lausige Euros voneinander."

Peter reagierte gekränkt. „Tu nicht so, als ob das ein schlechtes Angebot wäre. Das ist eine ganze Menge Geld, aber mit Geld konntest du ja bekanntlich noch nie umgehen."

Carol glaubte nicht richtig zu hören, wollte Peter auf seine völlig unfundierte und unberechtigte Kritik aber auch nicht antworten, weil sie vermutete, dass Peter, von dem, was er ihr vorgeworfen hatte, auch noch überzeugt war.

Dabei war sie diejenige gewesen, die stets die Finanzen unter Kontrolle gehalten hatte! Aber sie kannte seine Taktik. Er würde er sie so lange mit Vorwürfen attackieren, bis sie ihre Position zermürbt aufgab. So war es schon immer gewesen, und er rechnete wohl auch jetzt damit, dass ihre Reaktion wie gewohnt ausfallen würde. Doch da irrte er sich!

„Peter, mein letztes Angebot ...“, sie dehnte die Worte und genoss den Augenblick, in dem er gewiss glaubte, dass sie wieder einmal bereit war nachzugeben, „... mein absolut endgültig letztes Angebot ... ist dreihunderttausend!“

„Aber ich sagte doch ...“

„Dreihunderttausend!“

Er stand so abrupt auf, dass sein Stuhl wackelte und beinahe umfiel. „Du bist übergeschnappt“, schrie er so laut, dass sich sogar einige Leute im Restaurant nach ihnen umdrehten.

„Dreihunderttausend!“

„Das ist verrückt! Da erübrigt sich jedes weitere Wort.“

„Dreihunderttausend und keinen Cent weniger.“

„Carola, ich ...“

„Du hast noch bis morgen Zeit, um es dir zu überlegen, danach ziehe ich mein Angebot zurück.“

„Gute Nacht!“ Peter richtete seine Worte hauptsächlich an Maria, dann drehte er sich um und stürmte aus dem Restaurant.

„Au weia!“, merkte Maria nach einer kurzen Pause an, die beide Frauen dringend nötig hatten, um sich nach diesem Abgang wieder etwas zu beruhigen. „Das war aber endgültig."

„Es ging nicht anders, ich kenne ihn. Er will noch immer nicht verstehen, dass er keine andere Wahl hat, als anzunehmen."

„Also, ich hätte nicht gedacht, dass er so dumm ist. Obwohl, so dumm ist er nun auch wieder nicht!"

Carol stutzte: „Warum, was meinst du damit?"

„Nun, schließlich hat er uns hier mit der Rechnung sitzen lassen."

Woraufhin Carol dem Kellner winkte und ihn um die Rechnung bat. Sie unterzeichnete mit ihrem Namen, ließ die Rechnung jedoch auf Peters Zimmer schreiben. „Noch sind wir immerhin verheiratet", grinste sie, „ich kenne meine Rechte."

„In diesem Fall sollten wir uns noch einen kleinen Cognac gönnen", sagte Maria, die Kluge.

Am nächsten Morgen rief Peter bereits um sieben Uhr in Carols Hotel an. Schon seit Stunden lag er hellwach und gleichzeitig todmüde im Bett und fühlte sich vom Jetlag, der seinen natürlichen Biorhythmus komplett durcheinandergebracht hatte, geplagt und wie durch die Mangel gedreht. Nachdem seine ganzen Grübeleien, wie er die finanziellen Streitigkeiten mit Carol zufriedenstellend lösen konnte, zu keinem Ergebnis geführt hatten, war er noch so lange im Bett geblieben, bis die Frühstücksräume und Cafés endlich öffneten. Dabei hatte er die Schuld für seine Schlaflosigkeit auf die unerwartet unflexible Haltung seiner Frau geschoben, die er kaum wiedererkannte und der er liebend gerne einmal ordentlich die Leviten gelesen hätte.

„Mein letztes Angebot ist fünfundsiebzigtausend", sagte er kraftlos, als sie den Hörer abgenommen hatte.

„Danke, nein", antwortete Carol.

„Wie viel?", fragte er.

„Dreihunderttausend!" Nach diesem einzigen, aber vernichtenden Wort legte Carol auf und ließ das Telefon danach einfach klingeln.

Gleich nach dem Frühstück checkten sie und Maria aus dem Hotel aus, packten ihre Koffer ins Auto und fuhren zum Grouse Mountain. Wie vorhergesagt, hatten sie einen sonnigen Tag erwischt, der sie bis zum Flughafen und weit hinaus aufs Meer sehen ließ, danach traten sie die Heimreise an.

„Schade eigentlich", sagte Maria, „wo es doch hier noch so viel zu sehen gibt."

Carol beruhigte sie. „Nachdem ich Malcolm Meier versprochen habe, in einem Monat wieder hierherzukommen, kannst du mich ja wieder begleiten, wenn du willst. Und beim zweiten Mal könnten wir uns dann etwas mehr Zeit lassen und eine lange Besichtigungstour mit einplanen. Was hältst du davon?"

„Ich bin dabei! Was wirst du jetzt als Nächstes wegen Peter unternehmen? Wenn er entdeckt, dass wir abgereist sind, dreht er durch."

„Hoffentlich. Aber wir können ihm ja anbieten, dass er sich in vier Wochen wieder hier mit uns treffen kann."

Allein die Vorstellung, wie er auf diesen Vorschlag reagieren würde, amüsierte sie köstlich.

„Bist du dir ganz sicher, dass du bei deinem Angebot bleiben willst?", fragte Maria leicht besorgt. „Ich bewundere dich für dein Durchhaltevermögen, denn ich finde es ausnehmend schwer, unverrichteter Dinge wieder abzureisen, so nahe am Ziel."

„Wir waren noch nicht einmal annähernd am Ziel! Du kennst Peter immer noch nicht. Er ist überzeugt, im Recht zu sein, und glaubt tatsächlich, dass ihm alles gehört. Er wird mir meinen Anteil niemals freiwillig geben, das ist verlorene Liebesmühe, im wahrsten Sinne des Wortes. Ich bin außerdem nicht nach Vancouver gekommen, um Peter zu treffen, und bin demnach auch nicht enttäuscht. Ich bin hierhergekommen, um nach Rose zu forschen, und dabei bin ich einen Riesenschritt vorwärts gekommen. Richtig?"

„Richtig!"

„Gut, dann lass uns nach Hause fahren. Ich habe zu tun!"

23

Elsie Golden saß am Fenster und wartete auf Jason. Vielleicht würde er ja heute zurückkommen. Aber seitdem er sich in letzter Zeit so sehr verändert hatte, wusste sie nie mehr, wo er war und wann er wieder nach Hause kommen würde. Früher, als er noch ein kleiner Junge gewesen war, hatte sie ihn stets ganz genau beobachtet, um sofort feststellen zu können, ob die Saat der Verderbnis, die bei seiner Zeugung gelegt worden war, in ihm aufgehen würde, aber sie hatte nie ein Anzeichen dafür gefunden. Stattdessen hatte sie sich im Laufe der Jahre so sehr an sein zuvorkommendes, freundliches und lebenslustiges Wesen gewöhnt, dass sie ihre Bedenken allmählich aufgegeben hatte. Zu früh, wie es schien. Sie wusste nicht, wann er sich zu ändern begonnen hatte. Wann hatte er sich von ihr zurückgezogen und war unnahbar und egoistisch geworden? War es nach seiner Pubertät oder schon davor gewesen, und hatte sie es nur nicht rechzeitig bemerkt, weil er nach außen hin immer noch den fürsorglichen Sohn gespielt hatte und noch immer das Haus mit ihr teilte? Elsie schüttelte sorgenvoll ihren Kopf und murmelte vor sich hin: „Die Kraft des Vaters steckt in ihm, sie lässt sich nicht ewig verleugnen. Diese schreckliche Kraft, mit der er mir Gewalt angetan hat, liegt wie ein Brandzeichen auf seiner Seele. Wie kann ich ihn nur davor schützen? Mein Sohn, was kann ich nur tun, damit du nicht so wirst wie er?“ Sie wollte nicht an den Mann denken, der sie vor mehr als drei Jahrzehnten vergewaltigt hatte, damals, als sie zum ersten Mal in ihrem Leben geglaubt hatte, dass es außerhalb ihres beschützenden Elternhauses noch einen Menschen geben könnte, der sie so lieben würde, wie sie war. Unscheinbar, unschuldig, naiv und ängstlich. So war sie gewesen, und das hatte dieser böse Mann sofort gespürt und hatte ihre Schwäche und Unerfahrenheit brutal ausgenutzt. Brutal, ja, das war er gewesen – sogar so brutal, dass sie nach seinem Eindringen in ihre Intimsphäre, dieser herzlosen, grausamen Invasion, mit der er rücksichtslos von ihrem Körper Besitz ergriffen und damit ihr Innerstes geschändet hatte, im Krankenhaus gelandet war. Elsie schüttelte sich voller Ekel. Die Ärzte hatten ihr damals gesagt, dass sie die Attacke des Mannes überleben würde – eine Prognose, die sie damals furchtbar enttäuscht hatte – dass sie aber wahrscheinlich nie mehr Kinder haben würde. Deshalb hatte sie geglaubt, dass sie weiterleben und den bösen Mann und seine schlimme Tat vergessen könnte. Zu diesem Zeitpunkt hatte sie jedoch noch keine Ahnung gehabt, dass sie seine Frucht bereits empfangen hatte und in ihrem Leib trug und dass er sie ein Leben lang verfolgen würde. Immer wieder suchte sie in Jasons Gesicht nach den vertrauten Zügen, und immer wieder war sie überrascht, dass er ihm so gar nicht ähnlich sah. Zumindest nicht im Gesicht, während Jasons Statur wohl eher nach der seines Vaters geraten war. Ebenso mussten die wilden Triebe seines Vaters all die Jahre hindurch in ihm geschlummert haben, denn jetzt erwachten sie nach und nach zum Leben, und waren nur dank ihrer intensiven mütterlichen Betreuung bisher noch nicht voll zum Ausbruch gekommen. Sie musste so wachsam sein, vor allem seitdem er sein Augenmerk auf diese Frau gerichtet hatte. Wo er nur war? War er vielleicht mit *ihr* in Vancouver? Es konnte doch kein Zufall sein, dass die Frau und er gleichzeitig in die Stadt gefahren waren! Aber nein, das war unmöglich – so weit würde er nicht gehen. Denn dann hätte er eine Schwelle übertreten, die er bisher noch nie übertreten hatte. Gewiss würde er jeden Moment kommen. Sie hatte keine ruhige Minute, wenn sie nicht wusste, wo er war – das war der Preis, den sie lebenslang bezahlen musste. Dabei war es so ungerecht! Schließlich hatte sie keine Schuld auf sich geladen, es war einfach passiert. Oder war sie etwa mitschuldig gewesen und hätte besser auf ihre Mutter hören sollen, die sie ständig gewarnt hatte? „Die Männer sind böse“, hatte sie gesagt, „alle, außer deinem Vater. Er beschützt uns, und so lange er da ist, sind wir sicher, aber alle anderen sind böse und werden dir in deinem Leben so viel Schmerz und Leid zufügen, dass du lieber tot als lebendig wärst. So viel Schmerz, wie du dir gar nicht vorstellen kannst!“ Wie recht ihre Mutter gehabt hatte! Wenn sie nur auf sie gehört hätte, müsste sie sich jetzt nicht mit ewigen Schuldgefühlen quälen und nicht ständig auf ihren Sohn aufpassen – und auf sich selbst, denn auch sie schwebte in permanenter Gefahr.

Elsie schloss ihre Augen, sie konnte die nahende Gefahr fast körperlich spüren. Sie tauchte immer dann auf, wenn sie es nicht schaffte, ihre Gedanken an den Mann zu verdrängen, oder, was noch viel schlimmer war, wenn sie einschlief und von ihm träumte. Um ihre Angst zu vertreiben, öffnete sie schnell wieder die Augen und konzentrierte sich darauf, die vorbeiziehenden Wolken zu beobachten. Doch eines der langgezogenen Dunstgebilde sah aus wie ein Gesicht, dessen tiefe Augenhöhlen und weit offener Mund deutlich erkennbar waren. Sie erschrak furchtbar, denn es war das gleiche Gesicht, das sie auch aus ihren finsteren Träumen kannte, und sie befürchtete, nun auch außerhalb der beklemmenden Nachtstunden von ihm verfolgt zu werden. Warum konnte er sie nicht wenigstens am helllichten Tag in Ruhe lassen?

Langsam löste sich das Gesicht jedoch auf, und sie stellte erleichtert fest, dass sie einer Täuschung erlegen war. Das konnte er gar nicht gewesen sein, denn die Züge des Wolkengesichtes waren jetzt nicht einmal mehr menschenähnlich, so sehr waren sie ineinander geflossen, nein, es war nur eine Wolke am Himmel gewesen, die beständig die Form änderte und nun zu einem gigantischen Vogel mit dunstigen, durchsichtigen Flügeln und einem langen gebogenen Hals geworden war.

Tagsüber war sie also immer noch sicher, solange es hell war, konnte ihr nichts geschehen. Niemand würde ihr auflauern und in Schränken oder hinter Türen versteckt so lange auf sie warten, bis sie ganz alleine war. Nachts, in einem leeren Haus. Niemand würde sich im Tageslicht auf sie stürzen und ihr mit fester Hand die Kehle zudrücken, bis sie schließlich zu schwach wäre, um sich zu wehren. Nein, das würde nicht passieren – nicht, solange es noch hell war!

Der Vogel war nun zu einer Spirale geworden, und sie überlegte, ob das etwas zu bedeuten hatte. Hatte sich das Gesicht vielleicht hinter dem Vogel versteckt, um auf diese Weise getarnt näher an sie heranfliegen und sie hinterlistig in die neblige Spirale ziehen zu können, aus der es kein Entrinnen gab? Sie musste aufpassen, immer wachsam sein und durfte sich keine Minute in Sicherheit wiegen!

Dann dachte sie wieder, nein, das ist Unsinn, das bildest du dir alles nur ein! Sie riss sich von den Gedanken, die sie bei der Betrachtung der Wolkengebilde überkommen hatten, los und stand auf. Es war falsch, solche Überlegungen während des Tages anzustellen, falsch und gefährlich. Sie durfte sich nicht gehen lassen, vor allem jetzt nicht, da die Lösung des Problems so nahe war. Jason brauchte ihre Hilfe, denn er würde alleine nicht aus dieser verworrenen Situation herauskommen. Elsie Golden ging in das Zimmer ihres Sohnes und sah sich dort um. Alles befand sich an seinem Platz, war sauber und ordentlich. Es war gut, dass er noch in Vancouver bei seiner Familie war. Das war der Ort, an den er gehörte, und sie wusste nun, dass sie alles daransetzen musste, um seine Entscheidungen auch weiterhin, unbemerkt von ihm, in die richtige Bahn zu lenken. Anita hatte das genauso gesehen – es sei Elsies Aufgabe, ihm zu helfen, hatte sie gesagt, sie als Mutter hätte die Pflicht dazu.

Elsie ordnete ein paar Bücher, strich geistesabwesend über das gemachte Bett und rief dann laut in den Raum hinein: „Ich bin gleich wieder zurück."

Sie besaß noch immer einen Schlüssel für ihr ehemaliges Haus, und sie wusste, dass Carol noch nicht aus Vancouver zurück war. Die ideale Gelegenheit also, um sich ein wenig genauer umzusehen.

24

Gleich nachdem Carol Maria an den Horse Lake zurückgebracht hatte, hatte sie mit Gerd noch einen Schlummertrunk einnehmen müssen und war dadurch erst sehr spät in ihr Haus am Bridge Lake zurückgekehrt. Kaum hatte sie den Mudroom betreten, als sie auch schon das unangenehme Gefühl beschlich, nicht alleine zu sein. Doch sie verwarf den Gedanken wieder so schnell, wie er gekommen war, deponierte ihren Koffer im Gang, zog sich aus und ging dann, ohne sich noch zu duschen, sofort ins Bett. Die lange Heimfahrt, während der sie leider immer weiter in schlechteres Wetter gekommen waren, hatte sie gründlich erschöpft. Nach Hope hatte es sogar zu schneien begonnen, so dass Maria und sie befürchtet hatten, auf dem Pass nach Kamloops, dessen Steigung bei starkem Schneefall Ketten an den Rädern erforderte, stecken zu bleiben. Aber sie hatten Glück gehabt, der Pass war gerade noch passierbar gewesen. Wenn sie Vancouver jedoch nur einige Stunden später verlassen hätten, wären sie tatsächlich gezwungen gewesen, auf halber Strecke am Wegrang zu übernachten und zu warten, bis der Pass geräumt worden wäre.

Dankbar, diesem Schicksal entkommen zu sein, legte sich Carol in ihr Bett, zog sich die Daunendecke bis über beide Ohren und dachte beim Einschlafen an Jason – was sie sich in Vancouver nicht erlaubt hatte, wo sie allerdings auch die ganze Zeit über gut abgelenkt gewesen war. Ob er schon wieder zurück bei seiner Mutter oder noch immer in Vancouver war? Bei seiner *anderen* Familie? Die es, wenn sie seinen Worten Glauben schenkte, gar nicht gab? Wer hatte gelogen, Elsie oder Jason? Aber die Frage war mittlerweile wohl hinfällig, nachdem sich Jason ihr gegenüber während und nach der Fahrt vom Lake Louise so abweisend benommen und sich danach ohne jede Erklärung von ihr verabschiedet hatte. Ihre alten Zweifel begannen sich wieder zu regen, und sie malte sich aus, wie er einen Kinderwagen durch den Stanley Park schob, mit einer hübschen blonden Frau an seiner Seite, die er mit einem liebevollen Ausdruck in den Augen anlachte. Sie erinnerte sich an den unwiderstehlichen Schwung seiner vollen Lippen und glaubte noch immer seinen Mund zu spüren, mit dem er fordernd und suchend ihren ganzen Körper bedeckt hatte. Sie stöhnte auf! Ja, Maria hatte sie gewarnt. Vergiss ihn, hatte sie gesagt, mach dir keine Hoffnungen, du warst nur eine kurze, aufregende Affäre für ihn. Carol spürte, wie sich ein Kloß in ihrem Hals bildete, aber sie wollte nicht weinen. Es war vorbei, und sie würde über Jason genauso hinwegkommen wie über ihre misslungene Ehe. Und das elende Ziehen in ihrem Herzen, das sich jedes Mal einstellte, sobald sie an Jason dachte, würde mit der Zeit immer schwächer werden und irgendwann schließlich ganz verschwunden sein. So wie in Vancouver, da war es doch auch erträglich gewesen. Hier am Bridge Lake ließen sich die Erinnerungen jedoch nicht so leicht verdrängen, sondern verursachten geradezu körperliche Schmerzen. Und so rannen Carol beim Einschlafen doch noch ein paar Tränen aus den Augenwinkeln, die sie aber ignorierte, denn sie wollte sich von nun an nur noch auf die vor ihr liegende Arbeit konzentrieren.

Am Sonntagmorgen zeigte sich der April ganz von seiner launischen Seite. Das Land war noch weiß vom nächtlichen Schneefall, aber die Sonne schien schon früh und weckte Carol aus ihrem unruhigen Schlaf. Wieder hatte sie nach dem Aufstehen das Gefühl, dass irgendetwas im Haus nicht stimmte. Als sie ihr Frühstück zubereitet und sich im Morgenmantel mit ihrer Kaffeetasse und Müslischale ans Fenster gesetzt hatte, sah sie sich prüfend um. Hatte sie die Vorhänge vor ihrer Abreise nicht noch geschlossen? Sie wusste es nicht mehr. Und war die Anordnung der Kissen auf dem Sofa nicht anders als sonst, oder täuschte sie sich? Ich bin zu viel allein, überlegte sie, und entwickele deshalb schon die Marotten einer schrulligen Einsiedlerin. Ihre Ordnungsliebe war schon immer sehr ausgeprägt gewesen, hatte sich inzwischen aber so sehr verstärkt, dass sie fast wie unter Zwang alle Gegenstände in ihrem Haus sorgfältig arrangierte und nicht mehr verändern wollte, wenn sie ihnen einmal einen festen Platz zugeteilt hatte. Akribisch rückte sie jedes Teil, sei es ein Kerzenständer, Bilderrahmen oder eine Vase, millimetergenau immer wieder an seinen ursprünglichen Platz zurück, sobald sie staubgewischt oder es aus anderen Gründen verschoben hatte. Da sie alleine lebte, kam sie gut mit ihrer eigenwilligen Pedanterie zurecht und konnte die von ihr selbst geschaffene Ordnung ohne großen Aufwand aufrechterhalten. Aus diesem Grund beunruhigten sie aber auch die winzigen Abweichungen von der Norm, die sie nun festgestellt hatte und die ihrer Meinung nach nur von fremder Hand verursacht sein konnten, obwohl sie auch durch ihren hektischen Reiseaufbruch erklärbar waren.

Kopfschüttelnd ging sie zum Anrufbeantworter, auf dem drei Nachrichten aufgezeichnet waren. Anita hatte sich gemeldet und um Rückruf gebeten, Professor Gordon erkundigte sich nach ihrem Wohlbefinden, und der dritte Anruf war von Jason. Carol war so aufgeregt, als sie seine Stimme hörte, dass sie seine Nachricht beim ersten Abhören nicht richtig verstand und das Band noch einmal zurückspulen musste. Seine Stimme klang vertraut und einschmeichelnd, als er sagte: „Hallo Cookie, wie geht es dir? Es tut mir leid, dass ich mich erst jetzt melde, aber ich musste ein paar Kunden die Gegend zeigen. Sieht gut aus, ich glaube, sie werden kaufen. Hast du dich mittlerweile wieder beruhigt? Ruf mich doch bitte an, wir müssen reden. Okay? Ich bin am Freitag wieder im Büro. Ich liebe dich."

Carols Herz schlug wie wild, und ihre Hände zitterten. Er würde am Freitag zurück sein! Aber welchen Freitag? Heute war bereits Sonntag! Hatte er den vergangenen gemeint, als sie noch mit Maria in Vancouver gewesen war? Und war wirklich erst eine Woche seit ihrer gemeinsamen Reise zum Lake Louise vergangen? In jedem Fall musste Jason also gleich am Montagmorgen vergangener Woche, nachdem sie aus Banff zurückgekommen waren, mit Kunden aufgebrochen sein – und Elsie Golden hatte ihr vormachen wollen, dass er nach Vancouver gefahren wäre. Aber warum hatte er sie dann seit Freitag nicht mehr angerufen, nachdem er von ihr keinen Rückruf erhalten hatte? Seine Nachricht war laut

Zeitansage am Mittwoch, nachdem sie das Haus schon verlassen hatte, auf Band aufgenommen worden. Warum hatte er sich also in den zwei Tagen seit seiner Rückkehr nicht bei ihr gemeldet? Er hatte ja nicht wissen können, dass sie nach Vancouver gefahren war, und hätte sich denken können, wie sehr sie auf seinen Anruf wartete. Es war erst neun Uhr morgens. Konnte sie um diese Zeit bereits bei ihm zu Hause anrufen? Carol entschloss sich dazu, es auszuprobieren, und ließ es so lange klingeln, bis zuletzt das Belegtzeichen ertönte. Danach versuchte sie es in Jasons Büro, aber auch dort meldete sich niemand. Um ihre Nerven zu beruhigen und die Wartezeit einigermaßen sinnvoll zu überbrücken, duschte sie ausgiebig, wusch sich die Haare und fönte sie ungewöhnlich lange, danach cremte sie ihren Körper ein, zog sich dreimal um und schminkte sich mit größter Sorgfalt. Endlich würde sie Jason wiedersehen, mit ihm sprechen und diese ungute Situation bereinigen können. Als ihre Verschönerungsaktion beendet war und ihr nichts mehr einfiel, mit dem sie sich beschäftigen konnte, sah sie auf die Uhr und war erstaunt, dass es erst zehn Uhr war. Trotzdem versuchte sie es erneut und wieder als Erstes bei Jason zu Hause.

Bereits beim ersten Klingelton wurde der Hörer abgenommen, und Elsie Golden meldete sich.

„Kann ich bitte mit Jason sprechen?“, fragte Carol bestimmt und wartete eine Weile, bis ihr Elsie endlich antwortete.

„Ich sagte Ihnen doch, er ist in Vancouver. Hören Sie auf, ihn zu belästigen.“

„Er hat auf meinen Anrufbeantworter gesprochen und gesagt, dass er Freitag zurückkommt.“

„Oh!"

„Ist er zurück?"

„Nein."

Carol verlor die Geduld. „Wissen Sie vielleicht, wann er zurückkommt?"

Elsie Golden schwieg.

„Können Sie mir sagen, wann er zurückkommt oder wo ich ihn erreichen kann?"

„Er kommt nicht zurück."

„Was soll das heißen?" Carols Stimme wurde lauter, als ob sie dadurch Jasons Mutter zu einer vernünftigen Aussage zwingen könnte, „wieso soll er nicht zurückkommen? Wo ist er denn?"

„Das geht Sie überhaupt nichts an."

Mit diesen Worten beendete Elsie Golden das Gespräch. Als Carol begriff, dass Jasons Mutter einfach aufgelegt hatte, wurde sie erstaunlich ruhig. Es hatte keinen Sinn, mit Elsie zu sprechen, die alte Frau war nicht mehr klar im Kopf und wusste folglich auch nicht, was sie sagte. Wichtig war allein, dass Jason sie angerufen hatte und bald wieder zurück sein würde – alles würde gut werden.

So lange musste sie jedoch Geduld haben, aber Carol ertrug es nicht länger, zu Hause zu sitzen und auf das Klingeln des Telefons zu warten, also rief sie bei Anita an und verabredete sich mit ihr zum Mittagessen. Auf dem Weg zu ihrer Freundin, fuhr sie einen kleinen Umweg, der sie an Jasons Büro vorbeiführte. Die Tür war jedoch verschlossen, und es brannte nirgendwo Licht. Sie klemmte eine hastig gekritzelte Notiz, in der sie ihn um dringenden Rückruf bat, an die Eingangstür und sandte danach ein Stoßgebet zum Himmel, dass

Jason noch heute zurückkommen und als Erstes ins Büro schauen würde. Danach fuhr sie zu Anita und Hermann.

Es war noch zu früh zum Mittagessen, und obwohl bereits der leckere Duft eines Sonntagsbratens das Haus durchzog, konnte Carol sich nicht vorstellen, auch nur einen Bissen zu sich zu nehmen. Ihre Nervosität nahm zu und hatte ihr jeden Appetit geraubt.

Anita und Hermann begrüßten sie wie eine verlorene Tochter. Hermann, der von Anita nur beiläufig erfahren hatte, dass Jason eine Frau und ein Kind in Vancouver haben sollte, spürte sofort, dass die Frauen das Thema unter sich besprechen wollten und ergriff instinktiv die Flucht. Seiner Meinung nach hatte Jason ein Recht darauf, sein Leben so zu führen, wie es ihm passte, außerdem wollte er generell nichts mit emotionalen Verstrickungen und Intrigen zu tun haben. Er hatte Besseres zu tun: Er musste sich um seine Pferde kümmern. Kaum hatte er das Haus verlassen, als Anita Carol auch schon dazu aufforderte, ihr in der Küche Gesellschaft zu leisten. Dort bat sie Carol, am Tisch Platz zu nehmen und ihr in aller Ruhe von ihrer Reise nach Vancouver zu erzählen, während sie selbst die Kartoffeln schälte.

Nachdem ihr Carol die letzten Ereignisse berichtet hatte, wenn auch chronologisch völlig durcheinander, unterbrach Anita ihre Vorbereitungen und setzte sich zu ihr. Es war an der Zeit, ihrer neu gewonnenen Freundin die schlechte Botschaft zu überbringen. Mitfühlend tätschelte sie Carols Hand „Weißt du denn, warum Jason immer wieder in Vancouver ist?“, fragte sie vorsichtig.

„Natürlich weiß ich das! Angeblich hat er dort eine Freundin. Laut seiner Mutter sogar eine Familie. Das habe ich ihr aber nicht abgenommen und Jason daraufhin angesprochen."

Anita war überrascht, damit hatte sie nicht gerechnet. „Und – was hat er dazu gesagt?"

„Dass er keine Familie hat." Carol klang überzeugter, als sie in Wirklichkeit war.

„Elsie hat mir ans Herz gelegt, dich über Jason aufzuklären und dich zu warnen. Ich fand das, was sie sagte, durchaus glaubwürdig", überlegte Anita laut. „Natürlich weiß ich nicht, ob es stimmt, was sie da behauptet, aber ich befürchte, dass sie die Wahrheit sagt. Warum sollte er sonst so oft nach Vancouver fahren? So viele Kunden hat er dort auch wieder nicht!"

„Ich weiß es ebenso wenig. Aber ich werde schon noch herausfinden, was dahintersteckt – sobald ich endlich weiß, wo sich Jason gerade aufhält, und ich mit ihm sprechen kann. Das kann ich momentan leider nicht, weil sich seine Mutter weigert, mir seine Nummer in Vancouver zu geben, und er sein Handy nicht eingeschaltet hat." Plötzlich hatte Carol einen Einfall. „Hör mal, kannst du nicht noch einmal mit ihr reden?"

„Du meinst, ich soll Elsie danach fragen, wo Jason steckt? Aber aus welchem Grund sollte ich das wissen wollen?"

Carol warf ihr einen flehenden Blick zu: „Uns wird schon ein Grund einfallen. Dir wird sie bestimmt sagen, wo er zu erreichen ist. Bitte, tu mir den Gefallen, ich werde sonst noch verrückt, wenn ich nicht bald erfahre, was hier eigentlich gespielt wird."

„Hm, ich könnte sagen, dass wir vorhaben zu verreisen und dass sich Jason während unserer Abwesenheit um die Büffel kümmern soll."

Carol nickte begeistert. „Das ist gut. Das wird sie dir bestimmt glauben."

„Aber wie rede ich mich später wieder heraus, wenn sie merkt, dass wir gar nicht weggefahren sind?"

„Ach was, das kriegt sie bestimmt nicht mit. Ich werde jedenfalls nichts verraten, und Jason bestimmt auch nicht. Wenn ich ihn nur sprechen könnte! Ich kann schon an nichts anderes mehr denken. Wir haben uns doch in völliger Missstimmung getrennt, und nun diese Liebeserklärung auf meinem Anrufbeantworter und dazu noch Elsies Behauptungen ... Dabei sollte ich längst über den Hinterlassenschaften von Lawrence Chattwell sitzen und arbeiten, wenn ich endlich etwas über Rose erfahren will, und ..."

Anita unterbrach sie mit einem schweren Seufzer: „Ist ja gut! Gern mache ich es zwar nicht, aber es scheint sich hier ja um eine echte ‚emergency' zu handeln. Ich meine eine ...", ihr fiel das deutsche Wort nicht ein, und Carol kam ihr rasch zu Hilfe.

„Es ist in der Tat ein echter Notfall! Kannst du sie vielleicht gleich anrufen?"

Anita ging zum Telefon, wählte Elsie Goldens Nummer und fragte nach Jason. Aber sie war im Gegensatz zu Maria eine schlechte Lügnerin, denn sie stotterte und verhaspelte sich ein wenig bei ihrer Frage und hörte danach schweigend zu. Nach einigen höflichen Sätzen, die für Carol keinen Sinn ergaben, verabschiedete sie sich und legte wieder auf.

„Was ist los? Wo ist er?", fragte Carol sofort ganz atemlos.

„Auf Hawaii!"

„Wie bitte?"

„Tut mir leid, Carol. Aber Elsie erzählte mir, dass er ist mit seiner Fam... also, mit seiner Freundin, nach Hawaii geflogen wäre und dort eine Weile Urlaub machen würde. Er habe keine Adresse hinterlassen und würde wohl etwas länger weg sein. Stell dir vor, sie hat mir gesagt, dass wir uns nach jemand anderem umsehen sollen, der unsere Tiere versorgt. Ich fasse es nicht. Wie kann uns Jason nur so hängen lassen?"

Carol war sprachlos, besaß aber noch genügend Geistesgegenwart, um Anita daran zu erinnern, dass sie und Hermann in Wirklichkeit ja gar nicht wegfahren wollten und Jason sie deshalb auch nicht wirklich im Stich gelassen hatte.

„Sei nicht albern", entgegnete Anita daraufhin, „es könnte sehr wohl sein, dass wir seine Hilfe benötigen, und was würden wir in diesem Fall dann machen? Es sieht Jason überhaupt nicht ähnlich, so etwas zu tun. Wenn er tatsächlich weggefahren ist, hätte er uns vorher rechtzeitig Bescheid geben müssen, dass er für eine längere Zeit nicht da ist."

Carol schwieg. Nun war sie wirklich deprimiert und hörte Anita kaum noch zu.

„Ich glaube es einfach nicht", fuhr diese ungläubig fort. „Das muss ich sofort Hermann erzählen. Ich bin gespannt, was er dazu sagen wird. Das kann einfach nicht wahr sein, Jason war immer für die Büffel da, sie sind sein Ein und Alles, und unsere Abmachung lautete, uns gegenseitig immer rechtzeitig über unsere Reisepläne zu informieren."

Als Hermann zurück ins Haus kam und hörte, was sich ereignet hatte, reagierte er genauso verblüfft wie Anita. Carol behauptete jedoch weiterhin mit Nachdruck, dass sie sich weigern würde, Elsies verrückte Behauptungen ernst zu nehmen. Auch Hermann wollte nicht so recht glauben, dass Jason sie nicht über seinen Urlaub informiert hätte, und so überlegten alle drei – wenn auch aus verschiedenen Beweggründen –, wie sie mit der neuen Situation umgehen sollten, und kamen zu dem Ergebnis, dass es wohl am besten sei, abzuwarten, bis Jason wieder auftauchen würde.

Das Mittagessen war gut und reichlich, und Carol verspürte nun doch etwas Hunger. Sie aß nicht besonders viel, trank aber zwei Gläser Wein und fühlte sich deshalb müde und schlapp, als sie sich schon bald nach dem Essen verabschiedete.

Als sie wieder zu Hause war, legte sie sich für eine Stunde hin und fiel sofort in einen leichten, unruhigen Nachmittagsschlaf, aus dem sie mit einem schalen Geschmack im Mund wieder erwachte. Nachdem sie sich die Zähne geputzt und ein Glas Wasser getrunken hatte, ging es ihr auch schon besser. Sie würde sich nicht unterkriegen lassen, sondern auf Jasons Worte vertrauen – er würde sich bestimmt bald bei ihr melden. Bis dahin wollte sie sich endlich um den Inhalt der Chattwell-Schachtel kümmern und ernsthaft über ihr Leben nachdenken. Jetzt, da sie wusste, dass sie von Peter so schnell nichts zu erwarten hatte, musste sie mögliche Alternativen erwägen. Ihr Buch sollte ohne jeden finanziellen und zeitlichen Druck geschrieben werden, und sie begann zu überlegen, wie sie die nächsten Monate ohne geregeltes Einkommen überbrücken konnte. Wovon konnte sie ihren Lebensunterhalt bestreiten? Dabei kam ihr in den Sinn, dass sie ihren Schmuck verkaufen konnte. Die Entscheidung, ihn zu veräußern, fiel ihr nicht wirklich schwer, es war lediglich eine Frage der Prioritäten. Der Schmuck war ihr außerdem nie besonders wichtig gewesen. Viele Stücke, die ihr Peter geschenkt hatte, würde sie sowieso nie wieder tragen.

Carol ging zum Schrank, griff zielgerichtet ganz nach hinten ins Regal und tastete dort nach der grauen Lederrolle, in die der Schmuck eingewickelt war. Wozu sollte sie mit dem Verkauf noch lange warten, sie könnte doch bereits morgen früh nach Kamloops fahren, vielleicht würden Anita oder Maria sogar mitfahren und sie begleiten. Aber ihre Hände griffen ins Leere und suchten erfolglos hinter den Pullovern nach der Rolle. Sie war verschwunden! Carol holte einen Stuhl heran und stieg hinauf, um besser sehen zu können. Danach suchte sie alle Regale systematisch der Reihe nach ab, vielleicht hatte sie den Schmuck ja auch nur in ein anderes Regalfach gelegt und konnte sich jetzt nicht mehr daran erinnern. Irgendwo hinter einem dieser Kleiderstapel musste die Rolle doch sein! Schließlich untersuchte sie auch noch den unteren Teil des Schrankes. Aber da war nichts! Es konnte nicht sein, doch es gab keinen Zweifel, der Schmuck war verschwunden!

Carol setzte sich mit zitternden Knien auf den Stuhl und versuchte nachzudenken. Konnte sie sich geirrt haben? Dabei ging ihr Atem stoßweise und ihr Herz begann zu rasen. Unmöglich! Sie wusste ganz genau, dass sich der Schmuck an der Stelle befinden musste, an der sie zuerst gesucht hatte.

Es dauerte lange, bis sie sich wieder so weit im Griff hatte, dass sie bei Anita und Hermann anrufen und sie fragen konnte, was im Falle eines Diebstahls zu tun war. Der Schmuck war zwar nicht übermäßig wertvoll, und sie wäre auch, hätte man ihn ihr in Deutschland gestohlen, längst nicht so erschüttert gewesen, aber hier in Kanada war er zu einem wichtigen Bestandteil ihrer Zukunftspläne geworden.

Carol erinnerte sich an ihr bedrückendes Gefühl vom Vorabend, als sie nach Hause gekommen war und geglaubt hatte, nicht allein zu sein. War der Dieb zu diesem Zeitpunkt sogar noch im Haus gewesen? Oder war er während ihrer Abwesenheit eingebrochen und hatte ihr Haus in aller Ruhe durchsucht, so dass sie seine Anwesenheit nur nachträglich an den hier und da verrückten Gegenständen bemerkt hatte?

Aber sowohl Anita als auch Maria, die sie gleich nach Anita angerufen hatte, waren beide davon überzeugt, dass sie sich irrte. Es gab keine Diebe am Bridge Lake! Niemand wurde hier bestohlen, und beide hatten noch nie von einem Einbruch gehört.

Dennoch kam einige Stunden später die Polizei aus 100-Mile und nahm ein Protokoll auf. Doch auch bei den Polizisten stieß ihre Theorie vom Diebstahl nur auf ungläubige Überraschung. Höflich, aber oberflächlich, untersuchten sie den Schrank, nahmen aber keine Fingerabdrücke und fragten Carol nur äußerst beiläufig, wann und für wie lange sie ihr Haus verlassen hatte. Danach zogen sie unverrichteter Dinge wieder ab. Carol war niedergeschmettert und ratlos zugleich – ihr Schmuck war verschwunden und würde auch nicht wieder auftauchen, wenn sie ihn nicht selbst suchen und finden würde. Das war ihr spätestens seit dem Auftauchen der Polizei klar geworden. Wie sie das jedoch anstellen sollte, war ihr ein Rätsel. Sie musste unbedingt mit jemandem sprechen, der sie ernst nahm und mit dem sie sich beraten konnte. Wenn nur Jason hier gewesen wäre, aber er schien nach wie vor wie vom Erdboden verschluckt zu sein. Wenn er doch endlich anrufen würde! In ihrer Verzweiflung fiel ihr Tim Gordon ein. Sie wählte seine Nummer und fühlte sich sofort erleichtert, als sie seine Stimme hörte.

Auch er schien ehrlich über ihren Anruf erfreut zu sein, und so unterhielten sich eine ganze Weile, bis er sie schließlich nach ihren Fortschritten bei ihrem Projekt fragte und sie ihm vom Fund der Chattwell-Schachtel samt ihren Notizen erzählte.

„Meine Güte, das ist ja ein gigantischer Durchbruch!", rief er begeistert in den Hörer. „Unerhört, dass Sie mich nicht sofort angerufen haben! Was für ein unfassbares Glück. Wie gerne würde ich jetzt mit Ihnen die Dokumente durchsehen. Solche alten Sammlungen mit privaten Notizen sind Gold wert, müssen Sie wissen. Mit ihnen kann man, solange sie niemand vorsortiert hat, ein Leben oftmals besser rekonstruieren als mit offiziellen Daten. Eine großartige Chance, ich beneide Sie darum."

Sein Enthusiasmus war ansteckend. „Das stimmt, und ich wäre wirklich selig, wenn es nicht auch noch eine schlechte Nachricht gäbe."

„Was ist denn?", fragte er und war sehr mitfühlend, als er daraufhin vom Verlust ihres Schmucks hörte. Allerdings gab er ihr so undurchführbare Ratschläge, wie es nur ein Geschichtsprofessor tun konnte, der mehr mit der Welt von einst als mit der von heute verbunden war. Sie solle doch eine Anzeige aufgeben, meinte er, und den Dieb bitten, ihr seine Beute gegen eine kleine Belohnung wieder auszuhändigen. Oder ihm eine Falle stellen, indem sie in ihrem Bekanntenkreis erzählte, dass noch viel mehr Schmuck im Haus versteckt sei. Damit stand fest, dass Tim Gordon absolut nicht der Mensch war, mit dem man ernsthaft über so einen Vorfall sprechen konnte, aber Carol taten seine Worte trotzdem gut, sie musste sogar lachen. „Es wird schon irgendwie weitergehen. Ich muss mir nur rasch etwas Neues einfallen lassen, womit ich zu Geld komme, während ich an meinem Buch schreibe."

„Sicher, denn es ist alles andere als einfach, kreativ zu sein und sich gleichzeitig Sorgen um die Supermarkteinkäufe machen zu müssen."

„Allerdings", pflichtete Carol ihm bei, „aber das ist jetzt nicht mehr zu ändern. Also werde ich das Buch schreiben und einen Weg finden, wie ich es sorgenfrei schreiben kann."

„Sie haben Mut, und ich bewundere Sie, wenn ich das so frei sagen darf. Aber Ihr Mann wird mir das sicherlich nachsehen, nicht wahr? Und dass Sie ausgesprochen faszinierend sind, wird er Ihnen gewiss selbst jeden Tag sagen."

Carol wusste später nicht mehr, was sie dazu gebracht hatte, ihn zu berichtigen, aber sie tat es. „Jason ist nicht mein Mann, wir sind ..., tja, also, wir sind nur befreundet. Ich bin geschieden. Das heißt, fast geschieden, mein Mann lebt in Deutschland."

„Oh!"

Sie schwieg und wurde nicht enttäuscht. Tim Gordons begeisterter Kommentar folgte prompt.

„Was, so eine entzückende Frau ... ganz alleine? Das kann nicht sein! Sagen Sie mir bitte die Wahrheit."

„Doch, ich lebe alleine!"

„Na, da trifft mich doch der Schlag. Also, in diesem Fall werden Sie mir verzeihen müssen, wenn ich anfange, Sie zu belästigen. Darf ich Sie vielleicht ab und zu anrufen? Und wollen Sie mich besuchen kommen? Oder darf ich Sie denn besuchen?"

Sie lachte wieder. Seine Stimme klang zwar aufrichtig, doch Carol hielt den Professor durchaus für einen Charmeur, der sein Interesse an ihr absichtlich übertrieb, um noch ein anderes Ziel zu erreichen. Dennoch tat ihr seine Bewunderung, ob sie nun ehrlich oder nur gespielt war, gut, und so erteilte sie ihm die Erlaubnis, sie wieder anzurufen.

„Ausgezeichnet. Dann rufe ich Sie gleich morgen wieder an. In Ordnung?"

Sie hatten sich kaum verabschiedet, als Carols Telefon zu klingeln begann. Jason! Endlich! Sofort hatte sie den Anflug eines schlechten Gewissens, weil sie Tim Gordon vielleicht zu viele Freiheiten erteilt hatte und Jason bestimmt nicht begeistert sein würde, wenn sie öfter mit dem Professor telefonierte. Aber es war nicht Jason.

„Ich konnte nicht bis morgen warten", sagte Tim Gordon, „und ich habe vergessen, Ihnen zu sagen, dass Sie eine bildschöne Frau sind."

„Danke." Sie konnte ihre Enttäuschung nur schwer verbergen und ärgerte sich gleichzeitig über ihre Reaktion von vorhin. Sollte Jason doch sehen, wie er sich gegen einen interessanten, engagierten und gebildeten Nebenbuhler behauptete!

„Wann sehe ich Sie wieder?"

„Wir werden uns schon irgendwann wiedersehen."

„Wann kommen Sie wieder zum Lake Louise, um Ihre

Recherchen dort zu Ende zu bringen? Vielleicht kann ich Ihnen dabei behilflich sein?"

„Vielleicht. Aber erst einmal muss ich hier intensiv weiterarbeiten."

„Gut. Dann rufe ich Sie morgen wieder an, wenn ich darf."

„Sie dürfen!"

Für den Rest des Abends gelang es Carol nicht mehr, sich auf ihre Arbeit zu konzentrieren. Jedes Mal, wenn sie daran dachte, dass sie bestohlen worden war, fühlte sie sich von Neuem unwohl und fast ängstlich. Wie sollte sie sich von nun an sicher fühlen? Sie überprüfte ihre Eingangstür, drehte den Schlüssel zweimal im Schloss herum und ging von einem Fenster zum anderen, um daran zu rütteln.

Aber niemand war durch eines der Fenster eingestiegen. Die Polizei hatte auch an der Tür keine Spuren eines gewaltsamen Eindringens feststellen können. Wie aber war der Dieb dann ins Haus gekommen? Solange sie auf diese Frage keine eindeutige Antwort fand, würde sie sich nie wieder in ihrem eigenen Haus sicher fühlen können.

Die Lösung, über die sie den restlichen Abend gegrübelt hatte, kam ihr erst kurz vor dem Einschlafen. Plötzlich war sie wieder hellwach und saß kerzengerade in ihrem Bett. Ihr Herz hämmerte wie wild. Wenn niemand eingebrochen und der Schmuck dennoch unauffindbar war, konnte ihn nur jemand entwendet haben, der entweder selbst einen Schlüssel besaß oder genau wusste, wo sie ihren Zweitschlüssel deponiert hatte. Und es gab nur einen einzigen Menschen, der dafür in Frage kam. Jason! Er hatte möglicherweise sogar noch einen alten Hausschlüssel in seinem Büro. Andererseits war dies völlig ausgeschlossen, Jason würde niemals ...

Die ganze Nacht über wälzte sie sich im Halbschlaf von einer Seite auf die andere. Düstere Traumbilder quälten sie. Jason war in Hawaii, mit seiner Familie! Die Flugtickets dorthin und die Hotels vor Ort waren teuer, woher hatte er das Geld dafür genommen? Sie sah Jason und eine Frau, beide in bunter Südsee-Kleidung, am Strand entlangspazieren. Die Frau trug Carols Schmuck um den Hals gewickelt, als wären es dicke, billige Stränge aus Muscheln und Perlen, und Jason lachte und zupfte an den einzelnen Teilen und ordnete sie ab und an. Kinder kamen von überall her auf sie zu, und die Frau nahm ihre Ketten ab und schenkte sie den Kindern, die damit im Sand spielten.

Gegen Morgen waren die wirren Bilder ihres Albtraums dann zur Gewissheit geworden. Nur Jason konnte, ohne Spuren zu hinterlassen, ins Haus gekommen sein! Hatte sie ihm nicht sogar einmal von ihrem Schmuck erzählt? Auf jeden Fall hatte er gewusst, dass sie Schmuck im Haus hatte.

Schweren Herzens rief sie noch einmal bei der Polizei an und machte ihre Anzeige gegen unbekannt rückgängig. Sie würde sich den Schmuck oder dessen Gegenwert selbst zurückholen, dazu brauchte sie keinen Polizisten! Carol war es leid, betrogen und bestohlen zu werden. Jason fuhr mit ihrem Geld in Urlaub, Peter reiste dank ihr in der Business Class und stieg in teuren Hotels ab. Aber damit war jetzt Schluss! Von nun an würde sie sich ihr Recht mit aller Macht erkämpfen. Elsie besaß genügend Land, um für den Schaden, den ihr ach so toller Sohn angerichtet hatte, aufzukommen. Und Peter würde sie nun endgültig auf den vollen, ihr zustehenden Anteil verklagen.

Ihre erste Reaktion war die, sofort zu Elsie zu fahren und sie zur Rechenschaft zu ziehen, denn sie ging davon aus, dass Elsie von dem Diebstahl des Schmucks wusste. Nach reiflicher Überlegung entschied sie sich jedoch dafür, nichts zu überstürzen und lieber erst auf Jasons Anruf zu warten. Sie war sich sicher, dass er sich bei ihr melden würde, wenn vielleicht auch nicht in den nächsten Tagen, so doch irgendwann später, wahrscheinlich sogar in der Annahme, dass sie zu naiv war, um ihn zu verdächtigen. Diesen Spaß würde er sich sicher nicht nehmen lassen.

Oh ja, er würde anrufen, und plötzlich hatte es keine Eile mehr, wann sie ihn wiedersehen und mit ihm sprechen konnte. Mit jedem Tag, der verging, würde sie sich besser unter Kontrolle haben. Bis dahin wollte sie sich ihrer Arbeit widmen und nun endlich Lawrence Chattwells private Dokumentensammlung durchstöbern. Von einer Minute zur anderen wurde Carol ganz ruhig. Jetzt wusste sie, wie sie vorgehen musste. Und sie würde noch heute ein neues Schloss in ihre Haustür einbauen lassen.

Zwei Tage später hatte Carol den gesamten Inhalt der Schachtel systematisch geordnet. Vor ihr lag ein enttäuschend kleiner Haufen Papiere und das Fotoalbum, das sie dem Stapel „Privates" zugeordnet hatte. Alle anderen Dokumente schienen geschäftlicher Natur zu sein. Zu Rose und Tom hatte Carol allerdings keinen weiteren Hinweis mehr gefunden.

Am dritten Tag kam ihr eine Idee, die sie Tim Gordon beim nächsten seiner täglichen Anrufe unterbreitete. Der ließ sich nicht lange bitten, mahnte sie aber, sich nicht zu viel zu erwarten: „Was Sie vorhaben, wird nicht einfach werden. Nach fünfzig Jahren herausfinden zu wollen, wo und von wem das Foto aufgenommen worden ist, kann ein Schuss ins Blaue werden, so viel ist sicher, aber schließlich bin ich nicht umsonst ein angesehener Historiker und habe da so meine Quellen. Soweit ich weiß, gab es damals nur ein einziges Fotostudio in Vancouver und mit etwas Glück werden noch Unterlagen darüber existieren.

Negative waren damals sehr wertvoll und wurden deshalb über lange Zeit hinweg aufbewahrt. Sie könnten zum Beispiel in einer Sammlung antiquarischer Fotos überlebt haben, und wenn wir eine solche finden, werde ich damit auch an weiterführende Informationen gelangen können. Aber als Erstes muss ich das Studio kennen. Finden Sie denn auf dem Bild irgendwo einen Stempel?"

Carol sah kurz auf die Rückseite, konnte aber nichts entdecken.

„Wie schade, das hätte meine Arbeit erleichtert. Ob es mir über das Fotostudio allerdings gelingt, die Adresse des Paares ausfindig zu machen, ist noch einmal eine ganz andere Sache."

Carol begann neue Hoffnung zu schöpfen. „Es muss doch irgendeine Möglichkeit geben. Der Nachname der beiden war McLure."

Aber der Professor, der zwar etwas weltfremd war, kannte zumindest jeden Fallstrick seines Gewerbes. „Darauf dürfen wir uns nicht verlassen. Menschen, die sich vor anderen verbergen wollen, ändern sehr oft ihren Namen. Folglich dürfen wir nicht nur nach dem Namen allein forschen, sondern müssen vor allem das Foto als den einzig relevanten Ausgangspunkt für unsere Suche ansehen."

„Sie haben bestimmt recht", stimmte Carol zu.

„Am besten schicken Sie mir eine Kopie des Bildes zu, dann werde ich meine Fühler ausstrecken."

„Wird gemacht! Tausend Dank."

Doch Tim Gordon wollte das Gespräch mit ihr noch nicht so schnell beenden. „Noch besser wäre es allerdings, wenn Sie mir das Bild persönlich vorbeibringen könnten. Oder soll ich Sie eventuell dieser Tage besuchen kommen?"

Carol wich ihm jedoch wie immer aus und vertröstete ihn auf später. „Sobald Sie etwas über Rose und Tom herausgefunden haben, werde ich zu Ihnen kommen, und dann können wir besprechen, wie es weitergehen soll. Sie sind der Beste."

„Durch jahrelange Schnüffelarbeit perfekt geworden!", pflichtete ihr Tim Gordon bei, „Sie haben ja gar keine Ahnung, wie schwierig meine Arbeit oft ist. Manchmal denke ich mir sogar, dass ich bereits mehr über die Geschichte der Canadian Pacific Railway entdeckt habe, als tatsächlich passiert ist." Er lachte, und auch Carol konnte nicht anders als in sein Lachen mit einzufallen.

„In meinem Fall aber bitte bei der Wahrheit bleiben!"

„Nein, Spaß beiseite! Alles, was in meinem Buch steht, beruht natürlich auf wahren Begebenheiten, und so soll es auch in Ihrem Buch sein."

Damit sprach er ihr aus der Seele. „Sie sind ein Schatz. Und wenn ich noch mehr Zeit und Hilfe von Ihnen annehme, wird es schon bald nicht mehr nur mein Buch, sondern unser Buch sein."

„Ja, darf ich es denn mit Ihnen zusammen schreiben? Oder wenigstens dabei Ihr Händchen halten?"

Sie lachte. „Hören Sie auf, Sie alter Charmeur."

„Das alt verbitte ich mir!"

„Dann eben junger Charmeur!"

„In Ordnung. Also gut, dann melde ich mich, sobald ich etwas entdeckt habe."

Carol dankte ihm und legte auf. Der Professor war tatsächlich ein Lichtblick. Einmal mehr war es ihm gelungen, sie mit einem simplen Telefonanruf aufzuheitern und das Einerlei ihres Arbeitstages auf angenehme Art und Weise zu unterbrechen.

Der heutige Tag versprach anstrengend zu werden, denn Carol hatte sich einiges vorgenommen. Doch die Arbeit ging ihr gut von der Hand, so dass sie bereits zwei Stunden später Ordnung in das Chaos auf ihrem Schreibtisch gebracht und ihre Computeraufzeichnungen endlich auf einer Diskette gespeichert hatte, die sie zu den anderen Sicherheitskopien ins Handschuhfach ihres Wagens legte. Danach warf sie ihre Umhängetasche mit Lawrence Chattwells Fotoalbum auf den Rücksitz und fuhr nach 100-Mile, um das Bild von Rose und Tom im dortigen Fotostudio duplizieren zu lassen. Anschließend kaufte sie sich beim Schlosser ein neues Türschloss inklusive Werkzeug, denn sie wollte das Schloss gleich selbst montieren, sobald sie wieder zu Hause war. Heute Nacht würde sie endlich wieder ruhig schlafen können! Zuletzt ging sie noch im Supermarkt einkaufen und bummelte dann durch das Städtchen, um sich die Zeit zu vertreiben, bis der in Auftrag gegebene Abzug fertiggestellt war. Der an Tim Gordon adressierte Umschlag lag schon frankiert in ihrer Handtasche bereit. Sie würde ihn beim Postamt einwerfen, ehe sie zum Bridge Lake zurückfuhr. Carol war zufrieden mit sich, denn damit hatte sie alle ihre Aufgaben für diesen Tag abgearbeitet.

Inzwischen war die Stadt bereits schnee- und matschfrei, und es wehte eine frühlingshafte Brise. Die Knospen der Bäume am Straßenrand versprachen bald aufzubrechen, und dann würde auch die warme Jahreszeit ins Land ziehen und den Winter endgültig vertreiben. Aber nicht einmal im Frühling erwies sich die Stadt als besonders attraktiv. Ursprünglich war sie nicht mehr als ein systematisch angelegtes Dorf gewesen, mit einer breiten Hauptstraße, die von kleinen Geschäften gesäumt wurde, und mehreren von ihr abgehenden Nebenstraßen, an denen wiederum die primitiv gezimmerten Holzhäuser der Bewohner lagen, die keine eigene Farm hatten und sich ihren Lebensunterhalt als Tagelöhner verdienen mussten. Später war dann das große Sägewerk dazugekommen, und die Stadt hatte einen Wachstumsschub erlebt, den niemand für möglich gehalten hatte. Plötzlich stellten die kümmerlichen Hütten schon allein durch ihre Lage im Zentrum des größer werdenden Städtchens einen gewissen Wert dar, und viele Besitzer verkauften sie, um sich ein Stück weiter draußen neu anzusiedeln. So wurde 100-Mile mit der Zeit zum Mittelpunkt eines riesigen Einzugsgebietes, und die von der Stadt angebotenen Dienstleistungen machten den Ort zunehmend auch für größere Firmen interessant. Zu Beginn des Booms hatte es nur ein Postamt, eine einzige Bank und einige Geschäfte und Restaurants gegeben – danach hatten jedoch alle wichtigen Banken und Supermärkte ihre Zweigstellen dort eröffnet, die Geschäfte wurden zahlreicher und größer, auch die gesamte Gastronomie rüstete sich auf, und schließlich gründeten die Bewohner sogar einen eigenen Rodeoverein. 100-Mile hatte sich auf der Landkarte platziert und war bis zum Beginn der neunziger Jahre kontinuierlich gewachsen. Lediglich im Jahr 1995, als das riesige Sägewerk aufgrund einer kolossalen Fehlentscheidung der Regierung seine Tore schließen musste, hatte es eine leichte Depression gegeben, denn viele Arbeiter des Werkes waren in andere Provinzen gezogen, um dort neue Arbeitsplätze zu finden. Ihre Abwanderung hatte wiederum bei den örtlichen Geschäften zu Einbußen geführt, so dass zuletzt alle Bewohner von 100-Mile die Auswirkungen der Krise zu spüren bekommen hatten.

Die Stadt erholte sich nur langsam von dem Rückschlag, und man konnte am Straßenbild noch immer deutlich erkennen, dass die Stadtkasse nur dürftig gefüllt war. So entdeckte Carol bei ihrem Bummel durch die Innenstadt eine ganze Reihe von öffentlichen Anlagen, an denen Reparaturen überfällig waren, und in den Auslagen der Geschäfte wurden fast überall Sonderverkäufe angepriesen, obwohl die neue Saison gerade erst einmal begonnen hatte. Dennoch begegnete Carol überall nur freundlichen Menschen auf der Straße. Eine Gruppe Kanadier kam lachend aus dem Gold-Digger-Café und entschuldigte sich sofort bei ihr dafür, ihr den Weg abgeschnitten zu haben. Und ein Autofahrer hielt mitten auf der Straße für einen Fußgänger an, der wartend am Straßenrand stand. Der Fußgänger seinerseits winkte zurück und deutete an, dass er nicht die Absicht habe, die Straße zu überqueren. Jeder war höflich, nahm sich Zeit und verströmte gute Laune. Wie immer, wenn

Carol die Kanadier im Umgang miteinander oder mit Fremden beobachtete, verglich sie deren Verhalten mit dem ihrer Landsleute in Deutschland. Dort hätte der Autofahrer den Passanten sicherlich schon platt gefahren, und die Gruppe beim Café hätte sie dafür beschimpft, ihnen im Weg gestanden zu haben. Carol war von der Einstellung der Kanadier begeistert und nahm sich vor, dem allgemeinen Beispiel der Einwohner von 100-Mile zu folgen und in Zukunft alles etwas lockerer zu nehmen und vor allen Dingen, öfter zu lächeln.

25

Elsie Golden hatte Rindsrouladen mit Kartoffelpüree für Jason zubereitet. Das war schon früher eines seiner Lieblingsgerichte gewesen, und zur Nachspeise würde es heute Vanillepudding geben. Gott sei Dank kannte sie alle seine Vorlieben.

Sie dekorierte das Tablett mit einer hübsch gefalteten Serviette und den Salz- und Pfefferstreuern aus Steingut, die wie Büffel geformt und bunt bemalt waren. Für den Durst hatte sie außerdem eine geschlossene Flasche Mineralwasser, eine Flasche Wein und zwei Gläser dazugestellt. Nachdem sie das Arrangement noch ein weiteres Mal überprüft hatte, machte sie sich auf den Weg.

Jason lag auf dem Rücken, hatte seine Arme unter dem Kopf verschränkt und starrte an die Decke. Langsam drehte er seinen Kopf zur Tür, als Elsie eintrat, und sah sie an. In seinem Blick lag eine Unbändigkeit, die sie beunruhigte und die sie an ein wildes, gefangenes Tier erinnerte, das am Gitter seines Käfigs auf und ab ging, immer wieder, ohne Ziel und ohne Zweck. Wenn es ihr gelungen wäre, einem solchen Tier ganz tief auf den Grund seiner Seele zu blicken – dann hätte sie dort, dessen war sie sich ganz sicher, die gleiche wilde Sehnsucht nach Freiheit entdeckt, die Jason nun mit einem flüchtigen Lidflattern vor ihr zu verbergen suchte, und unter deren Entzug er so sehr litt.

In diesem Moment tat ihr Jason unendlich leid, denn sie wollte nicht, dass er sich so einsam und verwirrt wie ein Tier im Käfig fühlte, aber sie konnte ihm nicht helfen. Jetzt noch nicht. Aber schon bald käme der Zeitpunkt, an dem er sie verstehen und ihr dankbar dafür sein würde, dass sie seine Probleme für ihn gelöst hatte. Doch bis dahin wäre sie dazu gezwungen, ihn zu seinem eigenen Besten wie ein wildes Tier gefangen zu halten.

Sie schob ein Kissen unter seinen Kopf, um ihn aufzurichten und begann leise mit ihm zu sprechen. „Heute gibt es deine Lieblingsspeise. Sie riecht gut, nicht wahr? Sie schmeckt auch wunderbar. Gleich gibt es etwas zu essen. Komm, nimm einen Löffel. Du musst etwas zu dir nehmen, mein Liebling. Komm, sei ein braver Junge und mach den Mund auf. Ja, so ist es recht."

Elsie redete ihm gut zu, während sie ihn fütterte und ihn gleichzeitig beobachtete. Jason aß geduldig, ohne seine Hände zu erheben oder sich in irgendeiner Form gegen sie oder die missliche Lage, in der er sich befand, zu wehren. Nach einer Weile schüttelte er allerdings fast unmerklich den Kopf und gab ihr damit zu verstehen, dass er nicht weiteressen wollte. Sie setzte den Teller wieder auf dem Tablett ab und gab ihm Wasser aus der Plastikflasche zu trinken. Als Jason danach jedoch den Versuch unternahm, mit ihr zu sprechen, begann sie, ihm mit lauter Stimme von ihrem Pudding vorzuschwärmen.

„Er ist genau so, wie du ihn als Kind schon gemocht hast, erinnerst du dich? Der mit Vanillegeschmack hat dir immer am besten geschmeckt. Die meisten Kinder mochten Schokoladengeschmack, aber du nicht. Du warst schon immer anders. Bereits als Kleinkind warst du anders. Nie hast du mir Kummer bereitet, sondern warst immer aufmerksam und zuvorkommend. Alle anderen Mütter haben mich um dich beneidet. Gottlob bist du nicht nach deinem Vater geraten."

Jason formte ein Wort, brachte aber keinen Ton heraus. Doch Elsie konnte an seinen Lippen ablesen, dass er sie nach dem Warum fragte.

„Dein Vater war ein schlechter Mensch, abgrundtief schlecht", murmelte sie, mehr zu sich selbst als an Jason gewandt. Sie erinnerte sich an den Mann, der ihr Leben zerstören hatte. „Aber zu dem Zeitpunkt, zu dem ich mich mit ihm eingelassen habe, konnte ich das noch nicht wissen. Du musst das verstehen, als ich hierherkam, kannte ich keine Menschenseele. Und er hat damals so getan, als ob er mir helfen wollte. Sobald ihm meine mittellose Lage jedoch klar wurde, hat er mich einfach sitzen gelassen. Wahrscheinlich hat er am Anfang wohl gedacht, ich wäre eine reiche Erbin. Na ja, da hat er sich schön getäuscht. Wenn er mir weiter dabei geholfen hätte, das Haus hübscher zu machen, wäre es vielleicht etwas wert gewesen. Doch nachdem ich ihm gesagt habe, dass ich schwanger bin, ist er auch schon verschwunden gewesen." Oder war er erst verschwunden, nachdem er dieses unbeschreibliche Verbrechen an ihr begannen hatte? ... Nein, das stimmte so nicht, das war doch gar nicht er gewesen, das war der andere, der böse Mann, gewesen. Der erste Mann, der Handwerker hatte ihr das nicht angetan – er war sogar noch da gewesen, als sie vom Krankenhaus zurückgekommen war, oder täuschte sie sich etwa? Ja, jetzt wusste sie es wieder, er hatte sie erst danach verlassen, als er von dem schrecklichen Unglück erfahren hatte. „Ich will kein verdorbenes Fleisch", hatte er zu ihr gesagt, und dann noch, „du wirst ihn schon dazu provoziert haben, ihr Weiber seid doch alle gleich." Er war genauso schlecht wie der böse Mann, der immer hinter ihr und Jason her war, aber das musste sie ihrem Sohn ja nicht sagen, der würde es sowieso nicht verstehen. Vielleicht würde er sogar wie die beiden anderen Männer von ihr denken und glauben, dass sie selbst Schuld hatte und verdorben war. Am besten wäre, wenn sie ihm gar nichts mehr verraten würde.

Jason nahm währenddessen seine ganze Kraft zusammen und suchte vorsichtig nach den richtigen Worten, um sie nicht gar zu abrupt aus ihren Erinnerungen herauszureißen. Es war das erste Mal, dass sie überhaupt mit ihm über die Vergangenheit sprach, er musste daher unbedingt versuchen, ihr so viele Informationen wie nur möglich zu entlocken. „Hat mein Vater bei dir gelebt? War er ein guter Handwerker?" Nur nicht zu viele Fragen auf einmal stellen.

Elsie runzelte die Stirn. Warum fragte er sie nach dem bösen Mann? Oder meinte er doch den anderen? Sie würde jetzt jedenfalls nur noch von diesem sprechen. Jason durfte es nicht gelingen, sie mit seinen Fragen aus der Reserve zu locken, denn von dem bösen Mann durfte er nichts erfahren. „Natürlich war er ein guter Handwerker, er konnte alles. Ich verstehe deshalb heute noch nicht, warum er sich als Tagelöhner in der Welt herumgetrieben hat. Er hätte so ein schönes Leben mit uns haben können und nicht mehr um Arbeit betteln und jede Woche an eine neue Tür klopfen müssen. So ein Unsinn. Dennoch war ich später, als er verschwunden war, froh darüber, dass ihn niemand hier gekannt hat. Aber damals haben auch noch nicht so viele Menschen am

Bridge Lake gewohnt. Die Menschen sind immer so neugierig und aufdringlich, vor allem die in der Stadt. Hier war es gut, hier kannte uns niemand."

Sein Vater war also ein Handwerker auf Wanderschaft gewesen, und Elsie musste ihn, kurz nachdem sie Carols Haus geerbt und ins Cariboo gezogen war, kennengelernt haben. Er hatte sie verführt und danach sitzen gelassen! Jason wollte noch mehr wissen und führte deshalb langsam seinen Arm nach vorne, um sie festzuhalten, aber er hatte gerade einmal genug Kraft, um ihr seine Hand leicht auf den Arm zu legen und leise nach dem Namen seines Vaters zu fragen.

Wieder ignorierte sie seine Frage. „Das ist heutzutage ganz anders!", fuhr sie sanft, aber bestimmt, in ihren Betrachtungen fort, „mittlerweile kennen uns zu viele Menschen, und sie beginnen Fragen zu stellen. Glaube mir, mein Junge, es ist nicht gut, Fragen zu stellen. Aber du brauchst dir keine Sorgen zu machen ..." Elsie Golden nahm die Puddingschale vom Tablett und führte die Süßspeise mit einem Löffel zu seinem Mund. „Bitte, iss. So ist es gut. Und noch einen kleinen Löffel."

Doch nach zwei Löffeln weigerte sich Jason, ein weiteres Mal den Mund zu öffnen.

„Nur noch einer", flehte Elsie, „bitte." Er musste einfach noch mehr Pudding essen! Zwei Löffel waren nicht genug. „Wenn du ein guter Junge bist, bekommst du auch ein Glas Wein. Schau mal, es ist guter Wein, einer von der Sorte, die du so gerne trinkst."

Doch Jason drehte seinen Kopf zur Wand, und sie befürchtete schon, er würde einschlafen. Sie kniff ihn in den Arm und schüttelte ihn so lange, wenn auch sanft, bis er schließlich seinen Kopf zu ihr zurückdrehte und sie mit diesem unsäglich traurigen Blick wieder nach dem Warum fragte.

„Weil es so besser ist, weshalb willst du mir das denn nicht glauben. Carol stellt zu viele Fragen. Sie ist schlecht für dich, schlecht für uns beide. Du hast keine Ahnung, wie schlecht. Sie hat dir den Kopf verdreht und wird nicht eher ruhen, bis du ihr mit Haut und Haaren verfallen bist. Und dann wird sie eine Familie mit dir gründen wollen. Sie hat mir selbst gesagt, dass sie gerade einmal so alt ist, wie ich es bei deiner Geburt war, das hat sie mir gesagt. Ich weiß Bescheid. Und jetzt iss bitte noch etwas von dem Pudding. Hier, mach den Mund auf."

Als Jason sich jedoch weiterhin weigerte, stellte sie die Schale beiseite. Ohne dass er es sehen konnte, zog sie die Tabletten, die sie vorsorglich unter der Serviette verborgen hatte, hervor und betete leise darum, dass Jason bereits zu schwach sein würde, um sich gegen die Einnahme zu wehren. Die Drogen, die sie ihm bislang in jedes Essen gemischt hatte, waren nicht stark genug, um ihn einen ganzen Tag lang ruhigzustellen, doch die Tablette mit dem Wein würde ihn schnell müde machen. Aber Elsie hatte sich umsonst Sorgen gemacht. Jason aß zwar immer weniger, doch die Tabletten, die sie ihm als Vitamintabletten verabreichte, ließ er sich jedes Mal willenlos in den Mund schieben. Die Wirkung trat sehr rasch ein, und damit würde auch seine sinnlose Fragerei nach dem Warum, mit der er sie während des Essens quälte, endlich ein Ende haben. In den ersten Tagen hatte sie ihm überhaupt nicht darauf geantwortet, und auch jetzt würde sie ihm keinesfalls die volle Wahrheit sagen. Im Moment spielte es sowieso keine Rolle, ob er sie verstand oder nicht! Um die Hintergründe ihres Tuns zu akzeptieren und zu würdigen, würde es außerdem vollkommen genügen, ihm ein paar Bruchstücke dessen, was sich wirklich ereignet hatte, zu erzählen und sich ansonsten an die kleine Lüge zu halten, die sie zu seinem Schutz erfunden hatte. Denn selbstverständlich hatte es niemals eine Affäre mit einem Tagelöhner gegeben. Um Himmels willen, das denn doch nicht! Aber wie hätte sie ihrem eigenen Fleisch und Blut erklären sollen, dass sie gezwungen worden war? Dass er das Produkt eines sinnlosen, egoistischen Gewaltakts war? Also hatte sie ihre Lüge jeden Tag ein klein wenig mehr ausgeschmückt und mit wahren Begebenheiten vermischt. Sollte er doch ruhig denken, dass sein Vater ein harmloser Handwerker war. Doch niemals durfte sie ihm von der Art seiner Zeugung berichten, er würde diesen Umstand nur als Entschuldigung für seine eigene Schwäche benutzen. Wie viele Tage waren schon vergangen, seitdem sie ihn hier festhielt? Gleich nach seiner Rückkehr vom Lake Louise hatte sie Jason nach Fort St. John geschickt, aber er war leider viel zu früh wieder zurückgekommen; enttäuscht, dass die Kunden, die von ihr erfunden worden waren, dort nicht erschienen waren. Daraufhin hatte sie den Einfall mit den Beruhigungsmitteln und den Schlaftabletten gehabt, die sie vor Monaten vom Arzt verschrieben bekommen, aber nie eingenommen hatte. Es gab keine andere Möglichkeit, um zu verhindern, dass er ansonsten wieder zu Carol fahren und seine unselige genetische Veranlagung ausleben würde, und so hatte sie ihn, in der Absicht, ihn möglichst schnell ruhigzustellen, am Abend seiner Rückkehr kurzerhand zu einem gemeinsamen Essen überredet. Über eine Woche war das nun her – und sie wusste, dass sie ihn nicht mehr lange auf diese Weise festhalten konnte. Wenn er nicht bald verstehen würde, dass dies alles nur zu seinem eigenen Besten geschah und sie ihn nur aus mütterlicher Sorge dieser Prozedur unterzog, musste sie sich bald etwas Neues einfallen lassen, um ihren Sohn vor sich selbst zu schützen.

Endlich öffnete Jason seinen Mund einen winzigen Spalt weit, und Elsie schob sofort die Tabletten hinein. Eilig schenkte sie ein Glas Wein ein und stützte seinen Kopf mit ihrer freien Hand, damit er trinken konnte. Er nahm einen Schluck, danach drehte er sich mit seinem ganzen Körper von ihr weg, und sie wusste, dass er nun gleich einschlafen würde. Geräuschlos stand sie auf, ließ die Getränke und die Gläser neben seinem Bett stehen, nahm das Tablett mit den Überresten des Essens auf und verließ leise das Zimmer.

26

Nachdem Carol die Kopie des Fotos im Laden an der Birth Avenue abgeholt, die Namen „Rose“ und „Tom“ auf die Rückseite geschrieben und den Abzug zuletzt in den dafür vorbereiteten Umschlag gesteckt hatte, schickte sie diesen kommentarlos an Tim Gordon. Er würde wissen, was zu tun war.

Für ihren Rückweg nach Hause wählte sie die Landstraße, die Horse Lake Road, die am südlichen Ufer des Sees entlangführte. Auf dieser Route würde ihre Fahrt zwar etwas länger dauern, dafür war sie landschaftlich reizvoller. Außerdem führte sie an der „Little Loon Ranch“ vorbei, und wenn sie Glück hatte, würde sie Maria und Gerd vielleicht sogar zu Hause antreffen. Nachdem sie die scharfe Rechtskurve am östlichen Ende der Stadt mit weniger als vierzig Stundenkilometern genommen hatte, beschleunigte sie wieder, damit der Wagen genug Schwung hatte, um die nächste Steigung zu nehmen. Oben angekommen, konnte sie links der Straße ab und zu den See zwischen den Bäumen hindurch durchblitzen sehen. Seine gräuliche Färbung kündigte das baldige Brechen der Eisdecke an. Hatte sie wirklich das Zufrieren des Sees erlebt und war schon über ein Vierteljahr in Kanada? Die Zeit war jedenfalls so schnell verflogen, dass Carol überrascht war, dass sich das Spiel der Natur schon wieder umkehrte. Auf der rechten Straßenseite passierte Carol nun mehrere Farmen, die allerdings nicht sichtbar waren, sondern versteckt in der Tiefe ihrer Grundstücke lagen. Nur die riesigen hölzernen Eingangstore wiesen auf ihr Vorhandensein hin. Carol wusste auch, dass es zwischen den Bäumen und Büschen, die den Wegrand säumten, einige Tümpel gab, die im Sommer von den Wildtieren als Wasserstellen benutzt wurden. Noch hatte sie keine Bären gesehen, die ihren fettschonenden Winterschlaf wahrscheinlich noch in irgendwelchen Höhlen ausdehnten – aber bald würde der Tag kommen, an dem sie wach wurden. Gerd hatte sie deshalb darum gebeten, besonders vorsichtig zu fahren, denn im Frühling waren viele Tiere mit ihrem hungrigen Nachwuchs unterwegs und kamen auf der Suche nach Nahrung oft gefährlich nah an die bewohnten Gebiete heran. Es könne ihr also durchaus passieren, hatte er gemeint, dass ein Reh, ein Elch oder sogar ein Bär plötzlich vor ihr über die Straße laufen würde, und es wäre doch ein Jammer, wenn sie solch ein Tier wegen zu schnellen Fahrens verletzen oder töten würde.

Mit Gerds Ratschlag im Hinterkopf fuhr Carol bewusst langsam und bemerkte darum äußerst erstaunt, dass ihr Wagen ohne ersichtlichen Grund zunehmend an Geschwindigkeit verlor, obwohl sie die Steigung schon längst hinter sich gelassen hatte. Vollkommen perplex registrierte sie, dass ihr Wagen auch dann nicht schneller wurde, als sie auf das Gaspedal trat, um wieder zu beschleunigen. Carol gab noch etwas mehr Gas und trat das Pedal schließlich bis zum Anschlag durch, jedoch ohne Erfolg. Der Wagen wurde immer langsamer, bis er sich schießlich nur noch dank seines eigenen Gewichts vorwärts bewegte. Sie ließ ihn auf der Standspur am Straßenrand ausrollen und fluchte leise vor sich hin.

Diese verflixte, unzuverlässige Kiste war doch vor dem Kauf extra noch in der Inspektion gewesen! Wie konnte es also sein, dass der Wagen nur nach wenigen Monaten schon seinen Geist aufgab? Zum Glück war die „Little Loon Ranch" nur noch wenige Kurven entfernt, der Fußmarsch dorthin zog sich allerdings länger hin, als sie gedacht hatte.

Gerd und Maria saßen gerade beim Abendbrot, als Carol außer Puste bei ihnen eintraf. Gerd erklärte sich auch sofort bereit, zu ihrem Auto zu fahren und es zu untersuchen, aber sie bestand darauf, dass er erst einmal fertig essen sollte, und ließ sich schließlich dazu überreden, eine Kleinigkeit mitzuessen, obwohl sie keinen Hunger verspürte. Als sie jedoch sah, dass es echte deutsche Frankfurter Würstchen mit Schwarzbrot und Kartoffelsalat gab, konnte sie nicht länger widerstehen und griff beherzt zu.

„Der neue Metzger in 100-Mile ist fantastisch", erklärte ihr Maria, „er ist Deutscher, hat gerade seine Einwanderung genehmigt bekommen und sofort einen Laden aufgemacht. Er liegt direkt neben dem Reisebüro, da musst du unbedingt hin. Zumal es bei ihm auch jeden Dienstag frisches Brot von der Bäckerei aus Lac La Hache gibt, du musst es allerdings vorbestellen. Soll ich dir denn für die nächste Woche eines besorgen?"

Doch Carol, die noch nicht wusste, wie sie den Rest der Woche verbringen würde, lehnte dankend ab. Vielleicht würde sie ja wieder zum Lake Louise fahren, um Tim Gordon zu besuchen, falls er bis dahin schon irgendwelche Neuigkeiten herausgefunden hatte.

„Aha!“, meinte Maria sichtlich erfreut, „es ist also ein Neuer auf der Bildfläche erschienen?“

„Musst du denn immer gleich Dinge sehen, die nicht vorhanden sind?“, winkte Carol ab.

„Bei Jason lag ich aber doch genau richtig, oder etwa nicht? Was macht er eigentlich? Hat er sich mittlerweile bei dir gemeldet?“

Carol schüttelte den Kopf. „Nein, und ich kann auch langsam darauf verzichten. Außerdem habe ich Wichtigeres zu tun, als den ganzen Tag auf seinen Anruf zu warten. Als Nächstes muss ich mich zum Beispiel um das verflixte Auto kümmern. Himmel noch mal, nichts als Ärger. Erst der Schmuck und nun das.“

Gerd stand auf und kam mit einer Schnapsflasche und drei Gläsern zurück. „Zur Verdauung“, meinte er.

„Wir müssen noch fahren“, mahnte Carol.

„Ein kleines Gläschen nach einem üppigen Essen kann nicht schaden.“

Und so beendeten sie ihre Mahlzeit in aller Gemütlichkeit, tranken den duftenden Birnenschnaps, den Gerd ausgeschenkt hatte, und machten sich anschließend auf den Weg zu ihrem Wagen. Dort angekommen, parkte Gerd sein Auto direkt hinter ihrem und stieg aus. Er versuchte einige Male erfolglos den Motor anzulassen und öffnete dann die Motorhaube. Carol stand neben ihm und schaute ihm dabei zu, wie er ein Motorteil nach dem anderen untersuchte und schon nach kurzer Zeit den Grund für ihre Panne gefunden hatte. „Da haben wir den Übeltäter. Der Keilriemen ist gerissen.“

„Wie kann so etwas passieren?“, fragte Carol, schon etwas beruhigter. Schließlich konnte ein neuer Keilriemen nicht die Welt kosten.

„Meist durch ganz normalen Verschleiß, in deinem Fall muss es aber bereits vor einer ganzen Weile passiert sein. Mit einem kaputten Keilriemen kann man immer noch eine gewisse Strecke fahren, nur bekommt der Motor mit der Zeit immer weniger Saft von der Lichtmaschine. Irgendwann ist der Ofen ganz aus, und du stehst da!"

„So was Blödes. Dauert so eine Reparatur lange?"

„Nein", überlegte Gerd, „eigentlich nicht. Einen neuen Keilriemen einzusetzen, ist normalerweise eine Sache von einer halben Stunde und kostet nur ein paar Dollar. Wir haben jetzt zwar schon nach sechs Uhr, aber vielleicht ist die Werkstatt noch nicht geschlossen. Ich schlage vor, wir schleppen deinen Wagen dorthin, und falls die Jungs noch da sind, sollen sie ihn gleich reparieren. Du kannst dann entweder gleich darauf warten oder bei uns übernachten und den Wagen morgen früh wieder abholen. Ganz wie du möchtest."

„Danke, aber ich werde warten. Wenn ich euch nicht hätte! Wirklich, dauernd muss ich euch um Hilfe bitten. Wie kann ich das nur jemals wiedergutmachen?"

Gerd sah sie kopfschüttelnd an. „Du machst viel zu viel Aufhebens um Kleinigkeiten. Du bist doch genau vor unserer Haustür stehen geblieben, und ich musste auch nicht ewig weit weg oder in die Wildnis fahren, um dich zu retten."

„Ja, aber stell dir mal vor, ich wäre weiter entfernt liegen geblieben. Dort an ein Telefon zu kommen, hätte sich als äußerst schwierig erwiesen. Ich würde wirklich gerne wissen, wie das passieren konnte."

„Ich auch", sagte Gerd und kratzte sich an der Wange. „Seltsam." Er beugte sich nochmals über den Motor und nahm die beiden Enden des Keilriemens in die Hand. „Sieh nur, glatt durchgebrochen.“ Er fuhr mit dem Finger über die Bruchstelle und stutzte. „Warte mal, das ist aber komisch. Ich werd verrückt, sieh nur ...“

Carol trat näher heran.

„Das ist gar kein glatter Bruch oder Riss! Ein Teil des Riemens weist eine Einkerbung auf wie von einem Sägeblatt. Schau mal, zwei Drittel der Bruchstelle sind angesägt, der Rest ist glatt durchgerissen.“

Carol sah ihn fragend an. Sie verstand nicht ganz, was er damit sagen wollte. „Was meinst du damit?“

„Hast du Feinde?“ Gerd tarnte seine Frage mit einem kleinen Lachen als Scherz. „Ist natürlich Quatsch, was ich da sage. Wer sollte schon deinen Keilriemen ansägen? Aber so etwas kann übel enden. Dennoch könnte ich schwören, dass es so aussieht, als ob ...“ Er ließ den Rest des Satzes unausgesprochen. „Wir sollten uns beeilen. Weißt du, wie man ein Fahrzeug steuert, das abgeschleppt wird?“

Carol bejahte, obwohl sie noch niemals zuvor in einer solchen Situation gewesen war, und beobachtete, wie Gerd das Abschleppseil anbrachte. Erst als ein jeder von ihnen wieder hinter seinem Steuer saß und sich ihre Teamarbeit so weit eingespielt hatte, dass sie im Schneckentempo die Horse Lake Road in Richtung 100-Mile dahinkrochen, begannen beide unabhängig voneinander über den Keilriemen nachzudenken. „Ich muss mich irren“, rätselte Gerd, „es macht keinen Sinn. Es muss eine andere Erklärung dafür geben.“

Und Carol, die sich ebenfalls keinen Reim darauf machen konnte, die Gerds Verdacht aber keine Sekunde lang anzweifelte, begann fieberhaft zu überlegen, wer ihr so feindlich gesonnen sein konnte. Erst der Diebstahl in ihrem Haus, nun auch noch die Manipulation an ihrem Wagen. Die Frage, ob sie Feinde hatte, stellte sich für sie nicht mehr, sie musste nur noch herausbekommen, *wer* diese waren und *warum* sie ihr übel wollten.

27

Jason blieb noch so lange reglos liegen, bis er hörte, dass Elsie die Tür leise hinter sich geschlossen und von außen abgesperrt hatte. Doch erst nachdem ihre Schritte auf der Treppe verklungen waren und er auch die obere Kellertür ins Schloss hatte fallen hören, drehte sich Jason langsam um. Seine Augen hatten sich längst an das Dämmerlicht gewöhnt, doch er hatte jedes Mal, wenn seine Mutter den Raum betreten hatte, seine Lider gesenkt, um ihr den Eindruck zu vermitteln, dass er in einem matten Halbschlaf gefangen war. Jetzt öffnete er sie ganz und schob danach die ausgespuckten Tabletten in den Spalt zwischen Bett und Wand zu den anderen, die er seit Tagen dort verborgen hielt. Es war Jason nicht leichtgefallen, sich einzugestehen, dass Elsie verrückt geworden war. Erst als er die bleierne Müdigkeit, die jeden Tag stärker geworden und ihn zunehmend gelähmt hatte, mit den Mahlzeiten, die sie ihm regelmäßig servierte, in Verbindung gebracht hatte, war ihm klar geworden, dass seine eigene Mutter ihn gefangen hielt und betäubte. Mit der Zeit hatte er es fertiggebracht, die Aufnahme der Drogen, die sie offensichtlich in sein Essen mischte, zu reduzieren und sie mit den Pillen, die ihn immer so schläfrig machten, zu täuschen, und so hatte sein Gehirn langsam wieder normal zu arbeiten begonnen. Dennoch hatte er sich jedes Mal beherrschen müssen, um sich nicht auf sie zu stürzen und sie dazu zu zwingen, ihren wahnsinnigen Plan, den er nicht verstehen konnte, aufzugeben, hatte sich aber zu kraftlos dafür gefühlt. Sein Wille und sein Körper waren durch die tagelange Einnahme der Schlafmittel so geschwächt, dass er es möglicherweise nicht geschafft hätte, seine eigene Mutter zu überwältigen und die Ketten, die sie ihm angelegt hatte, zu lösen. Heute fühlte Jason sich jedoch endlich wach und stark genug, um seinen Plan auszuführen. Es war auch allerhöchste Zeit, denn heute beim Abendessen, als er sich standhaft geweigert hatte, auch nur einen Bissen zu sich zu nehmen, hatte sie ihm das erste Mal Einblick in ihre krankhaften Gedanken gewährt und ihm damit Teile ihres wahnwitzigen Planes enthüllt. Was er gehört hatte, hatte ihn so sehr erschreckt, dass er seine Verstellung beinahe aufgegeben hätte. Im ersten Moment hatte er sie in die Arme nehmen und ihr sagen wollen, dass er Hilfe für sie finden würde – dann aber hätte er sie am liebsten gepackt und geschüttelt, um sie zur Vernunft zu bringen. Aber er hatte nichts dergleichen getan. Stattdessen hatte er mit dem Kopf zur Wand still dagelegen und hatte so getan, als würde er durch seine Augenschlitze hindurch die grobe Struktur des Kellerverputzes betrachten, während er ihrer schockierenden Ankündigung lauschte. Er hatte gewusst, wie ernst es ihr damit war, als sie ihm anstelle der üblichen zwei Tabletten diesmal drei in den Mund geschoben hatte, die er gerade noch rechtzeitig unter seine Zunge hatte schieben können, bevor sie ihm das Weinglas an den Mund gehalten hatte. Danach hatte er sich sofort wieder zur Wand gedreht und sie ignoriert, bis sie schließlich den Kellerverschlag verlassen hatte.

Die Ketten an seinen Armen waren gerade lang genug, dass er sich aufsetzen und bequem die Verschlüsse an seinen Knöcheln erreichen konnte. Seine Mutter war nicht grausam, sie war nur verrückt!

Er mühte sich, die Matratze, auf der er lag, so weit unter seinem Körper zur Seite zu schieben, dass er an die Sprungfedern des Bettgestells gelangte. Sein Plan war einfach. Er musste nur so lange an einer der Federn drehen, bis sie abbrach. Danach würde er mit ihr die Verschlüsse seiner Ketten aufbrechen können. Schon als kleiner Junge hatte er so lange mit allen Haarklammern und Drähten, die er gefunden hatte, geübt, bis er alle Schlösser hatte öffnen können. Jeder Junge versuchte sich in solchen Tricks, und er war überzeugt, nichts davon verlernt zu haben.

Es dauerte länger als erwartet. Vielleicht auch, weil er nervös war, denn er wusste, dass die Zeit drängte. Wahrscheinlich würde seine Mutter das Haus bereits verlassen haben und auf dem Weg in ihr Verderben sein. Es war an ihm, zu verhindern, dass dabei auch noch andere zu Schaden kamen, denn er war der Einzige, der ihren Plan kannte, und die Verantwortung, die dieses Wissen mit sich brachte, ließ seine Hände zittern.

Nachdem er es endlich geschafft hatte, alle vier Schlösser aufzubrechen, rieb er sich erleichtert die schmerzenden Handgelenke und Knöchel, bevor er aufstand und mit ein paar Armschwüngen und Kniebeugen seinen Kreislauf wieder in Schwung brachte. Wie viele Tage und Nächte war er an dieses Bett gefesselt gewesen? Doch er konnte jetzt nicht länger darüber nachdenken, und so humpelte er mit steifen Schritten zur Kellertür, die er mit dem gleichen Trick, wie schon zuvor bei den Ketten, zu öffnen versuchte. Aber seine Hände gehorchten ihm nicht, sondern zitterten so stark, dass er sogar befürchtete, ohnmächtig zu werden. Jason hielt einen Moment inne und begann sich auf seine Atmung zu konzentrieren, und tatsächlich begannen sich seine Hände nach einigen Atemzügen wieder so weit zu beruhigen, dass er das Türschloss, das größer und einfacher gebaut war als die winzigen Kettenverschlüsse zuvor, schnell aufbrechen konnte. Vorsichtig öffnete er die Tür und wartete lauschend am Fuß der schmalen Treppe. Im Haus war jedoch kein Laut zu hören. Langsam und behutsam stieg Jason mit noch unsicheren Schritten die Treppe hoch, wo er an der oberen Tür, die unverschlossen war, nochmals so lange wartete, bis sich sein Kreislauf wieder beruhigt hatte. Danach ging er bereits viel gefasster und ohne noch groß auf die Geräusche zu achten, die seine nackten Füße auf dem Dielenboden machten, den Gang entlang zur Küche. Selbst wenn sich Elsie noch im Haus aufhalten würde, würde sie jetzt, da er von den Ketten befreit war und die Wirkung der Drogen nachgelassen hatte, keine Gefahr mehr für ihn darstellen. Denn jetzt war er körperlich wieder so weit hergestellt, dass er sie notfalls auch mit Gewalt daran hindern konnte, ihren Plan auszuführen. Wider besseren Wissens hoffte Jason sogar darauf, dass Elsie noch da wäre, denn er befürchtete, zu spät zu kommen, wenn er sie jetzt erst noch suchen gehen musste. Gierig trank er ein großes Glas Wasser aus der Leitung und ging danach zum Kühlschrank. Er brauchte dringend etwas zu essen. Doch der Inhalt des Kühlschranks kam ihm plötzlich gefährlich vor. Schließlich wusste er nicht, ob und welche Lebensmittel Elsie bereits mit Schlafmitteln oder anderen Drogen vermischt hatte. Also griff er im Schrank nach einer originalverpackten Schachtel mit süßen Keksen, die er gierig aufriss und zu verschlingen begann, während er sich in seinem Zimmer hastig warme Kleider überstreifte und festes Schuhwerk anzog. Mit der Keksschachtel und einer Wasserflasche unter dem Arm eilte er anschließend zu seinem Wagen, warf beides auf den Beifahrersitz und startete seinen Pick-up. Seine Mutter besaß zwar einen Vorsprung von circa einer Stunde, dennoch glaubte Jason, sie noch einholen zu können, denn Elsie war mit ihrem alten Fahrrad unterwegs. Es war nur eine kleine Chance, aber Jason musste sie unbedingt wahrnehmen, denn er hatte große Angst um Carol.

28

Carol war zufrieden. Sie hatte alles in allem Glück im Unglück gehabt. Die Werkstatt war noch geöffnet gewesen, und Carol hatte, wie Gerd richtig vermutet hatte, nicht mehr als eine halbe Stunde auf die Reparatur ihres Wagens warten müssen. Jetzt befand sie sich auf dem Weg nach Hause und ging wie jedes Mal, wenn sie an Jasons Büro vorbeifuhr, etwas vom Gas, um den Parkplatz vor Jasons Büro nach seinem Auto abzusuchen. Doch wie schon in den Tagen zuvor stand sein Wagen nicht vor der Tür und im Büro war alles dunkel.

Carol beschleunigte wieder und hätte zwei Kurven später fast die Abzweigung vom Highway in die North Bridge Lake Road verpasst, weil sich ihre Gedanken während der gesamten Fahrt immer nur um ein Thema drehten: Konnte es sein, dass Jason ihr Böses wollte? Und wenn ja, warum?

Als sie in die Zufahrt zu ihrem Haus abbiegen wollte, blieb ihr beinahe das Herz stehen. Vor ihrem Haus parkte Jasons Pick-up. Instinktiv trat Carol auf die Bremse und brachte ihren Wagen auf der Straße ruckartig zum Stehen. Danach legte sie umständlich den Rückwärtsgang ein und setzte ihn vorsichtig so weit zurück, dass er von einer Gruppe hoher Büsche verdeckt war. Aus ihr selbst unerklärlichen Gründen verspürte sie plötzlich das starke Bedürfnis, sich vor

Jason zu verbergen. Sie wollte nicht, dass er sie kommen sah – bevor sie sich nicht wieder etwas gefasst und sich eine Strategie überlegt hatte, wie sie ihm gegenübertreten wollte.

Carol fühlte sich wie ein Dieb, als sie die Böschung zu ihrem eigenen Grundstück hinabkletterte und sich, immer im Schutz der Bäume, näher an ihr Haus heranpirschte. Jasons Pick-up war genau vor ihrer Eingangstür geparkt, als ob er sich keinerlei Sorgen darüber machen würde, dass sie unvermutet zurückkommen könnte. Aber das musste er ja auch nicht, dachte Carol bei sich, nachdem er zuvor ihr Auto manövrierunfähig gemacht hatte. Sie hatte also recht gehabt mit ihrer Vermutung. Und nun war er auch noch ein zweites Mal in ihr Haus eingedrungen! Doch was konnte er dort jetzt noch wollen? Vielleicht nachsehen, ob es noch weiteren wertvollen Schmuck gab? Oder in ihren Privatsachen nach anderen Dingen wühlen, die er entwenden konnte? Wie dem auch sei, er hätte das Haus niemals ohne sie betreten dürfen! Atemlos und wie gelähmt wartete sie darauf, was als Nächstes passieren würde. Irgendetwas, das ihr das Unbegreifliche begreiflich machen würde, musste doch geschehen.

In diesem Moment öffnete sich die Tür, und Jason trat aus dem Haus. Er blieb kurz stehen, sah sich nach beiden Seiten um. Unwillkürlich drückte sich Carol enger gegen einen der Baumstämme, obwohl sie wusste, dass Jason sie im Schatten der Bäume nicht wahrnehmen konnte. Schließlich ging er zögerlich die Eingangsstufen hinunter, suchte mit den Augen aber weiterhin die Umgebung ab. Auch an seinem Wagen blieb er noch eine ganze Weile stehen, bevor er einstieg, langsam seine Baseballkappe und seine Sonnenbrille aufsetzte und dann endlich den Motor anließ und wegfuhr.

Am liebsten wäre Carol ihm und seinem Wagen hinterhergerannt, um ihn anzuhalten und ihm ihre Verachtung wegen seines Verrats ins Gesicht zu schleudern, aber sie blieb wie angewurzelt in ihrem Versteck sitzen. Es war, als ob sie sich nicht von der Stelle rühren und ihr eigenes Haus nicht mehr betreten könnte. Ihr wunderschönes, gemütliches Heim, das ihr so sehr ans Herz gewachsen war und das für sie der Ruhepol ihres neuen Lebens hatte sein sollen. Was hatte Jason nur in ihrem Haus getan? Carol fand keine vernünftige Erklärung für seine Anwesenheit, schon gar nicht, nachdem er so lange kein Lebenszeichen mehr von sich gegeben hatte und sie so bitter enttäuscht hatte. Schwer atmend setzte sie sich auf den harten, eiskalten Erdboden und spürte, wie die Verzweiflung sie überkam. Sie war in jeder Hinsicht gescheitert, dabei hatte sie sich doch nur gewünscht, wieder glücklich zu sein, und war sich sicher gewesen, mit Jason den richtigen Mann gefunden zu haben, denn ihm war gelungen, was keinem Mann zuvor gelungen war: Er hatte ihre Seele berührt. In all den Jahren, in denen sie geglaubt hatte, mit Peter eine erfüllte Beziehung zu führen, hatte sie nicht einmal geahnt, dass es solch ein starkes Gefühl – diese bedingungslose Hingabe und absolute Gewissheit, zu jemandem zu gehören – überhaupt geben konnte. Sie hatte auch niemals etwas vermisst. Aber wie hätte sie auch etwas vermissen können, das sie bis dahin nicht gekannt hatte? War das Liebe? Liebte sie Jason, oder besser *hatte* sie ihn geliebt, denn wie hätte sie ihn jetzt noch lieben können, nach all dem, was er ihr angetan hatte? Warum hatte er sie nur belogen und betrogen und warum nur hatte sie es zugelassen, dass er ihr so nahegekommen war? Hatte sie wegen Peter nicht schon genug gelitten, und schmerzte sie deshalb Jasons Verrat umso mehr? Erschüttert musste sie sich eingestehen, dass die tiefe Enttäuschung über Peter auch nicht annähernd die Intensität des Schmerzes hatte, den Jason ihr verursachte. Wütend schlug sie mit beiden Händen auf den Boden und stach sich dabei mit der linken Hand an einer rauen Astspitze, die von einer umgestürzten Weide abgebrochen war und aus dem Boden ragte. Mit tiefer Genugtuung spürte Carol den körperlichen Schmerz, der sie von ihrem seelischen ablenkte. Sie ignorierte das Blut, das aus der Wunde tropfte, schlang ihre Arme um ihren Oberkörper und wiegte sich wie ein Kind vor und zurück – eine Bewegung, die ihr Wärme und Beruhigung vermittelte. Die Kälte des Bodens kroch jedoch langsam ihren Rücken hoch und erlaubte ihr nur einen kurzen Moment der Schwäche. Schließlich stand sie auf, streifte ihre Kleider glatt und beschloss, ihrem Haus Lebewohl zu sagen. Liebevoll ließ sie ihre Augen eine Weile auf den dicken, runden Baumstämmen ruhen, aus denen ihr Zuhause gezimmert war. Danach versuchte sie den Blick vom Haus zum See in sich aufzunehmen, diese unendliche Weite und die vielfältigen, mit dem Auge kaum wahrnehmbaren Farbabstufungen, mit denen das Land in den Himmel überging, Dunkelgrau in Hellgrau und Weiß in Hellblau. Sie prägte sich den Stand der Bäume ein, die das Haus umgaben und es so heimelig machten, die Einfahrt, die sie geräumt und im Frühjahr hatte bepflanzen wollen. All dies war ihr bereits so sehr ans Herz gewachsen, dass sie den Abschied davon nicht länger zu ertragen glaubte!

Hilflos drehte sie sich um und kletterte den gleichen Weg, den sie gekommen war, wieder hinauf. Kurz vor ihrem Wagen hörte sie plötzlich ein schwaches, metallenes Geräusch, das vom Haus herkam. Sie drehte sich um, glaubte dann aber sich getäuscht zu haben. Da Jason das Haus bereits verlassen hatte, musste das Geräusch aus einer anderen Richtung gekommen sein.

Elsie Golden kauerte in ihrem engen Versteck und wagte kaum zu atmen. Wie gut, dass sie in weiser Voraussicht ihr Fahrrad hinter der Böschung verborgen hatte. So hatte, wer auch immer nach ihr das Haus betreten hatte, nicht wissen können, dass sie hier war. Während sie selbst dagegen noch genügend Zeit gehabt hatte, um schnell in den engen Garderobenschrank zu schlüpfen, als sie ein Auto kommen gehört hatte. Das musste Carol sein, von der sie auf keinen Fall entdeckt werden durfte, denn sie war noch nicht fertig! Aber wie war es nur möglich, dass Carol so schnell wieder zurückkam, da ihr Keilriemen doch schon längst gerissen sein musste und ihr Wagen unmöglich in so kurzer Zeit wieder repariert sein konnte?

Dann aber hatte sie feste Schritte gehört und ein männliches Räuspern vernommen, das fast wie das von Jason klang. Elsie hatte sich daraufhin noch enger gegen die Schrankwand gedrückt und vorsichtig, um nur ja kein Geräusch zu machen, einen Mantel vor sich geschoben. Wer konnte der Eindringling sein? Hatte Carol neben Jason etwa noch andere Männerbekanntschaften? Jedenfalls durfte sie der Unbekannte unter keinen Umständen entdecken, wenn er seine Jacke in den Garderobenschrank hängte. Also kauerte sie sich so zusammen, dass ihr schmaler, zerbrechlicher Körper schließlich ganz hinter dem dicken Stoff eines langen, flauschigen Mantels verschwunden war.

Nach einer Weile, die ihr endlos erschien, vernahm sie dann endlich wieder Schritte im Gang. Der Besucher verließ das Haus. Doch erst als Elsie das Auto wegfahren hörte, kam sie wieder aus ihrem Versteck hervor und atmete auf. Die Gefahr war vorüber.

Sofort eilte sie in die Küche zurück, um die Vorbereitungen, bei denen sie zuvor unterbrochen worden war, nun in aller Ruhe zu Ende zu bringen. Bedächtig zog sie die Utensilien, die sie für die Ausführung ihres Plans benötigte, aus ihrem Rucksack hervor. Im ersten Schritt steckte sie mit ruhiger Hand einen kleinen Trichter in die Öffnung eines gelben Luftballons und füllte ihn mit dem Inhalt der mitgebrachten Flasche. Als genügend reiner Alkohol in den Ballon geflossen war und er schwer genug war, den Gummi gleichzeitig aber nicht allzu sehr dehnte, verknotete sie seine Öffnung mit einer langen Schnur. Nun würde es schwieriger werden, denn als Nächstes musste sie den Ballon an die Wohnzimmerdecke hängen, und dafür musste sie erst einmal die Leiter holen gehen, die sie bei ihrem letzten heimlichen Besuch im Haus, als sie alles durchstöbert hatte, im Keller entdeckt hatte. Unwillkürlich musste sie daran denken, dass sie, sollte jetzt jemand kommen, auf der Kellertreppe keine Möglichkeit mehr hatte, zu fliehen oder sich zu verstecken. Nervös manövrierte sie daher das lange Aluminiumgestell über die Stufen, stolperte in ihrer Hast und wäre beinahe gestürzt. Die Leiter glitt ihr aus der Hand und polterte scheppernd die einzelnen Stufen hinab. Elsie schreckte zusammen. Sie konnte nur hoffen, dass sich niemand in der unmittelbaren Nähe des Hauses befand und den Lärm gehört hatte. Wo sie ihrem Ziel doch schon so nahe war! Und so zwang sie sich mit eiserner Beherrschung wieder zur Ruhe, schulterte die Leiter und trug sie dann ohne Eile ins Wohnzimmer, wo sie sie mitten im Raum aufstellte. Sie kletterte hinauf und schlug einen Nagel in die Holzdecke, an den sie einen Strick band. Danach schnitt sie den Strick so ab, dass der daran befestigte Ballon etwa einen Meter über dem Boden schwebte. Damit war ihre Arbeit fast beendet, jetzt musste sie nur noch die Leiter aufräumen und die Kerze an der richtigen Stelle postieren.

Elsie wollte keinen Testversuch mehr starten, um zu überprüfen, ob der Trick, bei dem die Füllmenge und der Schwingradius eine entscheidende Rolle spielten, auch wirklich funktionieren würde. Sie hielt die Quelle, der sie die Instruktionen für die Umsetzung ihres Plans entnommen hatte, für äußerst zuverlässig. Das musste genügen.

Die dicke Kerze mit ihrem starken Docht, der lange und gleichmäßig zu brennen versprach, stand nun genau unter dem sanft pendelnden Ballon, und der Abstand zwischen Ballon und Kerze war allemal ausreichend, um Elsie die Zeit zu geben, die sie brauchte, um das Haus zu verlassen und sich ein Alibi zu verschaffen. Sie holte tief Luft und sah sich noch ein letztes Mal in dem Haus um, das für sie nur schreckliche Erinnerungen barg. Dann packte sie den Ballon mit beiden Händen, schwang ihn mit aller Kraft und wartete so lange, bis er seine kreisrunde Bahn gefunden hatte. Ab jetzt würde die Zentrifugalkraft das Ihre tun und ihn seine Kreise ziehen lassen. Es würde einige Minuten dauern, bis der Ballon direkt über der Kerze zum Stillstand käme und dann nochmals eine Weile, bis er sich so sehr erhitzt hatte, dass er mit einem Knall platzen und seine brennbare Ladung explosionsartig verspritzen würde. Zu diesem Zeitpunkt würde sie mit dem Fahrrad jedoch schon lange bei Anita und Hermann eingetroffen und damit über jeden Verdacht erhaben sein. Sie wich dem kreisenden Ballon aus, bückte sich, um die Kerze anzuzünden, und schlich danach unbemerkt aus dem Haus.

Währenddessen fuhr Jason langsam die North Bridge Lake Road hoch. Immer wieder hielt er an und suchte die Straße nach den Spuren von Fahrradreifen ab. Doch er konnte auf dem nassen, aufgeweichten Erdboden nur Abdrücke ausmachen, die eindeutig von Autos stammten. Seine innere Unruhe nahm mit jeder Minute, die verging, zu und verwandelte sich schließlich in nackte Angst. Seine Mutter war verschwunden und Carol nicht zu Hause gewesen. Verzweifelt überlegte er, wie er weiter vorgehen sollte. Ganz sicher musste er zunächst einmal seine Mutter finden, die mit ihrem Fahrrad nicht weit gekommen sein konnte. Jason bog in eine Seitenstraße ab und holperte im Schritttempo den unebenen Weg entlang. Aber nichts deutete darauf hin, dass seine Mutter hier entlanggekommen war – warum sollte seine Mutter auch immer tiefer in die Wildnis hineinradeln, auf einem Weg, der hauptsächlich nur von Waldarbeitern benutzt wurde?

Nein, diesen Weg würde sie gewiss nicht genommen haben. Dabei hätte er darauf schwören können, Elsie entweder auf der Hin- oder auf der Rückfahrt zu Carols Haus anzutreffen, aber er hatte sich getäuscht. Frustriert wendete er seinen Wagen an der ersten Stelle, die breit genug war, und fuhr wieder zur Hauptstraße zurück. Er wollte gerade links in die North Bridge Lake Road einbiegen, als er sie entdeckte! Elsie saß gekrümmt und weit nach vorne gebeugt auf ihrem Fahrrad, und ihre Beine traten kraftvoll und mit unglaublicher Geschwindigkeit in die Pedale. Sie radelte nicht, sie hetzte geradezu dahin, als ob sie von Furien gejagt werden würde, wobei sie offensichtlich versuchte, ihrem Gefährt noch mehr Schwung zu verleihen, indem sie ihren Oberkörper so weit wie möglich an die Fahrradgabel brachte.

Jason wartete, bis sie ganz aus seinem Blickfeld verschwunden war, und folgte ihr dann mit langsamem Tempo. Die Gefahr sie zu verlieren, war gering, solange er nur nicht allzu viel Abstand zu ihr hielt. Verlieren durfte er sie jedoch auf keinen Fall, wenn er verhindern wollte, dass sie irgendeinen Schaden anrichtete.

Elsie bog in den Weg ein, der zu Anitas und Hermanns Ranch führte, ohne sich auch nur ein einziges Mal umgesehen zu haben, denn sie war bislang noch keinem Fahrzeug begegnet und rechnete nicht damit, dass Jason ihr folgte. Jetzt musste er schnell handeln. Auf keinen Fall durfte er zulassen, dass seine Mutter bei ihren Freunden ankam. Elsie hörte das Auto erst, als Jason schon so nah hinter ihr war, dass er zum Überholen ansetzen konnte, und drehte sich um. Sie erschrak zutiefst und ihre Augen weiteten sich ungläubig. Das konnte nicht der Pick-up ihres Sohnes sein. Das war unmöglich, und so drehte sie ihren Kopf nochmals mehr, um den Fahrer hinter der Scheibe auszumachen. Als sie ihn schließlich erkannte, öffnete sich ihr Mund zu einem stummen Schrei des Entsetzens, und in einer unbeabsichtigen Drehung lenkte sie ihr Fahrrad weiter zur Straßenmitte hin.

Jason sah, wie sie das Gleichgewicht verlor, ging vom Gas und begann zu bremsen. Gleichzeitig stürzte Elsie von ihrem Fahrrad und schlug mit dem Kopf voran hart auf den Boden. Jason schaffte es gerade noch ihr auszuweichen und sah, kaum dass er den Wagen zum Stehen gebracht hatte, dass er mit seinem Vorderrad nur noch wenige Zentimeter vom Körper seiner Mutter entfernt war. Er sprang aus dem Auto, lief zu seiner Mutter und beugte sich zu ihr hinunter. Ihr Kopf lag im Schneematsch, und Blut rann ihr in zwei feinen Linien über die Stirn und weiter die Wangen herab, wo es sich mit den braunen Dreckspritzern auf ihrem bleichen Gesicht vermischte. Sie regte sich nicht, und Jason, der sich nicht traute, ihren Körper umzudrehen, berührte sie nur ganz sanft und vorsichtig. Elsie atmete nur noch so flach, dass Jason sofort wusste, dass ihre Verletzung lebensgefährlich war und dass nur wenig Zeit blieb. Trotz seiner Befürchtung, noch mehr Schaden anzurichten, hob er ihre zierliche Gestalt auf und trug sie ins Auto. Lieber Gott, lass Anita zu Hause sein, betete er still. Lass sie zu Hause sein, und lass den Arzt schnell kommen. Elsie hat es nicht verdient, auf diese Weise zu sterben. Gejagt vom eigenen Sohn, den sie nur hatte beschützen wollen. Sie kann doch nichts dafür, dass ihr Geist sich verwirrt hat. Bitte, gib mir die Zeit, herauszufinden, warum sie so geworden ist. „Lieber Gott", betete er, „bitte, lass Elsie nicht sterben und gib mir Zeit."

Hermann war am Telefon, um die Instruktionen Doktor Sullivans so schnell wie möglich an das Krankenhaus in

100-Mile weiterzuleiten. Der Arzt war bereits eine halbe Stunde, nachdem Jason seine Mutter ins Haus getragen hatte, auf der Ranch angekommen und hatte sie sorgfältig untersucht. Elsie war noch immer bewusstlos. Aber Doktor Sullivan war nach seinen eigenen Worten kein Spezialist, sondern nur ein einfacher Landarzt, der nichts anderes für Elsie Golden tun konnte, als das Krankenhaus in 100-Mile zu alarmieren und ihren Transport dorthin zu überwachen. Er ging davon aus, dass man die Patientin dort eingehend untersuchen und danach wahrscheinlich ins besser ausgerüstete Krankenhaus nach Kamloops fliegen würde, doch er sah keine Notwendigkeit, eine direkte Flugrettung nach Kamloops zu veranlassen, da nach seiner Einschätzung keine unmittelbare Lebensgefahr bestand.

Anita saß bei Jason am Küchentisch und streichelte seine Hand. Er stand noch immer unter Schock, sein Gesicht war kreidebleich und seine Bewegungen fahrig und unkoordiniert. Anita verstand zwar seine Sorge, aber gleichzeitig schien er ihr unangemessen aufgeregt zu sein. Urplötzlich versuchte er aufzustehen und verlor dabei das Gleichgewicht. Anita, die ihn festhielt und stützte, bevor sie ihn wieder auf den Stuhl drückte, war nun wirklich besorgt.

„Was ist mit dir“, fragte sie, „ist dir übel?“

Jason nickte. Die letzten Tage hatten seinem Kreislauf stark zugesetzt, und die Aufregung wegen des Unfalls seiner Mutter hatte ein Übriges getan. Dennoch musste er sich zusammenreißen, denn Anita und Hermann hatten ja keine Ahnung, wie schlecht es um den geistigen Zustand seiner Mutter bestellt war und welcher Tortur sie ihn unterzogen hatte. Ursprünglich hatte er dies alles auch mit keinem Wort Anita und Hermann gegenüber erwähnen wollen, aber die Angst um Carol lähmte ihn, und er war sich nicht mehr sicher, ob es richtig war, seine Mutter zu schützen, oder ob es nicht besser war, zu erzählen, was vorgefallen war.

Jason holte tief Luft und versuchte sich zu beruhigen. „Es geht schon wieder. Weißt du, wo Carol ist?"

„Jason? Was ist los mit dir? Das ist doch jetzt nicht wichtig!"

„Doch, das ist es. Glaub mir", Jason versuchte, es zu erklären, „ich war in ihrem Haus, aber sie war nicht da. Ich habe sie überall gesucht, konnte sie aber nirgendwo finden. Dann wollte ich zu euch kommen und hätte auf dem Weg hierher beinahe meine Mutter überfahren. Sie war ebenfalls auf der Suche nach Carol und hat sie vielleicht auch gefunden. Weißt du irgendetwas?"

Anita schüttelte ungläubig den Kopf und bombardierte ihn ihrerseits nun mit mehreren Fragen. „Was redest du denn da? Ich dachte, du wärst auf Hawaii, und mit deiner Mutter habe ich seit Tagen nicht mehr gesprochen. Weshalb sollte sie Carol gesucht haben und was heißt, du warst *in* Carols Haus? Oder meintest du, *an* ihrem Haus?"

„Ich habe noch einen Zweitschlüssel", gab Jason zu, „aber das ist jetzt nicht wichtig. Ich mache mir wirklich große Sorgen um Carol. Es ist ein Notfall, und ich bin auch nur deshalb in ihr Haus gegangen, um zu überprüfen, ob sie da ist." Und ob meine Mutter da ist, fügte er stumm hinzu.

„Du hast tatsächlich allen Grund, dir Sorgen zu machen!" Anita klang vorwurfsvoll. „Deine Mutter hat mir gestanden, dass du in Vancouver eine Familie hast."

„Ach, verdammt noch mal, nicht schon wieder!“

Obwohl er ihr wegen des Unfalls seiner Mutter leid tat und sie ihn wegen seines eigenen elenden Zustands hatte schonen wollen, konnte Anita nun nicht mehr umhin, ihm Vorwürfe zu machen. „Du bist selbst schuld! Wir konntest du unter den gegebenen Umständen auch nur eine Affäre mit Carol beginnen. Ich muss sagen, ich bin schwer enttäuscht von dir. Ich hätte nie gedacht ...“

„Ach, hör auf damit“, fuhr Jason sie an, „mir reicht es langsam. Jeder denkt anscheinend immer nur das Schlechteste von mir. Ich habe es Carol schon längst erklärt, und sie glaubt mir auch. Es gibt keine Familie in Vancouver, und genauso wenig war ich auf Hawaii. Das sind alles nur Hirngespinste meiner Mutter!“

„Im Ernst?“

„Ja, im Ernst! Ich schwöre dir, für mich gibt es nur Carol. Und sie weiß auch, dass es so ist.“

„Wenn das so ist“, gab Anita zu bedenken, „fürchte ich nur, dass sie dir mittlerweile nicht mehr glaubt. Ich habe selbst mit ihr gesprochen, und seitdem du verschwunden bist und dich nicht mehr bei ihr gemeldet hast, ist sie überzeugt davon, dass deine Mutter die Wahrheit gesagt hat.“

„Himmel nochmal!“

„Warum hast du eigentlich nichts mehr von dir hören lassen? Du hättest Carol doch jederzeit anrufen können. Ihr hättet euch sogar treffen können, sie war zur gleichen Zeit wie du in Vancouver.“

Jason überlegte, wie er Anita am besten begreiflich machen konnte, warum er tagelang unerreichbar gewesen war, ohne dabei zugeben zu müssen, dass Elsie verrückt geworden war. „Das spielt jetzt keine Rolle, ich werde es dir später erklären, im Augenblick musst du mir einfach vertrauen und glauben, dass es wichtige Gründe dafür gab. Was für mich momentan zählt, ist einzig und allein, Carol zu finden. Und zwar schnell!"

Doktor Sullivan trat ins Zimmer. „Wir wären dann so weit. Wenn Sie mir bitte dabei behilflich sein würden, Ihre Mutter in den Wagen zu legen."

Jason stand sofort auf. Ein Nachbar, dessen Pick-up als einziger in der Gegend über eine überdachte Ladefläche verfügte, würde seine verletzte Mutter nunmehr auf einer behelfsmäßig gebauten Trage nach 100-Mile transportieren.

„Soll ich mit ins Krankenhaus kommen?", fragte Jason und war erleichtert, als der Arzt ihm dies, wenn auch mit leicht vorwurfsvollem Ton, freistellte. Jason, der wusste, dass er im Moment nichts weiter für seine Mutter tun konnte, hatte seine Entscheidung schnell getroffen. „Dann bleibe ich hier. Ich möchte jedoch, dass Sie das Krankenhaus darum bitten, mich ständig auf dem Laufenden zu halten."

Doktor Sullivan nickte. Er hatte schon mit dieser Entscheidung gerechnet, denn er wusste aus Erfahrung, dass die Farmer bei persönlichen Notfällen immer zuerst an ihre Tiere und ihre Höfe denken mussten und sich nicht von ihren Gefühlen leiten lassen konnten. „Ist gut. Sollte Ihre Mutter nach Kamloops verlegt werden, gebe ich Ihnen rechtzeitig Bescheid."

Jason half dem Arzt, seine Mutter vorsichtig auf die mit einer Matratze und Decken gepolsterte Fläche des Pick-ups zu betten und wartete danach noch so lange, bis der Nachbar mit dem Arzt als Beifahrer um die nächste Kurve verschwunden war. Anita und Hermann traten hinter Jason.

„Ich habe gerade mit Maria telefoniert, aber da ist Carol auch nicht“, teilte Anita Jason mit. „Hast du vielleicht den Schlüssel zu Carols Haus bei dir? Dann können wir gemeinsam noch einmal zu ihr fahren und nach ihr sehen.“

„Wo sollen wir hinfahren?“, fragte Hermann.

„Zu Carols Haus. Jason macht sich Sorgen, weil Carol verschwunden ist.“

„Na denn, worauf warten wir noch?“ Hermann ging ins Haus, um seine Autoschlüssel zu holen. „Wir fahren mit meinem Wagen, der ist bequemer“, rief er ihnen zu, als er zurückkam, „ich quetsche mich doch nicht zu dritt in einen Pick-up. Jason, du kannst fahren!“

Er warf ihm den Schlüssel zu.

Auf der Fahrt bat Anita Jason noch einmal darum, ihr zu erklären, weshalb er sich solche Sorgen machte. „Carol ist schließlich eine erwachsene, vernünftige Frau, die wahrscheinlich nur zum Einkaufen oder sonst wohin gefahren ist. Sicher war sie sehr gekränkt und traurig, aber deswegen würde sie sich noch lange nichts antun“, argumentierte sie.

„Darum geht es auch nicht, und ich werde euch auch bald alles erklären. Nur jetzt ist nicht der richtige Zeitpunkt dafür“, antwortete Jason, der mit Schaudern daran dachte, dass Elsie ihm gesagt hatte, sie werde das Problem Carol ein für alle mal für ihn lösen. Er fuhr schneller. Seine Mutter durfte Carol einfach nicht gefunden haben!

Plötzlich deutete Hermann erstaunt nach vorne: „Was ist denn das? Seht ihr den rötlichen Schein da drüben?“

Tatsächlich war der Himmel über den Bäumen am Ufer des Bridge Lake von einem orangefarbenen Licht erhellt. „Da brennt es doch!"

Alle drei starrten nun in die Richtung, in die Hermann gezeigt hatte, und wollten nicht wahrhaben, dass es an dieser Stelle des Sees nur ein einziges Haus gab, das in Flammen stehen konnte.

„Mein Gott", flüstere Jason, „es ist Carols Haus."

Er beschleunigte so sehr, dass er das Schleudern des Wagens in den Kurven nur verhindern konnte, indem er gleichzeitig gegensteuerte.

Anita hatte sich an Hermann geklammert, und beide stemmten sich mit ihren Körpern gegen die Fliehkraft, die sie gegen die Wagentür drückte. Endlich kamen sie mit quietschenden Bremsen zum Stehen. Jason war schon aus dem Wagen, bevor Hermann die Beifahrertür auch nur öffnen konnte. Er rannte hinter Jason her und erreichte ihn kurz vor dem Haus. Jason hielt sich seine Hände als Schutz gegen die sengende Hitze vors Gesicht und schrie immer wieder „Carol! Carol!", aber außer dem wütenden Fauchen des Feuers war nichts zu hören. Lodernde Flammen züngelten überall an den hölzernen Hauswänden hoch, trafen sich auf dem Dach und vereinten sich dort in einem alles vernichtenden Tanz. Auf ihrer Suche nach immer noch mehr Nahrung, hatten sie sich tief in die Substanz des Hauses hineingefressen und schlugen nunmehr weit über das Dach in den schwarzen Nachthimmel hinauf. Die Hitze war unerträglich, und Hermann zog Jason ein paar Meter zurück.

„Sie ist nicht da! Geh zurück, wir sind viel zu nah am Feuer."

„Carol! Meine Carol!"

„Es ist niemand mehr im Haus. Lass uns noch etwas weiter zurücktreten."

Hermann hoffte inständig, dass er mit seinen Worten recht behalten würde, denn hier kam jede Hilfe zu spät. Auch das Haus war rettungslos verloren. Selbst die Feuerwehr würde dem Feuer keinen Einhalt mehr gebieten, sondern es nur unter Kontrolle halten können, und es würde so lange wüten, bis das Haus völlig zerstört und alles bis zur Unkenntlichkeit verbrannt war.

„Was sollen wir bloß tun?", fragte Jason verzweifelt, der noch immer beide Hände vors Gesicht geschlagen hatte. „Ich hoffe so sehr, dass Carol nicht zurückgekommen ist."

„Sicher nicht", versuchte Anita ihn zu trösten, klang aber nicht sehr überzeugt.

„Wir müssen sofort die Feuerwehr verständigen, sie müssen den Brandherd eingrenzen", meinte Hermann, in einem Versuch, die Lage zu analysieren, „der Wald ist zwar noch viel zu feucht, als dass ernsthaft Gefahr besteht, dass das Feuer sich weiter ausbreiten könnte, aber es muss trotzdem so lange bekämpft werden, bis es ganz erloschen ist. Ich schlage daher vor, zur Ranch an der Johnstone Road zu fahren und den Brand zu melden. Jason, bleib du in der Zwischenzeit bitte mit Anita hier und pass auf. Falls Carol zurückkommen sollte, ist es wichtig, dass du hier bist."

„Nein, ich fahre", bestimmte Jason aufgeregt. „Vielleicht treffe ich Carol ja auf dem Weg hierher."

Hermann sah ein, dass es besser war, wenn Jason mit irgendetwas beschäftigt wäre. Denn nichts konnte momentan schlimmer für ihn sein, als tatenlos zusehen zu müssen, wie das Haus in sich zusammenfiel, und sich dabei vorzustellen, dass Carol möglicherweise darunter begraben lag. „Beeil dich, aber fahr vorsichtig“, mahnte er noch, aber Jason war bereits in seinen Wagen gesprungen und raste, weil er keine Zeit mit Wenden verlieren wollte, im Rückwärtsgang die Einfahrt hoch.

„Hoffentlich war das Haus tatsächlich leer“, stöhnte Anita, als er endlich verschwunden war. Sie zitterte vor Aufregung und zog den Reißverschluss ihrer Jacke weiter nach oben. Noch immer war das Feuer unerträglich heiß, aber da sie in sicherer Entfernung zu ihm standen, kam die Hitze nur von vorne, während ihre Rücken von einem frischen Frühlingswind gekühlt wurden.

Jason kehrte mit der freiwilligen Feuerwehr von Interlakes, aber ohne Carol zurück. Nachdem der Brand unter Kontrolle gebracht und der Feuerwehrchef Entwarnung gegeben hatte, wollten sich Anita und Hermann wieder auf den Nachhauseweg machen, Jason jedoch weigerte sich strikt dagegen, von einem der freiwilligen Helfer nach Hause gefahren zu werden, denn falls Carol im Haus gewesen war, wollte er zur Stelle sein, wenn man sie fand. Er konnte an nichts anderes mehr denken und durchlitt unbeschreibliche Ängste. Carol durfte einfach nicht im Haus gewesen sein!

Als das Feuer schließlich endgültig erstickt war, durchsuchten sie die rauchenden, zum Teil noch glühenden Überreste. Danach kam einer der Feuerwehrmänner zufrieden auf Jason zu und teilte ihm mit, dass sich mit Sicherheit niemand mehr im Haus aufgehalten hatte.

„Wie kann man das bei einer solchen Zerstörung wissen?“, fragte Jason voller Hoffnung.

„Keine Sorge“, beruhigte ihn der Mann, „die Überreste eines Menschen sind selbst in diesen verkohlten Trümmern immer noch zu erkennen. Glaub mir, mein Junge, das Haus war zum Zeitpunkt des Brandes gottlob menschenleer."

Als zum Schluss nichts anderes mehr zu tun blieb, als das noch immer glimmende Feuer zu bewachen, kam ein gewisses kindliches Vergnügen unter den Männern auf, das sie auch ganz offen und unbeschwert zum Ausdruck brachten, und Jason ließ sich von einem von ihnen sagen, dass dies nach einem schweren Brand immer der Fall war, zumindest, wenn die Hausbesitzer nicht vor Ort und zudem nur reiner Sachschaden entstanden war. Einer der Freiwilligen holte einige Sixpacks aus seinem Auto, danach knöpften sie ihre schweren Jacken auf, setzten sich auf die Baumstämme in der Nähe des abgebrannten Hauses und erzählten einander die ewig gleichen Geschichten von Feuersbrünsten und ihrer alles verzehrenden Kraft.

Es war bereits weit nach Mitternacht, als Jason schließlich von einem Feuerwehrmann bei sich zu Hause abgesetzt wurde. Doch obwohl er wusste, wie unhöflich dies auf den freundlichen Helfer wirken musste, bot er diesem nicht mehr an, noch auf ein letztes Glas mit ihm ins Haus zu kommen. Jason fühlte sich ausgelaugt und erschöpft, und die einzige Frage, die ihn noch beschäftigte und über die er schon die ganze Zeit nachgedacht hatte, war die, wo Carol nur stecken konnte. Aber es war sinnlos, weiter darüber zu grübeln – zumal er keinen Hinweis auf ihren Verbleib hatte.

Der Anrufbeantworter blinkte, und er hörte die Nachricht des Arztes ab, der ihn darüber informierte, dass seine Mutter ins Krankenhaus nach Kamloops ausgeflogen worden war und dass er ihn wieder anrufen würde, sobald es etwas Neues über ihren Zustand zu berichten gäbe.

Seine Mutter war also nach wie vor bewusstlos, somit konnte sich Jason auch von ihr keine weiteren Informationen erhoffen. Und jede mögliche Nachricht, die ihm Carol selbst eventuell hinterlassen hatte, war durch die Flammen vernichtet worden. Er konnte nichts anderes mehr tun, als zu warten.

29

Jeder Kilometer, den Carol zurücklegte, barg eine schmerzhafte Erinnerung für sie. Dennoch fuhr sie die ganze Nacht hindurch und passierte nacheinander Kamloops, Revelstoke und Golden, ohne auch nur ein einziges Mal an den Orten anzuhalten, die sie gerade einmal vor zwei Wochen noch zusammen mit Jason besucht hatte. Nur ein einziges Mal, als ihr Blick auf das Schild fiel, das auf die heißen Quellen hinwies, traten ihr Tränen in die Augen, die sie aber mit eiserner Willenskraft wieder zurückdrängte. Im ersten Licht des Morgens erreichte sie schließlich Lake Louise und fuhr direkt zum Chateau. Carol hatte ihre Entscheidung getroffen.

Zielbewusst steuerte sie geradewegs auf die Rezeption zu, mietete sich ein, ohne nach dem Preis zu fragen, und ging danach sofort auf ihr Zimmer. Es war zur Seeseite hin gelegen und bot einen fantastischen Ausblick auf die noch immer zugefrorene Eisdecke des Sees und die umliegenden Berge. Carol schob sich einen Sessel zum Fenster, nahm darin Platz und betrachtete die Landschaft. Hier hatte die Geschichte begonnen, und hier würde sie auch enden. Ganz bewusst hatte sie sich dazu entschlossen, in Lake Louise einen Schlussstrich zu ziehen und diesen Abschnitt ihres Lebens mit all seinen Verwirrungen hinter sich zu lassen. Ihr Buch würde nie geschrieben werden. Es war vorbei.

Carol verbrachte mehrere Stunden in ihrem Sessel am Fenster. Dann stand sie auf und wählte Peters Telefonnummer im Büro. Als niemand abhob, überschlug sie im Kopf rasch den Zeitunterschied und stellte fest, dass es in Deutschland bereits nach fünf Uhr war. Um diese Uhrzeit würde Peter gewiss schon unter seiner Privatnummer zu erreichen sein, schließlich hatte er noch nie die üblichen Bürostunden eingehalten – aber sie zögerte, ihn bei sich zu Hause anzurufen, denn sie wollte das, was sie ihm zu sagen hatte, lieber in einer geschäftlichen, distanzierteren Atmosphäre mit ihm besprechen. Das Gespräch würde also bis zum morgigen Tag warten müssen. Sie nahm ihre Jacke und verließ das Zimmer. Da sie ohne Gepäck und nur mit den Kleidern, die sie am Leibe trug, angekommen war, wollte sie zunächst einmal ins Dorf fahren, um sich dort mit dem Nötigsten für die Nacht und den nächsten Tag einzudecken. Sie würde ihre Einkäufe erledigen, ohne lange darüber nachzudenken, ob sie sich diese leisten konnte oder nicht. Geld spielte keine Rolle mehr für sie, nichts spielte mehr eine Rolle.

Es war bereits früher Abend, als sie beladen mit mehreren Plastiktüten voller Kleidung und Kosmetik wieder in ihr Hotelzimmer zurückkam. Sie packte ihre neuen Errungenschaften aus, buchte danach einen Tisch im Restaurant und rief Tim Gordon an, um ihm eine Nachricht auf Band zu hinterlassen. Doch sie traf den Professor noch in seinem Büro an, und er bot ihr, zwar leicht erstaunt, aber hocherfreut an, noch heute Abend zu ihr nach Lake Louise zu kommen. Wenn er sich sofort auf den Weg machen würde, könnte er schon in einer Stunde da sein, meinte er und legte nach Carols gleichgültigem „na gut“ schnell auf, damit sie keine Zeit mehr dazu hatte, es sich noch einmal anders zu überlegen. Automatisch wählte Carol nochmals die Nummer des Restaurants und reservierte einen Tisch für zwei Personen. Bis Gordon eintraf, würde sie sich noch bei einem kleinen Spaziergang am Ufer des Sees die Beine vertreten. In den letzten Tagen hatte starkes Tauwetter eingesetzt, und der Weg am Lake Louise entlang war matschig und mit spitzen Kieselsteinen übersät. Die Schneehaufen am Wegrand waren nicht mehr weiß und idyllisch, sondern sahen in ihrer grauen und braunen Färbung alles andere als schön aus. Carol hatte sich für ihren Aufenthalt am Lake Louise entschieden die falsche Jahreszeit ausgesucht, und die einsetzende Abenddämmerung tat noch ein Übriges, um ihr ihre Umgebung noch trostloser und einsamer erscheinen zu lassen, als sie in Wirklichkeit war. Sie beschloss, ins Chateau zurückzukehren und sich dort in aller Ruhe für das gemeinsame Abendessen mit Tim Gordon zurechtzumachen, auf das sie nur wenig Lust verspürte. Vorher wollte sie jedoch noch bei Maria anrufen und ihr ihre Entscheidung, Kanada wieder zu verlassen, mitteilen. Es hatte keinen Sinn, noch länger damit zu warten.

Also wählte sie Marias Nummer und hatte nach dreimaligem Klingeln Gerd am Apparat.

„Hallo Gerd“, begrüßte sie ihn, „ich bin’s, Carol. Wie geht es dir?“

Gerd schien einen kurzen Moment zu überlegen, denn er antwortete zunächst nicht, sondern zog nur hörbar den Atem ein, dann begann er jedoch hastig zu sprechen „Carol! Gott sei Dank! Wo bist du?“, und dann schrie er in den Raum: „Maria ... schnell ..., es ist Carol!“

„Ist irgendwas geschehen?"

Doch Gerd antwortete ihr nicht, sondern fragte nur ein zweites Mal, wo sie denn wäre.

„Ich bin im ‚Chateau Lake Louise'!"

„Dem Himmel sei Dank, wir haben uns solche Sorgen um dich gemacht."

Carol hörte im Hintergrund Marias aufgeregte Stimme und dann Maria selbst, die ihrem Mann offensichtlich den Hörer aus der Hand gerissen hatte.

„Hallo Carol", sagte sie, „bist du es wirklich?"

„Natürlich bin ich es. Was habt ihr denn nur?"

„Ja, weißt du denn noch gar nichts? Wir hatten solche Angst um dich, weil niemand wusste, ob du noch im Haus warst. Dein Haus, es ist ...! Aber ich muss anders anfangen, denn du weißt ja noch gar nicht, was passiert ist!"

Carol schwieg, aber sie merkte, wie aufgeregt Maria war, und, dass sich etwas Schreckliches ereignet haben musste, etwas, das sie hart treffen würde. Unwillkürlich richtete sie sich auf und straffte ihre Schultern, so als ob sie sich dadurch besser gegen das wappnen könnte, was gleich auf sie zukommen würde.

„Carol, ich muss dir leider etwas Schlimmes mitteilen. Ich wünschte so sehr, es wäre nicht geschehen, aber die Hauptsache ist, dass du lebst und dass dir nichts passiert ist ..."

„Jason?", fragte Carol flüsternd.

„Nein, nicht Jason, ... es geht nicht um ihn ...", stammelte Maria, und Carol entspannte sich wieder etwas, „ihm fehlt nichts ..., es ist das Haus! Wie soll ich dir nur ..., Carol, es ist dein Haus ..., es ist abgebrannt."

„Was? Oh mein Gott!"

Maria fasste kurz zusammen, was während Carols Abwesenheit geschehen war, und dass die Feuerwehr das Haus nicht mehr hatte retten können.

„Du lieber Himmel, wie erkläre ich das bloß Malcolm Meier?“, war jedoch Carols einziger Kommentar, mit dem sie Maria maßlos erstaunte.

„Wie bitte?“

„Die Schachtel! Maria, ich meine die Schachtel mit den Original-Dokumenten. Ist sie denn mitverbrannt?“

Maria warf Gerd, der auf der Nebenstelle mithörte, einen hilflosen Blick zu, worauf Gerd nur schweigend nickte. „Wenn sie im Hause war, ist sie mitverbrannt, davon musst du ausgehen“, umschrieb Maria die totale Vernichtung von Carols gesamtem Besitz.

„Wie furchtbar!

„Sag mal, kann es wirklich sein, dass du dir zwar Gedanken um diese Dokumente, aber nicht um dein Haus machst? Du hast es doch so sehr geliebt“, und fügte dann, nachdem sie ihrem Mann das Wort „Schock“ von den Lippen abgelesen hatte, besorgt hinzu: „Bist du sicher, dass alles mit dir in Ordnung ist?“

„Das Haus war versichert.“

„Aber darum geht es doch gar nicht!“

„Wenn die Versicherung bezahlt, wovon ich ausgehe, wird mich der finanzielle Verlust nicht besonders hart treffen“, erklärte Carol so sachlich wie möglich und wunderte sich selbst, wie gelassen sie auf die Schreckensnachricht reagierte. „Was den emotionalen Verlust angeht, auf den du anspielst, so habe ich bereits gestern, bevor ich hierhergefahren bin, beschlossen, nach Deutschland zurückzukehren. Ich hätte das Haus so oder so verkauft, es bedeutet mir nichts mehr.“

„Meine Güte, nach Deutschland zurück? Warum denn das?“

„Weil diese Flucht nach Kanada ein großer Fehler war und weil man mit einem Ortswechsel nur vor den eigenen Problemen davonläuft, anstatt sie zu klären. Ich werde mich daher der längst überfälligen Aussprache mit Peter stellen und auf meinen Anteil an der Firma bestehen. Wenn ich auf mein Recht poche, wird er mir auch die volle Summe ausbezahlen müssen. Aber um das zu erreichen, muss ich vor Ort sein, also werde ich zurückfliegen.“

Gerd schüttelte bei Carols Worten nur verwundert den Kopf und winkte Maria dann zum Zeichen dafür, dass er sich nun zurückziehen würde. Beim jetzigen Stand der Dinge wäre es sowieso besser, wenn die Frauen das weitere Gespräch alleine führen würden. Tatsächlich war Maria froh, als Gerd aus dem Zimmer gegangen war, nun konnte sie endlich zum Kern der Sache kommen. „Du warst doch bislang von Kanada so begeistert und hattest so viele Pläne für die Zukunft, warum hast du deine Meinung nun so plötzlich geändert? Nur weil Jason dich ein paar Tage lang nicht angerufen hat?“

„Es geht nicht darum, dass er mich nicht angerufen hat, sondern darum, dass er mich hintergangen, belogen und bestohlen hat. Nein, meine Entscheidung ist endgültig, ich gehe nach Deutschland zurück. Was soll ich denn noch hier?“

Maria versuchte, sie zu trösten und ihr zu versichern, dass Jason ehrlich und alles nur ein großes Missverständnis sei, aber ihren Worten fehlte der Nachdruck, denn noch immer schuldete Jason ihr und allen anderen eine Erklärung für den Grund seiner langen Abwesenheit.

Deshalb erinnerte Maria Carol an ihr anderes Vorhaben, das nicht mit Jason in Verbindung stand. „Was ist mit dem Buch, das du schreiben wolltest? Das war dir doch so wichtig."

Carol sah auf die Uhr. Tim würde bald eintreffen, und sie hatte unten in der Lobbybar auf ihn warten wollen. „Vergiss es! Wie sollte ich auch ein Buch über eine Geschichte schreiben, deren Ausgang ungewiss ist? Ich werde nie erfahren, was wirklich aus Rose geworden ist. Und bitte entschuldige, aber ich muss jetzt gehen, wenn ich noch pünktlich zu meiner Verabredung kommen will. Hör zu, ich melde mich dann in den nächsten Tagen wieder bei euch, in Ordnung?"

„Was ist denn bloß los mit dir?", wollte Maria besorgt wissen. „Interessiert es dich denn gar nicht, was am Bridge Lake zurzeit los ist?"

Also beschloss Carol, der verstörten Maria den Gefallen zu tun, und befragte sie anstandshalber kurz zum Unglückshergang.

„Darüber wissen wir so gut wie gar nichts!", antwortete Maria und beschloss dann, nicht länger auf Carols Gefühle Rücksicht zu nehmen, sondern direkt auf Jason zu sprechen zu kommen. Vielleicht konnte sie ihre Freundin ja dadurch endlich aus der Reserve locken. „Jason ist wieder aufgetaucht und war gerade mit Anita und Hermann auf dem Weg zu dir, als sie das Feuer entdeckt haben. Die Feuerwehr leitet jetzt eine genaue Untersuchung ein, aber du weißt ja, wie so etwas läuft. Von deinem Haus ist leider nichts – aber auch wirklich gar nichts – übrig geblieben, alles ist restlos verbrannt, so dass es nahezu unmöglich sein wird, im Nachhinein noch die Ursache des Brandes festzustellen. Jason ist fast verrückt geworden vor Sorge um dich. Wenn er doch wenigstens nicht als einer der ersten am Haus gewesen wäre."

Jason war also beim Haus gewesen! Vor dem Brand und nach dem Brand! Aber konnte er denn wirklich so weit gegangen sein und ihr Haus angezündet haben? „Hör mal", bat sie ihre Freundin eindringlich, „bitte sei so gut, und verrate Jason nicht, wo ich mich gerade aufhalte."

„Warum denn nicht? Er macht sich doch solche Sorgen. Wir alle haben uns Sorgen um dich gemacht."

„Du kannst ihm meinetwegen gerne sagen, dass ich gesund und munter bin, aber mehr auch nicht. Ich will selbst entscheiden, ob und wann ich mit ihm spreche."

Verwirrt willigte Maria schließlich ein. „Na, wenigstens darf ich ihm schon einmal sagen, dass du lebst. Das wird eine schwere Last von ihm nehmen. Ausgerechnet jetzt, wo der arme Kerl mehr als genug am Hals hat. Sie haben doch gerade erst seine Mutter ins Krankenhaus nach Kamloops geflogen. Aber davon weißt du ja auch noch nichts ..."

Als Carol verneinte, begann Maria rasch, ihr von Elsies Unfall zu erzählen. „Sie liegt nach wie vor im Koma und ist gestern Abend mit dem Hubschrauber vom Hospital in 100-Mile abgeholt worden, weil das Krankenhaus in Kamloops wesentlich besser ausgestattet ist, aber selbst dort wissen die Ärzte nicht, ob es noch Hoffnung für sie gibt. Jason ist nur deshalb hiergeblieben und nicht mit ins Krankenhaus gefahren, um weiter nach dir suchen zu können. Jetzt hat er wenigstens eine Sorge weniger und kann sich um seine Mutter kümmern. Stell dir vor, Jason bildet sich tatsächlich ein, dass der Unfall nicht passiert wäre, wenn er Elsie nicht so erschreckt hätte."

„Entschuldige Maria, aber ich muss jetzt wirklich aufhören. Tim Gordon wird ganz bestimmt schon unten auf mich warten."

Maria verschluckte sich vor lauter Überraschung und musste husten. Wenn Carol mit einem anderen Mann ausging, hatte Jason ihr wohl kaum das Herz gebrochen. „Ist er der Grund, weshalb dir alles nicht so viel ausmacht?"

„Vielleicht!"

„Na dann viel Spaß. Und es tut mir wirklich leid mit deinem Haus. Aber du scheinst es ja gut zu verkraften", verabschiedete sich Maria.

Wenn du wüsstest, dachte Carol still bei sich. Nach wie vor konnte sie sich Jason zwar nicht als Brandstifter vorstellen, dennoch deutete alles auf ihn hin, sogar ihr anfänglicher Verdacht, dass er ihren Schmuck entwendet und den Keilriemen durchgesägt hatte, wurde noch einmal dadurch erhärtet. Aber warum nur? Sie konnte einfach kein Motiv erkennen. Wenn er sie aus seinem Leben streichen wollte, hätte er das auch einfacher haben können. Vielleicht gehörte er aber auch einfach nur zu dieser Sorte Mensch, die ihr persönliches Umfeld über Jahre hinweg mit ihrer harmlos erscheinenden Art zu täuschen vermochte?

Das Klingeln des Telefons riss Carol aus ihren fruchtlosen Überlegungen. Es war Tim Gordon, der sich von der Halle aus meldete.

„Geben Sie mir fünf Minuten Zeit", bat Carol, „damit ich mich noch schnell umziehen kann."

„Ich werde mein ganzes Leben lang auf Sie warten,

wenn Sie es von mir verlangen", erwiderte dieser daraufhin galant.

Der Professor begrüßte sie mit einer herzlichen Umarmung, und Carol hätte sich am liebsten an seine Schulter gelehnt, um ihre Traurigkeit für einen Augenblick zu vergessen, aber genau in diesem Moment rutschten seine Hände eine Handbreit zu tief, um noch als freundschaftliche Umarmung durchzugehen, weshalb sich Carol rasch wieder von ihm löste und ihn darauf hinwies, dass sie bereits einen Tisch im Restaurant am Ende der Lobby reserviert hatte.

„Nicht doch", protestierte er, „Sie werden mich doch nicht in den ganz normalen Speisesaal schleppen wollen? Kommt nicht in Frage! Wenn wir schon einmal hier sind, müssen wir auch unbedingt in die „Edelweiß-Stuben" essen gehen. Als Deutsche wird es Ihnen dort gefallen, denn in diesem Restaurant wird die feinste Schweizer Küche serviert, die man sich nur vorstellen kann. Wir könnten Fondue essen, was halten Sie davon?"

Carol fand ein typisches Schweizer Restaurant in einem traditionsbewussten kanadischen Hotel zunächst einmal etwas deplatziert, fühlte sich dann aber, als sie aus den Fenstern der „Edelweiß-Stuben" blickte und die noch schneebedeckten Gipfel betrachtete, so sehr an die Alpen erinnert, dass ihr Tim Gordons Vorschlag nicht mehr ganz so unpassend erschien und sie ihre anfänglichen Bedenken fallen ließ. Dazu kam, dass das Restaurant mit seinen Holzschnitzereien an den Wänden, den karierten Tischdecken und einem Hirschgeweih über der Tür auch noch exakt wie eine echte rustikale Alpenbauernstube aussah.

Tim Gordon bestand darauf, sie einzuladen, doch Carol nahm die Einladung erst an, nachdem er ihr glaubhaft versichert hatte, auch hier im „Chateau Lake Louise“ einen kräftigen Nachlass auf die extravaganten Preise zu erhalten.

„Deshalb wäre es auch unsinnig, wenn Sie bezahlen würden“, argumentierte er, „Sie sollten Ihr Geld besser so lange zusammenhalten, bis Ihr Buch verlegt ist. Dennoch würde ich gerne wissen, warum Sie dieses Mal im Hotel wohnen, nachdem es Ihnen beim letzten Besuch noch zu teuer war. Haben Sie sich vielleicht so sehr nach mir verzehrt, dass es keine Rolle mehr spielt, wenn ...?“

„Nein, meine Ausgaben sind mir zwar seit gestern ziemlich egal, aber das hat nun wirklich nichts mit Ihnen zu tun ...“

„Wie schade ...“

„... sondern mit meiner Lebenseinstellung, die sich in letzter Zeit gründlich geändert hat. Es war verrückt von mir zu denken, dass ein einsames und abgeschiedenes Leben in der Wildnis der perfekte Nährboden für meine kreative Entwicklung sein könnte. Außerdem habe ich mir eingebildet, unbedingt ein Buch schreiben zu müssen, noch dazu eines, für das sich so gut wie kein Mensch interessieren wird. Was für ein romantisches Hirngespinst! Und wie naiv von mir.“

Tim Gordon schüttelte den Kopf. „Das stimmt doch gar nicht. Sie dürfen nicht so streng mit sich sein. Sie haben mit vollem Herzen etwas begonnen ...“

„Richtig, und es hat nicht funktioniert!“

„... das Sie nun mit dem Verstand wieder korrigieren wollen!“

„Ja! Genauso ist es!“

Zum zweiten Mal schüttelte der Professor seinen Kopf. „Das wäre wirklich sehr schade. Was ist denn nur geschehen, das Sie so schnell zum Aufgeben gebracht hat?“

Mit dieser Frage katapultierte Tim Gordon Carol in das längste und ausführlichste Geständnis, das sie in ihrem Leben jemals einem ihr im Grunde fremden Menschen gemacht hatte. Doch nachdem er gleich zu Beginn ihrer Ausführungen ein Fleischfondue bestellt hatte, das ihnen erlaubte, lange genug zu speisen und alles gründlich durchzusprechen, hörte er ihr mit einer solchen Geduld zu, wie sie sie nicht von ihm erwartet hatte. Nur ab und an unterbrach er ihre Erzählung, um ein paar Zwischenfragen zu den seltsamen Geschehnissen zu stellen, die sich seit ihrem letzten Telefonat zugetragen hatten. Am Ende stimmte er jedoch mit ihr darin überein, dass sie guten Grund hatte, beunruhigt zu sein.

„Das ist tatsächlich alles etwas seltsam“, meinte er, während er das letzte Stück Rinderfilet aufspießte und in den Topf steckte, „aber Sie scheinen das Ungewöhnliche auch geradezu magisch anzuziehen. Da fällt mir ein, dass ich heute Morgen per Post Ihren Umschlag mit dem Bild von Tom und Rose erhalten habe.“

„Das ging aber schnell“, staunte Carol. „Dabei habe ich ihn doch erst gestern weggeschickt.“

Tatsächlich kam es ihr so vor, als läge der gestrige Tag schon eine Ewigkeit zurück. Gestern. Gestern Nachmittag hatte sie die Bilder in 100-Mile abgeholt, danach war ihr Auto stehengeblieben und zuletzt ihr Haus abgebrannt. Bei diesem Gedanken kam ihr automatisch Malcolm Meier wieder in den Sinn. „Auch das noch! Ich habe Ihnen doch gerade erzählt, dass die ganzen Unterlagen des guten Malcolm Meier beim Brand des Hauses verloren gegangen sind. Ich muss mich umgehend mit ihm in Verbindung setzen und ihn informieren. Und dann kann ich nur hoffen, dass er für den Verlust der Dokumente Verständnis aufbringen wird."

„Bestimmt. Sonst wäre er ein gemeiner, hartherziger und unsensibler Mensch!"

Carol war wider Erwarten belustigt. Der Professor bewirkte mit seiner Art wahre Wunder. Auf einmal fühlte sie sich nicht mehr ganz so niedergeschlagen wie in den letzten Tagen, sondern beinahe schon beschwingt, obwohl ihre aufgeheiterte Stimmung durchaus auch an dem wunderbar erdigen Merlot liegen konnte, den Tim Gordon zum Fondue bestellt hatte. „Jedenfalls haben Sie mich gerade daran erinnert, dass ich das private Fotoalbum von Lawrence Chattwell mit nach 100-Mile genommen habe. Es ist also nicht zusammen mit den anderen Unterlagen im Haus verbrannt, sondern befindet sich heil und sicher in meiner Umhängetasche. Damit haben zumindest die Fotografien den Brand überlebt! Und die Disketten mit meinen gespeicherten Aufzeichnungen habe ich ebenfalls noch."

„Darauf sollten wir trinken!" Tim Gordon erhob sein Glas, und sie stießen an. „Für einen Historiker ist es immer schrecklich, wenn solch unschätzbar wertvolle Dokumente wie Originalbilder verloren gehen. Und so freut es mich ungemein, dass zumindest ein Teil dieser Schätze, vielleicht sogar ihr bedeutendster, dem Feuer nicht zum Opfer gefallen ist."

„Ja, obwohl das für mich jetzt keine Rolle mehr spielt, da ich das Buch nicht mehr schreiben werde."

„Sind Sie verrückt geworden?"

Und als Carol ihn daraufhin nur fragend ansah:

„Entschuldigen Sie, aber ich frage mich, ob Sie tatsächlich von allen guten Geistern verlassen sind?"

Carol verneinte. „Nein, ich bin nur in eine Sackgasse geraten, aus der ich nicht mehr herauskomme."

„Sie wollen aufgeben? Kommt nicht in Frage! Wo ich doch erst heute Morgen meinen Kontakt zur Lehrstelle für Kanadische Geschichte in Vancouver reaktiviert habe. Es ist zwar nicht sehr wahrscheinlich, aber vielleicht kann mein Bekannter das damalige Fotostudio ja doch ausmachen. Es ist nur schade, dass kein Stempel im Bild war."

„Wie meinen Sie das?", fragte Carol.

„Sie sagten doch am Telefon, dass das Original keinen Stempel hat. Erinnern Sie sich nicht daran, ich habe Sie extra gefragt."

„Doch, doch, aber Sie sagten gerade ‚im' Bild."

„Ja, weil die Firmennachweise früher oft auf der Vorderseite des Fotos, manchmal sogar mitten im Bild, versteckt wurden."

„Ich habe aber nur auf der Rückseite nachgesehen."

Tim Gordon überlegte. „Dann versuchen Sie, sich zu erinnern. Vielleicht fällt Ihnen nachträglich noch etwas ein?"

„Nein!"

„Vielleicht eine Einprägung?"

„Nein!"

„Eine Markierung oder ein Zeichen im Bild, zum Beispiel eine Schiefertafel, die gleich neben den Personen aufgestellt ist oder etwas Ähnliches?"

Sie zögerte. „Ich weiß es nicht. Ehrlich gesagt, habe ich keine Ahnung. Aber warum sehen wir nicht einfach nach? Ich kann uns das Album schnell aus meinem Zimmer holen."

Als hätte sie ihm ein Stichwort gegeben, legte Tim Gordon daraufhin seine Hand auf die ihre und rückte etwas näher an sie heran. „Ich könnte einfachheitshalber doch gleich mit auf Ihr Zimmer kommen, und wir könnten uns dort die Bilder gemeinsam ansehen. Wer weiß, was wir sonst noch alles entdecken, wenn wir gemeinsam suchen?"

Sofort zog Carol ihre Hand unter der seinen zurück. „Das kann jetzt nicht Ihr Ernst sein, nachdem ich Ihnen gerade anvertraut habe, wie sehr ich mich in Jason verliebt habe."

„Sie haben mir aber auch anvertraut, dass er der Vergangenheit angehört!"

„Ja, aber alles braucht seine Zeit."

„Nun gut, ich sagte ja schon, dass ich ein Leben lang auf Sie warten werde, wenn Sie das möchten." Damit winkte er nach der Rechnung. „Gehen Sie also beruhigt Ihr Album holen, wir treffen uns dann in wenigen Minuten wieder an der Bar und sehen uns das Original an."

Als Carol nur wenig später die Hotelbar betrat, fand sie den Professor dort bequem und mit überkreuzten Beinen in einem tiefen Ledersessel sitzend vor. In dieser diskreten Umgebung mit ihrer schummrigen Beleuchtung und seinem vollen Cognacglas, das er lässig in der rechten Hand schwenkte, wirkte Tim Gordon wesentlich mondäner als bei ihrem ersten Zusammentreffen vor einer Woche. Dezente Pianoklänge taten ein Übriges und trugen zu einer entspannten Atmosphäre bei, in der die wohlhabenden Gäste ihren Tag ausklingen ließen.

Carol nahm in einem Sessel an seiner Seite Platz und bestellte sich ebenfalls einen Cognac beim Kellner.

„Ich weiß überhaupt nicht, warum ich mir die Bilder noch einmal mit Ihnen ansehe“, meinte sie, „wo ich doch schon beschlossen habe, mein Buchprojekt sterben zu lassen.“

„Wirklich und wahrhaftig?“

„Ja“, Carol überkreuzte ihre Beine, schob unwillkürlich den weichen Wollstoff ihres neuen Kleides über die Knie und stieß einen leichten Seufzer aus. „Aber jetzt bin ich mir nicht mehr sicher, was ich tun werde, sollten wir doch noch herausfinden, in welchem Studio das Foto aufgenommen wurde. Vor allem, wenn wir dadurch auch noch Rückschlüsse auf Roses und Toms Aufenthaltsort ziehen könnten. Dabei verstehe ich einfach nicht, weshalb Lawrence Chattwell, der von Roses Existenz gewusst haben muss, sie nicht zu sich genommen hat. Außer er wusste vielleicht gar nicht, dass sie seine Tochter war?“

„Das ist gut möglich“, argumentierte Tim Gordon, „oder aber er hat es gewusst, wollte sie jedoch nicht offiziell als seine Tochter anerkennen.“

„Warum sollte er? Er hatte doch keine anderen Kinder und somit keine leiblichen Erben. Er hätte doch überglücklich sein müssen.“

„Im Grunde schon. Machen wir uns also auf die Suche!“

Sie schoben die Lampe auf dem Tisch zwischen ihnen näher an sich heran. „Hier“, Carol hielt das Foto gegen das Licht, „das ist es.“

Der Professor nahm ihr das Original aus der Hand und untersuchte zuerst die Rückseite des Bildes. Danach drehte er es um und rief nach ein paar Sekunden mit unverhohlenem Triumph in der Stimme: „Und hier haben wir die Markierung! Sehen Sie, ganz unten am Rand, das weiße Feld mit den feinen Linien. Es sieht aus wie ein „B“ und ein „K“, oder ein „H“, oder erkennen Sie einen anderen Buchstaben?“

Carol begutachtete die schwarzen Striche, die ihr zuvor nicht aufgefallen waren, weil sie ein integraler Bestandteil des Bildes zu sein schienen. Bei intensiver Betrachtung fiel ihr jetzt jedoch das neben Rose aufgestellte Schild auf, in dessen Ecke rechts unten auch die Initialen des Studios oder des Fotografen verewigt waren.

„Ich muss das Foto unbedingt kopieren und an meinen Freund faxen.“ Der Professor war begeistert. „Ist Ihnen überhaupt bewusst, dass das der Durchbruch sein könnte? Denn damit wird mein Freund das damalige Atelier zu hundert Prozent ausfindig machen können, und wir müssen dann nur noch herausbekommen, ob die ehemaligen Kundenunterlagen des Studios oder des Fotografen vorhanden sind.“

„Nur? Ich möchte ja nicht pessimistisch sein ...“

„Sind Sie aber!“

Carol nickte, doch ihr früherer Optimismus und all ihre positive Energie schienen verschwunden zu sein, und sie wusste nicht, wie sie wieder zu ihrem alten Elan zurückfinden sollte. „Sie haben ja so recht!“, versuchte sie sich selbst Mut zu machen. „Wir werden schon irgendwie weiterkommen.“

„Und dann schreiben Sie Ihr Buch?“

„Und dann schreibe ich mein Buch!“

„Wunderbar, da haben wir morgen ja eine ziemliche Menge Arbeit vor uns.“

Und auf Carols fragenden Blick hin, erklärte er ihr: „Ich werde heute hier im Hotel übernachten, damit wir keine Zeit verlieren und morgen gleich besprechen können, wie es weitergehen soll. Ich bin überzeugt davon, dass ich weitere hilfreiche Hinweise finden werde. Entweder in diesem Album, oder in Ihren gespeicherten Aufzeichnungen, denn ich weiß, wonach ich suchen muss. Die Vergangenheit ist ein weites und geheimnisvolles Feld, das nur von einem Meister gepflügt werden sollte ..."

„Selbstredend", warf Carol ironisch ein, woraufhin der Professor sofort in einem sachlicheren Tonfall fortfuhr.

„... weil sich historische Fakten manchmal selbst noch im winzigsten Detail verstecken. Lassen Sie mich nach ihnen forschen, und ich verspreche Ihnen, dass ich jeden noch so kleinen Anhaltspunkt finden werde. Danach können sie Ihre Recherche selbst fortsetzen und Ihr Buch zu schreiben beginnen. Außerdem macht es mir großen Spaß, mit einer so attraktiven Frau wie Ihnen in ein und demselben Hotel zu wohnen. Mit etwas Glück werden die Angestellten sogar denken, dass ich Sie erfolgreich verführt habe, wenn wir morgen zusammen frühstücken. Wer weiß denn schon, was heute Nacht wirklich geschehen ist?"

„Ich weiß es", warnte sie ihn freundlich, „und Sie wissen es auch!

„Leider, leider! Aber wir beide werden es nicht weitersagen."

Er winkte dem Kellner und bestellte noch einmal zwei Cognac. Carol entspannte sich. Sie musste zugeben, dass sie sich auf das gemeinsame Frühstück freute.

30

Nachdem ihm die Feuerwehrleute seine schlimmsten Befürchtungen genommen hatten, war Jasons Sorge um Carol etwas in den Hintergrund getreten. Außerdem war er so müde und erschöpft gewesen, dass er die brennende Frage, wo Carol nur stecken konnte, auf einen späteren Zeitpunkt vertagt hatte, zu dem er wieder einen klaren Kopf haben würde. Als er jedoch endlich zu Hause gewesen war, hatte sich der lang ersehnte Schlaf einfach nicht einstellen wollen, und die düsteren Gedanken an seine Mutter ließen ihn nicht los. Nach wie vor wusste er nicht, warum sie ihn eingesperrt und gefangen gehalten hatte. Aber er wusste, dass er ihr nicht vergeben konnte, solange er ihre Beweggründe nicht kannte und verstehen würde. Er musste einfach wissen, warum. Doch nach mehreren Stunden gab er es schließlich auf, sich das Gehirn zu zermartern. Er kletterte wieder aus dem Bett und schlüpfte, übernächtigt und geschwächt wie er war, erneut in seine Jeans und seinen Pullover. Er konnte einfach nicht tatenlos dasitzen und nichts tun. Deshalb bereitete er sich zunächst einen Tee zu, aß ein paar Scheiben trockenen Zwieback und startete danach mit der systematischen Durchsuchung des Hauses. Sorgfältig durchwühlte er jede Schublade und jeden Schrank. Er suchte an jeder Stelle, die sich auch nur annähernd als Versteck eignete. Er schaute in jede Ritze und jeden Hohlraum, an manchen Stellen riss er sogar das Holz aus seiner Verankerung und zu guter Letzt auch noch den verlegten Teppich vom Boden. Schließlich fand er etwas, das er nicht kannte und das offensichtlich vor ihm versteckt worden war.

Die Rolle lag unter einem lockeren Dielenbrett im Wohnzimmer. Sie war schwer und aus grauem Leder und wurde von zwei Druckknöpfen zusammengehalten. Als er diese öffnete und das Leder aufrollte, sah er den Schmuck. Zunächst dachte er noch, dass seine Mutter heimlich einen kleinen Schatz angesammelt hätte, aber dann erkannte er den runden Aquamarin, der an einer langen Goldkette hing. Carol hatte ihn einige Male getragen. Auch die Perlenkette kam ihm bekannt vor. Die Rolle enthielt nur wenige Schmuckstücke, einige Ketten, zwei paar Ohrringe und mehrere Ringe. Auch schien nichts wirklich Wertvolles dabei zu sein, aber es war eindeutig nicht der Schmuck seiner Mutter, sondern der von Carol.

Langsam wickelte Jason Carols Besitz wieder in die Rolle ein, die er noch eine ganze Weile in seinen Händen hielt, während er auf den Boden starrte und über die Fragen nachdachte, die sich ihm in Anbetracht dieses Fundes neu stellten. Es gab keine andere Erklärung: Seine Mutter musste Carol bestohlen haben, aber warum? Seufzend stand er auf und sah sich im Haus um. Jason war ratlos, das alles ergab einfach keinen Sinn, und er wusste weder, was er davon halten, noch was er als Nächstes unternehmen sollte. Das Telefon klingelte, und Jason eilte in die Küche, um den Anruf nur ja nicht zu verpassen. Sein Herz pochte wie wild, denn er hoffte darauf, dass es Carol sein könnte, doch am anderen Ende der Leitung war Doktor Sullivan.

„Ihre Mutter ist aufgewacht“, teilte er Jason mit.

„Tatsächlich?“

„Ja, Doktor Franklin vom Krankenhaus in Kamloops hat mich soeben angerufen. Er ist der behandelnde Arzt Ihrer Mutter. Sie hat vor einer Stunde das Bewusstsein wiedererlangt, es grenzt fast an ein Wunder, denn wir haben nicht erwartet, dass sie so schnell wieder zu sich kommen würde.“

Allmählich wurde Jason wieder etwas ruhiger. Zumindest hatte er nun eine Chance, etwas Licht in die ganze Angelegenheit zu bringen. Er würde zu seiner Mutter fahren. Sie musste ihm einfach Rede und Antwort stehen und ihm eine Erklärung für ihr Tun liefern, mit der er leben konnte. Seine Erleichterung darüber, sich schon bald nicht mehr in einem Zustand der Ungewissheit zu befinden, war ihm deutlich anzuhören, wurde aber von Doktor Sullivan missinterpretiert, als Jason zu ihm sagte: „Was für ein Segen! Ich fahre sofort los. Ich darf sie doch sprechen, nicht wahr? Ich muss sie unbedingt sprechen.“

„Aber natürlich! Sie sind doch ihr nächster Angehöriger und werden auf jeden Fall zu ihr vorgelassen. Ihre Mutter ist zwar immer noch sehr schwach, wird sich aber, bis Sie in Kamloops ankommen, noch weiter erholt haben! Fahren Sie bitte vorsichtig“, warnte der Arzt, der wie alle anderen annahm, dass Jason von Selbstvorwürfen gepeinigt wurde, „es hat keinen Sinn, wenn Ihnen auch noch etwas passiert.“

Jason dankte ihm, legte auf und begann umgehend, seine Reisetasche zu packen. Er würde so lange bei seiner Mutter im Krankenhaus bleiben, bis sie ihm alle Fragen zu seiner vollsten Zufriedenheit beantwortet hätte. Er stand bereits mit seiner Tasche im Flur und wollte gerade seine Jacke überstreifen, als das Telefon erneut zu klingeln begann. Dieses Mal war Anita dran.

„Stell dir vor", begann sie aufgeregt, „wir haben von Carol gehört! Sie ist wohlbehalten, und es geht ihr gut!"

„Wo ist sie?", war das Einzige, was Jason herausbrachte.

Anita räusperte sich. Maria hatte ihr erst anvertraut, dass Carol sich im „Chateau Lake Louise" befand, nachdem Anita ihr geschworen hatte, Carols Aufenthaltsort auf keinen Fall an Jason zu verraten. Dies wäre Carols ausdrücklicher Wunsch gewesen, und außerdem, hatte Maria süffisant weitergetratscht, hätte sich Carol, wie es aussah, bereits mit einem anderen Mann getröstet, und zwar mit diesem Geschichtsprofessor, mit dem sie auch gerade zusammen in Lake Louise wäre.

„Tut mir leid, wir wissen nicht, wo sie gerade ist", log Anita schweren Herzens, „aber die Hauptsache ist doch, dass sie lebt und es ihr gut geht."

„Soviel hat mir die Feuerwehr auch schon gesagt. Wann hat sie dich angerufen?"

„Sie hat sich bei Gerd und Maria vom Horse Lake gemeldet. Und Maria hat dann gleich danach bei mir angerufen."

„Was hat sie genau gesagt? Hat sie Maria denn keinerlei Hinweis darauf gegeben, was sie vorhat? Wo kann sie nur sein, verdammt noch mal? Ich muss dringend mit ihr reden!" Jason wurde plötzlich wütend. „Ich verstehe überhaupt nicht, warum sie einfach so verschwunden ist! Weiß sie denn überhaupt, dass ihr Haus abgebrannt ist?"

„Ja. Das weiß sie."

„Wo zum Teufel ist sie?"

Unbewusst gab ihm Anita einen indirekten Hinweis: „Sie wird wohl mit ihrer Recherche beschäftigt und deshalb irgendwohin unterwegs sein."

„Und? Wann kommt sie zurück? Irgendwann muss sie doch zurückkommen. Das gibt es doch nicht – schließlich ist es ihr Haus, das da abgebrannt ist!"

„Ich weiß es wirklich nicht, Jason. Davon hat sie, glaube ich, nichts gesagt, aber ich habe auch nicht mit ihr gesprochen." Anita hatte Carols emotionslose Reaktion auf die Nachricht vom Brand ihres Hauses sehr bedenklich gefunden, und sie begriff sofort, weshalb Jason, der von Carols tiefer Verbundenheit mit ihrem Haus ausging, ihre sofortige Rückkehr erwartete. Doch wenn ihr nicht einmal mehr ihr Haus wichtig war, was würde sie dann noch für Jason empfinden?

„Sie kann doch nicht einfach so verschwinden?"

„Carol war die letzten Tage über sehr verwirrt und unglücklich, ich weiß nicht genau, warum. Ihr Schmuck ist gestohlen worden. Seitdem war sie wie ausgewechselt", überlegte Anita laut, „vielleicht hat es damit zu tun. Erst der Schmuck und dann das Haus! Außerdem hat mir Maria erzählt, dass Carol mit ihrem Auto eine Panne hatte und dass Gerd nicht glaubt, dass der Keilriemen zufällig gerissen ist."

Jason wurde hellhörig. „Wie meinst du das?"

Daraufhin erzählte ihm Anita ausführlich, was geschehen war, und Jason legte instinktiv die Hand auf seine Reisetasche, in der er auch die Schmuckrolle verstaut hatte.

Anita wollte wissen, was er von der ganzen Sache

hielt, aber Jason ging nicht weiter auf ihre Frage ein. „Ich muss jetzt gleich nach Kamloops fahren. Mutter ist wieder bei Bewusstsein, ich habe es soeben von Doktor Sullivan erfahren, und ich möchte so schnell es geht bei ihr sein."

Anita zeigte volles Verständnis für seine Eile und wünschte ihm alles Gute. Sie hatte ein schlechtes Gewissen, weil sie ihm Carols Versteck verschwiegen hatte, beruhigte sich aber mit dem Gedanken, dass die Fahrt zu seiner Mutter ihn ablenken und die gute Nachricht, dass Elsie auf dem Weg der Besserung war, ihn aufmuntern würde.

Tatsächlich fühlte sich Jason jedoch kein bisschen besser, als er in seinen Pick-up stieg, obwohl er nun mit Sicherheit wusste, dass Carol lebte. Anita hatte ihn belogen, so viel hatte er ihrem Gespräch eindeutig entnehmen können. Sie wusste ganz genau, wo Carol steckte. Sein Kopf war nun wieder glasklar, und während der langen Fahrt nach Kamloops begann er die einzelnen Teile des Puzzles für sich zusammenzusetzen.

Neunzig Minuten später bog Jason vom Highway One ab und fuhr in Richtung Innenstadt. Das Krankenhaus von Kamloops lag in der Seymour Street und damit fast mitten in der Stadt. Es war Mittagszeit, das Frühlingswetter mild und sonnig und die Straßen voller Menschen, die ihre Mittagspause im Freien verbrachten und genossen.

Jason zügelte seine Ungeduld. Schon auf dem Highway war er viel zu schnell gefahren, aber dort hatte wenigstens kaum Verkehr geherrscht. Die Straßen der Innenstadt waren dagegen vollgestopft mit Fahrzeugen aller Art, und da er sich an die Verkehrsregeln hielt, kam er nur langsam voran. Als er den Parkplatz des Krankenhauses endlich erreicht hatte, merkte er, wie sich sein Puls plötzlich wieder beschleunigte, und so blieb er noch eine Weile im Wagen sitzen, bis er wieder ruhiger geworden war.

Nachdem er an der Anmeldung ein Formular ausgefüllt hatte, das ihm den Zutritt zur Intensivstation erlaubte, öffnete ihm eine junge Krankenschwester die Tür zur Station. Sie wusste bereits, wer er war.

„Ihrer Mutter geht es schon viel besser", sagte sie, „und falls ihre Genesung weiter so zügig voranschreitet, werden wir sie morgen auf die normale Station verlegen können. Sie ist jetzt nur noch zur weiteren Beobachtung hier, denn bei Kopfverletzungen muss man immer sehr vorsichtig sein, vor allem bei älteren Menschen. Aber ihre Mutter scheint Glück gehabt zu haben, bis auf eine leichte Gehirnerschütterung konnten wir keine weiteren Verletzungen feststellen. Sie liegt bereits auf der Zwischenstation, Sie müssen sich also nicht extra umziehen. Kommen Sie, ich führe Sie zu ihr. Möchten Sie Ihre Tasche in der Zwischenzeit vielleicht irgendwo ablegen?"

Jason verneinte und folgte ihr dann schweigend ins Zimmer seiner Mutter. Elsie Golden lag allein in einem weiten, hellen Raum, der Jason mit seinen blankgeputzten Geräten und den vielen Schläuchen an einen Operationssaal erinnerte. Es roch nach Desinfektionsmittel, doch über dem unangenehmen sterilen Geruch lag gleichzeitig ein süßlicher Hauch, der Krankheit und Tod erahnen ließ. Jason hasste diesen Geruch, unwillkürlich zog sich ihm der Magen zusammen, und die feinen Härchen auf dem Rücken seiner Hände stellten sich auf.

Er blieb vor Elsies Bett stehen und betrachtete sie. Die Krankenschwester legte ihren Zeigefinger auf den Mund und deutete dann auf den Stuhl neben dem Bett. Nachdem Jason ihrem stummen Befehl gefolgt war, verließ sie den Raum.

Elsie Golden hatte die Augen geschlossen, schlief aber nicht. Sie spürte die Anwesenheit ihres Sohnes, der noch immer kein Wort gesprochen hatte, so deutlich, dass es sie trotz ihrer Decke zu frösteln begann. Er war also gekommen, um sie zur Rechenschaft zu ziehen. Dabei hatte sie doch nur sein Bestes gewollt. Langsam öffnete sie ihre Augen.

Er saß so dicht an ihrem Bett, dass sie erschrak, als sie seine kalten Augen so nah vor den ihren sah. Mit einer resoluten Handbewegung legte er die graue Lederrolle, die er bislang auf seinem Schoß verborgen gehalten hatte, vor ihr auf die Bettdecke.

„Was hast du angestellt?“, waren seine einzigen Worte.

Elsie Golden ging nicht auf seine Frage ein. „Willst du denn gar nicht wissen, warum ich dich eingesperrt habe?“, fragte sie ihn stattdessen.

„Das auch. Aber als Erstes will ich von dir wissen, warum du Carol bestohlen hast.“

„Wie du meinst“, antwortete sie resigniert, „ich habe ihren Schmuck zufällig gefunden, als ich ihr Haus durchsucht habe, und da habe ich ihn mitgenommen.“

„Das ist keine Antwort!“

„Wie du meinst“, sagte sie wieder.

„Warum hast du ihr Haus durchsucht?“

„Ich hatte gehofft, einen Hinweis darauf zu finden, dass sie ein falsches Spiel mit dir treibt. Dass sie dich betrügt oder dass sie nur ihren Spaß mit dir haben will. Ich habe nach einem eindeutigen Beweis gesucht, dem du Glauben geschenkt hättest, aber ich habe nur den Schmuck gefunden."

Jason ließ nicht locker und stellte weitere Fragen, denn er wollte endlich Licht in die ganze Angelegenheit bringen, und seine Mutter schien erstmals bereit, ihm ohne Wenn und Aber zu antworten. „Warum hast du ihn gestohlen?"

„Ich habe gehofft, dass sie dann fortgehen würde. Ich dachte, wenn sie eine Menge Ärger hat, wird sie aufgeben und in ihr eigenes Land zurückkehren. Es war der einfachste Weg, um dich zu schützen."

„Deshalb hast du auch ihr Auto beschädigt?"

Elsie Golden nickte. Sollte er doch ruhig alles erfahren, dann würde er sie wenigstens verstehen und ihr verzeihen.

„Und später hast du ihr Haus angezündet?"

Wieder nickte sie, und Jason sah, wie ein trotziger Ausdruck in ihre Augen trat. Seine Mutter bereute ihre Tat nicht.

„Um Himmels willen, Mutter!", rief er aus, als sich sein Verdacht damit endgültig bestätigte, „weißt du eigentlich, was du da getan hast?"

„Ich wollte dich nur schützen."

„Wovor?"

Was stellte er doch für dumme Fragen! Elsie dachte kurz darüber nach, wie sie es ihm wohl am besten verständlich machen konnte. „Vor Carol natürlich", begann sie vorsichtig, „deshalb wollte ich ja, dass sie verschwindet. Und ich dachte, wenn der Schmuck, das Auto und das Haus weg sind, wird sie auch gehen. Dann wäre alles wieder wie zuvor gewesen, und wir hätten unser früheres Leben wieder aufnehmen können. Es war doch alles in Ordnung, bevor sie gekommen ist."

Doch Jason konnte ihren Worten nur entnehmen, dass sie ihre Position als Mutter eifersüchtig verteidigt hatte, und griff sie deswegen an. „Du bist eine egoistische, hartherzige Frau! Wie kannst du dir nur anmaßen, über mein Glück zu bestimmen, und derart in mein Leben eingreifen? Ich liebe Carol, und du hast vielleicht meine Beziehung zu ihr für immer zerstört."

„Aber mich liebst du doch auch?", jammerte sie.

„Ja, ich liebe dich, weil du meine Mutter bist und weil du mein ganzes Leben lang immer für mich da gewesen bist. Aber das ist eine andere Liebe als meine Liebe zu Carol, und sie darf nicht für den Rest meines Lebens im Vordergrund stehen." Seine Mutter betrachtete ihn eine Weile aufmerksam, dann drehte sie sich von ihm weg, und Jason wurde, in dem verzweifelten Versuch, ihre Aufmerksamkeit wieder auf sich zu ziehen, immer lauter. „Sieh mich gefälligst an! Was ist denn nur los mit dir? Du bist doch früher nie so gewesen. Wann hast du bloß damit angefangen, dich in mein Privatleben einzumischen?"

Daraufhin wandte sich Elsie zwar nicht zu ihm zurück, aber sie antwortete ihm. „Schon immer. Warum glaubst du wohl, dass all deine früheren Beziehungen schief gegangen sind? Ich habe stets einen Weg gefunden, deine Freundinnen zu verjagen. Sobald die Beziehung ernster zu werden drohte und die Gefahr bestand, dass du bei einer Frau bleiben würdest, habe ich mir etwas einfallen lassen. Du hast es nur nie bemerkt!"

„Das glaube ich dir nicht!"

Nun klang so etwas wie Stolz in Elsies Stimme mit. „Das kannst du mir ruhig glauben. Es war nicht immer einfach, aber ich bin schließlich nicht dumm! Niemand hat es je bemerkt, wenn ich einen Keil zwischen dich und eine deiner Auserwählten getrieben habe. Ich kann dir Beispiele nennen ..."

Aber Jason winkte erschüttert ab. Er wollte vorerst gar nichts mehr wissen, er musste zunächst einmal verarbeiten, was er gerade gehört hatte. „Warum nur?", fragte er fassungslos.

„Ach, das verstehst du nicht. Ich hatte eben meine Gründe."

„Welche Gründe? Haben sie etwas mit meinem Vater zu tun?"

„Darüber möchte ich nicht sprechen."

Das war zu viel für Jason. Er sprang von seinem Stuhl hoch, packte Elsie grob an den Armen und begann sie voller Wut zu schütteln. „Du wirst darüber sprechen müssen", schrie er sie an, „denn du hast mich belogen, betrogen und eingesperrt. Du hast den eigenen Sohn in Ketten gelegt und Carols Haus angezündet! Du bist eine Brandstifterin – eine wahnsinnige alte Frau, und ich schäme mich dafür, dass du meine Mutter bist! Und jetzt wirst du sprechen und mir erklären, warum du mir das alles angetan hast. Los, sprich endlich!"

Wieder und wieder schüttelte er sie. Elsie öffnete ihren Mund und versuchte zu schreien, aber ihrer Kehle entrang sich nur ein tiefes, langes Stöhnen. Doch Jason merkte in seiner Wut und Enttäuschung nicht, dass er zu weit ging. Er hörte erst auf, seine Mutter zu schütteln, als eine Krankenschwester, durch sein Schreien alarmiert, ins Zimmer stürzte.

„Was machen Sie da? Lassen Sie sie sofort los“, rief sie sichtbar schockiert und eilte zu seiner Mutter, die mit geschlossenen Augen wie eine leblose Puppe zurück in ihre Kissen sackte, nachdem er sie endlich freigegeben hatte. Versteinert starrte er auf ihre leblose Gestalt hinunter und bemerkte, dass seine Mutter erneut das Bewusstsein verloren hatte.

„Gehen Sie hinaus“, fauchte ihn die Krankenschwester an.

Jason hatte sich bereits zur Tür gewandt und verließ das Zimmer, ohne ein Spur von Reue und ohne sich schuldig zu fühlen. Seine Mutter würde die Attacke überleben, denn sie war zäh und willensstark. Außerdem war ihre Unterhaltung, aus seiner Sicht gesehen, keineswegs beendet, sondern nur auf einen späteren Zeitpunkt verschoben. Im Augenblick hatte er zudem Dringlicheres zu tun, als weiter in der Vergangenheit zu forschen.

Den ganzen Nachmittag hatte es Jason instinktiv in östliche Richtung getrieben, und er war sich sicher, auf dem richtigen Weg zu sein. Als dann aber die Nacht hereingebrochen und seine Augenlider schwer wie Blei geworden waren, hatte er sich zu fragen begonnen, ob seine Entscheidung nicht doch falsch war. Immer seltener kamen ihm auf der gegenüberliegenden Fahrbahn die Lichter anderer Autos entgegen, und er merkte, wie seine Konzentrationsfähigkeit zunehmend nachließ. Es war entschieden zu gefährlich, noch länger auf den einsamen Bergstraßen weiterzufahren. Also gab er kurz nach Revelstoke auf und mietete sich in einem der letzten Motels am Rande der Stadt ein. Sobald er auf seinem Zimmer war, streckte er sich, noch immer voll bekleidet, auf der weichen Matratze aus. Er verschränkte seine Hände im Nacken und starrte zur Decke. Die Holzbalken waren zwar vor nicht allzu langer Zeit frisch gestrichen worden, doch die fleckigen Tapeten, die sich an den Seitenrändern leicht wellten, verliehen dem Zimmer einen heruntergekommenen Eindruck. Ein leicht modriger Geruch hing in der Luft, und die Heizung summte etwas zu laut. Es war ein einfaches Motelzimmer, lieblos, aber funktionell eingerichtet, und nur seine Lage direkt an der Straße rechtfertigte die achtzig Dollar, die Jason dafür gezahlt hatte. Dennoch störte ihn die unpersönliche Atmosphäre nicht. Sie passte ganz im Gegenteil bestens zu der Vorstellung, dass Carol ihm wahrscheinlich nicht verzeihen würde. Wie sollte sie auch Verständnis für die Sünden seiner Mutter aufbringen, wenn er selbst sie schon nicht verstand und sich einfach nicht erklären konnte? Falls er Carol überhaupt finden würde – und sie tatsächlich, wie er vermutete, zum Lake Louise gefahren war. Auf einmal war er sich dessen gar nicht mehr so sicher, und auch der Gedanke, sie würde dort auf ihn warten, schien ihm auf einmal mehr als ungewiss.

Doch mittlerweile war es schon weit nach Mitternacht, und Jason war so erschöpft, dass er nur noch schlafen wollte. Allein die Erinnerung, wie sie im Hotelrestaurant von Lake Louise gemeinsam an dem großen Fenster zum See gesessen und miteinander geredet hatten, hielt ihn wach. Voller Sehnsucht beschwor Jason Carols Gesichtszüge herauf. Ihre dunklen Augen blickten ihn hingebungsvoll an und hatten dabei diesen geheimnisvollen Glanz, den er so schön fand, dass er nicht genug davon bekommen konnte. Ihr dunkles, dichtes Haar, in dem er sich so gerne verlor, umrahmte ihr Gesicht und ließ ihn die Welt um sich herum vergessen. Er musste Carol einfach finden, und dann würde er sie bitten, ihm zuzuhören und ihm zu verzeihen. Carol würde ihn daraufhin nur mit ihren Sphinxaugen ansehen, seine Hand in ihre kühlen, weichen Hände nehmen, verständnisvoll nicken und ihn anlächeln. Und mit diesem Lächeln wären alle seine Sorgen verschwunden.

Mit dieser Wunschvorstellung vor Augen kehrte auch die Sicherheit zurück, dass seine Entscheidung richtig gewesen war und er Carol morgen am Lake Louise treffen würde. Schon bald schlief er tief und fest und erwachte erst mehrere Stunden später wieder, weil ihn seine Kleider drückten. Schlaftrunken zog er sich aus, schlüpfte unter die Bettdecke zurück, nahm das zweite Kissen in seine Arme und drückte es fest an sich. Morgen würde er Carol wiederfinden.

31

Sie hörten das Eis knacken. Immer wieder drückten die unterhalb der Wasserlinie gelegene Eisschichten mit enormer Kraft nach oben und zeichneten ein zickzackförmiges Muster auf die noch gefrorene Seeoberfläche. Die dadurch entstandenen feinen Risse wurden mit lautem Knirschen, das man bis in den Speisesaal hinein hören konnte, immer breiter und länger und füllten sich schließlich mit Wasser, bis sie wie grau gezeichnete Blitze wirkten.

Carol beobachtete das alljährlich wiederkehrende Naturschauspiel, das sie bislang noch nie hatte verfolgen können, und wünschte sich inständig, dass die Eisdecke noch an diesem Morgen ganz aufbrechen würde.

„Keine Chance“, meinte Tim Gordon und reichte ihr die Erdbeermarmelade, „das ist nur der Auftakt. Die Eisschicht ist noch viel zu dick, und es wird noch mindestens zwei Wochen dauern, bis der See offen ist.“

„Ist er wirklich so grün wie auf dem Foto hier?“

Der Professor nahm die Speisekarte zur Hand und besah sich die Aufnahme. „Im Vergleich zur Realität ist das gar nichts. Sie können mir glauben, in Wirklichkeit ist der See so unbeschreiblich grün, dass ihm kein Foto gerecht werden kann.“

„Was gäbe ich nur darum, ihn einmal so zu sehen.“

„In diesem Fall schlage ich vor, dass wir uns für die

nächsten zwei Wochen hier im Hotel einmieten. Wir könnten uns ja ein Zimmer teilen, um die Kosten zu reduzieren. Dann bricht das Eis vielleicht sogar noch etwas früher. Im Feuer unserer Leidenschaft wird es geradezu dahinschmelzen! Was halten Sie davon?"

Carol schüttelte nur den Kopf und lächelte ihn milde verzeihend an. „Sie sind einfach unverbesserlich! Netter Versuch, aber in diesem Fall werde ich wohl weiterhin mit dem Foto vorliebnehmen müssen, denn ich habe heute Morgen bereits mit meinem Mann telefoniert und ihm mitgeteilt, dass ich nächste Woche nach Deutschland zurückkommen werde."

„Und? Was hat er zu dieser unsinnigen Idee gemeint?", fragte Tim Gordon absichtlich überspitzt. Er wusste, dass es ihm nicht zustand, Kritik an Carols Vorhaben zu üben, die nach Deutschland und in ihre alte Firma zurückkehren wollte, um sich den ihr zustehenden Anteil zu erkämpfen. Dennoch konnte er es sich nicht verkneifen, sie auf mögliche Unwägsamkeiten hinzuweisen. „Das kann nicht klappen! Er wird Sie nur wieder ausnutzen – wenn er überhaupt zulässt, dass Sie in seine Nähe kommen und Sie nicht wieder aussperrt ..."

„Was das betrifft, hat mich Peter in unserem Telefonat völlig überrascht. Ich hatte erwartet, dass er zu toben beginnt und mich mit allen Mitteln daran zu hindern versucht, in die Firma zurückzukommen. Erstaunlicherweise meinte er jedoch, dass das eine gute Idee wäre und sich unsere Probleme auf diesem Weg sicher einfacher lösen lassen würden. Es klang fast so, als ob er froh über mein Kommen wäre."

„Vielleicht ist ihm in der Zwischenzeit auch ein Licht

aufgegangen, und er sieht ein, wie unentbehrlich Sie für ihn – oder sagen wir mal, für seine berufliche Zukunft sind", warf Tim Gordon ein.

„Ich fürchte fast, dass es so ist, aber es überrascht mich nicht wirklich, denn Peter war noch nie dazu imstande, die Firma zu leiten. Ich hoffe nur, dass er bislang keinen allzu großen Schaden angerichtet hat." Genussvoll strich sich Carol dick Butter und Marmelade auf ihren Toast. Nach ihrem Gespräch mit Peter hatte sie das erste Mal seit langer Zeit wieder richtigen Hunger verspürt.

„Aber noch dürfen Sie nicht nach Deutschland zurückgehen", meinte Tim, „zumindest nicht sofort! Erst müssen Sie noch Ihre Arbeit hier erledigen."

„Welche Arbeit denn?"

Da nahm er die Speisekarte zur Hand, hielt ihr das Bild mit dem grünen See vor das Gesicht und meinte dann: „Genauso wenig wie dieses Bild der Natur gerecht wird, genauso wenig kann uns das alte, vergilbte Foto von Rose und Tom deren wahre Lebensgeschichte erzählen."

„Was wollen Sie damit sagen?"

„Ich habe heute Morgen mit meinem Freund in Vancouver telefoniert. Er hat mittlerweile herausgefunden, in welchem Studio die Aufnahme gemacht wurde, und mir außerdem mitgeteilt, dass dort auch noch alte Unterlagen archiviert sind, die ..."

Carol stieß einen beglückten Seufzer aus, dem sie aber sofort eine scherzhafte Anklage folgen ließ. „Und das sagen Sie mir erst jetzt? Nachdem wir schon fast eine Stunde hier beim Frühstück sitzen? Was sind Sie doch für ein Unmensch!"

„Bitte keine Ungerechtigkeiten!“ Mit einer hoheitsvollen Geste verwehrte sich Tim Gordon gegen ihren Angriff, legte dann aber seine Hand auf ihren Arm. Beide schienen sie keinerlei Scheu mehr vor einem freundschaftlichen Körperkontakt zu haben. „Mehr gibt es leider nicht zu berichten. Aber mein Freund ist sich so gut wie sicher, den Auftraggeber der Fotos über das Archiv ausfindig machen zu können. Mit etwas Glück könnten sogar noch mehr Aufnahmen von Tom und Rose existieren und sich ebenfalls im Archiv befinden. Das Studio hieß ‚Burton & Hamilton‘, Sie erinnern sich doch an die Initialen ‚B‘ und ‚H‘, und war zu seiner Zeit das führende Fotoatelier in Vancouver. Die gesamte Prominenz des Landes hat sich dort ablichten lassen – was wahrscheinlich auch der Grund dafür ist, dass viele der Archivaufnahmen dem Reißwolf entgangen sind. Wir haben unheimliches Glück.“

Carol dachte nach. „Seltsam, dass sich Rose und Tom ein so teures Studio ausgesucht haben, wo sie doch wirklich alles andere als begütert waren.“

„Vielleicht mussten sie die Aufnahme ja nicht selbst bezahlen.“

Carol langte nach dem letzten Toast, legte ihn dann aber doch wieder beiseite. Sie hatte genug gegessen. „Sondern?“

„Vielleicht wurde sie im Auftrag von Lawrence Chattwell gemacht. Überlegen Sie doch mal, das Foto der beiden war ein Teil seiner privaten Dokumente. Aber wie ist es dorthin gekommen? Möglicherweise gibt es dazu noch einige Hinweise, wie zum Beispiel eine Rechnung in seinen Unterlagen.“

„Ich habe keine entdeckt.“

„Sie haben ja auch nicht danach gesucht. Wir sollten alles nochmals durchsehen.“

„Die Originale sind doch alle verbrannt!“

„Nicht jedoch die Kopien, die im Firmencomputer gespeichert sind.“

Carol wollte am liebsten gar nicht an die Misere denken. „Erinnern Sie mich um Himmels willen nicht daran! Ich weiß noch immer nicht, wie ich es dem armen Malcolm überhaupt beibringen soll.“

„Er wird es schon verkraften. Wir werden es ihm persönlich und möglichst schonend beibringen, denn er muss uns unbedingt noch einmal an den Computer heranlassen. Ich sagte Ihnen doch, dass es noch weitere versteckte Informationen geben muss – das Foto hier kann nicht die einzige und allein seligmachende Wahrheit sein.“

„Und wie finde ich die Wahrheit? Vielleicht habe ich ja wirklich etwas Maßgebliches übersehen, zumal ich keine Erfahrung in solchen Dingen habe.“

Tim beugte sich vor und flüsterte ihr verführerisch zu: „Aber ich habe genug Erfahrung für uns beide. Vertrauen Sie mir, ich werde Sie nicht enttäuschen.“

Sie schüttelte den Kopf. „Sie sind wirklich unverbesserlich! Und ich glaube, ich sage das nicht zum ersten Mal! Wie sollte ich Ihnen da vertrauen können?“

„Das stimmt, und es wäre auch kein Kompliment für mich, wenn Sie mir in dieser Hinsicht tatsächlich vertrauen würden. Also lassen Sie es mich etwas anders formulieren. Vertrauen Sie auf meine beruflichen Fähigkeiten, und ich werde Sie nicht enttäuschen.“

Carol lachte: „Das tue ich bereits. Sie sind und bleiben einfach der Beste.“

„Genau!“ Der Professor lächelte geschmeichelt: „Also, und nun versprechen Sie mir das eine: Bevor Sie sich wieder in die Fänge Ihres Mannes begeben, werden Sie zuerst noch mit mir nach Vancouver fahren und meinen Freund an der Universität besuchen. Und danach den *armen Malcolm*.“

„Glauben Sie, das bringt uns weiter?“

„Es ist jedenfalls einen Versuch wert.“

Carol war einverstanden. „Alleine werde ich sowieso nicht weiterkommen. Selbst wenn es noch weitere Informationen geben sollte, werde ich sie ohne Ihre Hilfe bestimmt nicht finden. Ich danke Ihnen, Sie sind ein Schatz.“ Mit diesen Worten erhob sie sich, beugte sich über den Tisch hinweg und küsste Tim Gordon leicht auf die Wange. Dann lehnte sie sich wieder in ihrem Stuhl zurück, schloss die Augen und genoss die Wärme der Sonnenstrahlen, die durch die Fensterscheibe in den Frühstücksraum hineinschienen. Wie schade, dass sie den Sommer nicht mehr in Kanada erleben würde. Bei diesem Gedanken öffnete sie wieder ihre Augen und lächelte den Professor wehmütig an: „Wann fahren wir los?“

„Von mir aus noch heute. Sollen wir den Zug nehmen? Die Strecke von Banff nach Vancouver ist auf der ganzen Welt wegen ihrer einzigartigen landschaftlichen Schönheit berühmt.“

Der Vorschlag klang zwar ganz nach einem würdigen Abschluss ihres Aufenthalts und war auch in Carols Sinn, barg jedoch ein kleines Problem. „Und was mache ich dann mit meinem Wagen? Ich kann ihn doch nicht einfach hier beim Hotel stehen lassen?“

„Warum denn nicht? Sollten Sie wirklich von Vancouver aus nach Deutschland fliegen, werde ich mich um seinen Verkauf kümmern und Ihnen den Erlös später überweisen. Vielleicht kommen Sie aber auch schon bald wieder zurück. In diesem Fall wären Sie dann dazu gezwungen, mich zu besuchen, um sich das Geld oder Ihren Wagen, falls er bis dahin noch nicht verkauft ist, wieder abzuholen."

Tim Gordon hatte recht, das Leben konnte ja so einfach sein. „Also gut, ich gebe Ihnen meine Fahrzeugpapiere und eine Vollmacht für den Verkauf."

„Gut, dann lasse ich Ihren Wagen hier in der Tiefgarage verwahren, und wir fahren mit meinem Auto nach Banff und nehmen von dort aus den Zug. Soweit ich mich erinnere, fährt die Canadian Pacific Railway jeden Mittag von Banff ab, das heißt, wir sollten uns beeilen, wenn wir sie heute noch erwischen wollen." Voller Elan winkte er einem Kellner und bestellte die Rechnung.

Carol hatte plötzlich das Gefühl, Abschied nehmen zu müssen. Die Zugfahrt durch die Rocky Mountains würde ihre letzte Fahrt auf kanadischem Boden sein, und ihr Aufenthalt in diesem wunderschönen, märchenhaften Hotel wäre nun auch gleich zu Ende. Carol ließ ihren Blick noch ein letztes Mal durch den Raum gleiten, um sich jede Einzelheit einzuprägen. Die architektonische Ausgewogenheit des Saales, die ihn kleiner wirken ließ, als er tatsächlich war. Die elegante Innenausstattung, die stilgetreu an die Epoche angelehnt war, in der der Hauptkomplex erbaut worden war. Sie betrachtete die edel gearbeiteten Säulen, die den Raum unterteilten und deren viktorianisches Design sich in der Deckenstruktur und den Fensterumrahmungen wiederholte. Alles war perfekt aufeinander abgestimmt und mit viel Liebe zum

Detail restauriert worden, und Carol konnte sich gut vorstellen, dass es zu Lawrence Chattwells Zeiten genauso ausgesehen haben musste.

Dieser musste ein großer, blonder Mann mit einer sehr männlichen und attraktiven Ausstrahlung gewesen sein, zumindest hatte er auf den schwarz-weißen Fotos, die sie von ihm gesehen hatte, so auf sie gewirkt. Außerdem hatte ihn eine Aura von absoluter Autorität umgeben, wie sie meist nur von sehr wohlhabenden Personen ausgeht.

Vielleicht ganz ähnlich dem jungen Mann dort drüben, der nahe am Eingang stand und in ihre Richtung starrte. Sie versuchte sich in die Zeit zurückzuversetzen, in der Lawrence Chattwell nach dem Tode seiner Frau Jahr für Jahr in das Hotel zurückgekommen war, um die Stätte des Unfalls zu besuchen und dort Blumen niederzulegen, vielleicht aber auch nur, um ihr im Geiste nahe zu sein. Wie er langsam und mit gebeugten Schultern, als trage er eine schwere Last, durch die Räume des Hotels gewandert war, genauso wie der Mann am Eingang, der sich nun in Bewegung setzte und direkt auf sie zukam.

Jason hatte Carol sofort gesehen, als er aus dem Schatten der Eingangshalle heraus und in den Torbogen am Eingang des Restaurants getreten war. Sie saß völlig gelöst an einem der Tische beim Fenster und unterhielt sich mit ihrem Gegenüber, einem Mann, den er, ohne groß überrascht zu sein, aber mit einem empfindlichen Stich in der Magengegend, als den Professor aus Banff erkannte, der in seinem obligatorischen gelben Pullover sogar bei grellem Tageslicht aus der Menge herausleuchtete. Jason war mitten in der Bewegung erstarrt und hatte sich sofort tiefer in den Schatten zurückgezogen. Noch hatte sie ihn nicht gesehen. Er beobachtete, wie sie lächelte, wie sie den Professor anlachte, seine Hand ergriff, und schließlich sogar halb aufstand und ihn auf die Wange küsste. Was für ein Narr war er nur gewesen! Natürlich war sie zum Lake Louise gefahren, sein Instinkt hatte ihn nicht betrogen. Aber sie war nicht hierher gekommen, um sich irgendwelchen sentimentalen Gefühlen hinzugeben und in der Vergangenheit zu schwelgen, nein, sie war hierhergekommen, um sich mit dem Professor zu treffen!

Allein der bloße Gedanke, wie weit ihr amouröses Abenteuer mit diesem eingebildeten Historien-Schnösel schon gediehen sein könnte, bereitete ihm ungeahnte Qualen der Eifersucht. Trotzdem, oder gerade deshalb, zwang er sich dazu, sie weiter zu beobachten. Carol hatte sich wieder zurückgesetzt und lächelte ihrem Liebhaber zu – genauso, wie Jason es sich erst wenige Stunden zuvor im Hinblick auf sich selbst erträumt hatte – danach schien sie sich im Restaurant umzusehen. Jetzt blickte sie direkt zu ihm herüber, und er war sich sicher, dass sie ihn sehen konnte. Doch das spielte nun keine Rolle mehr, er hatte sowieso nicht vor, sich noch länger zu verbergen. Was er gesehen hatte, genügte ihm, um eine Entscheidung zu treffen. Und so ging er geradewegs auf ihren Tisch zu, ohne ihr Gesicht dabei auch nur eine Sekunde lang aus den Augen zu lassen. Er hatte bereits den halben Weg zurückgelegt, als sich ihr Gesichtsausdruck plötzlich änderte und der freundlich neugierige Blick, mit dem sie ihn anfänglich gemustert hatte, zu einem völlig überraschten wurde. Die Ungläubigkeit, mit der sie ihm entgegensah, grenzte fast schon an blankes Entsetzen. Sie hatte ihn wirklich erst jetzt erkannt!

Er nutzte ihre Fassungslosigkeit, um seiner Wut und seiner Enttäuschung freien Lauf zu lassen.

„Wie schön, dich hier endlich zu finden“, sagte er sarkastisch, „nachdem ich dich überall gesucht habe. Ich habe mir Sorgen um dich gemacht, jedoch umsonst, wie ich sehe. Du bist ja in bester Gesellschaft. Tut mir leid, wenn ich das vergnügliche Frühstück unterbrechen muss, aber ich habe hier etwas, das ich dir geben muss.“ Jason hob seine Hand, um dem Professor zu bedeuten, dass er sich nicht zu erheben brauchte. „Bitte, bleiben Sie sitzen. Es wird nicht lange dauern.“ Damit wandte er sich wieder an Carol. „Hier, das gehört dir, soviel ich weiß. Ich habe es leider erst gestern gefunden und bedaure sehr, dass es abhanden gekommen ist.“

Jason legte die graue Lederrolle mit Carols Schmuck auf den Tisch und wandte sich schon zum Gehen, als ihn Carol mit einem schnellen, verzweifelten Griff am Ärmel festhielt.

„Das ist mein Schmuck! Wo hast du ihn her?“

Noch immer mit dem Rücken zu ihr gewandt, antwortete er: „Das ist nicht mehr wichtig.“

Doch Carol ließ ihn nicht los. „Das ist sogar verdammt wichtig.“

Noch während er sich zu ihr umdrehte, legte er seine Hand auf ihre Finger, die sich in seinen Ärmel festgekrallt hatten. Er wollte ihr eine Antwort geben, wollte sie, höflich und distanziert, für die Tat seiner Mutter um Verzeihung bitten, konnte aber im gleichen Moment in ihren Augen lesen, was sie gedacht hatte. „Mein Gott, du hast gedacht, dass ich ihn gestohlen habe? Das hast du wirklich gedacht?“

Ihre Hand verlor alle Kraft und sank nach unten.

„Wie konntest du nur?“ Jason schüttelte langsam den Kopf, blickte dann kurz auf Tim Gordon und meinte dann nochmals: „Wie konntest du nur?“ Sein Kopf bewegte sich ungläubig hin und her, als ob ihm Carols schrecklicher Verdacht und ihre Untreue dadurch begreiflicher werden könnte.

Carol erwiderte kein Wort, weil sie nicht wusste, wie sie sich rechtfertigen sollte, und sie hielt Jason auch nicht zurück, als er sich schließlich wieder umdrehte und langsam, wie in Trance, den Raum verließ. Vollkommen erstarrt blieb sie auf ihrem Stuhl sitzen und konnte sich selbst nicht mehr erklären, wie diese ganze unglückselige Situation nur zustande gekommen war. Tim Gordon beobachtete, wie sich ihre Finger krampfhaft ineinander verknoteten, bis ihre Knöchel weiß hervortraten. „Haben Sie wirklich gedacht, er hätte ihn gestohlen?“, fragte er nach einer Weile leise.

Carol nickte nur.

„Das ist schlimm.“

Sie nickte wieder.

„Und jetzt glaubt er obendrein noch, dass Sie eine Affäre mit mir haben.“

Sie seufzte schwer. „Er war von Anfang an eifersüchtig auf Sie. Und überhaupt, ich verstehe das alles nicht. Wo hat er den Schmuck nur gefunden? Es ist doch mehr als seltsam, dass er ausgerechnet jetzt damit auftaucht.“

„Sie glauben ihm ja immer noch nicht!“

Carols Finger lösten sich voneinander, und sie schaute den Professor verwundert an. Er hatte den Kern des Problems angesprochen. „Wieso sollte ich ihm glauben, wo er mir bislang noch rein gar nichts erklärt hat!“

„Unter den gegebenen Umständen war das wohl auch ein klein wenig schwierig, finden Sie nicht? Immerhin saß ich, Ihr angeblicher Liebhaber, hier mit Ihnen zusammen am Frühstückstisch. Wer hat da schon große Lust auf Erklärungen. Er muss ja geradezu davon ausgehen, dass er Ihnen gleichgültig ist.“ Und als sie ihre Stirn runzelte und ihn jämmerlich anblickte, fuhr er mit sanfterer Stimme fort: „Was aber offensichtlich nicht der Fall ist! Also gilt es, schnell zu überlegen, was Sie als Nächstes tun sollten. Falls Sie meine Meinung interessiert, denke ich, dass Sie sofort aufspringen und ihm nachgehen sollten, weil Sie sonst keine Chance mehr haben, ihn hier am Lake Louise zur Rede zu stellen.“

„Was soll ich tun?“

„Ihm nachlaufen, Sie Dummerchen. Auf, auf! Holen Sie ihn ein, und sprechen Sie mit ihm. Sagen Sie ihm, was Sie für ihn empfinden, und dann fragen Sie ihn, wo er den Schmuck gefunden hat. Muss ich Ihnen denn alles erst vorsagen? Laufen Sie, ich bleibe hier und bewache solange Ihren Schmuck.“

Natürlich, sie musste mit Jason reden! Dringend, sofort! Mit einem energischen Ruck schob sie ihren Stuhl zurück, nickte Tim Gordon kurz zu und lief dann zum Ausgang. Nachdem der Professor die Rechnung unterschrieben hatte, stand er ebenfalls auf und schlenderte langsam in die Hotelhalle, wo er sich in einen der tiefen, weichen Sessel setzte. Er brauchte keine Zeitung, um die Wartezeit zu überbrücken. Die Hotelgäste, die durch die Lobby wanderten, waren interessant genug, um sie einer ausgiebigen Inspektion zu unterziehen, ein genüsslicher

Zeitvertreib, den Tim Gordon durch all die Jahre seiner Hotelaufenthalte hindurch perfektioniert hatte. Er liebte es, die Leute ihrem äußeren Erscheinungsbild nach zu beurteilen. Er stufte sie danach ein, katalogisierte sie und dachte sich für den ein oder anderen sogar eine Lebensgeschichte aus, die seiner Meinung nach zu ihm passte. Meist wählte er dafür eine besonders auffällige Person aus, eine, die sich ungewöhnlich kleidete, benahm oder sonderbar sprach, und in seiner Fantasie malte er sich das Leben dieser Menschen stets so aus, wie er es gerne sehen würde. Heute schenkte er den Unbekannten, die an ihm vorbeiflanierten, jedoch keine Beachtung. Stattdessen dachte er an Carol, die seine Fantasie schon vom ersten Moment ihres Kennenlernens an beflügelt hatte, und er nutzte den kurzen Augenblick des Alleinseins, um über die Komplikationen in ihrem Leben nachzudenken und um zu überlegen, wie er ihr am besten helfen konnte.

Bereits nach einer Viertelstunde kam Carol mit gerötetem Gesicht und zerzausten Haaren wieder in die Halle zurück.

Noch ganz außer Atem ließ sie sich in den Sessel ihm gegenüber fallen, und er konnte sehen, wie ihr die Enttäuschung die Tränen in die Augen trieb. „Ich habe ihn nicht mehr gefunden, ich bin zu langsam gewesen." Nachdem sie ihre Tränen erfolgreich zurückgedrängt hatte, setzte sie sich kerzengerade hin und starrte auf einen unbestimmten Fleck am Boden. „Was soll ich jetzt nur tun? So kann ich doch unmöglich abreisen! Es bringt mich um, wenn ich nicht bald erfahre, was hinter der ganzen Sache steckt."

„Sehr richtig“, pflichtete der Professor ihr bei, „Sie müssen unbedingt mit ihm sprechen.“

„Warum sind Sie eigentlich so ungemein verständnisvoll? Es müsste Ihnen doch mehr als gelegen kommen, wenn ich Jason nicht wiedersehe.“ Es klang misstrauisch, und tatsächlich war Carol mehr als überrascht von Tim Gordons teilnahmsvoller, fürsorglicher Art. Doch sie wollte ihn nicht verletzen und fügte deshalb etwas sanfter hinzu. „Ich meine, Sie sind so ... so mitfühlend.“

„Und das überrascht Sie?“

Carol nickte.

„Das ist leicht zu erklären. Wenn man beruflich so sehr mit der Vergangenheit, die unwiderruflich und unabänderlich ist, verbunden ist wie ich, dann ist es geradezu eine Wohltat, von Zeit zu Zeit aktiv in die Gegenwart eingreifen zu können. Und da ich es ungeheuer aufregend finde, wie dramatisch Ihr Leben verläuft, wäre es eine wahre Sünde, nicht wenigstens als Zuschauer daran teilzuhaben. Ich weiß sehr wohl, dass ich nie mehr als eine unbedeutende Randfigur in Ihrem Leben sein werde, aber wenn es mir als solche vergönnt ist, die Hauptfiguren in die richtigen Positionen zu bringen, dann fühle ich mich in meiner Nebenrolle nicht unbedingt ...“

Carol unterbrach ihn. „Sie fangen schon wieder an!“

„Ich werde schwülstig?“

„Ja!“

„Zu schwülstig?“

„Mhm!“

Tim Gordon räusperte sich theatralisch. „Kann es nicht einfach nur sein, dass ich Sie gern habe und Ihnen helfen will, weil Sie mit allzu großem Kummer beladen sind und das Ende des Tunnels nicht sehen?“

„Das klingt schon besser. Also, was soll ich jetzt tun?“

„An den Bridge Lake fahren, Jason suchen und mit ihm sprechen. Fahren Sie nach Hause, Carol, alles Weitere wird sich dann schon finden. Ich schicke Sie nur ungern zurück, das wissen Sie, aber es ist die vernünftigste Lösung.“

Aber Carols kurzzeitiges Vergnügen an den verbalen Ausführungen des Professors war bereits wieder verflogen. „Das ist überhaupt keine Lösung. Haben Sie den Brand schon vergessen? Ich habe kein Zuhause mehr am Bridge Lake.“

„Dann fahren Sie eben zu Jason nach Hause. Sie wissen doch, wo er wohnt.“

„Das ist ebenfalls keine gute Idee. Seine Mutter liegt im Krankenhaus in Kamloops, und er wird sehr wahrscheinlich dorthin gefahren sein, um sie zu besuchen, und falls sie dieser Tage entlassen wird, wird er sie zurück zum Bridge Lake bringen, und dann will ich auf keinen Fall dort auftauchen. Oder aber er ist wie so oft nach Vancouver unterwegs. Es gibt viele Möglichkeiten, wohin er gefahren sein könnte, aber dass er schnurstracks zu seinem Haus an den Bridge Lake zurückgefahren ist, halte ich für die unwahrscheinlichste. Ihn dort zu suchen, wäre daher nur unsinnige Zeitverschwendung.“

Gemeinsam überlegten sie, was wohl am besten zu tun wäre, doch dieses Mal hatte nicht einmal der Professor sofort eine Antwort parat. Endlich meinte er: „Dann wird es wohl am besten sein, wenn wir, wie geplant, nach Vancouver fahren. Von dort aus können Sie Ihre Freunde am Bridge Lake anrufen. Irgendeiner von ihnen wird ganz sicher wissen, wo Jason steckt. Er wird Ihnen schon nicht davonlaufen, wie man so schön sagt."

„Hoffentlich", seufzte Carol, „also, auf was warten wir noch? Gehen wir! Ich möchte den heutigen Zug nicht verpassen."

Sie ging auf ihr Zimmer und packte ihre Tasche. Als sie kurze Zeit später wieder zurückkam, hatte Tim Gordon ihre Hotelrechnung bereits abgezeichnet und auf seine Abteilung schreiben lassen. „Vergessen Sie es", wehrte er ihre Einwände ab, „Sie können sich in Vancouver revanchieren, da wird sich schon eine passende Gelegenheit finden."

Auf was für eine außergewöhnliche Art und Weise sich dies noch bewahrheiten sollte, konnte der Professor allerdings nicht ahnen.

32

Es war nur ein kleiner Blumenstrauß, eines dieser vorgefertigten und farblich abgestimmten Gebinde aus Trockenblumen, Zweigen und besprühten Blättern, die ewig halten würden, aber Jason hoffte, sich damit für sein schlechtes Benehmen vom Vortag beim Krankenhauspersonal entschuldigen zu können. Er hoffte außerdem, dass die Schwester, die ihn gestern aus dem Krankenzimmer gejagt hatte, heute keinen Dienst haben würde. Kaum hatte er die Klinik betreten, als ihm an der Anmeldung mitgeteilt wurde, dass seine Mutter verlegt worden wäre. Erleichtert atmete er auf, denn auf der neuen Station würde sich nur noch seine Mutter an seinen letzten Besuch erinnern, und ihr gegenüber empfand er keine Scham. Schließlich hatte sie bisher weitaus mehr Schaden angerichtet als er mit seinem gestrigen Gefühlsausbruch. Außerdem hatte er sich wieder völlig unter Kontrolle und war nicht einmal mehr wütend auf sie.

„Sie müssen in die Psychiatrische“, erklärte ihm die Frau hinter der Glasscheibe und riss ihn damit aus seinen Überlegungen. „Fünfter Stock, Abteilung B.“

„Wie bitte? In die Psychiatrie? Sind Sie sicher? Der Name meiner Mutter ist Elsie Golden.“

„Ja, so steht es hier auf meiner Liste. Tut mir leid, wenn ich Ihnen keine genaueren Auskünfte geben kann, aber die Oberschwester oder der behandelnde Arzt werden sicher gleich mit Ihnen sprechen. Nehmen Sie den Aufzug dort hinten, es befindet sich bestimmt ein Arzt auf der Station."

Jason trug seinen Blumenstrauß wie einen Schutzschild vor sich her und ging damit zum Aufzug. Sein erster Gedanke war noch der, dass ein Irrtum vorliegen und wahrscheinlich jemand einen falschen Eintrag im Computer gemacht haben musste, während er jedoch darauf wartete, dass der Fahrstuhl endlich kam und ihn nach oben brachte, wurde er immer unsicherer. Und zuletzt kam ihm Elsies Einweisung in die Psychiatrie gar nicht mehr so abwegig vor, denn seine Mutter hatte zu viele außergewöhnliche Verhaltensmuster gezeigt, um sie noch als normal bezeichnen zu können.

Als Jason im fünften Stock angekommen war, ging er sofort über den Gang auf den eckigen Glasbau mit seinen Tür- und Fenstergittern zu, in dem die Anmeldung für Besucher der geschlossenen Abteilung untergebracht war. Eine junge Schwester in weißer Nonnentracht öffnete das Glas des kleinen, in die Frontscheibe eingelassenen Sichtfensters. Jason nannte ihr seinen Namen und bat sie darum, ihm Auskunft über seine Mutter zu geben.

Die Schwester bestätigte ihm, dass Elsie Golden an diesem Morgen auf die psychiatrische Station verlegt worden war – allerdings nur zur Beobachtung, wie sie betonte. Wenn er jedoch Genaueres wissen wolle, müsse er sich an den behandelnden Arzt wenden, dies sei aber erst nach der Nachmittagsvisite in etwa zwei Stunden möglich.

„Kann ich meine Mutter denn unter diesen Umständen besuchen?", fragte Jason.

„Selbstverständlich“, antwortete die Schwester, „kommen Sie, ich führe Sie zu ihr. Ihre Mutter wird sich bestimmt freuen, Besuch zu bekommen. Wissen Sie, sie hat sich schon darüber beklagt, dass sie ganz allein auf dem Zimmer liegt und nicht spazieren gehen darf. Sie weiß noch nicht, auf welcher Station sie liegt, weil Dr. Ho erst noch ein paar Untersuchungen an ihr durchführen will. Vielleicht wird sie aber auch gar nicht lange hier bleiben müssen. Wie ich schon sagte, es ist nur zur Beobachtung.“

Jason versuchte herauszufinden, was vorgefallen war. „Man wird sie doch nicht ohne jeden Grund verlegt haben. Hat sie vielleicht etwas angestellt?“

„Darüber kann ich Ihnen leider keine Auskunft geben“, blockte die Schwester ab, „da müssen Sie sich schon direkt an den Arzt wenden. So, hier ist es.“ Die Schwester griff nach einem Schlüssel, der mit einer langen Kette an ihrem Gürtel befestigt war und sperrte damit die Tür auf. „Keine Sorge“, meinte sie beschwichtigend, als sie Jasons entsetzten Blick wahrnahm, „das ist hier allgemeine Vorschrift, wir müssen grundsätzlich jedes Zimmer zusperren. Bei Ihrer Mutter wäre es sicher nicht nötig, denn sie ist nicht aggressiv, aber es ist, wie gesagt, Vorschrift.“

Jason betrat den Raum und sah seine Mutter wie schon beim ersten Mal mit geschlossenen Augen im Bett liegen. Er nickte der Schwester zu, die auch sofort verstand, dass er sich zu seiner Mutter setzen und so lange warten wollte, bis sie von allein aufwachte.

„Hier ist die Klingel“, flüsterte die Schwester, „wenn Sie gehen wollen, brauchen Sie nur zu läuten.“ Damit war sie auch schon wieder verschwunden, und Jason konnte nur noch hören, wie sich der Schlüssel wieder hinter ihr im Schloss drehte.

Er schob einen Stuhl ans Bett heran, nahm Platz und betrachtete seine Mutter. Sie lag auf dem Rücken, den Körper unter der Bettdecke verborgen, so dass nur ihr Kopf und ihre Schultern zu sehen waren. Das hellblaue Krankenhemd war etwas verrutscht und gab den Blick auf ihren linken Schulterknochen frei. Sie war so mager, dass sich ihre Haut nahezu durchsichtig über den Knochen spannte, und ihr Hals und ihr Gesicht waren so blass, dass sowohl die feinen Äderchen wie auch ihre Sommersprossen und Altersflecken deutlich hervortraten. Noch nie war Jason das Alter seiner Mutter so bewusst gewesen wie in diesem Moment, als er sie so winzig und zerbrechlich wie ein Kind auf ihrem Krankenbett mit dem schneeweißen, steif gestärkten Leinen liegen sah.

„Warum bist du gekommen?“, fragte sie, ohne dabei ihre Augen zu öffnen.

„Weil ich dich sprechen wollte.“

„Tut es dir leid?“

„Nein“, antwortete er ihr wahrheitsgetreu, „aber ich habe mich wieder beruhigt. Außerdem hattest du recht, was Carol angeht.“

Elsie Golden öffnete plötzlich ihre Augen und sah ihn fragend an.

„Sie hat nur mit mir gespielt und sich bereits mit einem anderen getröstet.“

„Sei nicht traurig“, tröstete ihn seine Mutter.

„Es tut weh, aber ich werde es überleben. Das entschuldigt jedoch in keinster Weise dein Verhalten, und ich möchte mit dir darüber sprechen. Aber wir werden es diesmal in aller Ruhe tun. Bist du bereit, meine Fragen zu beantworten?"

Elsie nickte, und Jason atmete erleichtert auf, zumal er noch nicht beurteilen konnte, wie stabil ihr geistiger und körperlicher Zustand war. Er nahm sich daher vor, seine Mutter diesmal mit größtmöglichem Zartgefühl zu befragen.

„Du hast mir gestern erzählt, dass du meine Beziehungen schon früher boykottiert hast", begann er.

„Bist du mir deswegen böse?"

„Das ist unwichtig. Es ist geschehen und lässt sich nicht mehr ändern. Mich interessiert viel mehr, warum du es für nötig gehalten hast, meine Beziehungen zu zerstören."

„Du kommst gleich auf den Punkt. Können wir nicht zuerst über etwas anderes sprechen?"

„Zum Beispiel?"

Sie überlegte kurz. „Ich will in Zukunft nicht mehr am Bridge Lake wohnen. Nimmst du mich mit zu dir nach Vancouver?"

„Warum willst du dort nicht mehr wohnen?"

„Weil dort alle Leute irgendwann wissen werden, dass ich den Brand verursacht habe."

Jason war überrascht, wie direkt Elsie auf den Vorfall zu sprechen kam. „Bisher weiß es niemand außer uns beiden, aber du hast recht, es wird sich nicht ewig verheimlichen lassen. Außerdem werde ich für den Schaden aufkommen müssen." Bislang hatte er noch gar nicht darüber nachgedacht, wusste aber noch während er sprach, dass er Carol für ihren Verlust entschädigen würde. „Wenn ich Carol ihr Haus ersetze, wird sie vielleicht von einer Anzeige gegen dich absehen. Deine Tat wird zwar allgemein bekannt, aber zumindest nicht aktenkundig werden."

„Du hast aber doch gar nicht das Geld, um Carol zu bezahlen."

Jason überlegte kurz, ob er seiner Mutter erzählen sollte, was er ihr bis zum heutigen Tag verschwiegen hatte und entschied sich schließlich dafür. Die Karten mussten endlich offen auf den Tisch gelegt werden. „Ich habe seit Jahren in Vancouver eine Wohnung."

„Ich weiß, zusammen mit deiner Freundin!"

„Nein", widersprach er, „hör bitte endlich mit diesem Unsinn auf!"

Elsie Golden begann leise zu kichern, und Jason erkannte auf einen Schlag, dass sie ihn hereingelegt hatte. Sie wusste und hatte schon immer ganz genau gewusst, dass es keine feste Freundin in Vancouver gab. Sie hatte diese Lügengeschichte nur bewusst in seinem Bekanntenkreis verbreitet und war deswegen weder beschämt noch von irgendwelchen Schuldgefühlen geplagt. Im Gegenteil, ihre Augen funkelten lebhaft, sie wirkte auf einmal hochzufrieden und hellwach. Sogar ihre spindeldürren Arme tauchten nun oberhalb der Decke auf, sie stützte sich mit den Ellbogen ab und schob sich dadurch näher an ihn heran.

„Das Ganze amüsiert dich", fragte er überrascht, „ist dir eigentlich nicht klar, in was für eine missliche Lage du uns gebracht hast?"

„Ach, sei nicht albern", meinte sie nur, und zog ihre Mundwinkel dabei geringschätzig nach unten, „was soll schon groß geschehen sein? Carols Haus ist abgebrannt, aber wenn wir beide nicht über die Ursache sprechen, wird die Versicherung den Schaden übernehmen, und

Carol kann sich ein neues Haus bauen. Im Gegensatz zu dir verfügt die Versicherung über genügend Geld, und du musst nicht dein Erspartes opfern. Wie viel ist deine Wohnung in Vancouver denn überhaupt wert?"

„Seitdem die Hong Kong-Chinesen dort so stark investiert haben, ist ihr Wert um ein Vielfaches gestiegen. Die Rückgabe der britischen Kronkolonie an die Chinesen hat auf dem Immobilienmarkt einen regelrechten Boom ausgelöst. In den letzten Jahren hat sich wirklich jeder Chinese, der Geld und einen Pass hat, in Kanada eingekauft und eine Aufenthaltsgenehmigung beantragt. Mittlerweile ist jeder dritte Bewohner von Vancouver bereits chinesisch – deshalb denke ich, dass ich einen sehr hohen Preis für die Wohnung erzielen werde, wenn ich sie jetzt verkaufe."

„Dann tu es, solange der Boom noch anhält. Ich bin überzeugt, in einigen Jahren, wenn sich die Lage in Hong Kong beruhigt hat, werden alle wieder zurück in ihre Heimat wollen und die Preise in den Keller fallen."

Was seine Mutter da sagte, war weitsichtig und fundiert, und unter normalen Umständen hätte sich Jason gerne auf ein längeres, fachmännisches Gespräch mit ihr eingelassen. Doch heute stand dieses Thema für ihn nicht zur Debatte. „Der Verkaufswert wird genügen, um Carol ihren Verlust zu ersetzen, denn ich werde die Versicherung ganz sicher nicht betrügen."

„Sei nicht dumm, ursprünglich wolltest du dir mit deinem Ersparten eine Büffelherde kaufen. Dafür hast du doch die ganzen letzten fünf Jahre gearbeitet, und deshalb hast du dir auch die Wohnung in Vancouver gekauft und sie selbst renoviert."

Damit überraschte ihn seine Mutter zum zweiten Mal

an diesem Tag. „Du hast es gewusst?“ Jason war nun vollkommen perplex, denn er konnte sich nicht vorstellen, von wem Elsie erfahren haben konnte, dass er seit nunmehr zwei Jahren damit beschäftigt war, seine Wohnung in mühevoller Kleinstarbeit von einer heruntergewirtschafteten Behausung in ein modernes, elegantes Schmuckstück zu verwandeln. All seine Kurzreisen in die Stadt hatten ausschließlich diesem Zweck gedient, und er hatte die Wohnung erst vor Kurzem so weit fertiggestellt, dass er nunmehr daran denken konnte, sie gewinnbringend zu verkaufen. Der Umbau hatte ihm Spaß gemacht, war aber auch harte Arbeit gewesen, denn er hatte alles von Grund auf alleine renoviert, um unnötige Kosten zu vermeiden. „Eigentlich wollte ich dir und Carol diesen Monat die Wohnung zeigen. Sie ist sehr schön geworden“, murmelte er resigniert. Sein Stolz auf die von ihm geleistete Arbeit war durch die jüngsten Ereignisse mit einem Schlag zunichte gemacht worden, und er konnte sich nicht mehr darüber freuen.

„Wir könnten doch in die Wohnung ziehen, unser Land am Bridge Lake verkaufen und damit Carol bezahlen, wenn du unbedingt darauf bestehst“, schlug Elsie Golden vor.

„Nein! Wir beide werden nie wieder zusammen unter einem Dach leben!“

„Ich will aber nicht zurück an den Bridge Lake“, sinnierte sie, „und zurück in die Stadt will ich eigentlich auch nicht mehr ziehen. Wer weiß, am Ende lebt er noch dort und erkennt mich wieder, und davor habe ich Angst.“ Elsies Gesicht hatte sich plötzlich verdüstert, ihr Blick war mit einem Mal matt geworden und schien durch Jason hindurchzugehen.

„Wer erkennt dich wieder? Von wem sprichst du?“

„Von deinem Vater.“

Jason schwieg und hoffte, dass sie mit ihrer Vergangenheitsbeichte dort fortfahren würde, wo sie das letzte Mal stehen geblieben war. „Ich habe wirklich Angst vor ihm“, nuschelte sie zögerlich, und Jason atmete erleichtert auf, „obwohl er mir jetzt nichts mehr antun kann, denn der Schaden ist bereits angerichtet, und du und ich werden unser Leben lang dafür bezahlen müssen. Aber alleine kann ich auf keinen Fall in Vancouver leben, ich gehe nur in die Stadt zurück, wenn du mitgehst. Er ist so böse, es ist ihm völlig egal, was er getan hat, und wenn er mich findet, wird er mich aus dem alleinigen Grund, dass es ihm Spaß macht, endgültig vernichten. Genau wie damals.“

Jason konnte förmlich beobachten, wie sich seine Mutter immer mehr in sich selbst zurückzog. Aber hatte sie wirklich von seinem Vater gesprochen? War er der böse Mann? Jason wusste es nicht, aber ihm war klar, dass dieses Gespräch, wenn er jetzt nicht schnell zu ihr durchdrang, beendet sein würde, ohne dass er auch nur den kleinsten Hinweis in Händen hielt. „Was hat er dir getan, Mutter?“, fragte er, und als sie ihm nicht antwortete, legte er seine beiden Hände auf ihre Wangen, drehte ihr Gesicht zu sich um und sah sie bittend an. „Erzähl es mir, bitte. Ich muss wissen, was geschehen ist. Was hat dir mein Vater angetan?“

„Kannst du dir das denn nicht denken?“, fragte sie so leise, dass er sich noch weiter zu ihr hinunterbeugen musste, um sie verstehen zu können. Sein Gesicht war nun ganz nah an ihrem, und so hauchte sie ihm die schrecklichen Worte ins Ohr. „Er hat mir Gewalt angetan. Nicht nur einmal, sondern viele Male. Immer wieder. Es war furchtbar, ich konnte mich doch nicht wehren, ich war viel zu schwach."

„Nein, das konntest du nicht", versuchte er sie zu trösten, „aber das ist lange her, du musst keine Angst mehr haben. Es ist vorbei."

„Es wird nie vorbei sein. Jedes Mal, wenn ich dich ansehe, beginne ich, ihn erneut zu hassen."

Erst jetzt wurde Jason klar, dass er aus einer dieser Vergewaltigungen hervorgegangen war, und sie tat ihm unendlich leid. „Du solltest aufhören, darüber nachzudenken und dich zu quälen. Es ist so lange her."

„Red keinen Blödsinn!", widersprach sie ihm und wurde dabei etwas lauter. „Es ist noch immer wichtig. Oder weshalb meinst du, dass ich nicht will, dass du eine feste Beziehung und eine eigene Familie hast? Glaubst du wirklich, dass ich alle deine Beziehungen gerne zerstört habe? Nein, das habe ich nur getan, um dich und die anderen zu schützen. Du bist aus dieser Schande hervorgegangen, und deshalb darfst du keine eigenen Kinder haben! Dein Vater hat nicht nur mein Leben, sondern auch das deinige zerstört."

Jason schüttelte den Kopf und lehnte sich dann zurück, um sie besser ansehen zu können. „Auch wenn ich das Produkt eines Gewaltaktes bin, muss ich mich dafür noch lange nicht selbst bestrafen. Es gibt keinen Grund, warum ich kein normales Leben führen sollte."

„Oh doch, den gibt es!" Elsie schloss die Augen. Wenn sie ihn nicht ansah und sich stattdessen einbildete, dass er nicht hier im Zimmer und an ihrem Bett saß und sie außerdem nicht mit seiner naiven Unkenntnis dazu zwang, die Familienschande laut auszusprechen, wenn sie stattdessen so tat, als wäre er nicht aus Fleisch und Blut, sondern nur ein Spiegelbild ihrer selbst, dann würde sie ihm die Wahrheit vielleicht endlich gestehen können. „Es war nicht nur die Gewalt, die es so unerträglich für mich gemacht hat. Dein Vater hätte mich nie berühren dürfen!“, flüsterte sie.

„Warum nicht?“, wollte Jason voller Angst wissen.

„Weil er mein Bruder war! Jason, dein Onkel war auch dein Vater.“

Was redete sie da? Sie hatte ihm bislang doch immer nur von einem Tagelöhner erzählt, einer Zufallsbekanntschaft, wie er stets angenommen hatte. „War mein Onkel ein Handwerker?“, fragte er vorsichtig.

Da begann sie auf einmal leise vor sich hin zu kichern, und Jason glaubte schon, dass sie einen üblen, geschmacklosen Scherz mit ihm getrieben hätte. Dann aber kippte ihr freudloses Kichern plötzlich in ein quälendes, trockenes Schluchzen um, und sie presste ihre Hände gegen ihren Mund, so als ob sie dadurch verhindern wollte, dass sich ihr ganzes Leid und die Scham, die sie noch immer empfand, in Worte verwandeln und aus ihr heraussprudeln könnten.

Als sie sich wieder etwas beruhigt hatte, versuchte Jason erneut, auf ihre konfusen Behauptungen einzugehen: „Welcher Onkel ist es denn gewesen? Erzähl mir doch bitte von ihm.“

„Du kennst ihn nicht, denn ich habe verhindern können, dass er sich Zugang zu dir verschafft hat. Jetzt ist er schon seit Langem tot. Das Land, das wir am Bridge Lake besitzen, war seine Hinterlassenschaft an uns. Vielleicht hat er kurz vor seinem Tod seine Sünden ja noch erkannt und sie bereut.“

Jason wurde zunehmend verwirrter. Sprach sie nun von einem Toten oder von einem Lebenden? Aber wenn er schon gestorben war, vor wem hatte sie dann Angst? Konnte es etwa sein, dass sie sich von einem Geist verfolgt fühlte? „Aber du hast doch gesagt, du hast Angst, ihn in Vancouver zu treffen?“

„Habe ich das?“

„Ja, du hast gesagt, dass mein Onkel auch mein Vater ist und dass du Angst vor ihm hast, weil er dich verfolgt. Aber du hast auch gesagt, dass dieser Onkel bereits tot ist, und ich denke, dass das stimmt, denn es deckt sich zumindest mit dem, was du mir früher immer erzählt hast, nämlich, dass wir keine lebenden Verwandten mehr haben. Vor wem hast du also Angst?“

Sie runzelte die Stirn und meinte dann bestimmt: „Dein Vater ist tot, aber sein Bruder lebt noch.“

„Sein Bruder? Was denn, noch ein Bruder?“, fragte Jason, der seine wachsende Ungeduld nur noch mit großer Mühe zügeln konnte. Was sie da sagte, ergab einfach keinen Sinn. „Du hattest also zwei Brüder?“

Sie bestätigte mit einem Kopfnicken und setzte laut hinzu: „Und jetzt bin ich müde. Bitte lass mich in Ruhe, ich möchte schlafen.“

Aber Jason war viel zu durcheinander und aufgeregt, um das Gespräch an diesem Punkt abbrechen zu lassen. Es waren noch viel zu viele Fragen ungeklärt, und er bereute es das erste Mal in seinem Leben, nichts von ihrer Familie zu wissen und nie das Bedürfnis verspürt zu haben, seinen Stammbaum zu erforschen. Solange er zurückdenken konnte, hatte es immer nur ihn und sie gegeben. „Du musst mir alles sagen“, flehte er sie an. „Erzähl mir von meinem Vater. Von meinen Onkeln. Ich muss endlich die ganze Wahrheit wissen."

„Heute nicht mehr", war ihre Antwort, dann drehte sie sich von ihm weg, schob ihre Arme wieder unter die Decke und bewegte sich nicht mehr. Wie auf einem Totenbett lag sie da, still und bleich, die verdeckten Arme wie zum Schutz um ihren Oberkörper geschlungen, und reagierte auf keine seiner Bitten mehr. Jason ahnte nicht, dass sie, wie so oft in letzter Zeit, in einen traumlosen Schlaf hinübergeglitten war, der sie vor dem Schatten rettete, der sich hinter ihr ins Zimmer geschlichen hatte. Der Schatten verfolgte sie zwar stets bis in ihre Träume hinein, doch noch nie hatte er die bleierne Müdigkeit durchbrechen können, die sie immer dann überkam, wenn er bedrohlich nah an sie herangekommen war. Die Müdigkeit schützte sie, in ihr fand sie Ruhe und Frieden, denn in ihr gab es nichts, was sie sehen, hören oder spüren konnte.

Erschüttert über Elsies Verweigerung, ihm Rede und Antwort zu stehen, blieb Jason noch eine Weile unschlüssig am Bett seiner Mutter stehen und überlegte, ob er wegen ihres ohnmachtähnlichen Zustands medizinische Betreuung anfordern sollte. Doch dann machte er sich bewusst, dass er keinen Arzt finden würde, der Elsies selbstgewählten Rückzug in eine Welt ohne Fragen und Furcht verhindern würde. Und so klingelte er nach der Schwester, um sich von ihr die Zimmertür öffnen zu lassen. Nein, kein Arzt würde ihm sagen können, wo die Wahrheit versteckt war. Dazu musste er seine Mutter schon weiterhin selbst befragen und die richtigen Augenblicke, in denen sie für ihn erreichbar war, abpassen. Aber der Tag würde kommen, an dem er alle

Einzelteile des Puzzles zusammengefügt hätte und sich über das, was wirklich geschehen war, ein Bild machen konnte.

Ohne eine weitere Sekunde zu verlieren, verließ er das Krankenhaus und ging zum Parkplatz. Er stieg in seinen Pick-up, fuhr auf die Hauptstraße und bog dann in die Auffahrt zum Highway Nummer Fünf ein. In guten eineinhalb Stunden würde er am Bridge Lake sein, dem einzigen Ort, an dem es ihm möglich wäre, wieder etwas Ordnung in das Durcheinander in seinem Kopf zu bringen. Er durfte jetzt keinen Fehler machen, sondern musste logisch und vernünftig vorgehen. Was ihm seine Mutter gestanden hatte, war so ungeheuerlich, dass er gar nicht anders konnte, als das Gehörte zunächst einmal in Frage zu stellen. In keinem Fall durfte er zulassen, dass ihn Elsies geistige Verwirrung in irgendeiner Form beeinträchtigte. Aber hatte sie zwischendurch nicht auch immer wieder lichte Momente gehabt? Wenn ja, war er zumindest nicht imstande auseinanderzuhalten, welche ihrer Aussagen einen Sinn ergaben und welche nicht. Dass er so gut wie gar nichts über ihre wahren Beweggründe wusste, frustrierte ihn, außerdem war er sich noch immer nicht hundertprozentig sicher, ob Elsie tatsächlich krank war, oder ihm etwas vormachte. Dementsprechend schwankend war auch seine eigene Gemütsverfassung. Sobald er glaubte, dass sie die Wahrheit gesagt hatte und er die Gene eines Verbrechers in sich trug, stürzte er in tiefe Verzweiflung. Wertete er ihre Worte dagegen als den Ausdruck eines kranken Geistes, erfasste ihn tiefes Mitleid mit ihr, und er haderte mit sich, weil er so ungeduldig mit ihr war, während sie doch nichts für ihren Zustand konnte und er sie einfach nur nicht ernst nehmen durfte. Dann aber kam ihm wieder ihre weitsichtige Analyse des Immobilienmarktes in den Sinn und, wie sie seine Freundinnen vergrault hatte, um eine Fortpflanzung seiner Gene zu verhindern. Angesichts dieser Überlegung musste er sie wiederum als eindeutig zurechnungsfähig, klug und listig einstufen.

Die ganze Fahrt über fühlte er sich hin- und hergerissen. Wie konnte er nur die Wahrheit ans Licht bringen? Er musste einfach Gewissheit über die familiären Verhältnisse seiner Mutter haben. Wie war sie aufgewachsen? Hatte es tatsächlich zwei Brüder gegeben, und wer waren seine Großeltern und vor allem sein Vater gewesen? Die Antworten auf all diese Fragen konnten nur im Haus am Bridge Lake verborgen sein, denn Jason erinnerte sich nur zu gut daran, dass er bei seiner Suche nach Carols Schmuck auch eine Mappe im Schlafzimmerschrank seiner Mutter gesehen hatte, in der Urkunden abgeheftet waren. Zu diesem Zeitpunkt hatte er der Mappe noch keine weitere Beachtung geschenkt, aber nun wollte er sie genauestens untersuchen. Und sollten seine Fragen nach dem Studium der Urkunden noch immer nicht zufriedenstellend beantwortet sein, würde er sich wieder ins Auto setzen und nach Vancouver fahren, um dort bei den zuständigen Behörden vor Ort weitere Nachforschungen anzustellen.

Als Jason neunzig Minuten später endlich zu Hause ankam, war die Luft im Haus abgestanden und stickig. Er öffnete alle Fenster und ließ die leichte Frühlingsbrise, die von draußen hereinkam, durch die Zimmer ziehen. In wenigen Wochen würde der Sommer das Cariboo zum schönsten Flecken auf Erden machen, und er sehnte sich schon jetzt nach den langen hellen Tagen, an denen er spät abends noch auf den See hinausfuhr, um die großen Kokanee-Lachse zu fischen. Oder mit dem Pferd auf verschlungenen Pfaden zu versteckten, einsamen Seen ritt, die, in bunt blühende Wiesen eingebettet, der Tierwelt eine ungestörte Heimat boten. Der Sommer war die schönste Jahreszeit in Kanada, und Jason war jedes Jahr wieder dankbar, dass er so lange währte.

Als sich Jason vorstellte, wie er diesen Sommer die Büffel ausgewählt und damit den Grundstock für seine erste Herde gelegt hätte, überkam ihn der Schmerz über Carols Verlust und seinen verloren gegangenen Traum von Neuem. Er hatte Carol mit der Herde überraschen wollen. Sie war so begeistert von den Tieren gewesen, dass er ihr mit dem Kauf eine Freude hatte machen wollen. Aber das war nun vorbei, denn Carol war weder ernsthaft an ihm noch an der Büffelzucht interessiert gewesen, und er würde in naher Zukunft kein Geld mehr haben, das er in die Zucht investieren konnte. Überrascht stellte Jason fest, dass ihn das Projekt ohne Carol auch gar nicht mehr reizte. Die Zukunft interessierte ihn nicht mehr. Ihn interessierte nur noch, ob die Anschuldigungen seiner Mutter der Wahrheit entsprachen und ob es die Erblast, von der sie gesprochen hatte, wirklich gab.

Jason nahm die Urkundenmappe aus dem Schrank, ging mit ihr in die Küche und machte sich einen Kaffee. Nachdem er den ganzen Tag noch nichts gegessen hatte, verspürte er eine leichte Übelkeit, ein sicheres Zeichen dafür, dass sein Körper unterzuckert war. Daher beschloss er, obwohl er keinen Hunger hatte, sich eine gefrorene Pizza in den Ofen zu schieben. Während er darauf wartete, dass sie fertig wurde, knabberte er schon einmal ein paar Erdnüsse und begann den Inhalt der Mappe zu untersuchen. Doch leider konnte er außer den Grundstückseintragungen, die er bereits kannte, dem versiegelten Testament seiner Mutter und seiner eigenen Geburtsurkunde, in der Elsie als seine Mutter und sein Vater als „unbekannt" eingetragen waren, nichts finden.

Es wurde langsam Abend, und Jason beschloss, gleich am nächsten Tag in aller Frühe nach Vancouver aufzubrechen. Dort würde er Einsicht in die Geburtsurkunde seiner Mutter beantragen und dadurch vielleicht etwas mehr über seine Familie erfahren. Soweit er wusste, war Elsie in Vancouver geboren worden, möglicherweise hatten auch ihre Eltern dort gelebt. Aber genau wusste er das nicht, dazu hatte ihm seine Mutter viel zu wenig über ihre Kindheit erzählt.

Jason schob die inzwischen aufgebackene Pizza auf einen Teller, öffnete eine Bierdose und ging damit ins Wohnzimmer, um Anita und Hermann anzurufen. Sie waren zu Hause und wollten sofort wissen, wie es um den Gesundheitszustand seiner Mutter bestellt war. Es kostete Jason große Überwindung, den beiden, wenn auch nur in Kurzform, die Wahrheit über die Geschehnisse der letzten Tage und die Taten seiner Mutter zu gestehen, doch danach fühlte er sich so erleichtert, dass er Anita gleich noch von seiner Begegnung mit Carol und ihrem neuen Freund berichtete.

„Das ist doch nicht dein Ernst?", fragte Anita, „Carol hat nichts mit dem Professor. Das bildest du dir ein."

Doch Jason, der sich von Anita etwas mehr Mitgefühl erwartet hatte, blieb bei seiner Meinung und untermauerte sie nun mit Details, die er ursprünglich gar nicht zur Sprache hatte bringen wollen. „Sie saßen gemeinsam beim Frühstück im ‚Chateau Lake Louise'! Und ich habe mit meinen eigenen Augen gesehen, wie sie ihn über den Tisch hinweg geküsst hat! Das Büro des Professors ist in Banff, nicht am Lake Louise – es gab also keinen anderen Grund für ihn, sich frühmorgens im Hotel aufzuhalten, als den, dass sie die Nacht gemeinsam dort verbracht haben! Erzähl mir also nicht, dass ich mir das alles einbilde. Carol sah außerdem sehr glücklich und entspannt aus, zumindest bis zu dem Augenblick, in dem sie mich gesehen hat!"

„So klang das aber kein bisschen, als ich heute Morgen mit ihr telefoniert habe."

Jason hatte nicht die Absicht gehabt, Anita in irgendeiner Form nach Carol zu befragen, aber jetzt kamen die Worte wie von selbst aus seinem Mund. „Was hat sie gesagt und wo ist sie jetzt?"

Anita deckte den Hörer kurz mit ihrer Hand ab und flüsterte Hermann zu: „Er will wissen, wo sie ist." Als Hermann nickte, nahm sie die Hand wieder vom Hörer und meinte: „In Vancouver, im ‚Landmark Hotel'. Gleich nachdem du das Hotel verlassen hast, ist sie in den Zug nach Vancouver gestiegen. Sie hat mir von deinem Auftritt im Frühstückssaal berichtet, und sie war ziemlich mitgenommen, weil du so schnell verschwunden warst. Sie ist dir übrigens noch nachgelaufen, weil sie unbedingt mit dir reden wollte, ehe sie nach Deutschland zurückfliegt."

„Ich dachte, sie hat jetzt ihren Professor?"

„Ach, sei doch nicht so borniert! Ihr liegt nichts an dem Mann, das darfst du mir glauben. Was ist bloß los mit dir? Du warst von Anfang an eifersüchtig auf ihn."

Jason dachte nach. „Das stimmt. Aber die Zwei haben sich so gut unterhalten. Und sie passen zusammen. Er ist intelligent und witzig und kann sich gut in sie und ihre Arbeit als Schriftstellerin hineinversetzen. Was kann ich ihr denn dazu im Vergleich schon groß bieten? Ich bin nicht gut mit Worten. Ich bin nur ein ungebildeter Banause."

„Eher schon ein Trottel", tadelte ihn Anita, „mit einem ausgemachten Komplex, den du dir schnellst möglichst wieder abgewöhnen solltest. Ich werde dir jetzt das Gleiche raten, was der Professor Carol geraten hat, als sie sich, unglücklich und frustriert über deinen kindischen Abgang, bei ihm Rat geholt hat. Sprecht miteinander, hat er ihr empfohlen! So viel zu deiner albernen Eifersucht, die wirklich vollkommen unbegründet ist. Und ich rate euch ebenfalls: Setzt euch endlich zusammen und klärt, was euch so sehr bedrückt ..."

„Hat er das wirklich zu ihr gesagt?", unterbrach sie Jason.

„Himmel, Junge, ja, das hat er! Aber ich warne dich. Er ist mit ihr nach Vancouver gefahren, um dort gemeinsam mit ihr weiter über den Verbleib von Rose und Tom nachzuforschen. Mach dich also nicht verrückt, wenn du den Professor siehst. Sie liebt ihn nicht, sie liebt dich, Jason!"

Jason ließ die Szene, in der sich Carol vorgebeugt und Tim Gordon geküsst hatte, noch einmal vor seinem geistigen Auge Revue passieren, und dank Anitas energischer Standpauke fiel es ihm nun wie Schuppen von den Augen. Natürlich, es war nur ein freundschaftlicher Kuss auf die Wange gewesen, einer von der Art, mit dem man sich für ein hübsches Geschenk bedankt, völlig harmlos und unverbindlich. Seine Sorge um Carol war so groß gewesen, dass er nur noch Rot gesehen hatte, als er sie unverletzt und anscheinend ohne jeden Gedanken an die Ängste, die er ihretwegen durchgestanden hatte, in Lake Louise gefunden hatte. Seine Anschuldigungen waren unfair gewesen und hatten jeder Grundlage entbehrt. Sie waren nur nachvollziehbar, weil seine Gefühle für Carol so außergewöhnlich stark waren. Ohne Anitas klärende Worte hätte er dies jedoch nicht erkannt. „Ich danke dir", murmelte er kleinlaut, „ohne Freunde ist man wirklich verloren."

„Ja, und aus diesem Grund werde ich mich jetzt auch ins Auto setzen, und mein lieber Mann wird mich zu dir fahren. Dann wirst du mir noch einmal ganz genau erklären, was mit deiner Mutter los ist. Ich kann das alles noch gar nicht richtig fassen. Ich meine, dass sie Carols Schmuck gestohlen und ihr Haus angezündet hat? Wenn das stimmt, muss sie wirklich sehr krank sein. Wie auch immer, wir sind mit ihr befreundet und können sie nicht so einfach in einem Krankenhaus verschwinden lassen. Außerdem glaube ich, dass es darüber hinaus noch einiges gibt, was du mir nicht erzählt hast. Hermann hat gerade gesagt, du sollst ein Bier für ihn kalt stellen. Er ist genauso neugierig wie ich, du wirst uns also alles ganz genau berichten müssen."

„Wird gemacht!"

Insgeheim war Jason erleichtert, den Abend nicht alleine verbringen zu müssen. Er würde den beiden vorbehaltlos alles beichten, zumal Anita mit ihrer weiblichen Intuition sowieso schon bemerkt hatte, dass er einen wesentlichen Teil in seiner Berichterstattung ausgelassen hatte, und er wollte wissen, was sie darüber dachte.

33

Als Tim Gordon darauf bestanden hatte, Carol zu Malcolm Meier zu begleiten, um diesem den Verlust der Dokumente zu erklären, hatte Carol nicht mit der Autorität eines Professorentitels gerechnet. Doch nun erkannte sie, was für ein guter Schachzug dieser Vorschlag gewesen war. Denn Tim Gordon gelang es, Malcolm mit seinem professionellen Auftreten und seinem aufrichtigen Interesse an den Geheimnissen der Pressearbeit sofort in seinen Bann zu ziehen. Der Brand wurde von ihm als ein außergewöhnliches Ereignis und als Eingriff höherer Mächte außerhalb jeder menschlichen Kontrolle dargestellt, woraufhin Malcolm Meier die Vernichtung der Originaldokumente fast schon als Lappalie abtat.

„Kein Mensch wird die Unterlagen vermissen", bestätigte Malcolm nonchalant, „also belasten Sie sich bitte nicht weiter damit. Sie können schließlich nichts dafür."

Zunächst ärgerte sich Carol darüber, dass sich seine Bemerkung mehr an den Professor als an sie richtete, war dann aber letztendlich froh, als Malcolm ihnen im Anschluss erlaubte, nochmals die gespeicherten Dokumente einzusehen. „Ich wusste ja nicht, dass sie von solch großem historischen Wert sind", meinte er.

„Absolut", bestätigte Tim Gordon, „weshalb jeder Historiker immer ausgesprochen dankbar ist, wenn er Zutritt zu den Archiven alteingesessener Firmen erhält.

Sie können sich gar nicht vorstellen, was für großartige Geheimnisse sich oftmals sogar noch hinter dem nüchternsten Zahlenmaterial verbergen. Deshalb ist es mir jetzt auch eine große Freude, um nicht zu sagen, eine Ehre, Ihre Genehmigung zur Durchsicht der gespeicherten Daten zu erhalten."

Malcolm Meier fühlte sich sichtlich geschmeichelt, denn der Professor galt als allgemein anerkannte Koryphäe auf seinem Gebiet, und auch wenn Malcolm bislang noch keines seiner Werke gelesen hatte, kannte er doch seinen Namen. Und obwohl er nach wie vor nicht erkennen konnte, welche Bedeutung John McLures Geschichte für seine Firma haben sollte, musste Carols Buch ebenfalls von großer Bedeutung sein, denn sonst würde sich der Professor nicht so engagiert für sie einsetzen. Malcolm wandte sich wieder an Carol. „Wie kommen Sie mit Ihrer Arbeit voran? Konnten Sie schon mehr über den weiteren Verlauf der Geschichte herausfinden?"

Wieder sprang der Professor für Carol ein. „In diesem Stadium der Recherche sind wir sehr stark auf Ihre Hilfe angewiesen. Wir sind zwar auf eine heiße Spur gestoßen, werden den Durchbruch aber erst schaffen, wenn wir heute in Ihrem Archiv die Hinweise finden, die unsere Vermutung bestätigen."

„Ich verstehe!" Malcolm Meier stand auf und bat sie beinahe feierlich, ihm ins Archiv zu folgen.

„Ich glaube, ich muss Ihnen nichts mehr erklären", sagte er, als sie dort ankamen. „Carol, Sie wissen ja sicher noch, wie alles funktioniert? Lassen Sie sich Zeit. Von mir aus können Sie die ganze Woche hier verbringen und die Akten durchforsten."

„Sie sind zu freundlich", lächelte Tim Gordon gönnerhaft, „und darum werden wir auch darauf bestehen, Sie in der Danksagung des Buches als einen der wichtigsten Förderer des Projektes aufzuführen."

„Wenn es denn sein muss." Malcolm schien gehofft zu haben, dies zu hören. „Wie gesagt, ich bin jeden Morgen ab neun Uhr im Büro und gehe nicht vor sechs Uhr nach Hause. Während dieser Zeit gehört das Archiv Ihnen."

Als Malcolm das Zimmer verließ, hatte Carol bereits den Computer eingeschaltet und begann dem Professor zu erklären, wie das Archiv aufgebaut war. „Jedes Jahr ist in einer Akte zusammengefasst, und jede Akte besitzt ein Inhaltsverzeichnis. Der erste Teil jeder Akte besteht aus Rechnungen, darauf folgen Verträge, denen sich wiederum Konzepte oder etwas Ähnliches anschließen, und ganz am Ende sind die Unterlagen abgespeichert worden, die sich keiner der vorangehenden Kategorien zuordnen ließen. Da ich mich berufsbedingt mit der Analyse von Dokumenten recht gut auskenne, habe ich mir beim letzten Mal als Erstes die geschäftlichen Unterlagen angesehen, allerdings nur sehr oberflächlich, und ich muss zugeben, dass die meisten keinen Sinn für mich ergeben haben."

„Weil Sie nicht wussten, wonach Sie suchen müssen", unterbrach sie der Professor.

„Und jetzt wissen wir es?"

„Selbstverständlich! Wir suchen nach einer Rechnung des B&H-Studios."

Carol nickte. „Na, dann mal los."

Sie hatten bereits damit begonnen, die ersten Seiten des ersten gespeicherten Jahres anzuklicken, als Tim Gordon plötzlich etwas einfiel. „Warten Sie, es besteht gar keine Notwendigkeit, Jahr für Jahr durchzugehen. Schließlich kennen wir doch die ungefähre Zeitspanne, in der das Bild aufgenommen worden ist. Rose sieht aus, als wäre sie damals so um die dreißig gewesen. Also meine Liebe, rechnen Sie mal."

Carol addierte die Jahreszahlen blitzschnell im Kopf zusammen. „John McLure hat Rose 1906 gefunden – da war sie noch ein Baby – plus ungefähr dreißig Jahre, also muss das Foto etwa zwischen 1930 und 1935 gemacht worden sein."

„Ausgezeichnet! Beginnen wir also mit dem Jahr 1925 und suchen jeweils nur den Rechnungsteil jeder Akte durch!"

Die Zeit verging und Carol und der Professor klickten Seite für Seite an, bevor sie zuletzt und tatsächlich im Ordner des Jahres 1935 einen Briefkopf der Firma B&H entdeckten. Carol schrie überrascht auf, und der Professor schlug begeistert mit der flachen Hand auf den Schreibtisch und rief: „Halt", weil Carol ganz automatisch bereits auf die nächste Seite geklickt hatte. Sie ging wieder eine Seite zurück, und da war es!

Gebannt starrten sie beide auf den Bildschirm. Sie glaubten ihren Augen nicht zu trauen. Die Rechnung war auf die Firma Chattwell-Tidewater ausgestellt!

„Hier, sehen Sie!" Tim Gordon deutete auf die nächsten Zeilen. „Die Rechnung läuft unter privat, und die Aufnahmen wurden im Auftrag von Lawrence Chattwell höchstpersönlich gemacht. Das ist es! Und hier stehen auch die Namen der beiden Personen, die abgelichtet worden sind!"

„Ja", flüsterte Carol, „ich sehe es."

„Rose und Tom … und ... dann ihr Nachnahme, den

ich allerdings nicht entziffern kann. Was für ein Gekritzel! Gottlob gibt es heutzutage keine handgeschriebenen Rechnungen mehr! Eindeutig entzifferbar sind aber auf jeden Fall die Namen Rose und Tom." Die Begeisterung in Tim Gordons Stimme war nicht zu überhören. „Und damit haben wir den Beweis, dass Chattwell sehr wohl von der Existenz seiner Tochter gewusst hat. Warum sonst hätte er die Aufnahmen bestellen sollen? Sie sind ihm auch nicht irgendwie zugespielt worden, sondern er selbst hat sie offiziell angefordert und über seine Firma abgerechnet. Fantastisch. Das lässt jedoch vermuten, dass es noch weitere Hinweise zu Rose und Tom in diesen Unterlagen gibt. Wir werden also leider noch einmal ganz von vorne beginnen müssen. Machen Sie sich also in den nächsten Tagen auf viele mühselige Arbeitsstunden gefasst."

Carol schüttelte bedauernd den Kopf. „Tut mir leid, aber ich habe nicht die Zeit, um hier tagelang im Kämmerchen zu sitzen und nach einer Stecknadel im Heuhaufen zu suchen. Ich muss dringend versuchen, Jason zu erreichen, und mich, sobald es geht, mit ihm treffen."

„Fein, fahren Sie nur wieder an Ihren Bridge Lake und lassen mich hier einsam und alleine zurück. Mit einem Computer als einzigem Freund und Malcolm Meier als Vertrautem." Die Stimme des Professors vibrierte leicht, und während er sprach, rieb er sich unbewusst die Hände.

„Aber Sie sind ja geradezu froh darüber, dass ich verschwinde", stellte Carol überrascht fest.

„Ich muss zugeben, dass mich der Gedanke, allein und ungestört in solch ungeahnten Schätzen wühlen zu dürfen, durchaus nicht unglücklich macht. Vergessen Sie nicht, Chattwell-Tidewater war und ist eine der einflussreichsten Firmen Britisch-Kolumbiens, wenn nicht sogar von ganz Kanada, außerdem war sie am Aufbau der Canadian Pacific Railway erheblich beteiligt. Ich werde hier also äußerst wertvolle Informationen sammeln können, die mein ureigenstes Themengebiet betreffen. Dabei werde ich natürlich auch nach unseren beiden Freunden Rose und Tom Ausschau halten, aber Sie werden verstehen, dass ich eine Gelegenheit wie diese nicht ungenutzt lassen kann."

„Selbstverständlich. Außerdem bin ich froh, wenn ich mich auf diese Art und Weise bei Ihnen revanchieren kann und mich nicht mehr ganz so schuldig fühlen muss, weil ich Ihnen Ihre kostbare Zeit stehle."

„Genau das tun Sie aber!", erwiderte Tim Gordon, „und zwar von dieser Minute an! Und jetzt verschwinden Sie endlich aus meinem Reich, damit ich mit meinen Nachforschungen beginnen kann."

Als Carol an der Tür war, rief ihr der Professor, der bereits vor dem Computer Platz genommen hatte, noch über die Schulter nach: „Ist es Ihnen eigentlich gelungen, den hingekritzelten Nachnamen der beiden zu entziffern? Das würde nämlich vieles sehr vereinfachen und erleichtern."

„Nein, tut mir leid, keine Ahnung."

Carol schüttelte bedauernd den Kopf, aber der Professor hatte sich schon wieder dem Bildschirm zugewandt und war so tief in seiner Welt versunken, dass er nicht einmal mehr merkte, wie Carol leise die Tür hinter sich schloss. Sie konnte nur hoffen, dass er dieses Rätsel nicht allzu schnell lösen würde, denn sie war sich sicher, den

Namenszug richtig gelesen zu haben, und musste sofort Jason anrufen. Sie konnte keine Sekunde länger warten.

Kaum war sie im Hotelzimmer angekommen, als sie sich auch schon, ohne ihren Anorak und ihre Stiefel auszuziehen, auf die Bettkante setzte und sofort Jasons Nummer am Bridge Lake wählte. Doch niemand antwortete. Sie legte auf und versuchte es über sein Handy, das aber wie schon die Tage zuvor ausgeschaltet war, und Carol sprach ihm eine Nachricht auf seine Mailbox. Sie überlegte kurz, dann zog sie die dick wattierte Jacke aus, schlüpfte in bequeme Halbschuhe und bestellte sich ein leichtes Abendessen aufs Zimmer. Während sie darauf wartete, dass der Zimmerservice kam, wählte sie die Auskunft und ließ sich mit der Nummer des Krankenhauses in Kamloops verbinden. Dort sprach sie mit einer Angestellten an der Rezeption, von der sie erfuhr, dass Elsie noch immer im Krankenhaus lag und dass sie sich wegen weiterer Auskünfte an den behandelnden Arzt, einen gewissen Doktor Paul Ho, wenden müsse, der allerdings erst morgen wieder im Dienst wäre. Das bedeutete für Carol, dass sie, sollte sie Jason bis dahin nicht erreichen, ihm frühestens morgen über den Arzt eine Nachricht zukommen lassen konnte. Wenn sie doch nur an die Namen aller Hotels in Kamloops herankommen würde, dann könnte sie in jedem einzelnen anrufen und nach Jason fragen, denn sie nahm an, dass er in Kamloops übernachtete, solange seine Mutter dort im Krankenhaus lag. Als der Kellner mit dem Abendessen an die Tür klopfte, hatte sie eine Idee. Sie bat ihn darum, ihr ein Telefonbuch von Kamloops zu beschaffen und zog ihren Geldbeutel aus der Handtasche.

„Das ist kein Problem“, meinte der Kellner bereitwillig, während er das bestellte Schinken-Käse-Sandwich und die Diät-Cola von seinem Wagen nahm und auf dem kleinen Beistelltisch arrangierte, als wäre es ein fürstliches Menü. „Wir haben ein Telefonbuch im Haus, ich werde es Ihnen bringen.“ Stolz lehnte er ihren Zehn-Dollar-Schein ab, so dass sie ihn fast mit Gewalt in seine Westentasche schieben musste.

Das Telefonbuch für Kamloops, das er ihr kurz darauf brachte, war nicht besonders dick, doch die Rubrik „Hotels und Motels“ machte über die Hälfte seiner Seiten aus, denn die Stadt lag an der Ost-West-Verbindung von Calgary nach Vancouver und lebte vom Tourismus und Durchreiseverkehr. Während sie ihr Sandwich in hastigen Bissen vertilgte, wählte sie eine Nummer nach der anderen und fragte in jedem Hotel nach Jason.

Doch ihre Hoffnung, ihn auf diese Weise ausfindig machen zu können, schwand mit jedem Anruf. Schließlich gab sie nach unzähligen Anrufen um zehn Uhr Abends auf, ging zur Minibar, nahm sich eine kleine Flasche Whisky unbekannter Marke heraus und mischte sie in ihre Cola. Deprimiert warf sie sich aufs Bett, streckte die Beine aus und schlürfte an ihrem Glas. Mit der linken Hand angelte sie sich das Telefon, zog es zu sich heran und wählte in einem letzten Versuch Jasons Nummer am Bridge Lake. Bereits nach dem dritten Klingeln wurde der Hörer abgenommen, und Jason meldete sich mit Namen.

„Was machst du am Bridge Lake?“, fragte Carol.

„Wie bitte?“

„Entschuldige! Ich war nur so verblüfft, weil ich nicht mehr damit gerechnet hatte, dich zu Hause anzutreffen.“

„Hallo Carol“, sagte Jason mit dieser dunklen, weichen Stimme, die ihr so vertraut war, „hast du mich denn gesucht? Wo bist du?“

„Ich bin in Vancouver“, antwortete sie, „und ich habe schon den ganzen Abend lang versucht, dich zu erreichen. Ich habe jedes Hotel in Kamloops angerufen. Hör zu, ich muss dringend mit dir sprechen ...“

„Und ich mit dir“, unterbrach er sie, „Hermann und Anita waren hier, sie sind gerade gegangen. Wir haben über dich gesprochen, und sie haben mir gehörig die Leviten gelesen und mir ein paar unangenehme Dinge ins Gesicht gesagt. Ich war dumm und eifersüchtig, und es tut mir leid ...“

„Schon gut. Ich habe mich auch nicht gerade sehr vernünftig benommen. Ich hätte dir vertrauen müssen, aber das spielt jetzt keine Rolle mehr.“

„Doch, du musst mir zuhören, denn ich habe dir etwas Wichtiges mitzuteilen.“

Carol wollte ihn schon unterbrechen, entschied sich dann aber dagegen. Schließlich hatten sie die ganze Nacht Zeit, um sich auszusprechen, und was sie ihm zu sagen hatte, konnte ruhig noch ein wenig länger warten. „Fang an“, ermunterte sie ihn, „aber erkläre mir bitte alles genau der Reihe nach.“

„Meine Mutter hat deinen Schmuck gestohlen, und sie hat auch den Keilriemen von deinem Auto angesägt und dein Haus angezündet.“

„Heilige ...“, begann Carol, verstummte dann aber.

„Lass mich bitte versuchen, es dir zu erklären, soweit es überhaupt erklärbar ist. Ich bemühe mich, alles in der richtigen Reihenfolge zu berichten, kann es dir aber nicht versprechen. Dazu waren die Erklärungen meiner

Mutter auch viel zu konfus – du musst wissen, sie ist schrecklich durcheinander. Sie bildet sich ein, von ihrem Bruder vergewaltigt worden zu sein. Erst dachte ich, dass das völlig unmöglich ist, ich bin mir ja nicht einmal sicher, ob es diesen Bruder überhaupt gibt, geschweige denn zwei, wie sie später noch behauptet hat. Außerdem hat sie mir gegenüber zu einem früheren Zeitpunkt geäußert, dass mein Vater ein Handwerker gewesen wäre, den sie mit ein paar Arbeiten an ihrem Haus am Bridge Lake beauftragt hätte. Wie auch immer, sie hat mir gesagt, dass ich das Produkt dieser inzestuösen Beziehung wäre, und dass sie aus Angst vor den möglichen Folgen verhindern wollte, dass ich eine Familie gründe. Wie es aussieht, hat sie aus diesem Grund jede noch so flüchtige Verbindung von mir boykottiert, und als ich dich kennengelernt habe und sie gemerkt hat, wie sehr ich dich liebe, hat sie geglaubt, dass mir die größtmögliche Gefahr von dir droht ..."

„Himmel, wann hast du das alles erfahren?"

„Erst heute Vormittag, und es hat mich wahrlich schwer getroffen."

„Liebst du mich wirklich?"

Jason wurde von ihrer Frage aus dem Konzept gebracht. „Ja! Sogar mehr als ich selbst wusste. Ich war rasend eifersüchtig auf diesen Professor-Freund von dir."

„Und? Warum bist du es jetzt nicht mehr? Weißt du vielleicht nicht, dass er ebenfalls hier in Vancouver ist?"

„Aber nicht auf deinem Zimmer", lachte Jason in altgewohnter Fröhlichkeit, „außerdem hat mir Anita tüchtig den Kopf gewaschen und mir klargemacht, dass ich keinen Grund zur Eifersucht habe, weil ich ein attraktiver, energischer und intelligenter Mann bin, in den du dich unsterblich verliebt hast und dem der Professor nicht das Wasser reichen kann."

„Richtig", antwortete Carol schlicht.

„Falsch", erwiderte Jason, „Tim Gordon ist sicherlich klüger als ich. Außerdem ist er ein gebildeter Mann, der sich einer großartigen Lebensaufgabe gewidmet und eine bewundernswerte Karriere gemacht hat. Er ist charmant und witzig und wahrscheinlich sogar noch ein grundanständiger, ehrlicher, netter Mensch."

„Stimmt."

„Aber du liebst ihn nicht!"

„Genau!"

„Also bin ich ihm kein bisschen unterlegen, und ich weiß jetzt, wie sehr ich dich brauche. Ohne dich ist mein Leben einfach sinn- und freudlos."

Carol hätte ihm ewig zuhören können. Die ganze Anspannung der letzten Woche fiel von ihr ab, und sie fühlte sich leicht und beschwingt. „Warum bist du jetzt nicht hier, verflixt noch mal? Wie soll ich es denn noch eine ganze Nacht lang ohne dich aushalten?"

„Ich fahre sofort los, wenn du möchtest. In fünf Stunden kann ich in Vancouver sein." Jason wurde plötzlich wieder ernst. „Aber morgen früh muss ich nach Kamloops zurück, ich muss unbedingt die Sache mit meiner Mutter klären, und danach wollte ich nach Vancouver weiterfahren, um dort weitere Nachforschungen anzustellen. Es gibt so viel zu recherchieren, ich weiß praktisch nichts über meinen Familienstammbaum. Anita und Hermann haben mir zwar von der Fahrt abgeraten, sie glauben, dass das ein vollkommen unnötiger Aufwand ist. Sie kennen meine Mutter schon so lange, und Anita schwört, dass meine Mutter immer behauptet hat, ein Einzelkind gewesen zu sein und keine Familie mehr zu haben. Auch habe sie ihnen nie etwas von einer Vergewaltigung erzählt."

„Das allein sagt noch gar nichts", warf Carol ein, „vielen Frauen ist es schlichtweg peinlich, darüber zu reden. Sie schämen sich für etwas, das ein anderer ihnen angetan hat."

„Ich weiß, aber alles deutet darauf hin, dass meine Mutter wirklich nicht mehr ganz klar im Kopf ist. Hermann meint, ich solle unbedingt mit dem behandelnden Arzt sprechen. Bisher weiß ich ja noch nicht einmal, warum man sie auf die Psychiatrie verlegt hat."

„Dann ist dies sicherlich der erste Schritt, den du unternehmen solltest. Ich glaube, Anita hat recht, die Reise nach Vancouver solltest du auf später verschieben."

„Aber ich will dich so schnell wie möglich sehen."

„Wäre es dann nicht am vernünftigsten, wenn ich nach Kamloops fahre, und wir uns dort treffen?"

„Ja, das wäre gut."

Jason bot ihr trotzdem nochmals an, zu ihr nach Vancouver zu kommen und sie von dort abzuholen, doch Carol lehnte ab. „Es ist schon sehr spät! Und du bist müde und solltest deine Kräfte schonen, das alles war bestimmt sehr schwer für dich in letzter Zeit. Auch wenn ich dich so schnell als möglich umarmen und küssen möchte, wäre es unsinnig, jetzt noch aufzubrechen und die halbe Nacht durchzufahren. Ich werde morgen früh die erste Maschine nach Kamloops nehmen, ich glaube, sie fliegt um kurz vor acht, und wenn du zeitig aufstehst und mich dort vom Flughafen abholst, können wir anschließend irgendwo zusammen frühstücken und danach gemeinsam zum Krankenhaus fahren. Ich würde gerne hören, was der Arzt zu sagen hat, und wenn es irgendwie möglich ist, möchte ich auch mit deiner Mutter sprechen."

„Dazu hast du jedes Recht. Ich werde dir außerdem selbstverständlich den Verlust deines Hauses ersetzen und dir dann ein neues, ganz nach deinen Vorstellungen bauen."

„Wir werden das Haus so bauen, wie wir beide es haben wollen, mein Lieber."

Jason glaubte plötzlich wieder eine Zukunft zu haben, für die es sich zu leben lohnte. „Und dann kaufen wir uns eine Büffelherde. Am Anfang wird es zwar nur eine kleine sein, denn ich werde nach dem Bau des Hauses nicht mehr viel Geld haben, aber gemeinsam werden wir es schon schaffen."

Carol und Jason sprachen noch bis Mitternacht über ihre Gefühle füreinander. Sie staunten über deren Intensität, kicherten und stellten sich immer wieder genau die Fragen, die sich Millionen von Liebespaaren schon vor ihnen gestellt hatten. Nichts anderes schien mehr wichtig. Solange sie nur zusammen sein konnten, schienen alle Probleme lösbar.

Jason war schließlich der Vernünftigere von beiden. „Wir sollten jetzt schlafen gehen, wir müssen beide früh raus. Und es sind nur noch ein paar Stunden, bis wir uns wiedersehen."

Nachdem sie sich noch weitere zehn Minuten voneinander verabschiedet hatten, lag Carol noch lange wach in ihrem Bett und rief sich den Klang seiner Stimme ins Gedächtnis zurück. Morgen würde sie ihn wiedersehen, und danach wollte sie sich nie wieder von ihm trennen.

Im Laufe ihres langen Telefonats hatte sie ihm absichtlich nichts von ihrem sensationellen Fund im Archiv berichtet. Morgen, im Krankenhaus, wäre dafür immer noch genügend Zeit. Es wäre zudem auch der weitaus geeignetere Ort, um ihm von ihrem Verdacht zu erzählen.

34

Doktor Paul Ho hatte vor zwanzig Jahren an der Universität von Calgary promoviert. Nicht gerade als bester seiner Klasse, aber seine Empfehlungen hatten ausgereicht, um ihm einen Platz in der Psychiatrischen Abteilung des Krankenhauses von Kamloops zu sichern. Schon als Schüler in Hong Kong hatte er sich für die komplexen Mechanismen des menschlichen Gehirns interessiert, und nach seinem Schulabschluss hatte er beschlossen, nach Kanada zu gehen, um dort weiterzustudieren, denn in Hong Kong gab es keinen Lehrstuhl für Psychologie oder Psychiatrie. Er war gerade einmal sechzehn Jahre alt gewesen, als er, ganz allein auf sich gestellt, in ein ihm fremdes Land immigriert war und sich mit fanatischem Einsatz in sein Studium gestürzt hatte, um der erdrückenden Einsamkeit zu entgehen, die einem Außenseiter wie ihm, der sich zudem in der westlichen Zivilisation kaum zurechtfand, von überall entgegenschlug. Er konzentrierte sich voll auf sein Studium, das ihm nicht zuletzt, weil er überall auf Ablehnung stieß, alles bedeutete. Und er wollte sein wertvolles, mühevoll erarbeitetes Wissen unbedingt nach China zurückbringen. Damals hatte ihm noch eine Laufbahn als Forscher in einem staatlichen Laboratorium vorgeschwebt, denn er wollte den Menschen in seiner Heimat helfen, die an psychosomatischen Störungen litten und nicht wussten, wie sie ihr Leben meistern sollten. Es gab so viele geistig Kranke in China, eine Tatsache, die der Staat einfach ignorierte, weil sie der Glorifizierung einer als unfehlbar geltenden Regierung widersprach. Seine eigene Mutter hatte unter einer schweren Depression gelitten, nachdem sie ihr zweites Kind auf staatliches Verlangen hin hatte abtreiben lassen müssen. Und so wusste Doktor Ho aus eigener Erfahrung, dass es oftmals, wenn auch nicht immer, äußere Umstände waren, die den Ausschlag dafür gaben, dass sich ein gesunder Geist krankhaft veränderte. So lebte er allein auf sein Ziel konzentriert, schweigsam und zurückgezogen im Studentenwohnheim vor sich hin, bis sich, kurz vor seinem Schulabschluss, alles für ihn änderte. Mit knapp zwanzig Jahren lernte er Debbie kennen, eine sanfte, schüchterne Kommilitonin, und mit einundzwanzig war er bereits verheiratet und Vater eines Sohnes. Debbies Vater war ein niedergelassener Arzt am Royal Hospital in Kamloops und vermittelte ihm dort eine Anstellung, die er über lange Zeit hinweg als ein Geschenk des Himmels betrachtet hatte, weil sie ihn in die Lage versetzte, seinen Kredit, den er fürs Studium aufgenommen hatte, relativ zügig zurückzuzahlen, und er gleichzeitig für seine junge Familie sorgen konnte. Doch die Jahre waren verstrichen, und sein einstiger Traum war in der alltäglichen Krankenhausroutine verloren gegangen.

Irgendwann hatte er zu bedauern begonnen, seinen ursprünglichen Weg verlassen zu haben und nicht weitergegangen zu sein, sah aber keine Möglichkeit mehr, auf ihn zurückzukehren, denn er hatte inzwischen auf den Hügeln hinter Kamloops, als das Land dort noch erschwinglich gewesen war, ein Haus für seine Familie gebaut und sich im Krankenhaus geduldig so weit nach oben gedient, dass er Leiter der Psychiatrie geworden war. Seitdem er nun nicht mehr mit den Verwaltungsaufgaben und den aufreibenden Nachtschichten eines Stationsarztes belastet war, hatte er wenigstens wieder etwas mehr Zeit für seine geliebten Forschungsarbeiten gewonnen. Und jetzt war auch noch Elsie Golden in seine Abteilung verlegt worden, und er hatte sofort erkannt, dass es sich bei ihr um keinen gewöhnlichen Fall handelte. Sie war keine der üblichen Patienten, wie sie ihm nach der Ausnüchterung aus einer Polizeizelle zur Beobachtung geschickt wurden, keine jener Kriminellen, die sich hinter ihrer angeblichen Unzurechnungsfähigkeit versteckten, und sie war keine Mutter mit einem postnatalem Trauma, die im Morgenmantel in einem öffentlichen Verkehrsmittel aufgelesen worden war. Eben keiner seiner alltäglichen Fälle, die ihn schon lange nicht mehr forderten. Elsie Golden war offensichtlich eine Frau mit zwei Persönlichkeiten. Zuerst hatte er Demenz bei ihr vermutet, denn sie war in die Psychiatrie eingewiesen worden, weil sie plötzlich nicht mehr reagiert hatte, wenn man sie mit ihrem Namen ansprach, und weil sie bestimmte Schwesternnamen und Vorfälle durcheinanderbrachte. Doch nach ein paar einfachen Tests hatte er seine vorläufige Annahme wieder verworfen und eine neue Vermutung entwickelt.

Doktor Ho war trotz seiner beachtlichen Karriere ein bescheidener Mann geblieben, und so mussten Jason und Carol nur wenige Minuten in seinem Vorzimmer auf ihn warten. Noch ganz benommen von ihrem Wiedersehen am Flughafen, bei dem sie aufeinanderzugerannt waren und sich umarmt und wie zwei Ertrinkende aneinandergeklammert hatten, saßen sie nun eng und über die körperliche Nähe des anderen erregt, beieinander und versuchten krampfhaft, ihre Euphorie zu verbergen und sich auf das vor ihnen liegende Gespräch zu konzentrieren. Die Sprechstundenhilfe bat sie höflich ins Chefzimmer, wo Doktor Ho sofort damit begann, ihnen seine Analyse darzulegen, die auf mehreren Testergebnissen sowie auf seiner langjährigen Praxiserfahrung beruhte. Seine Hypothese war, dass Jasons Mutter im Verlauf der letzten Jahre, vielleicht sogar Jahrzehnte, mehrere Persönlichkeiten entwickelt hatte. „Und das ist auch der Grund, weshalb ihre Mutter konfus auf uns wirkt und ihre Handlungen unlogisch erscheinen“, schloss er seine Ausführungen ab. Der Mann vor ihm hatte sich als Elsie Goldens Sohn ausgewiesen, und Doktor Ho nahm an, dass die Frau neben ihm Elsies Schwiegertochter war. So wie sie die Hand ihres Mannes umklammert hielt, schien sie allerdings mehr um dessen Wohlergehen als um das seiner Mutter besorgt zu sein.

„Meistens bemerken wir nicht, wenn ein Wechsel zwischen den Persönlichkeiten stattfindet und richten daher unsere Fragen und Reaktionen oftmals an die falsche Person“, fuhr er fort. „Was nun den Wechsel bei Frau Golden herbeiführt, habe ich noch nicht herausgefunden. Das zu wissen, ist jedoch äußerst wichtig, denn damit hätten wir einen ersten Hinweis auf das Trauma, das die Persönlichkeitsspaltung ausgelöst hat.“

Jason schüttelte den Kopf. „Ich verstehe das alles nicht! Meine Mutter soll eine gespaltene Persönlichkeit haben? Das ist mir noch nie aufgefallen!“

„Wirklich nicht?", fragte der Arzt.

„In letzter Zeit schon", warf Carol ein und wandte sich dann an Jason, „bedenke doch mal, was sie alles angestellt hat. Ich kenne sie nicht gut genug, aber ich kann mir vorstellen, dass ihre Handlungsweise in den vergangenen Wochen nicht ihrem eigentlichen Charakter entspricht. Vielleicht hat ihr eines Ich ja gar nicht gewusst, was das zweite getan hat. Ist es denn möglich, Herr Doktor, dass ein Teil von ihr etwas macht, wovon der andere keine Ahnung hat?"

„Natürlich! Es kann aber genauso gut sein, dass beide Persönlichkeiten, immer vorausgesetzt, es handelt sich nur um zwei, das Gleiche erreichen wollen. Dann versteckt sich die eine Persönlichkeit hinter der anderen, um sich nicht rechtfertigen zu müssen, wenn die Tat moralisch nicht vertretbar ist. In einem solchen Fall setzt ein komplexer und äußerst komplizierter Mechanismus ein, aber ich bin mir noch nicht sicher, ob dieses Krankheitsbild auf Ihre Mutter zutrifft."

Jason dachte nach. „Wenn ich es mir recht überlege, hat sie diese Dinge, von denen wir reden, ich meine ..., Sie wissen schon ..."

„Was genau hat sie denn angestellt?", fragte der Arzt entgegenkommend.

„Ja, also, es sind tatsächlich einige mir unerklärliche Dinge vorgefallen. Meine Mutter hat mich und andere belogen und bestohlen, und ..., aber sie hat mir dies später alles gestanden, demnach weiß sie also ganz genau, was sie getan hat."

„Dann wird es wohl so sein, dass Ihre Mutter zwei Persönlichkeiten in sich trägt, die beide gleichermaßen mit Ihnen kommunizieren. Verstehen Sie? Beide sagen

Ihnen die Wahrheit! Das ist die einzige Art und Weise, durch die ein Patient, der mit einem tiefsitzenden moralischen Konflikt belastet ist, seine weitere Existenz überhaupt ertragen kann", erläuterte Doktor Ho. „Es ist also nicht nur möglich, sondern sogar sehr wahrscheinlich, dass die Patientin einen für sie nicht lösbaren Konflikt schon über einen längeren Zeitraum hinweg verdrängt hat. Anfänglich ist das relativ harmlos, aber auf Dauer entsteht dadurch ein Verhaltensmuster, das dazu führt, dass alles, was an den Konflikt erinnert, bildlich gesprochen, in einen geheimen Bereich der Persönlichkeit verschoben und dort verborgen wird. Im Laufe der Zeit wird dann eine andere Identität erfunden, die für diesen Bereich zuständig ist. Danach verwischen die Grenzen zwischen dem schuldigen und dem unschuldigen Ich immer mehr bis zu dem Punkt, an dem beide irgendwann einmal zeitgleich agieren können."

„Und Sie glauben, dass das auslösende Trauma schon sehr lange zurückliegt?" fragte Carol den Arzt, weil sie ihm nicht mehr richtig folgen konnte.

„Genau. Vereinfacht müssen Sie sich das etwa so vorstellen: Sie haben ein Kindheitserlebnis, das so schrecklich ist, dass Sie es nicht verarbeiten können. Weil Sie nicht wissen, wie Sie darauf reagieren sollen, und deswegen vielleicht sogar unter Schuldgefühlen leiden, verdrängen Sie dieses Erlebnis. Oftmals gelingt das auch ganz gut, aber manchmal kommt das Erlebnis in leicht veränderter Form wieder zum Vorschein, weil es entweder nicht ausreichend genug verarbeitet worden ist oder aber ohne Hilfe von außen sowieso nicht verarbeitet werden kann und daher die Psyche belastet. Leider tritt das erst viele Jahre später auf – wodurch es für uns Ärzte sehr schwierig ist, das Trauma herauszufiltern."

„Ich danke Ihnen dafür, dass Sie versucht haben, uns den gegenwärtigen Zustand meiner Mutter mit einfachen Worten zu erklären", sagte Jason, „aber ich entnehme Ihren Worten, dass Sie eigentlich nicht wissen, woran meine Mutter leidet, und dass Sie uns auch nicht erklären können, warum meine Mutter so reagiert hat, wie wir es erlebt haben."

„Nicht solange auch Ihnen kein entsprechender Auslöser bekannt ist", bestätigte Doktor Ho mit einer Spur Hoffnung in der Stimme.

Jason sah ihn bedauernd an. „Leider nein. Ich habe erst in den letzten Wochen erkannt, wie wenig ich von meiner Mutter weiß, und glauben Sie mir, ich bedauere das sehr. Aber ihre Vergangenheit ist wie ein unbeschriebenes Blatt Papier für mich, so dass ich mich schon fragen muss, was für ein Sohn ich ihr bislang gewesen bin!"

„Hören Sie auf damit, das bringt uns nicht weiter." Doktor Ho, der erkannt hatte, dass er einen intelligenten Mann vor sich sitzen hatte, verlor keine Zeit mit überflüssigen Trostworten.

„Sie haben recht!" Jason drückte Carols Hand fester. „Wie wollen Sie im Hinblick auf meine Mutter denn nun weiter vorgehen? Gibt es etwas, das wir tun können? Kann ihr überhaupt geholfen werden?"

„Immer langsam, junger Mann. Im Moment, fürchte ich, können wir leider gar nichts für Ihre Mutter tun, weshalb ich vorschlage, dass Ihre Mutter vorerst noch in meiner Abteilung bleibt und ich alles daransetze, herauszufinden, warum sie von einer Persönlichkeit in die andere wechselt. Sie dürfen keine schnellen Ergebnisse erwarten, müssen sich aber auch keine allzu großen Sorgen machen. Ihre Mutter wird hier gut versorgt, und sie scheint sich wohlzufühlen."

„Kann Sie denn so einfach hierbleiben? Schließlich ist das doch kein ...", Carol verstummte.

„Irrenhaus, meinen Sie? Nein, das sind wir nicht, aber für ein paar Wochen kann ich ihren Aufenthalt durchaus rechtfertigen. Was danach geschieht, liegt leider außerhalb meines Einflussbereichs." Vielleicht habe ich Glück, dachte Paul Ho, und finde das Ereignis, das die Persönlichkeitsspaltung ausgelöst hat, schnell genug heraus, um der Patientin zu helfen. Hoffentlich, denn wenn sie erst einmal ein Fall für die Statistik irgendeiner staatlichen Institution geworden ist, wird sich keiner mehr um sie kümmern, und sie ist verloren. Dann wird sie in einer geschlossenen Anstalt so lange mit Beruhigungsmitteln vollgepumpt und ruhiggestellt werden, bis sie nicht mehr therapierbar ist. Und ihr Sohn sieht mir nicht danach aus, als ob er sich den Luxus einer fachgerechten, privaten Versorgung für sie leisten könnte. Aber vielleicht hatten er, Doktor Paul Ho, und seine neue Patientin Elsie Golden ja Glück! Vielleicht hatte er doch noch nicht alles verlernt und konnte sein exzellentes Fachwissen endlich einmal praktisch zum Einsatz bringen und das verlorengeglaubte Leben eines Menschen zum Guten wenden.

„Ich danke Ihnen", sagte Jason nochmals und stand auf. Auch Carol und der Doktor erhoben sich, allein Carol hatte noch nicht vor, sich zu verabschieden.

„Ich möchte sie sehen", äußerte sie entschieden ihren Wunsch, und als der Doktor sie daraufhin nur fragend ansah und auch Jason kein Wort sagte, fuhr sie unbeirrt fort: „Ich habe eine vage Vermutung, die Ihnen vielleicht bei Ihrer Analyse weiterhelfen wird. Wenn Sie also erlauben, würde ich Elsie gerne ein paar Fragen stellen. Bitte, es ist ungeheuer wichtig, nicht nur für die Patientin und mich, sondern auch für Sie ...“, sie drehte sich zu Jason um, „und für dich!“

„Was willst du denn von meiner Mutter wissen?“, fragte Jason verblüfft.

Aber Carol ignorierte seine Frage und bat den Arzt ein zweites Mal: „Bitte, lassen Sie mich sofort mit ihr sprechen.“

Doktor Ho nickte. „Einverstanden. Aber ich werde mitkommen, und sobald es für Frau Golden zu anstrengend wird, werden wir sofort abbrechen, und Sie werden meinem Befehl ohne Widerrede Folge leisten, haben Sie das verstanden?“

Carol nickte, und so machten sie sich zu dritt auf den Weg zu Elsie Goldens Zimmer. Carol spürte, wie ihr Herz schneller zu schlagen begann und wie sich das Adrenalin in ihrem Körper ausbreitete. Sie war so nahe am Ziel! Gleich würde sie wissen, ob sie sich alles nur eingebildet hatte oder ob sie mit ihrem Verdacht recht hatte und sich dadurch ihrer aller Leben für immer verändern würde.

Doktor Ho öffnete die Tür und begrüßte Elsie Golden, die würdevoll wie eine Königin in ihrem Bett saß. Ihr Rücken wurde von mehreren schneeweißen Kissen gestützt, und ihr zierlicher Körper war in ein weites, hellblaues Nachthemd gehüllt, wodurch sie etwas weniger zerbrechlich als sonst wirkte. Sie lächelte ihre Besucher freundlich an, und ihre wachen Augen sprangen flink zwischen Jason und Carol hin und her und zuletzt zu Doktor Ho, dessen Gruß sie mit einem Winken ihrer linken Hand erwiderte.

„Frau Golden, Sie haben Besuch. Dürfen wir uns zu Ihnen setzen?“, fragte der Arzt.

Doch Elsie antwortete nicht.

Schließlich konnte sich Jason nicht länger beherrschen. „Mutter, ich bin es, Jason. Erkennst du mich denn nicht mehr?“

„Natürlich erkenne ich dich, sei nicht albern. Warum sollte ich meinen eigenen Sohn nicht mehr erkennen?“

Erleichtert atmete Jason, der schon das Schlimmste befürchtet hatte, auf, aber seine Mutter fuhr plötzlich fort: „Aber diese Frau da, die will ich hier nicht haben. Sag ihr, dass sie sofort verschwinden soll. Ich will sie nicht in meinem Zimmer haben.“

Doktor Ho wollte bereits eingreifen, als ihn Jason mit einer stummen Geste um eine weitere Chance bat. Doktor Ho nickte zögerlich.

„Mutter, warum soll Carol gehen? Wir beide haben uns gestern ausgesprochen, und sie weiß, was du getan hast, und ist dir deswegen nicht böse. Du musst endlich akzeptieren, dass sie und ich zusammengehören und folglich auch zusammenbleiben werden.“

„Mach, dass sie geht. Auf der Stelle!“

„Nein, Mutter, sie bleibt! Oder ich gehe auch!“

„Du bist ein dummer Junge, der keine Ahnung hat“, rief sie daraufhin wütend.

Jason trat näher an ihr Bett heran und versuchte sie zu beruhigen. Er wusste, dass ihm Doktor Ho nicht mehr viel Zeit lassen würde. „Du hast mir bereits gesagt, warum du mich schützen willst, aber du täuschst dich. Du bildest dir da etwas ein, Mutter ...“

„Hör auf", schrie sie ihn an und hielt sich mit den Händen beide Ohren zu, „ich will nichts mehr hören."

„Du bist nicht von deinem Bruder vergewaltigt worden! Weil du überhaupt keinen Bruder hast!" Jason blickte kurz zu Doktor Ho hinüber. Der Arzt hatte die Arme vor der Brust verschränkt, sein Mund war zu einer dünnen Linie zusammengepresst, und er hielt seine Augen halb geschlossen. Verärgert und fasziniert zugleich, folgte er der Entwicklung der Dinge und wägte dabei beständig ab, inwieweit das Gespräch seiner Patientin schaden konnte. Doch noch schien es ihm nicht an der Zeit, Jason zu unterbrechen.

„Es gibt absolut keinen Grund, mich vor Carol oder irgendeiner anderen Frau zu schützen. Deine Angst ist vollkommen unbegründet, Mutter, so glaub mir doch ..."

Da nahm sie ihre Hände wieder von den Ohren und hob sie ihm beschwichtigend entgegen, um ihm Einhalt zu gebieten. Dann sagte sie um vieles langsamer und ruhiger als vorher: „Es wäre so schön, wenn du recht hättest, mein Liebling. Dann könnten wir alle zusammen glücklich sein und das Leben ohne Angst genießen. Ich weiß, du sagst immer, dass ich keine Angst haben muss. Dass sie tot sind und mich nicht mehr bedrohen können. Aber wie kannst du dir nur so sicher sein?"

„Mutter ...", unterbrach Jason sie entsetzt, doch Doktor Ho zog ihn am Ärmel seines Pullovers und bedeutete ihm mit einem missbilligenden Blick, seine Mutter nicht zu unterbrechen, sondern sie weitersprechen zu lassen.

„Wer weiß schon, ob sie wirklich tot sind? Erklär mir das." Sie sah ihren Sohn fordernd an, aber der begriff nicht, worauf sie hinauswollte.

„Mutter, was soll das? Ich verstehe dich nicht. Wovon redest du?“, fragte er, wurde aber von Doktor Ho unterbrochen. „Ich bitte Sie, ruhig zu sein“, flüsterte er. „Sehen Sie denn nicht, was gerade geschieht? Ihre Mutter verarbeitet Erinnerungen. Wenn ich nur wüsste, was dahintersteckt.“

Die Patientin runzelte die Stirn, als ob sie über ein schwieriges Problem nachdenken würde, und sagte kein Wort mehr. Ihre drei Besucher saßen ebenfalls schweigend eine Weile an ihrem Bett und warteten, was nun weiter passieren würde. Plötzlich seufzte Elsie Golden laut auf, legte sich zurück und rutschte tiefer in die Kissen. Ihre Augenlider begannen zu flattern, es war, als würde sie gleich das Bewusstsein verlieren, und Carol befürchtete, dass sie ihnen jeden Moment entgleiten würde. Carols Herz hatte die ganze Zeit über heftig in ihrer Brust gepocht. Und als Elsie nun mit ihren letzten Worten Carols Verdacht bestätigte, war ihr klar geworden, dass sie eingreifen musste, wollte sie die letzte Gelegenheit, an Elsie heranzukommen, nicht verpassen. Carol suchte nach den richtigen Worten, mit denen sie zu Elsie durchdringen konnte. Aber ihr fiel nichts Passendes ein. Verzweifelt blickte sie zu Doktor Ho und erkannte, dass er im Begriff war, die Sitzung endgültig abzubrechen. Was konnte sie nur sagen, um Elsie aus der Welt, in die sie sich gerade geflüchtet hatte, wieder zurückzuholen? Wie lauteten die magischen Worte? Sie sah Doktor Ho aufstehen und hörte, wie er sich autoritär räusperte. In ihrer Not, rief sie das einzige Wort, mit dem sie glaubte, Elsie vielleicht zu erreichen.

„Rose!“, artikulierte sie laut und deutlich. Jason sah

sie verstört an, doch Carol ignorierte ihn und rief noch einmal deutlicher: „Rose!"

Da öffnete Elsie Golden ihre müden Augen, blickte in Carols Richtung und antwortete: „Ja, was ist?"

„Rose", fragte Carol und bemerkte erleichtert, dass Doktor Ho wieder Platz nahm, „was ist damals geschehen? Ich meine damals, als du mit Tom von zu Hause fortgelaufen bist. Du erinnerst dich doch?"

Die alte Frau stöhnte gequält auf. „Natürlich erinnere ich mich. Ich erinnere mich, als wäre es erst gestern gewesen. Es war so schrecklich, und Tom war so verzweifelt, du weißt schon warum."

„Weil er seine Brüder erschossen hat?"

„Ja. Sie waren böse, grausam und gemein, und sie haben mich so arg gequält. Tom hat es nur meinetwegen getan. Aus Angst, was sie mir sonst noch alles antun würden. Ich habe die Schüsse gehört, es waren so viele."

„Hast du es auch mitangesehen?", fragte Carol.

„Nein, aber ich konnte alles hören. Ich hatte mich im Schuppen versteckt, in dem Raum, den Tom mir dort hergerichtet hat. Danach kam Tom, er hat mich aus meinem Versteck gezerrt und mir gesagt, dass wir verschwinden müssen, ehe uns der Vater finden und umbringen würde. Da bin ich mit ihm mitgegangen. Tom wusste immer, was zu tun war, er hat sich immer um mich gekümmert." Ihre Worte endeten mit einem weiteren tiefen Seufzer, dann war es wieder still im Zimmer. Da hakte Carol, die als Einzige verstand, was gerade mit Elsie geschah, nach und fragte weiter: „Was ist dann passiert? Nachdem ihr geflohen seid."

„Oh, dann wurde alles besser", antwortete Elsie sofort. Ihre Erinnerung schien sie zu beleben, so dass sie sich sogar wieder im Bett aufsetzte. Es war, als ob sie nach langer Zeit endlich wieder zur Realität zurückgefunden hätte. Aber es war die Realität der anderen, der zweiten Elsie. „Danach sind wir nach Osten geflohen, tiefer in die Berge hinein. Mit der kleinen Kutsche, weil diese schneller als die große war, und weil ich in meinem Zustand doch nicht reiten konnte. Tom war sicher, dass Vater davon ausging, dass wir den einfacheren Weg nehmen und nach Westen fliehen würden. Ich glaube, wir waren tagelang unterwegs, bis wir dann irgendwann einmal haltgemacht haben. Das war in einem hübschen kleinen Dorf, noch nicht ganz in den Bergen, aber weit genug weg vom Cariboo, meinte Tom. Als wir wieder ausgeruht waren, sind wir weiter nach Süden gezogen und dann in einem großen Bogen erneut westwärts. Bis wir schließlich an die Küste kamen, in eine große Stadt. Ich mochte die Stadt nicht so sehr, das kleine Dorf hat mir viel besser gefallen. Tom erklärte mir, dass wir unseren Namen ändern müssten, damit Vater uns nicht finden kann. Ich durfte ihn aussuchen, und so habe ich uns nach dem Dorf benannt."

„Golden?", flüsterte Jason überrascht und griff nach Carols Hand. Sie nickte zufrieden, denn Elsie hatte mit ihrer Erzählung gerade ihre Vermutung bestätigt.

„Und dann?", fragte sie weiter.

„Dann waren wir in der Stadt. Tom hat dort Arbeit gefunden und uns ernährt. Mich und das kleine Mädchen. Er war wie ein Vater zu ihr, und alle Leute in der Stadt dachten, dass wir eine Familie sind. Sie alle dachten, er sei mein Mann, obwohl er doch eigentlich mein Bruder war. Aber das war gut so, denn nur so konnte er mich beschützen. So ganz sicher habe ich mich aber nie gefühlt, weil ich doch nicht sicher wusste, ob die beiden anderen auch wirklich tot waren. Oder ob sie nicht doch eines Tages plötzlich auftauchen und mich zurückschleppen würden und wieder grausam zu mir wären. Das kleine Mädchen habe ich auch immer vor ihnen gewarnt. Vor meinen eigenen Brüdern musste ich sie warnen."

„Warum musstest du sie warnen, Rose?", fragte Doktor Ho, der die Wahrheit zwar ahnte, sich jedoch vergewissern wollte, wie tief seine Patientin die Erinnerung an ihre Vergewaltigung in sich vergraben hatte.

„Weil sie so böse sind! Sie kommen und holen sich das kleine Mädchen, und dann tun sie ihm Gewalt an, obwohl es ihr eigenes Fleisch und Blut ist, und das macht es noch viel schlimmer. Ihre Brüder sind so grausam, sie lachen, wenn sie ihr Schmerzen zufügen, und dann wird das kleine Mädchen von Gott bestraft und bekommt ein Kind. Ein Kind aus der Saat des Teufels, eine Teufelsgeburt, ein schreckliches Monster. Gott will nicht, dass sich das eigene Blut miteinander vermischt. Deshalb hat er mich, als ich noch jung war, auch verschont und die Teufelsgeburt jedes Mal sterben lassen, weil ich doch nichts dafür konnte. Nur einmal hat Gott sie mir gelassen. Er hat mir das kleine, süße Mädchen gelassen, weil er wusste, dass mich Tom fortführen würde, in die große Stadt. Meine Aufgabe vor Gott war es dann, das kleine Mädchen zu schützen. Das habe ich gleich verstanden. Angst hatte ich immer, aber das kleine Mädchen habe ich beschützt. Und jetzt muss ich den kleinen Jungen beschützen, der Junge darf nicht ..." Elsie verstummte, sie schloss ihre Augen und glitt in den Schutz des Schlafes zurück, der sie immer öfter überkam und immer länger andauerte.

„Wir haben genug erfahren“, sagte der Doktor leise, „gehen wir.“

Schweigend kehrten sie in Doktor Hos Büro zurück und nahmen an seinem Schreibtisch Platz.

„Kann mir bitte jemand erklären, was gerade passiert ist?“ Jason wirkte so verstört, dass Carol und Doktor Ho gleichzeitig zu einer Erklärung ansetzten. Doch Doktor Ho überließ Carol den Vortritt und nickte ihr aufmunternd zu. „Bitte, beginnen Sie, denn Sie scheinen ja bestens verstanden zu haben, was soeben in unserer Patientin vorging, außerdem würde es mich interessieren, wie Sie darauf gekommen sind, sie Rose zu nennen.“

Carol beugte sich zu Jason hinüber und nahm seine Hände in die ihren. „Deine Mutter glaubt, Rose zu sein. Die Rose aus John McLures Tagebuch, verstehst du?“

„Aber wie kann sie denn nur auf so etwas kommen? Hast du ihr etwa die Geschichte zu lesen gegeben?“, wollte er wissen.

„Nein, sie hat sie nie gelesen“, antwortete Carol, „aber sie kennt die Geschichte aus den Erzählungen ihrer Mutter. Als sie noch ein kleines Mädchen war, hat sie sich die grauenhaften Details der Tragödie wahrscheinlich immer wieder anhören müssen. Jede noch so schreckliche Einzelheit wurde ihr von ihrer Mutter ausführlich erzählt, und so übertrug sich der Schmerz, den Rose in sich trug, auch auf die kleine Elsie. Rose hat deine Mutter vor allen Männern gewarnt, vor allem aber vor ihren eigenen beiden Brüdern, Dan und Bill, denn sie wollte verhindern, dass ihrer Tochter später einmal die gleiche Gefahr drohen oder sie in Versuchung kommen würde.“

Jason sah Carol an, als würde sie ihre Erklärung in

einer ihm unbekannten Sprache abgeben. Da ließ sie seine Hände los, lehnte sich in ihrem Stuhl zurück und fasste ihre Botschaft in zwei prägnanten Sätzen schonungslos zusammen. „Jason, Rose war Elsies Mutter! Sie war deine Großmutter!"

Jason verschluckte sich fast vor Überraschung und stammelte mit gepresster Stimme: „Wie bitte? Wie kommst du denn darauf?"

„Ich habe in Lawrence Chattwells Unterlagen in Vancouver die Rechnung eines Fotostudios gefunden. Erinnere dich, er war der leibliche Vater von Rose, und er hat das Studio angewiesen, Fotos von ihr machen zu lassen. Auf der Rechnung steht, dass es sich um Aufnahmen von „Rose und Tom Golden" handelt. Tim Gordon konnte ihren Nachnamen nicht richtig entziffern, aber ich konnte es, und in mir wuchs ein Verdacht, der sich soeben bestätigt hat. Ich hätte längst darauf kommen müssen. Es konnte doch kein Zufall sein, dass deine Mutter urplötzlich zu dem ganzen Land am Bridge Lake gekommen ist, wo sie damals doch gar kein Geld hatte, um es zu kaufen. Also muss sie es von Rose und Tom geerbt haben. Deine Mutter ist in Vancouver aufgewachsen, und jetzt wissen wir auch, dass Rose und Tom nach ihrer Flucht dort gelebt haben. Sie haben sich den Namen Golden zugelegt, den Namen, den deine Mutter ebenfalls trägt. Und Elsies Erinnerung an die Erlebnisse von Rose, die wir eben aus ihrem eigenen Mund gehört haben, sind der eindeutige Beweis dafür, dass es einen familiären Zusammenhang gibt. Dass sie wirklich die Tochter von Rose ist."

Jason versuchte, das soeben Gehörte zu verarbeiten, doch für ihn blieben noch zu viele Fragen offen. Er wandte sich an den Arzt: „Was halten Sie davon? Ist es wirklich möglich, dass meine Mutter die Geschichte einer anderen Frau erzählt, gerade so als hätte sie sie selbst erlebt?“

Doktor Ho hatte Carol begeistert zugehört und richtete seine Worte nunmehr zuerst an sie. „Ich weiß zwar noch nicht, wer Rose ist, das werden Sie mir also noch ganz genau erklären müssen, Carol. Ich darf Sie doch so nennen?“

Carol nickte. „Ich werde Ihnen eine Kopie des Tagebuchs überlassen, von dem wir gerade gesprochen haben.“

„Danke! Aber nun zu Ihrer Frage“, wandte sich Dr. Ho an Jason, „es könnte sich tatsächlich genau so zugetragen haben, wie Ihre Frau es erläutert hat. Wenn ich es richtig verstanden habe, war es die Mutter unserer Patientin, die von ihren eigenen Brüdern mehrfach vergewaltigt wurde und ihrer Tochter, als diese noch ein Kleinkind war, davon erzählt. Stellen Sie sich nur vor, was es für ein Kind bedeutet, solch eine furchtbare Geschichte zu hören. Das Kind glaubt seiner Mutter bedingungslos, es weiß instinktiv, dass die Mutter die Wahrheit spricht, und es macht ihre Geschichte zu der eigenen – und verinnerlicht sie. Von diesem Moment an lebt das Kind in ständiger Angst, und der Terror gräbt sich tief in seine Seele. Das ist das Trauma Ihrer Mutter. Die Patientin muss es in ihrer Jugend so tief in ihrem Unterbewusstsein vergraben haben, dass sie, zumindest für eine Weile, ein fast normales Leben führen konnte.“

„Erklären Sie mir das bitte genauer“, forderte Jason.

„Nun, sie hat doch offenbar geheiratet und selbst ein

Kind bekommen, also den Versuch unternommen, ein ganz normales Familienleben zu führen. Das muss sie unheimlich viel Kraft gekostet haben."

„Da täuschen Sie sich. Meine Mutter war nie verheiratet, und wir hatten weiß Gott kein normales Familienleben."

Der Arzt stutzte. „Das könnte einiges erklären. Was wissen Sie denn über Ihren Vater?"

„Es gibt zwei Versionen, die mir meine Mutter selbst erzählt hat. Nach der ersten war mein Vater ein durchreisender Handwerker, mit dem sie eine kurze Affäre hatte, nach der zweiten, und das scheint mir die wahrscheinlichere zu sein, war er ein Fremder, von dem sie vergewaltigt worden ist."

„Eher nicht", meinte Doktor Ho, und Jason wartete schweigend, womit der Arzt seine Vermutung begründen würde. Die Erklärung ließ nicht lange auf sich warten. „Eine Vergewaltigung wäre von Ihrer Mutter nicht verkraftet worden. Denn wenn einem Kind die inzestuöse Vergewaltigung seiner Mutter ausführlich und wiederholt beschrieben wird, ist das für das Kind so, als würde ihr diese selbst widerfahren. Die daraus resultierenden Ängste werden während der Kindheit zwar sofort verdrängt, aber mit einer um ein tausendfach zerstörerischeren Kraft reaktiviert, sobald die erwachsene Person selbst einen Gewaltakt erlebt. Daher hätte eine Vergewaltigung Elsie ganz sicher zerstört. Nein, ich glaube eher, dass sie eine Zeitlang versucht hat, ein einigermaßen normales Leben zu führen, und ihrer Sehnsucht nach Liebe und Geborgenheit nachgegeben hat, vielleicht in einer Lebensphase, in der ihre Ängste nicht ganz so mächtig waren ..."

„Zum Beispiel, als sie das Land ihrer Eltern geerbt hat und ins Cariboo kam, um sich dort ein eigenes Leben aufzubauen?“, vermutete Carol.

„Möglich“, bestätigte Doktor Ho. „Aber sie hat es wohl niemals geschafft, das Trauma ihrer Kindheit gänzlich zu verarbeiten. Was mich auch sehr wundern würde, denn dazu hätte sie professioneller Hilfe und Unterstützung bedurft. Na ja, auf jeden Fall, mein lieber Jason, wenn ich Sie ebenfalls beim Vornamen nennen darf, war Ihr Vater mit ziemlicher Sicherheit kein pervertierter Verbrecher, sondern wohl eher ein schlichter, freundlicher Mann, der mit der Vergangenheit Ihrer Mutter jedoch vollkommen überfordert war und vielleicht sogar von ihr selbst aus ihrem Leben verbannt wurde, als ihre Ängste wieder stärker wurden und die Kontrolle über ihr Leben übernommen haben.“

Jason, der die Herkunft seines Vaters bislang immer als unwichtig abgetan hatte, atmete nun erleichtert auf und war dem Arzt für seine logisch nachvollziehbare und schlüssige Argumentation unendlich dankbar.

Doch Doktor Ho war noch nicht am Ende seiner Überlegungen angelangt. „Nach der Geburt ihres Sohnes fühlte sich Elsie dafür verantwortlich, sein Leben zu schützen, und ihre Ängste, die ihr sozusagen als Ballast mit in die Wiege gelegt wurden, sind im Laufe der Jahre immer stärker geworden, bis sie zuletzt schließlich so sehr von ihnen gequält wurde, dass sie die Identität ihrer eigenen Mutter annahm, um ihre Handlungen vor sich selbst und anderen rechtfertigen zu können.“

„Als sie zum Beispiel mein Haus angezündet hat“,

fiel Carol ein, „hat sie da vielleicht geglaubt, Rose zu sein und ihr Kind vor den bösen Onkeln beschützen zu müssen?“

Doktor Ho, dem noch immer nicht alle Einzelheiten von Elsies Vorgeschichte bekannt waren, wusste darauf keine Antwort, doch Jason begann nun endlich zu verstehen. „Natürlich! Damit wollte sie mich schützen. Wenn Rose tatsächlich ihre Mutter war und Elsie immer wieder vor Dan und Bill gewarnt hat, dann doch nicht nur aus dem Grund, weil die beiden böse und grausam zu ihr waren ...“, er überlegte kurz, ob er die Zusammenhänge richtig erkannt hatte, „sondern auch, weil Rose geglaubt hat, dass ‚die Saat des Teufels‘ durch die Vergewaltigung auf ihre Tochter übergegangen ist. So hat sich zumindest meine Mutter ausgedrückt, und vielleicht sind das sogar die Worte ihrer eigenen Mutter gewesen, die damit auf das schreckliche Vergehen der Inzucht angespielt hat.“

Carol nickte. „Wir müssen außerdem davon ausgehen, dass Rose nie erfahren hat, dass Dan und Bill gar nicht ihre Brüder waren ...“

„Oh, mein Gott“, rief Jason entsetzt, „weder Rose noch meine Mutter haben es jemals gewusst! Also hat meine arme Mutter ihr Leben lang geglaubt, dass ich die Folgen der Blutschande in mir trage ...“

„... und dass du, solltest du je Kinder zeugen, einen genetischen Defekt weitervererben würdest“, vollendete Carol seinen Satz.

Beide blickten nun zu Doktor Ho, der ihre Schlussfolgerungen auch sofort bestätigte.

„Elsies jetziger Zustand beruht auf dem, was Rose in ihrer Vergangenheit passiert ist. Elsie hat die Erlebnisse ihrer Mutter, die ihr von dieser vermutlich immer wieder eingeschärft worden sind, so stark verinnerlicht, dass sie das eigene Erleben nicht mehr von dem ihrer Mutter unterscheiden konnte. Deshalb waren es plötzlich ihre eigenen Brüder und keine unbekannten Familienmitglieder oder Menschen, die ihr Gewalt angetan haben! Damit aber Schluss mit den Vermutungen. Um eine genaue Diagnose erstellen zu können, muss ich erst noch weitere Details erfahren."

„Wie geht es nun weiter?", fragte Carol.

„Sie müssen mir Zeit geben", antwortete Doktor Ho, der bereits fieberhaft darüber nachdachte, wie er es verantworten konnte, Elsie Golden noch für mehrere Wochen in seiner Abteilung zu behalten. Er fühlte sich wieder wie damals als Student, jung und voller Energie. „Ich weiß noch nicht ganz so recht, was wir mit Ihrer Mutter machen werden, aber ich verspreche Ihnen, dass ich mich um sie kümmern werde. Was Ihre Mutter jetzt dringend braucht, ist eine gezielte therapeutische Behandlung, aber ob diese auch erfolgreich verlaufen wird, kann in diesem Stadium leider niemand vorhersagen. Es gibt allerdings einige positive Anzeichen, die man nicht unbeachtet lassen darf. Da sich der Zustand Ihrer Mutter erst in hohem Alter verschlechtert hat, besteht die berechtigte Hoffnung auf Besserung. Ich spreche bewusst nicht von Heilung, denn die wird in diesem fortgeschrittenen Stadium wohl kaum noch möglich sein, aber eine Besserung ihres jetzigen Zustandes werden wir sicher bewirken können!"

Jason dankte ihm vielmals. „Ich nehme an, dass es nicht notwendig ist, noch länger hierzubleiben. Wir werden uns also ein Hotel in Kamloops suchen, und ich werde Sie unverzüglich anrufen, sobald wir wissen, wo wir unterkommen."

Doktor Ho bedankte sich ebenfalls, und das Gespräch schien beendet. Doch Carol hatte noch eine Überraschung parat. „Nein, Jason, wir werden uns kein Hotelzimmer in Kamloops nehmen, denn wir müssen sofort nach Vancouver aufbrechen. Doktor Ho kann uns dort erreichen, wenn er oder deine Mutter dich brauchen."

„Wie kommst du denn ausgerechnet jetzt auf Vancouver?", fragte Jason verblüfft.

Carol grinste. Obwohl die gegenwärtige Lage für sie alle mehr als betrüblich war und Elsie Golden ihr unendlich leid tat, fand sie, dass es nunmehr an der Zeit war, Jason auf einen weiteren, äußerst interessanten Umstand hinzuweisen, der ihm bislang anscheinend noch nicht bewusst geworden war. „Jason, du hast es immer noch nicht verstanden, nicht wahr? Rose war *deine* Großmutter!"

„Und?"

„Wer war der Vater von Rose?"

„Lawrence Chattwell! Worauf willst du hinaus?"

Carol wartete geduldig, bis sich ihm der Zusammenhang von selbst erschloss.

„Himmel! Dann war Lawrence Chattwell ja mein Urgroßvater!"

„Genau, mein Lieber, und deshalb müssen wir dringend nach Vancouver fahren und herausfinden, warum dein Urgroßvater seine einzige Tochter nicht als Erbin eingesetzt hat, obwohl er wusste, dass sie den Kutschenunfall überlebt hat."

Jason stöhnte auf. „Langsam wird mir das alles zu

viel. Bist du dir auch wirklich sicher, dass das Ganze nicht deiner ausgeprägten schriftstellerischen Fantasie entsprungen ist?“

Carol musste unwillkürlich lächeln. „Die ist zugegeben sehr lebhaft, aber davon abgesehen sprechen einfach zu viele Fakten dafür, dass ich mir das alles nicht nur eingebildet habe. Unser guter Professor gräbt sich zurzeit gerade in Vancouver durch das Chattwell-Archiv, und ich bin mir sicher, dass er noch weitere Beweise finden wird, die deine familiäre Herkunft belegen. Wir müssen unbedingt mit ihm sprechen. Und ebenso mit Malcolm Meier.“ Dann aber blickte sie in sein Gesicht, dem man den Kummer der vergangenen Tage noch deutlich ansah und merkte, dass er noch immer zweifelte. Carol beschloss, ihn etwas aufzuheitern und begann daher zu witzeln.

„Ich will schließlich wissen, ob du erbberechtigt bist! Hier geht es auch um meine Zukunft. Ich lasse mir doch keinen reichen Erben durch die Lappen gehen. Und deshalb bestehe ich darauf, sofort mit dir nach Vancouver zu fahren.“

Doktor Ho ignorierte jedoch ihre scherzhaft gemeinten Worte und wandte sich nun seinerseits an Jason. „Werden Sie in Vancouver auch weiter nach dem familiären Hintergrund Ihrer Mutter forschen?“

„Das hatte ich mir zumindest vorgenommen, die dortigen Ämter werden gewiss über weitreichendere Informationen verfügen, die uns helfen werden, die Vergangenheit zu rekonstruieren“, antwortete Jason ihm nach reiflicher Überlegung.

„Entschuldigen Sie, wenn ich mich da einfach so einmische, aber glauben Sie nicht, dass Sie wesentlich schneller vorankommen werden, wenn ich Ihnen eine Vollmacht erteile?"

„Wie meinen Sie das?"

Doktor Ho räusperte sich verlegen. Was er vorschlug, war zwar nicht ganz korrekt, lag aber durchaus im Interesse seiner Patientin. „Ich werde Ihnen ein Schreiben mitgeben, das Sie während der Krankheit Ihrer Mutter kurzfristig dazu bevollmächtigt, stellvertretend für sie zu handeln. Als Leiter dieser Abteilung bin ich dazu berechtigt. Das Schreiben wird Ihnen bei den Ämtern weiterhelfen, falls Sie Urkunden anfordern müssen, die dem Persönlichkeitsschutz unterliegen und die nur von Ihrer Mutter beantragt werden können."

„Eine gute Idee", bestätigte Carol, und sie warteten so lange, bis der Arzt umständlich ein dementsprechendes Formular ausgefüllt und unterzeichnet hatte. Doktor Ho händigte es Jason mit ernster Miene aus. „Es ist nur vier Wochen lang gültig. Länger kann ich es nicht verantworten, also nutzen Sie die Zeit."

„Keine Sorge, ich werde Ihr Vertrauen nicht enttäuschen und mich sofort an die Arbeit machen", meinte Jason und nahm Carol bei der Hand, „also, Cookie, gehen wir. Hoffentlich wirst du nicht allzu sehr enttäuscht sein, wenn aus dem Erbe nichts wird und du eben doch einen armen Schlucker heiraten musst."

„Na, in diesem Fall kann ich mir das Ganze ja noch einmal überlegen", lachte sie und stand auf. Sie verabschiedete sich von Doktor Ho und wartete, bis sich Jason, nicht ohne mehrfach zu beteuern, dass sie sich sofort nach ihrer Ankunft in Vancouver mit ihm in Verbindung setzen würden, ebenfalls verabschiedet hatte. Bereits an der Tür drehte sich Carol nochmals zu dem Arzt um. „Sie sind mein Zeuge, dass dieser Mann mich soeben darum gebeten hat, seine Frau zu werden!“

„Ja. Und vergessen Sie nicht, mir eine Kopie der Aufzeichnung von John McClure zu schicken“, rief Doktor Ho ihr nach.

35

Es war Mai geworden, und ganz Vancouver stand in Blüte. Das milde Meeresklima weckte in Carol die Erinnerung an ein paar wunderbare Frühlingstage in Monte Carlo, als sie, damals noch mit Peter, die Uferpromenaden entlangspaziert war und die bunte Pracht der Bougainvilleen bewundert hatte. Jetzt war die Luft genauso frisch und duftete genauso süßlich. Auch die Sonne schien mit der gleichen Intensität. Sie musste vorsichtig sein, wenn sie sich keinen Sonnenbrand holen wollte, und so kaufte sie sich eine Baseballmütze, die weitaus besser zu ihrer aktuellen Kleidung passte, als der Strohhut, den sie sich in Monaco gekauft hatte und der danach zu Hause in den Tiefen irgendeines Schrankes auf Nimmerwiedersehen verschwunden war. Eigentlich waren nur das Wetter, die blühenden Pflanzen und die Lage am Meer der Erinnerung an ihren längst vergangenen Urlaub mit Peter wert. Denn im Gegensatz zu jetzt konnte sie sich nicht erinnern, dass es in Monaco auch nur zu einer einzigen zärtlichen Geste oder anderen liebevollen Bezeugungen zwischen Peter und ihr gekommen war. Nun aber schlenderte sie mit Jason lachend und turtelnd den Weg zwischen der Küste und dem Stanley Park entlang und fühlte sich unbeschreiblich glücklich.

„Er hat heute Morgen, während du noch auf dem

Grundbuchamt warst, schon wieder angerufen", erzählte sie ihm.

„Wer?"

„Entschuldige, ich war mit meinen Gedanken woanders. Peter! Er will einfach nicht einsehen, dass ich nicht zu ihm zurückkomme. Jetzt hat er mir damit gedroht, dass er die Firma pleite gehen lassen wird, wenn ich mich nicht sofort ins Flugzeug setze und zu ihm eile, um ihm hilfreich zur Seite zu stehen."

Jason nahm ihre Hand und legte sie in seine Armbeuge. Und so spazierten sie, tief in ihr Gespräch versunken, gemeinsam weiter, wie schon so oft zuvor in den vergangenen Wochen, seit sie in Vancouver angekommen und in Jasons Wohnung gezogen waren.

„Tja, du hättest ihm eben unsere Nummer nicht geben dürfen."

„Ach weißt du", meinte Carol, „seltsamerweise tut es mir sogar gut, ihn jammern zu hören. Seine Freundin hat ihn tatsächlich verlassen, als es beruflich bergab mit ihm ging. Sie scheint wohl mehr an seinem Geld als an ihm interessiert gewesen zu sein. Nun will ich wirklich nicht behaupten, dass er mir deswegen leid tut. Aber ich bedauere, dass ich bei unserem letzten Treffen im ‚Waterfront Hotel' die fünfzigtausend Euro, die er mir geboten hat, nicht angenommen habe, denn so, wie es jetzt aussieht, wird in einigen Wochen gar nichts mehr zu holen sein."

„Kann er denn tatsächlich so schnell bankrott gehen?", wollte Jason wissen. „Sicher, die Kunden sind doch seit meinem Weggang im letzten Herbst nicht mehr richtig betreut worden. Es dauert zwar immer einige Monate, bis die Kunden merken, dass der Service nicht mehr stimmt. Wenn aber erst einmal die ersten von ihnen das sinkende Schiff verlassen, geht es rapide abwärts. Ehrlich gesagt, glaube ich nicht, dass es die Firma nächstes Jahr noch geben wird."

„Und was hast du ihm heute gesagt?"

„Das Gleiche, was ich ihm auch schon die Male davor gesagt habe. Dass er alleine zurechtkommen muss. Und dass ich in Kanada bleibe und glücklich bin."

„Mit mir?"

Carol zögerte. „Nein, das geht ihn nichts an."

Jason zog sie näher an sich heran. „Gib zu, dass du nicht so nachtragend und schadenfroh bist, wie du immer tust. Du hast ihm nichts von mir gesagt, weil du ihm das Messer nicht noch tiefer in die Wunde stoßen wolltest."

„Kann sein", stimmte sie zu, „und was gibt es Neues bei dir?"

„Nun, ich glaube, endgültig alle Möglichkeiten ausgeschöpft zu haben und werde daher gleich heute Nachmittag die Akte für Doktor Ho fertig machen. Hoffentlich kann er meiner Mutter nun besser helfen."

„Bestimmt kann er das", sprach ihm Carol Mut zu, „schließlich haben wir doch noch eine ganze Menge Interessantes entdeckt."

„Aber nicht alles ergibt auch einen Sinn", meinte Jason. Auf ihren langen Spaziergängen hatten sie die einzelnen Teile des Puzzles nach und nach zu einem Bild zusammengesetzt. Jetzt fehlten nurmehr die letzten Teile, die Jason mit Carols Hilfe noch einzufügen hoffte, denn heute waren dank der ihm ausgestellten Vollmacht endlich die angeforderten Eintragungen vom Grundbuchamt eingetroffen.

„Meine Mutter hat das Land, auf dem dein Haus stand, im Jahr 1965 geerbt. Es sind zwei ganze Quartersections gewesen, die sie direkt von John McLure geerbt hat."

„Der Zeitrahmen passt", überlegte Carol, „denn John ist ein Jahr zuvor gestorben. Laut seinen Aufzeichnungen ist er kurz vor seinem Tod noch von Rose besucht worden. Es war aber nicht Rose – sondern Elsie, die Rose so ähnlich sah, dass er glaubte, Rose leibhaftig vor sich zu haben."

„Aber wie kam meine Mutter dazu, ihn zu besuchen?"

Carol blieb stehen. „Wann genau ist Rose noch mal gestorben?"

„1964, einige Monate vor Johns eigenem Tod. Sie ist nur achtundfünfzig Jahre alt geworden!"

„Ich glaube", spann Carol ihre Überlegungen weiter, „dass Elsie nach dem Tod deiner Großmutter einen ersten Zusammenbruch erlitten hat. Daraufhin hat sie wohl all ihren Mut zusammengenommen und ist zum Bridge Lake gefahren, um den vermeintlichen Großvater zur Rede zu stellen. In Johns Aufzeichnungen steht, dass sie ihn gefragt hat, warum er es zuließ, dass die Zwillinge Rose so gequält haben. Vielleicht hat deine Mutter diese Konfrontation ja bewusst gesucht, um auf diese Weise die Geister der Vergangenheit für immer zum Schweigen zu bringen. Aber John McLure hat sich geweigert, ihr die Wahrheit zu sagen. Hätte er ihr damals erzählt, dass Rose und die Zwillinge nicht blutsverwandt miteinander waren, wäre ihre Krankheit vermutlich nicht ausgebrochen oder hätte zumindest nicht so schlimme Ausmaße angenommen. John McClure hat dadurch doppelte Schuld auf sich geladen. Und Elsie muss sehr enttäuscht gewesen sein, als sie unverrichteter Dinge wieder nach Vancouver zurückkehren musste."

„John hat kurz nach ihrem Besuch sein Testament gemacht und sein ganzes Land Rose vermacht, weil er glaubte, dass sie noch am Leben wäre. Aber Rose war bereits tot, und deshalb ging das Land automatisch an Elsie, ihre rechtmäßige Erbin, über. So ist Mutter zu ihrem Besitz und an den Bridge Lake zurückgekommen. Danach hat sie den größten Teil ihres neuen Besitzes verkauft und ist in das Haus am See gezogen, in dem John seine letzten Jahre verbracht hat."

„Genau", bestätigte Carol. Sie waren inzwischen an der Lions Gate Bridge angekommen und nahmen den Weg unter der Brücke hindurch, der sie automatisch wieder zurück in die Innenstadt führte. „Aber wie ist sie dann bloß an die zweite Erbschaft gekommen?"

„Tom starb 1969. Er ist nicht sehr viel älter als Rose geworden."

In Carols Fantasie entstand ein klares Bild der Vergangenheit. „Ich kann mir gut vorstellen, dass er an gebrochenem Herzen gestorben ist. Schließlich hat er Rose vergöttert, seit sie ihm als Baby anvertraut worden ist, und sein ganzer Lebensinhalt hat darin bestanden, sie zu versorgen und zu beschützen. Da finde ich es geradezu erstaunlich, dass er sie noch um fünf Jahre überlebt hat."

„Jedenfalls hat John bereits zu einer frühen Zeit jeweils eine Quartersection an Rose und an Tom überschrieben. Rose hat ihr Land später Tom vermacht, der es aber nie in Besitz genommen hat, und so fiel es dann nach seinem eigenen Tod zusammen mit seiner Quartersection an meine Mutter, als dem einzigen noch lebenden Familienmitglied. Das ist das Land, auf dem unser jetziges Haus steht. Meine Mutter muss damals nach der zweiten Erbschaft sehr froh darüber gewesen sein, endlich aus Johns Haus ausziehen und in ein neues einziehen zu können."

„Mit ihrem kleinen Sohn Jason", ergänzte Carol.

„Aber ohne dessen Vater!"

Schweigend bummelten sie weiter die Uferpromenade entlang. Auf ihrer rechten Seite tauchte nun ein freier Platz auf, der mit seinen meterhohen Totempfählen eine beliebte Touristenattraktion darstellte, und wie jedes Mal, wenn sie diese Route wählten, unterbrachen sie hier ihren Spaziergang, um sich auf eine der vielen Parkbänke zu setzen. Carol liebte die bunt bemalten mythischen Figuren der Totempfähle und wurde nicht müde, sie zu betrachten. Sie waren von verschiedenen Künstlern der nordwestlichen Provinzen Kanadas geschnitzt worden und standen jeweils für eine überlieferte Sage der Ureinwohner. Kunstvoll schlangen sich die einzelnen Figuren in- und übereinander und wuchsen in die Höhe.

Carols Lieblingsfigur, ein rot-schwarz bemalter Rabe, formte so die Spitze eines Haida-Pfahls und starrte mit gebeugtem Kopf und tief nach unten gebogenem Schnabel auf Carol hinab. Seine übergroßen Augen waren wie Halbkugeln geschnitzt und schienen nicht nur sie, sondern gleichzeitig die ganze Welt zu beobachten. Der Rabe galt als der Vater des Universums.

„Wir werden wohl nie genau erfahren, was wirklich geschehen ist", sagte Carol plötzlich, „außer deine Mutter wird eines Tages dazu in der Lage sein, es uns zu erzählen. Sieh dir nur den Raben an, er soll viel Unheil über die Welt gebracht haben. Obwohl er nur seine

Scherze treiben wollte, hat er sich und andere der Überlieferung nach immer in Schwierigkeiten gebracht. Vielleicht ist dein Vater dem Raben darin ähnlich gewesen. Vielleicht wollte auch er nur seinen Spaß und etwas Glück im Leben haben, hat sich dafür aber, nicht wissend, was er damit anrichten würde, die falsche Frau ausgesucht."

„Vielleicht. Vielleicht auch nicht", murmelte Jason und stand auf, „wie dem auch sei, ich werde es so, wie es ist, akzeptieren müssen. Ich hoffe, dass unser guter Professor noch etwas mehr zur Aufklärung beitragen und meiner Mutter auf diese Weise helfen kann. Er müsste doch eigentlich bald alle Daten durchforstet haben. Sehen wir ihn heute noch?"

Carol erhob sich ebenfalls. Nachdem Tim Gordon ihre aktive Mitarbeit im Archiv abgelehnt hatte, trafen sie sich nunmehr fast jeden Abend mit ihm, um die aktuellen Ergebnisse seiner Recherche gemeinsam durchzusprechen. Carol vermutete, dass er die Chattwell-Tidewater-Unterlagen so ausführlich und gründlich studierte, dass es ihm peinlich gewesen wäre, wenn sie ihn dabei beobachtet und festgestellt hätten, wie wenig Zeit er dabei für den Fall „Rose" aufwendete.

„Ja, und er hat gesagt, dass er Malcolm mitbringen wird."

Der Pressechef des Hauses Chattwell-Tidewater war schon seit Längerem in die Zusammenhänge eingeweiht und assistierte dem Professor seitdem, wo er nur konnte, wobei er die aufregende Suche nach Informationen und die selbstauferlegte Geheimhaltung sichtlich genoss. Es war ein Abenteuer so ganz nach seinem Geschmack.

„Der Gute stirbt noch vor lauter Neugierde, wenn er

nicht an jedem unserer Treffen teilnehmen kann", lachte Jason, „aber ich fürchte, dass sich auch heute nichts Neues ergeben hat."

„Wer weiß", antwortete Carol und unterließ es dabei bewusst, Jason zu berichten, dass Tim ihr gegenüber am Telefon vage angedeutet hatte, dass er außerordentliche Neuigkeiten für sie bereithalte. Carol wollte jedoch keine falschen Erwartungen in Jason wecken, für den Fall, dass die Ermittlungen des Professors einmal mehr in einer Sackgasse endeten. Es war nicht das erste Mal, dass sie sich umsonst Hoffnungen gemacht hatten.

Jasons Wohnung lag in Richmond, einem ehemals recht verschlafenen Stadtteil von Vancouver, der in den letzten Jahren allerdings einen unglaublichen Aufschwung genommen hatte. Durch die starke Zuwanderung von Hong Kong-Chinesen waren die früheren Stadtgrenzen gesprengt worden, und das Gebiet südlich des Flughafens, auf dem sich Jasons Wohnung befand, war über Nacht zu einer attraktiven und teuren Wohngegend geworden. Jason hatte die alte Wohnung mit viel Geschmack und großem handwerklichen Geschick renoviert, doch der wahre Grund für ihre phänomenale Wertsteigerung lag im richtigen Zeitpunkt des Kaufs begründet. Und obwohl Jason darauf schwor, damals nicht geahnt zu haben, wie gefragt Richmond eines Tages sein würde, glaubte ihm Carol nicht ganz. Dafür war Jason einfach ein zu guter Makler.

Carol hatte damit begonnen, ein einfaches Abendessen für vier Personen vorzubereiten, während Jason noch die Supermarkttüten leerte und ihren Einkauf verstaute.

„Kann ich dir helfen?“, bot er ihr an, als er damit fertig war.

„Nein, danke“, antwortete sie, „ich bin gleich fertig. Sieh dir währenddessen lieber die Nachrichten im Fernsehen an, damit du mir später erzählen kannst, was in der großen, weiten Welt so alles los ist.“

Sie schnitt noch ein paar Tomaten, mit denen sie die kalte Platte dekorierte. Heute würde es keine warme Mahlzeit geben, nachdem der lange Spaziergang im Stanley Park und ihr anschließender Einkauf im Supermarkt länger als geplant gedauert hatten. Carol genoss es immer wieder von Neuem, ihre Zeit Tag für Tag mit Jason zu verbringen, der das Haus meist nur für ein paar Stunden verließ, um verschiedene Ämter aufzusuchen und dort Akteneinsicht zu beantragen. Danach mussten sie jeweils wochenlang auf die angeforderten Antworten warten, denn genau wie in Deutschland mahlten auch in Kanada die Mühlen der Bürokratie äußerst langsam. Wenn Carol alleine war, sortierte sie die Informationen, die sie bisher für Doktor Ho gesammelt hatten, und fragte sich dabei insgeheim, ob sie ihr Buch eines Tages wohl noch schreiben würde. Jason drängte sie geradewegs dazu, denn er war davon überzeugt, dass es ein gutes Buch werden würde, selbst wenn Carol im Gegenzug immer wieder beteuerte, gar keine Schriftstellerin mehr werden zu wollen. Noch wussten sie nicht, wann sie Vancouver wieder verlassen würden, doch beide wollten so schnell wie möglich ins Cariboo zurückkehren. Vor allem Jason konnte es sich nicht länger erlauben, sein Geschäft zu vernachlässigen. Außerdem musste er sich um das Haus seiner Mutter kümmern. Sie hatten noch keine konkreten Pläne gemacht, wo sie zukünftig leben wollten, allerdings stand fest, dass Carol keinesfalls in Elsie Goldens Haus einziehen würde. Die Situation war weder für Carol noch für Jason ganz einfach, denn Carols eigenes Haus würde erst wieder aufgebaut werden können, wenn Jason seine Wohnung verkauft hatte. Damit verfügten sie zum gegenwärtigen Zeitpunkt kaum noch über genügend finanzielle Mittel, und die Aussicht auf eine mögliche Erbschaft von Lawrence Chattwells Vermögen war so unwahrscheinlich, dass sie sie nicht in ihre Zukunftsplanung mit einzubeziehen wagten.

Carol begann gerade, den Tisch zu decken, als es an der Haustür klingelte. Jason ging in den Flur und wenig später konnte Carol hören, wie er Tim und Malcolm freundlich begrüßte. Carol warf einen Blick auf ihre Uhr. Ihre Gäste waren früher als erwartet eingetroffen.

„Setzt euch schon einmal, und lasst euch von Jason etwas zu trinken bringen“, rief sie in den Flur, „ihr seid etwas zu früh, aber ich bin gleich so weit.“

Doch die Gäste gingen nicht, wie ihnen befohlen, zuerst ins Wohnzimmer, um sich dort von Jason einen Aperitif einschenken zu lassen, sondern standen auf einmal in der Tür zum Esszimmer. Tim in seinem orange-schwarz karierten Flanellhemd und den braunen Kordhosen dabei so grell und mächtig, dass er fast die ganze Öffnung ausfüllte und den kleineren Malcolm dadurch zwang, sich über seine Schulter hinweg bemerkbar zu machen. „Hallo, Carol, tut mir leid, wenn wir zu früh dran sind“, meinte er und wurde sofort von Tim Gordon unterbrochen.

„Quatsch nicht, wir sind jedes Mal zu früh dran. Weil wir es nie erwarten können, etwas von Carols leckerem Essen abzubekommen. Was gibt es denn heute Feines?“

„Pech auf der ganzen Linie! Eine langweilige kalte Platte und ein paar Scheiben Brot. Du hättest dir die Blumen sparen können.“ Mit diesen Worten nahm sie Tim den großen Strauß, der noch in Papier eingewickelt war, aus den Händen. „Und was hast du dabei? Ihr sollt doch nicht immer etwas mitbringen!“

Malcolm hielt eine braune Tüte fest und weigerte sich, sie ihr zu geben. „Das ist eine Überraschung für dich, die du aber erst später bekommst. Bis dahin stelle ich sie schon einmal in den Kühlschrank, und du musst versprechen, nicht hineinzusehen!“

Carol lachte. „Na gut, schließlich habe ich bereits alles, was ich brauche, hier. Und jetzt nehmt endlich Platz, wenn ihr schon einmal da seit.“

„Sehr schön“, bedankte sich der Professor und wandte sich dann an Jason, „bitte bring uns doch etwas, mit dem wir anstoßen können. Ich habe große Neuigkeiten!“

Carol war überrascht, dass Tim so mit der offenen Tür ins Haus fiel, und flüsterte ihm, sobald Jason in Richtung Küche verschwunden war, besorgt zu: „Gibt es wirklich gute Neuigkeiten? Ich habe noch nichts zu Jason gesagt, weil ich nicht wollte, dass er wieder enttäuscht wird.“

„Oh, ich glaube nicht, dass du ihn dieses Mal vor irgendetwas beschützen musst“, antwortete Tim laut, und Jason, der gerade mit einer Flasche Wein zurückkam, fragte prompt: „Wovor will sie mich schützen?“

„Vor der Gefahr, geblendet zu werden!“ Tim hob sein Glas und hielt es Jason mit ausgestrecktem Arm entgegen. „Schenk ein, mein Lieber, und dann schließe deine Augen, auf dass dich der Glanz meiner alles überragenden Fähigkeiten nicht blenden möge ..."

„Tim!", schrien Carol und Malcolm gleichzeitig.

„Schon gut", lenkte Tim sofort ein, „das versteht ihr nicht! Noch nicht! Aber wartet, bis ich euch erst einmal erzählt habe, was ich entdeckt habe. Dann werdet ihr sehr wohl eure Augen schließen und dem Himmel dafür danken, dass ..."

Wieder wurde er von Carol unterbrochen. „Sei nicht immer so schwülstig, sondern sag, was es zu sagen gibt!"

„Nicht in diesem Ton! Sonst werdet ihr am Ende gar nichts erfahren!"

Malcolm brachte ihn jedoch um das Vergnügen, indem er mit verschmitztem Grinsen einwandte: „Ich kann es euch genauso gut erzählen. Schließlich kann ich die ganze Geschichte auswendig ..."

„Halt, was fällt dir ein? Wir müssen systematisch vorgehen und von Anfang an erzählen." Damit war der Professor wieder ganz bei der Sache, rutschte mit seinem Stuhl näher an den Tisch heran und blickte Jason durchdringend an. „Du hast vermutet, ein Nachkomme der Chattwells zu sein, und ich habe versucht, für diese Annahme einen Nachweis zu finden, der allen Anfechtungen seitens der Firma standhält und von jedem Gericht anerkannt wird. Mit Malcolms freundlicher Unterstützung habe ich mich daher in den letzten Wochen wie eine Wühlmaus durch die Geschäftsunterlagen der Firma Chattwell-Tidewater gearbeitet und mich dabei nicht nur auf die Person Lawrence Chattwells beschränkt, was mir ohne Malcolms Hilfe in keiner Weise möglich gewesen wäre."

„Das ist mir klar", anerkannte Jason, „und ich danke euch dafür."

„Den Dank kannst du dir für später aufheben", antwortete Tim.

„Was?", fragte Jason, doch Tim ignorierte seinen Einwurf und fuhr fort. „Beinahe wäre die ganze Arbeit umsonst gewesen. Ihr hattet mir bei eurer Rückkehr zwar den Nachnamen Golden genannt, der tauchte aber in keiner einzigen von Lawrence Chattwells Unterlagen auf, absolut nirgends! Da kam Malcolm auf die famose Idee, dass wir noch in den Akten der Rechtsabteilung nachsehen könnten, die ihr eigenes Archiv besitzt. Und stellt euch vor, dort sind wir tatsächlich fündig geworden! Das ist bereits vor zwei Wochen gewesen, aber wir wollten ganz sicher sein, dass das, was wir gefunden haben, auch vor Gericht Bestand haben würde, deshalb mussten wir noch weiter nachforschen, einen Fachanwalt hinzuziehen, recherchieren, dokumentieren, und was weiß ich noch alles. Gott, was habe ich nur für einen Durst. Der Wein ist nicht schlecht ...", er hob sein Glas und nahm genüsslich einen Schluck.

„Ich bring ihn um", flüsterte Carol, „wenn er nicht sofort weiterredet, werde ich ihn mit meinen eigenen Händen erwürgen!"

„Brutales Weib", kam es daraufhin von Tim Gordon.

„Malcolm, bitte, was habt ihr entdeckt?", flehte Carol, während Jason schweigend am Tisch saß, als ob ihn die ganze Unterhaltung nichts anginge, und nur eine guter Beobachter konnte erkennen, dass seine Mundwinkel einmal leicht zuckten.

Malcolm ließ sich nicht lange bitten. „In der Rechtsabteilung haben wir ein Schreiben mit einem Hinweis auf den ‚Fall Golden' entdeckt. Das Schreiben bestand aus einem einzigen Blatt Papier, auf dem nur diese beiden Worte geschrieben standen, und einem Anschreiben an eine auswärtige Anwaltsfirma, die darum gebeten wurde, sich weiter um den ‚Fall Golden' zu kümmern."

„Ein unglaublich glücklicher Fund", übernahm der Professor wieder, „der von jedem anderen übersehen worden wäre. So aber haben Malcolm und ich beratschlagt, was nun am besten zu tun sei, und Malcolm hat sich daraufhin mit der Rechtsabteilung seiner Firma abgesprochen und von ihr die Erlaubnis erhalten, bei der zweiten Anwaltskanzlei um die Herausgabe der Unterlagen zum ‚Fall Golden' zu bitten."

„Aber selbstverständlich ist es uns nur im Hinblick auf die historische Bedeutung unserer Untersuchung und dank des guten Rufes unseres Freundes hier gelungen, an die Unterlagen, die nur als Originale existieren, heranzukommen", bemerkte Malcolm.

„Es sind ziemlich umfangreiche Unterlagen ...", fügte Tim Gordon an.

„Und was steht darin?", wollte Carol wissen, „ich gehe doch sicher zu Recht davon aus, dass ihr das Ergebnis aus dem Studium der Unterlagen auch aus dem Stand referieren könnt ..."

Tim Gordon und Malcolm Meier nickten schweigend.

„Also?"

Malcolm sah kurz zum Professor hinüber und nickte ihm aufmunternd zu. Dieser gönnte sich noch eine kurze Kunstpause und meinte dann mit einer für ihn ungewohnten Schlichtheit: „Es lässt sich ganz einfach zusammenfassen. Tom Golden muss gleich nach seiner Ankunft in Vancouver etwas über Lawrence Chattwells

Lebensgeschichte gehört oder gelesen und dabei eins und eins zusammengezählt haben. Denn bereits im Jahr 1934 hat er einen Brief an Lawrence geschrieben, in dem er ihm mitteilte, dass seine Tochter noch am Leben sei. Dieser Brief, sowie der darauf zwischen den Männern einsetzende Briefwechsel, ist in den Unterlagen der besagten Anwaltsfirma hinterlegt worden. Zu Beginn hat sich Lawrence Chattwell offenbar noch eine ganze Weile geweigert, Toms Version der verloren gegangenen Tochter Glauben zu schenken. Doch Tom konnte einfach zu viele übereinstimmende Details aufführen. So konnte er unter anderem genau beschreiben, wie Rose als kleines Kind ausgesehen hatte, und in einem seiner Schreiben auch von einem Beutel berichten, der sich noch immer in seinem Besitz befand und auf dem die Initialen S und C verzeichnet waren."

„Die Initialen standen für Sophie Chattwell. Und der besagte Beutel muss der mit Gold gefüllte Beutel gewesen sein, den Roses Mutter John McLure gegeben hat, kurz bevor sie starb! Tom hatte ihn wahrscheinlich schon vor langer Zeit auf der Farm entdeckt und seinem Vater entwendet, bevor er mit Rose geflüchtet ist", unterbrach Carol den Professor.

„Also hat es diesen Beutel tatsächlich gegeben? Das ist gut zu wissen. Und jetzt verstehe ich auch den Rest der Geschichte besser, denn die Existenz des Beutels hat den Ausschlag dafür gegeben, dass Lawrence Chattwell Tom endlich ernst genommen hat. Kurz danach hat er jedenfalls eine medizinische Untersuchung von Rose in Auftrag gegeben, die er auch bezahlt hat. Auch deren Ergebnis ist ein Bestandteil der Akte und besagt, dass Rose körperlich zwar vollkommen gesund, geistig aber leider zurückgeblieben war. Lawrence Chattwell hat Tom im Anschluss an diese Untersuchung jedenfalls geschrieben, dass er ein gutes Hospital für Rose gefunden hätte, in dem sie gut versorgt werden würde. Auf diesen Brief hin müssen sich Tom und Lawrence dann endlich persönlich getroffen haben, und ich nehme an, dass Tom bei diesem Treffen Lawrence auch dazu überredet hat, Rose in seiner Obhut zu lassen. Denn in seinem nächsten Schreiben, das chronologisch auf das von Chattwell folgt, hat sich Tom für dessen finanzielle Unterstützung bedankt und Lawrence versichert, dass es Rose immer gut bei ihm haben würde. Diese ‚Unterstützung' stellt den eigentlichen ‚Fall Golden' dar. Von diesem Zeitpunkt an wurden über die Anwaltsfirma jeden Monat Zahlungen veranlasst, die alle auf Toms Konto eingingen, wahrscheinlich, um eine klare Trennung zwischen Chattwell und seiner Firma zu gewährleisten. Diese Zahlungen wurden fast dreißig Jahre lang bis zum Tod von Rose im Jahre 1964 angewiesen. Die Einstellung der Zahlungen stellt dann auch den letzten Eintrag in der Akte dar."

Tim Gordon hätte noch weit mehr berichten können, aber er hatte sich darauf beschränkt, nur das Wesentliche seiner Recherche wiederzugeben, denn er wollte den Betroffenen Zeit geben, sich mit den Fakten vertraut zu machen. Und so stellte ihm Jason nach kurzem Schweigen auch nur die schlichte, aber bedeutsame Frage: „Ist das der Beweis dafür, dass Lawrence Chattwell und ich tatsächlich miteinander verwandt sind?"

„Natürlich", bestätigte Malcolm, „unsere Rechtsabteilung hat alles überprüft."

„Und Mutter?"

„Was soll mit deiner Mutter sein?“

Jason überlegte. „Wieso hat meine Mutter nichts davon gewusst? Oder hat sie Bescheid gewusst und mir nur nichts gesagt?“

„Ja, genau“, gab auch Carol zu bedenken, „wenn Tom und Lawrence sich begegnet sind, müsste Rose davon erfahren haben. Und Lawrence wird seine leibliche Tochter doch wenigstens einmal in seinem Leben getroffen haben.“

„Wir sind ziemlich sicher, dass dies nicht der Fall war“, meinte Tim, „nachweisen lässt sich jedenfalls nur, dass er Fotos von ihr in Auftrag gegeben hat. Ein Wunsch, den ihm Tom umgehend erfüllt hat, wie ihr wisst. Chattwell hat die Aufnahmen privat angefordert, und der Auftrag dazu ist der einzige Hinweis auf Rose, der sich in seinen gesamten persönlichen Unterlagen finden lässt. Damit deutet alles daraufhin, dass Chattwell seine Tochter nie getroffen hat. Er wusste auch nicht, wo Tom und Rose gelebt haben. Ihr müsst euch vorstellen, dass Tom den gesamten Briefverkehr immer nur über eine postlagernde Adresse laufen ließ, die er Chattwell angegeben hat. Tom muss entsetzliche Angst davor gehabt haben, dass ihm Rose und Elsie eines Tages weggenommen werden könnten. Er hat Rose vor Chattwell versteckt und ihm die Tatsache, dass er eine Enkelin hat, in weiser Voraussicht verschwiegen. Zu Recht, denn wäre Rose geistig gesund gewesen und hätte Chattwell sie zu sich nehmen wollen, dann hätte Tom kaum eine Chance gehabt, gegen die Macht eines so bedeutenden und einflussreichen Mannes anzugehen. Lawrence hätte seine Tochter ganz bestimmt gefunden, wenn er es gewollt hätte. Das Gleiche gilt für Chattwells Enkelin noch viel mehr. Toms Glück war nur, dass Lawrence nicht an einer behinderten Tochter interessiert war. Wir müssen sogar davon ausgehen, dass Lawrence diese für ihn beschämende Tatsache so geheim wie möglich halten wollte. Vielleicht war er daher auch erleichtert, als Tom ihm anbot, weiterhin für die behinderte Rose zu sorgen, und hat ihn gerne dafür bezahlt, so einfach ist das."

„Aber seine Blutlinie ging doch mit Elsie weiter!", warf Carol ein.

„Ja, aber das konnte Chattwell nicht wissen. Tom hat in keinem seiner Schreiben jemals erwähnt, dass Rose ein Kind zur Welt gebracht hat."

Malcolm ahnte, was in Carol vorging und was sie nach wie vor nicht verstehen konnte. „Du wunderst dich, warum Tom überhaupt mit Lawrence in Kontakt getreten ist, wenn er sich so sehr vor möglichen Konsequenzen gefürchtet hat?"

„Ja, allerdings!"

Da ergriff Jason das Wort und versuchte Carol die Gründe zu erklären, die Tom seiner Meinung nach dazu gezwungen hatten, sich einem ihm völlig fremden und unberechenbaren Mann anzubiedern.

„Weil er Geld brauchte, um *seine* Familie zu versorgen. Ich kann mir vorstellen, dass sie nach ihrer Flucht nicht über allzu große finanzielle Reserven für ihr weiteres Leben verfügt haben und es für Tom in der Stadt auch nicht viele Möglichkeiten gab, Geld zu verdienen. Rose ihrerseits konnte nichts zu ihrem zukünftigen Lebensunterhalt beitragen. Du musst immer bedenken, dass er sich für Rose verantwortlich fühlte und sich nicht nur um sie, sondern auch noch um ihre kleine Tochter kümmern musste. Tom wird den Brief an Chattwell wahrscheinlich aus purer Verzweiflung heraus geschrieben und danach in ewiger Angst davor gelebt haben, dass ihm seine Familie entrissen wird. Jedenfalls wundere ich mich nicht mehr darüber, dass meine Mutter sich so entwickelt hat, nachdem sie in einem Umfeld ständiger Furcht aufgewachsen ist."

Carol konnte sich ebenfalls nur allzu gut vorstellen, wie beengend und bedrohlich das Leben für Elsie in solch einer Atmosphäre der Angst gewesen sein musste. „Die Ärmste", stimmte sie Jason zu, „welch eine Tragödie, auch für den armen Lawrence. Da hatte er eine Enkeltochter, die in derselben Stadt wie er lebte, und wusste nicht einmal davon."

„Allerdings", meinte der Professor, „und das bringt uns zurück in die Gegenwart. Der arme Jason hier ist Lawrence Chattwells Urenkel, was die meisten heutigen Firmeninhaber aber noch nicht wissen."

Malcolm hob sein Glas. „Ich trinke auf den rechtmäßigen Erben der Firma Chattwell-Tidewater!"

„Du lieber Himmel", wiegelte Jason ab, „immer mal langsam. Soweit sind wir noch lange nicht."

„Warum denn nicht?", fragten Carol und Malcolm nahezu gleichzeitig. Es war Tim Gordon, der die Gesamtlage und Jasons neue Ausgangsposition zum besseren Verständnis noch einmal zusammenfasste. „Wir haben eindeutig den Nachweis dafür erbracht, dass du der einzig erbberechtigte Nachfahre von Lawrence Chattwell bist! Die Rechtsabteilung der Firma weiß bereits Bescheid und hat ihrerseits den Firmenvorstand inoffiziell darüber unterrichtet, der nun seinerseits die bestehende Rechtslage und die möglichen Konsequenzen dieser, sagen wir einmal ‚familiären Übernahme' überprüft. Er wird sich in den nächsten Tagen mit dir in Verbindung setzen, um alles Weitere zu besprechen. Natürlich wird an der Börse, sobald die Nachricht einmal durchgesickert ist, die Hölle los sein. Deshalb hat man auch als Erstes versucht, uns zum Schweigen zu verpflichten, worauf ihnen unser cleverer Malcolm hier eine Gnadenfrist von einer Woche gegeben hat. Ich fürchte, dass sich unser Malcolm, sollte es der Vorstand wider alles Erwarten schaffen, deinen Anspruch abzuwehren, nach einer neue Stelle umsehen muss. Er hat sich nämlich ganz schön weit für dich aus dem Fenster gelehnt!"

Jason sah Malcolm prüfend an. „Stimmt das?"

„Schon, aber ich mache mir deswegen absolut keine Sorgen!", räumte Malcolm mit feierlicher Miene ein. „Denn es besteht überhaupt keine Chance, dass sie dich ausbooten können. Wir haben einfach zu viele Beweise dafür, dass dein Anspruch auf das Erbe gerechtfertigt ist. Ich bin mir dessen sogar so sicher, dass ich uns heute schon gleich den besten Champagner mitgebracht habe, den es zu kaufen gibt. Wie ist es, wollt ihr zuerst etwas essen?"

Wie erwartet schüttelten die anderen den Kopf. „Na, dann lasst uns mit dem Feiern beginnen."

Malcolm stand auf, ging in die Küche, holte die eiskalte „Grand Dame" aus dem Kühlschrank, befreite sie von ihrer braunen Papierhülle und nahm vier Champagnergläser aus dem Schrank.

„Bist du dir wirklich ganz sicher?", fragte ihn Carol nochmals, als er die Flasche öffnete.

„Absolut! Auf geht's, ihr Zweifler. Nur Mut! Lasst uns auf eine glorreiche Zukunft anstoßen!"

„Ich glaube, ich werde dich zum Vorstandsvorsitzenden machen, sobald alles vorbei ist. Du hast mehr Mut als wir alle zusammen“, sagte Jason anerkennend.

„Danke! Dieses Angebot nehme ich gerne an.“ Malcolm füllte die vier Gläser randvoll und reichte Jason eines davon. „Cheers, Boss!“

„Nicht doch! Ich will und werde die Firma ganz sicher nicht leiten“, meinte dieser, „zumal ich es auch gar nicht könnte. Ich will einzig und allein in aller Ruhe meine Büffel züchten.“

„Na, dann sollen sie dich eben abfinden“, warf der Professor lapidar ein.

Jason dachte nach und hatte plötzlich die Vision einer riesigen Büffelherde vor Augen, die über die unendlich ausgedehnten Weiden seiner Ranch donnerten. Es waren so viele Tiere, dass der von ihnen aufgewirbelte Staub den Horizont verdunkelte. Dabei hatte Jason noch gar keine Ahnung, auf welche Höhe sich die Summe belaufen könnte, die ihm die Firma möglicherweise anbieten würde.

„Wie viele Büffel kann man für eine Million kaufen?“, scherzte er, doch Malcolm nahm seine Frage vollkommen ernst.

„Ich habe keine Ahnung, wie viel ein einzelner Büffel kostet.“

„Der beste Zuchtbulle hat letztes Jahr auf der Auktion in Denver sechzigtausend amerikanische Dollar gebracht!“

Malcolm rechnete kurz nach und meinte dann: „Mathematik war noch nie meine große Stärke. Aber ich schätze, nächstes Jahr wirst du auf der Auktion alle überbieten können.“

„Mach keine dummen Witze!“

„Warum? Was glaubst du denn, wie viel dein Erbe wert ist?“

Carol hielt den Atem an, und als niemand eine Summe in den Raum stellte, versuchte sie es mit einer vorsichtigen ersten Schätzung. „Zehn Millionen vielleicht?“

Malcolm schüttelte den Kopf.

„Zwanzig?“

„Mehr!“

Carol wollte gerade auf fünfzig Millionen gehen, als Jason das Ratespiel beinahe unwirsch unterbrach. „Hört auf mit diesem Unsinn! Malcolm, ich sagte doch schon, dass ich die Firma auf keinen Fall übernehmen will. Wenn wirklich alles so läuft, wie wir hoffen, und sie bereit sind, mir etwas zu bezahlen, was soll ich deiner Meinung nach von ihnen verlangen? Ich möchte eine ehrliche und realistische Antwort von dir haben.“

„Ich denke, sie werden gut damit beraten sein, dir eine Summe von mindestens hundert Millionen anzubieten. Und ich bin mir sicher, dass sie dich ausbezahlen werden, denn die Firma ist nicht nur sehr viel mehr wert als die eben genannte Summe, sondern sie müssten für den Fall, dass sie dir Firmenanteile überschreiben, auch befürchten, dass du dich zu sehr ins Geschäft einmischst und dabei viel Schaden anrichtest. Oh ja, ich glaube, sie werden dich lieber ausbezahlen.“

Carol jubelte auf. „Ich wusste es! Jason, du bist reich! Jetzt kannst du deinen Traum verwirklichen.“

Jason war blass geworden, er konnte das Gehörte noch immer nicht richtig fassen, suchte und fand aber in Carols Augen die Bestätigung dafür, dass sein sehnlichster Wunsch nunmehr in Erfüllung gehen würde. „Unseren

Traum!“, verbesserte er sie deshalb auch bestimmt, „denn ohne dich wäre das alles niemals ans Tageslicht gekommen. Es ist unser Geld und unser Traum!“

„Darauf trinken wir“, sagte der Professor und stieß mit allen an, „auf euch! Und auf die Büffel!“

36

Carol lehnte sich tief in den Beifahrersitz zurück und streckte genüsslich ihre Beine aus. Es war inzwischen Juni geworden, das Wetter war der Jahreszeit entsprechend trocken, warm und sonnig, und Carol freute sich auf die vor ihnen liegende Fahrt, die sie an den rasanten Stromschnellen des Fraser Rivers vorbeibringen würde, der von den Wildwasser-Raftern geliebt und gefürchtet war. Dort wollten sie eine längere Pause machen, denn Jason hatte ihr zu ihrem vierzigsten Geburtstag einen Gutschein für eine Schlauchbootfahrt geschenkt, den sie noch heute auf ihrem Weg zurück ins Cariboo einlösen wollten.

„Denk dran“, ermahnte sie ihn, „wir müssen Punkt zwei Uhr dort sein!“

Jason blickte sie kurz von der Seite an. „Und du bist dir auch ganz sicher, dass du die Fahrt machen willst? Noch kannst du Nein sagen!“

„Das hättest du wohl gerne, aber da hast du Pech, mein Lieber! Wir beide werden uns gemeinsam in dieses Abenteuer stürzen. Das hast du nun von deiner brillanten Idee.“

„Oh Schreck“, lachte Jason mit schlecht gespieltem Entsetzen, „da wären echte Brillanten in der Tat besser gewesen.“

Carol nickte zufrieden, sie war froh darüber, dass

Jason sich an ihre Bitte gehalten hatte, ihr keinen Schmuck oder andere teure Geschenke zu kaufen, denn bislang hatte er noch keine Einigung mit dem Vorstand von Chattwell-Tidewater erzielen können, weshalb Carol auch darauf bestanden hatte, dass er sich ihretwegen nicht in unnötige Unkosten stürzte. Stattdessen hatten sie Carols Geburtstag nur zu zweit und ganz bescheiden in einem kleinen Restaurant in Vancouver gefeiert, doch sogar diese Rechnung war noch hoch genug gewesen, um Carol zu beunruhigen. Jason war dagegen zuversichtlich und hatte so begeistert von ihrer gemeinsamen Zukunft gesprochen, dass sie sich fast nicht getraut hatte, ihm die Frage zu stellen, die sie seit Wochen belastete. Doch an diesem Abend hatte sie sich nach dem Dessert endlich ein Herz gefasst und ihn gefragt: „Jason, wenn du die Firma, die dein Urgroßvater aufgebaut hat, oder einen Anteil daran tatsächlich erben solltest, wirst du dann nicht auch einen leiblichen Nachkommen haben wollen, an den du später dein Vermögen weitergeben kannst?“

Woraufhin Jason sie nur verwundert angesehen hatte. „Du sprichst von Kindern? Wie kommst du nur auf so ein abwegiges Thema. Darüber brauchen wir überhaupt nicht zu sprechen.“

„Ich will aber darüber sprechen“, hatte sie beharrt, „und ich finde es äußerst wichtig, dieses ‚abwegige Thema‘ so schnell wie möglich zu klären.“

„Warum denn?“

„Weil ich heute vierzig Jahre alt geworden bin und weil meine biologische Uhr tickt. Es ist durchaus möglich, dass ich keine Kinder mehr bekommen kann, und der Gedanke, dass das ein Problem für dich sein könnte, belastet mich sehr. Deshalb muss ich ganz einfach wissen, wie du darüber denkst."

Jason hatte daraufhin über den Tisch hinweg nach ihrer Hand gegriffen und sie in die seine genommen. „Carol, ich versuche gerade, mich von den Beratern der Firma, die von Rechts wegen mir gehört, ausbezahlen zu lassen. Wie du weißt, habe ich keinerlei Bezug zu dieser Firma, und sobald eine finanzielle Einigung erzielt ist, wird für mich die einzige existierende Verbindung zu Chattwell-Tidewater aufgelöst sein. Und damit wird endgültig das eintreten, wovon Lawrence bereits schon während seiner Lebzeit ausgegangen ist. Es wird keine Nachkommen mehr geben, die seine Firma übernehmen und leiten werden! Für mich stellt dieser Umstand kein Problem dar, Himmel, ich trage nicht einmal seinen Namen. Davon abgesehen habe ich noch nie ernsthaft darüber nachgedacht, Vater zu werden, weil es mir nicht wichtig war. Aber du bist mir wichtig, und unsere gemeinsame Zukunft ist mir wichtig."

„Ich sehe schon, deine Mutter hat ganze Arbeit geleistet, indem sie dir den Wunsch nach Kindern schon in jungen Jahren erfolgreich ausgetrieben hat."

Worauf Jason nur nachdenklich seinen Kopf geschüttelt hatte. „Sag das nicht! Wir haben bisher nur nie darüber gesprochen. Lass uns doch einfach abwarten, was die Zeit bringt. Und falls wir keine Kinder haben können, sollten wir einfach dankbar dafür sein, dass wir einander gefunden haben. Das ist doch schon Glück genug, oder etwa nicht?"

„Ja!", hatte sie erleichtert geantwortet. „Außerdem geht es mir ähnlich wie dir, das Thema Kinder war für mich ebenfalls nie von Bedeutung. Und mit Peter wollte ich sowieso nie welche haben." Sie lächelte, machten ihr ihre Worte doch den Unterschied zwischen ihrer vorherigen und ihrer jetzigen Beziehung überdeutlich. „Vielleicht werden wir unsere Meinung ja auch noch ändern, sobald wir unsere Riesenranch aufgebaut haben und berühmte Büffelzüchter geworden sind."

„Dann adoptieren wir eben!", hatte Jason entschieden, und damit war das Thema für sie beide erledigt gewesen.

Am nächsten Morgen waren sie zum deutschen Konsulat in Vancouver gegangen, wo sie einen neuen Pass für Carol und eine Kopie ihrer Geburtsurkunde beantragt hatten. Carol war überglücklich, denn damit stand der geplanten Hochzeit nichts mehr im Wege.

Die folgenden Wochen waren hektisch verlaufen. Der Firmenvorstand hatte Jason die für ihn unvorstellbar hohe Summe von fünfzig Millionen Dollar angeboten, und obwohl er am liebsten sofort unterschrieben hätte, hatte ihn Carol dazu gebracht, abzulehnen. Damit hatte der Nervenkrieg begonnen, und Malcolm hatte sofort seinen Jahresurlaub beantragt und sich als Jasons Berater von diesem Zeitpunkt an ausschließlich nur noch um das gesamte juristische Procedere gekümmert. Carol, die zu ihrer seelischen Unterstützung täglich lange Telefongespräche mit Anita und Maria führte, half so gut sie konnte, indem sie die Firmenbilanzen der vergangenen Jahre, die ihnen auf Carols Anfrage hin von der Rechtsabteilung übergeben worden waren, durchsah und beurteilte. Maria und Gerd empfahlen Carol und Jason jeden Tag von Neuem, durchzuhalten und das Maximale aus der Situation herauszuholen. Anitas und Hermanns Ratschlag fiel hingegen etwas vorsichtiger aus, sie gaben zu bedenken, dass die angebotene Summe doch schon außerordentlich großzügig gewesen sei und Jason vielleicht besser daran getan hätte sie anzunehmen, bevor nun in letzter Minute noch etwas schief ging. Jason war zwischen den verschiedenen Anschauungen seiner Freunde hin- und hergerissen, hatte sich aber nach einer schlaflosen Nacht, und nachdem ihn Carol über die gesunde Struktur und das hervorragende Zukunftspotenzial der Firma aufgeklärt hatte, dazu durchgerungen, der Firma ein Gegenangebot zu machen, das sich auf das Doppelte der ihm angebotenen Summe belief. Daraufhin waren weitere Verhandlungen und weitere durchwachte Nächte gefolgt, bis sich beide Parteien schließlich am letzten Tag im Mai geeinigt hatten. Jason hatte letztendlich einer Auszahlung von fünfundsiebzig Millionen zugestimmt, dafür aber noch fünf Prozent Firmenanteile erhalten, wozu ihm Carol geraten hatte. „Man kann nie wissen, was die Zukunft bringt", waren ihre Worte gewesen, „und Bargeld ist nicht immer das Beste." Weiterhin hatte Jason darauf bestanden, dass Malcolm Meier in unkündbarer Stellung in den Firmenvorstand aufgenommen wurde und Tim Gordon die Genehmigung erhielt, alle historisch interessanten Akten uneingeschränkt einzusehen und zu verwerten. Malcolm Meier und der Professor waren selig.

Am Abend des einunddreißigsten Mai waren dann alle vier gemeinsam zum Essen gegangen, hatten überraschenderweise aber lange gebraucht, um sich dem Anlass entsprechend in Feierlaune zu versetzen. Es schien fast, als ob ihnen die Anspannung der letzten Wochen die Fähigkeit geraubt hätte, ihren Sieg unbeschwert zu feiern. Vor allem Jason war äußerst wortkarg und in sich gekehrt, bis es ihm weit nach Mitternacht endlich gelungen war, die eher feierliche Stimmung in eine fröhlich ausgelassene zu verwandeln. Es war nun eingetreten, was er sich niemals zuvor hatte träumen lassen, und so lud er schließlich das ganze Lokal ein, mit ihm zu feiern und spendierte den verdutzten Gästen alle Getränke, die sie an diesem Abend konsumierten. Von diesem Moment an war es sehr laut, sehr feucht und sehr heiter geworden.

„Ach ja, das war ein schöner Abend", seufzte Carol laut. Die Sonne schien durch die Windschutzscheibe und wärmte sie.

„Von welchem sprichst du denn?", wollte Jason wissen, denn es hatte noch viele weitere schöne Abende gegeben. Und viele schöne Tage. Endlich konnten sie ihre Zukunft gestalten, ohne sich finanzielle Sorgen machen zu müssen, und eine von Jasons ersten Amtshandlungen als reicher Mann war ein Anruf bei Doktor Ho gewesen. Er hatte den Arzt gebeten, sich in Zukunft ausschließlich nur noch um die Behandlung seiner Mutter zu kümmern. Dafür hatte er ihm auf Lebzeiten das Doppelte von dem geboten, was er momentan als Leiter der Psychiatrie verdiente, zuzüglich und ungeachtet sämtlicher Kosten für die Unterbringung seiner Mutter im besten Institut. Jason hoffte auf den Erfolg einer gezielten, fachmännischen Intensivbehandlung, und Doktor Ho machte ihm diesbezüglich Mut, wies aber nochmals darauf hin, dass es mitunter lange dauern konnte, bis sich Besserung einstellte. Das Wichtigste sei vorerst, Elsie Golden nicht noch weiter in ihre Ängste driften zu lassen, und Jason gab ihm darin recht. Nur wenige Tage später, und nicht ohne sich zuvor noch Jasons Zusage für weitere Forschungsgelder gesichert zu haben, die unabhängig von Elsie Golden anderen, nicht so vermögenden Patienten zur Verfügung gestellt werden sollten, nahm Doktor Ho Jasons Angebot an. Dieser war sichtlich erleichtert, denn nun wusste er seine Mutter in guten Händen.

Es würde zwar noch mindestens ein halbes Jahr dauern, bis Jason die Gesamtsumme von fünfundsiebzig Millionen ausbezahlt werden würde, aber die Rechtsabteilung von Chattwell-Tidewater hatte ihm bereits einen Vorschuss von einer Million gewährt, die seine dringendsten Ausgaben deckte. Carol hatte gelacht, als er den Scheck erhalten hatte, denn sie wusste, dass die Vorstände sich nicht einmal annähernd vorstellen konnten, wie viel Geld eine Million für Jason und sie war. Noch vor einigen Wochen war sie so verzweifelt gewesen, dass sie beinahe zu Peter zurückgegangen wäre, und heute ...?

„Der arme Kerl", sagte sie.

„Du musst mir schon einen kleinen Tipp geben, von wem du gerade sprichst", meinte Jason geduldig, „nein, lass mich raten! Peter?"

„Mhm!" Carol öffnete ihre Jacke. Im Wagen war es heiß geworden. Der Sommer war ohne Ankündigung hereingebrochen – oder war es ihr nur so vorgekommen, weil sie in den vergangenen Wochen so viel zu tun gehabt und so viele Pläne gemacht hatten, dass die Tage nur so an ihnen vorbeigeflogen waren? „Ja, der arme Peter. Es hat ihn hart getroffen, dass ich in Zukunft eine reiche Frau sein werde. So ganz scheint er es immer noch nicht glauben zu können."

„Und warum nicht?"

„Weil ich ihm, kaum dass die Scheidungspapiere unterschrieben waren, erzählt habe, dass wir uns einen Wohnwagen kaufen und damit monatelang durch Kanada reisen werden.“

„Na und?“

„Reiche Leute reisen nicht im Wohnwagen!“

„Die armen, reichen Schlucker!“ Jason überholte einen einsamen Radsportler, der auf der rechten Fahrbahnmarkierung den Highway entlangstrampelte. „Immer noch besser als mit einem Fahrrad. Ob der arme Strampler wohl weiß, dass es die nächsten hundert Kilometer stetig bergauf geht?“

„Genau wie bei uns“, lächelte Carol, „immer nur bergauf!“ Sie schloss die Augen und träumte von ihrem zukünftigen Leben. Als sie sich gemeinsam überlegt hatten, an welchem Ort sich zukünftig ihr Lebensmittelpunkt befinden sollte, war ihnen sofort klar gewesen, dass dies nur der Bridge Lake sein konnte. Nur an diesem schönen Flecken Erde, der für sie beide zur Heimat geworden war, konnten sie sich vorstellen, ihre Farm aufzubauen, und nun befanden sie sich auf der Suche nach einem geeigneten Stück Land. Danach würden sie eine der ansässigen Baufirmen mit dem Bau ihres Farmhauses beauftragen. Carol wusste genau, was für ein Haus sie haben wollte, weswegen noch diesen Sommer das Fundament gelegt und das Haus aufgestellt werden sollte. Es musste unbedingt ein Blockhaus werden! Für den kommenden Winter würden sie sich zwar noch provisorisch in 100-Mile einrichten und von dort aus den Innenausbau ihres zukünftigen Zuhauses beaufsichtigen müssen. Aber schon im nächsten Frühjahr würden sie bereits in ihr neues großzügiges und geräumiges Heim einziehen können. Soweit ihr Plan, der es mit sich gebracht hatte, dass sie den ganzen Sommer über frei hatten, und so war Jason auf die Idee mit dem Wohnwagen gekommen.

Carol hatte sofort begeistert zugestimmt, und nun waren sie endlich unterwegs und steuerten ihrer Schlauchbootfahrt entgegen. „Falls wir die Wildwasserfahrt überleben, können wir heute Abend im ‚Iron Horse Pub' essen gehen", schlug Jason vor.

„Gute Idee, aber dazu müssen wir dann auch unbedingt unsere Freunde einladen. Ich rufe Maria und Anita gleich nach dem Rafting an, sie werden bestimmt kommen. Das wird zwar garantiert eine lange Nacht werden, aber dann können wir ihnen wenigstens endlich einmal alles ausführlich erzählen. Wo wollen wir unser fahrbares Zuhause heute Nacht übrigens abstellen?"

„Es gibt sowohl einige gute Campingplätze am Horse Lake als auch am Bridge Lake. Wohin möchtest du denn lieber?"

Carol war auf einmal ganz aufgeregt. „Ach, am allerliebsten würde ich an den Lake Louise fahren, um mir seine grüne Farbe in natura anzusehen, auch wenn ich weiß, dass das heute unmöglich ist."

Doch Jason griff ihren Vorschlag auf: „Ich schätze, dass wir in zehn Tagen, sobald wir alles geregelt haben, weiterfahren können. Mehr Zeit werden wir sicher nicht brauchen, da ich bereits weiß, wo ich Land kaufen will, und du genau weißt, wie unser Haus aussehen soll. Danach können wir zum Lake Louise aufbrechen."

„Großartig", jubelte Carol, „werden wir am Smaragdsee campen?"

„Nein, werden wir nicht", antwortete Jason.

„Warum nicht?“

„Weil wir im Chateau wohnen werden ...“

Carol hielt den Atem an. „Du meinst ...“

„Ja, Cookie. In der Hochzeitssuite!“

Sie nickte und streckte ihm ihre Hand entgegen. „Dort, wo die Geschichte begann ...“

„... werden wir sie auch zu Ende bringen!“, sagte Jason und nahm ihre Hand in die seine.

„Zu einem guten Ende“, flüsterte sie. „Das sind wir Rose schuldig.“

– ENDE –

Christian Gummig
BROSCHEKS OPTIONEN

fredeboldundfischer
ISBN: 978-3-939674-00-9
Trendroman
Originalausgabe
Preis: 14,95 €

Eine Entscheidung treffen?

Warum denn das, wenn es auch ohne geht! Noch dazu, wo es doch ohnehin viel besser ist, mehrere Optionen offen zu haben!

Mit dieser Einstellung hat sich der bekennende Entscheidungsvermeider Sebastian Broschek, seines Zeichens ein mäßig erfolgreicher Manager beim Internet-Unternehmen WWI, bislang tatsächlich gut durchs Leben jongliert und: Er hat Erfolg gehabt!

Beruflich ist er gut vorangekommen, alles läuft easy. Warum also kündigen, selbst wenn der Job nervt und langweilt?

Sarah, die Frau seines Lebens, hat er auch gerade kennen gelernt. Warum aber den aufregenden Sex mit Beatrice deswegen aufgeben? Erst mal abwarten, wie sich die „ideale“ Beziehung tatsächlich so entwickelt.

Und warum sich für den Erhalt seines geliebten Boxkellers einsetzen? Das wird sich sicher auch ohne großes Engagement von alleine regeln.

Dann aber bricht alles zusammen.

Beruflich wird er von einem Konkurrenten ausgebootet und gefeuert. Sarah kommt ihm und Beatrice auf die Schliche und verlässt ihn. Zu guter Letzt schließt auch noch der Boxkeller. Broschek steht vor den Trümmern seiner Existenz und er merkt, dass Haltung nicht nur beim Boxen gefragt ist, sondern dass es an der Zeit ist, endlich Entscheidungen zu treffen …

Hildegard Burri-Bayer
DIE BLUTERBIN

fredeboldundfischer
erscheint März 2007
ISBN: 978-3-939674-03-0
Historischer Roman
Originalausgabe
Preis: 16,95 €

Frankreich, 1248: Marie, die jüngste Tochter eines begüterten Tuchhändlers ist von außergewöhnlicher Schönheit, verlebt aber dennoch eine einsame Kindheit. Denn sie wird wegen ihrer immer wiederkehrenden, unerklärbaren Krampfanfälle sowohl von ihrer Familie als auch den Menschen ihrer Umgebung gemieden.

Die mächtige Kathedrale von Bourges wird zu Maries einzigem Zufluchtsort und zu ihrem Schicksal, denn in ihr lernt Marie die drei Männer kennen, die ihr weiteres Leben bestimmen werden. Robert, den sie liebt, obwohl sie einem anderen versprochen ist.

König Ludwig IX., der die Kathedrale eines Tages wegen seiner starken Rückenschmerzen voller Gottvertrauen aufsucht und der Marie unter seinen Schutz stellt, nachdem seine Schmerzen, kaum dass ihm Marie in die Augen geblickt hat, verschwunden sind.

Und der Bischof Radulfus, der eine krankhafte Leidenschaft für Marie entwickelt hat und sie mit seiner Hassliebe verfolgt, so dass sie schließlich zusammen mit Robert fliehen muss. Die beiden Liebenden ziehen durchs ganze Land, in dem Marie schon bald als wundertätige Heilige verehrt wird. Dann aber werden sie von Radulfus Schergen gefasst. Zurück in Bourges wird Marie der schwarzen Magie angeklagt und Robert bleiben nur noch wenige Tage, um sie vor dem Scheiterhaufen zu bewahren.

Christine Westendorf
UND JEDER TÖTET,
WAS ER LIEBT

fredeboldundfischer
erscheint April 2007
ISBN: 978-3-939674-02-3
Krimi
Originalausgabe
Preis: 15,95 €

Gleich an ihrem ersten Fall beißt sich Anna Greve, nach einer langjährigen Erziehungspause wieder zurück beim LKA in Hamburg, die Zähne aus.

Esther Lüdersen, die Erbin des Bauunternehmens LÜBAU, ist gekidnappt worden. Aber warum? Schließlich gibt es keinerlei Bekennerschreiben und keinen Erpressungsversuch. Wenige Tage später hängt die Frau tot über dem Gartenzaun einer Neubausiedlung. Ein zweiter Toter wird kurz darauf mit völlig entstellten Gesichtszügen aus einem Kanal herausgezogen, und Olaf Maas, Esthers Mitarbeiter bei einem ihrer Sozialprojekte, wird gleich, nachdem er der Kommissarin gegenüber erwähnt hat, eine wichtige Entdeckung gemacht zu haben, erschlagen aufgefunden.

Alle Spuren führen ins Leere.

Allein Alfons Lüdersen könnte als Geschäftsführer der LÜBAU ein gewisses Interesse am Tod seiner Frau gehabt haben, denn er hat deren Firma als Generalunternehmer für die Errichtung des neuen Fußballstadions hoch verschuldet. Außerdem ist er dem Hamburger Fußballverein, dem Auftraggeber des Bauprojektes, als förderndes Mitglied zugetan.

Anna beginnt zusammen mit ihrem Kollegen Lukas Weber vorsichtig im Fußballmilieu zu ermitteln. Aber was sie dabei entdeckt, geht nochmals in eine ganz andere Richtung als erwartet und macht ihr rasch klar, dass es tatsächlich nichts gibt, was ein Mensch dem anderen nicht antun könnte.